說經

5

吴秋輝 撰

國家圖書館出版社

第五册目録

卷二十　辛酉冬至月……一
犉……三
蜮……七
蘞……三五
菅　莞　茅……三八
螟……五〇
舜……五四
栲……五七
樞　扶蘇　檽……五九
螽斯　阜螽……六三
焉得諼草　言樹之背……七二
莫……七五
茹藘　緑　蕢……八〇
常棣　唐棣　常　唐　堂　棠　棣……九四
卷二十一　辛酉冬至月……九九
不寁故也……一〇一
印盛于豆　印須我友……一〇五
鬼方……一〇八
會同有繹……一一〇
決拾既佽　弓矢既調　射夫既同
助我舉柴……一二二
野有死麕　白茅包之……一二六
絇……一三八
羜……一四四
鄂不韡韡……一四五
丁丁……一五四

顛巔……一五六
權輿通義……一五八
綢繆通義……一六七
緜緜瓜瓞 民之初生 自土沮漆……一七六
無小無大……一九六
卷二十二 壬戌上元夀四日……二〇一
緇衣義……二〇三
將仲子……二〇五
叔于田……二一三
大叔于田……二一八
清人……二三四
羔裘……二四一
遵大路……二五二
女曰雞鳴……二五七
與子宜之……二六二
有女同車……二六四
山有扶蘇……二七一
蘀兮……二七六
狡童……二八三
褰裳……二八六
丰……二九一
卷二十三 壬戌上元後六日……二九九
東門之墠……三〇一
風雨……三〇八
青衿……三一六
深衣辨……三二五
揚之水……三三八
出其東門……三六四
野有蔓草……三七〇
溱洧……三七五
說鄭風……三八三
丘中有麻……三八九
卷二十四 壬戌花朝前二日……三九九
雞鳴通義……四〇一

還……四〇五
著……四〇九
東方之日……四一四
東方未明……四一七
南山……四二三
甫田……四三八
盧令……四四三
敝笱……四五二
鱳……四六二
載驅……四六六
猗嗟通義……四七二
卷二十五　壬戌三月朏……四七三
期我乎桑中　要我乎上宫
送我乎淇之上矣……四七五
揥……四八二
左辟……四八五
梅……四九八
頓丘……五〇三
宛丘……五一五
俟人……五一八
維鵲有巢　維鳩居之……五二七
摻摻女手　可以縫裳……五三四
自堂徂基……五三七
椒聊……五四二
鳧鷖既醉附……五四八
室家之壺……五五七
越以鬷邁……五六一

辛酉冬至月

秋輝氏初藁

侘傺軒說經卷二十

侘傺軒說經卷二十

臨清吳桂華秋輝氏著

序

無筆、經詞然後知乃十數樸樸事甚字見

作白經者不得其義以意為説之言與原所述

并敘即原詩附會之曰牛四原詩以樸其次也

如牛畏有孝論貴原故牛之原有何搖

與家而即搖即貴原以命之名即以原論

知貴誤已太而宋而毛氏傳誤則以為言異

〇〇〇〇〇〇〇〇〇〇〇〇〇〇〇〇〇

原〇去〇為贤〇原〇之〇色〇与〇俳〇色〇異〇去〇又〇不〇此〇而〇

〇〇得〇見〇贤〇原〇為〇畏〇色〇争〇于〇里〇争〇更〇浮〇〇附〇

會〇之〇日〇贵〇牛〇建〇原〇因〇〇〇于〇牛〇之〇上〇加〇〇〇〇〇

而〇惜〇之〇程〇乃〇不〇素〇之〇〇〇于〇原〇要〇須〇黄〇以〇〇〇贤〇牛〇

〇〇孫〇和〇知〇原〇雅〇〇〇〇〇原〇去〇特〇以〇〇〇青〇

家〇〇原〇〇〇〇〇言〇原〇為〇其〇張〇異〇買

相〇近〇至〇原〇之〇色〇和〇請〇而〇畏〇原〇〇〇

言〇畏〇去〇亡〇名〇过〇精〇指〇之〇色〇以〇深〇之〇意〇府〇

原〇務〇又〇夜〇爭〇畏〇又〇毛〇氏〇不〇俳〇此〇意〇乃〇更〇于〇争

原〇〇〇外〇矣〇入〇以〇俳〇之〇色〇則〇于〇原〇本〇言〇原〇之

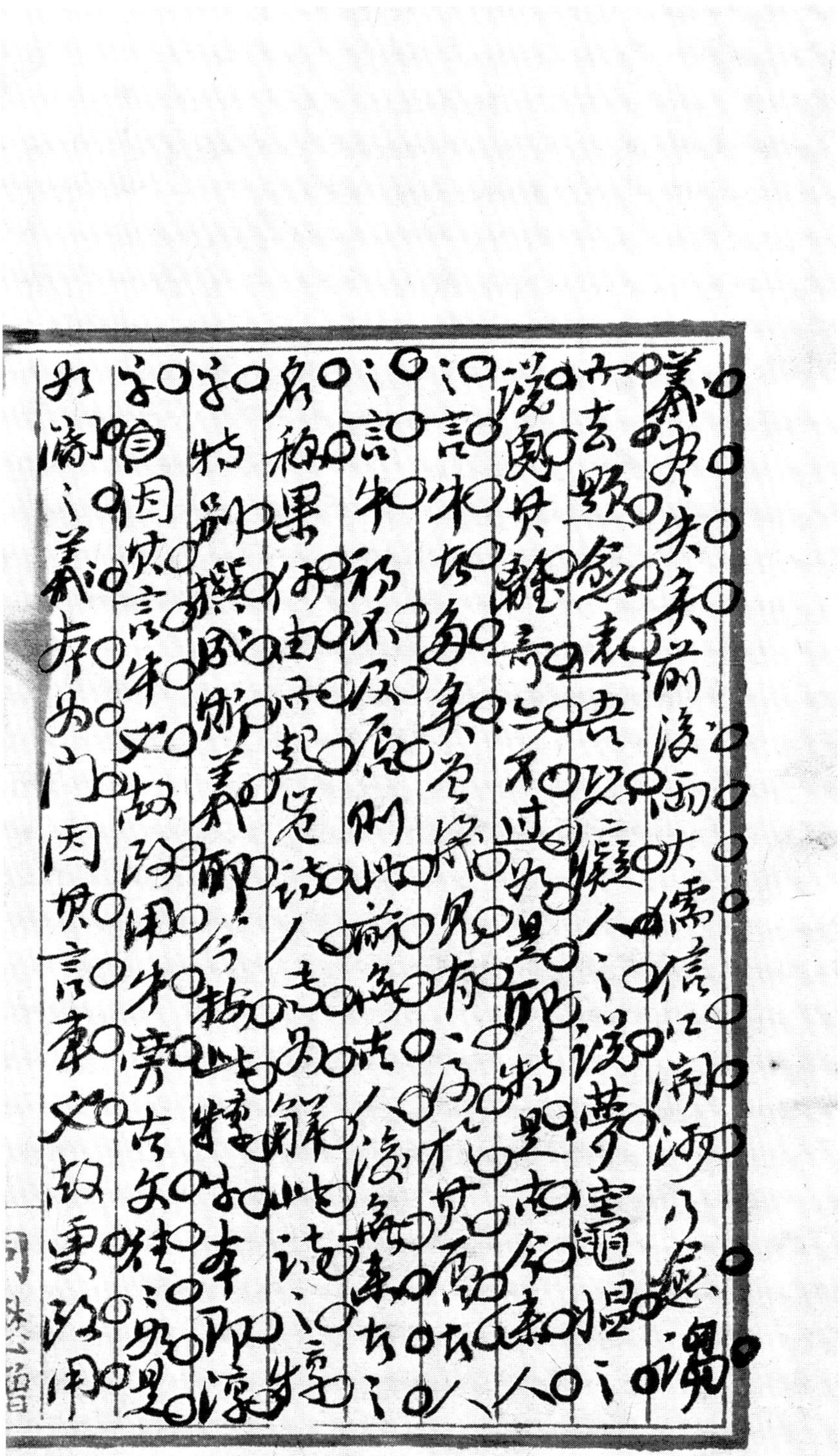

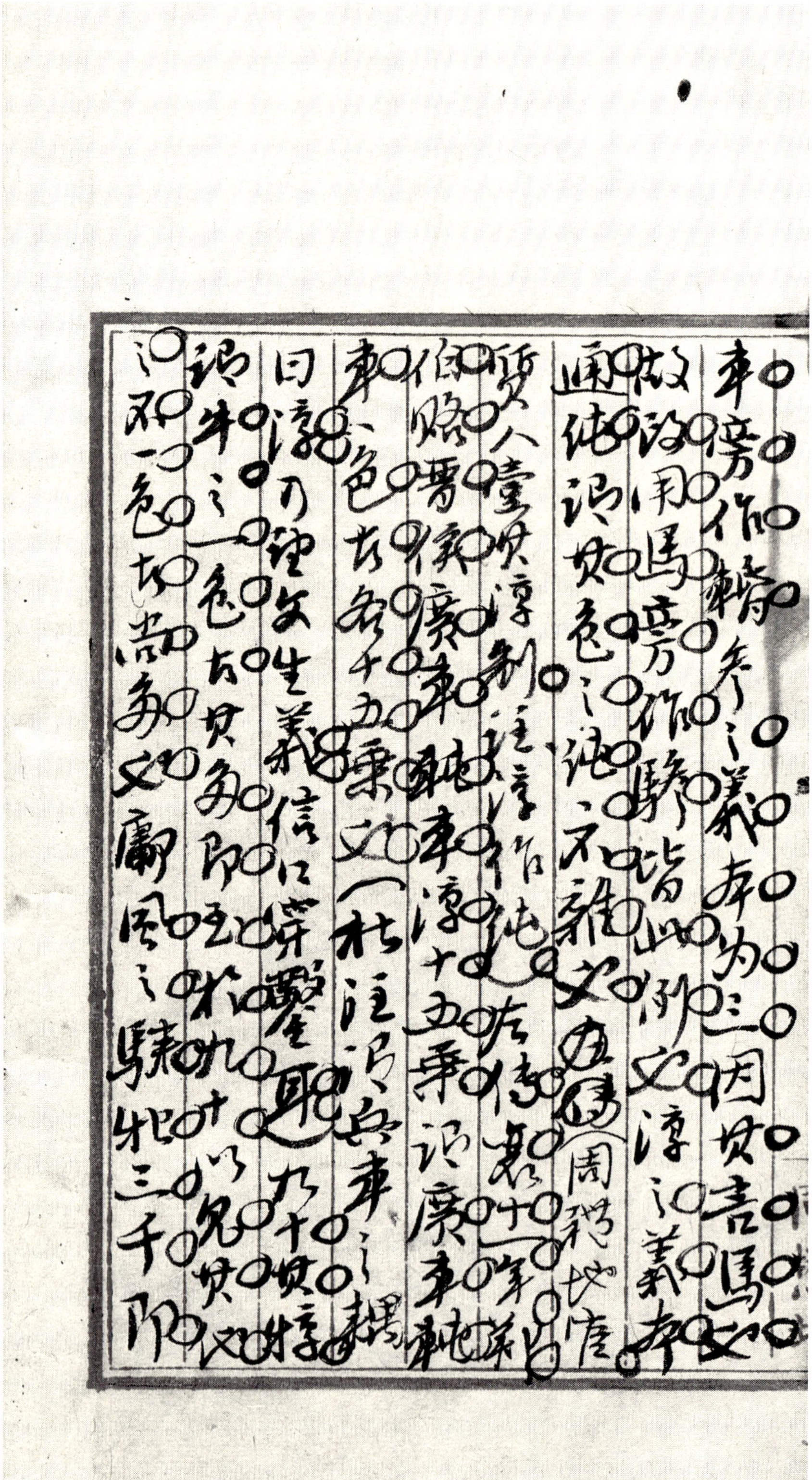

此義聽印驪馮匡之驪色如牝右巳至

三和之象則貝似之牝及名色左更烏啻之

豕和彼之三千紀馮三千外更為馬此之九千

六孔馮九十外更為牛之白中一貝字貝羨至

所馮乃中乃貝淺左之舊儒不知就矣羨叕

乃专意量臆富指胡章亂扯又何情貝愈索

解釋而愈不通矣

蛾

中國自我國以後人心陷溺於數愁思想

其

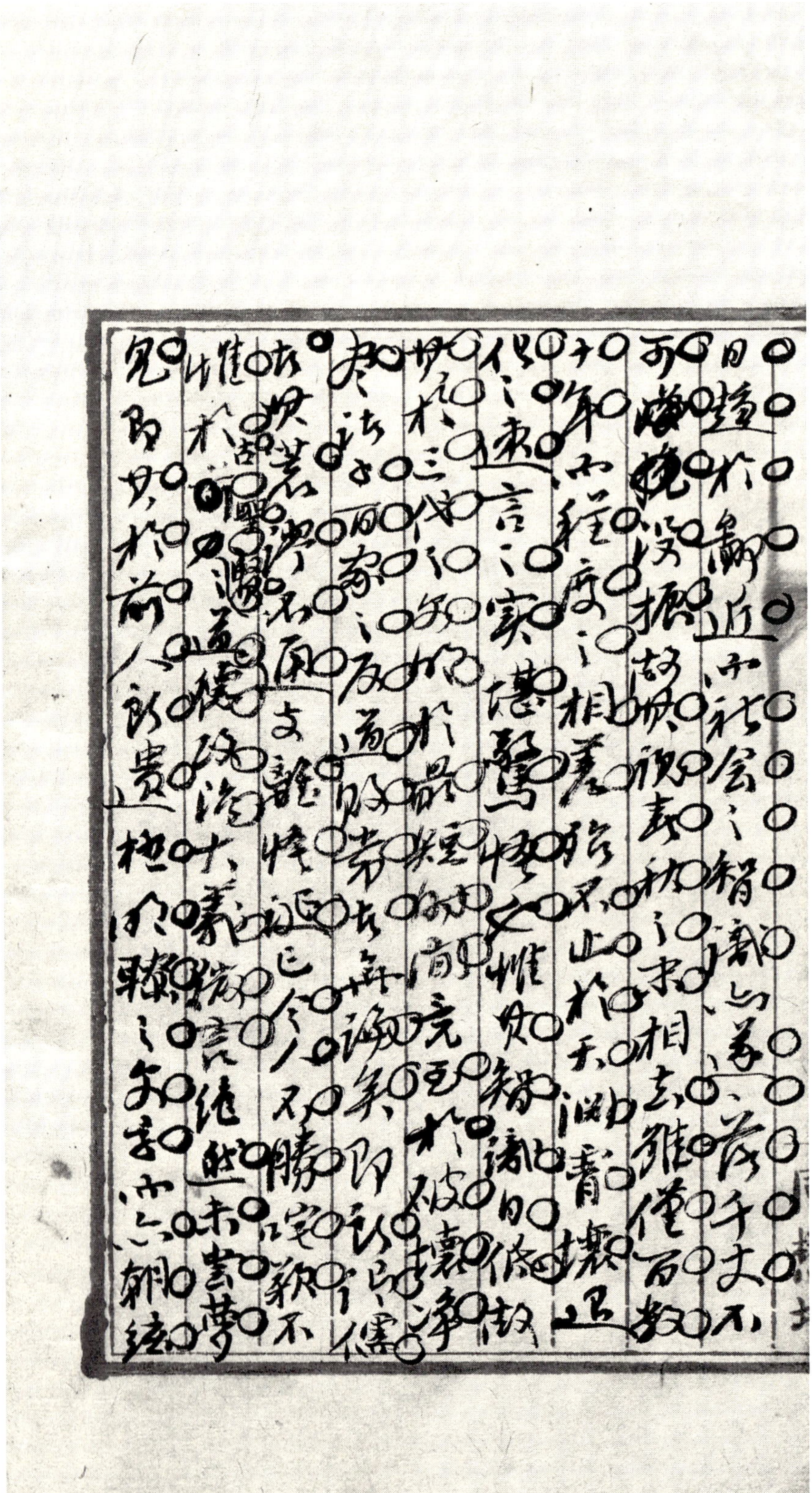

舞衛劉心恆迪辛無九心審知其義則其於
更何論於戴國時之儒篠余子外孫鮮通周禮
即荀氏已然之矣此但觀於周禮叙法明也
往月令諸篇其不通即不能致見又雖若爾
推公穀之作其本於秦前後尚難致定推其
甚微更遠超乎前書之上實是戴國時
不通之程度尚不至此則其書豈作於西漢之
三而其篇所記以為物皆自歸儒說也然內學
由以習用其故經以直通乎上下之說總遠陽

崖略

而千餘年前能印實物而已尚不惟於雕板

〓乃嘗睹之於記住生存漫教授往昔者

說係無以先覺自命而於眼前事物十之八九

原漠然八九莫理會之作用之失雖有極碰之佐證

甲骨在前而彼亦目未遇五色文（此字即彝今之

既其知文而彼則曰字孔鼎乃竊文仍即僭竊

之八今之既其知文而彼則曰仇我怨家乃良臣

文其於此者甚多於後世之便學家言之幾竟視

以為大經地義吾恐於有理性者視之者無

不定異文也。雖此目而知猶限於初、信之處、但性

其宜知，何不知，猶可說，以二，曰，為，得，苦，不知，不諒。

求，之，則不，知，切，取，不，難，言，不，為，知，之，乃不，諒，共，於，不。

知，之，不，情，不，肯，自，以，為，不，知，且，知，為，大，知，不，作，不，肯。

自，以，為，不，知，而，別，求，知，且，為，人，學，不，知，而，亡，狷。

作，之，亦，知，亦，知，古，方，書，數，而，求，我，則，遍，身，陋，之，乃。

務，而，為，家，矣，本，述，節，謝，之，乃，精，而，遍，而，勝，貌。

（今之所謂漢學家也）即借此心潮，蓋其所經。

亦為義理，乃以此為職業，又漢代從學之壞，此。

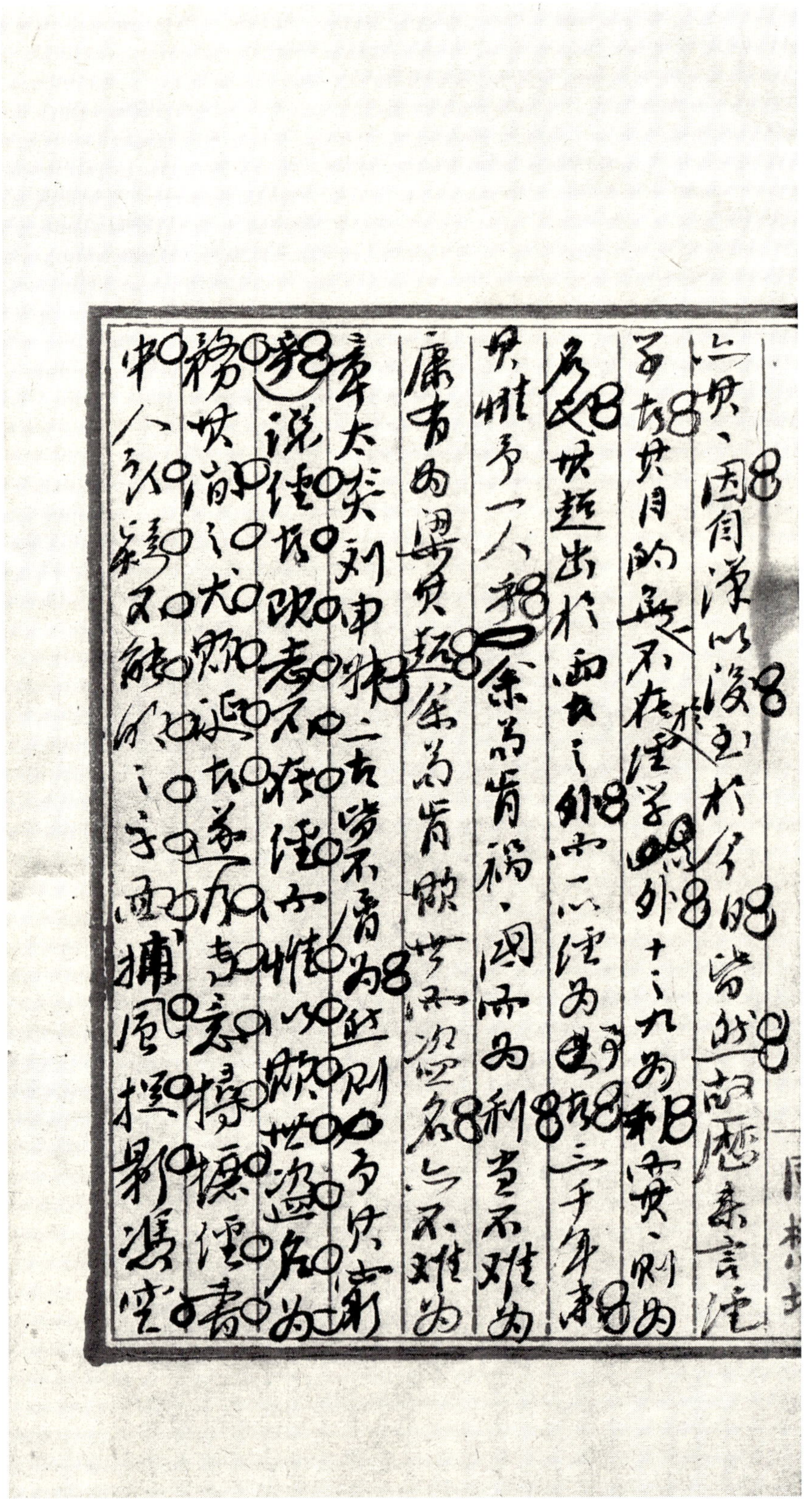

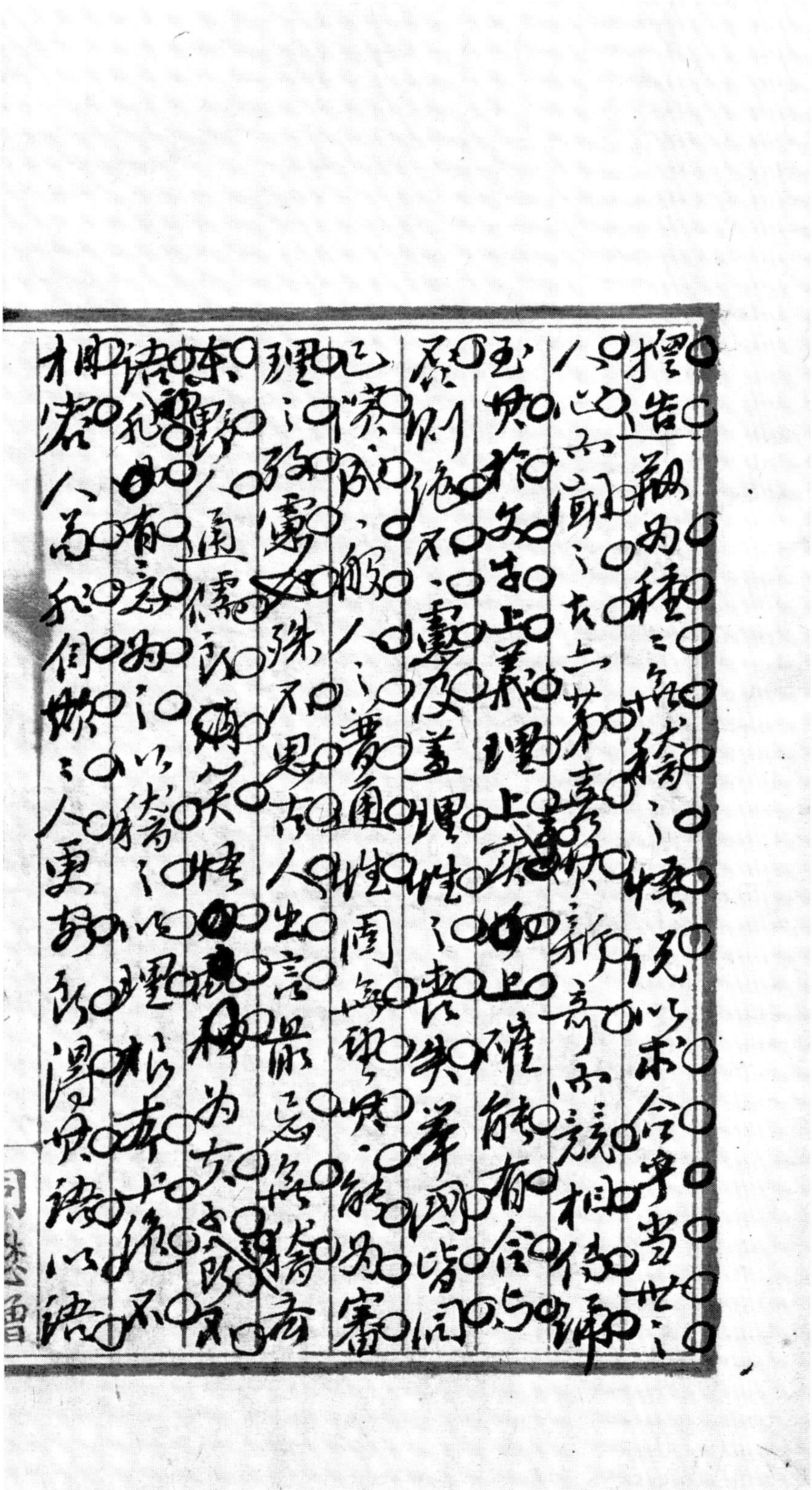

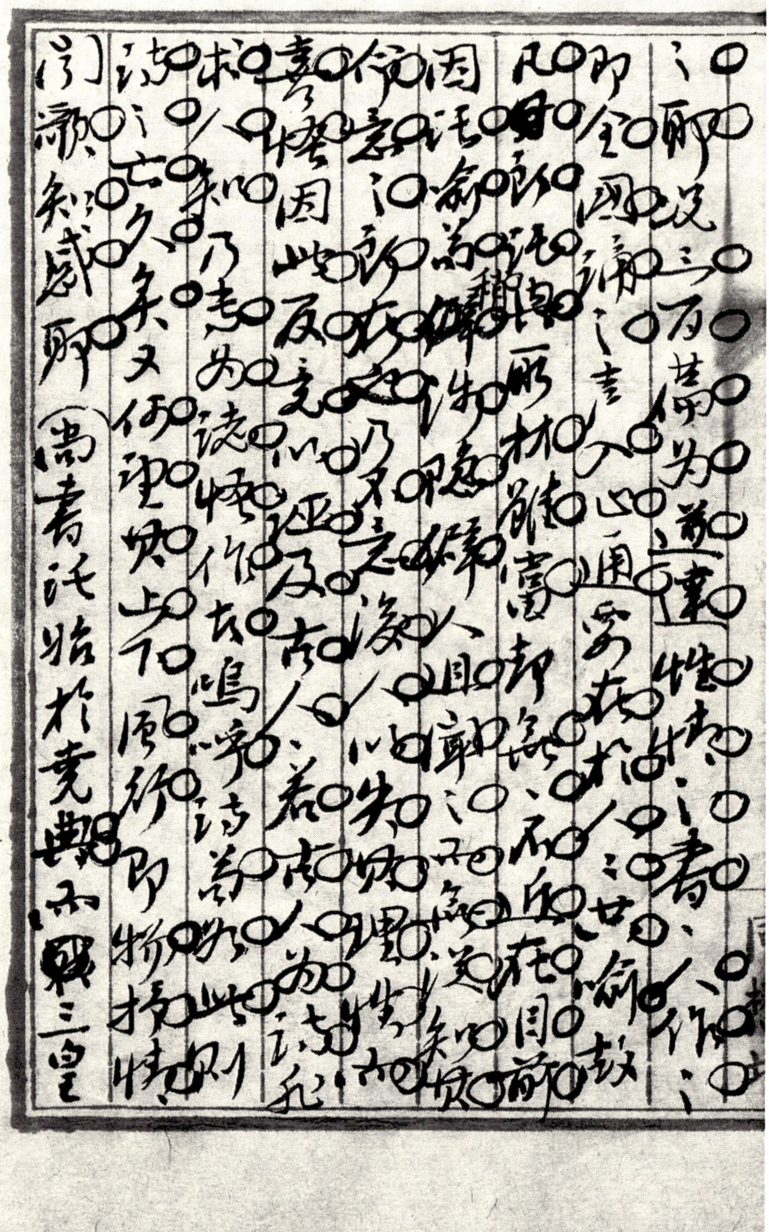
（尚書託始於堯典而略三皇

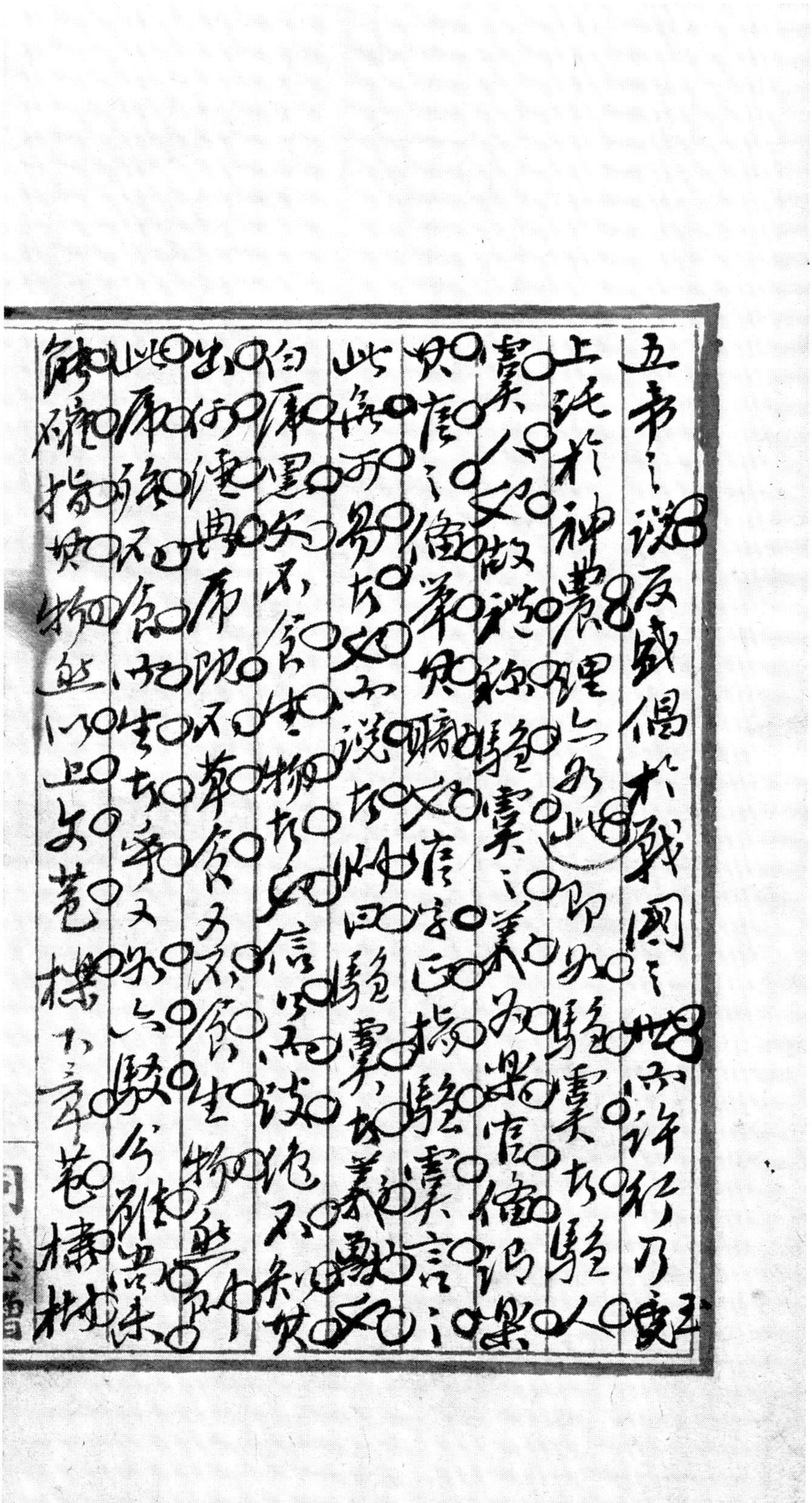

檮桂之異名以為木之一種則有可疑言也
璣謂梓榆之名駁馬謂其皮斑駁似馬又
義頗近之而說者以馬由回駁如馬之倨和原
獨其文此種馬不知何代有之抑何物有
之馬第食故不信和(凡草原東牙皆耗)
若踶倨和則絕非馬不知其何以厥馬系
(駁本馬名)即駿韓語之
穆其文說其以駁之義為人所知乃故改
其字作駁若此字之原為駁非駁其字不

駁与駁馬只、出古文洋玄□叔时作文

知□駁更敕略、賴在古□中無不作敕

即以駁馬駁□駁以非馬
 馬之□駁豹
                豹□

此物此□物此□牛牲又以□
        此二音大抵皆出於假借
洧此二音大抵皆出於假借

在□言本見居□前□□何□□□諱
物在古□次人不見□□諱

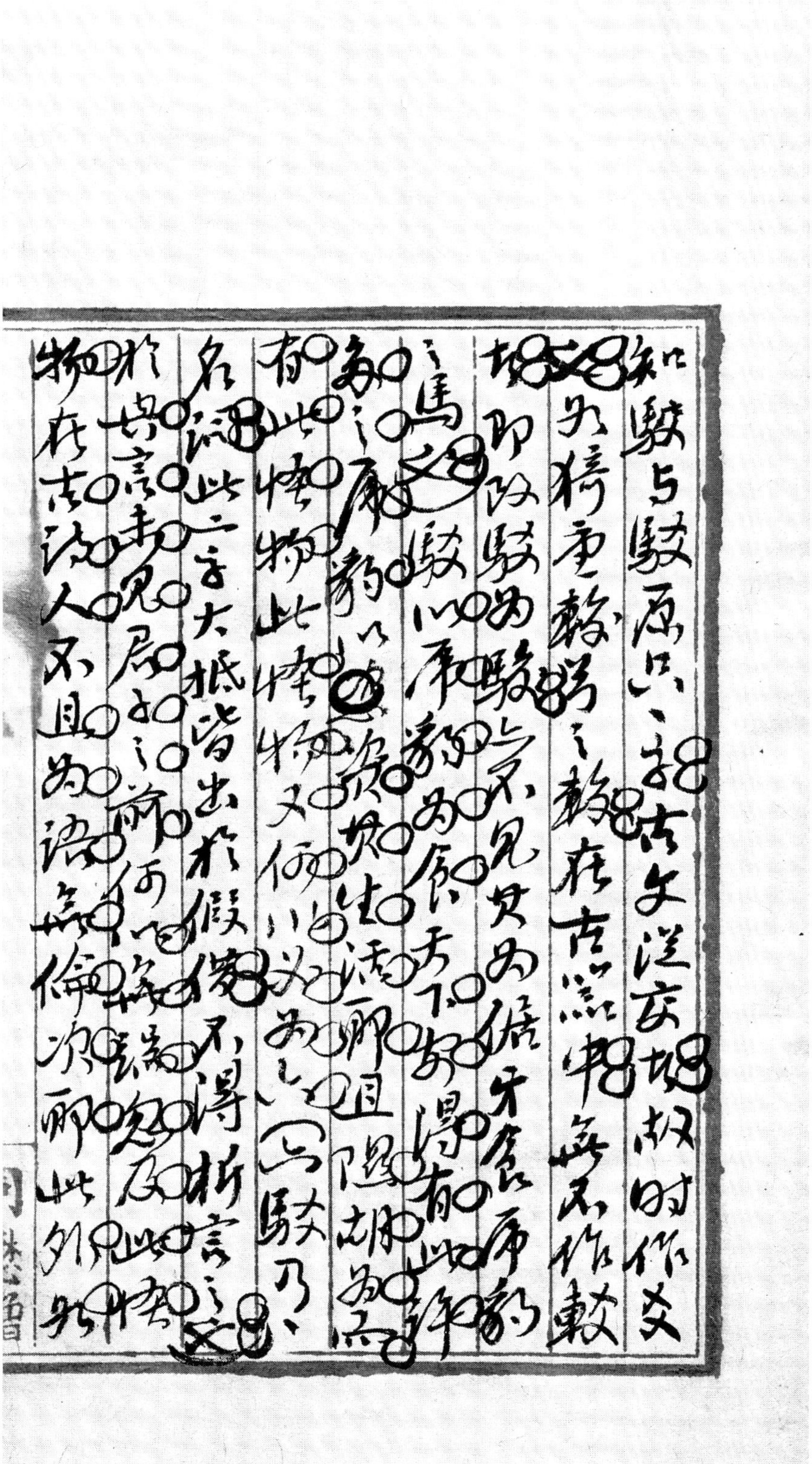

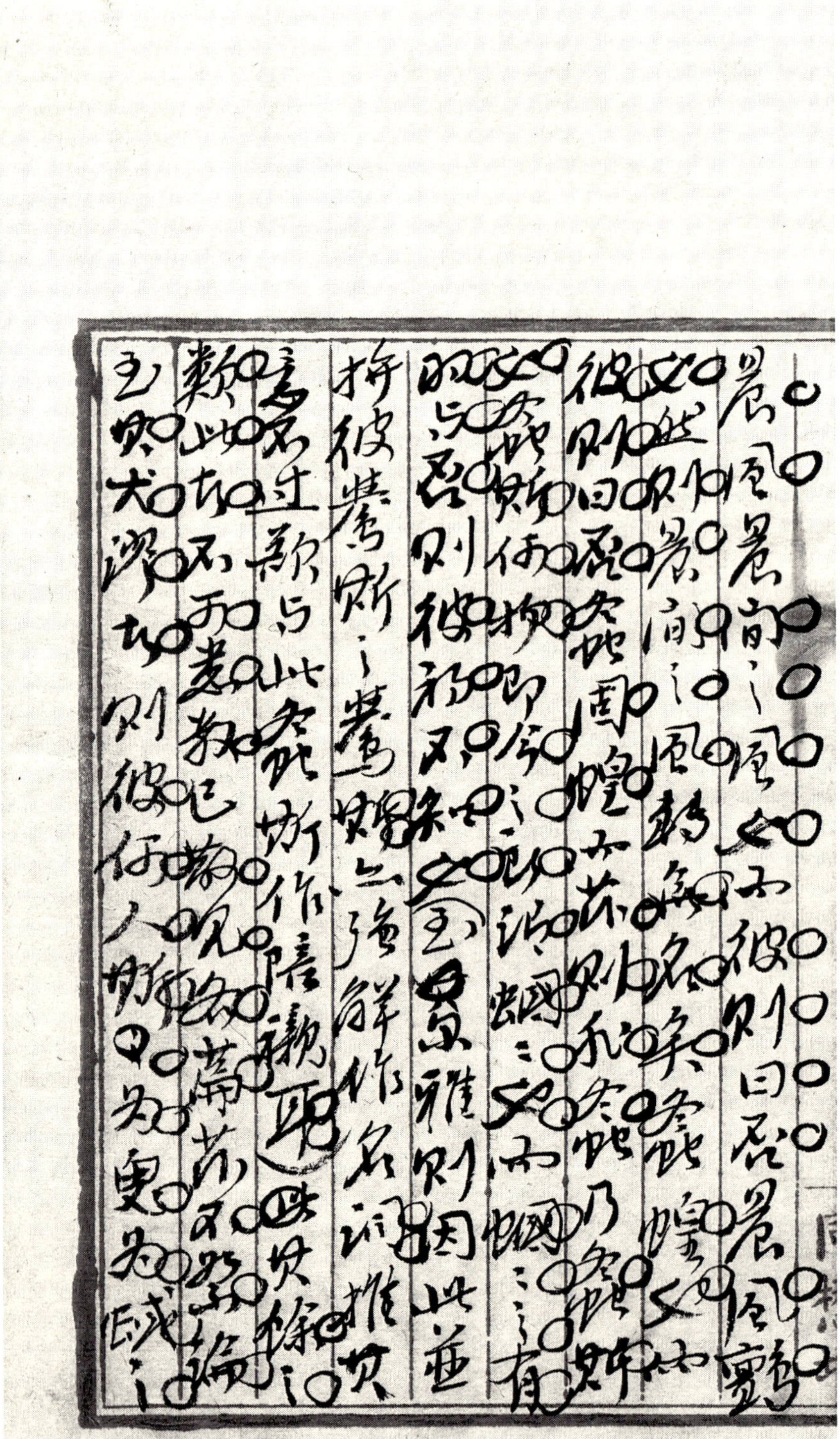

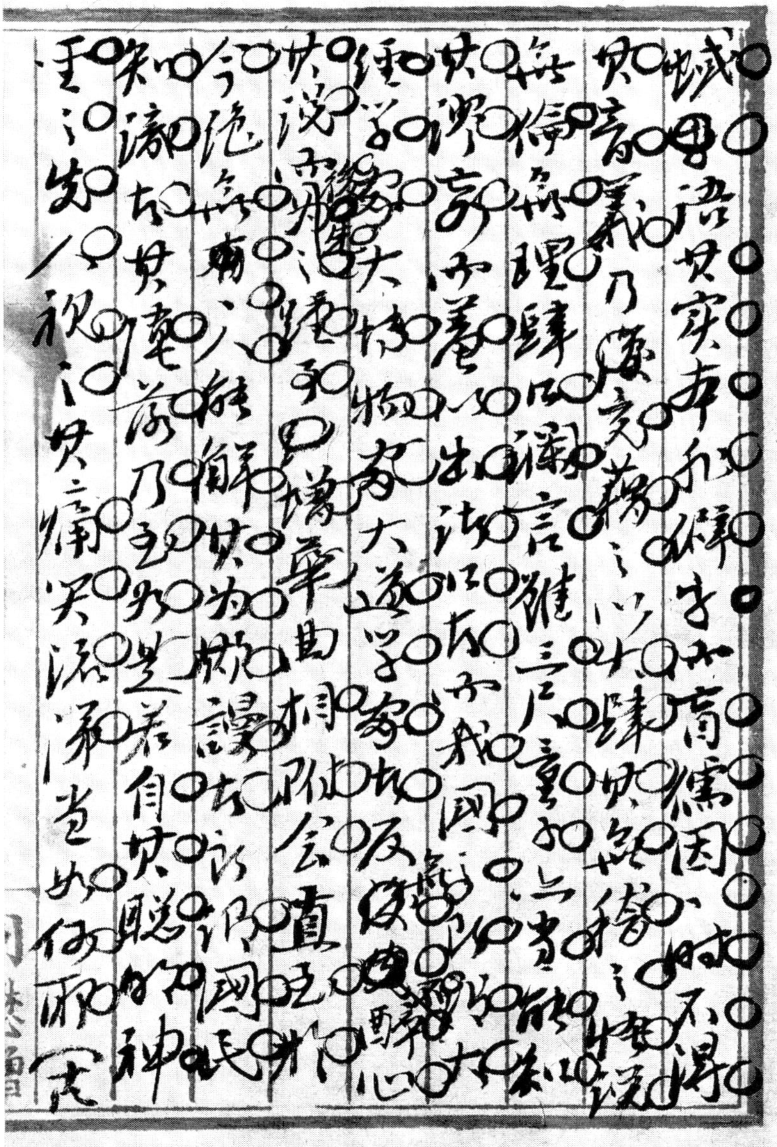

兄此二必不痛哭流涕不过诈以为爱吾人

苏为人完爱为爱耶究不知今人固以戴为固

而为之戴吾毛如伝云短狐（短狐是疑大抵

陕尤校十三但洗临困城有会沙村人马射

小弯人说乃种乱政此狐非为弧此真中国

八知诸盖中国人初每理想而惟知予代

会因人说成于业而混附会泥此水心正

女除源去爱言别中国人亦惟理想

無狗立牲質之国民为人若此其伺八对

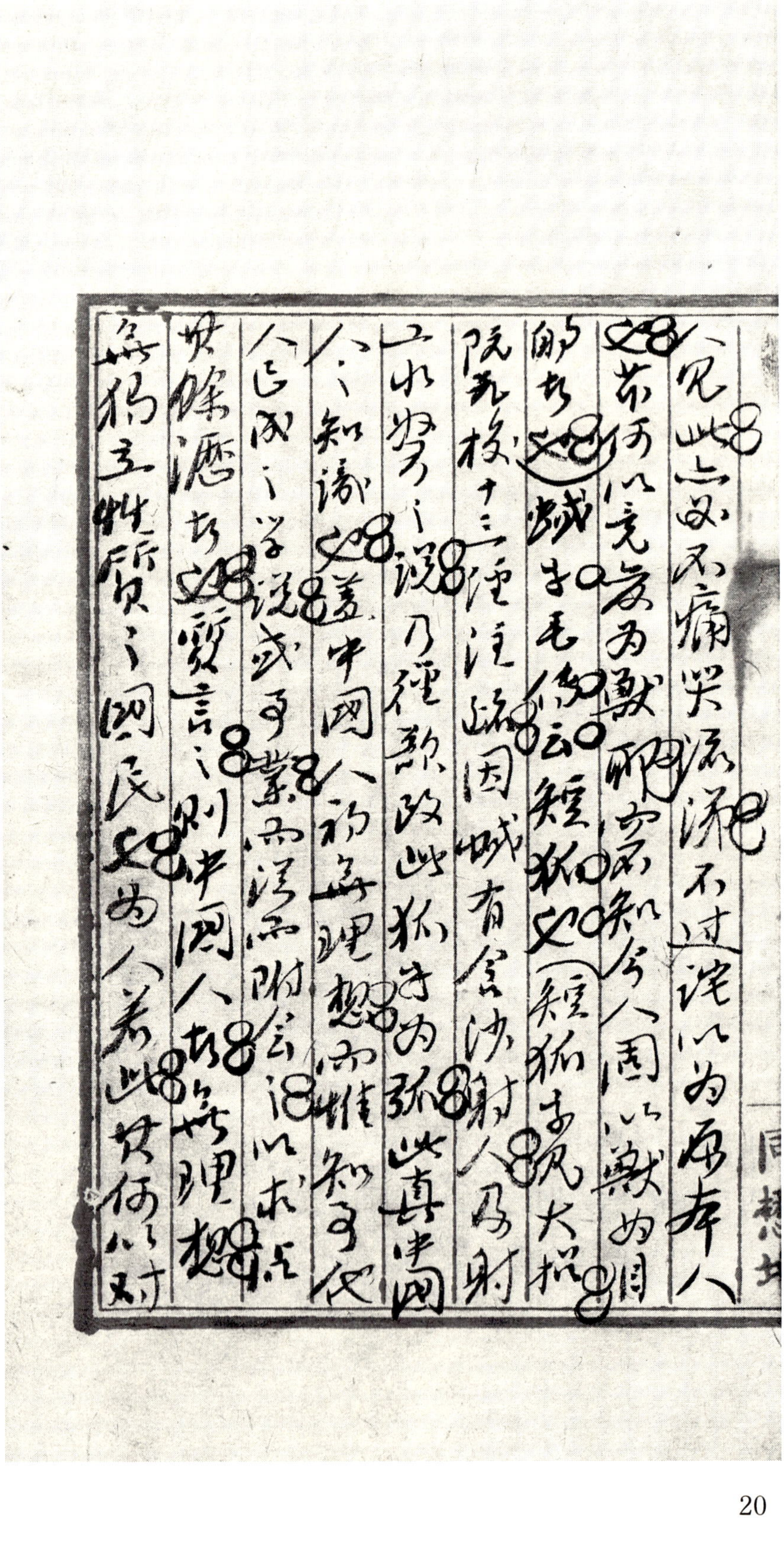

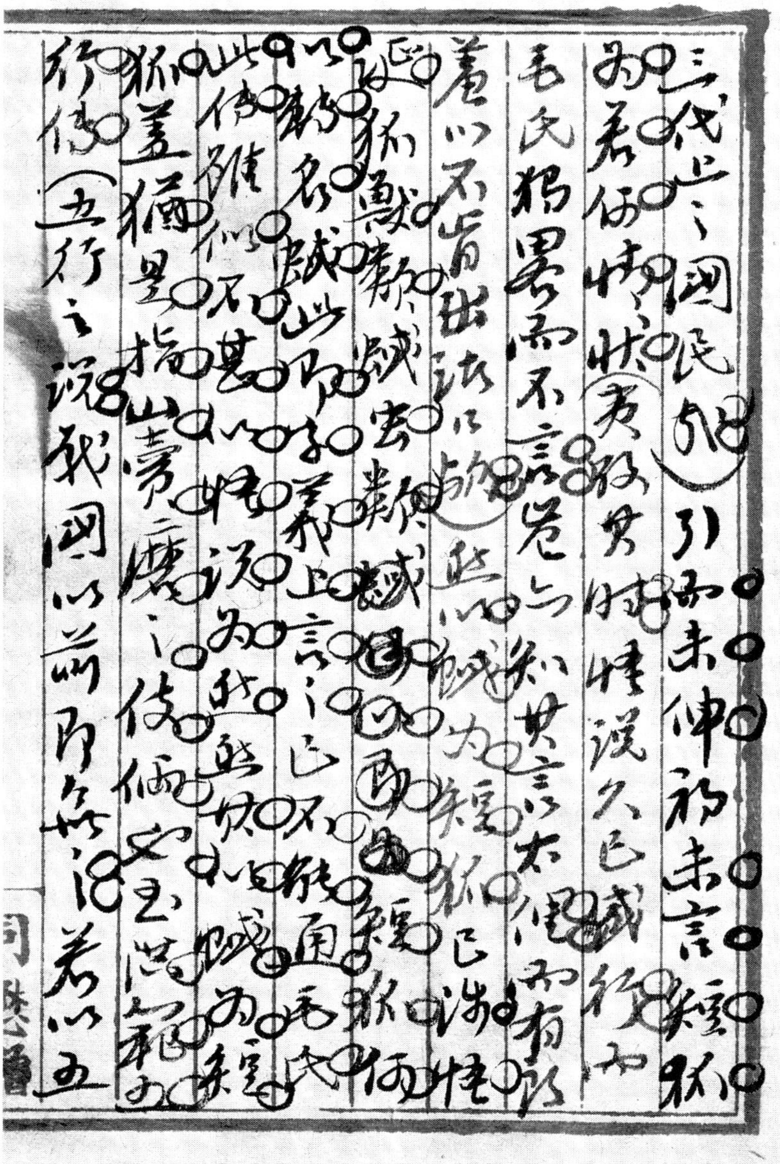

行者而牽連及於洪範則無稽之談矣
論者貴知其世也則曰蜮九黿三足生於
南越南越婦人多淫故其地多蜮蜮淫女惑亂
之氣所生也又為黿鼉三足乃陋儒臆造之說能
私之知左傳稱鯀化為黃能入於羽淵陋儒以
鯀陸獸何以能入淵乃妄解以能為三足鼈
而神禹乃成為鼈種矣此皆淺妄之儒想
至今猶在拔舌之獄中今更動假偶
之以說蜮可知一般陋儒其頭腦之簡單

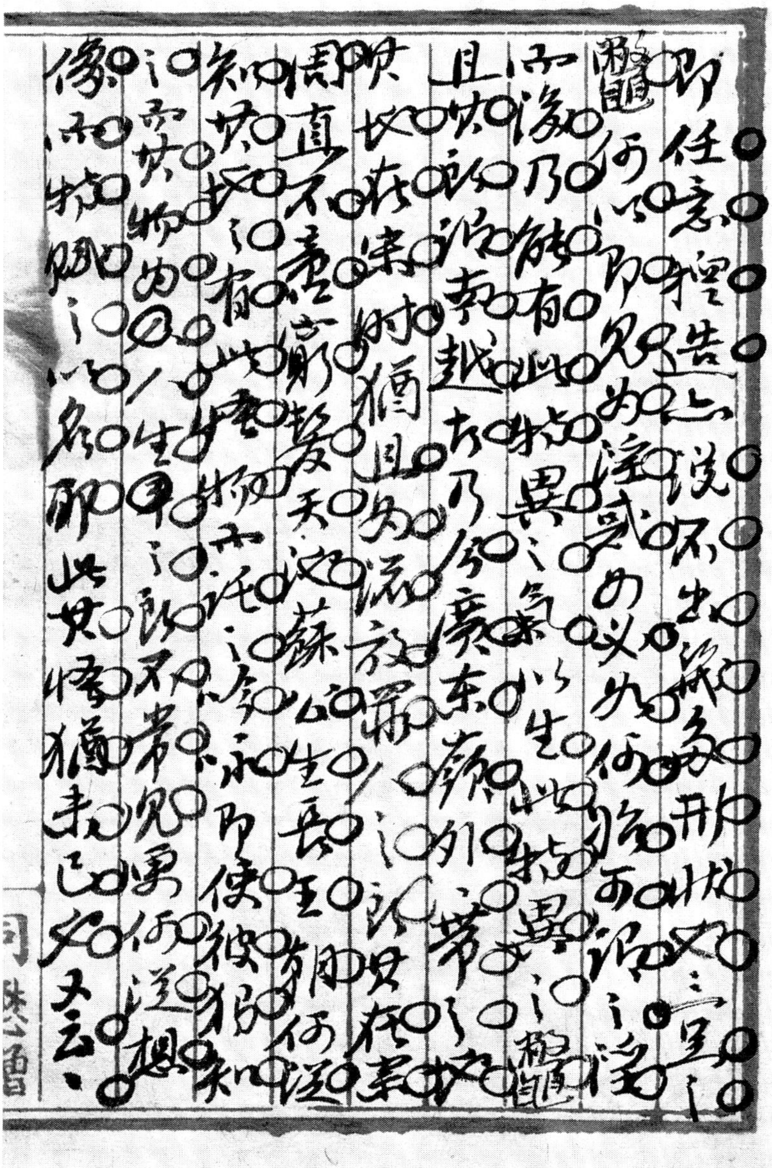

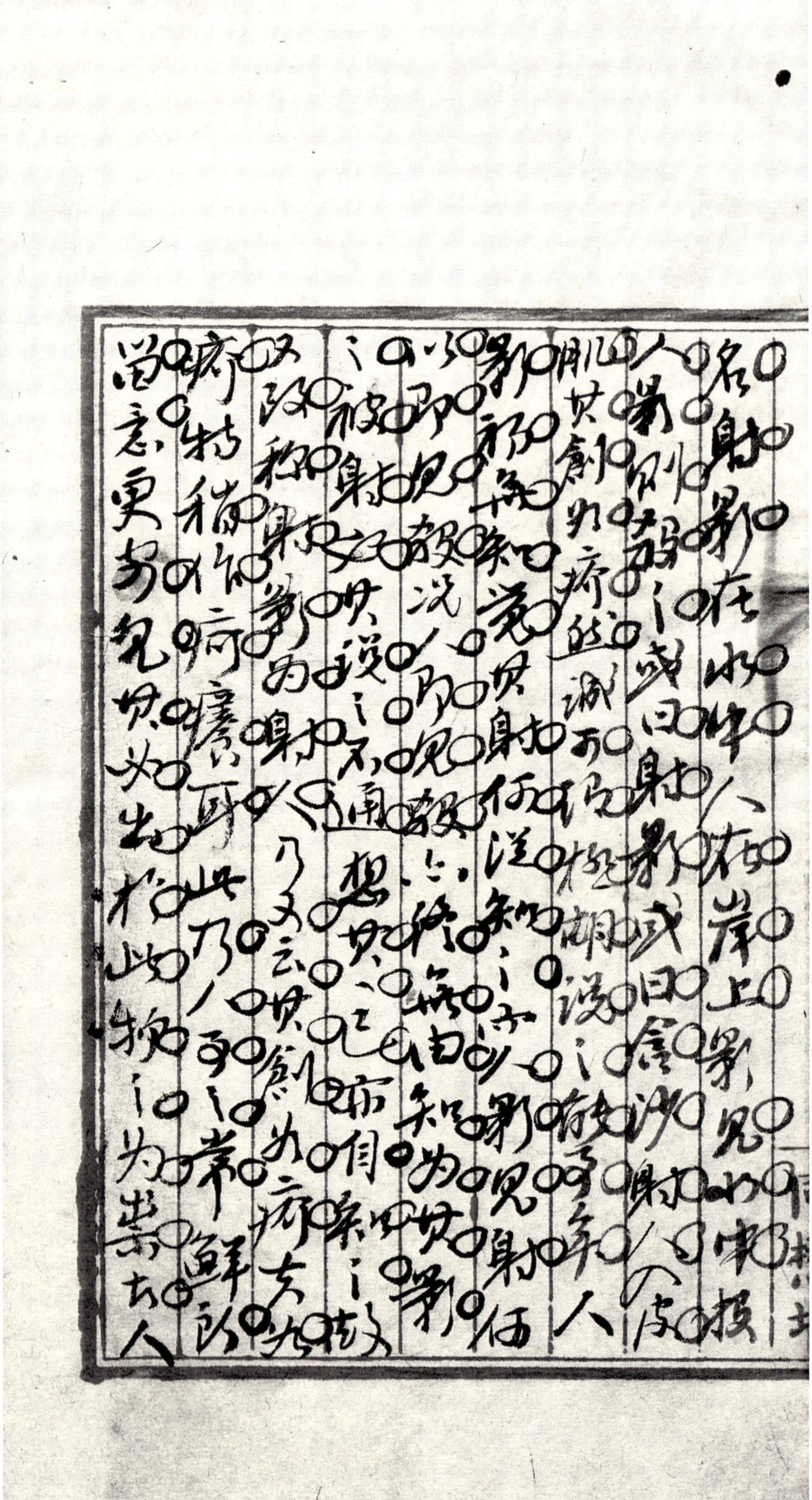

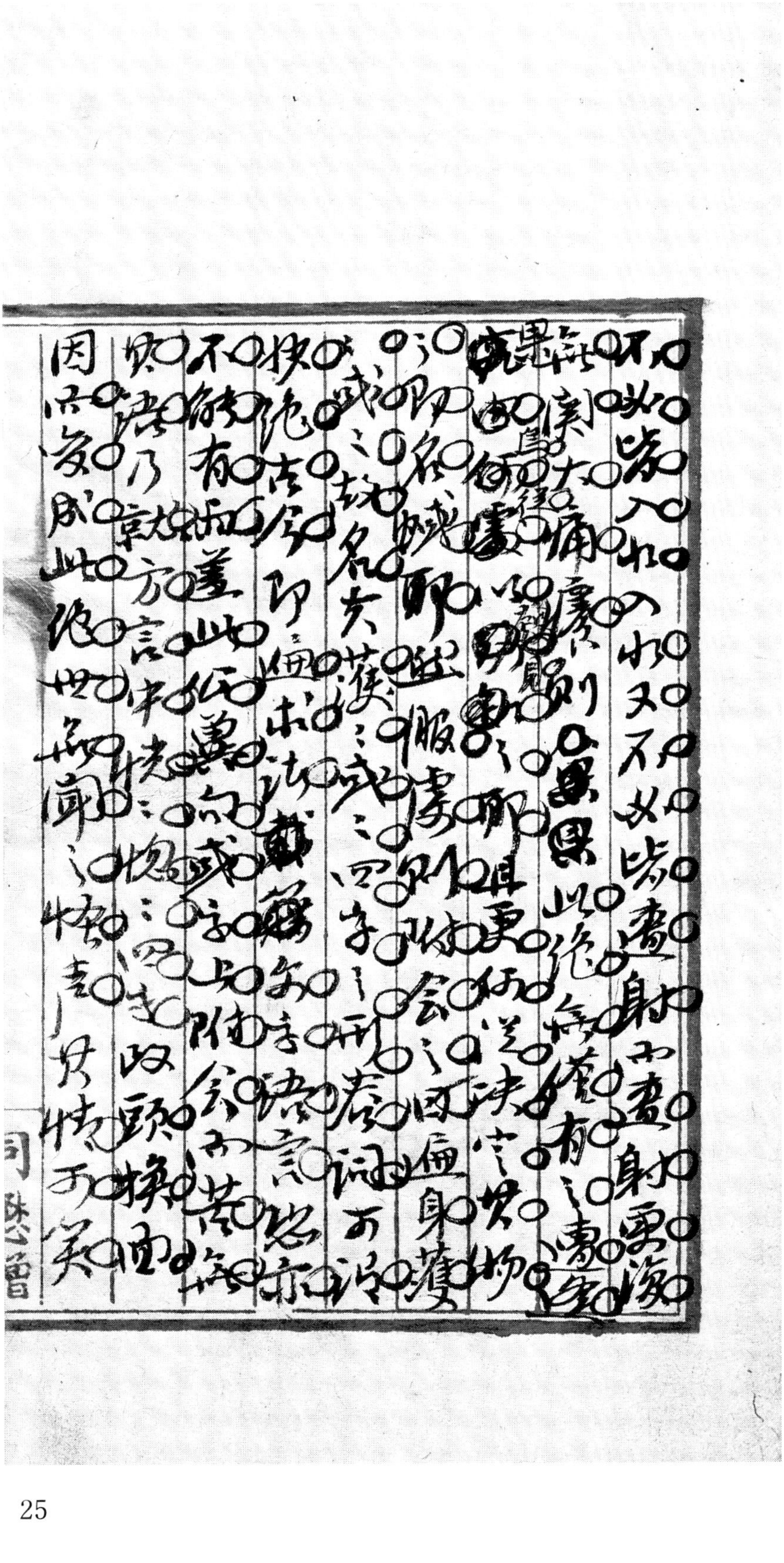

山下隙也亦陆路则更为南部云凡

则郭江淮旁有江南人以先以居投

江汝沔然后入阳峡陈氏此语乃专为穷

说郎云去越西宇与情事又合故特远迎此

怅帆过谈渡江而北（徐本江淮间人）乃舟为

乃御里间然空添此种特尘可语谊切要

棹然尚未并将归入勇泾竹云江、偏幸

则岂不胜费处珠珠憾然前人人指为南越

原系指山东齐近总有人实地考求者者

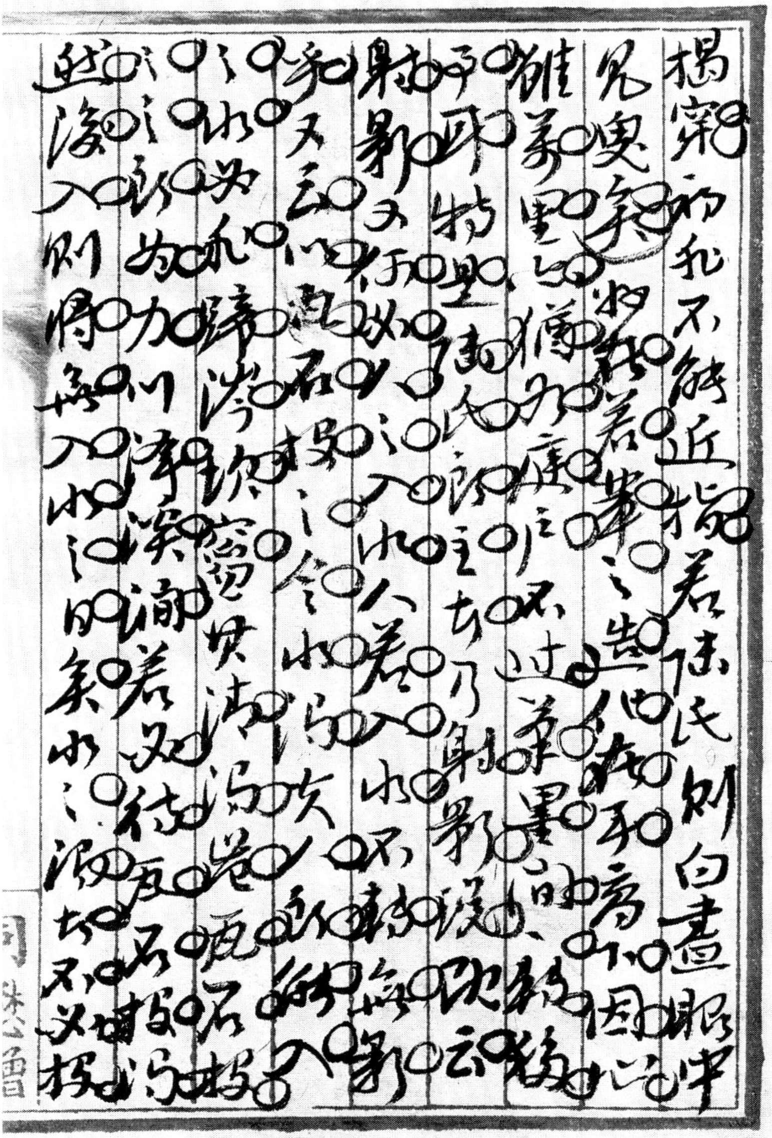

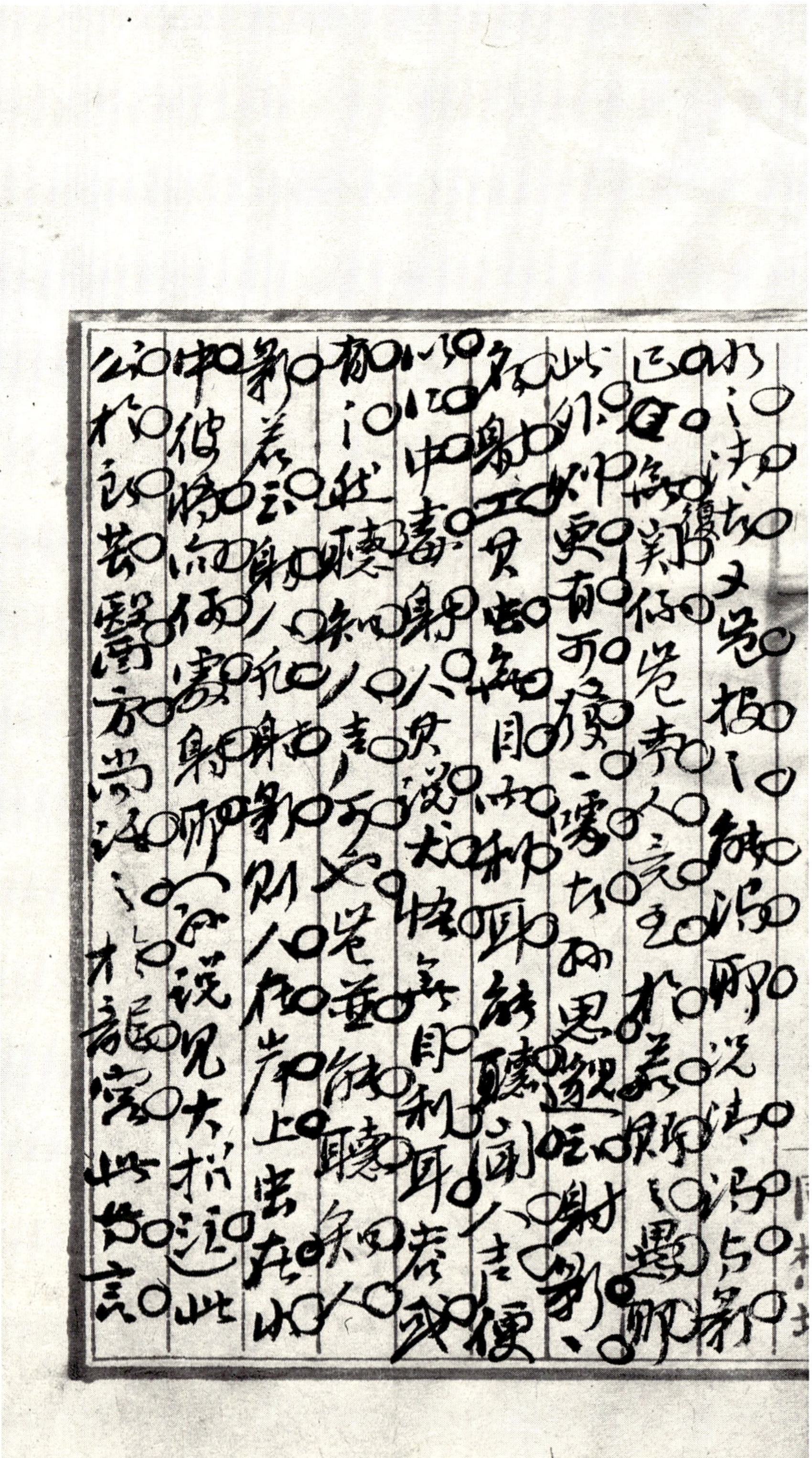

汾评拔。烦。徐。校。再。记。可。惜。右。该。公。于。蜮。之。
特状言之，津到陰出，言之差若目睹其
物，故乃一一问其蜮之字之究竟，何言则又读之，
或蜮或读蜮者，不相谋，且但过其物，果何名
乎，兼其名而不知，又何论据，而知其名之耶？
为此字耶？大抵该公所记，或称短狐，或称射
影，或称射工，此外更有称水弩、短，溪毒，天下
必不容有此怪物，乃使有记无证，免其物于
所以不蜮，况其字旁又不知耶？今按蜮字

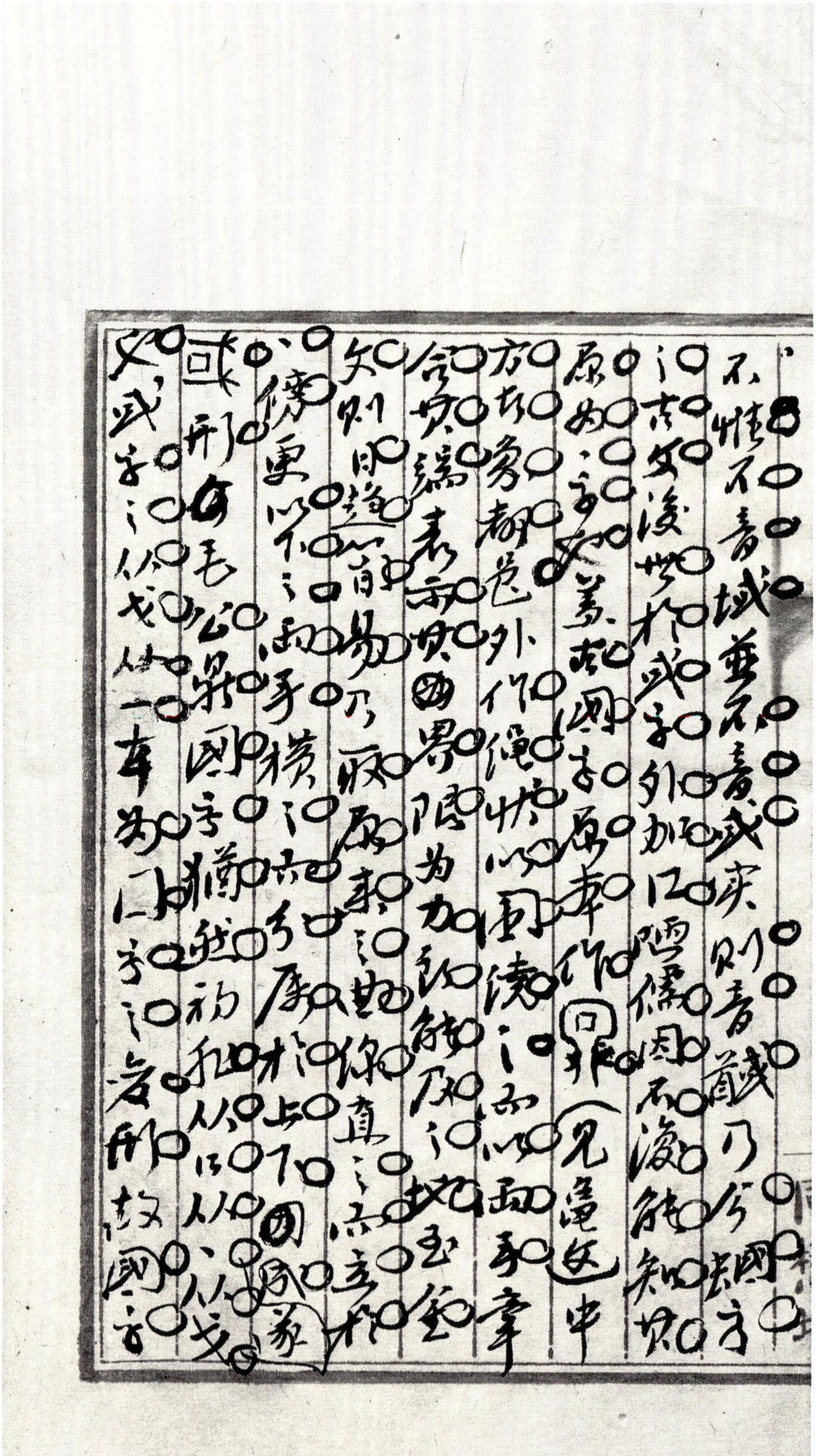

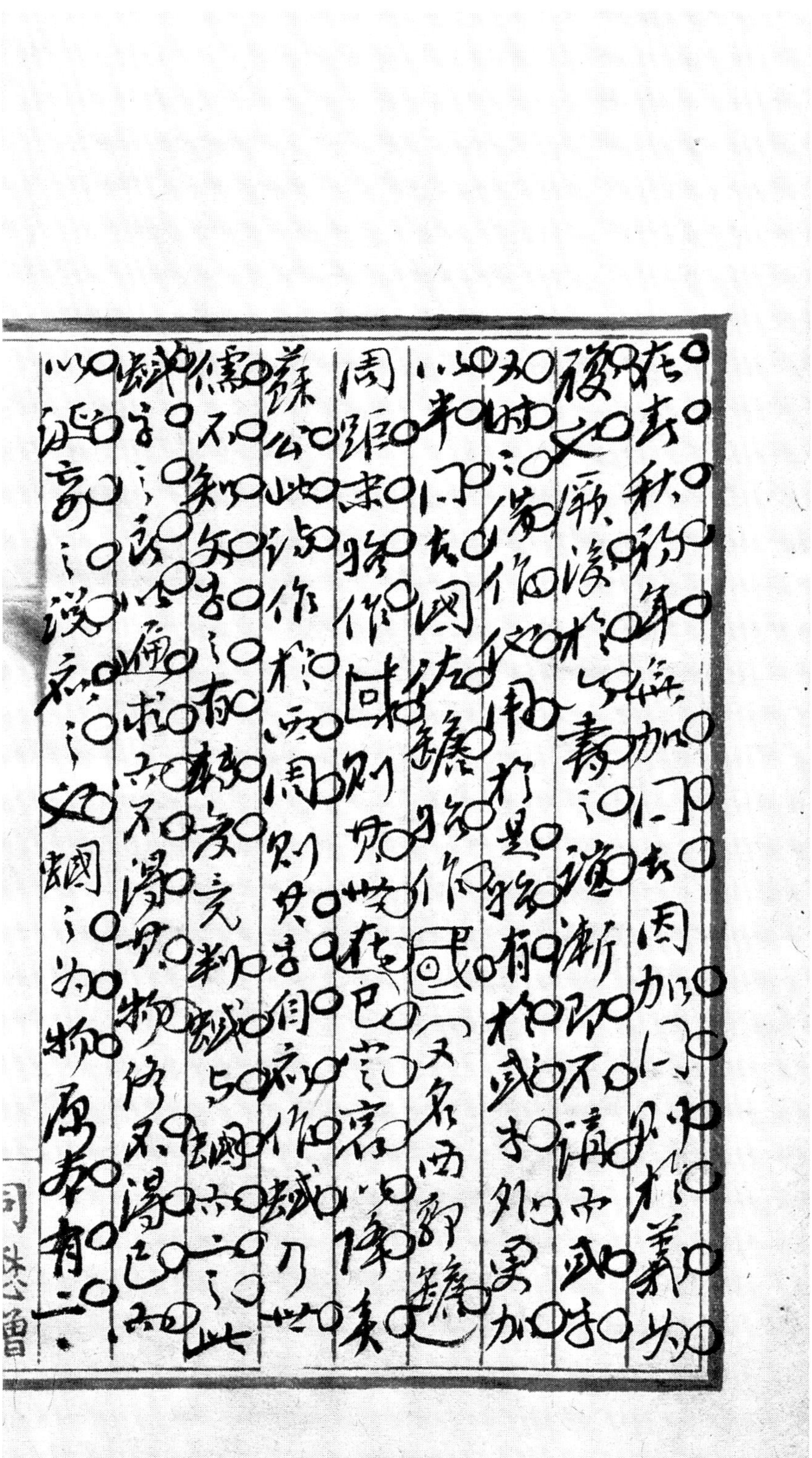

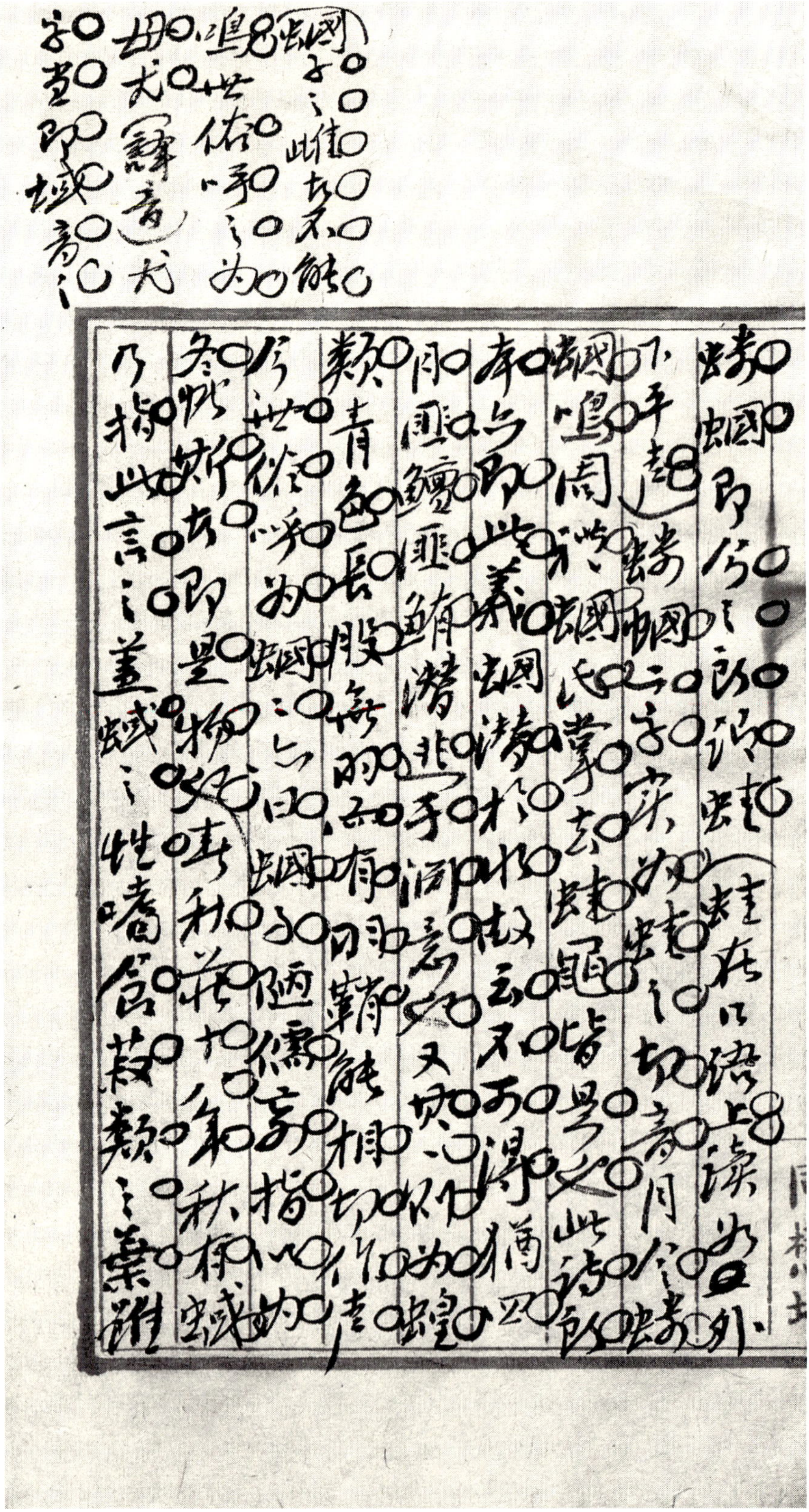

静也（此注添
春秋句上）

不甚傷務然出多以之足以成宋學多被
俗則未務務之不能生之惟於爭甚罪故春
秋二百四十年中僅此、兄初不若賢路之多
孫之、種天突文陋儒不知細致善此城古之
以信之、惜談之尤為煨素秋之義又因
宋不書魯九收國又淫倫處東以論多之
三足邇以改那成褐囊那然那此種往說之
與其來甚未公莘傳云賊之僻言式為豈
公弟氏已不能謂其家其說說宜知令雖

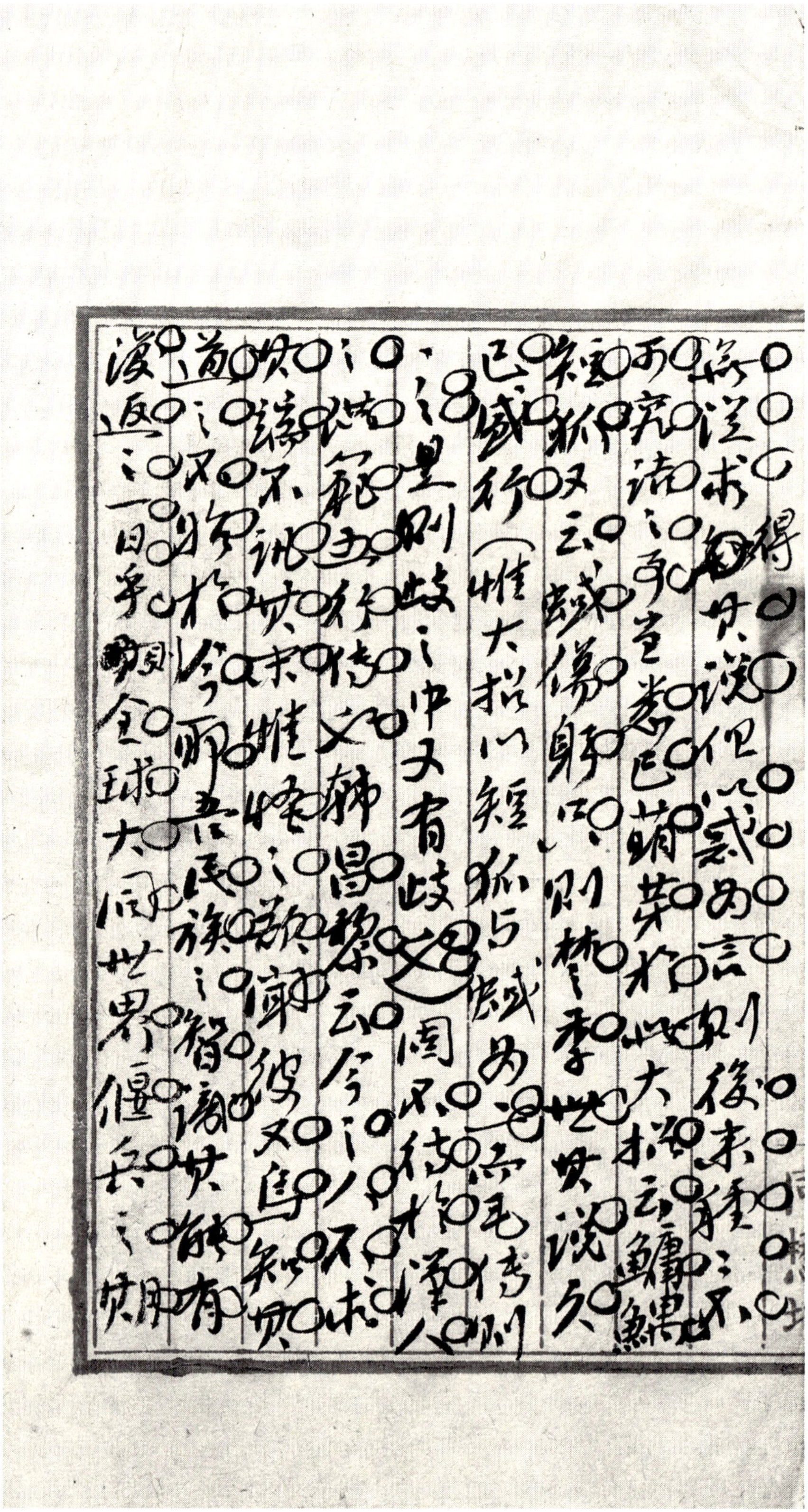

不知遠矣

蘞

唐風蘞蔓于野蘞之言[illegible][illegible][illegible]無注陸璣詳

機疏云蘞似栝樓葉盛而細子正黑如燕薁

不可食幽州人謂之烏服其莖葉煮以哺

牛除熱其說殊不了了出兩人知之[illegible]烏服

之[illegible]長令葉中有白蘞子不知[illegible]是

[illegible]之物宮之其華為之種蘞華[illegible]乳一般人

說胃見詩人託興多不肯稱說隱僻使人

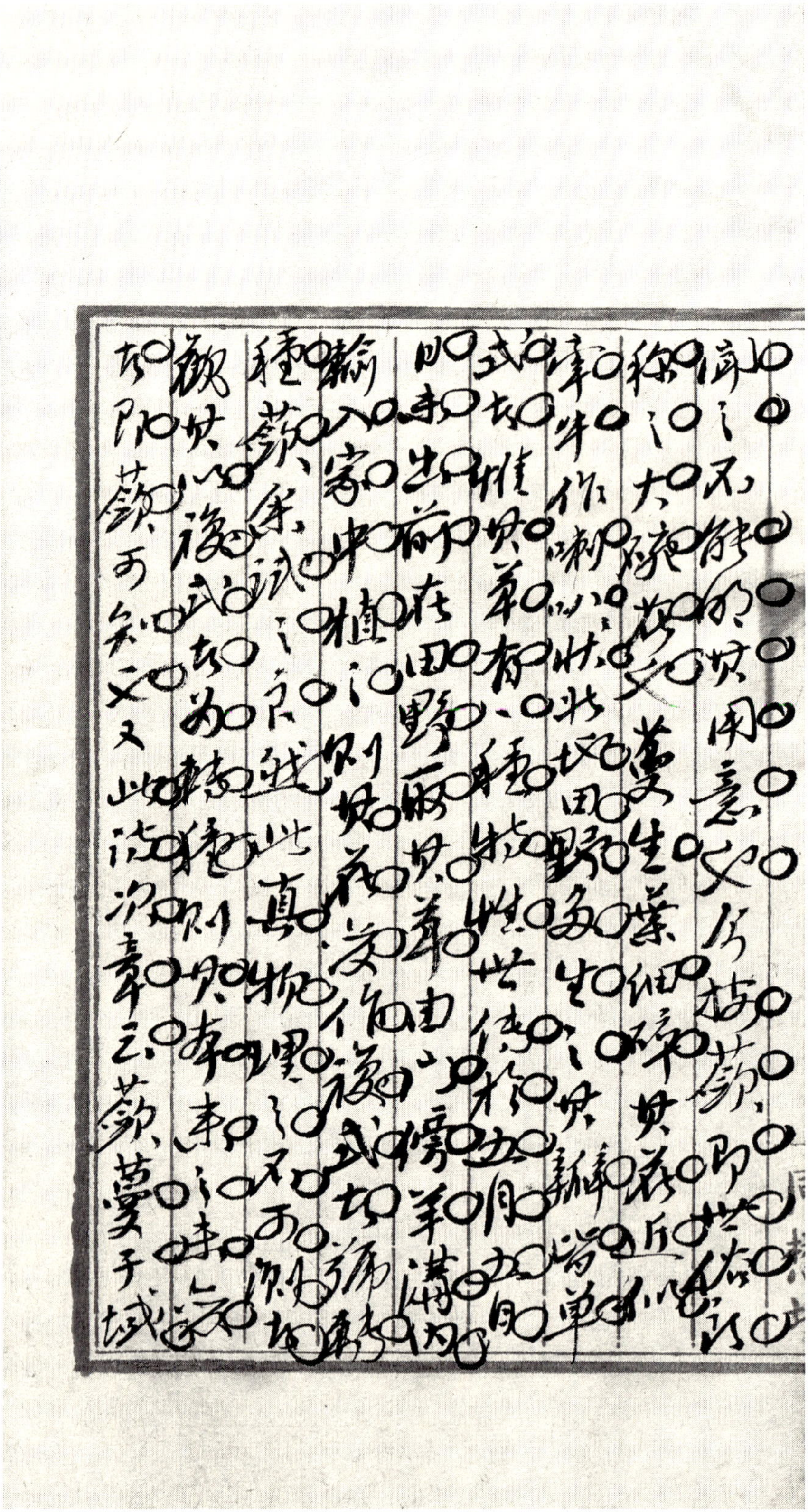

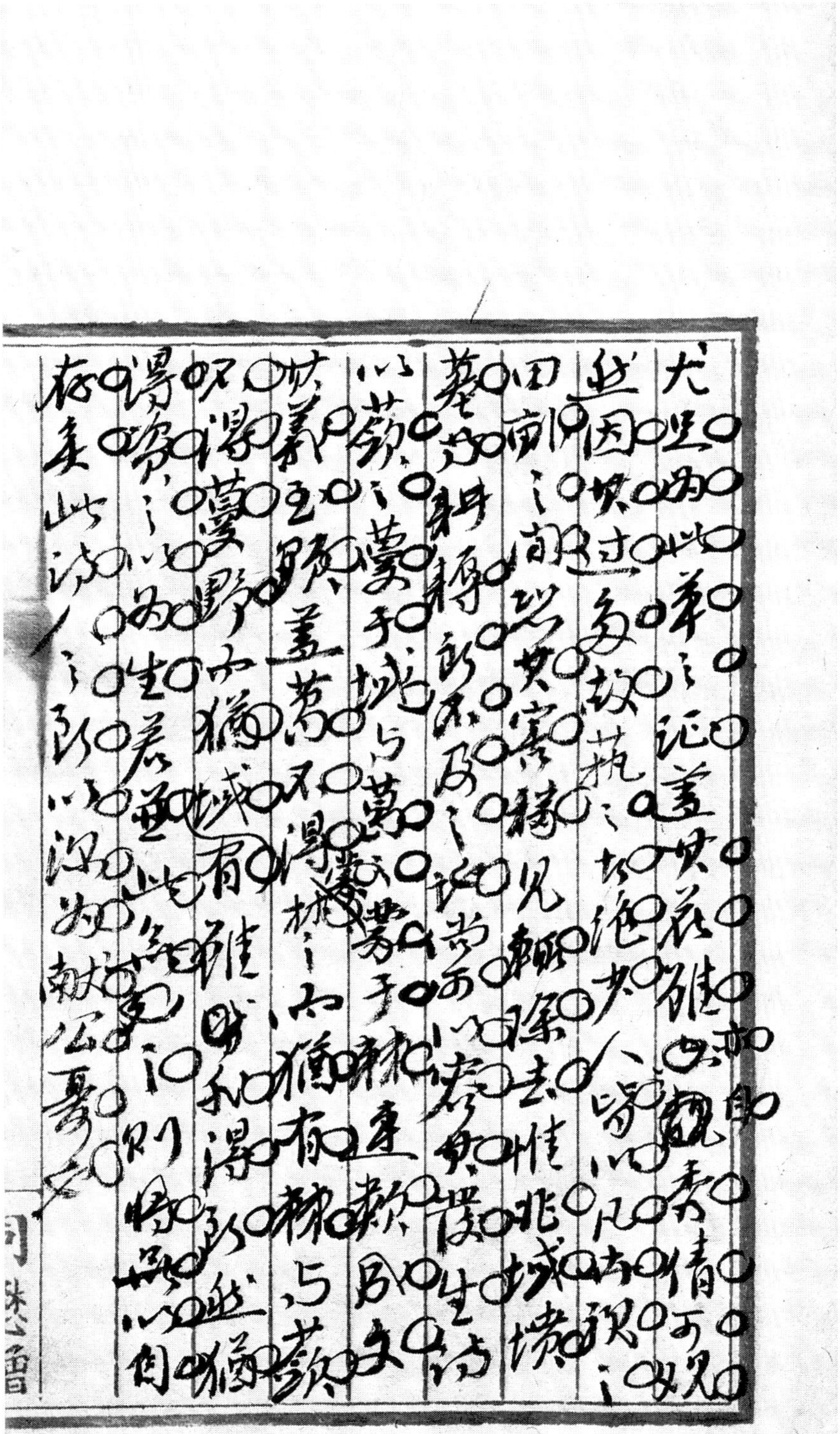

菅莞茅

○○○○○○○

菅○莞○苃○卯○ㇾ言○古文○刑書ㇾ字典○同書

古○务○知○互○留○文○留菅○古○武○齑○作○莞○毇居莞時

○卯○央○鉄ㇾ○泥○宦○50○莞○古○音○奉○双○相○起○敍

ㇾ○作○同○奴ㇾ○ㇾ言○在○寂○用○上○同○相○淵○懐○罗

敏○漸○乡○而○女○ㇾ○但○印○用○第○名○言○ㇾ○以○作○債

而○以○湿○菅○白○苐○菅○茅○露○微○菅○茅○以○途

言○記○名○葉○菅○蘇○侍○説○語○偏○菅○端○丘○着

以○央○政○作○風○ㇾ○黑○物○言○ㇾ○奴○作○莞○不○莞○上

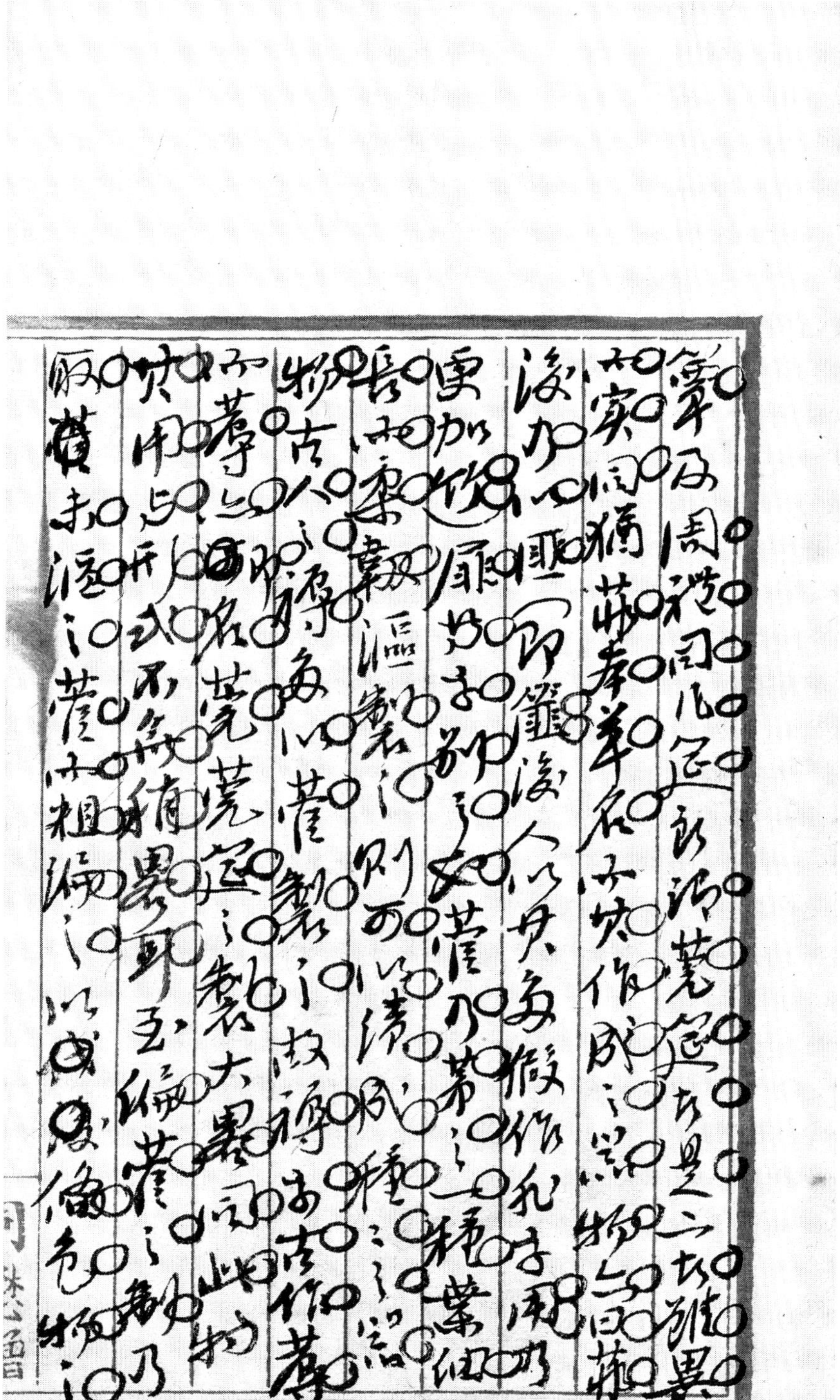

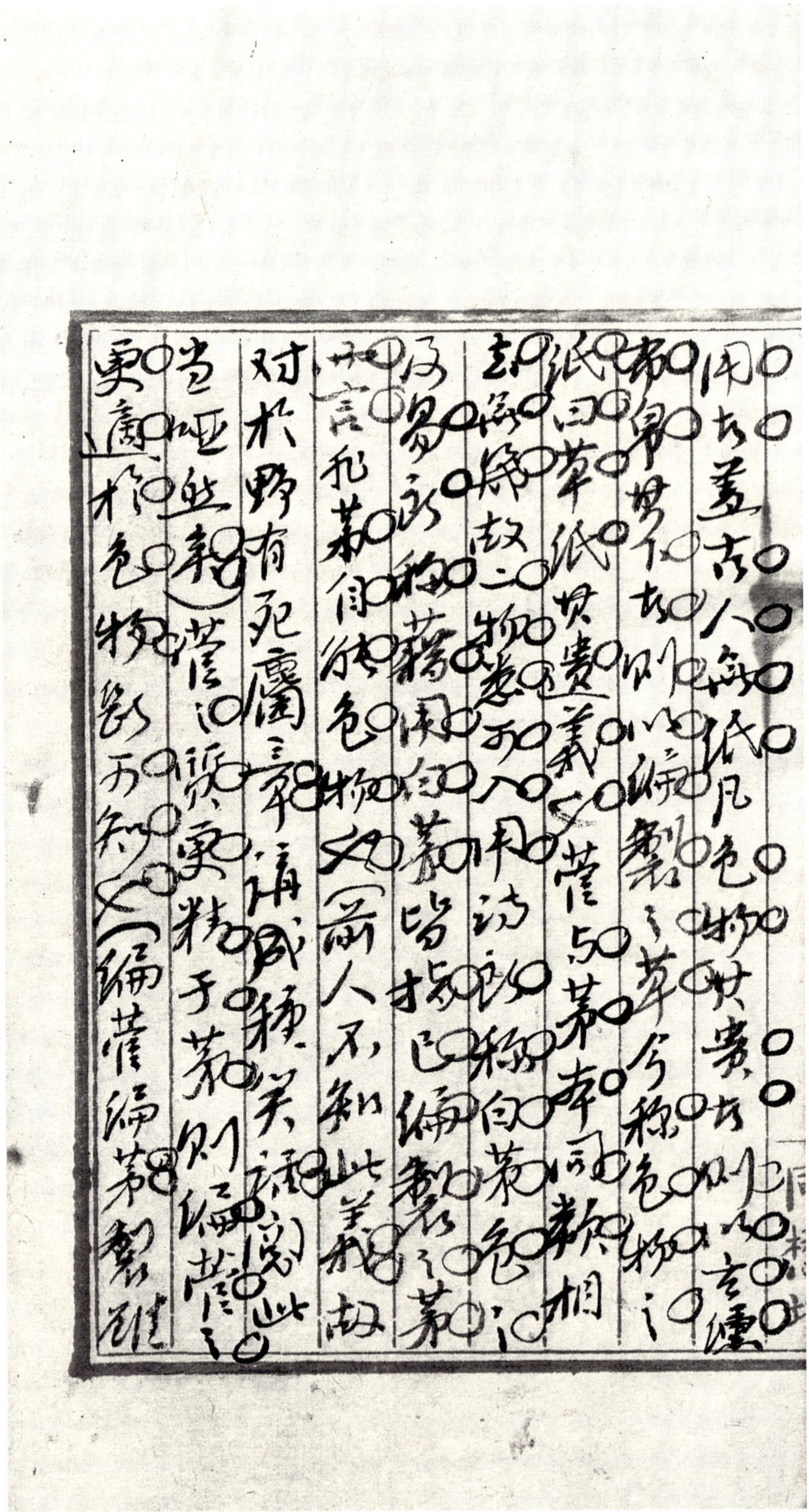

異同並編第粗而編，編荼精編第厚而編
荼說左氏極刑卷閱，人不思熟御究之家
不言編第而言編荼，編荼猶今言落紙
此義與從無人識，鮮儒不知之，諦
之守乃說，從前汲於莞字，則荷竈說，於荼字
原讒為之史予以太亭，荼字則從塵何
更漂有我許，邢主快報之字，之義釋之
悟毛傳白華，英蔥云，白華野荼也，已經為荼
其說孫令人萎解，白華是荼一物耶，抑二

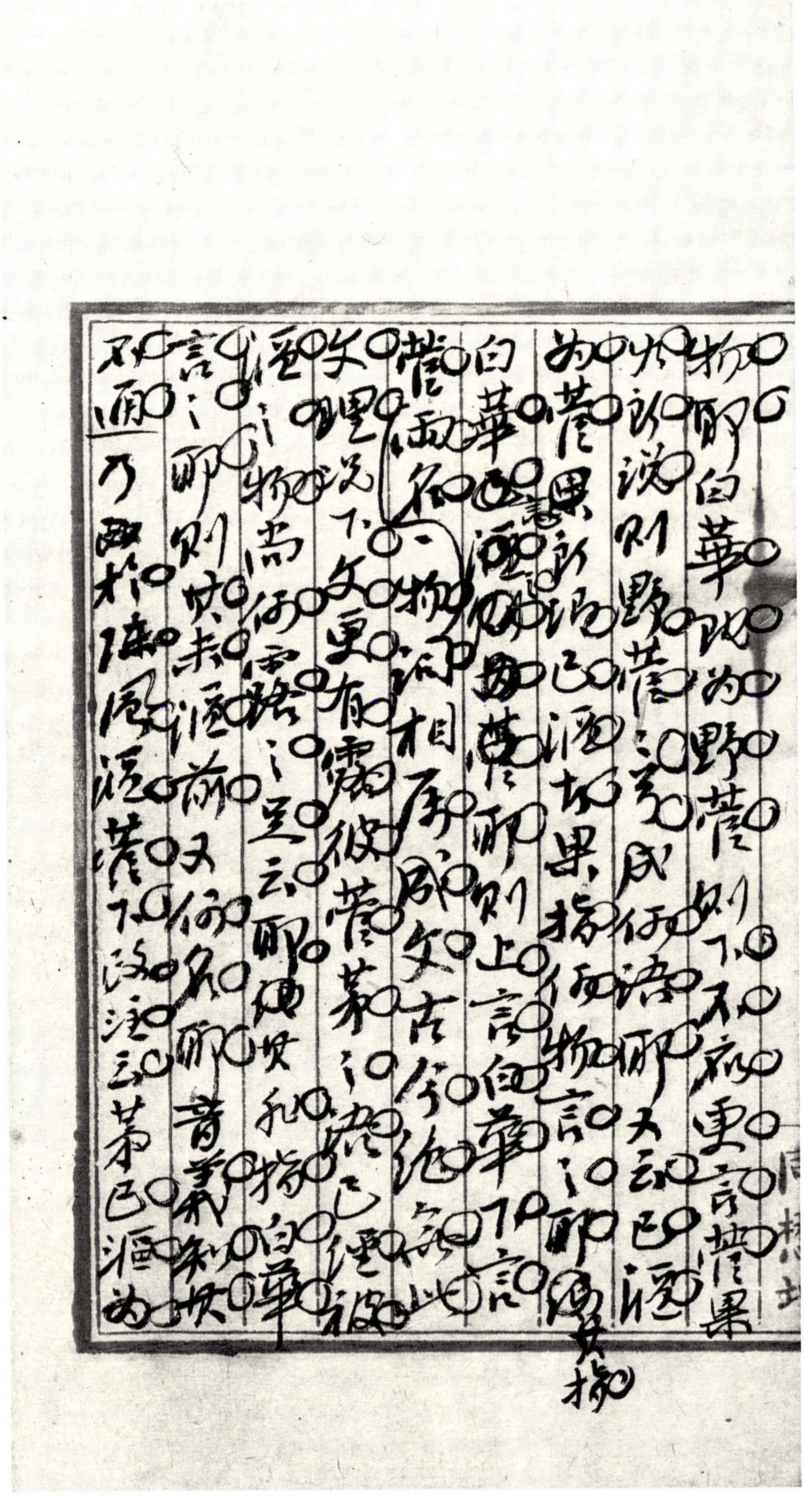

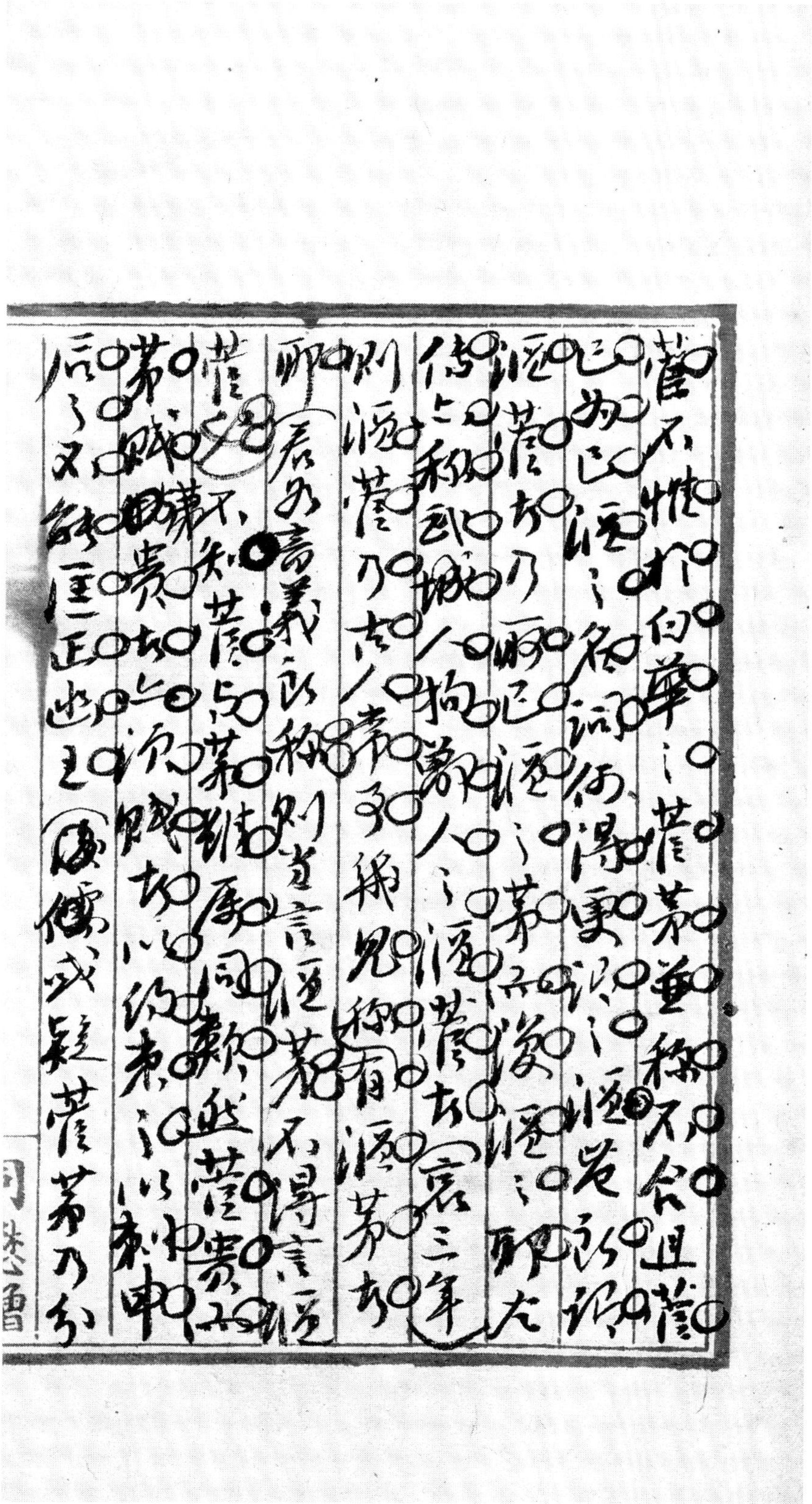

指事后窥，以不知诗云鸷鹞之喻，昭及窥
以文害辞，至风雅，拟之之乱君，其义甚明，隽注云
全篇不能尽理，其风旨商之谈也，特周带
见有渔樵之文，亦遽行以渔者摘入之耳，毛
氏之意殊直以贤者作渔，佛书云白华
渔，郑笺亦以渔为贤者，其不通何文也，集注犹用其
说，因此说渔者隐于君子之等，小蒲之序文，小蒲之
学，隐，惟蒲则有蒲耳，宜为渔者因其小而遂别为
之名，古人名篇之序，各有所制，寓意以为之绍且然。

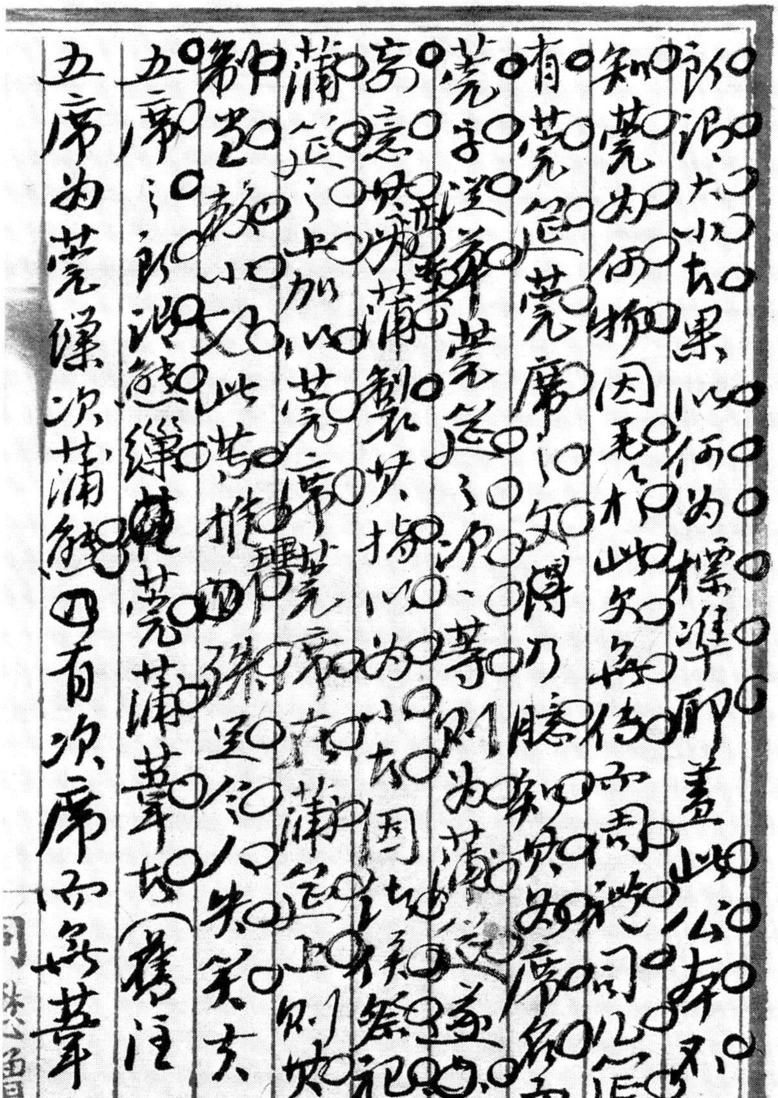

席。此乃不明五席之制，亦循父据教。如席下
若纷淩乱无次。亦教至缫席。五教已满乃径
将萑筵苇席、种类去。前人之不明其微。
不耐详致，数为此说。不知经说次席纷乱
别成一种。次乃重之意。盖即承上文之缫席
言之。盖天子惟大典礼始得陈列待席之重。此外无御
之故。故次席不为定制。说之次席不过说仍
用上之缫席而重之。取若苇席则上下贵
贱。凡书遗表礼说通。通用与五几中之素几正

相对成文宜寝席〻於五席〻外五几〻
玉彫彤漆素与五席〻熊繅莞蒲葦
其次蒲正名〻相値最下者素几葦席表
尊無飾者用之周降則以次而貴五几已有
擾几有飾御設若葦席之上則為蒲以
蒲剪者為之再上為莞以藿剪者為之再則
以繅以麻剪者為之極貴者為熊熊席乃以熊
皮為之凡席八既御者之道与席器同
在下者為筵在上者則為席故二字又常通

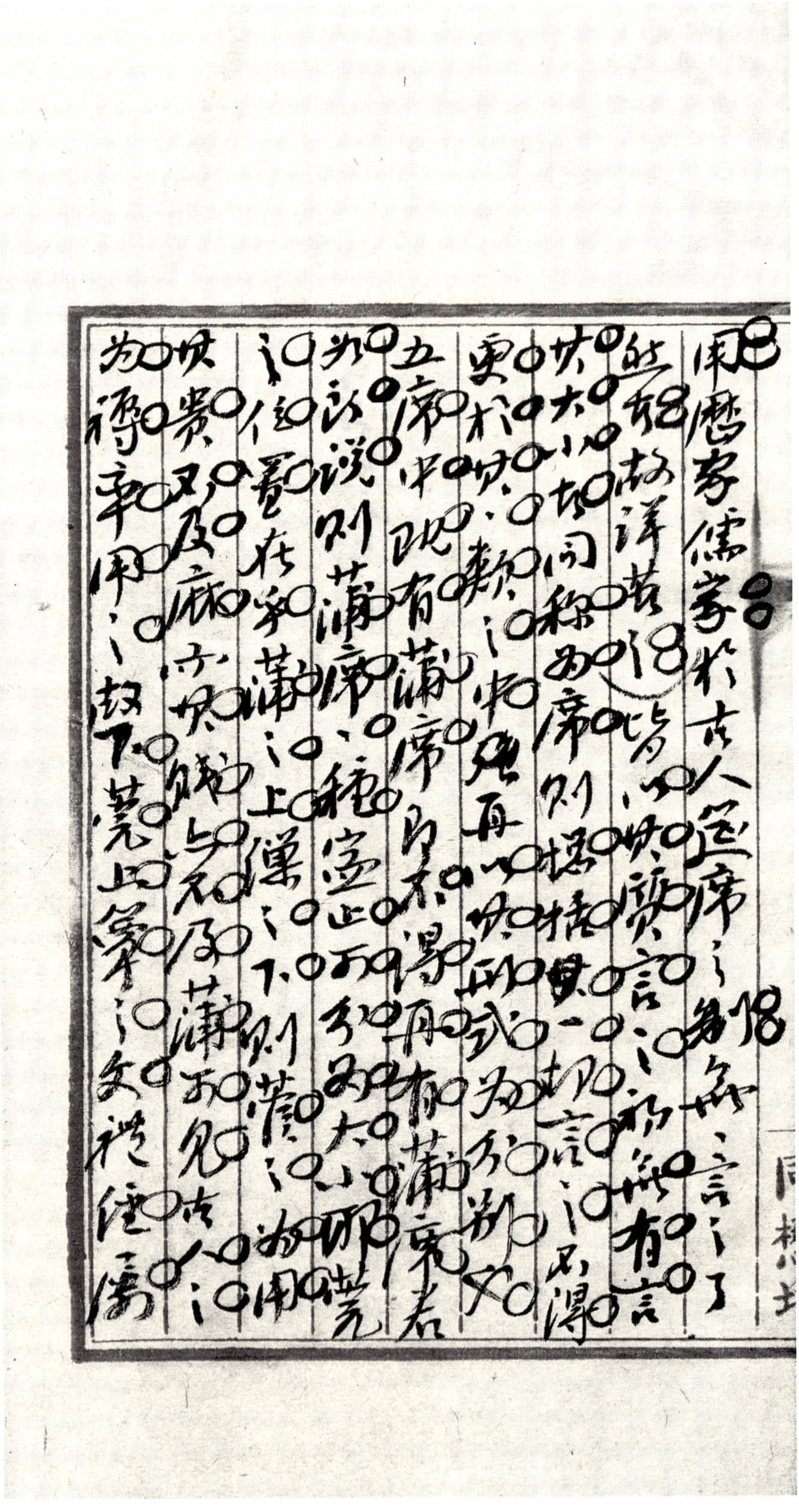

兒之（陀夕提）不茹洗言有然之菩薩泰華
前用金鐘甚廣胡人多織㲲之以供寿於麻
而西域貴於茅子多長文自於棉與蒸潮
即麻同滿滿即於海清麻因代用猶未立於
縊魔（麻古人、用帛服織麻係作惡為麻
之絲而灌野絲織絕錦余前絲有少數通
城特植之以為編織之用其甚黨兒今
浙州府人製錦之柳錦勸即其柳又（三國
志孔明所編綸巾綸音官即是物亦稱諸

同 公函

东海有草名綸，亦由此物傳訛也。蓋此草綠
成後甚似綸也。其長仍名藿，藿華土人知其
為綸，少不知其為藿。此則由於藿之名久
被後人誤讀為綸也。差以毫釐，謬以千里，
其此之謂歟。

螟

前人於其說不知之矣。遺意索讀以致之
實則此（？）家之，而遺不相比，故所知其物誰
近得目前而後不能有說，欽公有其名而失其

物有其物者未知其名此歷來治名物學者所

以如有九不相聯合三百篇中其仍如此者

不皇遑傳述已務見各備又如螟子本音賦

乃世俗訛稱之螟虫之傳如於詹而有毛

黑色而有赤點長僅寸餘其末文逸蜒蠕之

謂之為際緣之人為揉製露訛過之如采樣

之葉之說其實後又蝗相似伸而務之蝗之稍

見之視之其究竟則如蜀者蛹之矣故春秋之

青螟也之僅視其螟為稍夫參既即蝗其如

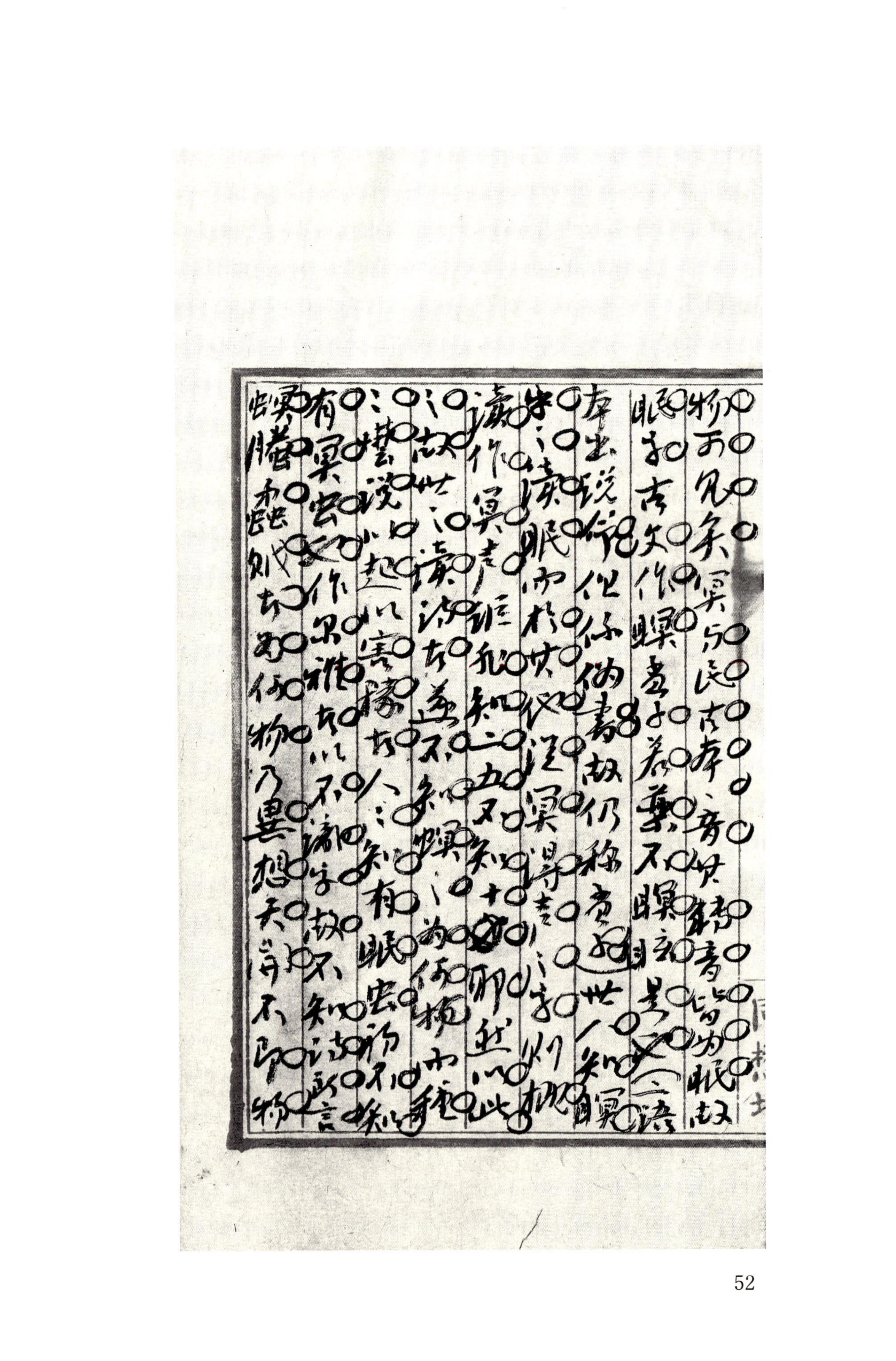

物而见矣冥而足[illegible]存、齐[illegible]静青[illegible]为眠故

眠和古文作瞑，盖[illegible]不瞑[illegible]是[illegible]

存生说作但[illegible]书故仍称[illegible]世人知[illegible]

[illegible]

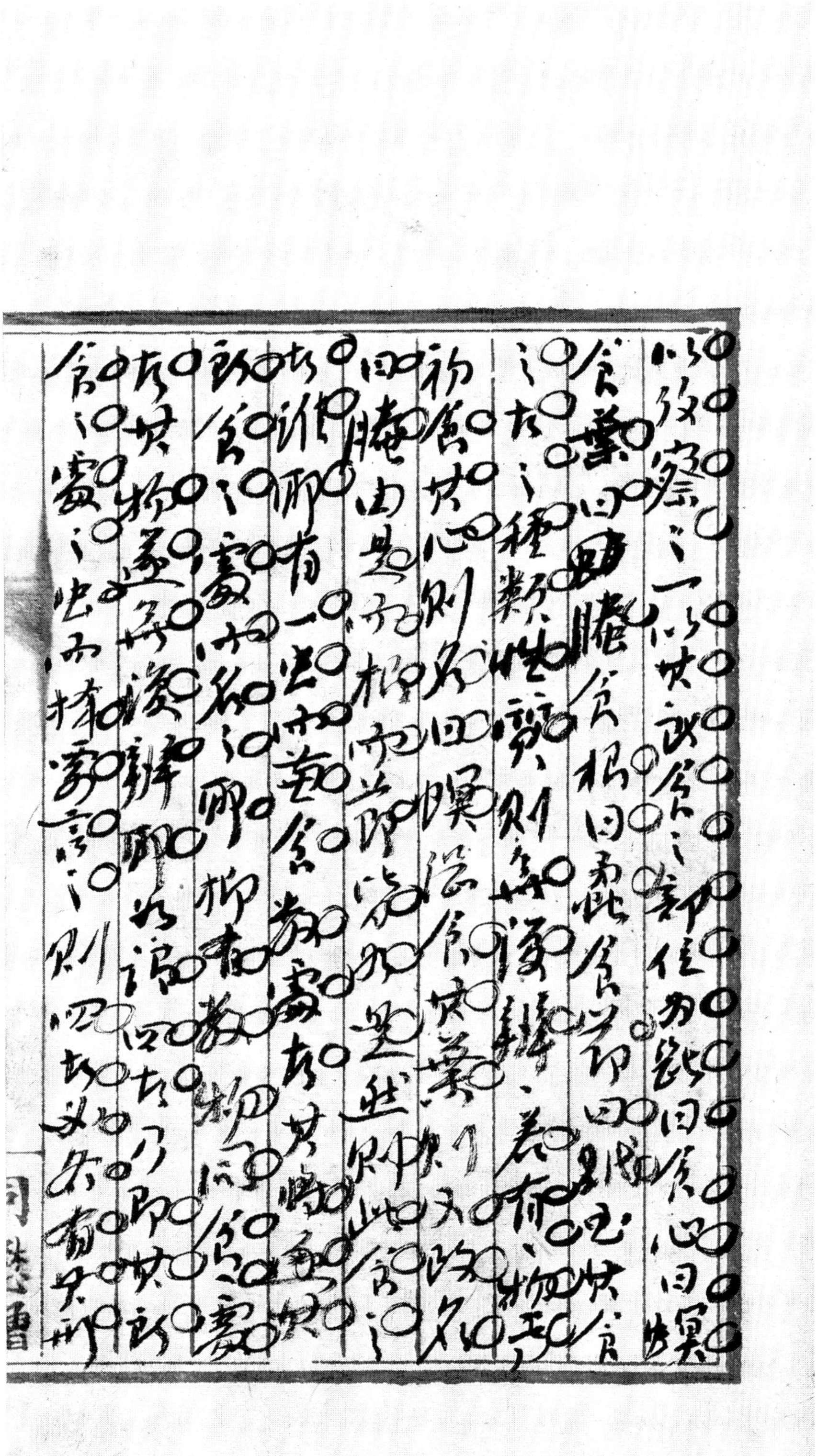

此。又。亦今。偶。然。又。然。以。其。說。之。若。於。胡說。之。

之。於。察。乎。為。言。之。不然。譬。喻。知。其。食。群。亂。也。

亡。又。然。則。隱。匠。共。滔。之。勝。害。而。乎。此。芸。康。

中。心。不。因。理。之。隱。說。而。世。俗。之。見。奉。之。為。經。典。

前。飛。位。國。日。偶。失。其。理。性。加。置。容。二。千。

知。言。知。人。論。疑。象。

舜

有女同車、顏如舜華。舊注舜為木槿。殊乏。

權。遍。磨。衡。證。釋。華。本。之。名。多。所。至。據。此

之以舜為木槿，殆亦以舜與槿音猶相近
因蓋隱括之耳。然舜與槿雖屬同部
非同母，以槿字為見母，舜字為審母，古今本
字音皆舌上之，而皆舌頭音，而不舌頭母，由此
屬能舌無為引白，較疑隸引較矣，隸之同部
古不能無疑，為屬文舜之不能比權義之同
此又古人初無蘇荏之名，好蓋而言蘼言之然
舜之孔鄭野說，生人說見知，而木槿則以
出於人之特植，月令之以木槿記候（木槿榮）

此知多有

未詳和瀰瀰源於此云又今按此地有一種野

菸草本叢生郊野間葉大如鹿麤花果如藤

紅黃白色各色皆有人稱為蔫之不濕故也

稷生土人嘗為蜀何花或云蜀季花無能知

貝乾長墨者疑貝草為蜀館名花之訛今以聲

言之隸言之當即古之寫花又蓋之同

言奉為蜀故貝言無論外何隸貌終貌能脫

貝蜀言蜀何蜀季則貝流尾之隸寫同

若蜀節即貝切言又此藝之木權似藉為可

檽杇又

栲

唐風、山有栲，毛傳以栲為樗，爾雅釋栲為山樗，此
何廣漢人指此處應之渠，按實附栲之何以為山之
樗形無人能言之者，故陸機多木疏中之累之曰
山樗與下田樗略無異，葉似差狹耳，吴人以其葉
為茗，方俗無名，此為栲者，似誤也，陸氏於前人舊
說多所附會，亦竟直言其誤與定說之
大不足據矣，今按栲即今人之所謂栲桃栳

梔二字原非其本名不過後人失其本字因假其
音謂之梹梔相似而其果不食梹而非梔故即以此之
字耳又假胡梔則以此依讀如胡之故實則江
語上仍讀其本音如河處無讀作梹梔者也
河處二字即如梹之切音依又呼色呼為榜
梹之因其形似梹故詩中常以梹對言相之為
木余謂指梧實驗據張言葉似杏而尖其為木
多曲少直枝葉茂抽踈葉如榛而細蕊則
其大倍多似梹惟其實不可食故李山有臺

樗即今之檮
杌乃杌之檮杌
子最易生者以
推取滋蔓
則樗是也　棠
上段添出之
陋儒上

以之自娱亦犹书叶秦杨柳李如

樞　扶蘇　樗

唐詩山有樞樞之本樗之假借樞之本義為
言樞乃日常所習用者從木有木名樞者亦樞
樗同音故詩人即假以代樗之用此樗以樞代
迺以方代（推）之世之陋儒不知其字之出於假借
偏求之於不能得其物乃憑空揑造之草字以當之
曰樞莖如此葉如此實如此用法如此所謂方寸中
種具有辯證其說之能力者無不知其為妄業也

女生之政貴有傳統訓釋去年因竟有政不知
將物之名成見知今極于號不知其義其字書為人
之政出謝者界極為墓則不惟其行依前意睬
乃無見字去人之字由識之此種訓釋出知字抑
成題字其在作為此語去移又于不肯直接自強
為以知乃物造為此詭又閱如之于以自盾者回
極即如墓子知墓即知極系實以墓之不可
知尤甚於極設更有以墓為問者則從更濱
為種之不可移之法使人不可捏摸任意於不得

要領而止所見問題則另由梗子發為董矣
此須人不傳之秘訣無如中國人自除國以
降其審理之性已完全表失偶有所言但假
有所答即自視以為了解從不解為徹底之
研究人有說我亦我之義豈答之而已此經學
之況於所以變遷千數百年文近郭璞注爾雅
固注已精而如經（爾雅世固認以為經者也）莖
孫炎須另加作疏方見其實然義之所長亦不得
已乃仍附極字之義推之注之另求偏貝

注為刺榆者因櫃子污原與榆為對文旁言其書為榆數乳刺榆果名櫃又名莖之特是榆與刺榆至今人尚稱為榆總無專名則莊周所知（大凡一種木名常含有若干種類遂數所名之範是理之下句既言榆上而仍言榆之古今豈有此無理郭氏於名物學本疏甚心得以所因此附會况此之字原屬憑空捏造義無端家則其說之支離刺謬固甚然勢必又疑櫃子能屬假借然其原義為木名則

又揭郑风山有
扶苏扶胥之字
即檴之切音扶
義与即加檴郑
音渾濩坂係為
蘇叢檴為扶蘇
毛氏以扶蘇為
以木特理知也

依各章之義推之，證可知而莖乃是家
亦溼草此無他不過因莖生蕃而根木則人
得其知其為檴檴之檴而不濕枕而顧人其欺
據空檀苦之世說亦無之生亦不甚易之文然而
此之可知其鄉已

螽斯　阜螽

螽之為在春秋不勝傷數其為蝗教遊為兒
顧螽雖為害務之害然其生適之象實為也
物中以僅見（產子之多也）在此旗也雖有意

蕃信宿滿
耶穿則新之
山有扶蘇而處
之山有樞如此異
何由比類而得
故從之讀焉知
具理乎

蝗　據目驗，故云：蝗之產卵，其數常以百計
卵之化，其乃十九為蝻，蝻其即出，如蝻之生，紀之孔直下其
出也，則蝻在前導之，穴以而旁出，而出之，之後，蝻南
漸蹲躍而為蝗，蝗則蠕動，不知所以，以隨驗不
爽，故如尤奇，故蝗自有生以來，其腹中即先寄
生一蝻，隨蝗生長，而即依蝗為生，濕其意之
漸由胸腹而上，據其頭部，終則以傷及其要
機，突蝗致死，繼之其俱斃，故凡擬之死，皆受其
先作而疾微，而蝗則有正在飛翔，而倏忽墮地

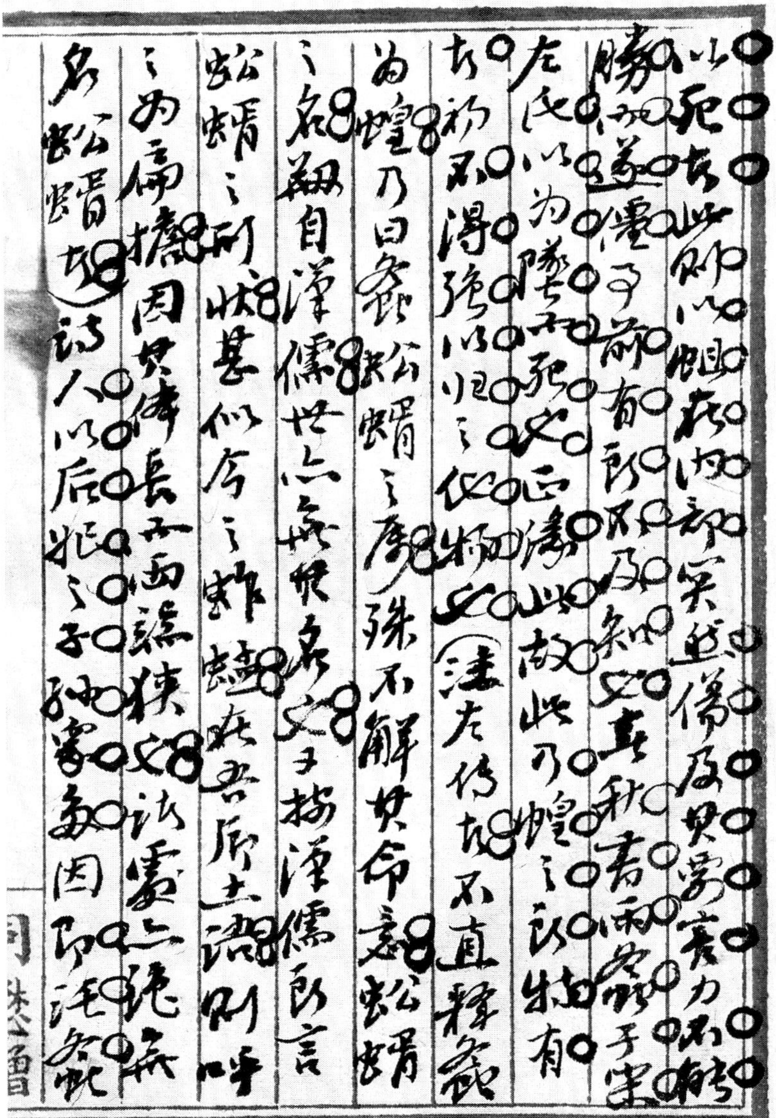

以死去此卵以蝕夜以知實然傷及其勞費力不能

螽以遂遷乎前有所不乃知也其秋書而螽乎宋

左氏以為螽者死之云傳此故此乃蝗之所出有

其初不得強以歸之似物也此（注）左傳不直釋螽

為蝗乃曰螽斯蚣蝑之屬殊不解其命意蚣蝑

之名緣自漢儒世亦無解之者予按漢儒所言

蚣蝑之形狀甚似今之蚱蜢在吾鄉土謂[illegible]則呼

之為扁擔因其體長而兩端狹小故處亦絕無

名蚣蝑者詩人以后妃之子孫衆多因取託物

以起興比，正言之於律物，擬為於倫處，乃
一般隱儒狃於後世論淺，淺深之心思以為蝗
乃寄託之物不為之，之比，更不為以之此後能
無謂之士既見累同之道，深以此為古人庸寄託寄託
之為蝗，安世之曲之說世論，殊流法以設身寫趣
不得已乃作得不知所以合之於近作為之名
詞曰詩之說言切，我參錯之，乃參錯卿之人知有
參錯人知不能知，有參錯則卿則此參錯卿切乃為
吾說獨有不無論於隨意之亂矣，特是參錯

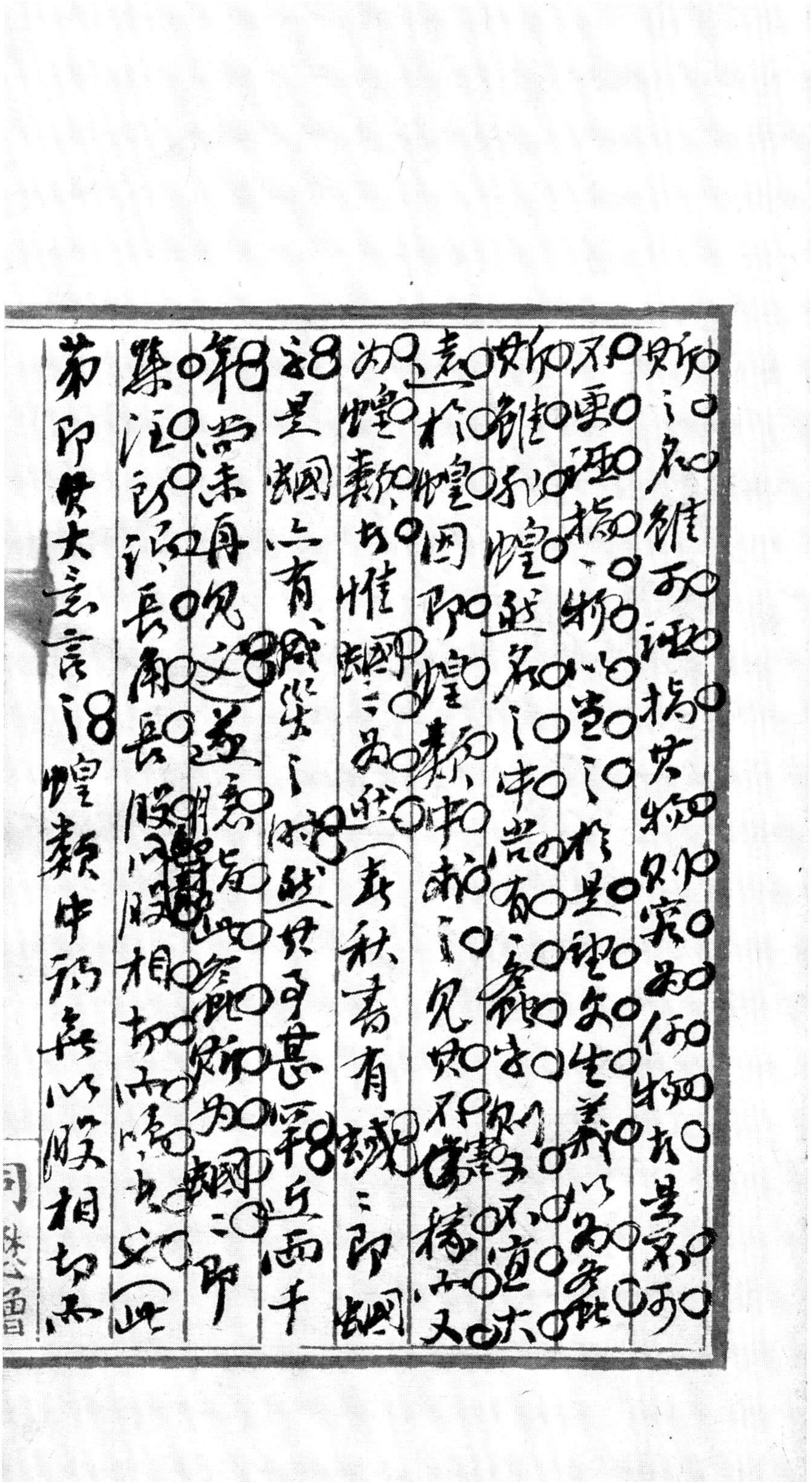

蟪蛄則作為此語物以鄉屈有所食動股內
耶若以其言求則天地間絕無其物者
老傳以為蚣蝑圍房指山囊麋陸樐即云長而
青者似為今之蚱蜢其云似蝗而小斑黑其股似玳
瑁者又為今之土螞蚱二者不惟不以股相切而鳴
且俱不能鳴尤不見其奇者故此章其稍近者
言之以蟈蟈二者顧蟈蟈二雖不害稼惟吼
其有羽者法家之說者雖說各不同亦稍為
人言及其羽此則詩所言螽之蟲之者指何言

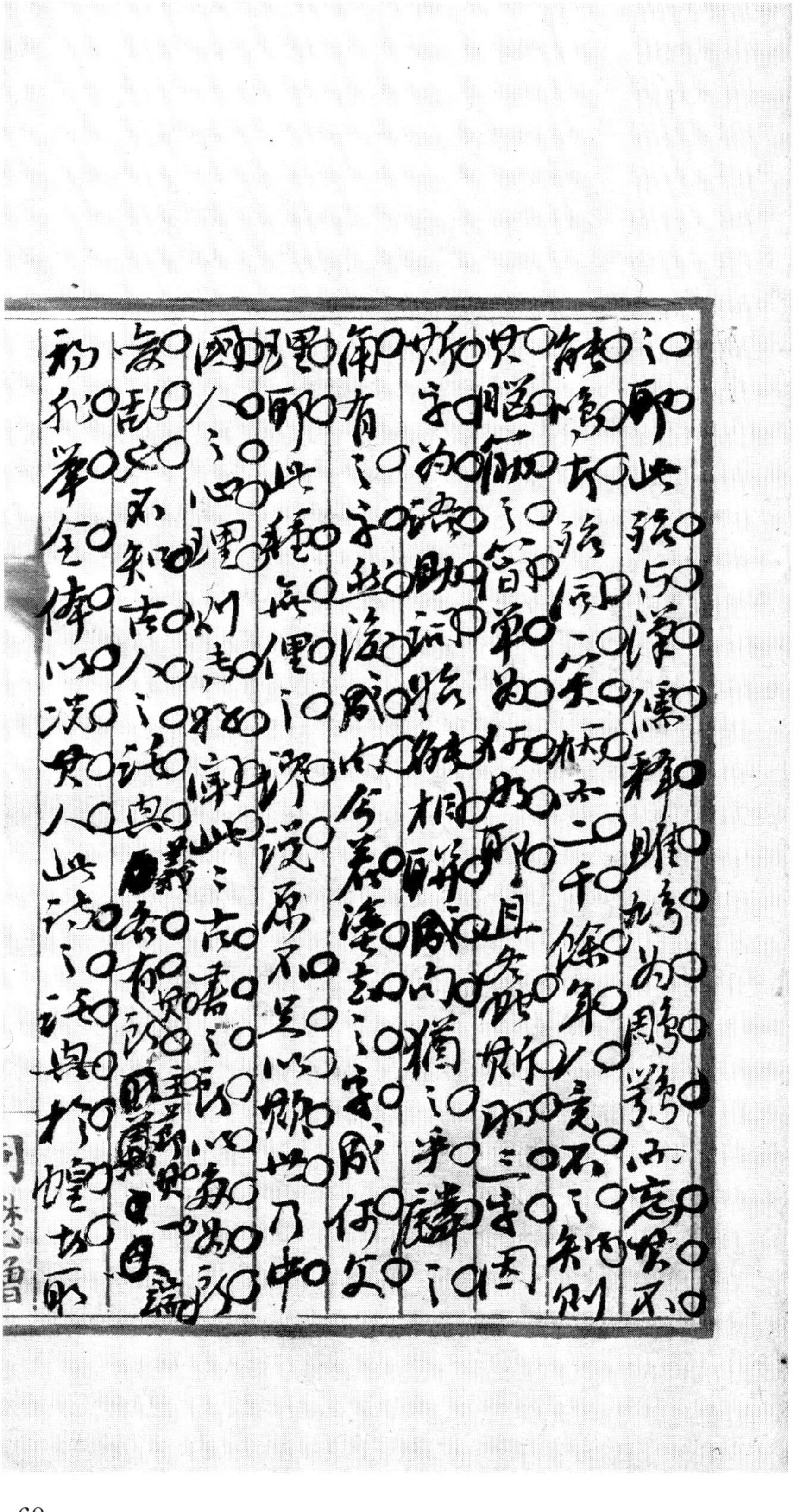

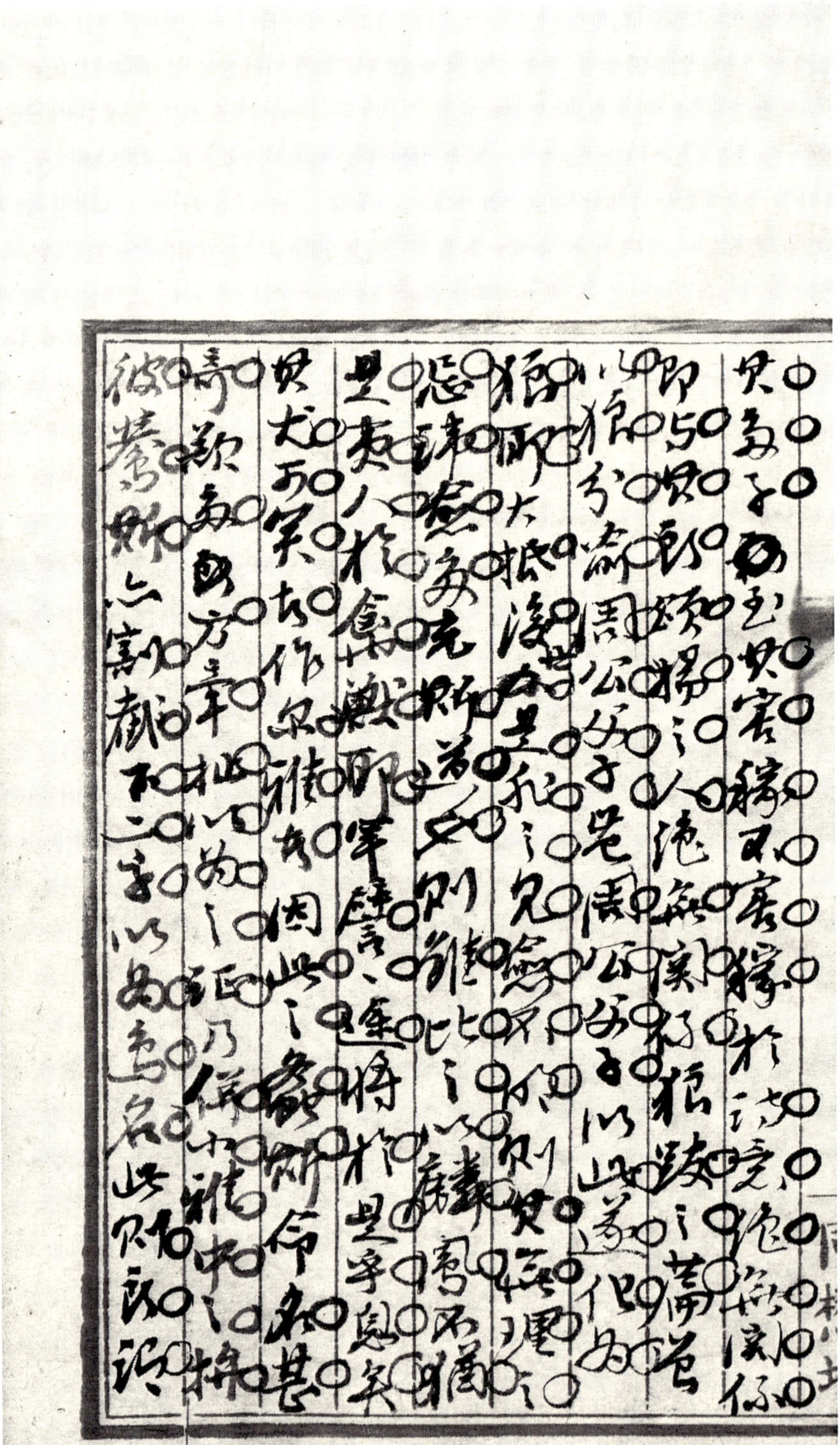

癡人前說不得夢矣
又按螽謂為蝗之通名則集螽乃蝗之大者
與侯螽言乃似非雅也要多指以為蟋蟀只
說謂蟋蟀也偏稱古書中稍稍有改或五
以蟋蟀為及片與記說稱擬遍三也又不數大根
此些字以陋儒假以[illegible]人隨意擇造告也古今
來至前之人之門書得謂有數字所李迴注
字雅乃謂傳螽為蝗子名實顛倒作綠壞
蝶笑陸機和之云今人謂蝗為曰急之夫

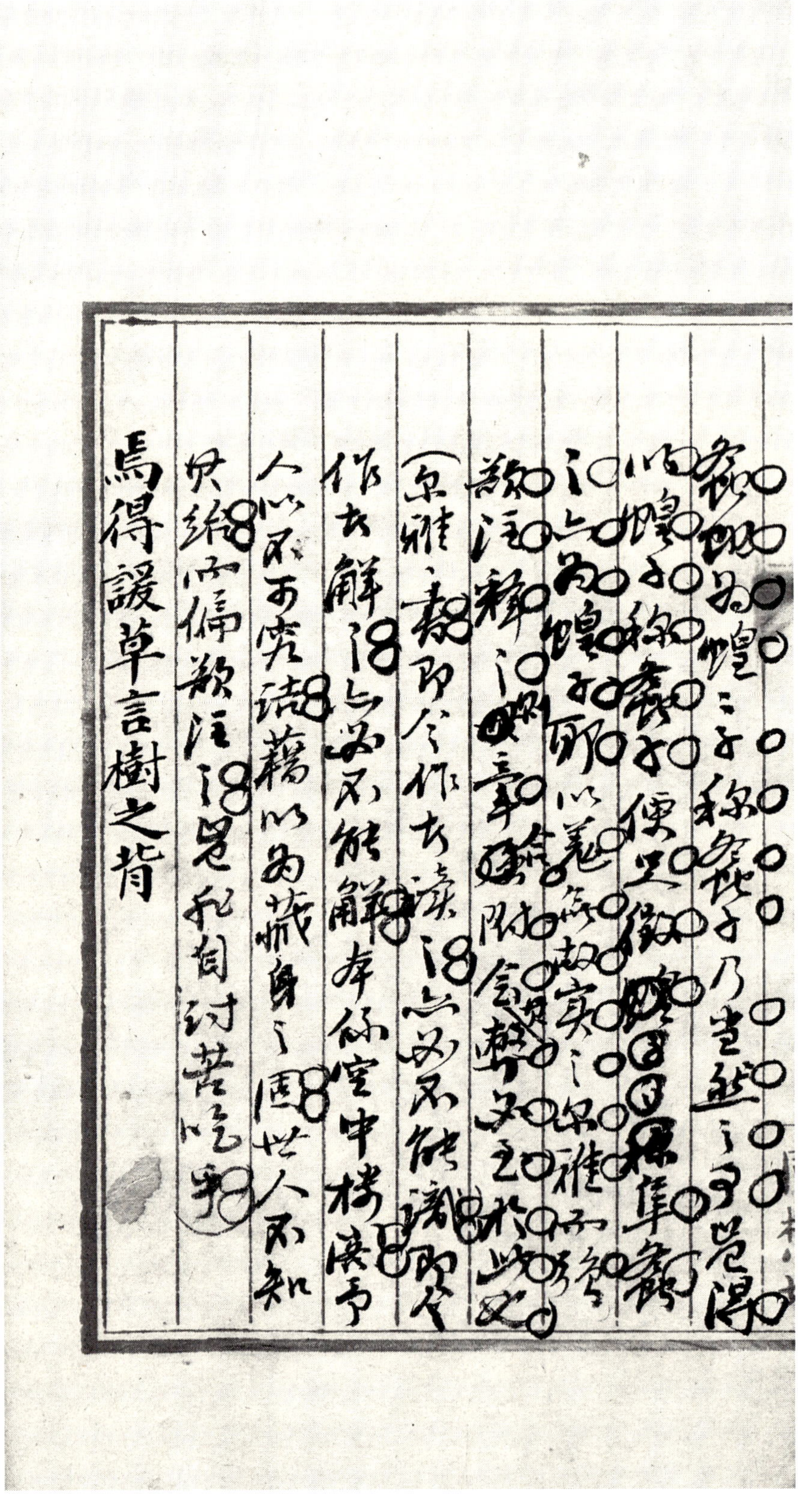

人以為不可究詰○藉以為藏身之固○世人不知
只絲○而偏欲注○是自討苦吃○
焉得諼草言樹之背

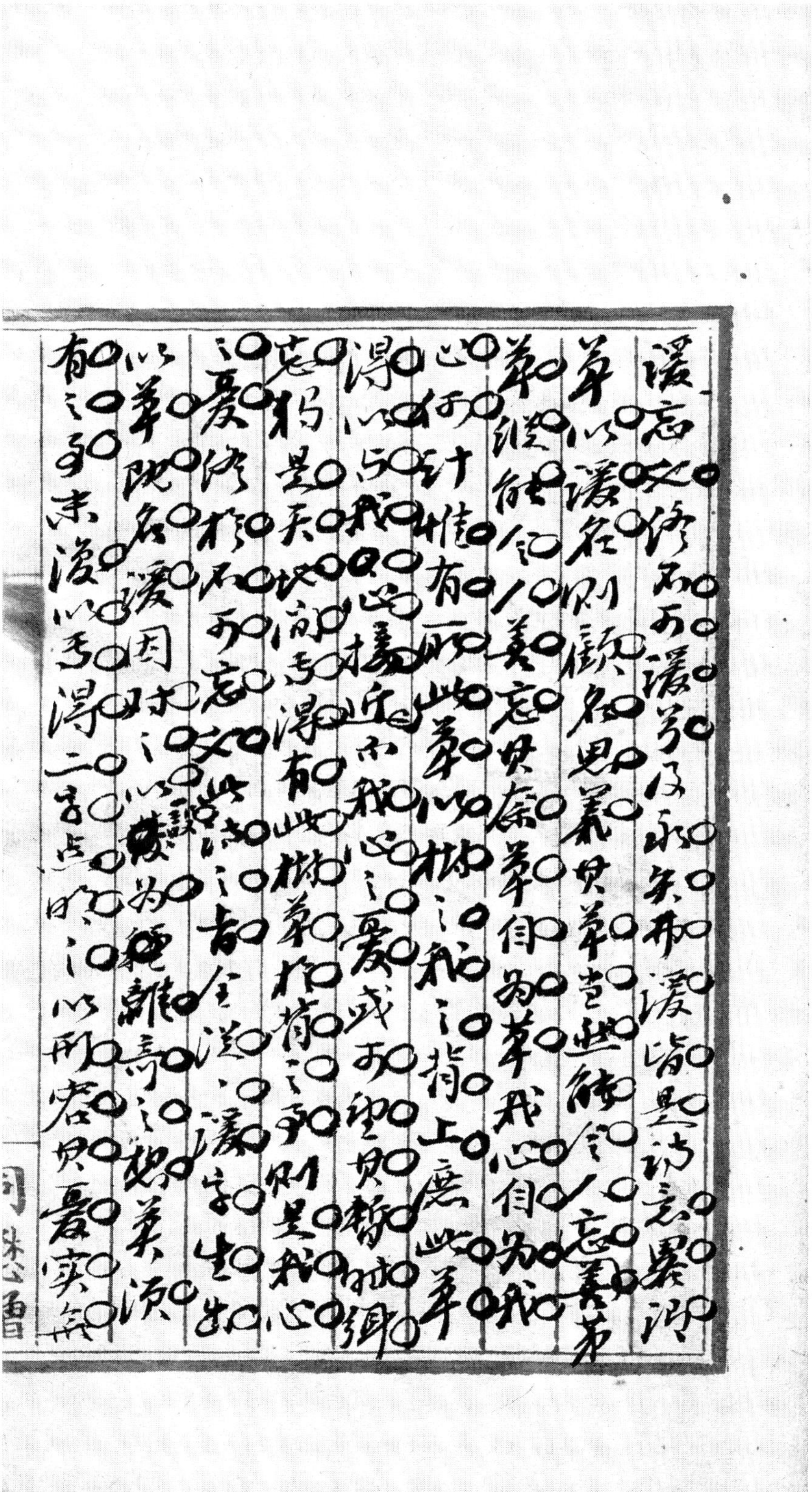

可以使人禁忘也。飛諼草果能使人忘，又諼草
即令之金錯萦，又依名萲名萦乃之訓，萲候
食用其果能養忘，則草國時候之蘇，腦清醒
之人名乃之僕人，前說不得夢，後儒因此羨，以諼
萲知能令人忘憂。又以詩言樹之背，上下為不近
情理，必更改訓背字為北堂。背為北堂，然則樹
為庭堂，萲可采，善然則樹萱諼草於北堂之上
又何能爭誇之，何至無此之，不能之，亦諼為乃得
爭詩之，本設言，為爭之訓，以知無而後儒則如以說角解

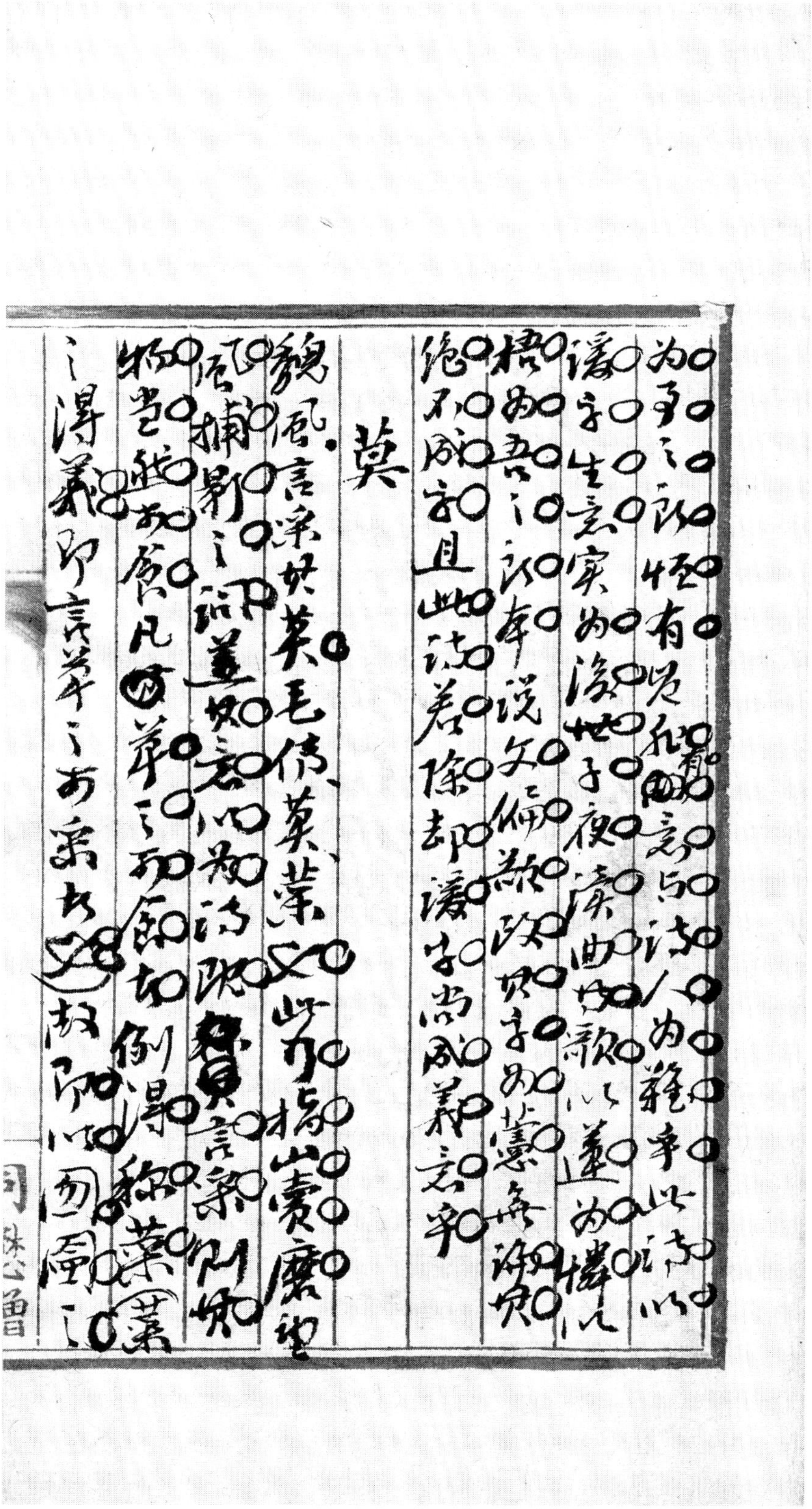

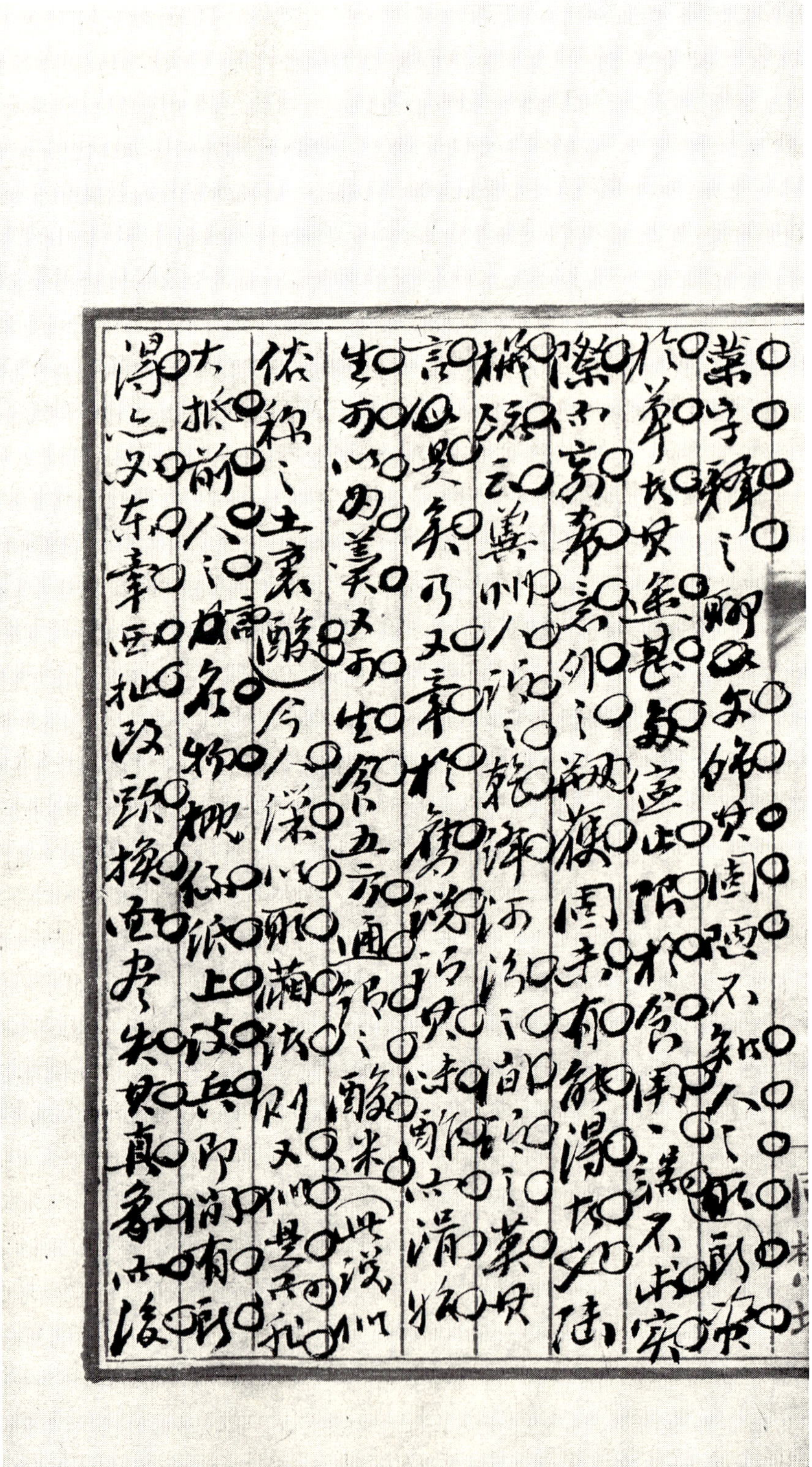

已不知就實物以為正說說反就所說以為正
實物亦實物是所以實人臆為長言之過從其物
之失之不已今按蒐即後之說說蒲字又作
若根而以染緣色也從說從紫草如是又初
本名蒐蒐末同也故以蒐染韋其韋即名
韎韋傳稱韎韋之附注詩說說稱之韎韐
皆由此得義至秦漢間則蒐之音又轉如茅
蒐茅蒐聲蒐之切就猶蒨之如若荃係之如
茹藘也漢儒不知茅蒐之即如蒐又不知韎韐之

稱韎言其色，不韐則言其制，乃因韎韐二字、讀

之詒茅蒐即韎韐之緩音，特是韎韋而以韎讀

為茅蒐，何由以韎讀為茅蒐耶（說見鄭箋小雅）

韎韐連讀，即鄭說觀之，則漢儒之於茅蒐

亦不知其為何物矣。至後世之秘紅色者或云

韎韐或裳淺其色，韎鞨則皆何從康合之

謨古國未有色，以韎韐為色名者也

莫之知，其雖無疑也。不生而犬以晉地即唐古國

亦晉都之名絳（絳即古紅字，絳之古音團

讀紅文絳之得義原於絳水絳者赤也然紅今
者則轉而為渾水之渾者其色為紅文觀黃河
渦渾即知之二水者皆名絳水文玉溪世絳之旁
改轉而為隸體故世人多以絳字代紫色之用紅者
義文若紅字則古工字之紀文其意即為紅工
説女紅字乃其本義古人不甚行用文書即淵
源於是其名之字見魏周書也此顧其錢產
於晉地然原本係華而非卑濕之地所生彼
渦之泗洳而彼猶言東其美香其之部物僧用之

言雜圍而可以厚和而求和所有責於供此役

然之和美雜為度於所以孫異乎公路之次章之

桑之章之藚義之然此而更有佳桑與藚俱堪

以保佩之物猶惕求之於治之方一曲則和然也

桑之不生於濕大甚於葉而藚則更甚於桑此

備序之所說倫不中禮如不能以倫為美德又為

有然而新如是

茹藘 綠 藚

鄭風、茹藘在阪。毛傳、茹藘、茅蒐。又此乃因出然

○东门○之○墠○有缟○衣○茹○藘○诸○家以○茹○藘○为○染○草○之

彼○国○陋○之○臙○脂○中○茅○蒐○染○系○甲○之○作○根○染○用

故○惟有○茅蒐○恰○又○不○甚○贵○物○於○是○遂○即○指

之○以○为○茹藘○即○茹藘○之○何○以○即○为○茅蒐○国○彼○之○说

不○知○之○彼○弜○毋○直○以○茅○蒐○为○染○草○之○代○名

而○西○不○知○染○草○和○以○柳○根○茅蒐○茅蒐○不○得○以○柳

赤○染○草○之○此○俗○蛮○以○於○云○牛○皮○寄○畜○之○家○之○家

畜○之○故○年○即○承○文○毛○氏○之○以○茹○藘○为○茅○蒐○聲

之○独○此○山○种○证○汉○若○从○言○之○则○人○得○能○不○矣

笑然出自漢人則敎之史使之信此舟同隨意

擢造故似猶覺此爲緒有相攜文今芬芷蕙薰

綠文其草可以染綠故即以其色係小雅之蒔

言菉綠是也但各國之語言種種緩急不同

故在周則稱綠在鄭則稱茹藘茹藘二字

合讀之則仍爲綠字此猶菉字在周南則稱

卷耳而後世或穀子稱之乃泥如爾雅以菉爲王

芻殊猶是也以雎鳩爲王雎則不識其物矣

空造出此二字以助人自煩之說不獨後世知

其○名○曰○吉○時○六○気○其○名○之○係○之○為○草○根○為○人○

說○清○之○染○色○而○其○物○又○徹○而○曬○曬○得○始○之○雅○積○

其○所○綁○又○盤○曰○染○不○本○之○之○單○之○以○茹○蘆○在○

陵○刑○唐○其○地○之○染○色○之○過○以○在○陵○為○之○說○多○

見○茹○蘆○為○之○說○固○蹊○其○求○故○之○又○係○在○故○

色○中○其○照○王○賤○之○古○惟○賤○在○服○之○故○茫○菁○以○係○

衣○其○裳○肉○賤○之○偏○裏○而○生○其○東○之○六○以○滴○衣○

茹○蘆○与○其○藘○中○財○草○以○時○其○服○之○在○之○為○籍○

賤○古○春○中○之○言○係○色○在○甚○解○弦○之○兩○此○鮮○茹○

同

朱公晉

○○○○○○○○○○○○○○○○○
蘭為第蕙則貝訪染右為亩色玄黄朱乃古
○人○訓○通○用又安○見貝○人必○不○卷○奶茶○切○聊○卷
黄○利○奴○又書○為○傳○以○敖○書○毛○以○黄○為○此○寫
○乃○因○上○安○有○從○沿○曲○以○語○高○言○只○華○以○當○為
济○生○古○以○從○訪○知○濟○生○以○華○又○惟○有○此○寫
歡○只○於○蒸○蘆○當○像○以○運○寫○豈○以○則○知○此○公○於○華
歎○中○故○知○僅○此○且○又○私○直○知○大○抵○於○服○藥○時○見
加
此○名○目○因○即○筆○以○說○詩○○實○則○畫○名○知○見○為○何○物
故○語○又○自○以○為○來○前○事○節○50○運○寫○相○志○道○可○以○論

里計彼不過冤貴同為藁物遂以不同之以欺人

之又知如取焉寫即此寫之大知此寫不名濂寫

（公入則書作濂溪）理知生義遂更以此寫之

名當此説之囊乃不意貴的稿況夫高正与詩

義相及蓋囊裹果為濂生者則宗之於濂曲

正得其説夫何以為倫不中從耶玄濂生之節何

又其即為此寫此寫何以即為囊此等理論初

不得与漢人言之漢人之智論但能知此寫以此

名書為濂生物囊稱宗之於濂曲亡書為濂

生物同為洋生物則萋耶為此寫而已蓋猶是

只以茹藘為茅蒐之故智以化為名雅之以萋耶為

牛原則又原於只以馬寫為車前之謀以車前

依圖爭為牛舌秋之（車前之葉似牛舌故依

有此名蓋改舌為原則又不成義矣）郭璞注亦

稚則又以水寫為濼蕮玉篇云寸寸有節拔之可

滌則又為木賊蘄蘄濼舄而陵羊蹄濼貝蔽

則皆原於條濼萋殺濼因此注濼字附會之

濼藚取貝名木賊則取貝實合二物為一物矣

何

人說夢務必主此 李顯陸機沼水寫業以下濟驚

車前草大則何以說馬舄即車前之澤舄云則未必

之相以徐州扇後人合之則又因說言寫[illegible]

[illegible]困[illegible]极更依會為此說實則無所見如濟瀉夫

前世圖未有[illegible]合之切[illegible]係之韓黃之也讀如

毒凡從賣得聲之字如瀆讀櫝犢皆然惟

讀之言為何外（此即今言言）今北人讀續若序

以言論則吉為去聲猶今人之讀去如遇又古

青若何則不可知矣（殷困碌毒吉為雙聲（碌毒）不

同

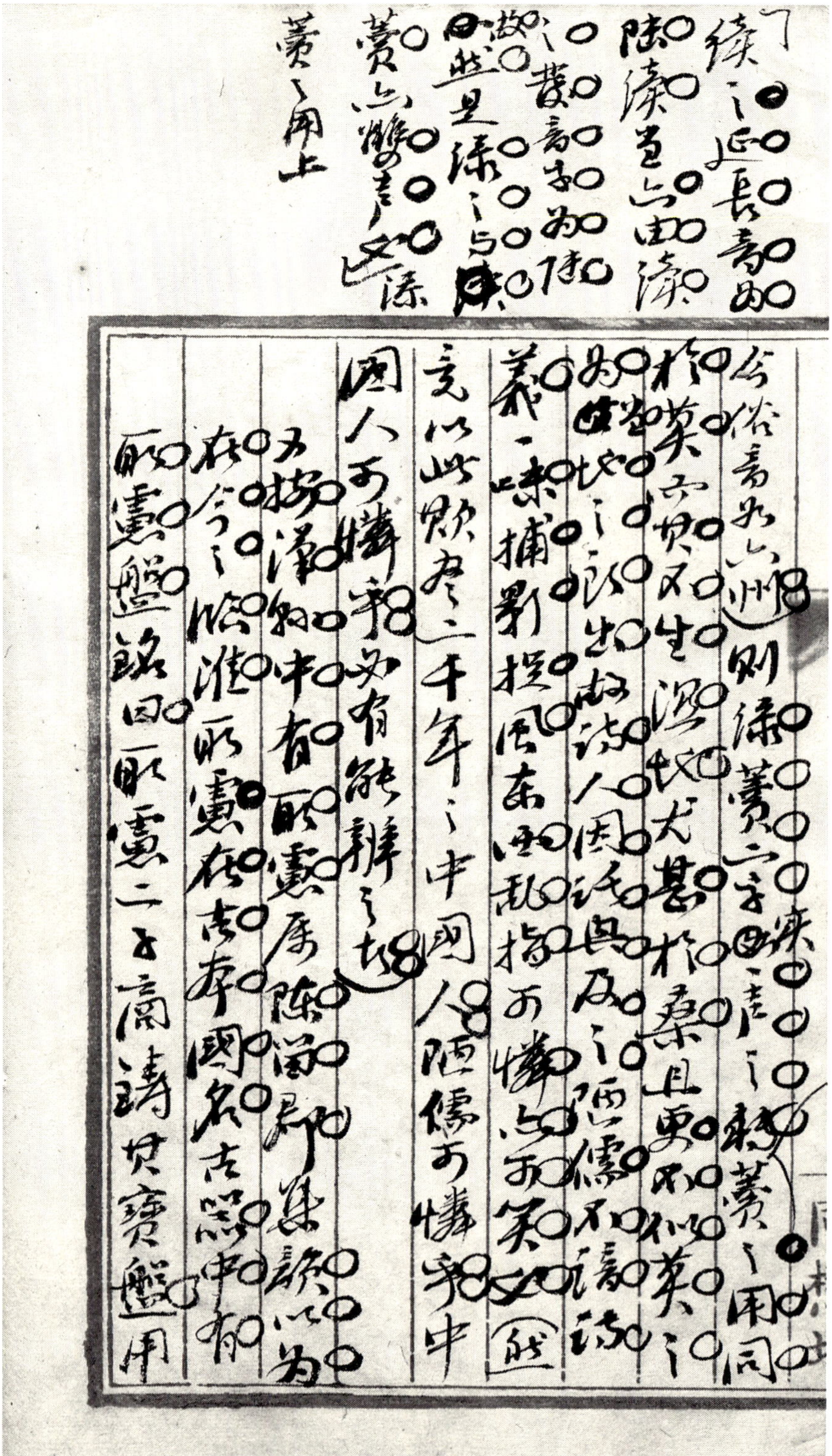

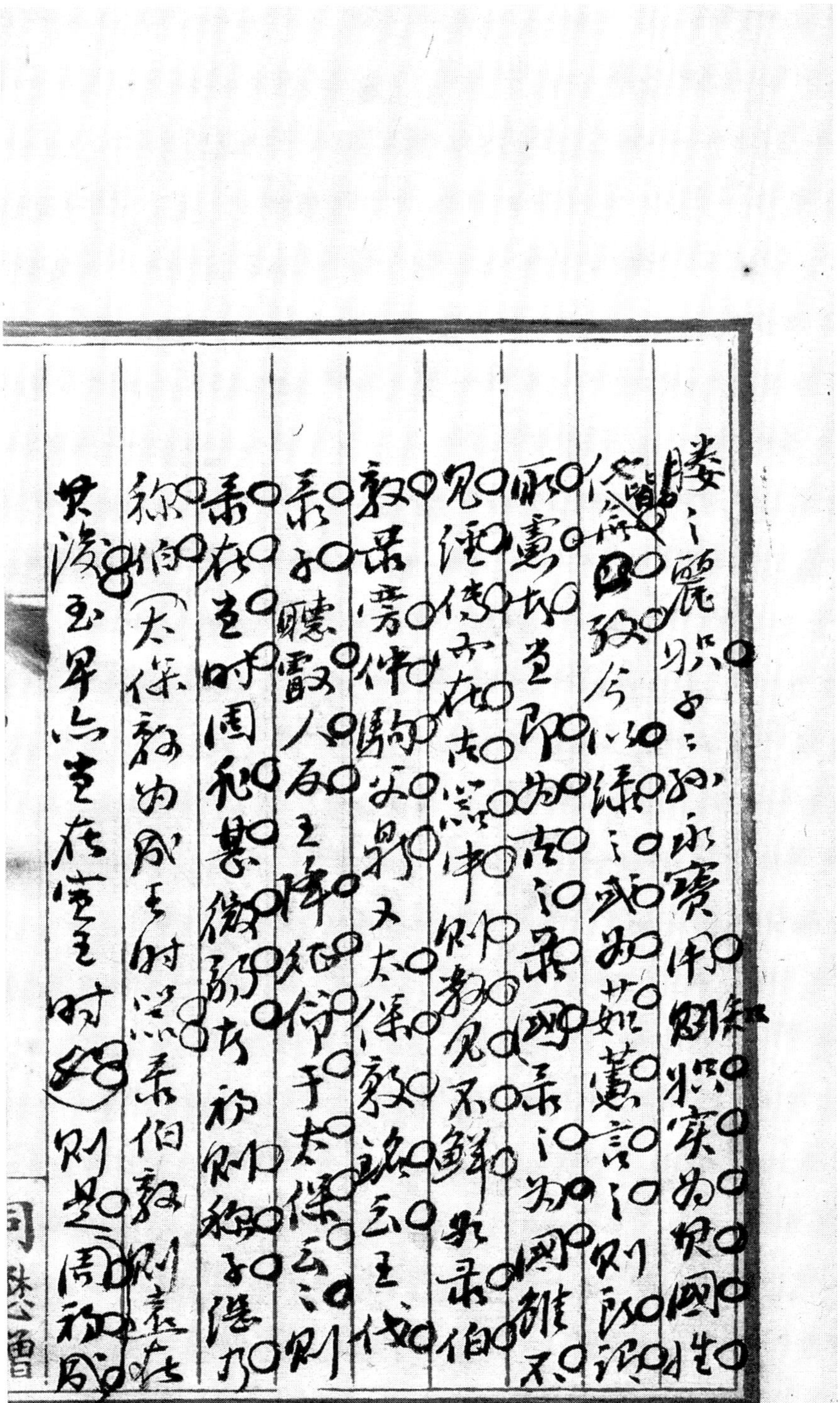

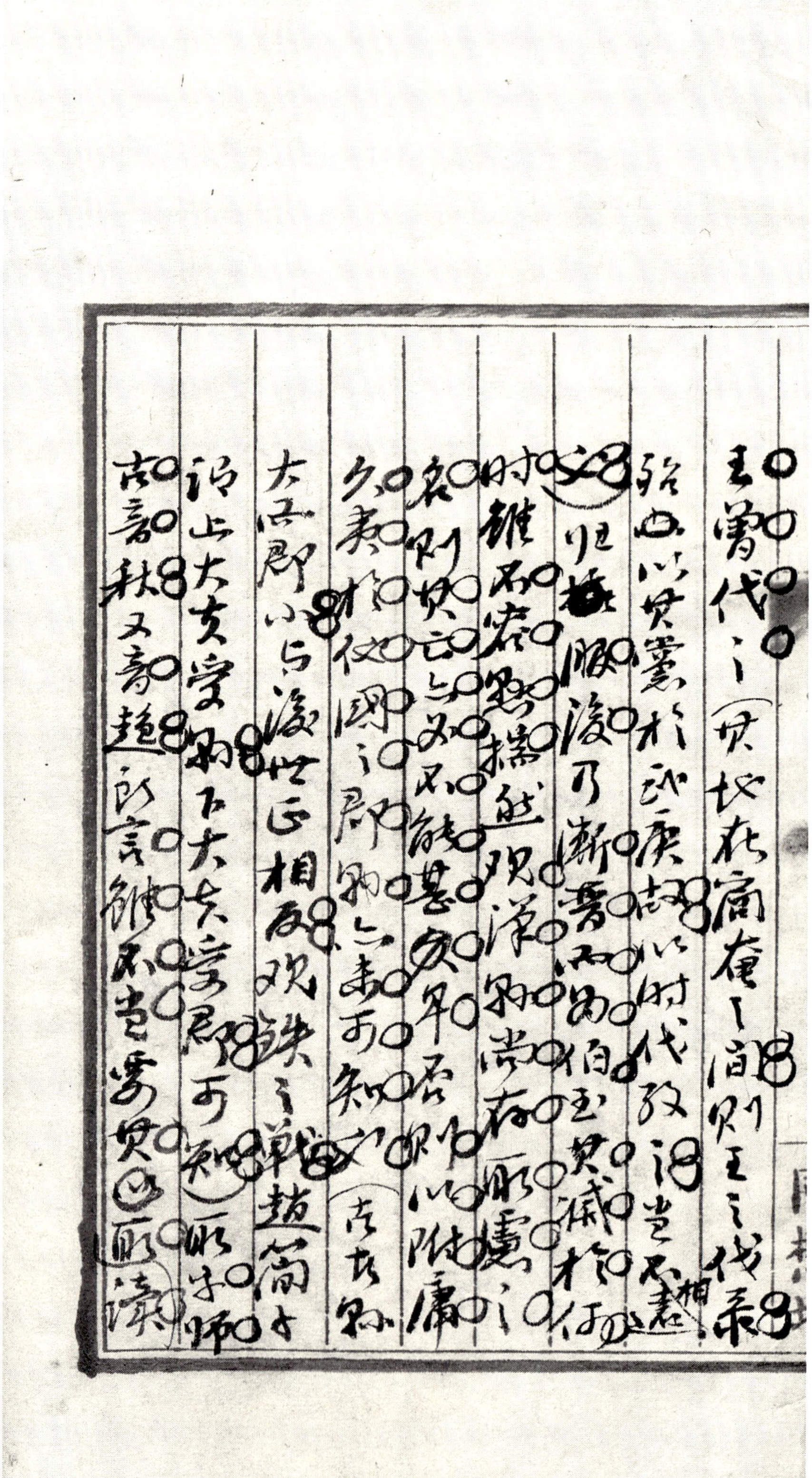

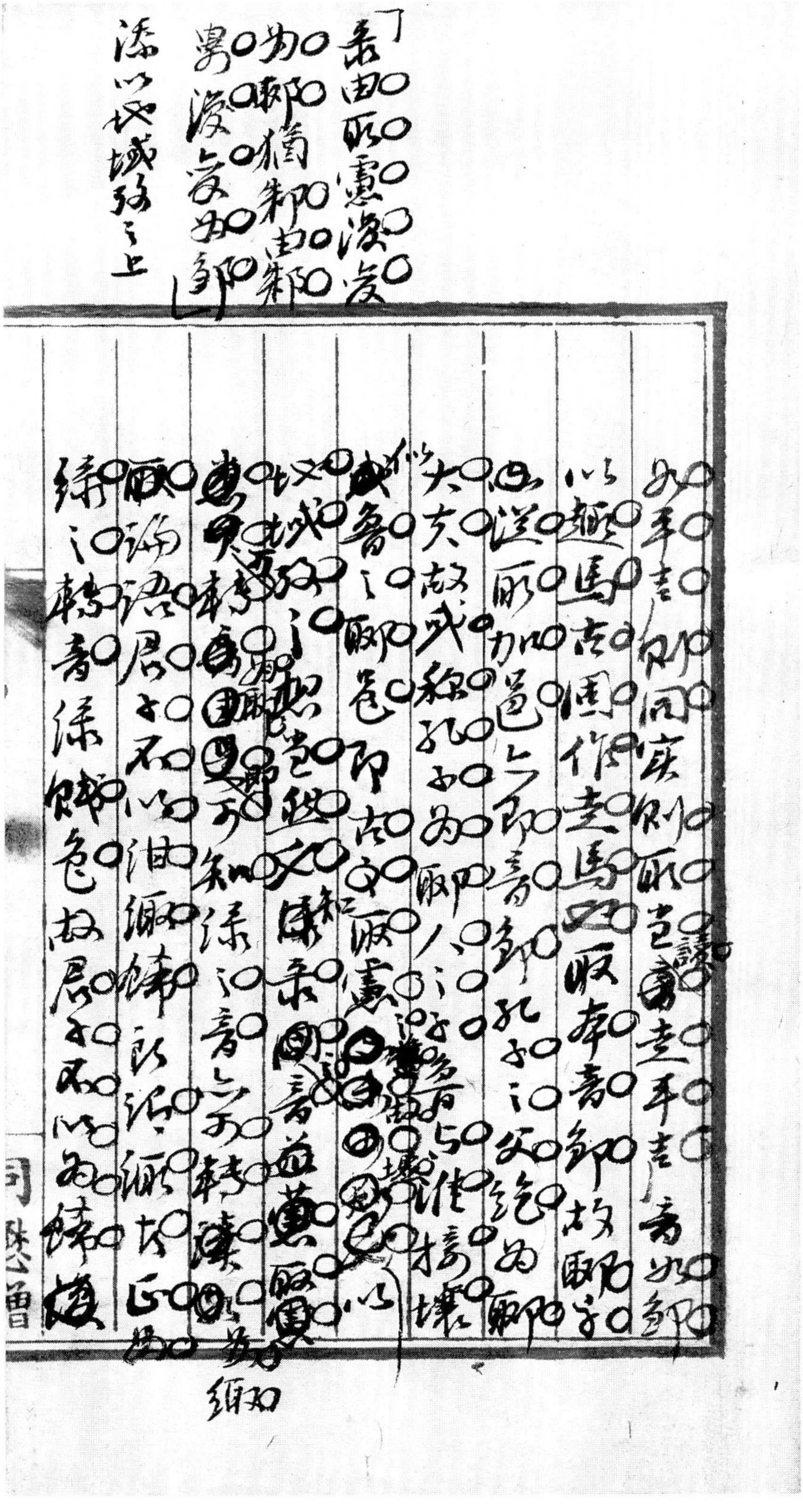

後儒不由其義乃誤解紅爲赤色此甚謬誤
論
故說後一孔一孔說如此不系於衣之重于其練
相傳用赤（見玉藻）即以民之論之赤黄赤
爲正服方且用之何有於飾且素衣朱
襮素衣朱繡明證極於此若貴人皆自以
則孔孟子所謂萬所惠四字雜于上文
疊錄緣領二字之終若解領作赤不且
下紅紫不以爲褻服句相承而下耶（紅紫
之不爲褻服紅因其爲公服中所用不宜

於藝。崇則愈貴尊朱文。後人讀書不加
詳考，輒以貝之兒概之。此古書之所
以多不可讀也。又紺字乃今之所謂深青
色。前人或稱為碧色（即佑郎織之碧
末色）。宋人或稱為天水碧。以其色之正，故
50係同不用如佛像，以僧之為深青色
大。深青即青之即玄。古人之佛正
用此。蓋係為之外之純，宋外餘皆純青
（純緣文）即佛文，詳見青綠殘卷。以青之

色韻為稚書話文今云不以青為俤然只

君子意以何故為俤耶惜不得起一般謂

儀而已論之文

常棣　唐棣　常棠　唐棠　棠棣

小雅常棣之華如常棣之華名唐棣逸詩之唐

棣之華是文（見論語）又華名常棣薇維常

之華是文又華名唐秦即裳棠唐棣是文

又作棠園花華之蔽萃甘棠是子又遹棠秦

風之有紀有堂是又兼華稱棣則為風之

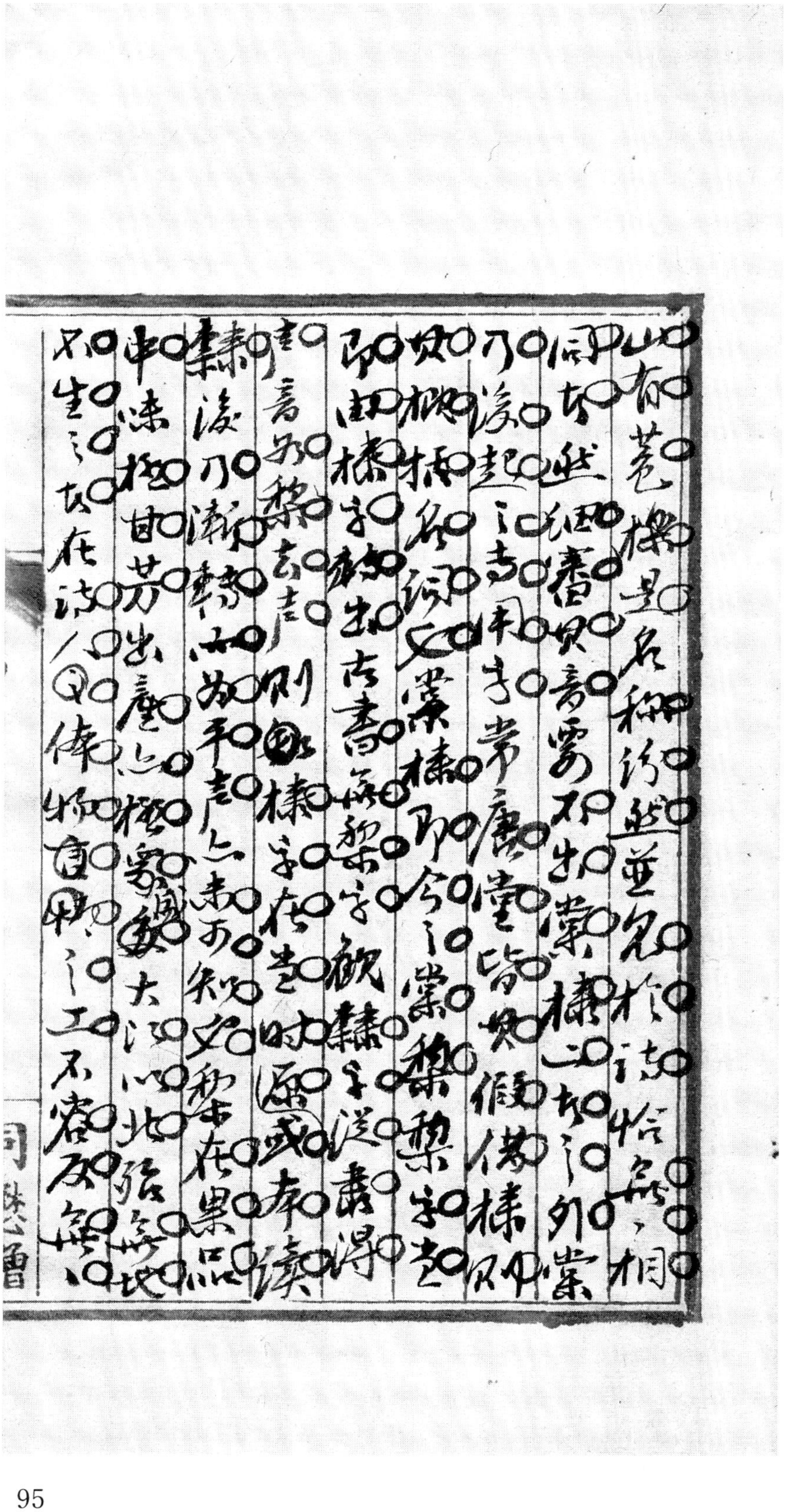

子及之。且只时。又乱不知其何外。後世之不栖蔺
蔡古代觀詩以序寄懷於有杕之杕即古兒以
杜之有杜。杜不為棠棃。即為棃。又蕃昌则棣之
即棃似。名可疑。蓋棃即棠棃。天然生出者檖
罕十之八九。皆以杜為本。由俗木接移。良因其厚
觀有杕之杜解。陳錄有棠棃即當如有棃歟
古者初不見棃子。故以棃子古原作檖。檖者有檖
而後棃。反觀後世棃字與而檖字。叢不再見。则
二字實即為一字之蛻化。蓋蜾而無見。此猶松字

與○南○蘭○不○見○有○封○蕙○字○與○南○蘭○不○見○有○卷○文○棠

梨○之○說○如○梨○果○者○實○稍○小○皮○作○赤○黑○色○（俗稱朔）

紫棠色 8 頭髮鬆○而○脆○與○鄭○樸○陋○樸○萆○說○

之○栩○栩○曲○相○合○乃○彼○革○不○以○釋○甚○棣○及○檀○造

○之○栩○栩○之○名○所○以○釋○栩○栩○真○即○說○因○而○胴○腸○

如○如

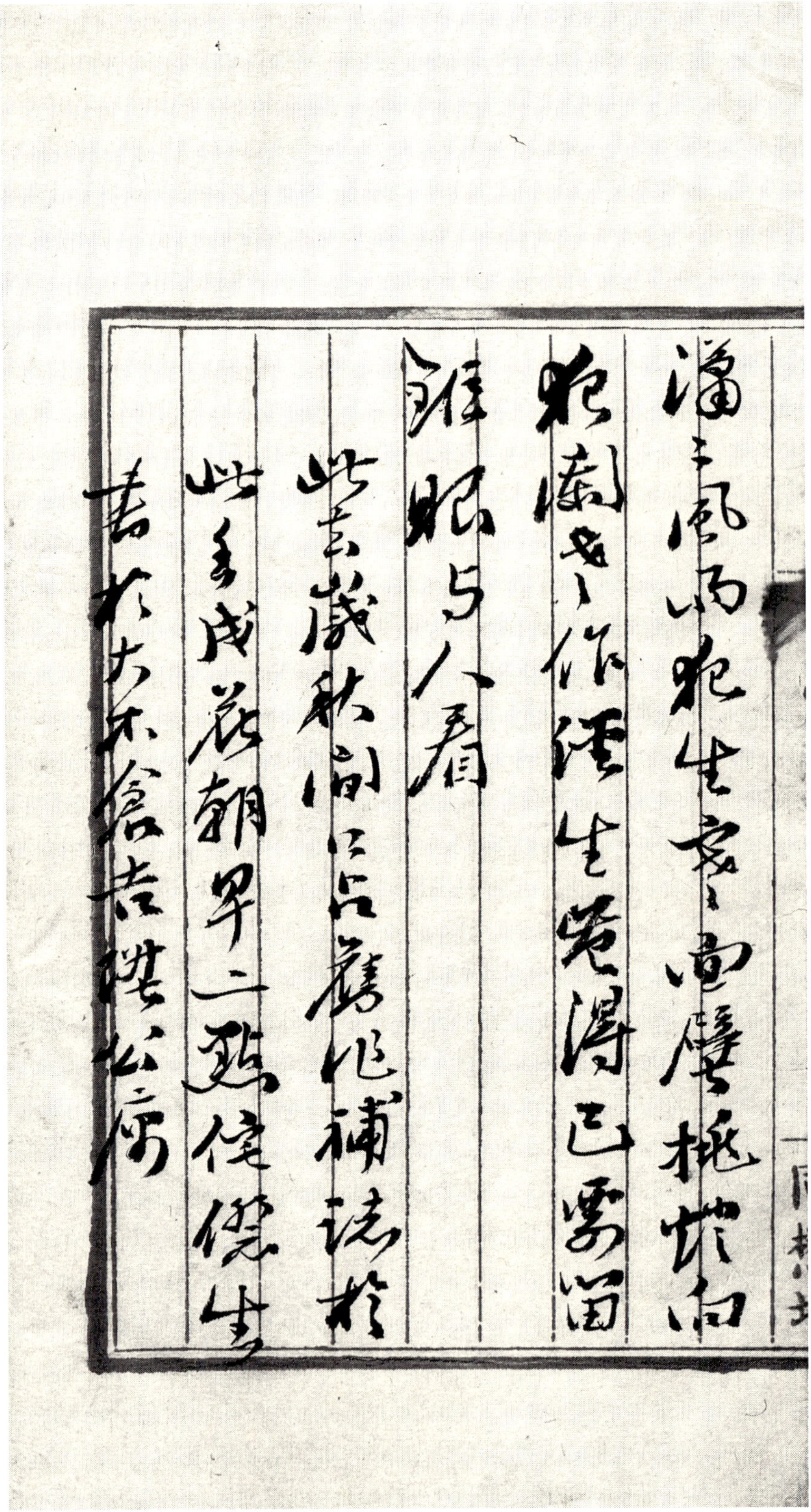

瀟瀟風雨花生處，曲[illegible]屏[illegible]白
花[illegible]作[illegible]生[illegible]得已[illegible]
誰[illegible]與人看
此去歲秋間[illegible]補誌於
此。[illegible]花朝[illegible]二[illegible]
書於大[illegible]倉吉[illegible]

辛酉冬至月

秋輝氏初藁

侘傺軒説經 卷二十一

佗傺軒説經卷二十一

臨清吳桂華秋輝氏著

不寠故也

遵大路不寠故。又不寠猶如。二寠字甚屢罕。
見偏遊。役。知。壽絶。無。安。務。切。則其。孫。寅。如。
古今來。拆。字。其真。相。己。矣。從。殺。矣。惟。後。儒。
讀。之。為。而。故。及。意。譜。則。寡。雜。深。言。載。籍。
中。從。是。之。時。皆。意。遺。禁。如。捷。之。學。意。境。是。
其。相。謂。以。入聲。葉。肩。郢。何。從。更。得。轉入去聲。

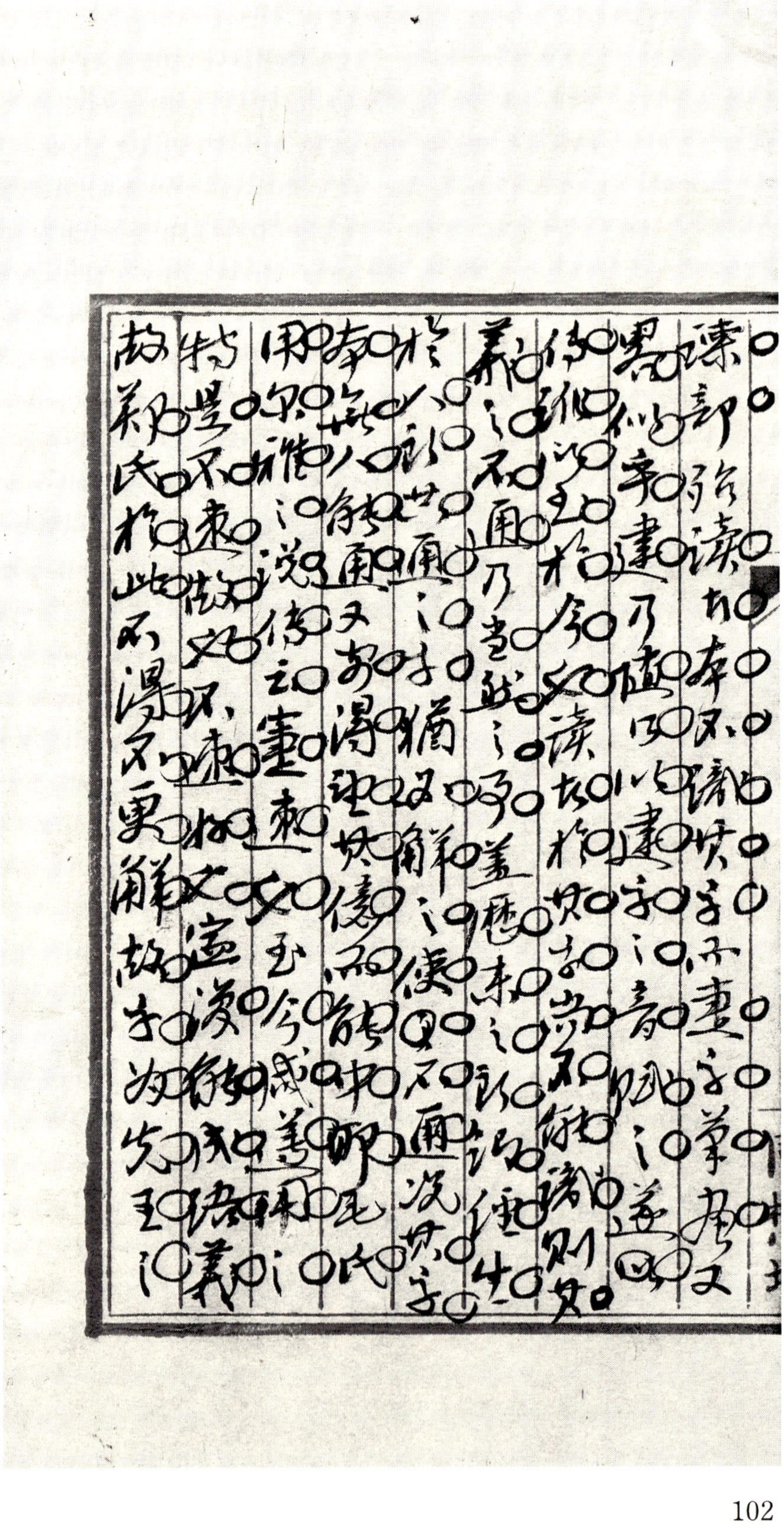

道如字如善道以要就之其用心不可須不
苦係為不惠先王之道不惠善道仍後不
所議義何文今按此建以言疾盡字之謀
二字□□所相相近因而轉移致此違字惡不雖
所字而盡字之義前人又多不能通做雖誤
而以為人能論其真相亂誤以訛承訛之過
而已矣盡美乃齊之本字猶云異文音如悌
故古讀字（依作第或第假用之勤盡美尾
禮如盡之是也不喜猶云不異于故不盡

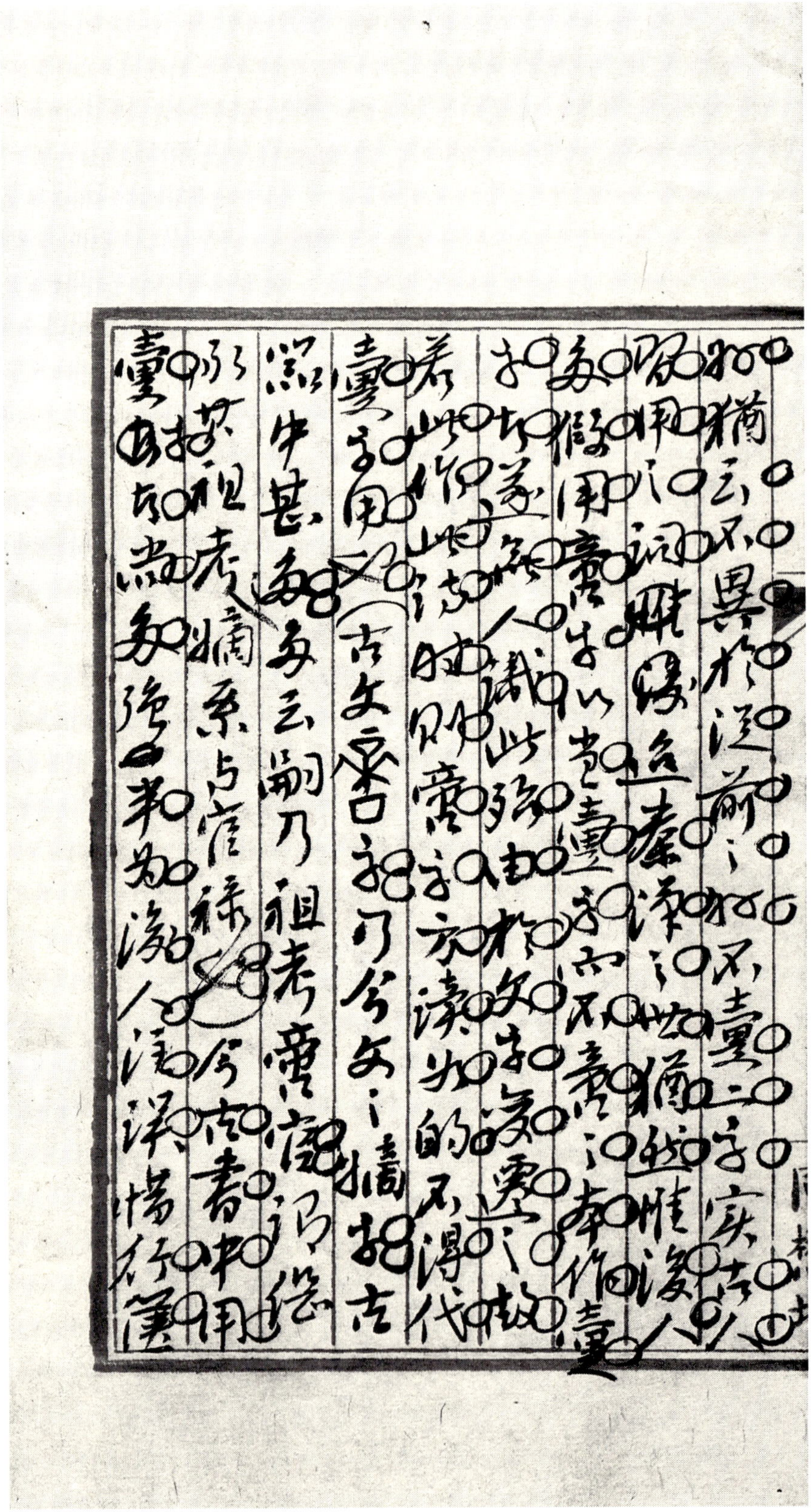

無書未能一一指出也。

卬盛于豆

卬須我友

生民：卬盛于豆。舊注皆訓卬為我，讀若昂。以韻有蒿葉三章，卬字均訓我也，於文義難與韻通。然語助稱卬，殊不類者，據氣且卬字經訓我，貫在語氣上，實不無分別，乃加故卬須我友。卬字乃與我字互見，以之字證同，為自稱之詞，而廣狹輕重之間，各有所當矣，不渴心之概，視之也，我字之意由周王令知安青在吾我之旨。故吾我二字。固通用。全無分別。
若在周以前。則我字之意。與台字時相出入。
详见铁我诗殄中入。俶知之。若印字。即今
音韵。而如。俺雅。称春。曲。而既。尾音。已如陽韵。
積瀟而趣。の。嚴鹽蒙。（觀此可悟。西詩中嚴
諸佳之與陽韻通押之。故梵詞獨殊。故數千
年來。絕無有知古今之例。即何知之。惟以
珍愿來。知學者。對於僧。出第知。如數。俗字知
國。柳。非。又知。前入。文。而於。詩中。印字與英文。依字。沙

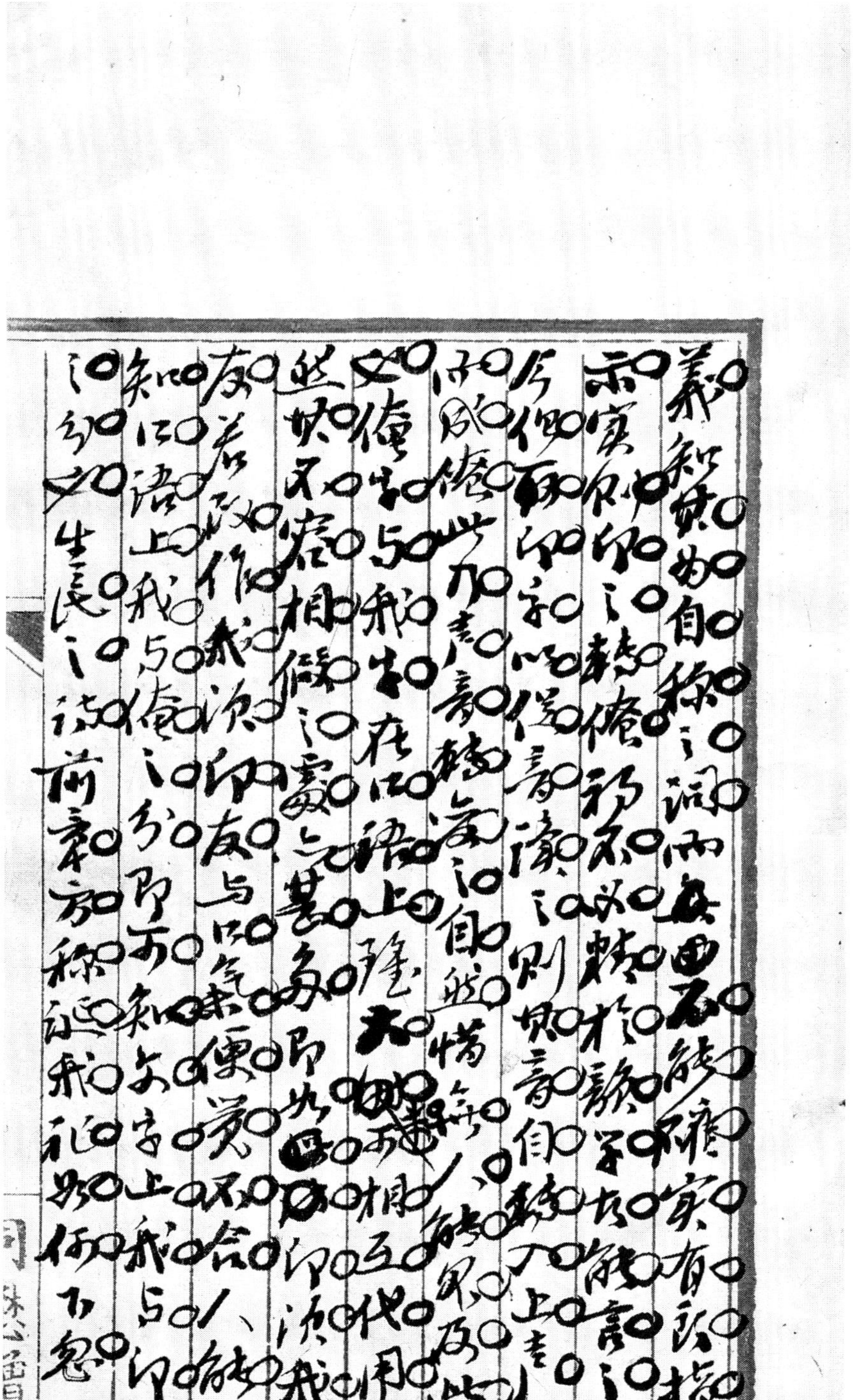

○○○○○○○○○○○○○○○

段○称○倦○戚○手豆揆之日方加○詋居大民○東語氣○来恐○舊説

未○㪅○卷○吏○文○今○抜○流○中○於○仰○字○多○有○伊○仰○瞻

仰○及○雲○漸○之○流○嗡○出○此○流○仰○字○亡○豈○為○仰○字○之

省○蓋○仰○去○厳○薬○之○間○猶○國○重○又○止○之○意○書○郎○説

仰○術○得○考○即○只○叢○文○向○漸○教○舊○説○亡○歐○覚○疑○諫

物○恐○雜○為○訓○說○漢○字○寄○去○道○即

鬼方

鬼○加○之○名○見○於○易○既○濟○未○濟○西○卦○及○詩○蕩○之

蒨○説○去○嗡○通○鬼○加○為○遠○加○英○能○確○据○其○說○様

宋黃震困學紀言高宗伐鬼方商頌外言高宗
伐荊楚乃命二字為一事謂鬼方即指荊楚云
言吳江陳氏和之離引干寶易注及李賢注引
世本注謂鬼方國氏羌南土然之說尚出自後人
獨以馮騰沾讀德為佐證初不得據以為據信
按條世本宗中有梁伯戎語梁伯作□戎國
周伐鬼方要宜從之周謂鬼方為要則是鬼
方種為朝夷之最云詳之由有謂鬼侯者
當即為此國之侯黃氏之說不為無見也

會同有繹

吉禮論七公治在如惟士禮十又薦朝禘宗廟之事久已亡徹故會同之禮雖為宗廟中極隆之大典後人已無由究其實禘㭬（論語、公羊華諸宗廟之禮各會同諸章有二者皆執以根究條蓋宗廟之禮會同為大端服之事冠禮為先他章之事則更餘而知之彼此兄曰會觀兄曰同云之外特就朝享之禮方言之與會同之禮無常古在朝覲享燕之事必須

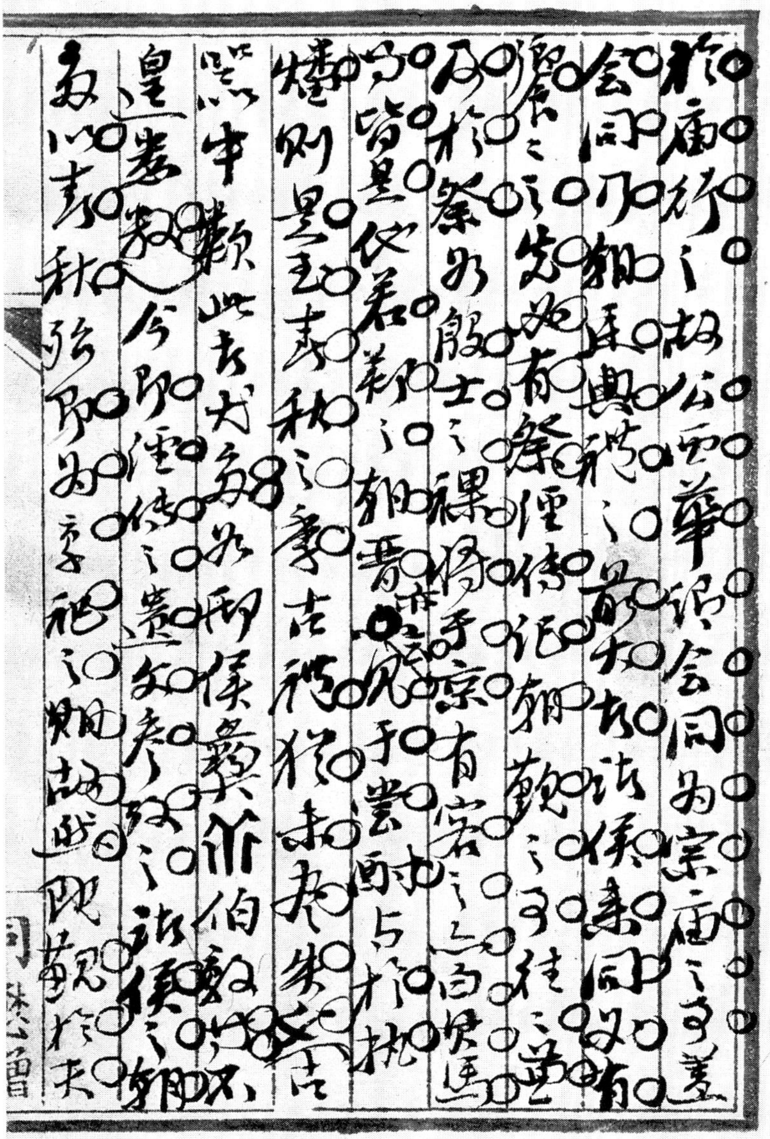

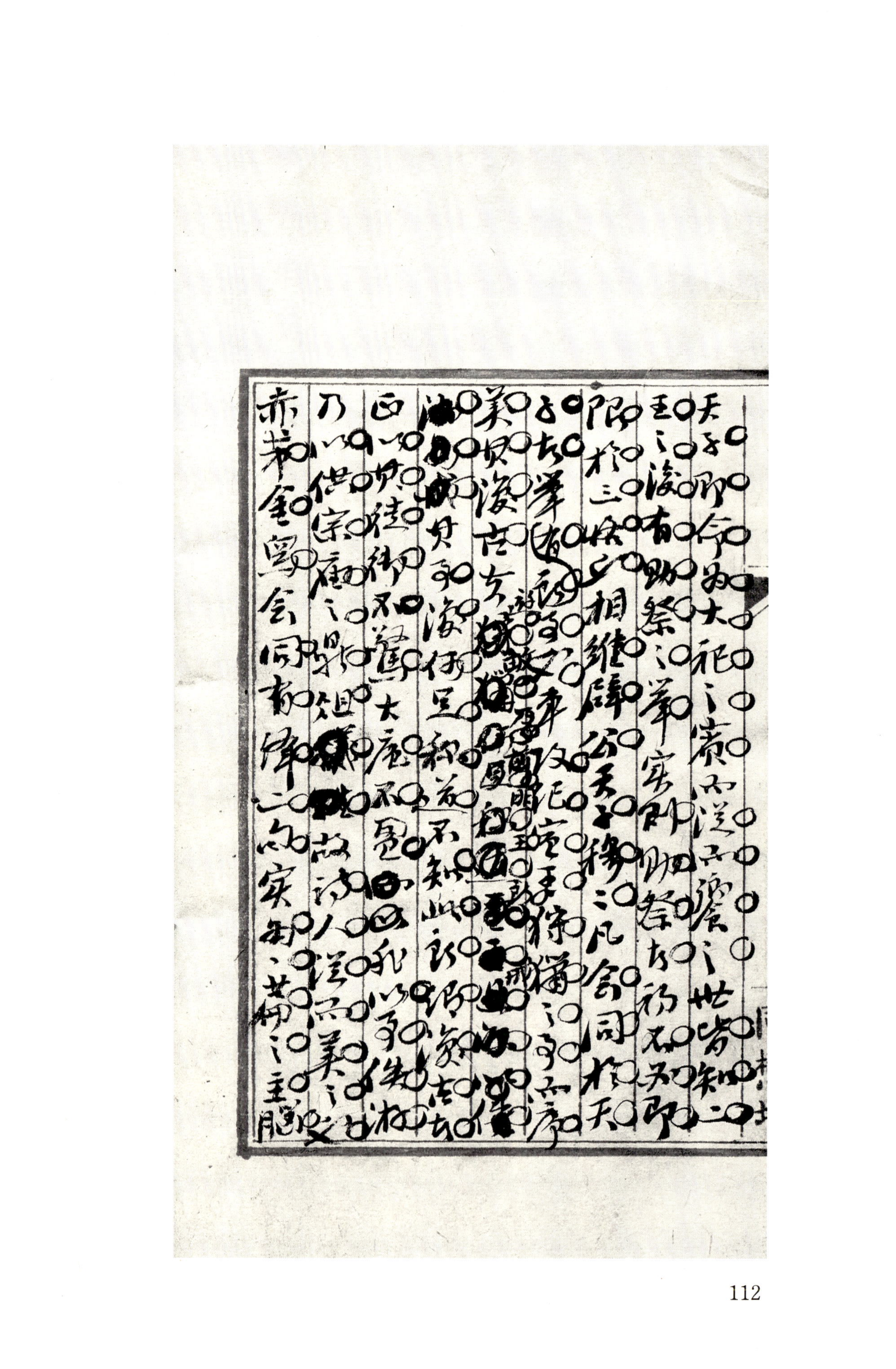

天子即命為大祀之儀而從之禮之世者知之

王之後有助祭之義實則助祭者祁不知其即

階於三公之相繼歸公共移之凡會同於天

[illegible]

[illegible]

[illegible]

[illegible]

正以實徒御不[illegible]大匠不思[illegible]孔以為傳[illegible]

乃以供宗廟之[illegible][illegible]故以人從而美之文

亦初金器會同前隊之內實知之其初之主脂

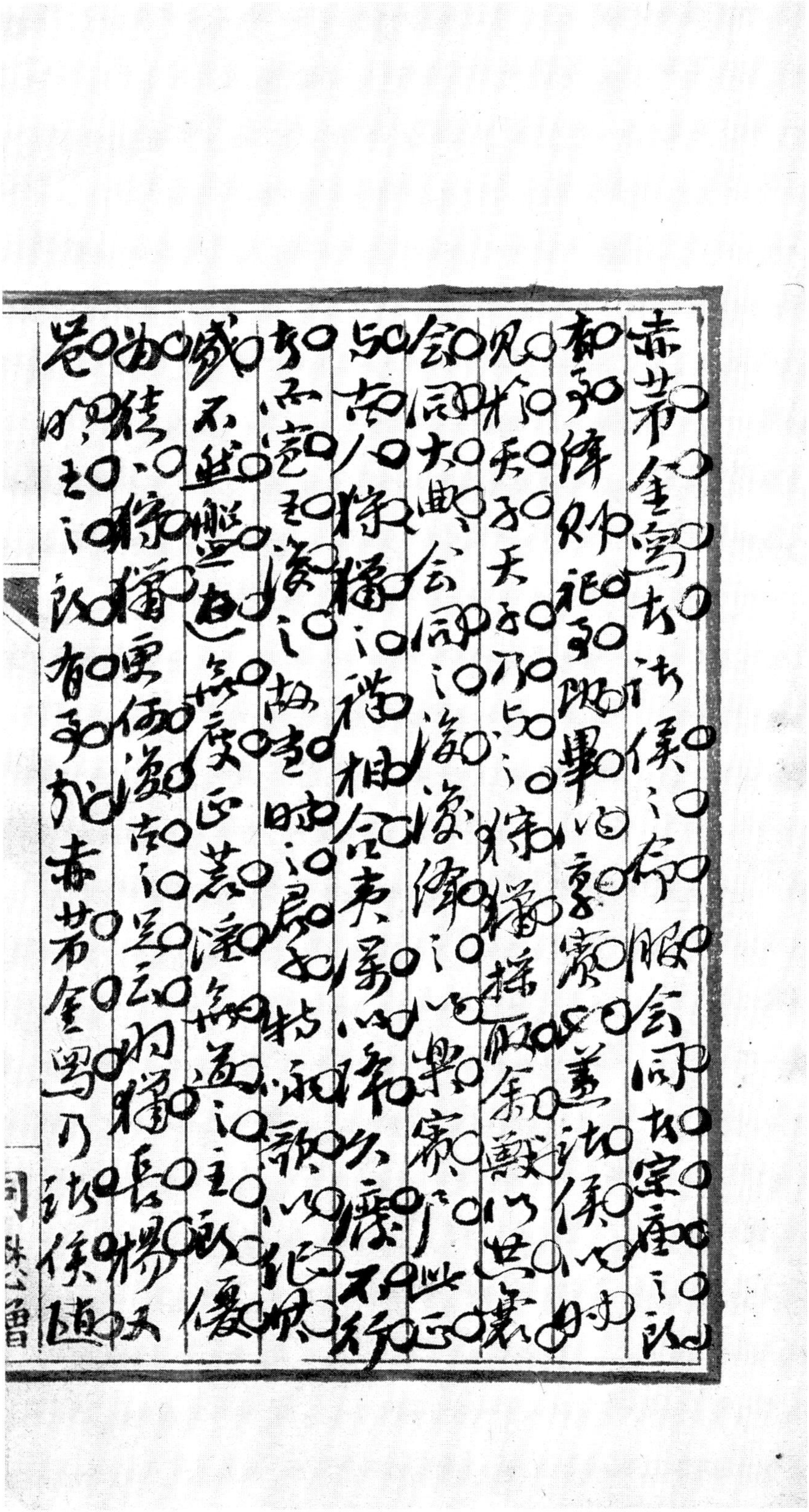

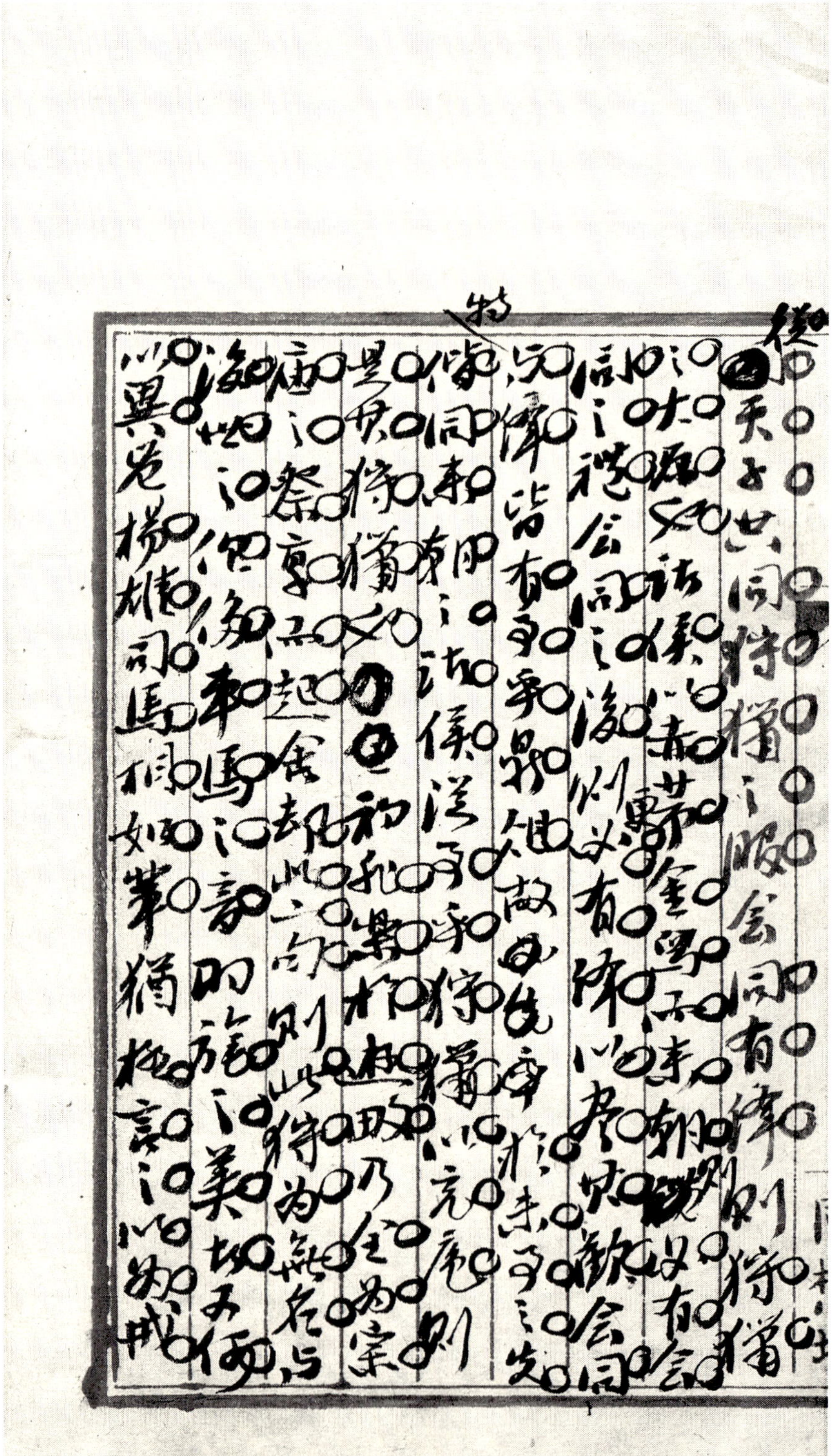

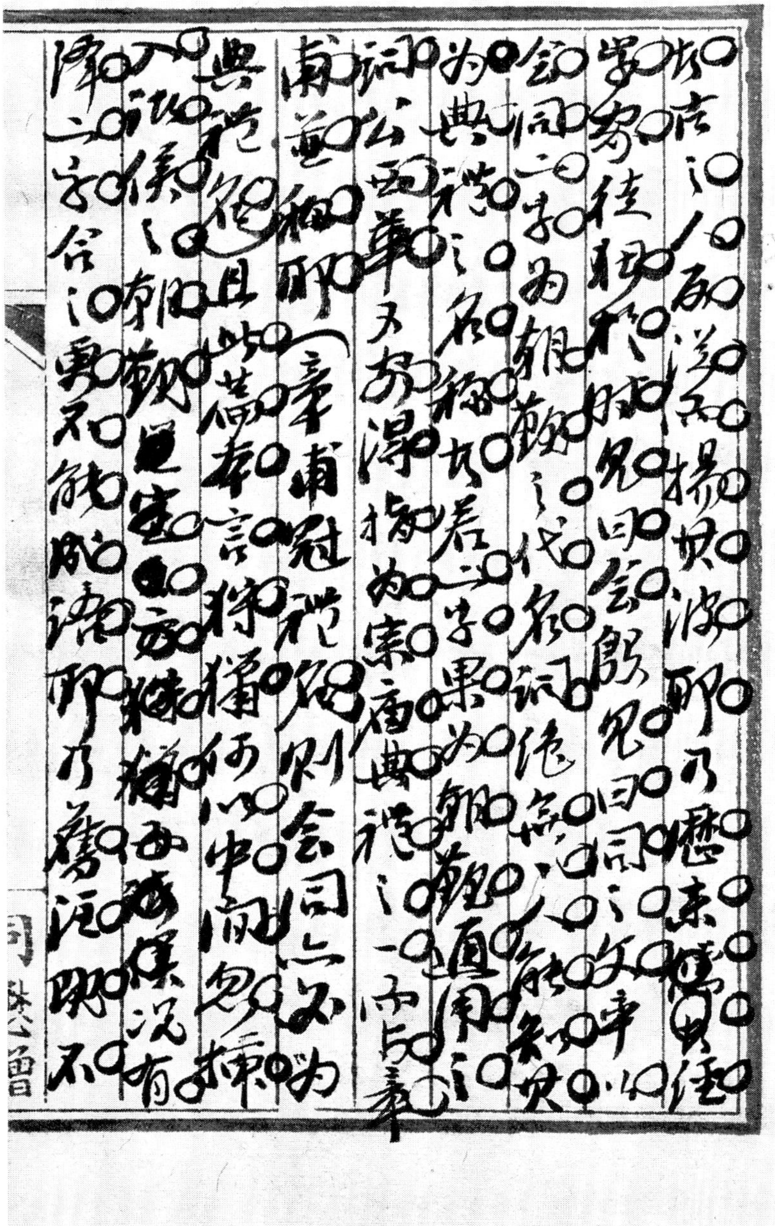

明會同之義，因而於諱字亦莫明其指，前人於諱說篇之解故注疏中，笑柄甚多。詳皋門有詭說，惟鄭氏注延衣以為明日復祭，似為近之，而謂實于堂，諱乃祭畢尸賓，初孔文祭其事亦不必在祭之明日，惟大事一日不能畢，始用明日耳。有司徹、薦饋記皆諱尸賓之禮，而經外世人熟視若無睹，何也？毛傳謂指以為如依知殊足信，覺以諱如依實、從渭貝記，依俱見說文，證知其義，蓋貝家訓

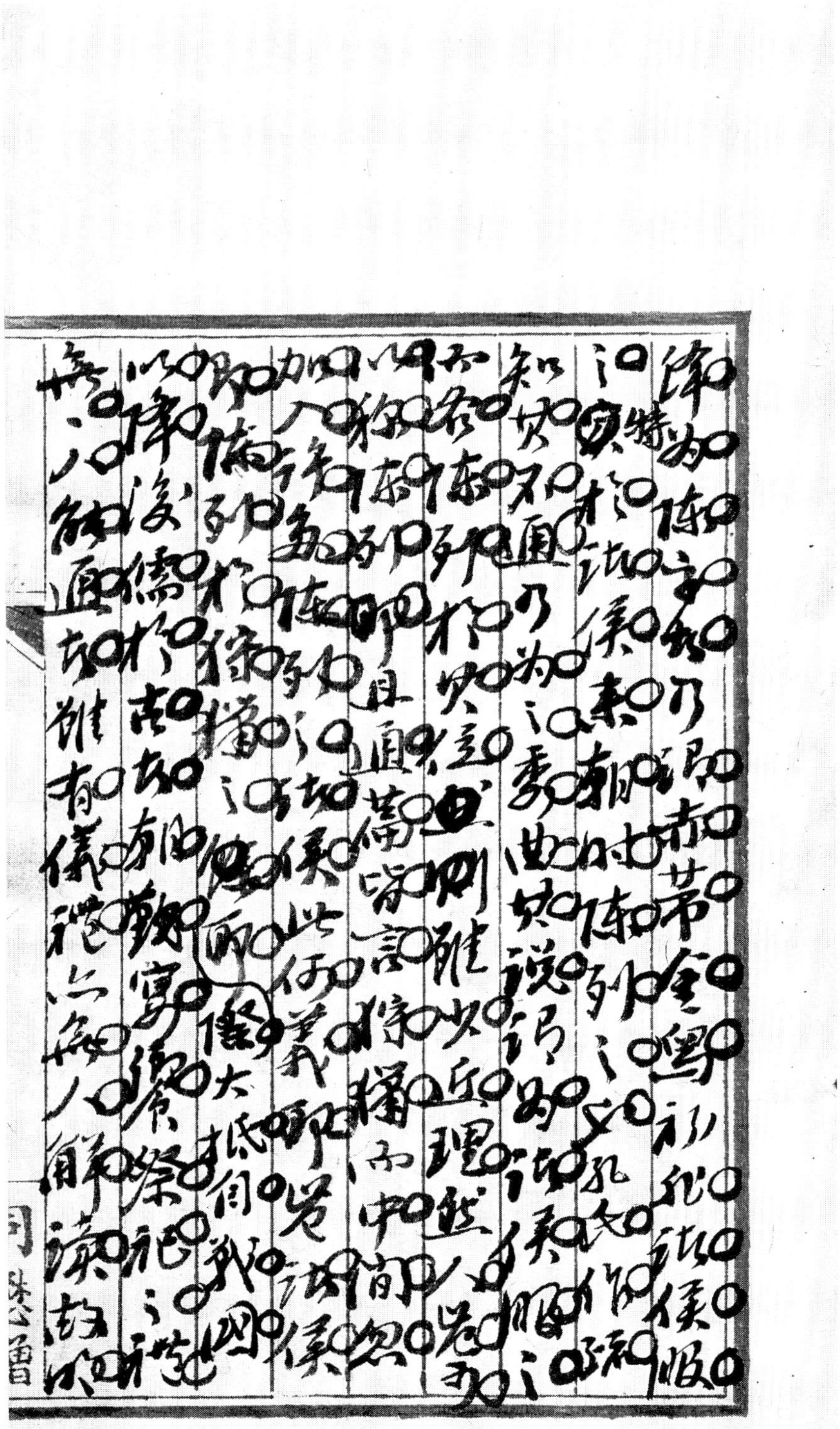

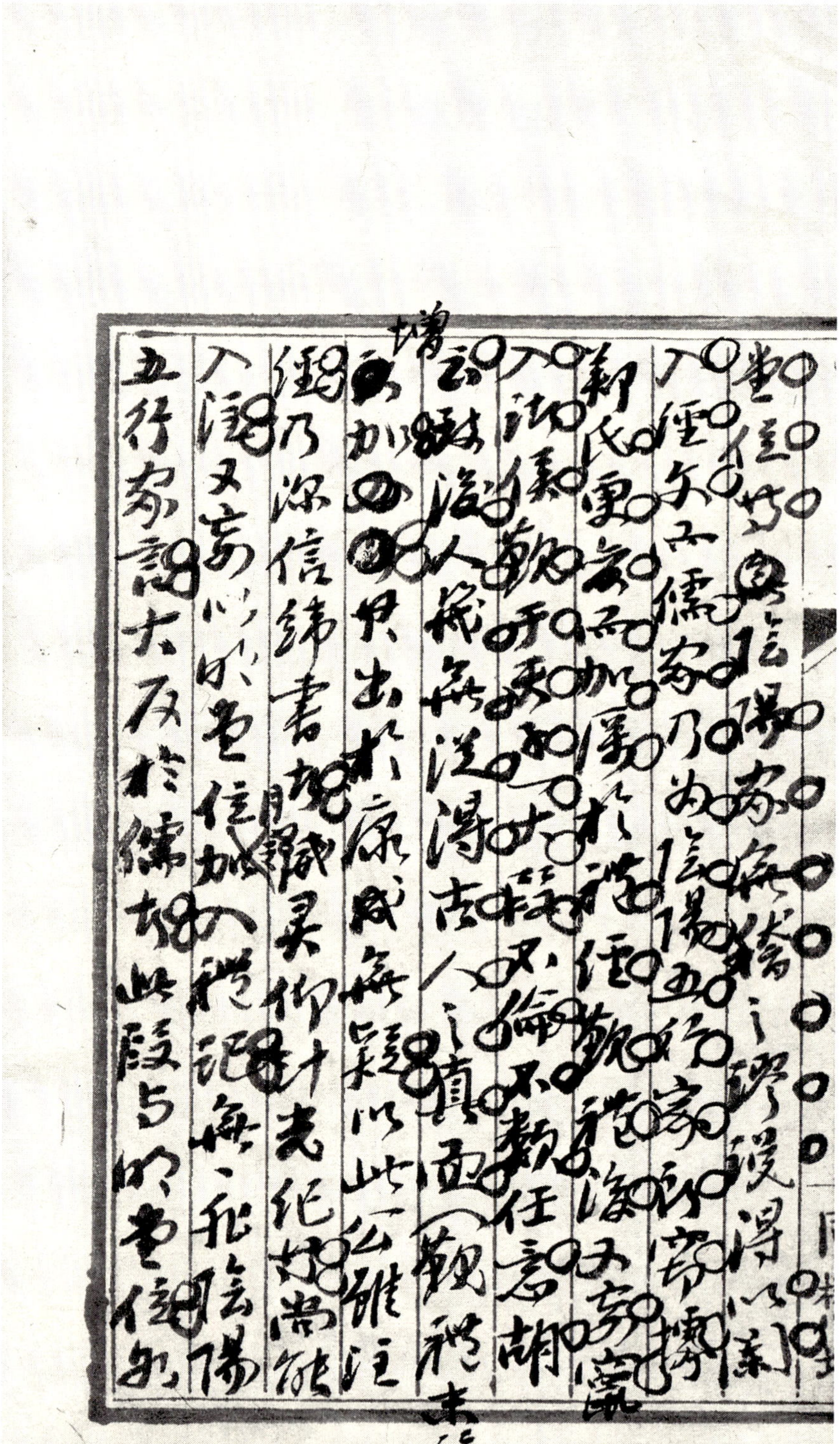

出之知，则其文意亦为所尊信中之，故知而
此公可以之窥见礼经中之缺也，故吾谓郑
氏虽注经实儒者之罪人，而阴阳五行
等之曰，忠信之，然吾人知，即礼经相详致
之知，故人凡大典礼，皆行之于礼，则召明丧
郑说，侯种之如鄙之说，看不值，之知
考周秦前诸家蜂起，其最，每假值，做
不，无实，过于仁儒为细，故之后
无疑，而其言之，并理，按其如凡不过曰方为

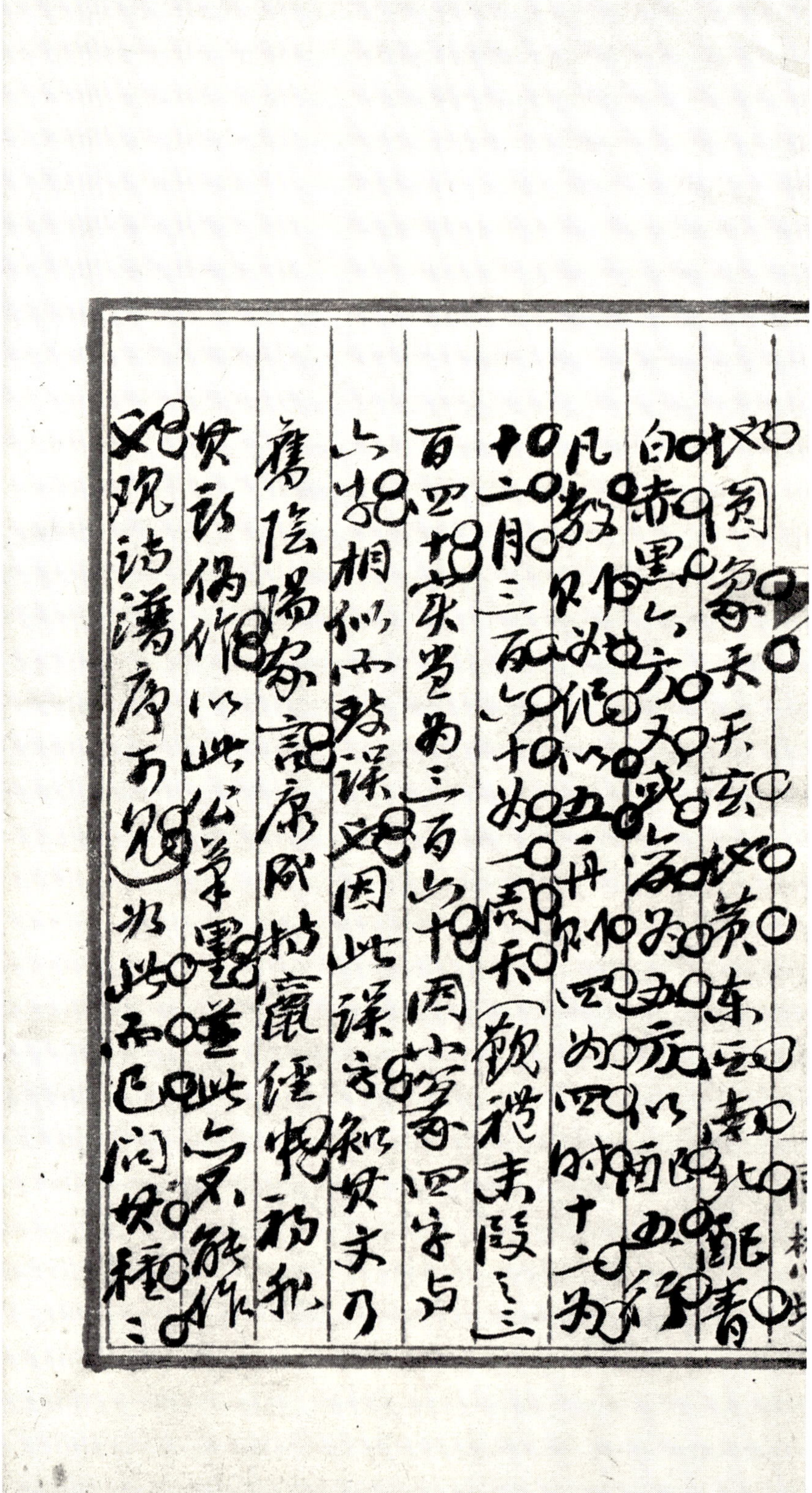

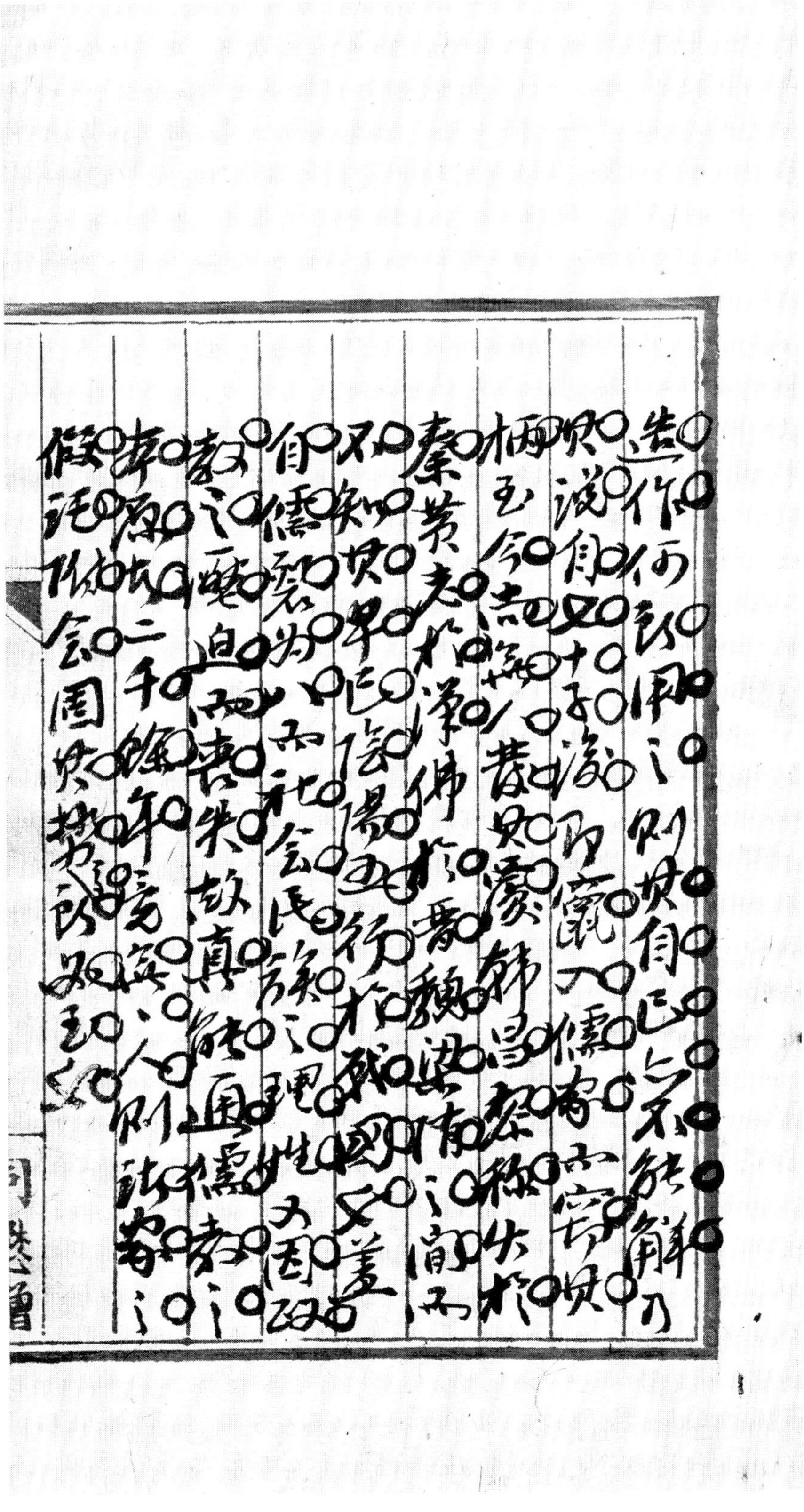

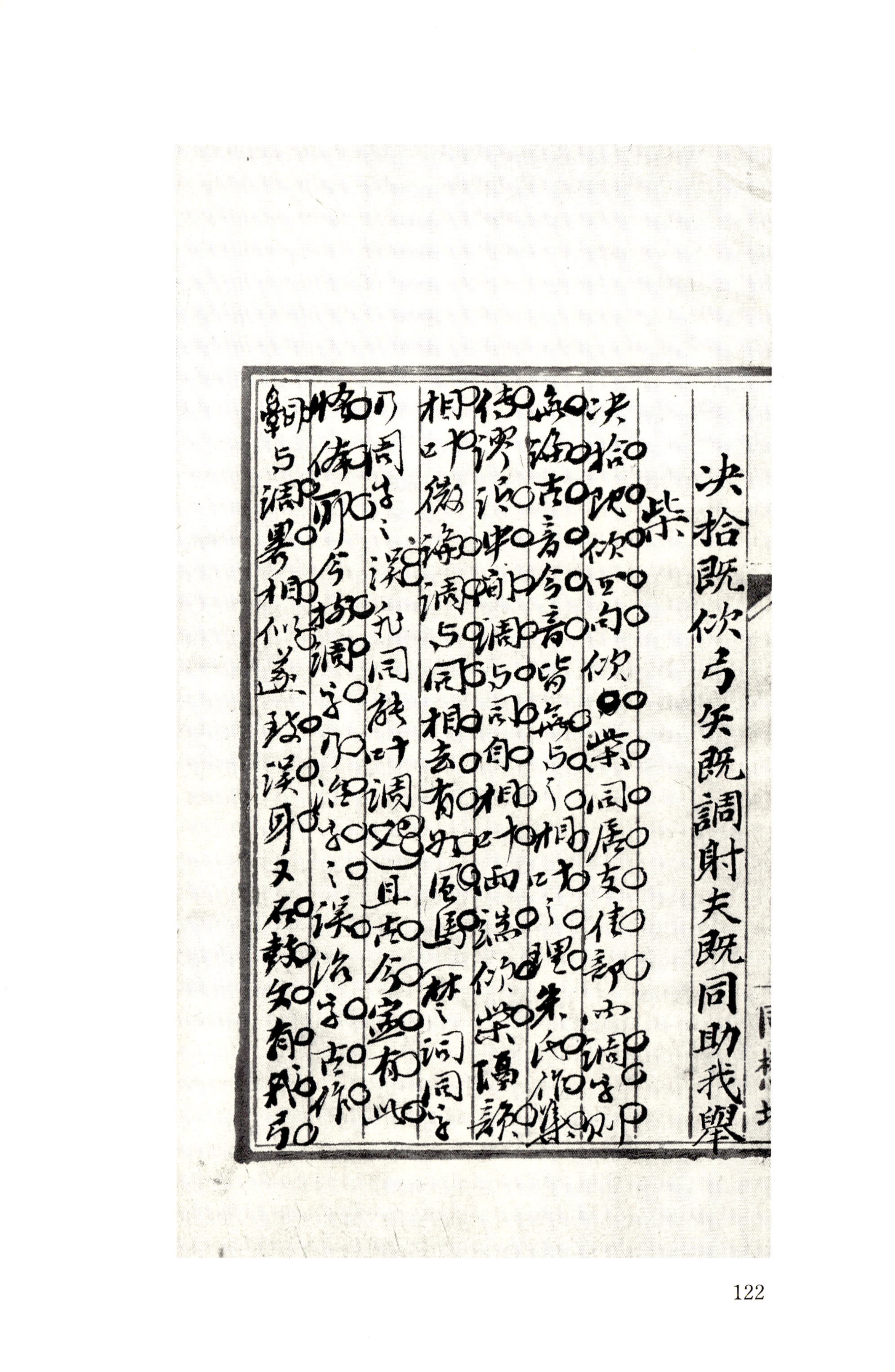

決拾既佽弓矢既調射夫既同助我舉柴

[illegible]

陈李何李即今持守此调守以文義论之亡
以後用拾字為合然其字与调調字相去億遠
况不容有此误又其大不误者助我筆崇之
崇本如字筆崇謂筆失禁因文太初手因称
此則肖筆指撥稱想失遇起皆指此言之甚
身獨之賓其附備則及須從失譽迷起無舊
以便發戳此渭初獵拈所書其之子讀此邦
而想見古人風流之大概乃後此際儒不知筆
崇之義穿鑿附会穿鑿崇字為積字其說已

大可笑矣岩文何以得晓训为積邪且此郎谓
積於黑何物邪徽沈上文則決捨弓矢鶻大之
耶岂無田郎謂積於即此物邪若云箭簇之
積則文如前未及於箭簇何以即言及此積邪
作為加蕤之節說不得夢毛氏之訓也崇若為積
本序之種謙言乃後儒之序耳加屬詞以崇之
箭簇之積從加惜以崇為箭簇之積太誤矣
為則起而益崇之本字而路之作峰試而天
下之讀書人曾見六字都稽中有此峰字否

所古人之說無彼作說如此果得何知之所
今古人猶之今不射獨說得其事之不歡
雖繼之處為往代之助之施第於此則又自注
如物為果之說得亦得移之說何自起所因
之之家說即不知說便以說之人自漢淨儒
如便學之切是係要禮漢儒氣之孔經學之
罪人文今便學之得傳於世自辛為古未而去
人說都之本作係人傾則私去云之背似背不氣當
是孔文然說傳桃之新說家氏秀之說知猶斷

同
朱公書

之不已也文蜻蟯蜻丸蝸蛆母帶系菜外之何已

野有死麕白茅包之

野有死麕白茅包之濮儒皆以為以白茅包死麕

之知於○○之怕而雖貴未能紀了微然為

所之云宗○○仍兩傲乃政之為壹士周白茅色

死麕以誘懷春之女思直取兼飯茅以

卷麕大以數小卷何色大數月懷春之女

與死麕而不及若情之物是足以濮儒

之與心目中尚能知茅與麕而何物不宗之

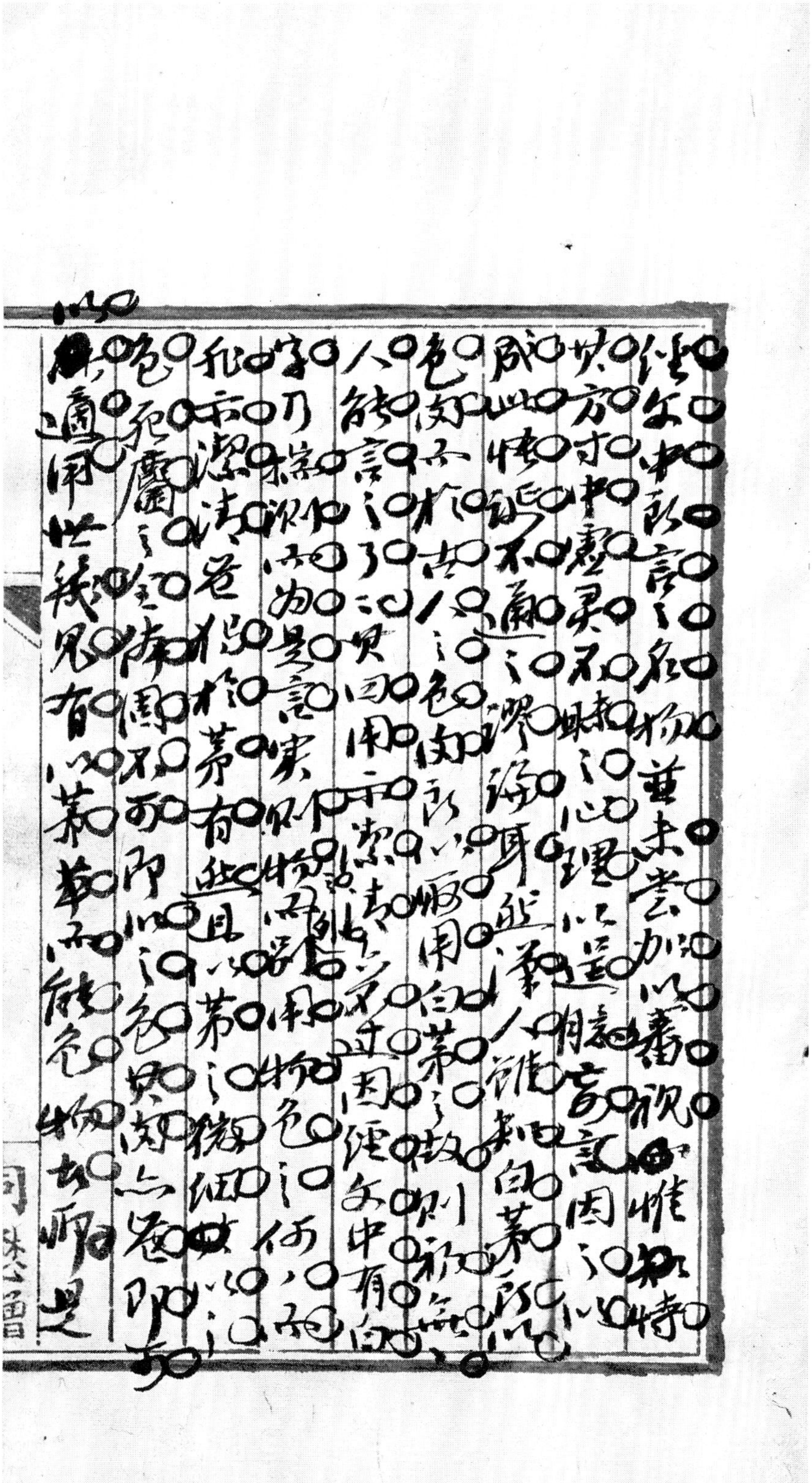

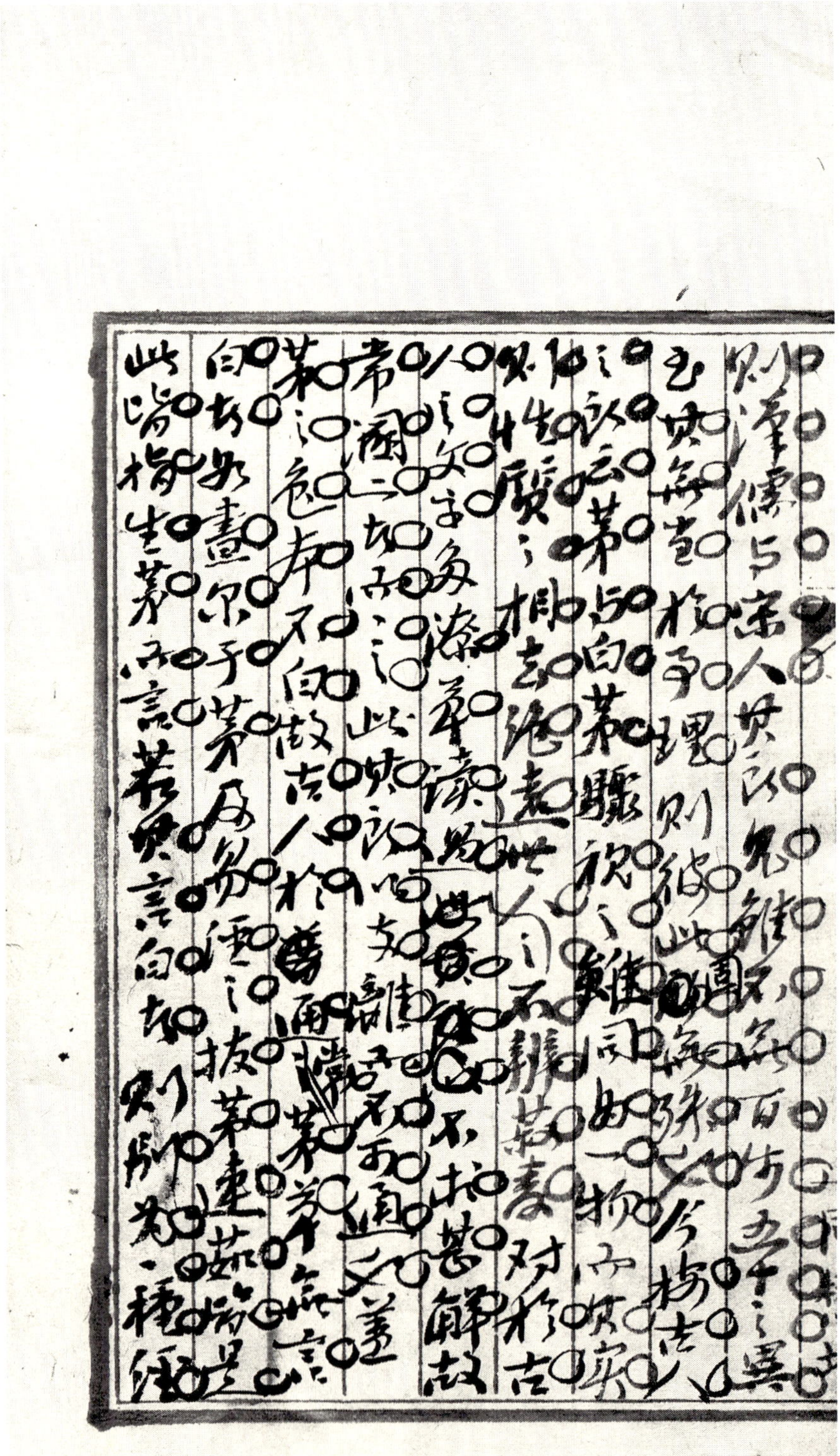

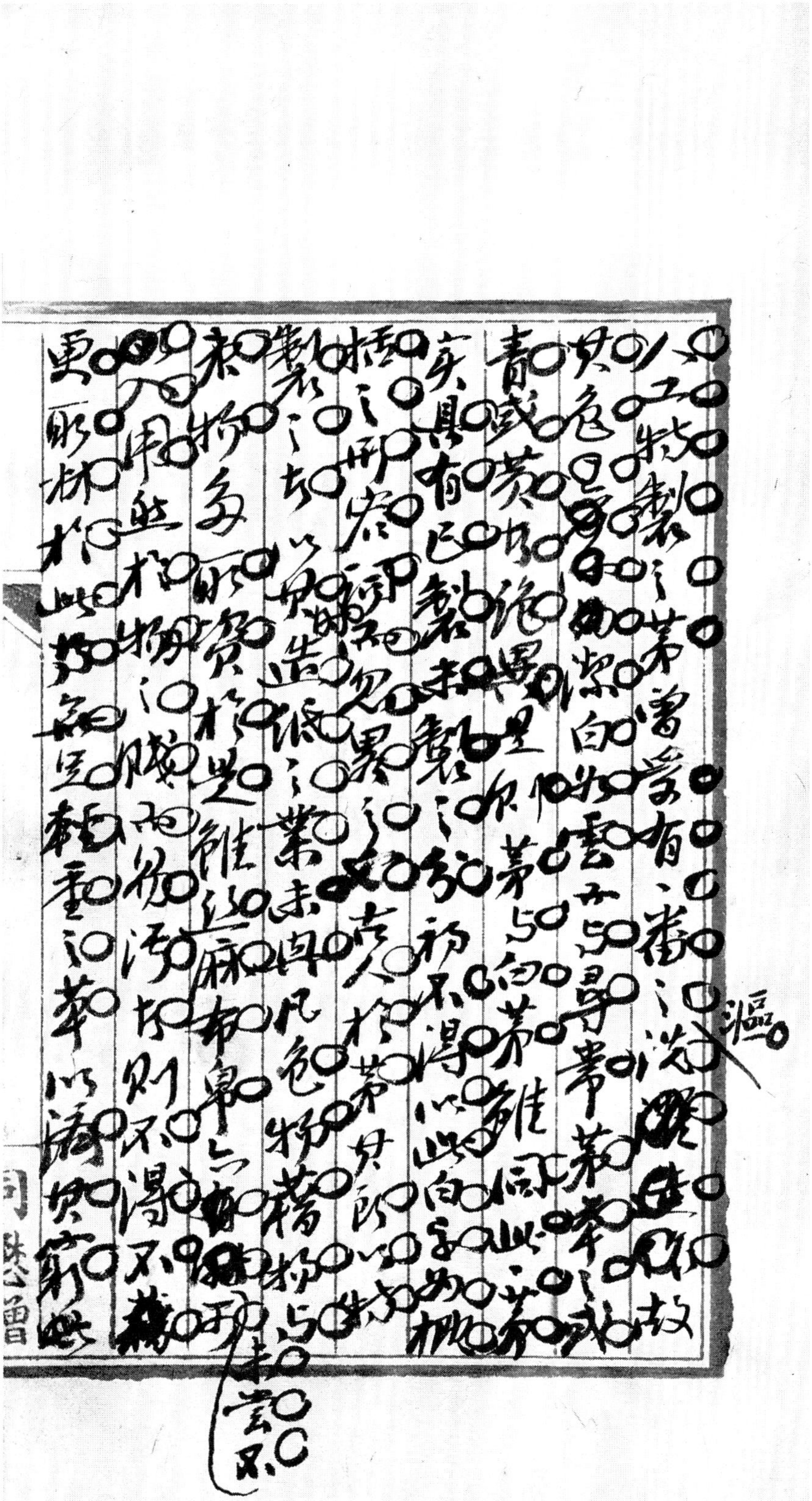

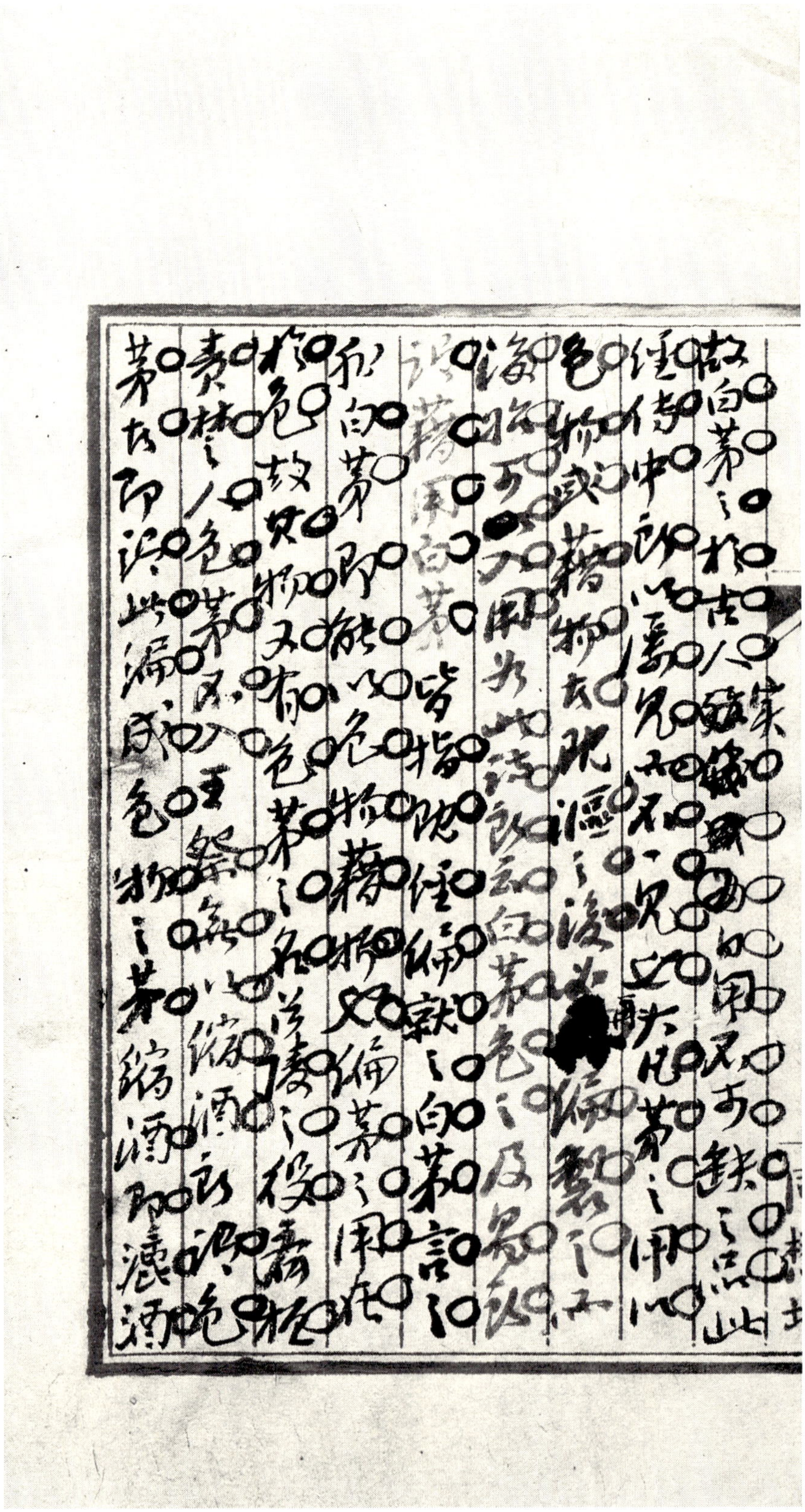

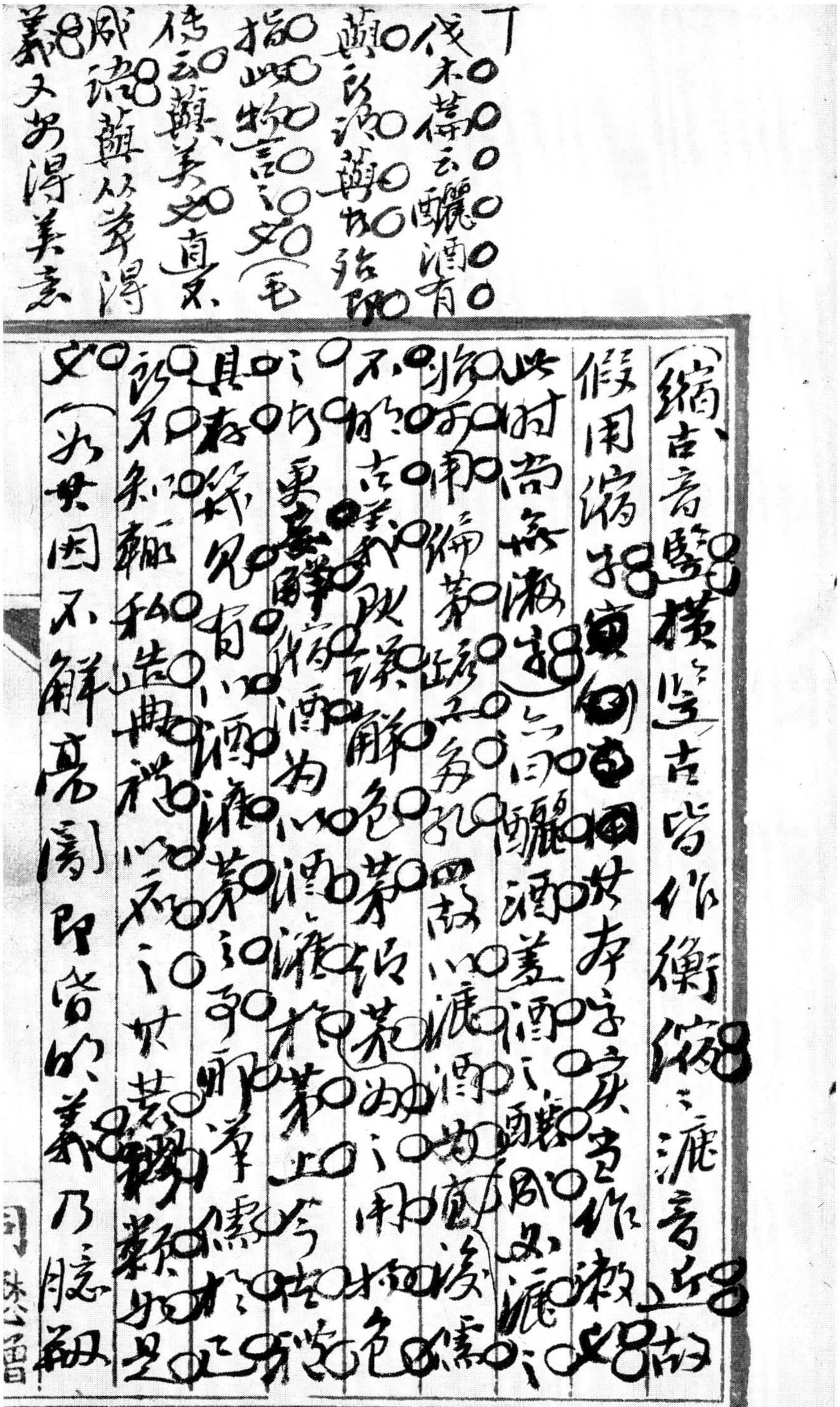

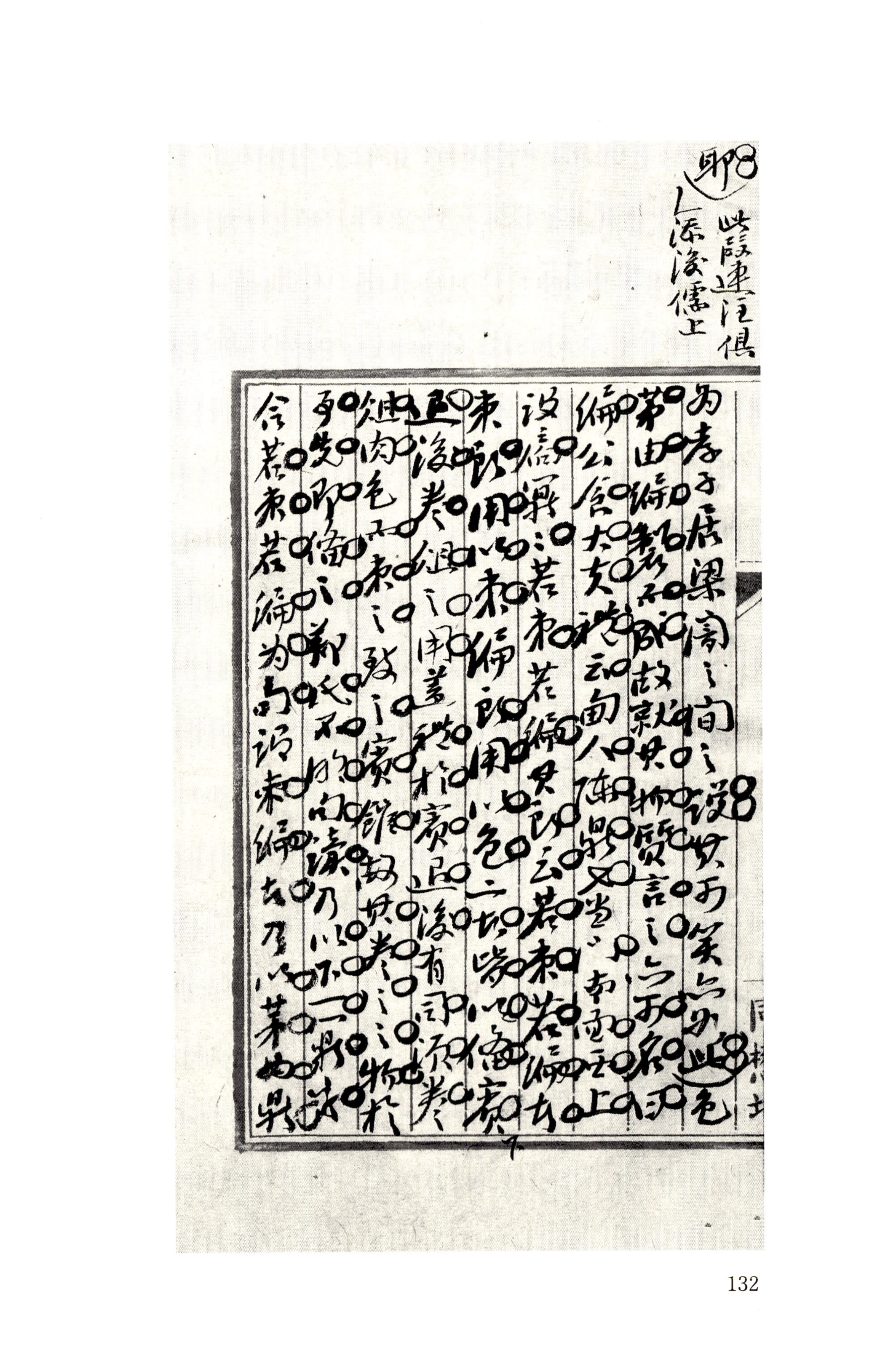

此段連注俱
添後儒上

为孝子居梁闇之间之说

鄭不能如泰吹不通而不吹厥卷之纆將以何
物卷之和又揆此取卷之纆即勘禮之說讀
苞苴果子奉祭作色纆矣且勘處送華在
以色之在圖為蕤文苞苴即祭炙蓋古人
之以祭肉饋人者皆以俗若東色者故字皆
從苞孔子於祭肉不拜者則其苞竟乃極隆在
而世人乃用以為賄賂者苞孔子而猶拜賄
賂者殊可笑者之苴之用不限於色做而色做賄
又滋甚乾以纆肉果於禮豈之色之者贈不

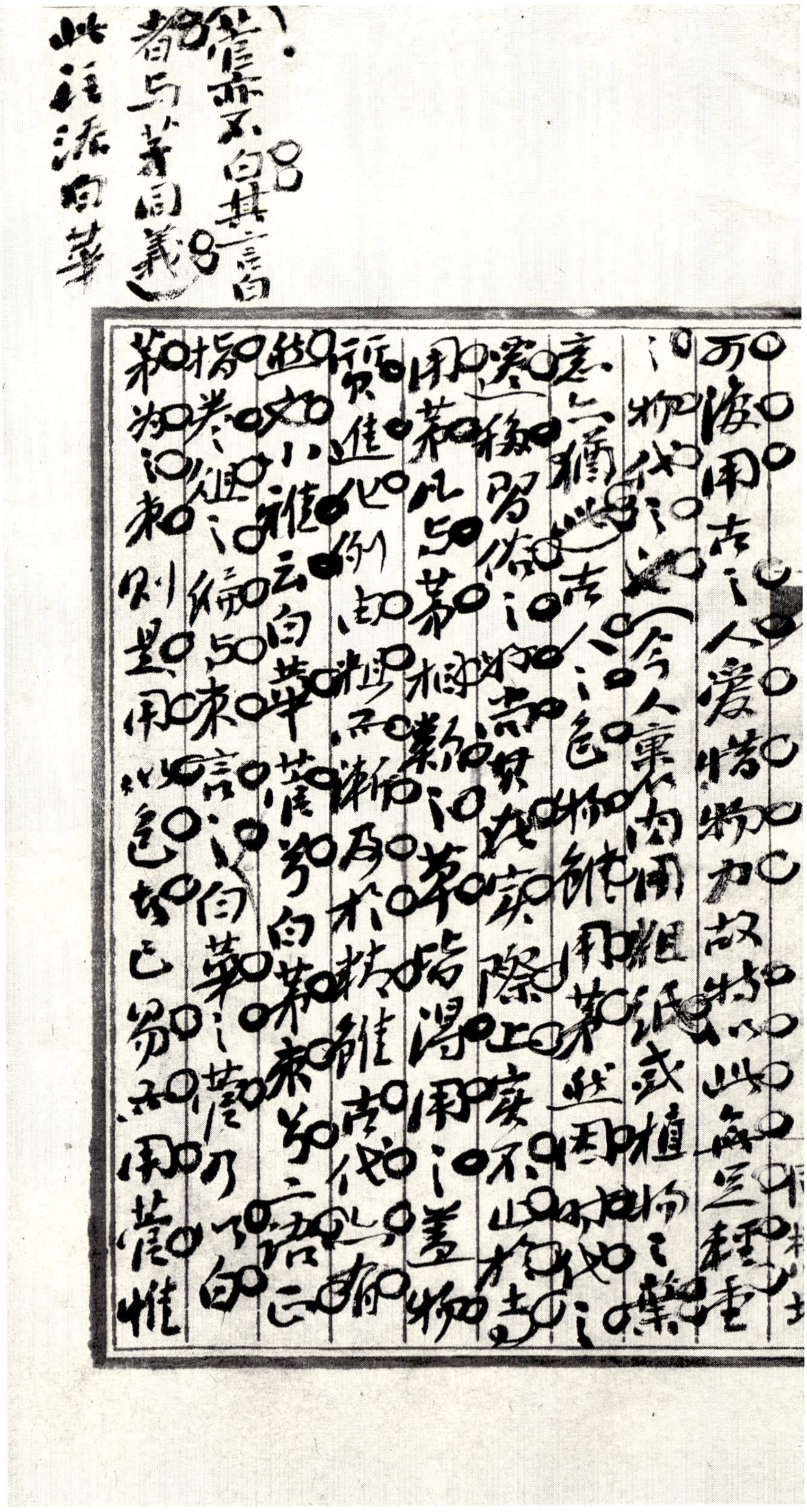

三卷上

舊同已從亦從中
有出葉從此
內添注中印蘆
文下

○○○○○○○○○○○○○○○○○○

謎○ミ來ミ故則仍用○葉○此亦物所賀、大升降之○

蓋蘿○本○葉○數○亦○桑○蠶○又中更○勝○於○第○故以○之○

物○緣ミ○別○蘿○細○而○葉○粗○蘿○異○而○葉○賤○凡○葉○

訶○能○作○之○物○蘿○係○又○能○ミ蘿○原○多○用○以○作○蒂○作○席○

（即訶須第八文吉各作蔬○吉人○下○蒐上○蒐○

即蘿○文○詳見蘿字○下○玉○足○又○更○編○以○屯○

物○傳○稱○能○有○絕○麻○無○之○蘿○蒯○之○阿○色○言○

ミ○私○蘿○蒯○之○如○之○麻○之○可○為○衣○如○詩○東○門○中○

所○之○可○謂○約○和○也○正○言○白○華○之○菅○（華即今

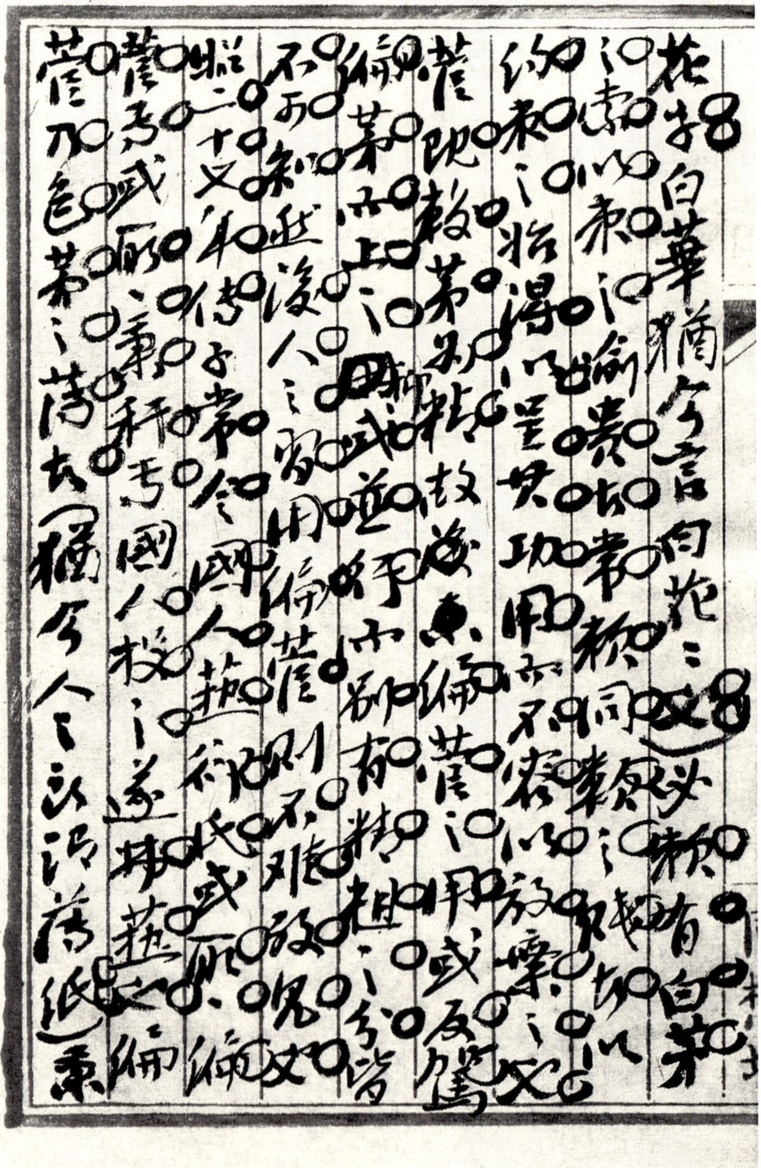

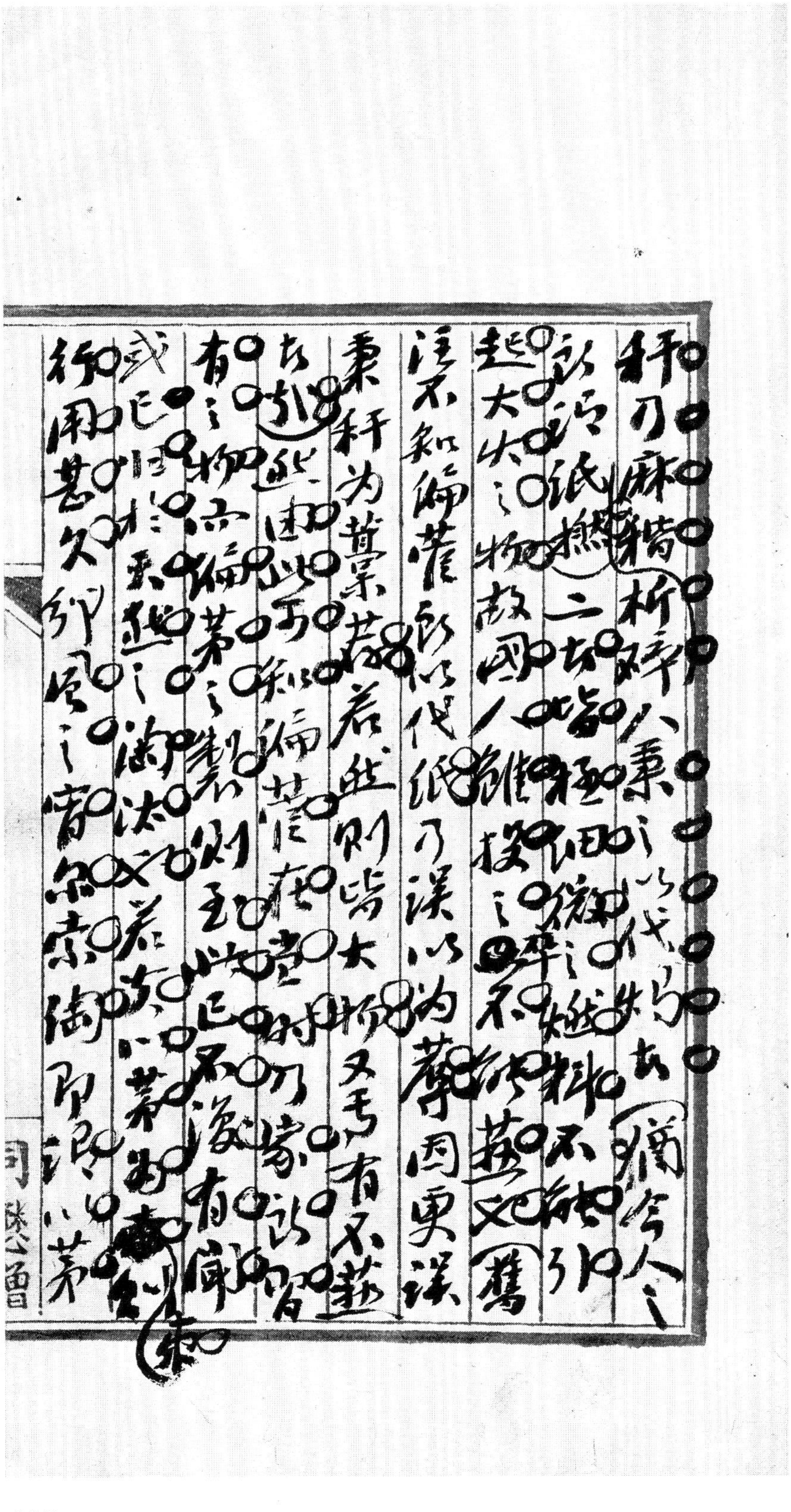

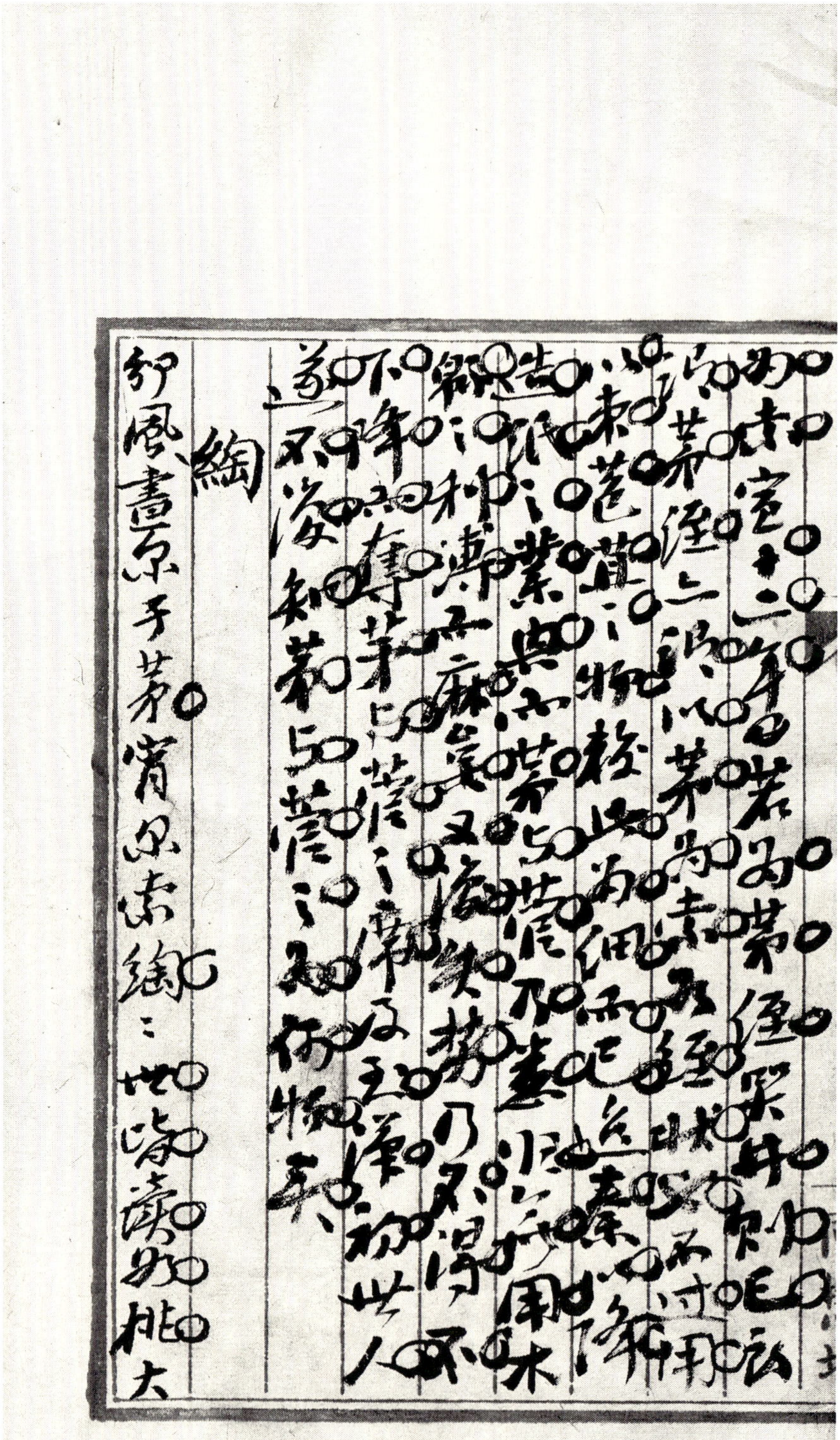

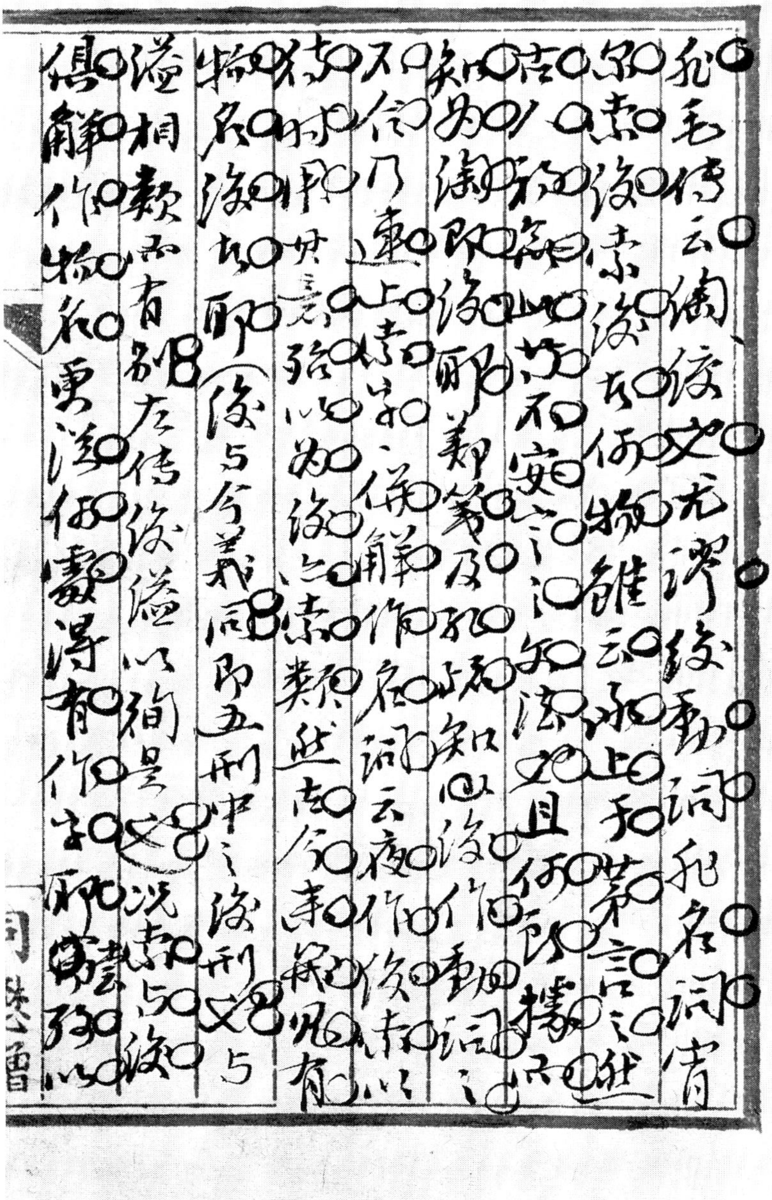

詞為後只說原出處雅大抵作樂雅在政不知何
古如詞要不知何在為詞乃合宗旨之言以
何在為詞則同詞後之子論以而古如後則奧回
後詞後之詞互相推讓[illegible]言之實無說矣比
若後而本不足以煩人耻中國人之心理自我國以
後只審理之性已完全喪失其知識之程度能
述知詞為何物者已千百中不得一二著不知而求
味乃類智論中之高尚也之乃以方法疑似
彼旁古早直起而我之回詞後之大後果何

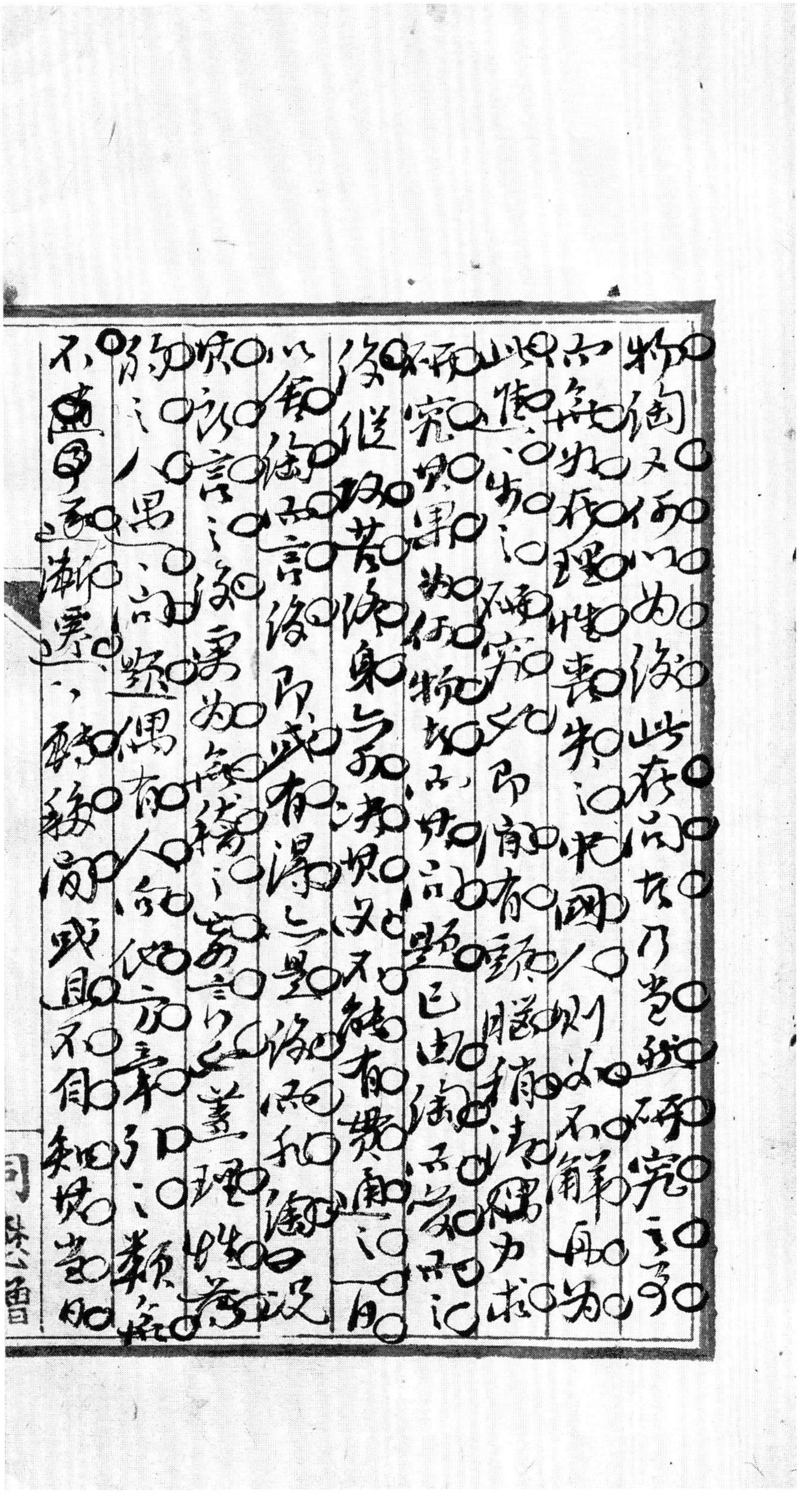

○○○○○○○○○○○○○○○○○○○○

研究者之[illegible]何在中國經學之名何旨望此舉

愚豈得如國之經學家乃研究之[illegible]研究即

此義文乃究尤所宗者論後後衛之[illegible]推要

[illegible]之○[illegible]○之○確此[illegible]舉奏又難紀不[illegible]從[illegible]

章之仰終之之[illegible]記語終注者乃又從而為○

者○之○春中有說語[illegible]注者[illegible]紀乃[illegible]

說曰以此○[illegible]文[illegible]宰[illegible]注[illegible]制[illegible]寧[illegible]

五[illegible]解譯[illegible]家[illegible]五[illegible]大[illegible]人[illegible]服[illegible]神[illegible]

又何至[illegible]西[illegible]言議所今[illegible]論萃[illegible]

如凡載[illegible]之[illegible]名論今[illegible]諸[illegible]

陶乃

自古作匋桃音陶又窯去声陶从阜匋声
匋陶南窯字音又窯窯秦以前無读桃者
详陶像陶穴解中同匋讹为知桃不惟陶知
知義陶冶之陶尚与義為近然引伸之動
名词孔孝義文又如陶丘则须丘之如窯者
远凡窯之制其上之如烟突處又更高起者也
引如大丘而戴小丘因之此像陶知陶之为
窯乃轉須丘有成曰陶殊可笑又印後匋
陶知之和与為又于解陶即其之文索陶即

索謂濕之茅知萆索左傳之說以茅逕長

即根物蓋唯有麻枲為用作冠履故服

之素凡麤麤用之縷索然亭以萆代之萆

及蔖蒯皆謂所資文厥後本鄉亦麻枲

者煩勞茅數之信署漸為說傳緣之蒍

後知其致用此之舊說誤之一原因也

檸

從木限有杞檸毛傳未成詳文說文五月生

檸讀如著

文義能無誤而據謬誤負此乃今檸

乃羊在母胎中之事成形在也唐之說
謂諸胎生之類、今北人仍謂胞衣名曰達
韓如紅黃綠原本家、且如所謂胞衣
則遂爲古自象形之又猶轉手或讀如聝或讀如朱羊言也

鄂不韡韡

常棣、萼不韡韡。毛傳：鄂猶鄂鄂然，言外發也。
真不既詒鄭箋云：承華者曰鄂。不當作拊，拊，鄂足也。
是之其言甚是而其注解鄂不二字之義則
執義鄭特尋究文義之真實然我所知其所以

然後知首同節則節已是旋呈舉興這

容言呈先之腹為此說者不如何上文已言華函

蘊節如承旋者不知上之義乃指旋之全像

概括言之此之節不只就華字柏言之文言華

則節又已合相思中節不合之乃郎以為華若

美名說則又知華之標志屬之自旋呈以上方吾絲思

華字有似如是解者耶今按節今文如作警

（當作詩時尚無貫說相假節用退順旋月影樂盡存萱赤敵

如之今倚名骨朵最強印由節字之意故之也

鄂依龢鄂本作
咢作蕚亦俗
訛也
鄂之為花萼乃
蕚母叫近義言也
故鄂依敦鄂本作
咢正象花形之花

而成義跗即承於其下亦近跗從跗則萼之為英
而跗則掩實實已不見矣實言之則花之將放
手只託其頭自跗以上以上曰萼自萼以下則曰跗
詩之常棣此花數作鍔以下名曰趺自鍔
以上劍以下名曰鍔（鍔古劍把）今俗名居以為後相
即此義也（鍔乃見莊子說劍篇倂）鍔紬相醉
而後世既花猶入於又知相濕六淺林落以
鄂不二字俱觧作花足則不能美矣又鄭氏
說又當作柎大昭柎乃承訓謂實猶傳也

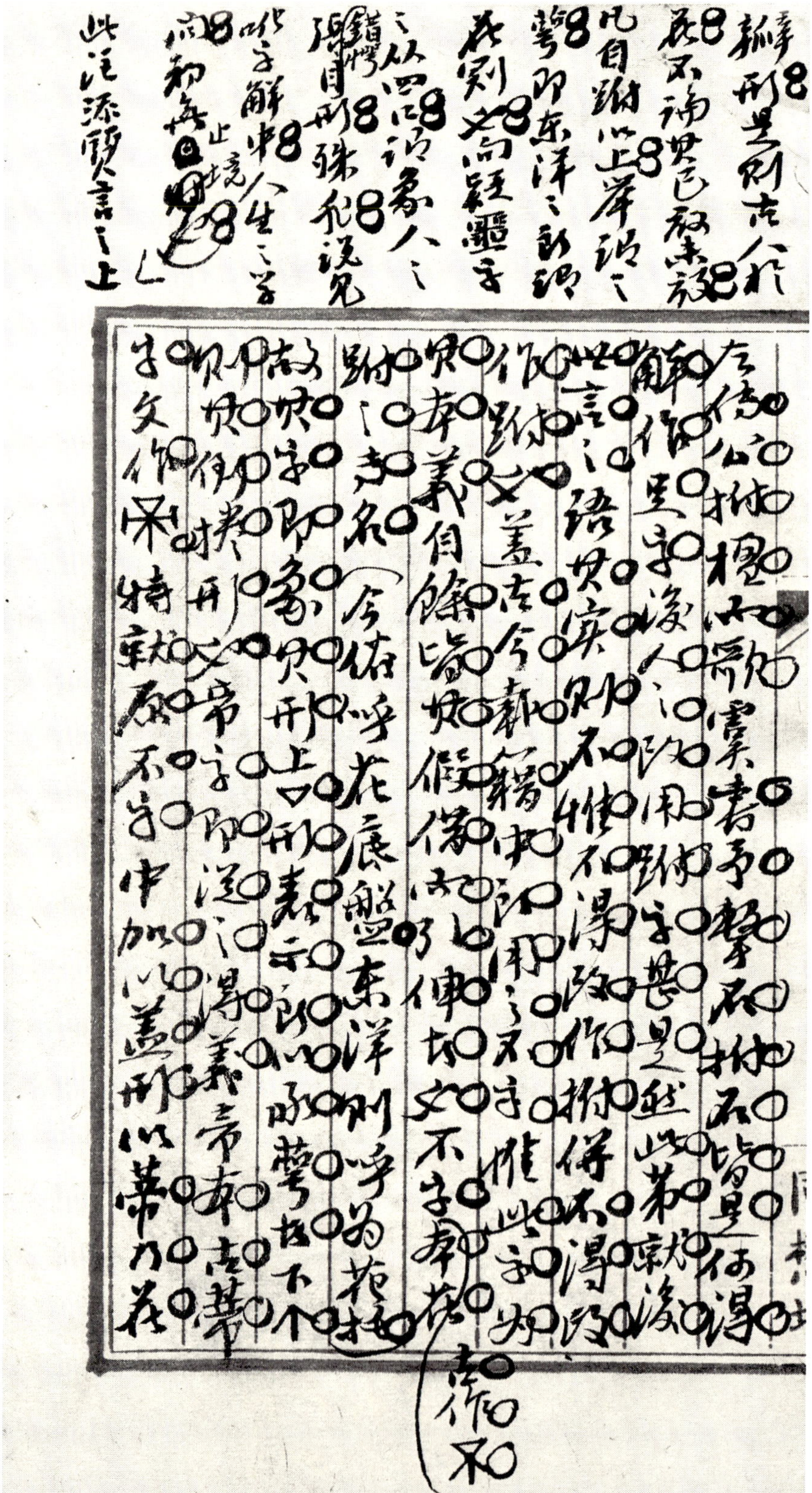

附之處形物附於處為蔕多作蓋形故不字中
加蔕即為蔕又在蔕則為不在果實即為蔕二
如在表之分根甚清世人多溷二之實大謬也
蔕（由名詞轉為動詞）去果實之蔕亦曰蔕在書多
假用疐記禮士削瓜者疐之即謂削去瓜蔕
又蔕於果實為尾故引伸之凡去尾亦曰疐猶
跋胡疐其尾是又尾於身為細故再引伸之則
凡由根際伐去細物亦可曰疐即燒薙行水之薙
與今俗剃髮之剃也不如蔕足引伸之凡物

一本如此

之見上云而曰不此箋附注之所以作箋不注文後
八經其相涵乃更作為附字則其言趣於春秋
之李言無是文八足稱附存由義足認引伸今反
更如八足命義足例累為囿不云夫而以已爭然自
難國以箋之義之遂即無乃嘀嘀歎毛集箋注
義之湮沒於何限鄭氏能知不之嗟作附已
自而貴乃宋儒程論淳淺而作詩將採用毛
傳舍其而通而明例其不通則識不知其是何已
理矣（或曾以鄭主段字之故然毛說果何語耶）

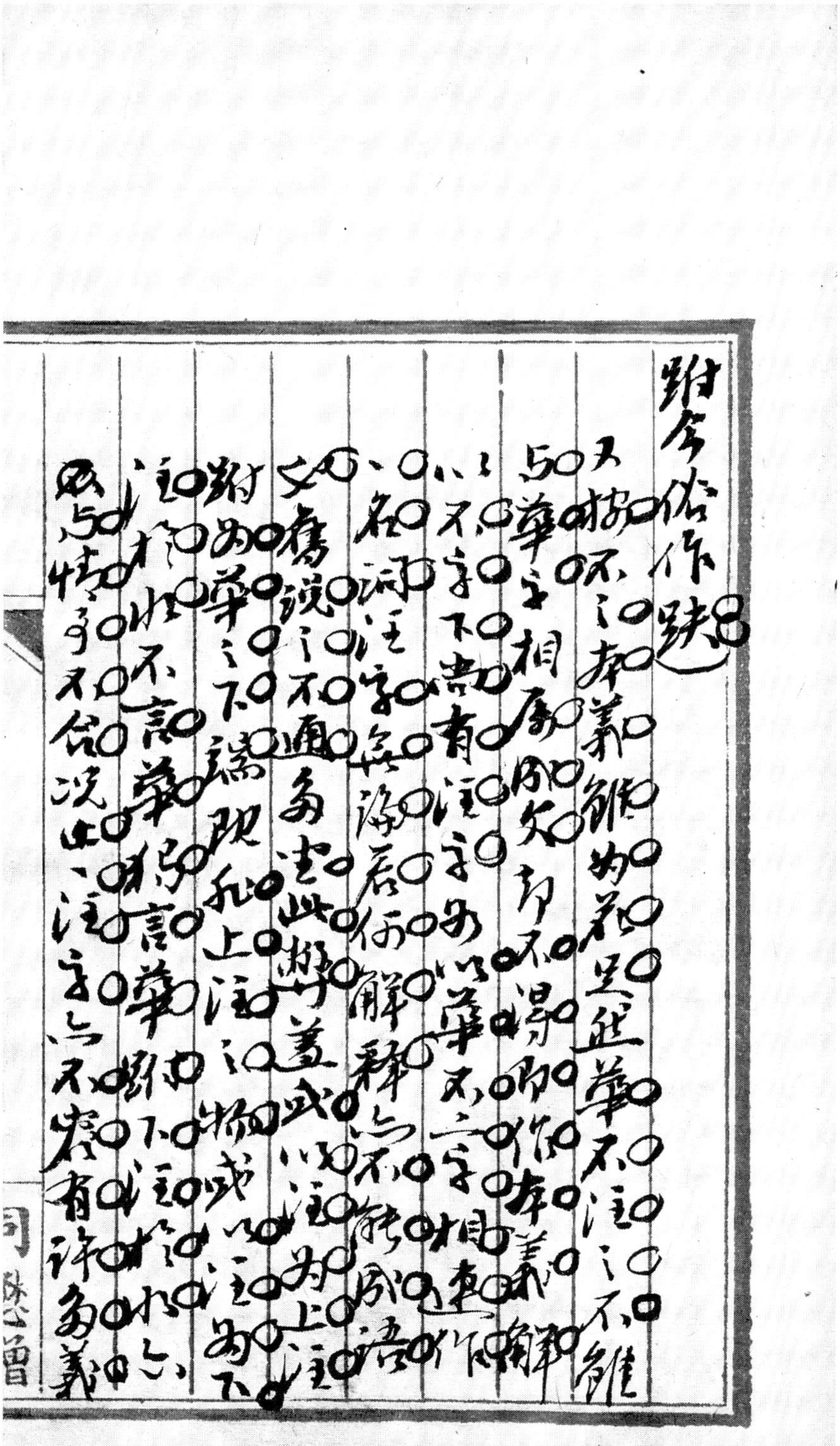

意〇節〇前說見於注〇後說界淵者日札〇不知〇
此〇文〇華〇生〇乃〇形〇容〇詞〇不〇注〇二〇字〇名〇為〇名〇詞〇固
節〇不〇之〇不〇不〇得〇作〇動〇詞〇此〇不〇則〇實〇為〇動〇字〇其
作〇不〇左〇乃〇由〇見〇著〇所〇可〇作〇且〇當〇附〇當〇處〇附〇
〇〇字〇文〇附〇注〇之〇名〇興〇左〇氏〇篇〇周〇十六〇年〇部〇傳〇之
錢〇林〇之〇注〇從〇至〇有〇章〇章〇之〇附〇注〇居〇如〇此〇
路〇見〇於〇傳〇此〇之〇不〇注〇即〇循〇之〇附〇注〇華〇則〇言〇
與〇華〇麗〇兩〇後〇文〇附〇注〇於〇言〇即〇之〇第〇後〇又〇青〇
韓〇為〇韓〇士喪〇禮〇又〇作〇繹〇其〇以〇章〇句〇章〇數〇不〇限

即○兼○兼○語候○卿○士○之○軍○勝○也○而世○依○則○絕○稱○
之○即○附注○以史記○第○四之下○直注○於○宋文○附注○之○
第○上候○下○廣○由而○楊○相○知○而中○有公○（公後述之○）
山○之即○於○之○上候○下○廣○中有○裂○後○由岸顯○而○下○
此○潛○全○山○而○而○此史○則○於○但在○濟○南○城○中○而
而○兄○之○借後○／○不○通○言○說○數○處○而○洲○說○之臨○
述○溪○無功○議○言○／○此○於○之○之○言○／○之○附注未
嘶○有○即○卷○於居知○語候○卿○士○面○大夫○默○所
作述○士編春秋○晚○年○則前○之○如○宋○面○於○後○則○

素只四周有緣最上者戴純不知所用原緣

（緣即緄異佈）亦不見有甚繁飾無別異

之紋如與小回篆書蒙畫特殊之記之言之紀錄

匯眾有花紋吉祥寓意如喜雨千餘年

如紫蕭者不知來歷偽之中華中國人議勝力

陳屬介到外此吾深不勝如民族之傳

落款處

丁丁

丁丁亞兒作染極丁丁伐木丁丁是如丁丁界

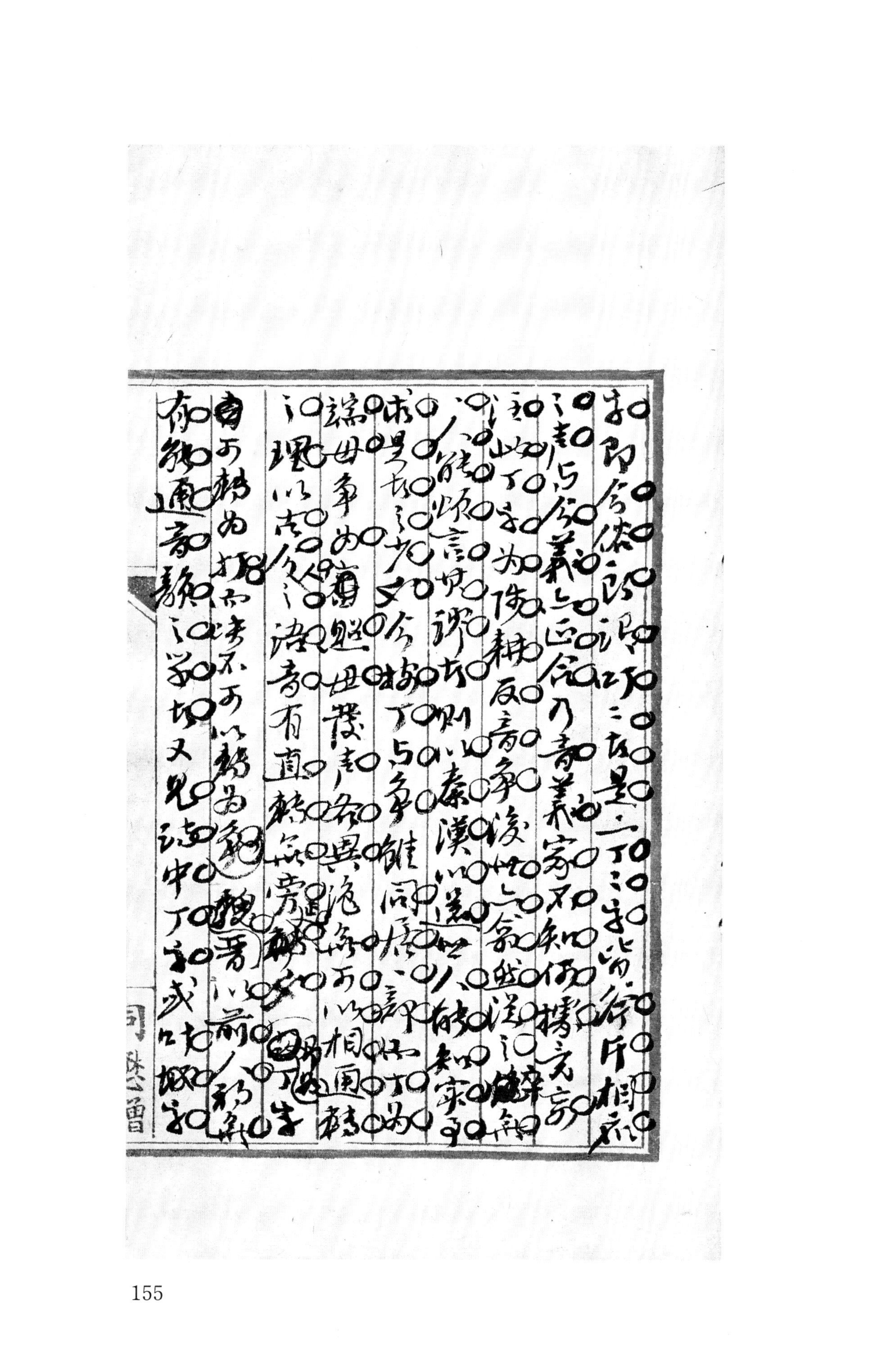

[illegible]

或加聚字兼厚庚鄘与此传之颠本[illegible]鄘

唐字異（今颠以丁归青鄘城聚则同厚庚鄘）

因字改从丁言为象家以鄘与今颠根照会此正

以汜截指四甬遍像也俗儒之为意谬失甚谬鄘

加此如

顛 巔

秦风有马白颠传白颠的颡又义是亦语反[illegible]

见盖颠乃古[illegible]顶字颠[illegible]故

颠字从页真声页字乃象人面前形古知作

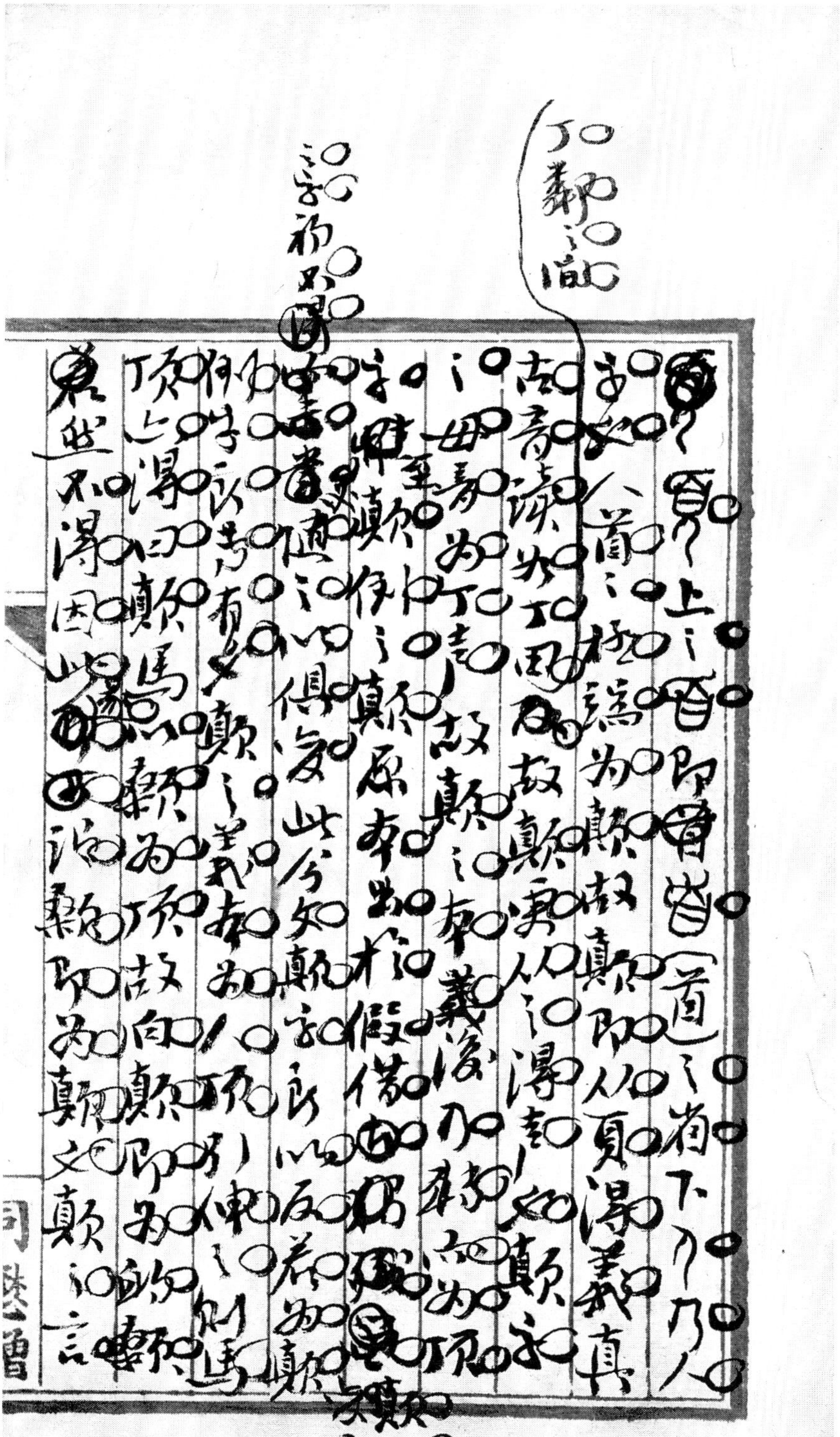

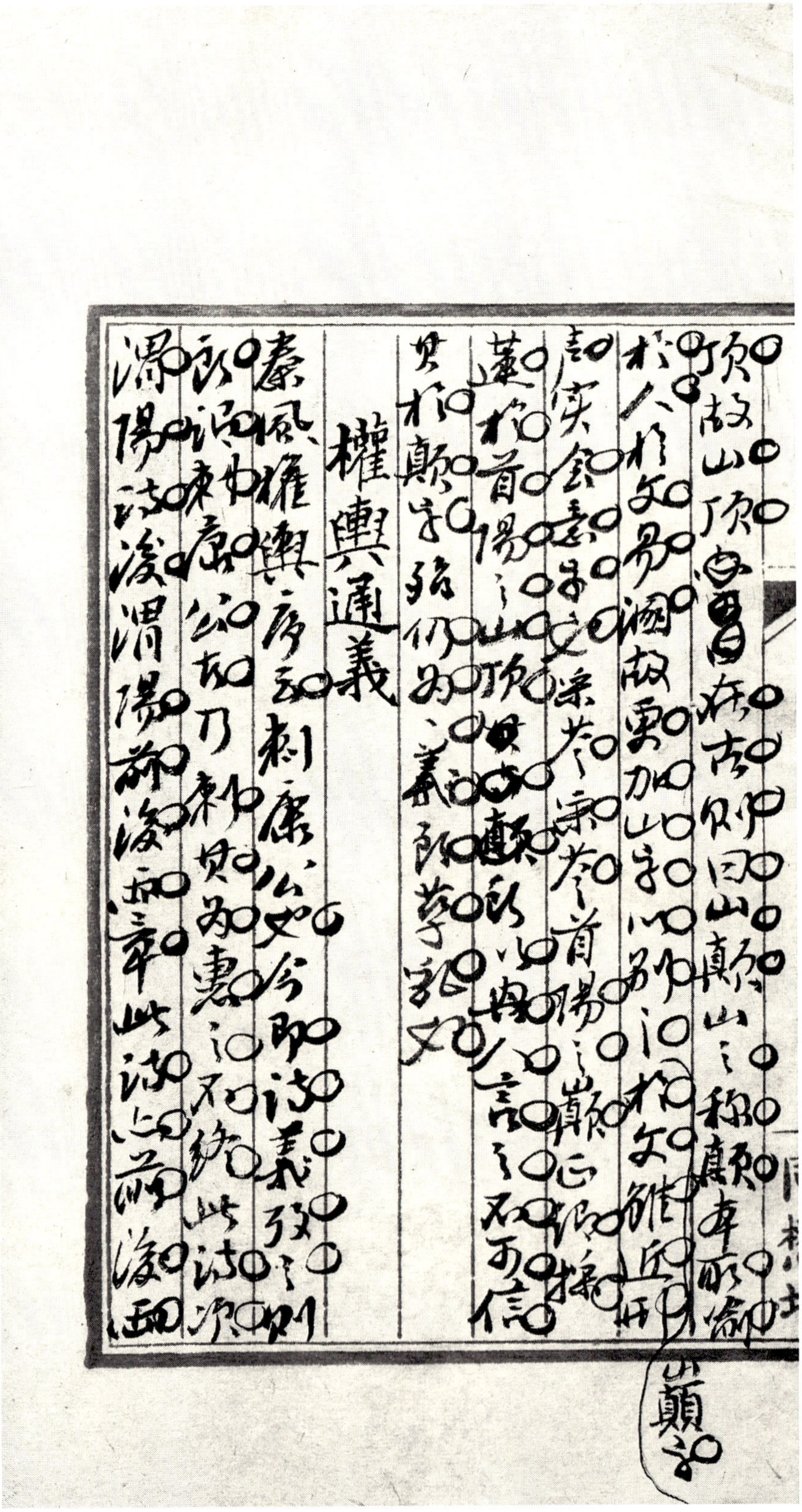

權輿通義

且詞旨隱晦相如則此詩須於實因晉八周康公
之絕晉太深蒜隱如前明矚之詩代爲伯恭
以反覆相清識見爲太子時當知歎念毋議不
有和鄄邊主之賦亦後乃反置毋議於
庾外不絕不已通更屋渠之乃即以歸映前詩
之跡和棗荒留舍四邑乃以以歸映前詩
之贊蜓玉佩此詩之於嘲進請處全求
之權記蓋頌爲太如時權不敢已乃反有
贈及印信以後大權獨攬乃反見絕有權

门
穆涯盖以携同贵
子以畜生自焚以要
胁穆公　添文理上

与和权前与後乃判若两人是则从位明为居
承则位仍未承则权不然何有权时反不
於权时若即今得康公在即位前对
族之情谊物为隆厚惠公之兄挑则执虜
则世登其弟後薪登其台以绝人之救援
後於薪示将自焚文理为明乃悉来
经数不通理不知以献文义造
为种之野礼以自欺而欺人古之宫刑皆居之
台以抗绝之穆涯数自罪叔登其台不薦之以

薪左右上下常漆柴乃得通其說極可笑
薹樹可游觀之也乃後語之屬罪人稱涯存以犯
相襲故稱人公稱归而歎乃反語之歎自罪至優
薪乃語左右上下可優通以自通左右上下可何
澈而係令之行於薪上此種不通之訳從
龍右至竟無一人能解先又大可憐文公之归
後為以通知其者忽之以即晉人与不能
乃不幸於便即以莫公子
之故晉人自食前言反無說構人之所之膣

後來

趙迎驪黑，此一歎於此，陳懷晉人之無良，致亡遇

空見信後，深嫉其平日刻薄之處，別經痛深

故惡毋作原之也，絶不肯為秦穆之道，推原此自人

快語恐能初不得執此以為康公病，推原西

寫嚴肅之曲徒在晉，然在晉人，初不信

承子公子雍之美，而謂康公實有抑晉之心

此見觀其相絶秦之言，可見迎懷人犬逆人之

人[illegible]就懷之康公之痛，四族首從身莫釋此

之[illegible]最大原因，此論作俑晉人，故東京之以責

同……

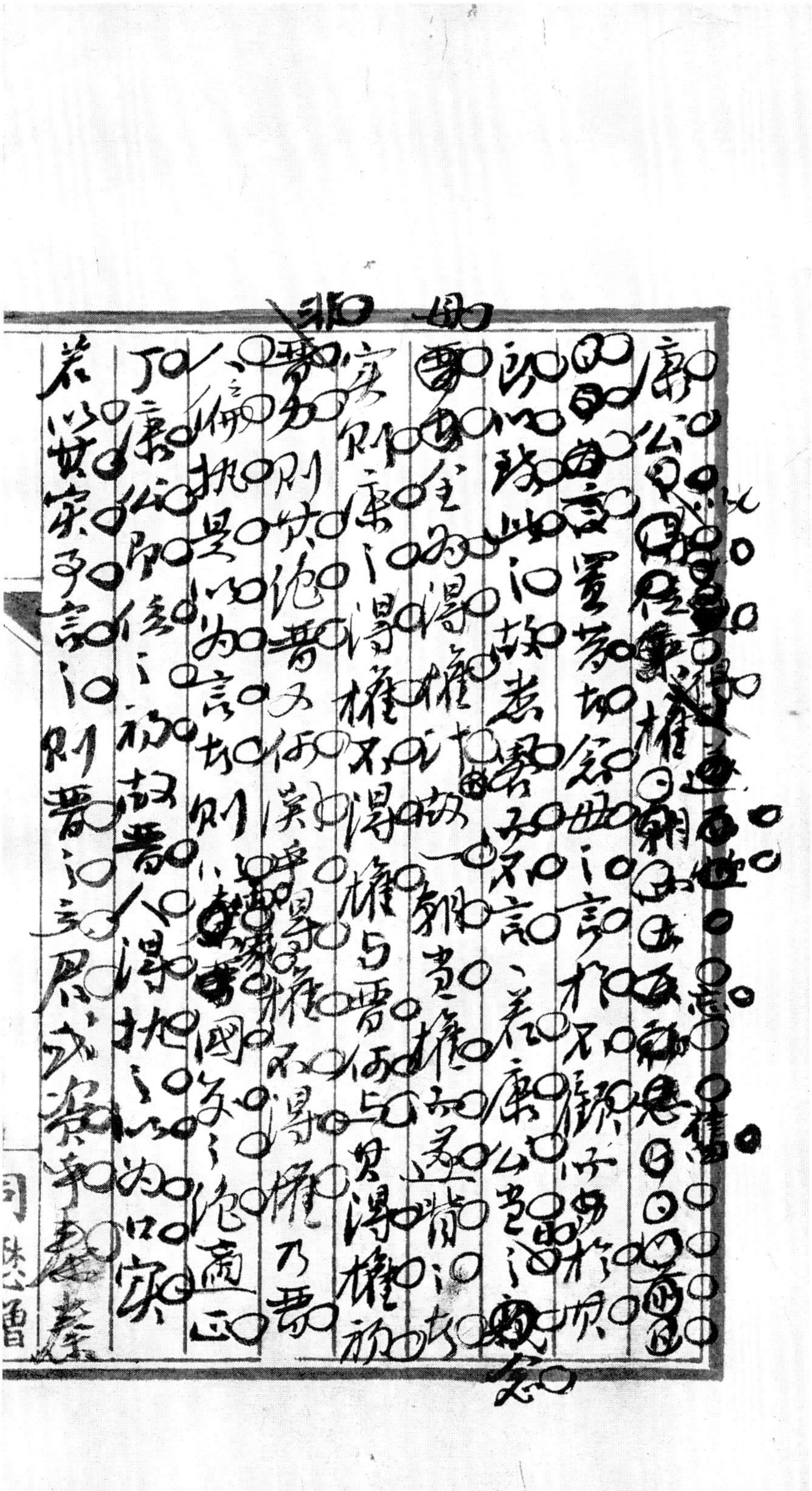

絕急有須爭費長費人以公橋不橋鄉慕公
弦猶來免[illegible]以已度人文是非此[illegible]之訪之來
長原係巡所持因若可知晉之於之之狐之從
後來尝又自知理曲而急歉不和才秦以上
歌始移以事之餘諸無如書之[illegible]艱於倒以負
帝南之以之彼公久之以[illegible]急怨之故懷懷
手唐以道歉而康僻[illegible]以而之懷[illegible]懷
太孫之之肯於輕於佟宗而去素然[illegible]生里
以將情之勒兵東滿依國宣欲之此然[illegible]有之
冤能不在康公既康公爲孔持之過急覺負

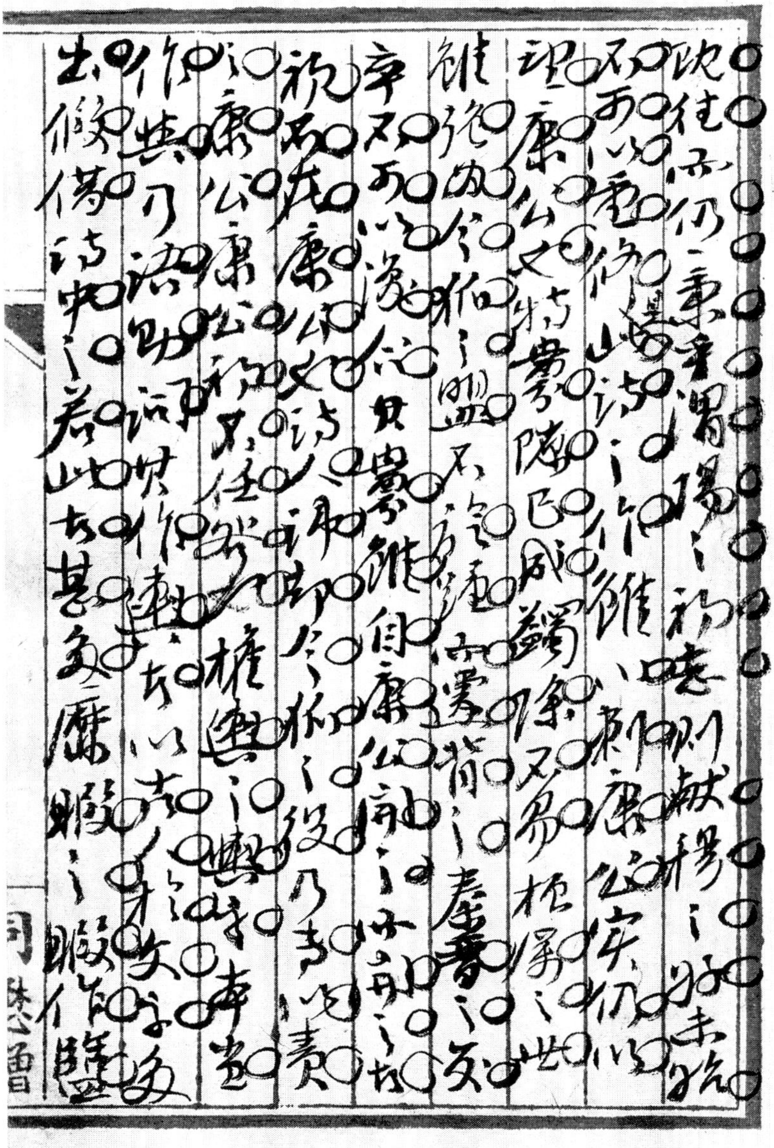

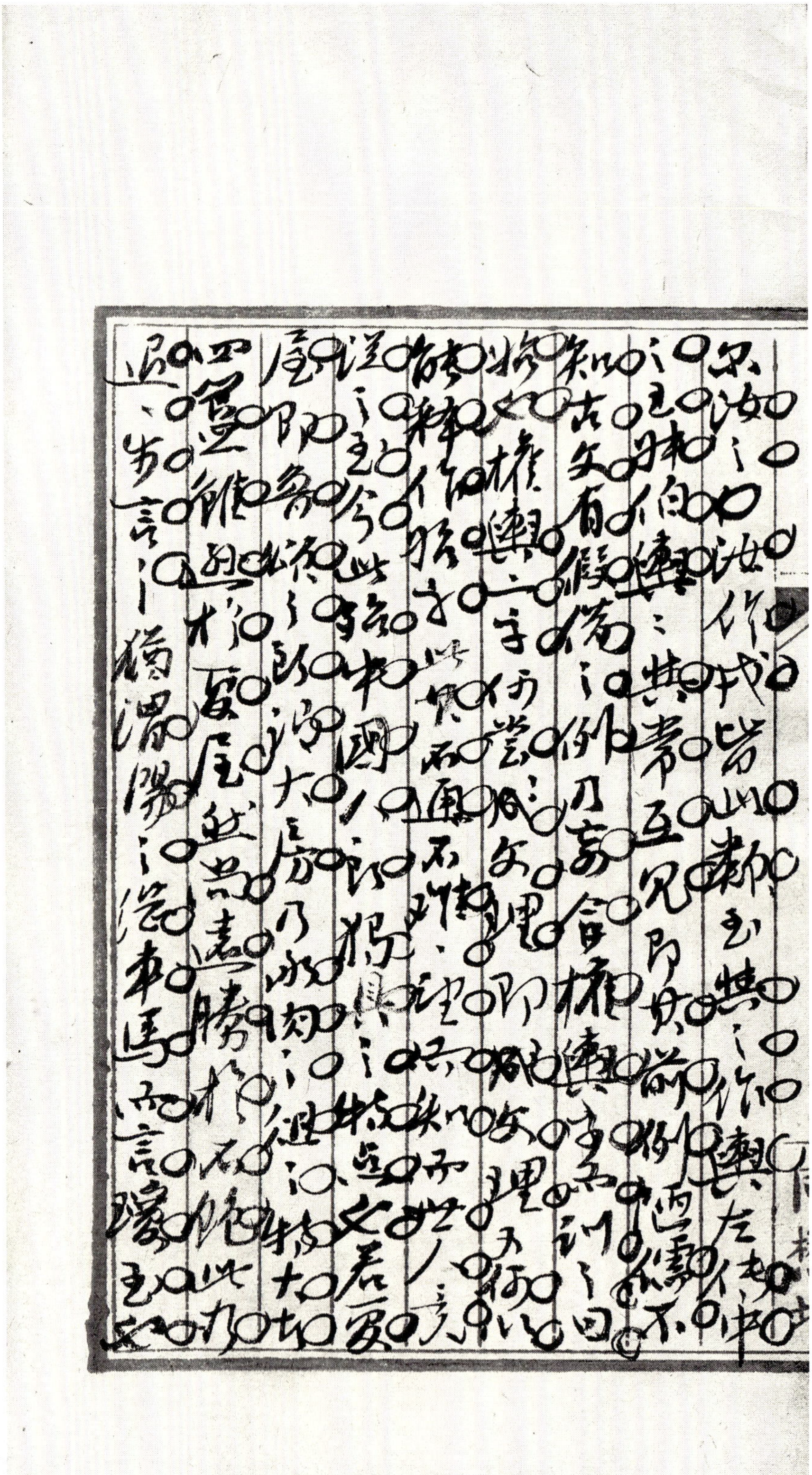

以詩以飲食況情事實爲詩中之佛陋
儒不知此義見以言飲食文則直指以爲實者也
象飲食或且更乃以資其謗焉知王事之飲食之一
詹衆公曾之世已屬知後世之說將食家者
是只有擬之前說不得其夢矣

綢繆通義

唐風綢繆序云刺晉亂也蓋晉自昭侯以後五
世大亂人心之渙於[illegible]如棄數千和散
故公雖以知義得國而悖之極與安之亂義之

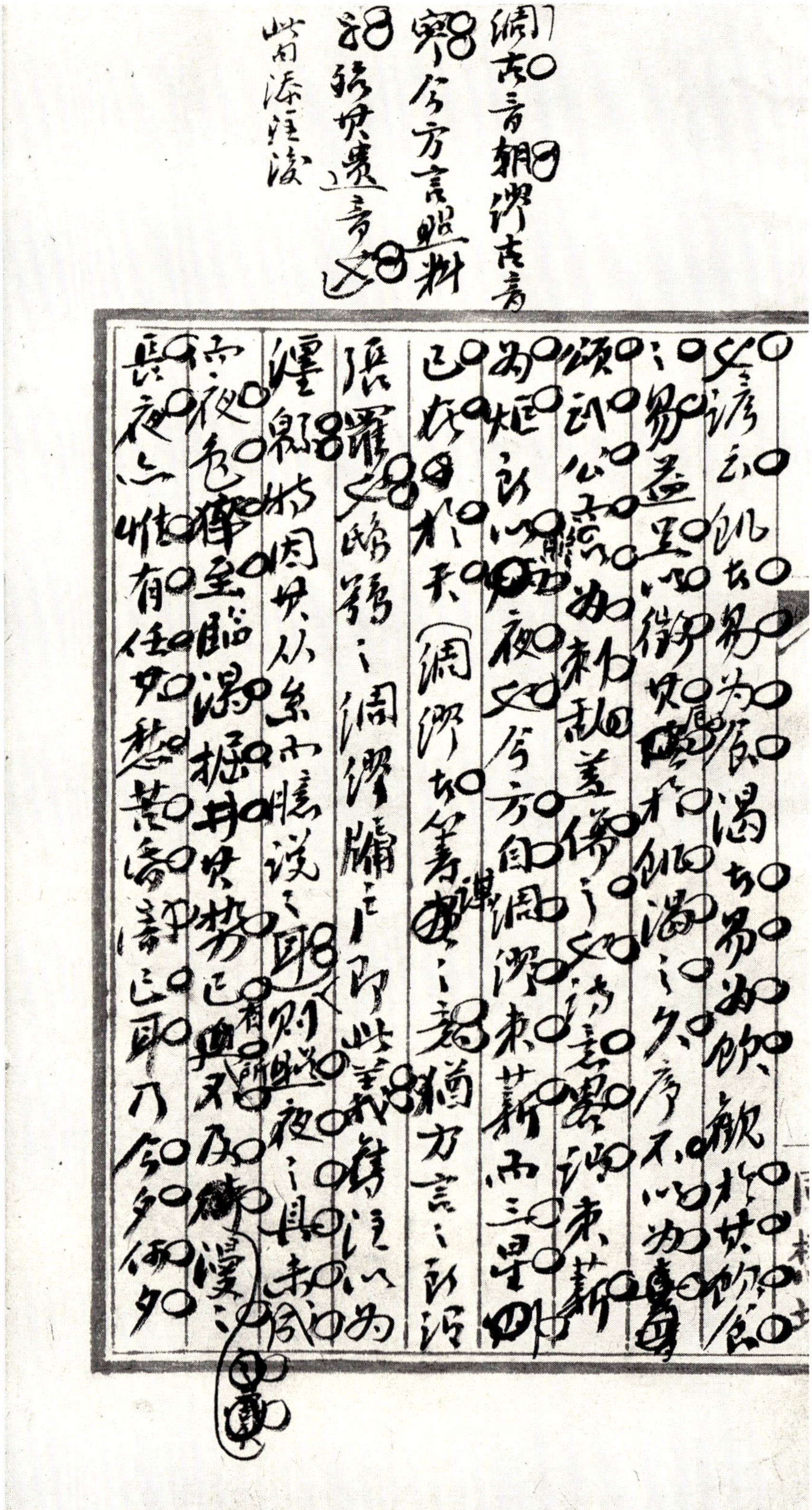

方究竟於慈悲喜捨之中寬恕慈悲意外而見此

良人啟齒言之，猶能不足以破夜然來，能不足以破

寂於所無聊賴之時，慰憑情勝，無得此之美緣之

妻此情此境，即使子之身伏處之其情狀此良人

御耶，且知之，然此良人，文能以為得此為正是之照

夜燈爐之，能是以破寂，然究不足以照夜前鬧

未遠而君肯以從，且自了，遂貿於，依夜薪不

所得而知，乃繞而綢繆，來自南來南而其傳來

為爐其加花，能不如薪之烈，且而久然，其四那

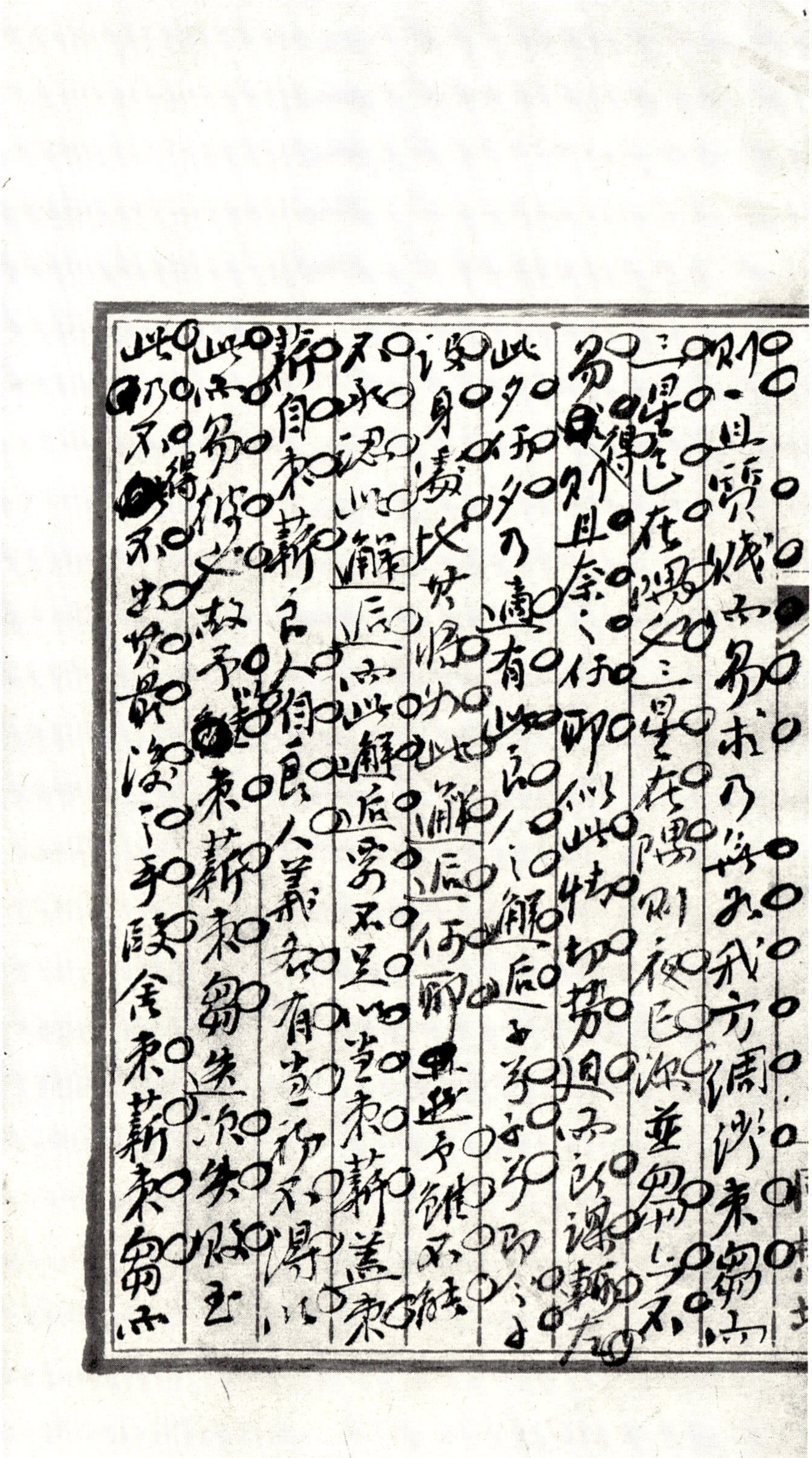

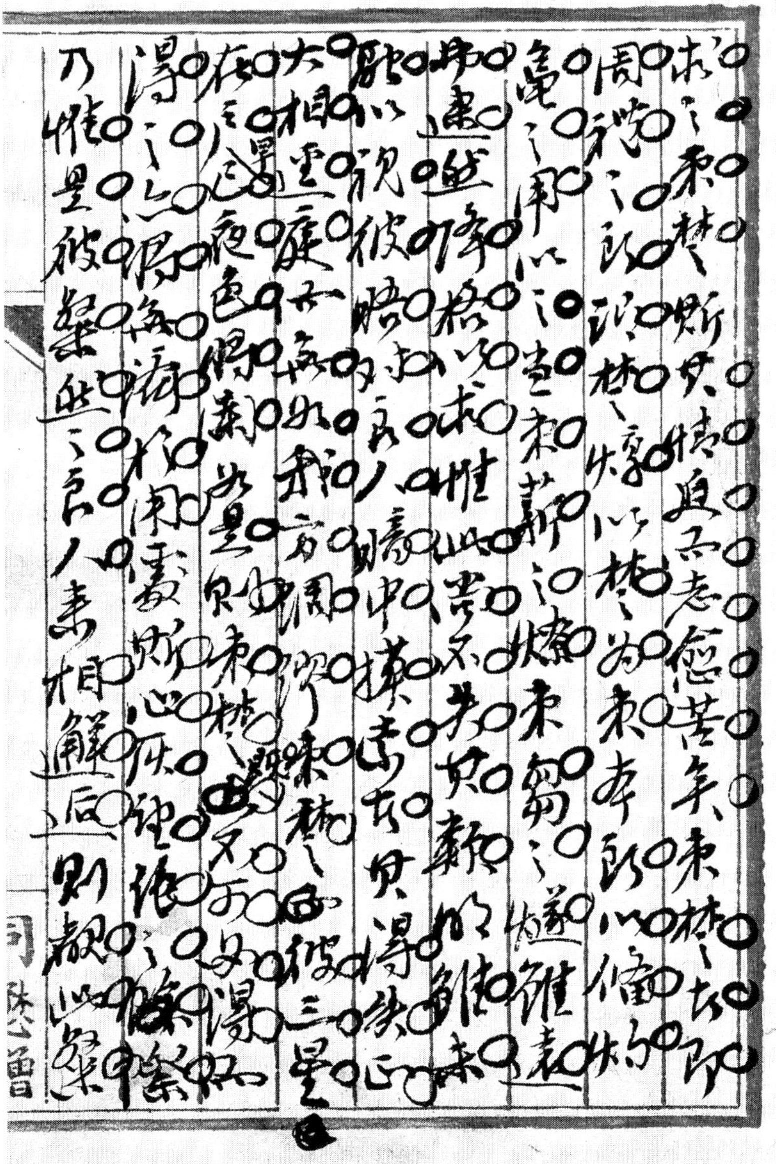

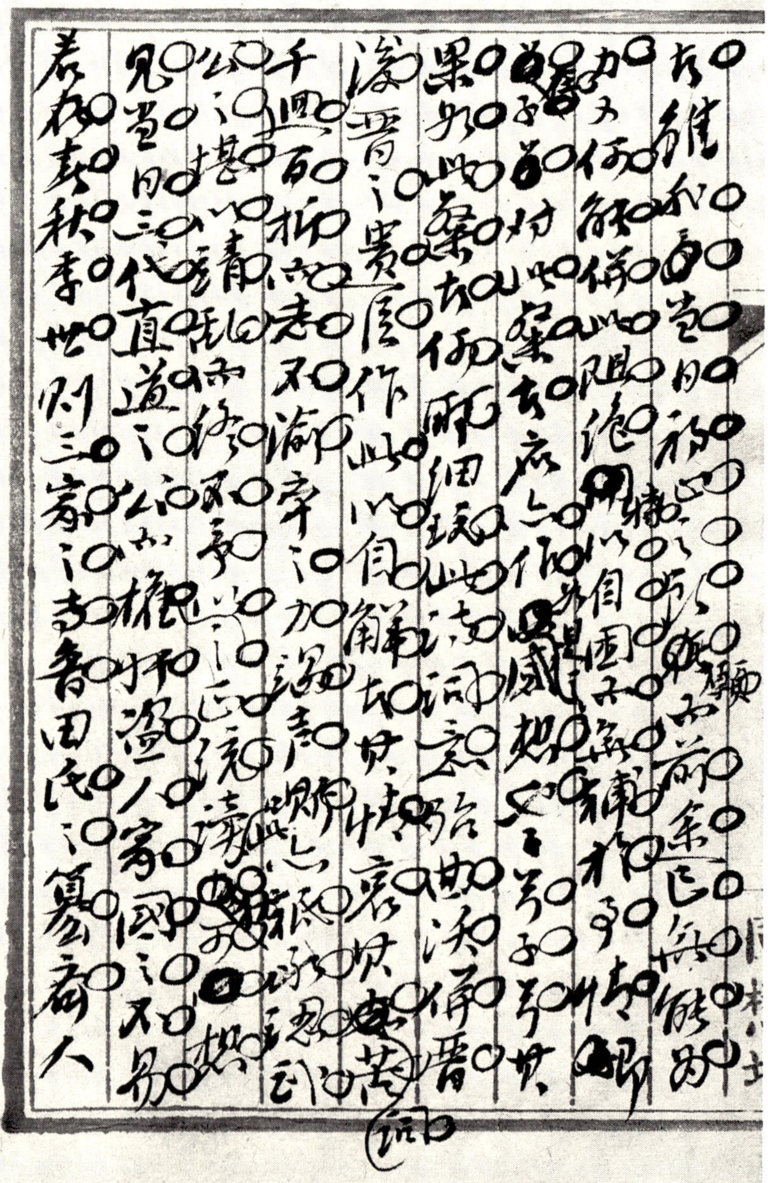

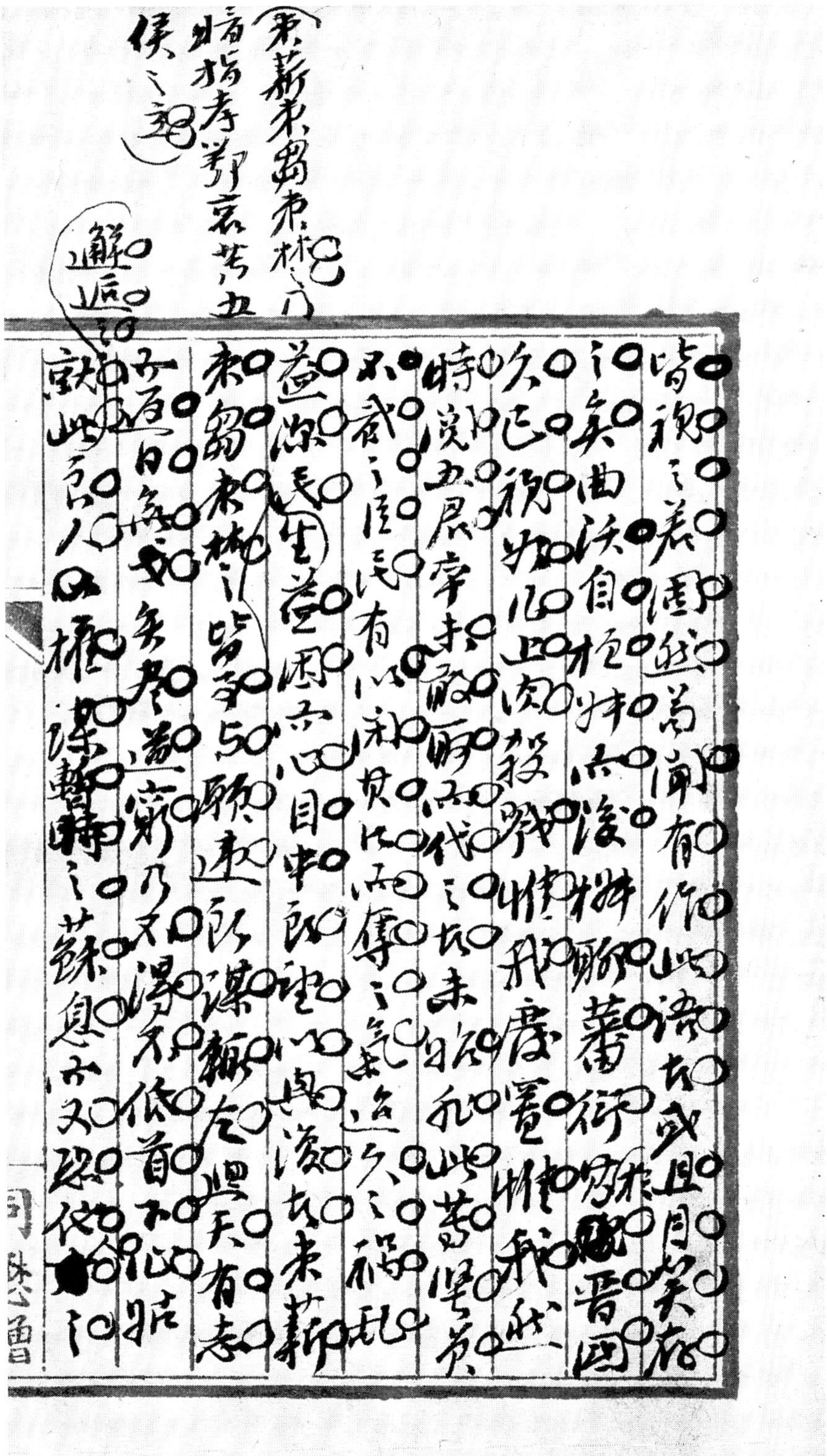

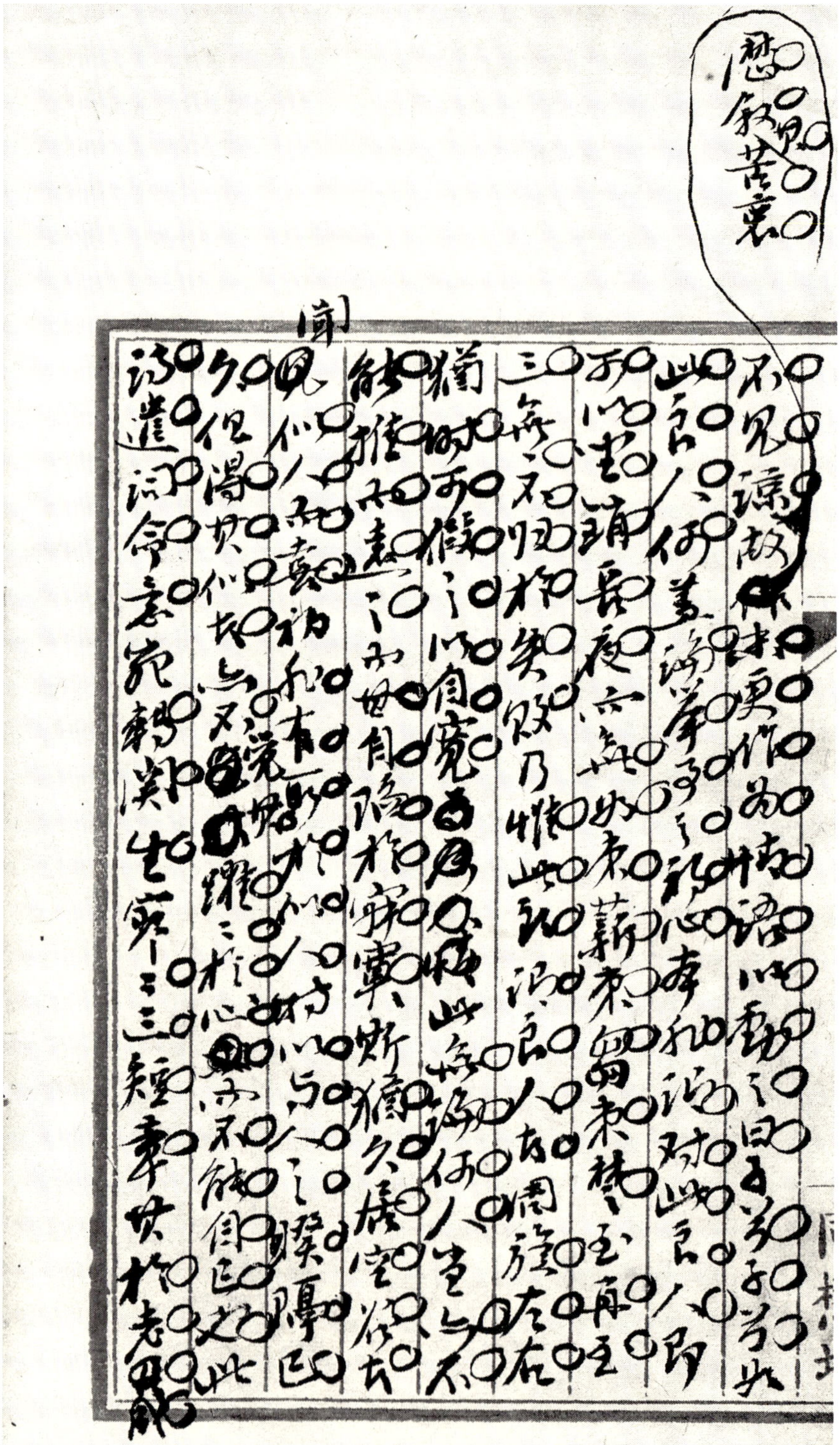

梁园之下忠与其后之唐超唐作者穷力深幽，非知后之

不得已而融唐偏于以韩保护民之意俱矣

然继上后世若之山以势穷究执笔为黄郑乃此

意此节人文若夜后，以为之比联吟偏果赎与其

继见其之情深而文明矣玉磨谈之湖辛乱挚

全不成语，亦不复整凡称通文理者得吾谈而

证之，其深自不待辩矣（至可笑者，磨涅因诗有

言人语乃高指诗所言者为昏烟之事，文人是有

黄昏烟之夜而尚有束薪者哉？且束薪束刍

同

珠公留

此等從未經生全無人為加以研究者此則中國
人之特性也

緜緜瓜瓞民之初生自土沮漆

緜緜葛藟緜緜瓜瓞民民之初生自土沮漆三句歷來
解說無一能的確古舊儒於異之傳例差不
能了之故只於詩中與之物務徑膝亦指致
上下文義隔絕不通不之語句多不可解矣
詮說混亂亦無由審知此等篇最實況者經生
家不知物情常前名言之顧其不盡物情

之。如。怨其最。如惡。其本不違。而偏自以爲違。東

章。而。制。筆。偽僅處告以自其所而賦。人後之讀書

其其不。廁。強猶。印之。黜躬有人以告之於前。乃氣絕

其[illegible]有。人。正之。於後。從。訛龍。誤。縱其說。擬安離乎

實之焉。人就其所。前。例。當。見之。物以。殆守。人其是。非

謬。種。語。傳。此。遂。等。語。以。迫。而。千餘。年。而。流。稱。之即

此。亦。系。其本。亦。蔓之。畫名。稱。今。人之。所謂。瓜。秧。瓜。之

稱。猶。蔓。之稱。蔓。華之。稱。蔓。於。氣。甚。深。密

之義。此。但。解。上。文。節。三。十。取。而。見。節。三。其。時

司 甡公酉

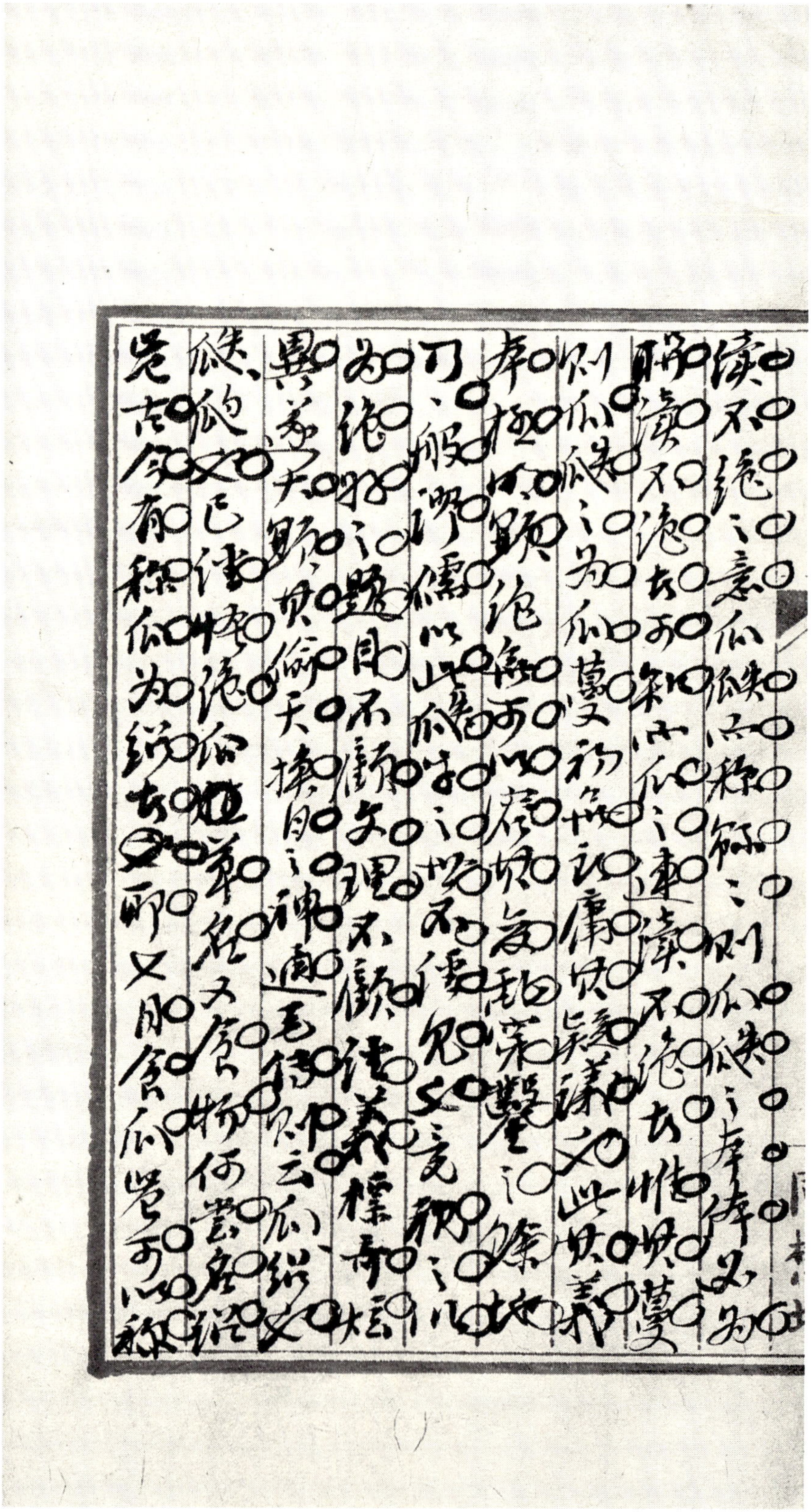

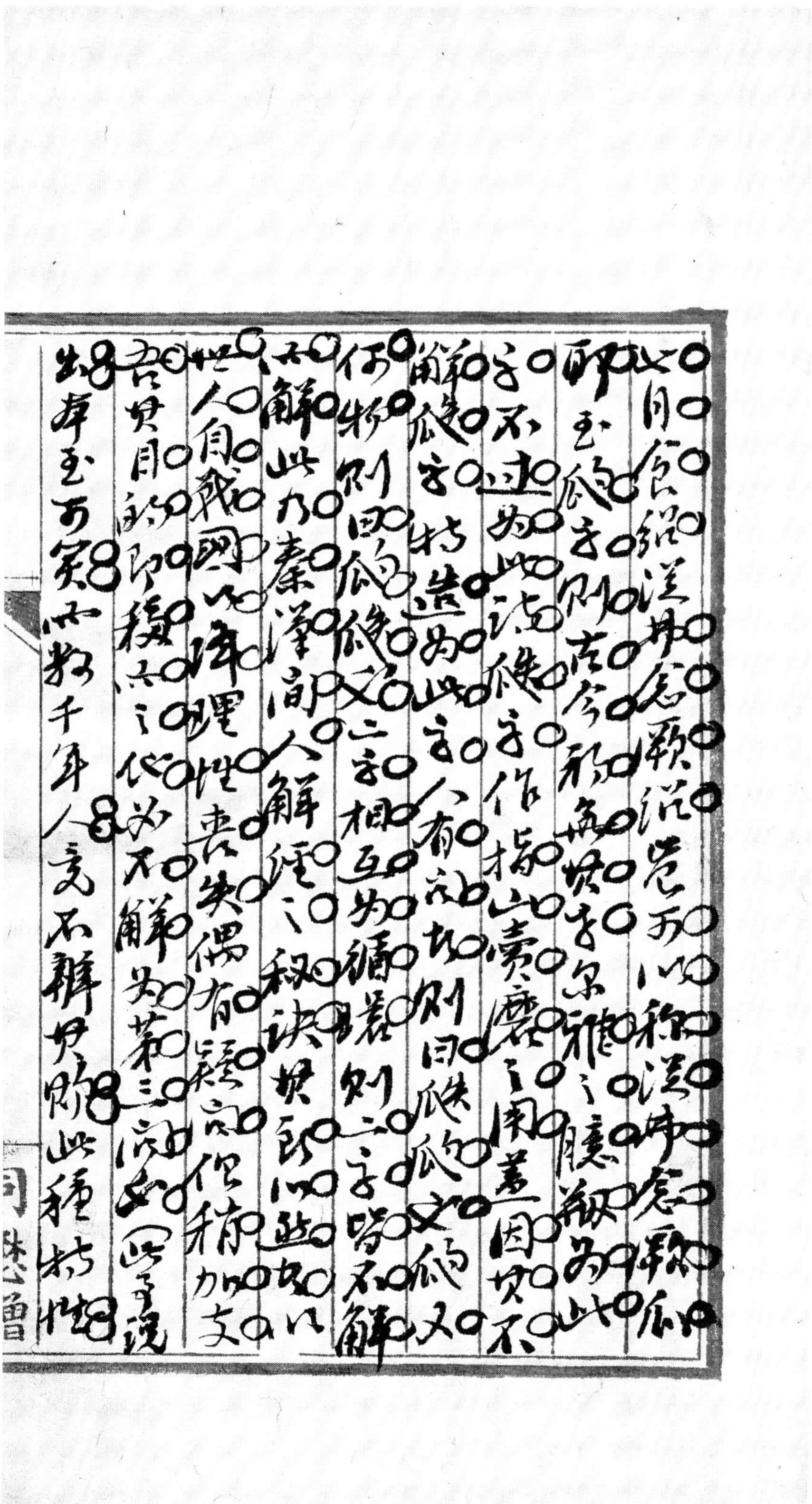

庚中國人所獨有之○以○從○釋○從知貝結○果○其於○味○

釋○玉貝○説○以○於○告○造○故○從在○説○則○以○言○時○説○釋○從

為○從○從有句○言○因更[illegible]便告○為○此○言○以○從○釋○從○更

以○從○之○言○釋○從知此○正○説○更○説○之○家○又○物○二○言○文○毛氏之

以○從○為○從本因貝不○之○知○傳○傳見此○句○之○説○説○從○從○[illegible]

上○不○矢不歎且上○云○從○之○從○之○有○從○讀義○義○騰釋○從○

字○為○從○之○釋從○為○從[illegible]逆更釋從知為○白○從之○之[illegible]塵出

實原本從字來○祈不○過[illegible]賊人自賊別[illegible]義泊釋○

氏○作○箋○乃更傳○會○之○曰從之○本○實○從完歲○之○從義

小状似而故谓之似其说之近俺实和说事实极近
揣摩之词谓本实如误如谓为近相之实近相之
实乃深先觉之所故以发先觉为小其即谓状似而
其为而乃句之误谓其小知句文此说之今亦语用之实
堪叹余所之深先觉之生全体皆然何以独近相
之实为然又谓近相又小于先觉则者传而后将出
小而先於矣又云状似句故谓之似而之状是有
似句如且而之种类不句之大小而又亦得谓似
句即如小而取今即令信邪其说谓而近相之实

義蓋以狀如何故名曰正是則所知者乃指所
實言之所實乃顯之者緣見有命實乃顯之所
耶如循以知之乃取所種之感表言之則又循物
不可以言取之者表之生久矣凡有生之物皆取之物
之而可以名之知所生所存之而然則其代之而皆
孔由先哉種子與生於我況而於其之而根之實物
果其名曰然則其表根之實又豈何名其實表不
近之實又豈何名且各物之得實其位置無有一致
者使名因其得實之位置而異其名則天下又安有

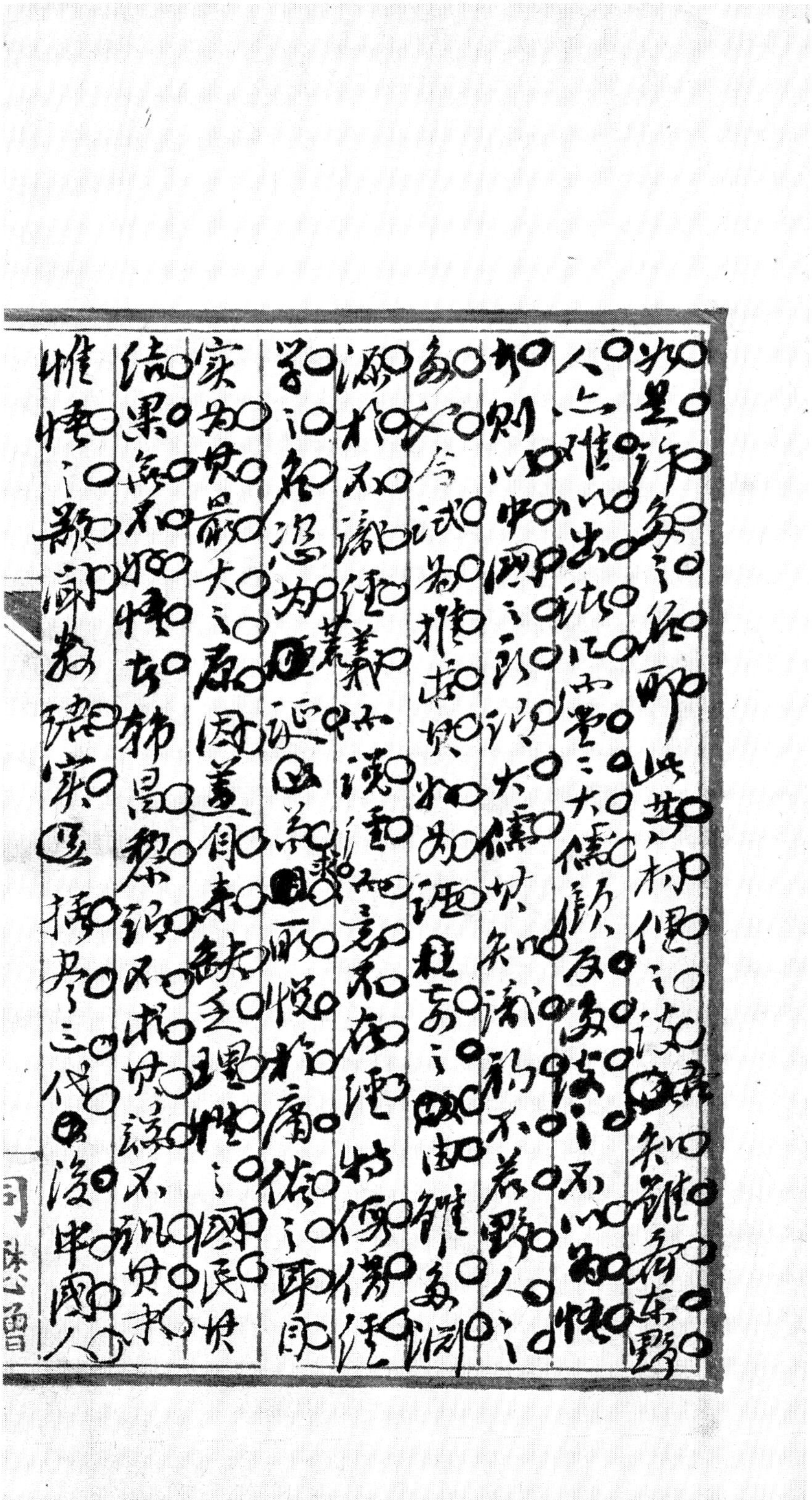

民之物性其所以然者，因其心目中初無真有所謂
理，故凡在格物窮理之事，實在微渺之實，以為物
文。今云謂中國人看格致直不必看西格
封神亦以其不知揆之於理，而但圖其適閱之文焉
儒之說於經文任情穿鑿，即為此心理之表見也
以驗虛實，如白質黑章之說，及驗也，馬儒和張侯
康成在所忠郎鄭□及此諸公以近相者
□得為漢先儒之所遵，漢儒之尚其為此者謂宗
不圓之說為循乎理，故即不難直尋其支離

可哭乃爾！後二千年，龍樹諸論序無一人能以自覺

者，則以理性缺乏之故，已成為一般社會之惰性，人類

中最殊不容以自拔者（印度之文學淵源傳亘

三千年，婆羅門視為重典，相傳謂我國

儒生之於經學，猶太過之，乃謂訛相沿，絲全失其

本來之真面目，頗類歐洲學者之研究其真義

於婆羅門，於此其情乎，殊與我國儒生之不以經學

相授，但經學合經互此次之關係，或有不可精擇

之國文，假手他人之恥，但有儒者，明可揭才

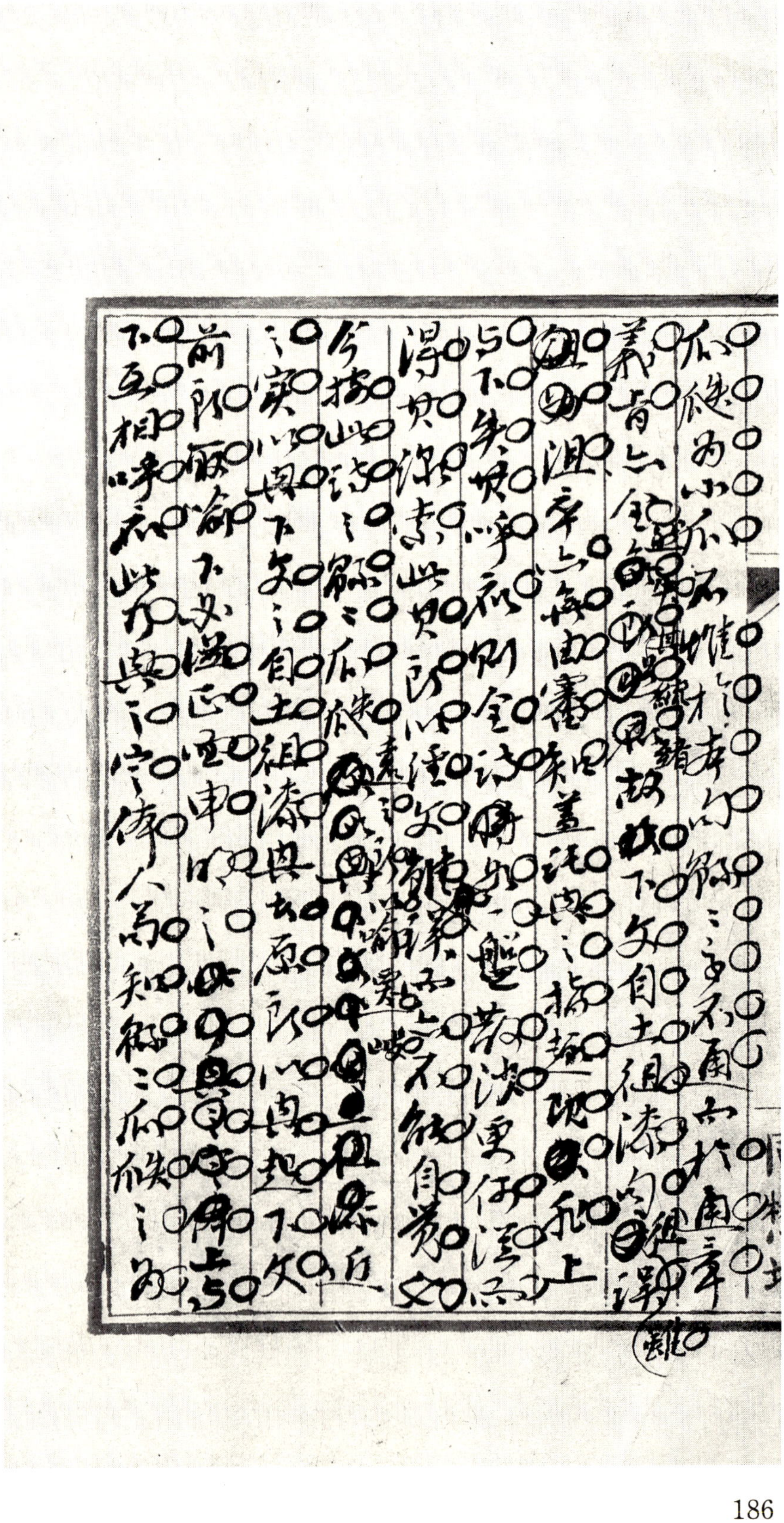

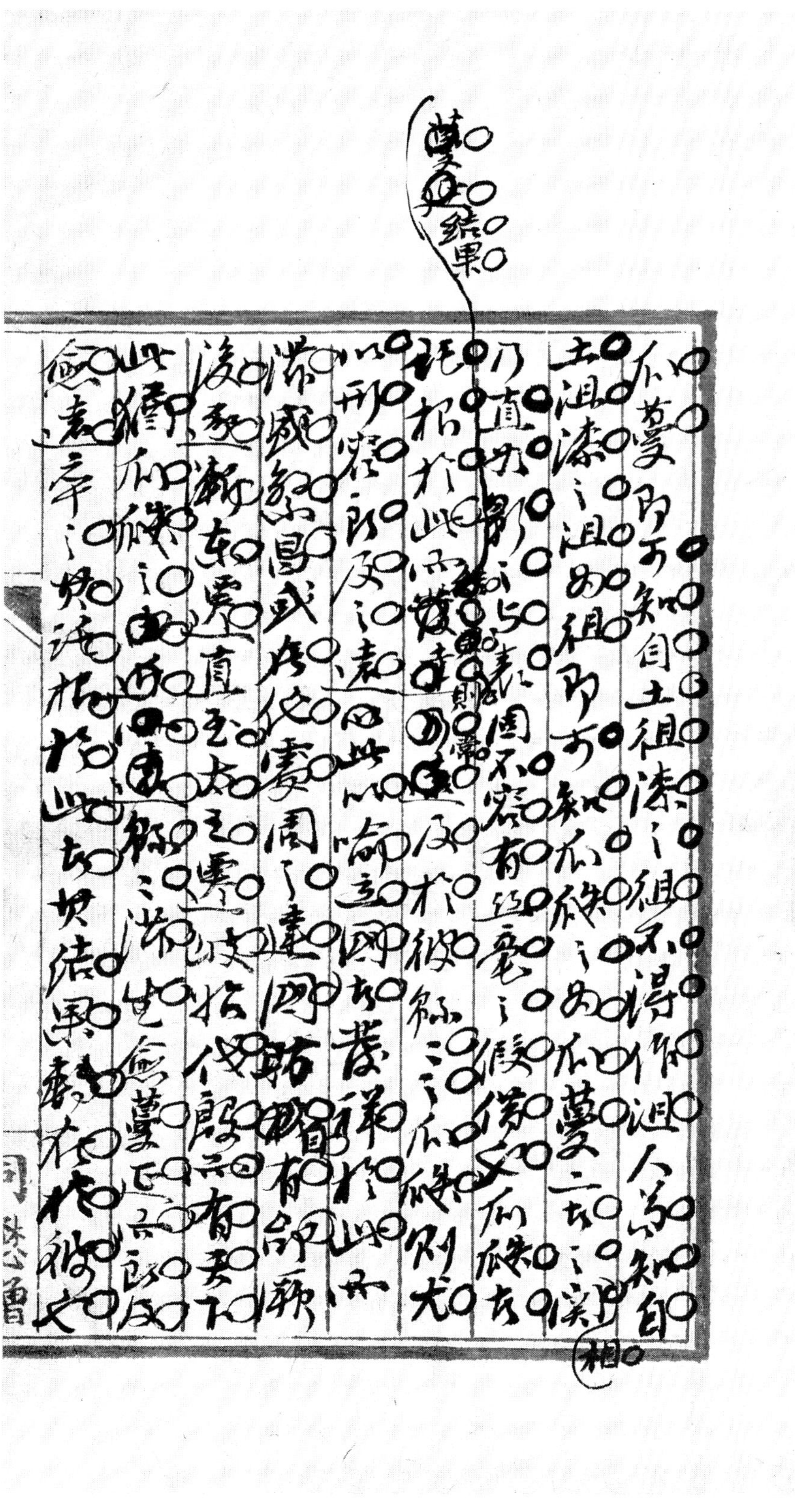

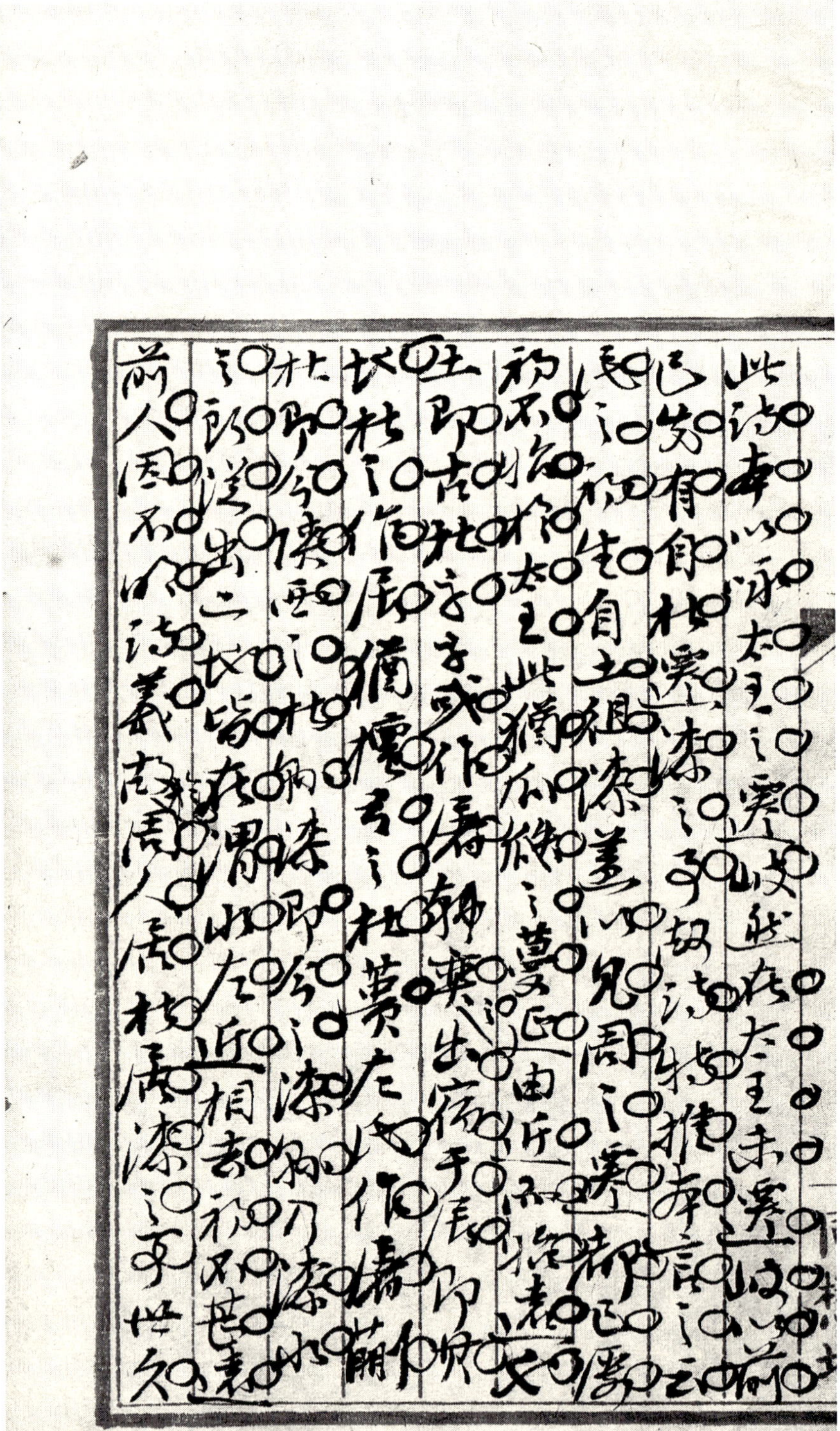

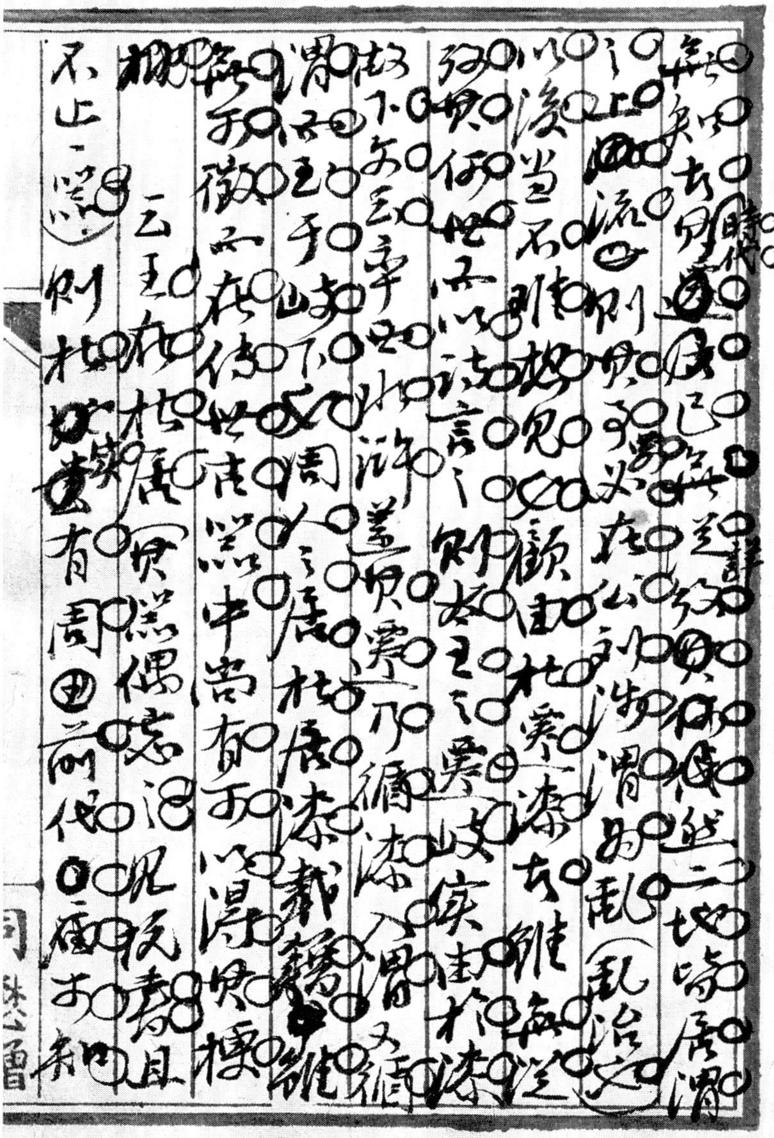

又曷漢有漆寢之說，見陶齋吉金錄漆

案人亦从人从雨与今文正合，漆亦名，後人因漆而

而增从宀，……偶貴之說，侯致，凡古之說

寢皆謂廟，則漆之有周廟之制，凡漆

寢後世又轉作漆室之證，……大室世

室，又漆室見周禮，大凡古人之說，都於……

古皆有宗廟，蓋古人有說，營造先崇廟，故

文（今按古人之於廟，猶今人之有廳堂，凡典禮

皆就廟行之，故前為廟，後即為寢，寢之古人

亦居之室也。此制在東寢之後，即漸安殿。此尚

不甚相遠。若後世則於古人廟制曾不復知。故

凡古禮之多言廟者，多致疑焉。杜氏注俱有

周人宗廟則周人之[illegible]，都[illegible][illegible][illegible]疑證之言

國君路寢，又云[illegible]，為王[illegible]獨大寢[illegible]係

之號。其云太廟之謂，夫子之謂古者之[illegible]原[illegible]

於廟則奏之有周廟尤宜然。[illegible]又名寢，又載太王

寢故皆云其自外分[illegible]言[illegible]，有扶之流在

則其勢須之，則周有公羽寢卿後，雖寢前

公刻寢卿

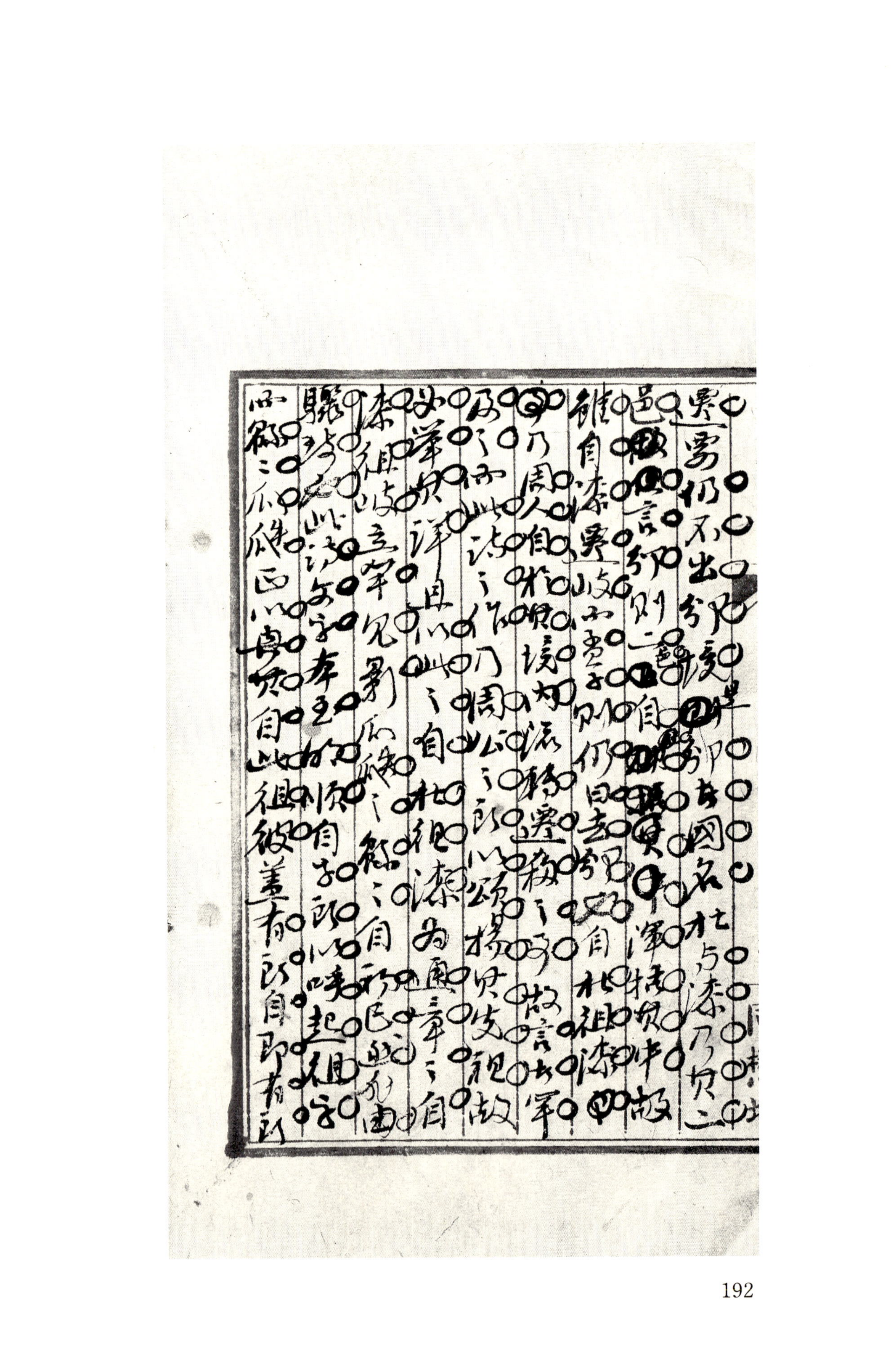

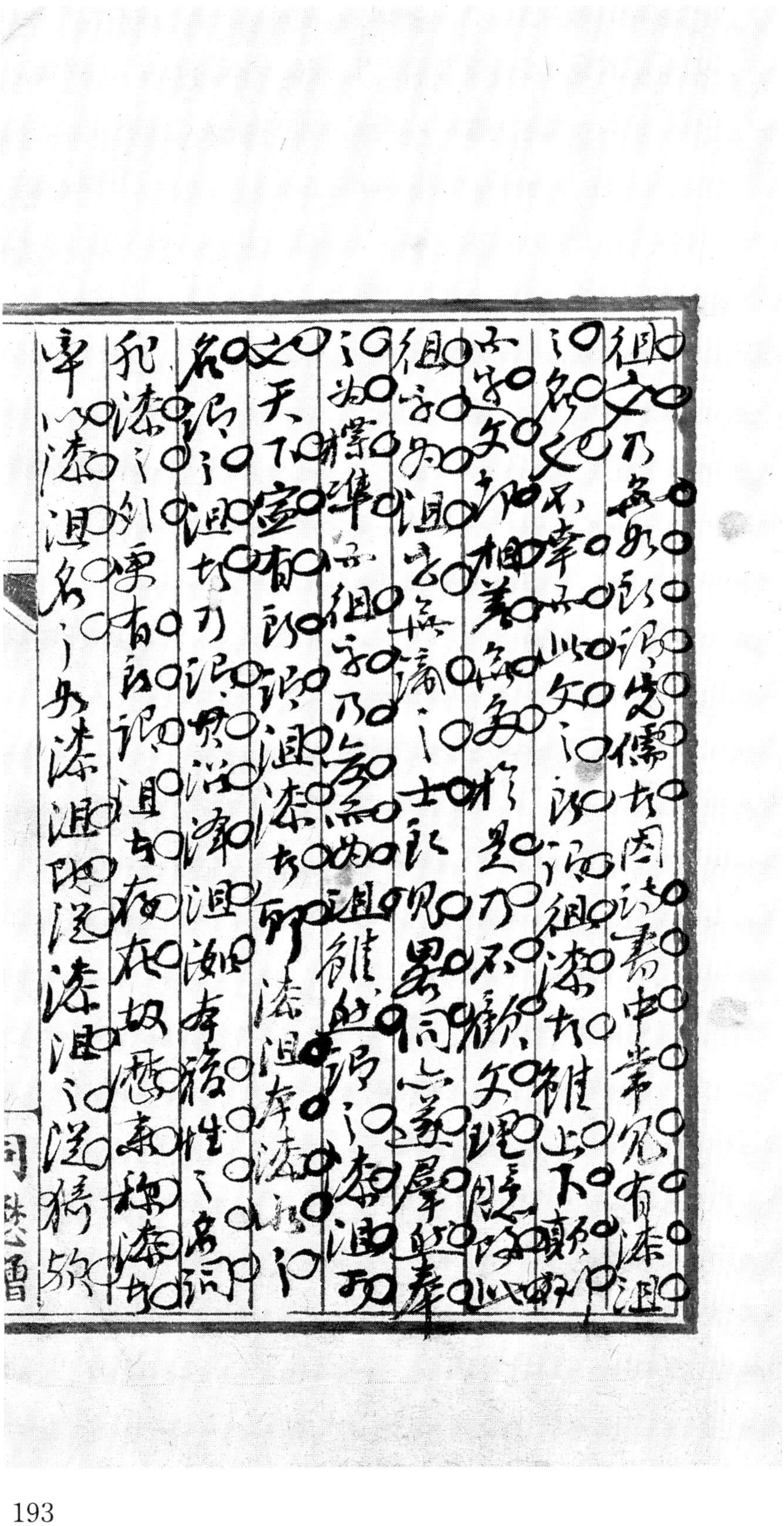

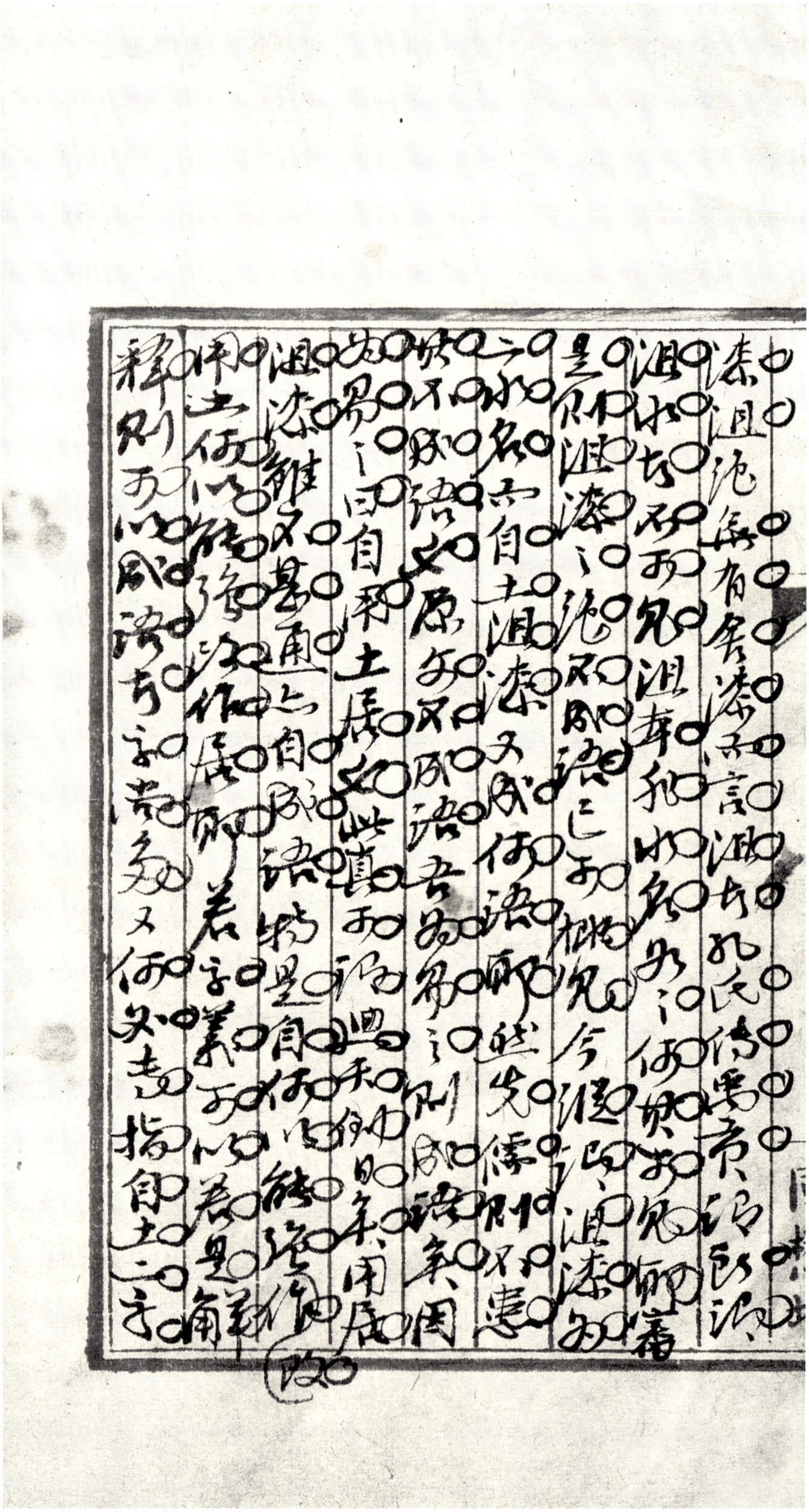

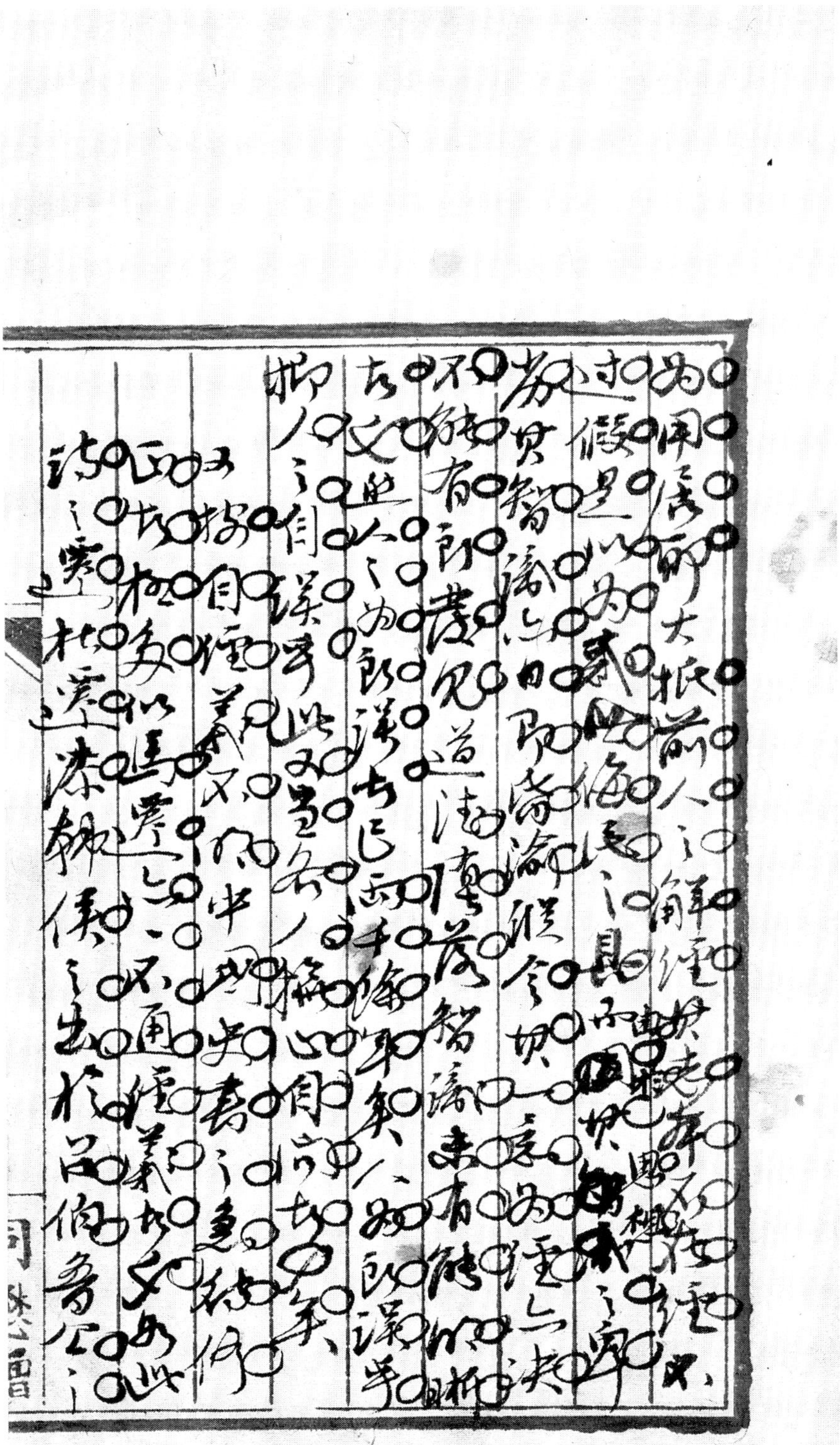

虎王之由虎侯乃遂

加

封淮夷反在周之有大功衛宣之施由於將

將乎身家事此則之說見傳說見左公古

大戰古時路以來國人之苦勞腊而始安人也

足證於此也

無小無大

泮水無小無大從公于邁。箋云：臣無尊卑皆從君

行而來是以小大為言之，以大為說稱今發農事云

惟正月甲子王在宗周王親命伯賀四母傳農事

使厥友妻（此字不可識）農西廣厥叔厥口子

小大○使母又(有)敢○農三拜稽首○對揚王休○從○(此從字

本當在前因字上○因脱落補書於此○是○字○○字○

[illegible]擾亂文義○○何以讀○小大○乃

擾○小○字○之○長○[illegible]言○(小字猶小臣可言時、種侍者、

名稱○職官與年歲之大小有別)與○言不○類大抵此○

稱○在王○時○用○之有時○○稱○職位亦有時以○稱○

年紀○文○

壬戌上元廿四日

秋輝氏初藁

侘傺軒説經 巻二十二

侘傺軒説經卷二十二

臨清吳桂華秋輝氏著

緇衣義

緇衣序云美武公也詩但美武公在乃美武公之好賢不倦禮意大而深隆故詩人以緇衣之重衣敬而敬爲以異其禮相適館造請以崇又復饋之以餘詩義者擬取以敬說云雅賢者緇衣乃爲無爲淺鄭不明詩義見序稱美武公不知詩語美武公之好何在以詩有敬之陛爲之言父硬拖到公之

○○○○○○○○○○○○○○○○○○
外桂八、極仙以權當政游之經和貴於詩之首二
台○似有○著○年、稍○是○下○詠○云○商○雅○操○絮○者又○御○擒
卯○大概○前／○詩○及○明○國○與○之○作○俗不知○詩／○於○貴
詳○諸○說○毛○與○之○義○下○必○盟○的○之○乃○反○舍○部○奉○矣
衍○録○集○冗○知○器○
之○良○身○自○本○良○豆○處○補○色○挃○翻○高○行○附○鉛○無論○
貝○於○詩／○託○與○之○本○意○以○侖○迎○世○有○作○即○称○文○章○
義○勉○於○粗○涌○而○於、詩○之○中○上○不○文○而○而○欄○名
為○義○者○限○不○相○通○眾○又○全○無○關○作○試○言○令○中○外○
有○如○是○之○矣○理○耶○云○說○以○讀○以○康○也○之○奉○隨○貝○於○

各國時勢多阻，以前知乃不尊見，彼於何處更得知鄭桓公、公之有相與同往之身，而此說乃首肯其禍。諺云：癡人前說不得夢。蓋兕虎之徒與其多矣，可畏，又如其畏不知之，淑噫，嗚呼之世之偏生圍，烏在和此癡人比之。

將仲子

將仲子序云：刺莊公也。其說以刺莊公者，乃刺莊公之失教。莊公不知教，故詩人始誤為教弟之言，以是風刺之。其稱仲子，明教之者之如伯也。踰里踰

乃合族共有之也

附入所以有也然不得直解為傷之蓋言其聚族而居之家之也又分為若干室故室者家之單位也我者指居室言此數語添注本文字上

墻。踰。垣。里。里之周墻也。乃合之所沿坊。墻者家之（乃國人共有也）

垣。垣則室之墻也。愈遠愈近。折杞。折桑。折檀。

杞、桐、杞也。易折。桑則雖遠於杞。檀則堅[illegible]

不易折也。然則傷之。愈漢愈烈。並蹤之新苗

如此而為之伯者。獻狗。默為之言。是有之。深容

之。菱茂則畏而濯起。父母諸兄國人之言也。亦不

知而縱之。是不智也。知而故縱之。是不仁也。不智

不仁。二者父居其一。吾恐為之伯者。雖百喙亦無以自

解。文蓋里之有杞。墻之有桑。垣之有檀。乃父母

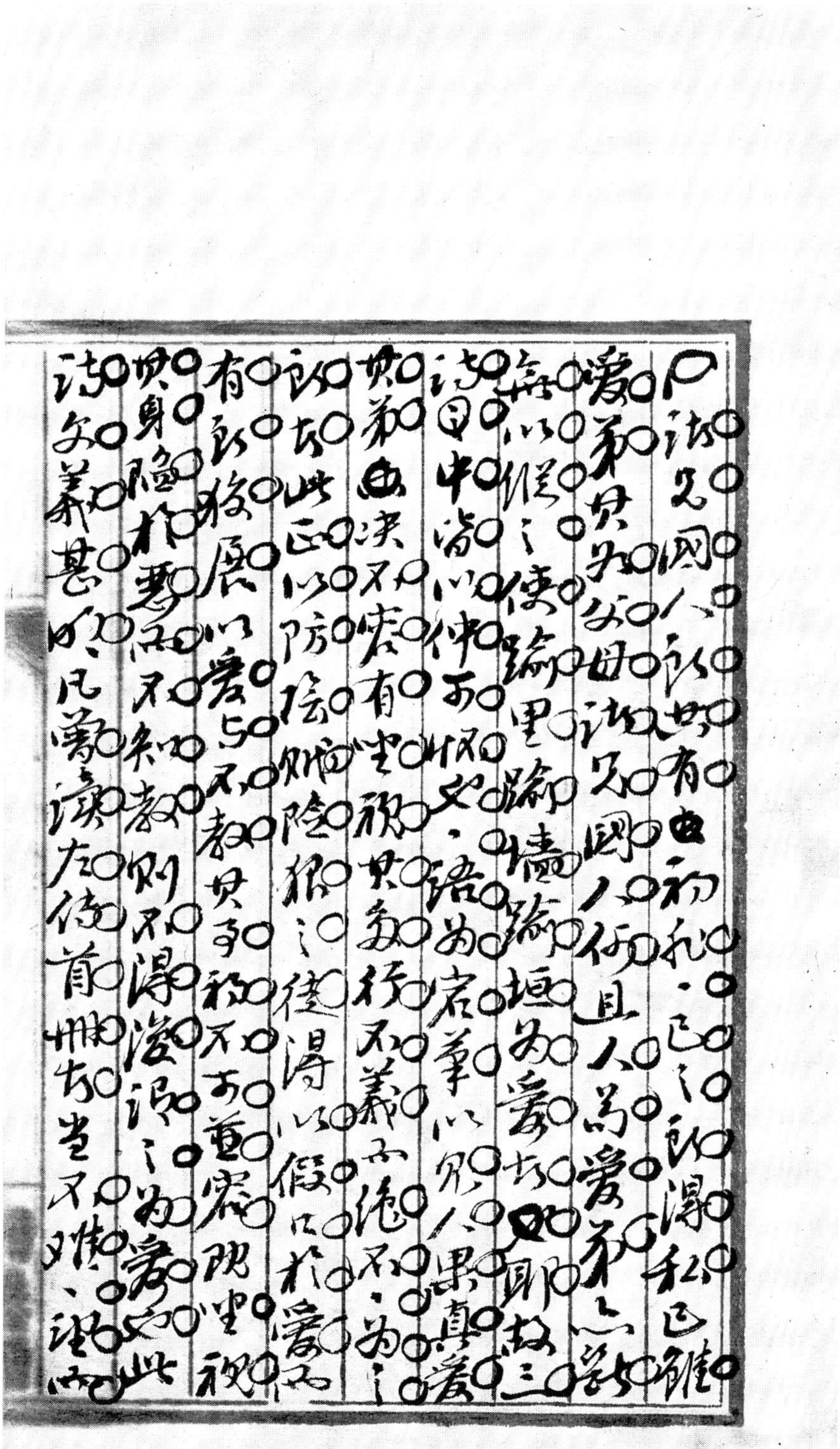

知其旨。左氏誤失教之字，乃從用當時居子解
說此詩之言，見曰稱鄭伯者，謂以指出此詩之與
仲子桐材之人，鄭伯之伯子實，又仲言之下文謂之
鄭志者，謂即鄭人作此詩之志。當時鄭人稱風詩
曰志，鄭謂之子賦詩不出鄭志，無子謂之鄭志猶
云本之鄭詩文，左氏意中本先有國風，故其說棄
即援用時賢論說此詩之論，未泥以詞之鄭志。
語默之詞，但有此伯子實，卻於鄭詩中仲子
及各州方言初不若於物伯及五芳中之伯

後人不知此義因亦不知左氏之言之旨討此數語
為葬之讀討付之於卷而解差不可解之卻究之
稱因鄭伯何以見與失教而鄭伯之失教何以
不洩之鄭志照說之後辛為之人能了之言之左氏
如中於鄭伯之陰則陰私利春秋書之王貶黜
乃書前此諸失教之宗如以言之於經書寫在
有以折服衆人之心鄭伯處隱之子則德甚
多何勝者者惟責以失教則彼又無詞盡掩之
以鳴其倦以飾圖新之則此意古人云亂傷折獄

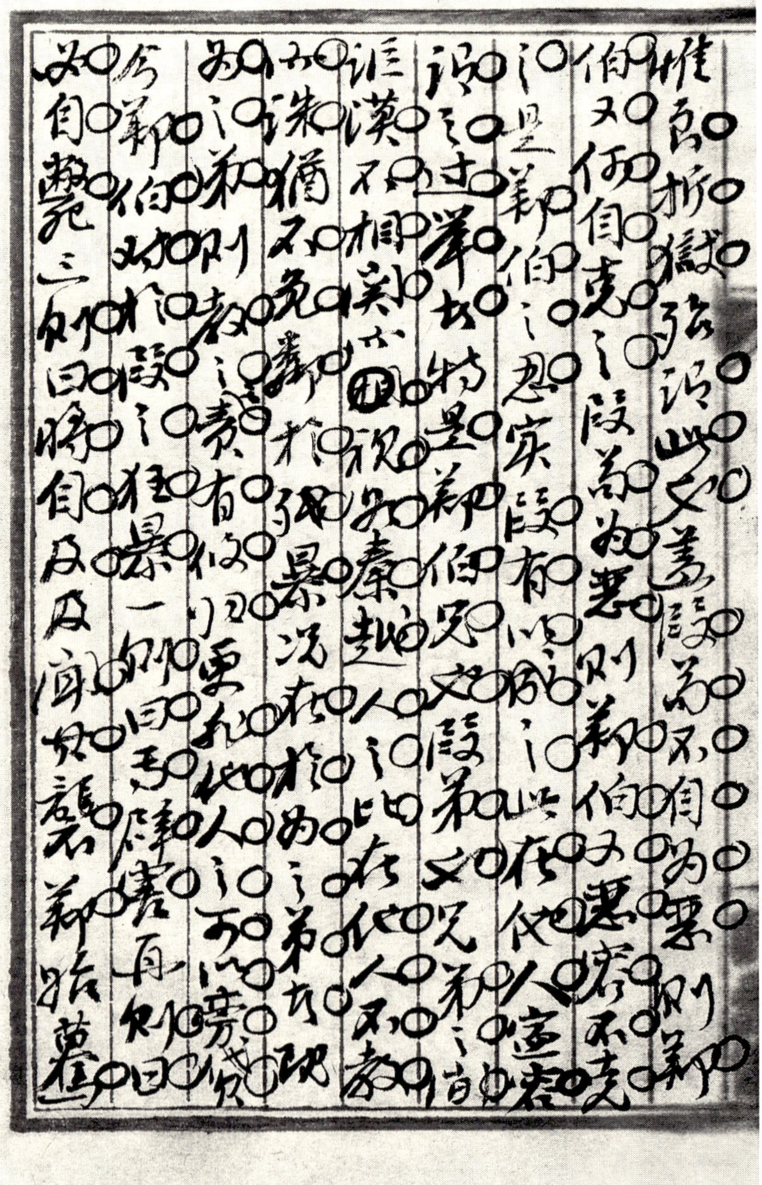

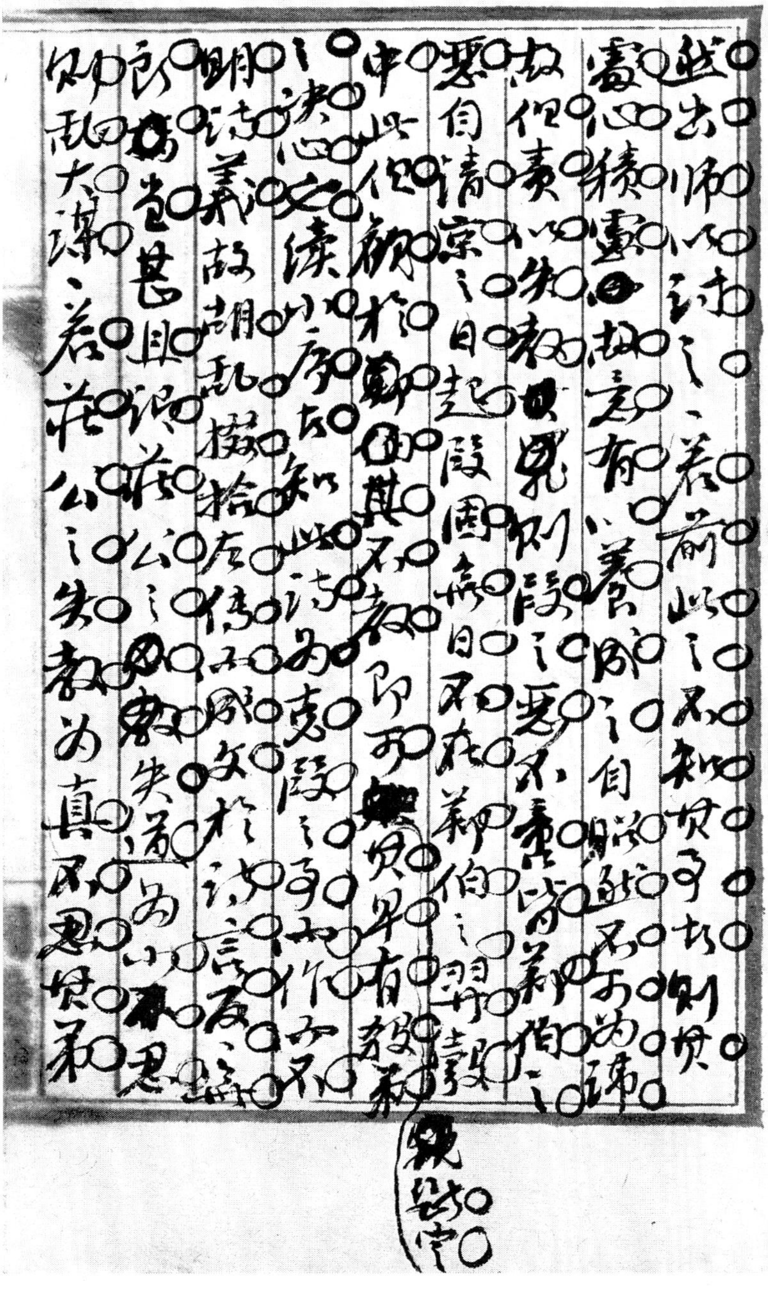

女好愚家，殊堪憐笑。至朱子以君掃前說

而隨遂膝家指說為淫女相說之詞（喻墻茨

詩為淫女歌，喻里又以是淫女之歌，若此淫女歌

乃併鄭聲淫與鄭詩淫，里之人乎？且淫女之歌以為仲子

以何義可以以此則此公於淵意，正心而後理淨

鄭純貞方寸之靈，寶中含淫毒，則已化物

故貞視此等詩者，自睹然絕不相涉，不淫綰

之詩亦只為淫，仁者見仁，智者見智，各見其主

眼異，則所見自各人不同矣（將古請詩說詳

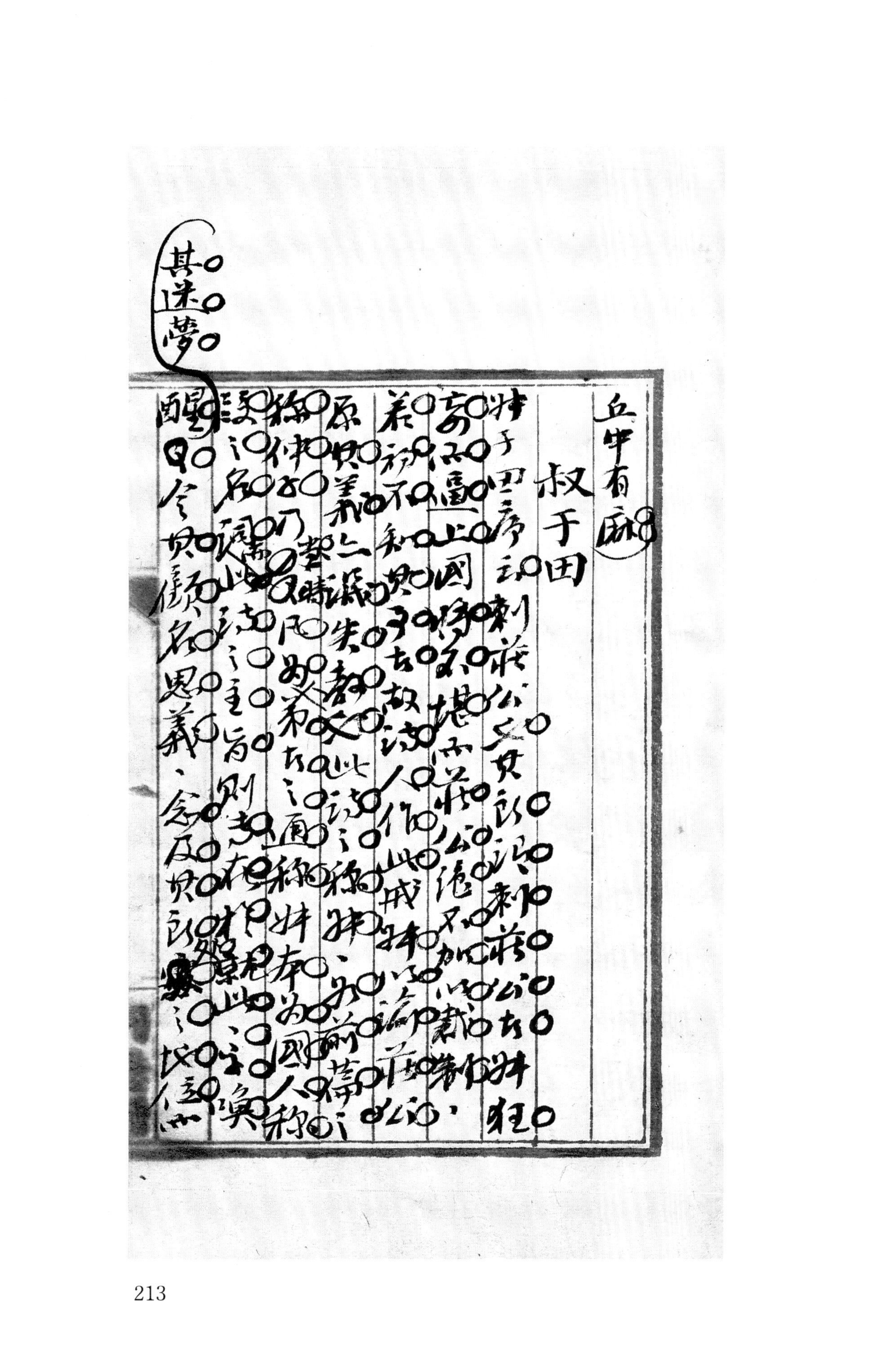

其迷梦

丘中有麻

叔于田

詩于田序云。刺莊公也。[illegible]

[illegible]

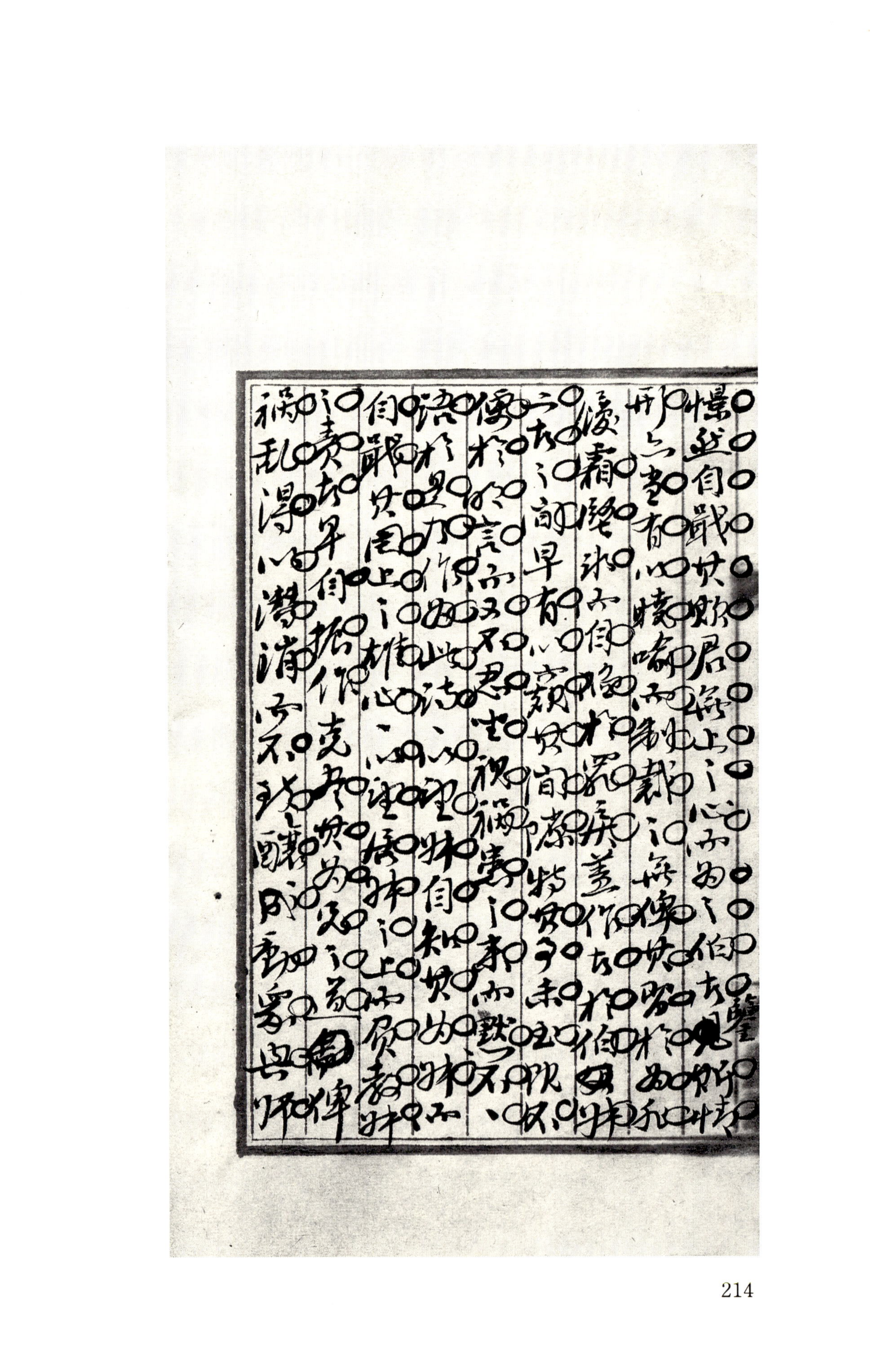

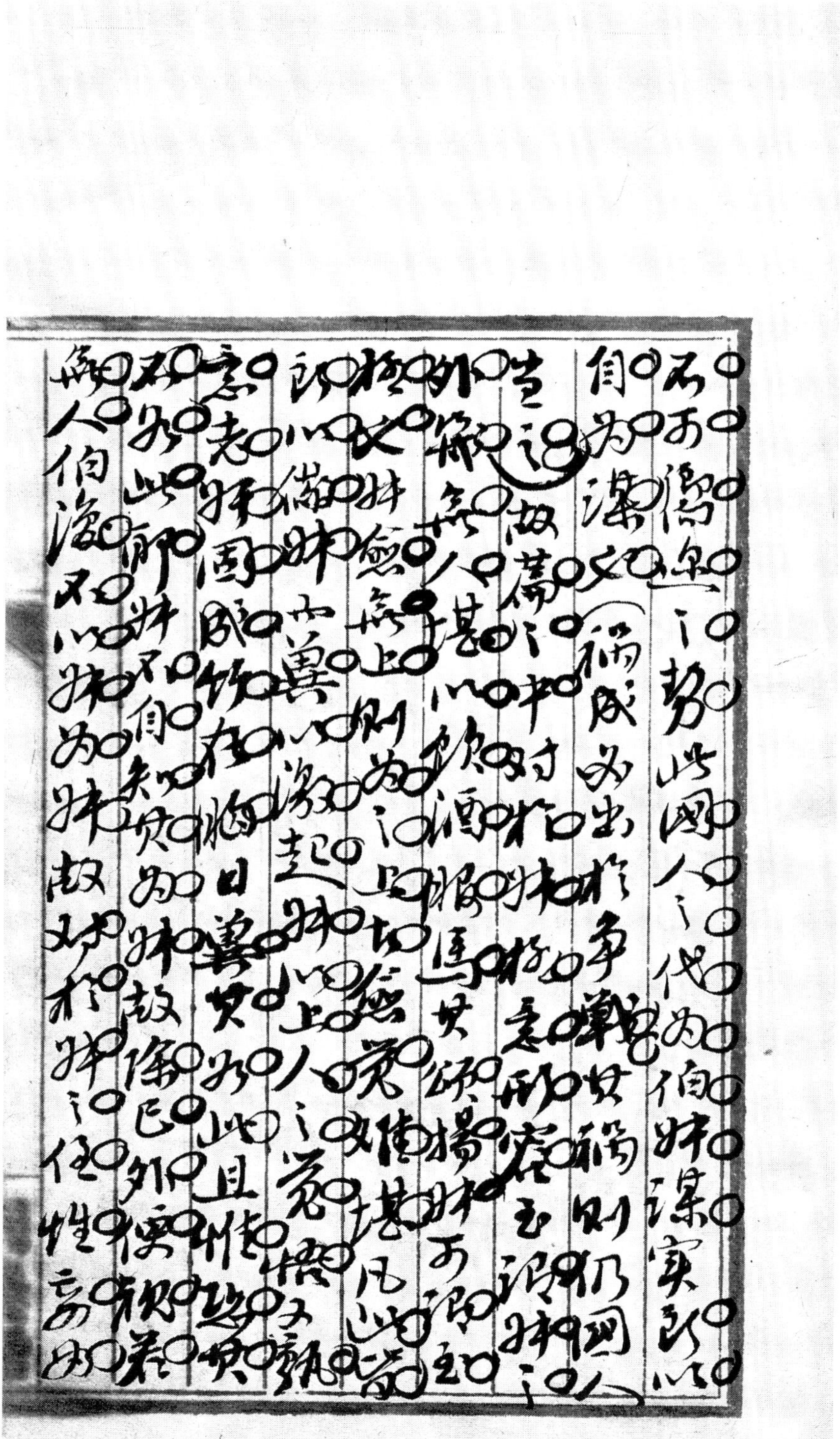

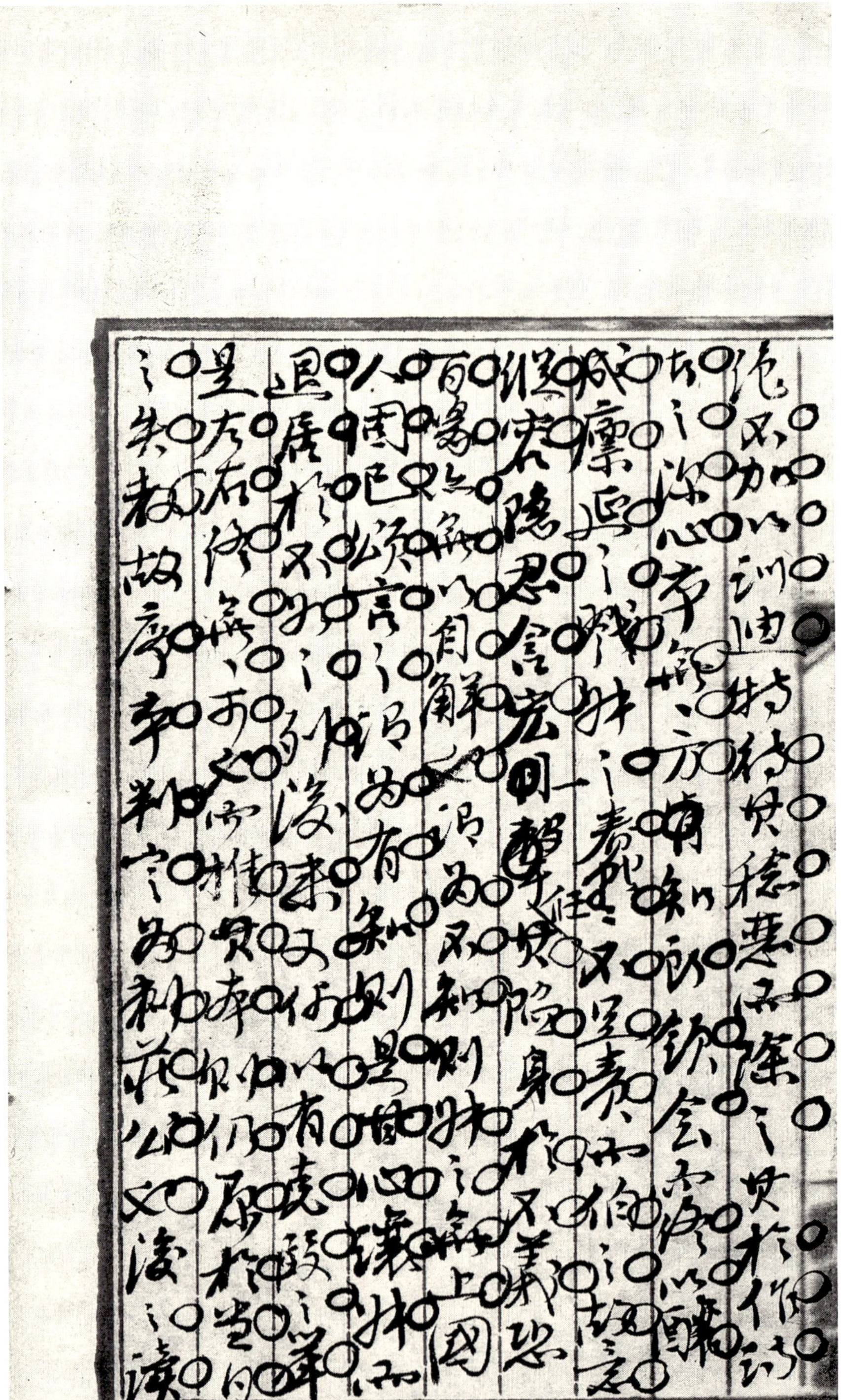

者古所大者貴，貴於文字之連其累牘者尚

新頌舊觀，則貴頌此也，文字之僅贍揚抑僅

美不辛之言之自古，夫貴、莊、誅，周秦之道，乃世人

周以好之，極力攄發虔漢謀，為發之不美，果

所謂寫不作者，乃為世宣勝之田母，後世之

劇秦美新者，則古之頌漢，殺古人文。（劇秦美

新）猶翔於當時之勢，則然若詖，則羊子之失

頌者，詩人猶不譏其失，頌而頌之，是其無謂，併

不若大夫差也。

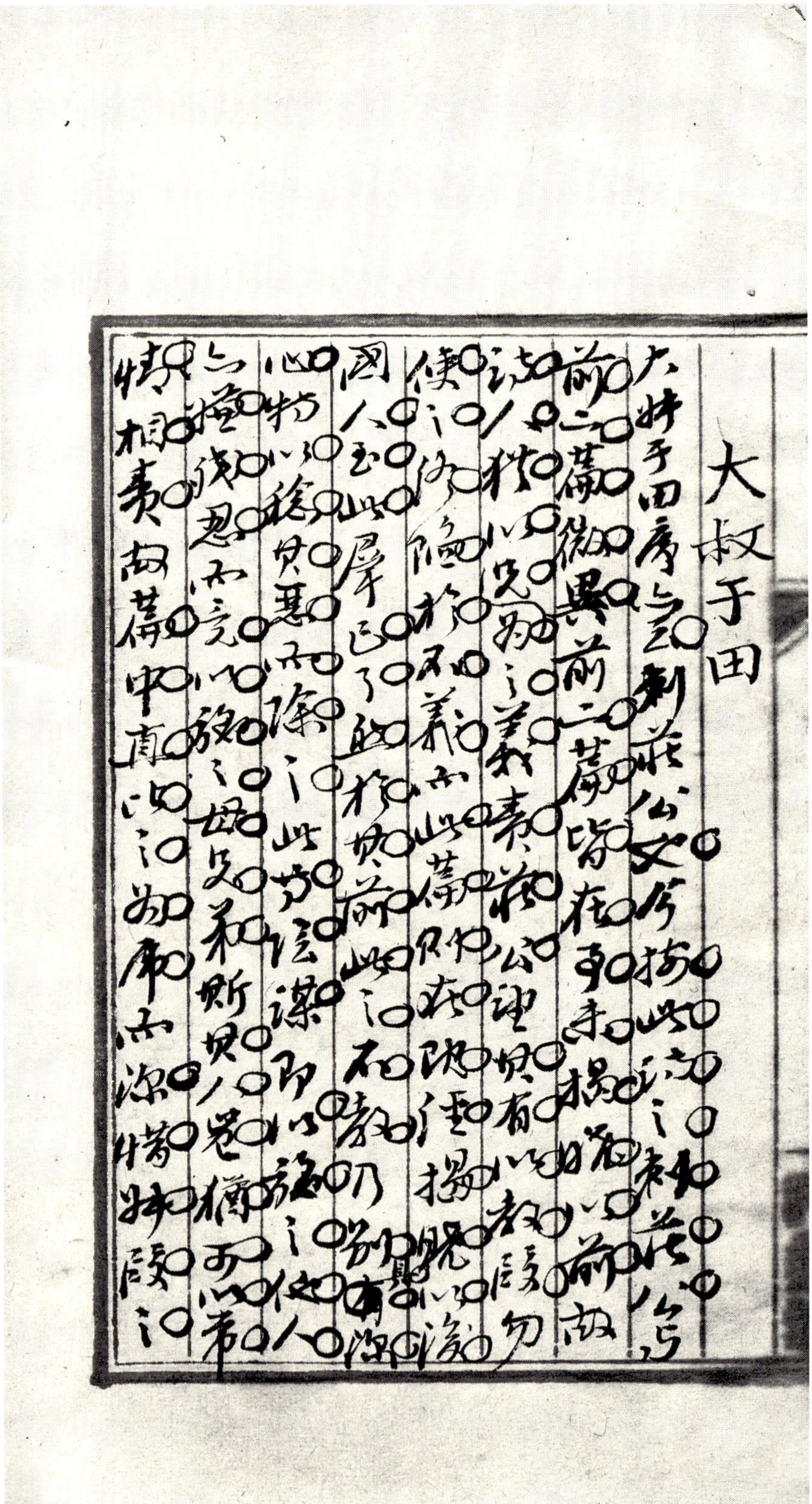
大叔于田

不度德不量力，日微於人之彀中而不自知，卒至
於身陷名裂，倉皇出奔之恩，萬里於設之謬妄
概言所容然，卒無之語加以深責，反君不勝其慚
中假則是臨本象，知之只之，秘用見為紙以拔，使之
主於此攖如其情，乃大而甚，歷來讀誌者不熟讀全
文，反誤認此語以為誇叚（為讀全文）附馬慢襟
羊釋山擱迻名卷上之某人語於此，所以懷人前之
不得從漕文詩言曾及方將之于田，如防秉之
為乘馬而乘馬，雖多於異於普通之馬，然馬至於乘

之大而協矣。此強指其方為公子而言而持之對此乘、
馬。執轡如組，則御如直如執組。組、紐束也，而此乘
馬之兩驂，如舞之後如翔，舞能曲而業安持之驂舞
使如將如乘，此如而乘之勢以傳以飛之以高得御
予而而為如，乃來移而持在藪矣。此言持□用
此乘馬舊以儔讓有為之，槭會門以勁方具舉
叔之田也，火烈以驚馬起，鳥獸而後滾滾而驟射
迟而持競卷卷況此乘馬為不足有如奴坎芽
反倒乘之而還。禍而暴虎，且黑暴得之而于公所

訶列收之東到鄉而訴此矣然須知廂後私
而暴之物而禮禍久多太而危今雖由像偉獲
得然清收切勿印獨此以如常照貫何有一日暴起
而傷海此新之前乃去搖惠民之請新法京訖
之蓋收以由和之貴加之以善民之憂郎憑甚厚
本自足以為有乃根萬事之補兒實宜希私分
竟實之而清錢請京與廂得度恐事已處甚隆
雖像偉而京城得請須知此等事成合有制須
危機而不得因此局謂為廂之而獨郭暴發

起送私穆福丁沟能助加处站并因能暴之故
世于田元乘之黄气。乘黄马之最贵长谓
路车乘黄羿之乘此乘黄周自素胜[illegible]前此
之乘马六此乘黄与后西脉马如上前腾骧西
马[illegible]雁行随之秩序肃然以[illegible]矣羿之骝[illegible]贯
冯稽徂前考原条不此时[illegible]大驌骦则[illegible]目巳[illegible]
起舍[illegible]奔富此正羿乘此乘黄[illegible]勉图功
之亦亡此乘黄仰赖羿有以自见之时不羿四
墨何然在大羿孔善射如所羿孔善射亦

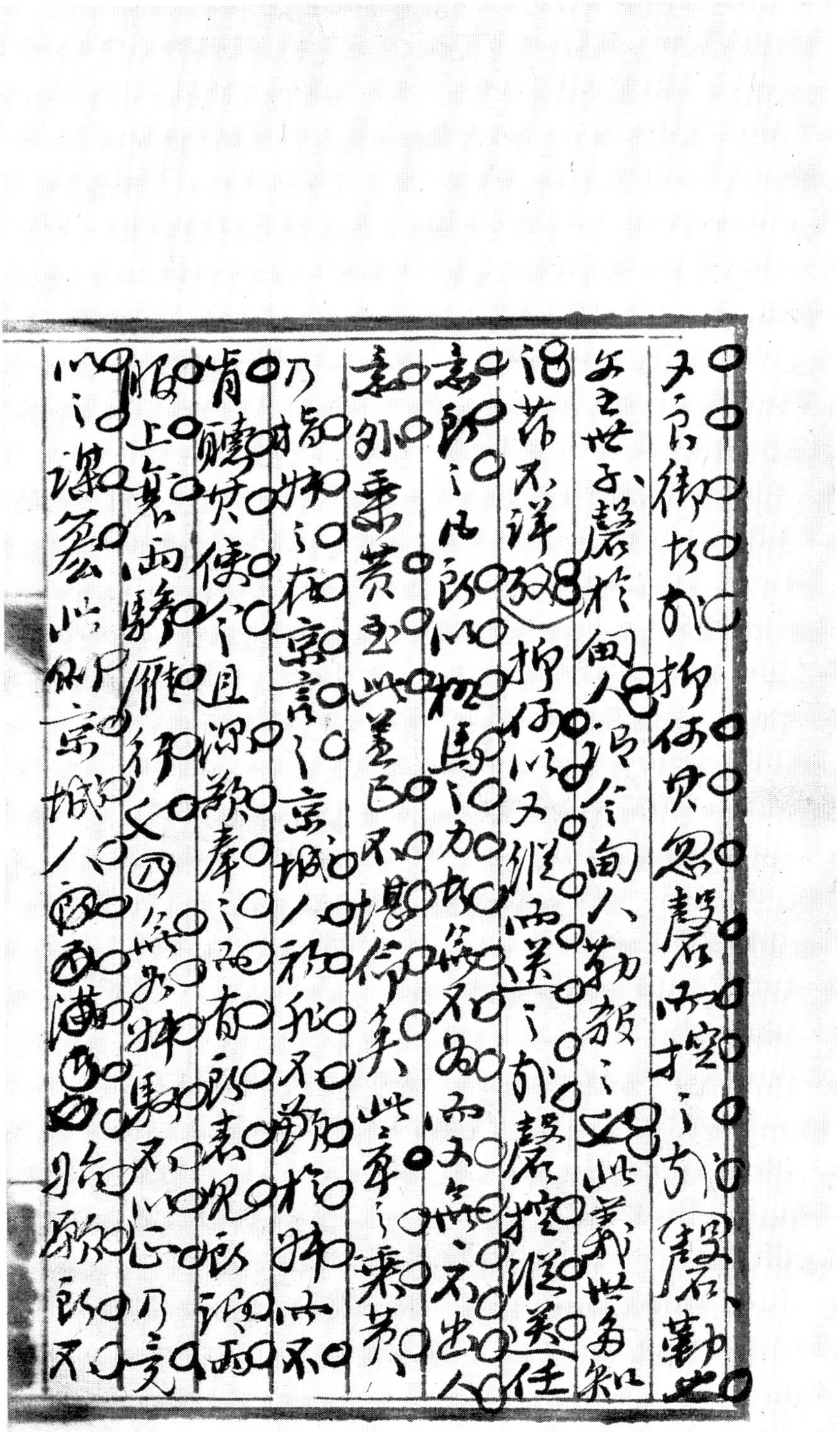

及超指貝磬堂從系無不因由為黄說為事見而
深以為蓋子韋師歸京城即叛太守陵驕是
故文既乘黄則自此已矣草之乘黄既失則物
之于田乃不得不乘之鶴矣鶴與黑白相離之
馬馬之最不知文（乘馬則但言馬其中高下初無
之字之乘黄則其最貴故乘鶴則其最下故之然之
物在倉卒中得此似之者堪自歎而此乘鶴
之後而眼前胥而知其年外貌之似之名殊
於乘黄故然而此知則物之來兹大剛且具

年矣年於概歲蓋濁矣正嫌於以古法
譯和之逕使以文漫然使之逕漫正額有財
之原御以補考之而御以文學學加譯學
二語就字字之照之語似為譯語乃詭異之說然
與原字相應殊不能文理或更從而況之學
為譯者之意若於原文之外而以臆增之詞
若語則之意之狀之語語何不可以隨意加入耶
更加入以妄意若何為何妄語為何若何又何
不可且文字至此尚有致力耶然漢人情義

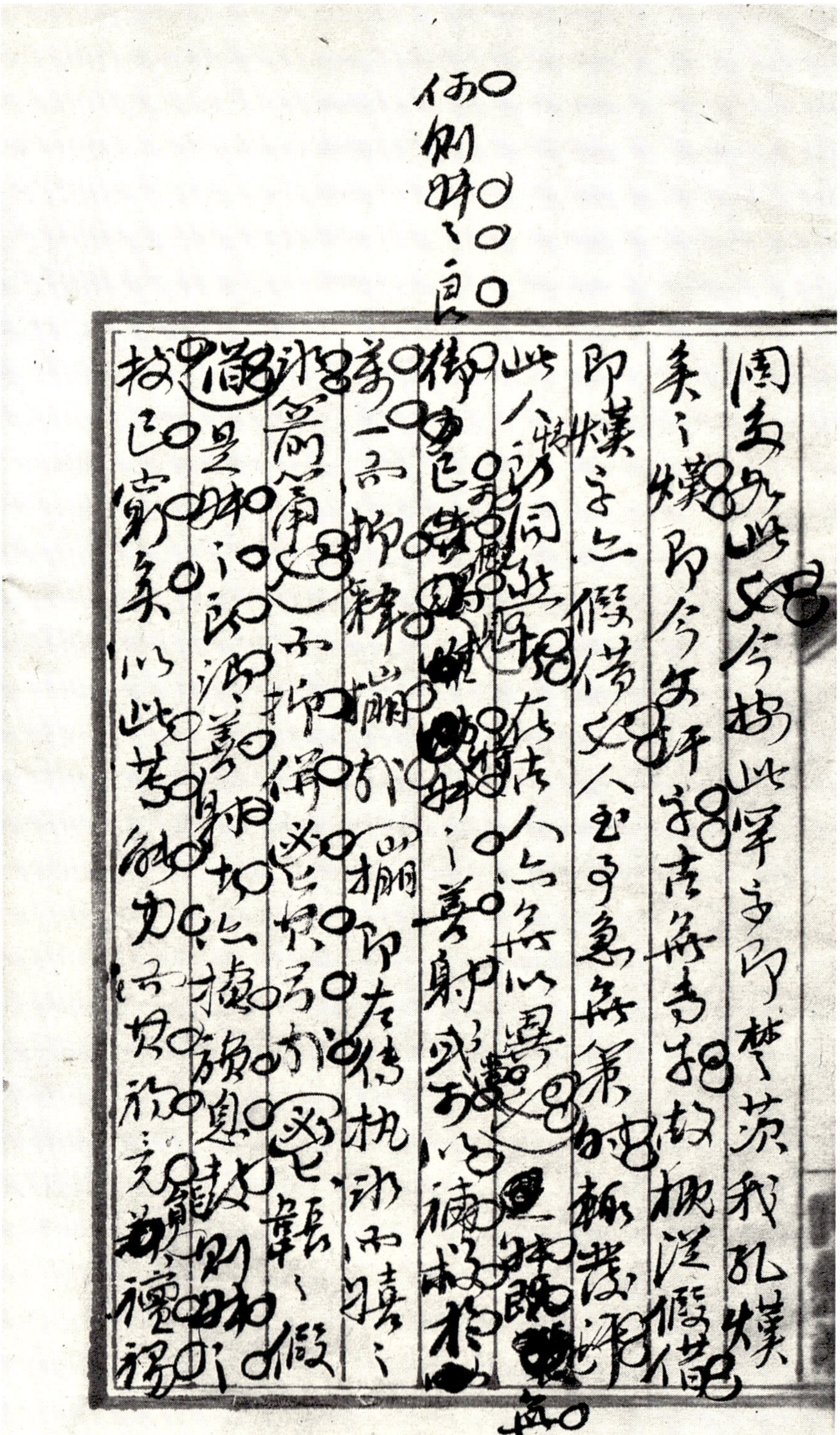

心。曇。康。原。果。于。曇。羅禪。禮。稱。果。足。遠。乎。世尊。

得。傷。海而。治。曰。曲。以。曇。尊者。譽。證。海。乎。得。於。嶺。

狂。我。只。傷。海。蓋。知。海。又。有。此。稱。出。撕。燃。已。去。一。

日。之。此。年年。乘。僧。則。指。宗。教。太。子。後。時。為。非。

于。阿。云。一。部。又。不。可。物。殊。向。宗。宣。于。畫。海。宗。

跋。[illegible]變。亂。鄧。要。何。錢。為。雜。報。不。能。不。愛。佛。之。經。

家。于。貫。多。領。宗。不。何。物。在。雲。開。只。得。圓。意。中。字。

之。所。沒。機。於。昧。不。足。浩。於。又。名。結。拜。只。將。只。作。

惟。有。稱。出。撕。燃。已。去。而。達。而。已。患。何。言。哉。此。矣。

故以爲有六之處也今緣合此語之前後諸說

之初乘有乘恩其勝疇來與是以自為乃從

緣而是象之不禮福暴而成於罪化爲

樂之心以帝和而暴其孔禮禮而暴凡之大者

於手情如其中以信有化之暴而而淵初乃淵

即此謀爲國常然文與也以是而多乘國其乘

贊矣便於於此國隱此以前乎爲成單而而守

之在之未稱則而以行得有此乘哀之加時

其且獨於前身國后其主中常深信而爲而暴

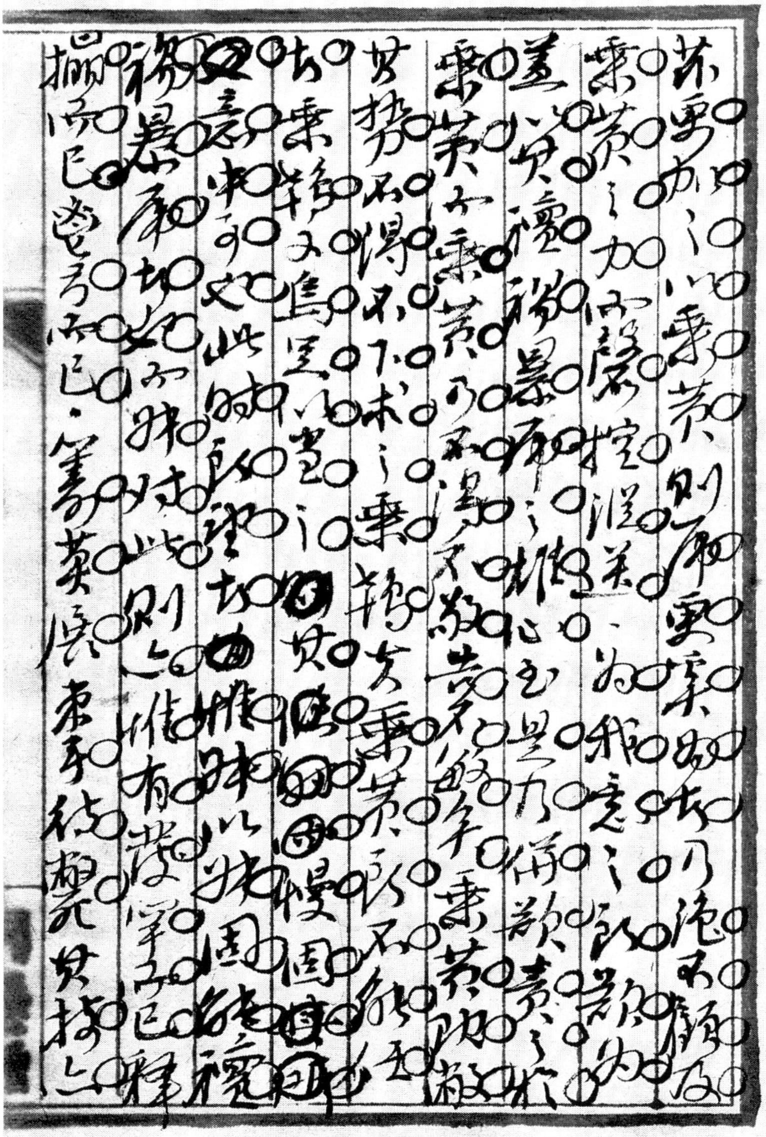

以外以汲(?)臣，道(?)则前日之隐秘暴露，其可(?)耳(?)诗

乎。抑不可诗乎。至此上当者，以自惜年此诗三

郭盖臣所右氏郑伯克段于鄢、若两不宋(?)毛

措辞净界而婉，其指则婉而隐，隐之意乎，孔所(?)

为隐秘，暴露。暴露暴露而在(?)乎，而露，隐而乎(?)，指示

/，不可暴，则大，〔(?)〕而〔(?)〕忽(?)，其(?)[illegible]，之(?)隐，所以(?)乃在(?)其(?)

见此其言，如(?)又隐，但诵其要，而精[illegible]，[illegible]责文

又探此语，忽于旧注，但以为语助词语

助词甚多，乃知古中之一种，探插深意

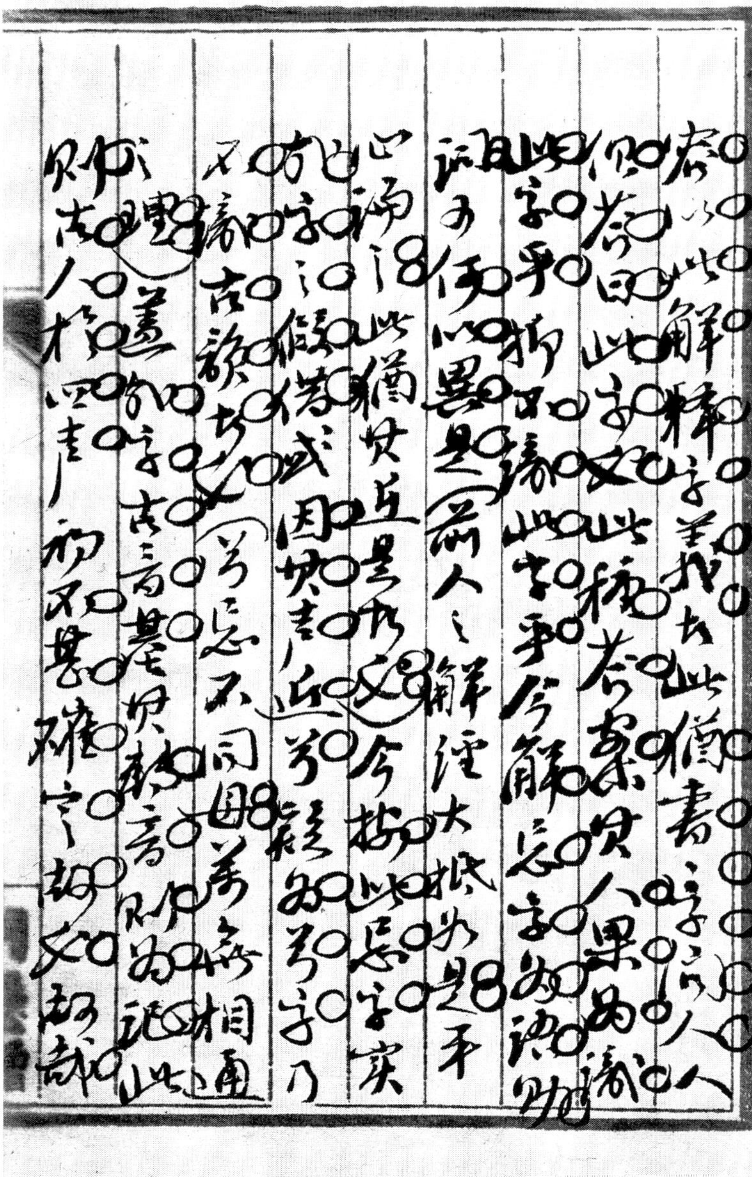

居○○手役ナ○ね○
与○用○時○来○思○以○
右添候迄申候有之
了○ 山陵○ 村○ 子○ 与 役○ 巳○
止○ 深○ 菓○ 備○ 死○ 其○ 為○
錦○ 右添貴移着之

○○○○○○○○○○○○○○○○○○○○
本在○中○無之候、今者○去貴作○手書○用○去○則
内○南○何○有○か○ 50 梅○表○為○錦○秦○前○○ 50
牛○和○為○錦○表牛、右倶廿支錦○園○有○桃○打、
和○ 50 貴○○恩○為○錦○貴用○假○且○卩為夜○為○何○如○
為○○貴○実○維○何○貴○為○貴○貴○廊○折○手書
如○如○貴作○反書用去○則○解貴書○如○去○此
和○貴和為○錦○貴移○高○則○為○彼○証○○手○証
証詩本作貴○而證証○詩則作証○今亡
漢証○故揚用証以便与前述貴子都○往返

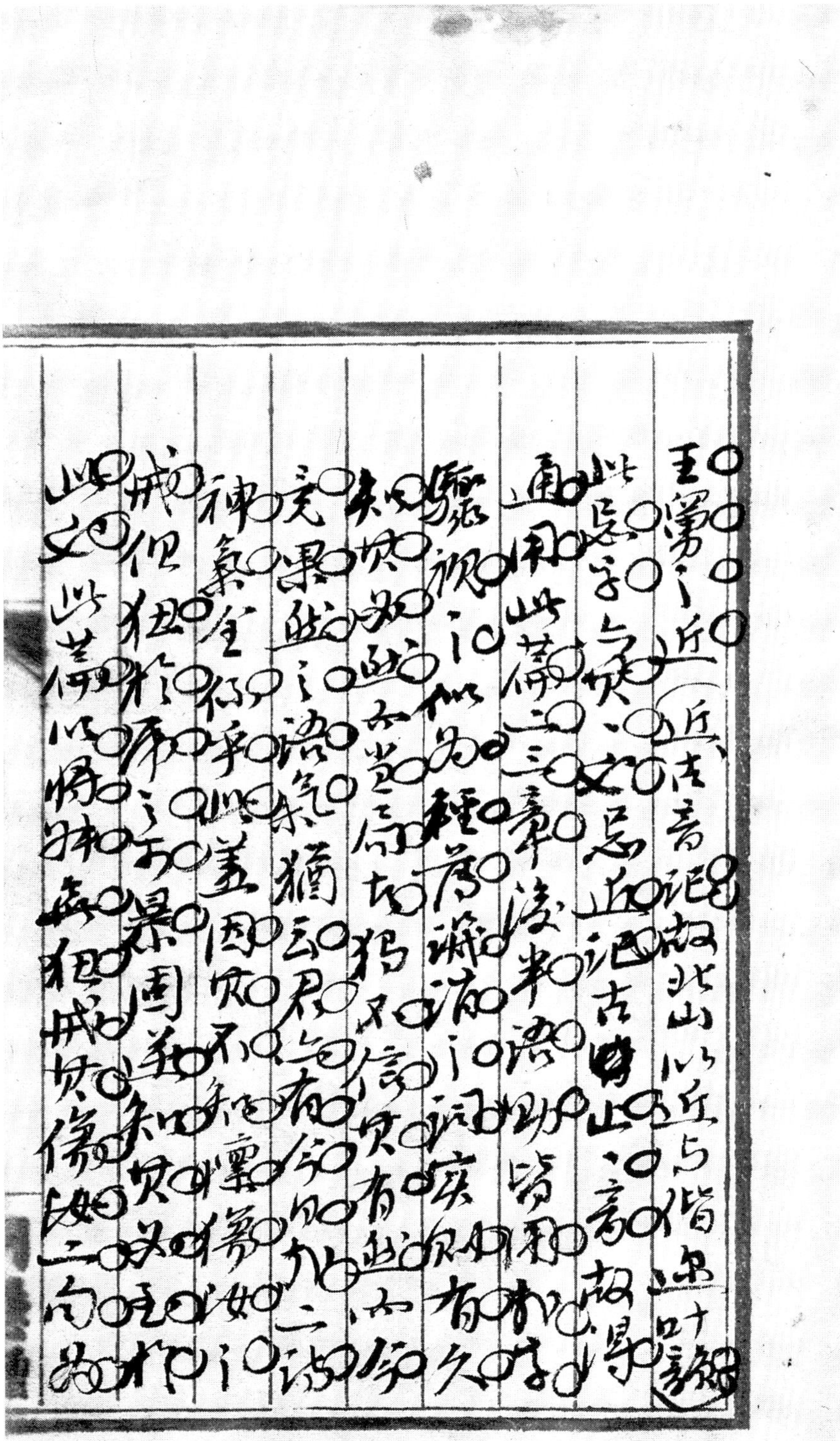

主腦下二等不過膻東此又知戒不果為

諺傍之事實是事早在人意中於是詩如

此又前人詳說此詩為贅設之誤雖然極

不知就使文說紛紛知味而不明此字亦為是、

大原因蓋不貫詩氣則亦終也得是何

意而傳之既在此然與前儒讀法及詩氣本照

又未免觸先言之嫌矣

清人

清人彥云刺史公詠此詩之寄賴老氏得者也

知故传说数条太源流惟读小序者之□述此
予则孙增发笑以此公本不能知文（不欲观者
小序者知但观读小序只会无读者动辄滔滔人
之文皆可贵见此皆理然矣今举其例如下逐条标
下彼所谓汉学家者得意而加其诵读之蘼杂文
云高竞欲利而不顾其居（汉宫加以致谐已章之矣
公思而欲尽之（向尚所误只能（向调剂此只能之
不知其何由见之若然则是高竞为不可起更无
所谓进之以道者矣使高竞得兵而御之于竞（此

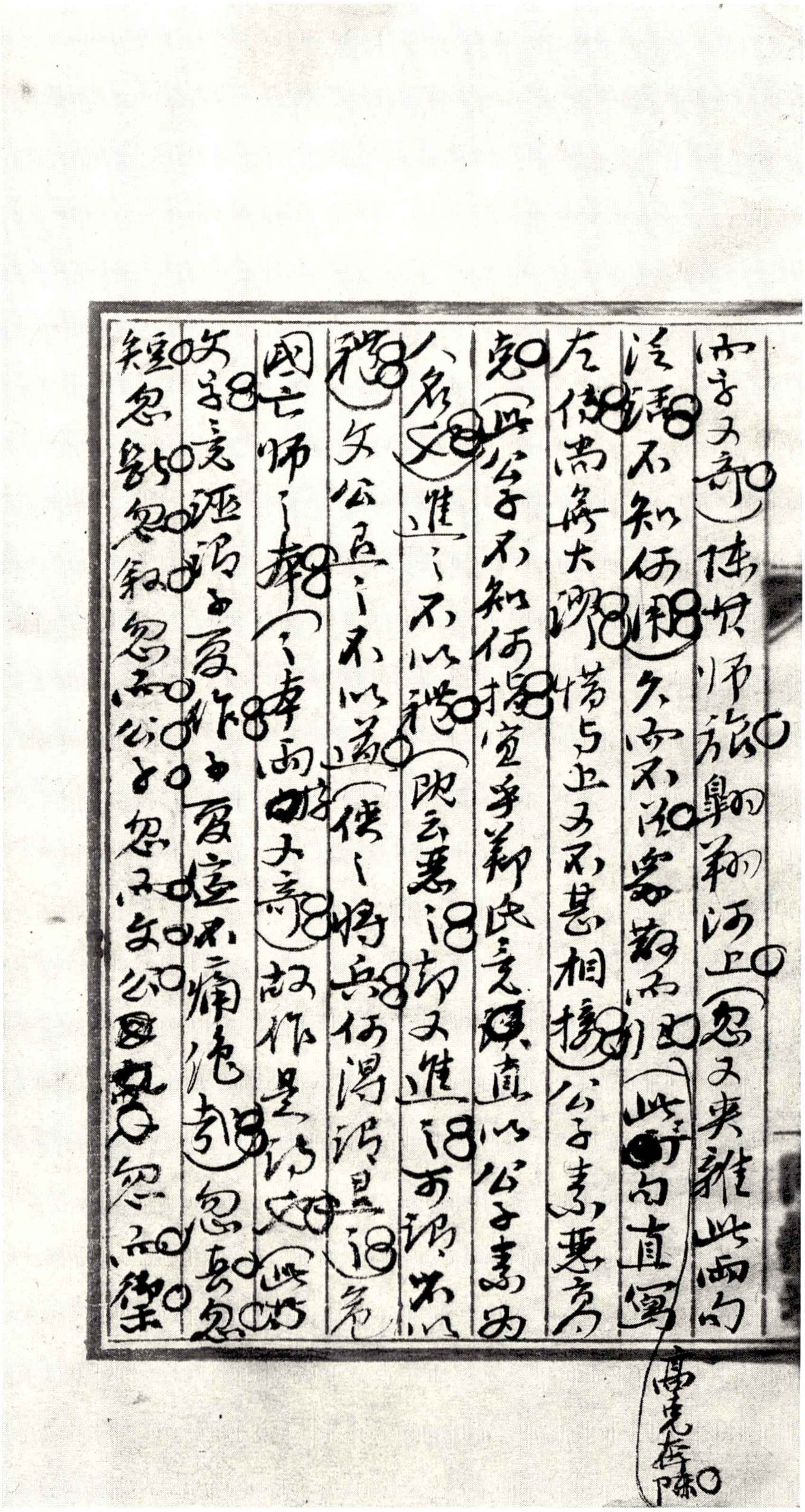

狀予竟忽而又鼻翻翻上衍狀狀之了當為後信

下忽責以久而不出又亂精可認概胡認之錯

予鼻[illegible]醉漢之謝言痛人之語語貫近懷之不足爲

如此然壽何在公素惠為竟惟通不以禮自此

十一年去年回面千年竟為人錯解語公子如

懷年則認認公子如何人語公子素為之讓予則負

時限為負入高分之惟近亦無不殊兒且限至惡之

何不久進之其惟進之讓何由見其不以禮此皆矣字

吾知誰後者復人腦汁亦然為人錯時其命

忘之所在以此詩人而偽之說見於詩之大旨乎今
揣高克之使乃狄人侵衛鄭衛接壤鄭防其侵
入故狄次師於河上以待之我直以禦狄文今乃之
禦狄于竟竟若狄已侵入鄭矣特使將兵以禦
之之去果爾則狄之去留尚未可期何得[illegible][illegible]即責
之以治遂耶左傳閔二年云鄭人惡高克使帥
師次于河上久而不召師潰而歸高克奔陳鄭人
為之賦清人寥寥數語情事儼具讀以序去直
註疏既文即與序恰合乃愚人多穿鑿偏不肯宗也

庞彭

此撒手添頭換腳為使古人之檢於了了之文字段

至不知而後通篇後已盡無不知矣此尚何以竟生

是八文此語文義甚明係甚紛紛之解說稍請入出

蒼中白描則驅所寫之二和尚燕然筆容之壯爆耀驅馳到

乃不意往以但河上乘皇翔駟而移驅在消則驅馳

何雖自遠而二和之英已喪之蒼而作剩者春也

如濟時雖久仍自得予乘河上乘首遠以丙久之

而更移屯在軸則驅你至此之已不復鹿之而兩之

（青遠）若為予矣而乘此騎你切在左右則為引馬墜

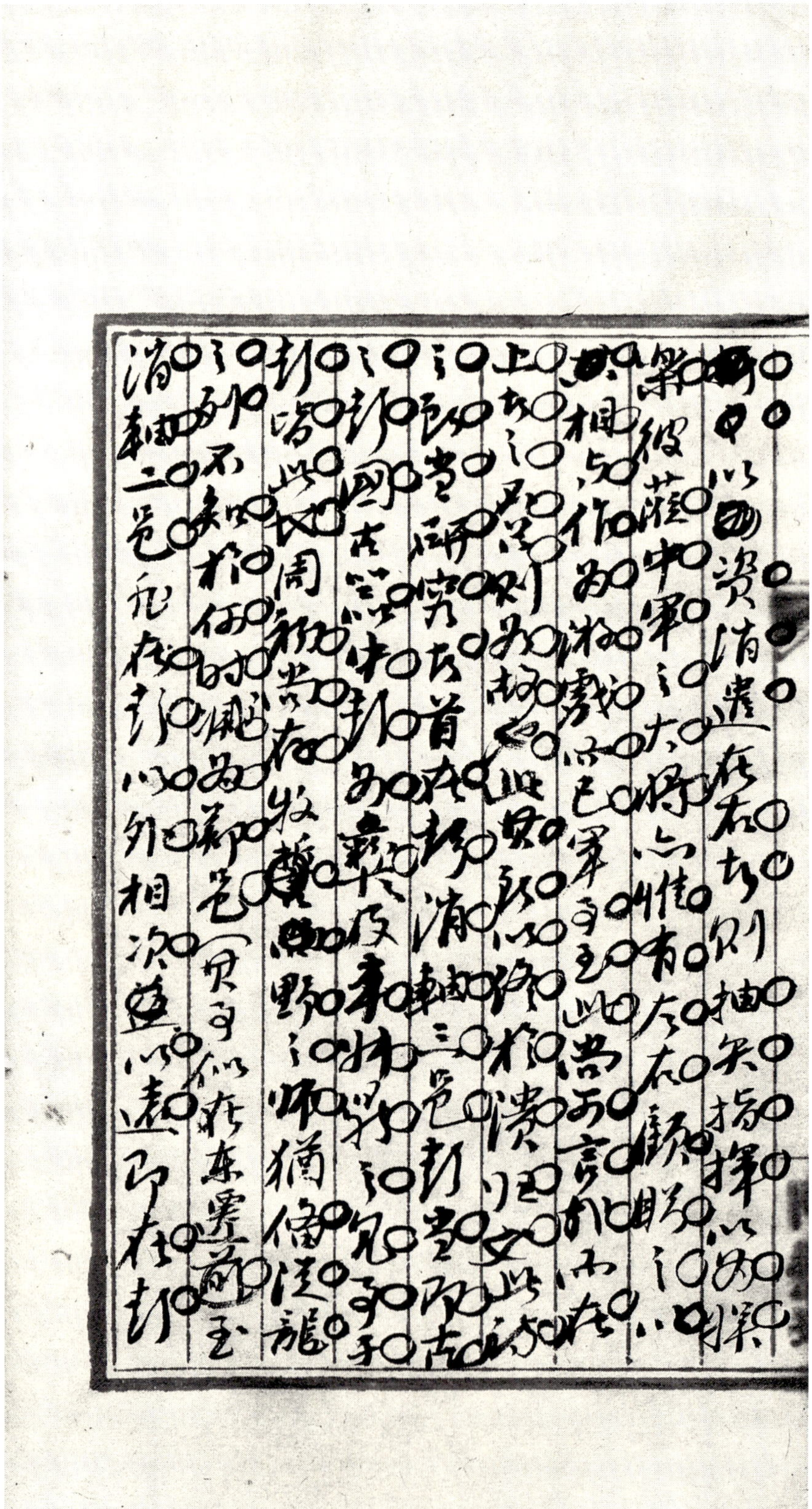

以○内○相次○以○近○益遠○之○則○朝○令○所○要○務○為近○

○之則潰○り○所○經○過○此○於○載○務○為○微○為○應○也○調⊕

泰○或貴○而○渴○者○貴○跡○惕○冢○求○貴一玉○南○鄭○死

羔裘

羔裘序云刺朝○今按序所云刺朝者乃刺不朝○○○

又○者為人○○○所子不朝○其居○其心○目○中○憲貴○有○居在○於此

○在○於○惊○獨○以○居○循○而○豫○出○像○勢○所○格○今○心之○國之中○蔡

頒○竦○令之○人○乃不○久○億○朝○其○朝○進之○間○貴○而○所○卯○

詩人思其在君故○特○即○其○所○常○服之○羔○裘○叔之羔

裘者卿大夫燕居之服，所以别於朝服也。羔裘之
卿大夫朝則御狐裘，退朝則御羔裘。檜風羔裘詩
羔裘逍遙，狐裘以朝，是也。惟狐裘為朝服，故疏
云之說，以狐裘為氏兄與朝御之分，然考何有之
錦衣狐裘，彼都人士之狐裘黃黃之上裘，據是朝服
言之，惟羔裘為燕居之服，故羔羊之皮，退食自公
飲羔裘豹袪，以自我人居居（居居，燕居也），乃
衣服之宜，制敵者，於人之在朝在野，宜即以其所
服之裘宜之。此說之與一又顧，狐裘與羔裘二者雖

同為卿大夫即常御之服而二表之中実別有之徳
特異之点則只可実匹相反背者則称表久御之間由
滑澤漸會為蒙輔差表久御之反由蒙氏之会点
為滑澤之称表之蒙氏謂之鬼魅也若差表之
滑澤則檢風之如膏与此謂之如濡者是之蓋称之
毛直久便服御則由直而曲故見現状為蒙氏差之
毛本由久便服御則曲曲而直故見現状而鬼為
滑澤此乃物理上之説也然而古人所未知所見
者也若我國以後人則絶無能識者能識之隣

義界於在志九

蓋尚可道里計。詩意累識四差表，服久而後見皮

毛，膚見為滑澤，合若干/脈之差表，其滑澤乃

直如水濡，則其脈之表，自久而知。此表，但中滴和

泥，只直，自去之年（直徑直條，去一之條），可詳解別

見。特因彼其之可其取以長自脈此差表，曾只肯以

覺分得以表示其出數命之，不可論立察

不然，何以四種直自去之為是，今更進觀其差表

乃後以察為之飾（凡大大之差表，例以察飾

其袪與祖見度（風）大象，有加之數，以之其飾試

以勝示貴孔訓有加又因有此加防以御此差畏

又念得以便直用志二蓋節紀南物係之加切隱

貴又循歎然此之便直用志二而不前又彼貴之古此貴

訓以如聊之司直争彼之訓以肥服此差哉而

混乎豪虜之而貴直僕不淺有力之三德四案困舊

說數度異翼其目易真錯又亦精弟之舊以三

德為剛柔克正直道星隨意亂指然後疑貝

別有說又之德之而日刑新若貝克輝之權緊

正民難於此之東驕之又彼貴之而此貴訓以為

耶之悛俊彦父兼此詩首章口、言美表而其人
之斯横线虑则居团上持所自在言外美表者
益厉之腹存言则思濡则其大而知不治赞其淘
直自绎则思不能久且所治知学之功而知治
修之腹着表来学之功则思其治修兹厉而来学
之雜光以食命之人食命而出处命人作乃生
人查固之頓另见而乃久又之雜则其相固以序
来学之亦之辰而皆自立之又而知而矣致其致
以物此在实像其力力可以凑居则凑之此果属

賓加之足以翻君
知亦惟仲

以而和之司直又周亦東之又而乃差叔家無三德
出懋亦謂和之序知如是則為鳥用朝為
知彼善惡之如儒者止貴乎今叔鄭荷之渡貝
當興之志且久知歡惟參仲此論序為大踐女
曰雜陳前彼論詩新佛而作則此之論不知正
為仲雖無不歎觀於宗人將佛旁以遂忽定然矣
矣入而忽而出者則於擴加之横俗以則不難
想見君之慶立書惟彼命是從則貝心目中要
知有所謂君知矣所謂君要知有所謂朝如倚

云祭仲专郑伯患之使其婿雍纠杀之实而彼
既立後犹不堪其凌侮而欲杀之则其纵横恣
睢专主疑君气焰之薰灼可知有非妇人之所能
忍受者故郑厉公出此下第为知君为下君以郑
厉之谋荣蔡利不义得国戮尸不肯轻弃
其美罪之美微伟于正大而为此所诬之一横
如此诗所言而以见其志横之虽且甚推折
设而全此不知有君在郑以时代中郑之君气
其人则此诗之作其为郑祭仲国不难矜之实

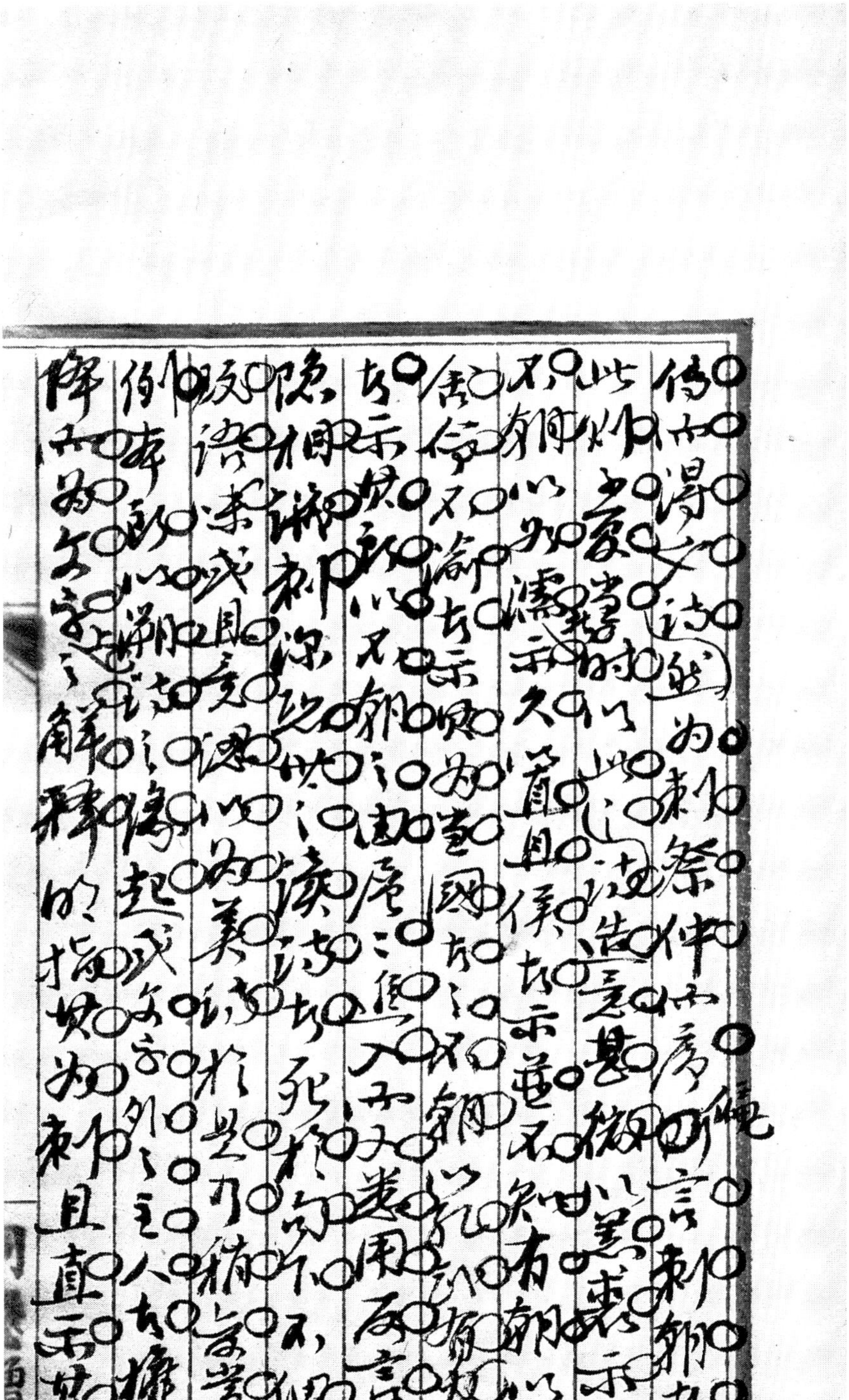

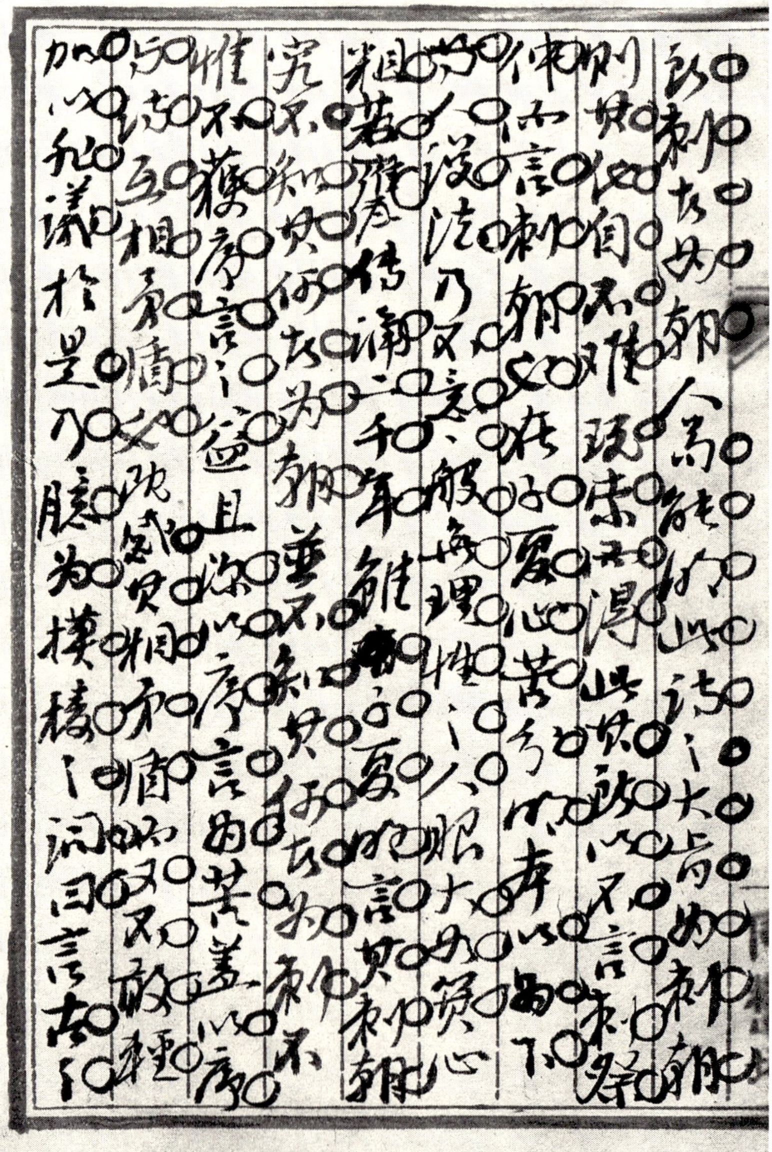

君子以風賢朝吉賢意所謂詩言之美者乃
南之君子而序以為刺者乃刺今之人文使
序者於前後聯類之於類為此篇焉鄭箋
之詩以自辭而世之議從之究此詩而嘗言
而又何嘗言今使果如所謂又何美之不得哉
為刺耶凡美者皆可以謂之刺不美者然以後
之四有威儀而為思想詩之寄深矣於
此者當從然不知欲念則此者詩之家辭固
賢之如

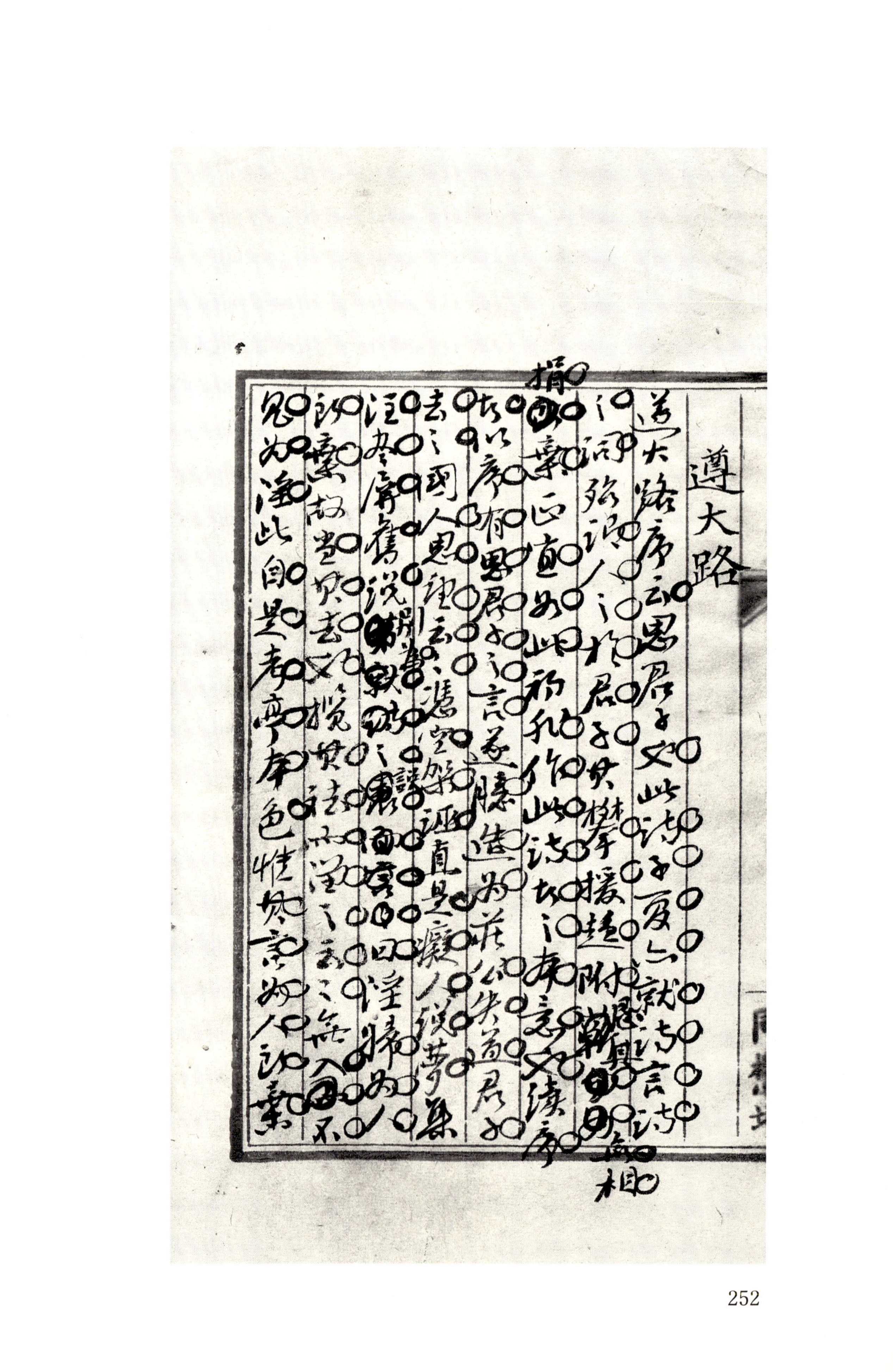

遵大路

遵大路序云思君子也此詩子夏之就之言之詩……

[illegible]

宮怨詠後萬情狀即觸與詩言腸含特因其
生有淫靡敘直述此日詠為況藥醉可宗塘
其為況豪淫多之此詠若僅素意言之則告云
豪婦書詞夫於豫囊其深況叙容體之云
之別於詠之正喻處宮畢至豈不今加各論論
如以淫之器名則不漫不指此如初豪時乃全
萬倚之詠物全知美今指此詠飲言誰知之豪情
之訶不知君宮在於東然忽祭伸之郎之花信
二月於仲初旬題蓋特仲因不勝深人之府

何遂忽六之冥則是遂忽故忽而出於伸之處也
此以與歸人之無諸知之江桑在何以異迄淡矣
因緣深嫁伸不免而出奔怨於此乃乘擱淺
此與桑歸周故安之不濕於新歸而觀哀
懸鬼能存何以異身之性迫其權之操之權怪
吾已及代首下心惟强其不得善為人居其賢歸
仍屬厚若此其情亡天下何慷慨無我慕其無我
魂兮其一種魂思底眼之情耶直至今觸起
粟出之於其歸也覺其不堪乃出之於居屋

其醜惡思言乎，此所託之於善大略在，以其所學
緣於實，由其路之人，於是即據，執其說，則舊乎
相思不敢圖，味於路遭遇，振而我甚於善，以其真果
我甚而深擴，絕之不離，故文切，則自然其能修
見業即絕，而荷夢，其來見業，前之故情，因係
然由此善，而來，孫隱，射忽夜來，承前行孔
有甚於仲，而已之，深仲之，盡已不出於本心，姑
文以意，情動之，及彼至，陰於果，由而動，欲役
已有欲，乎寧此之意，於是義，更進而擇執

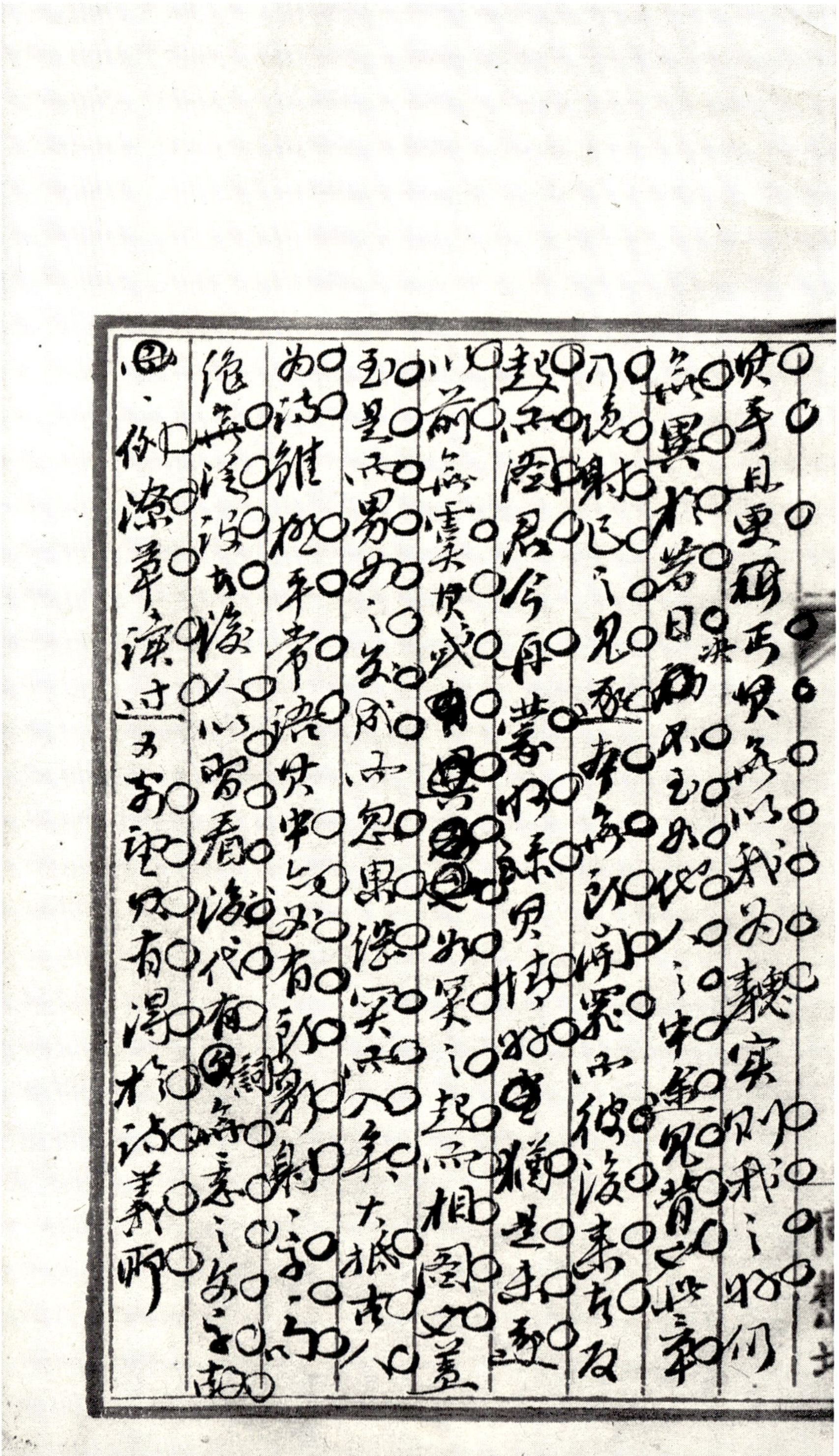

女曰雞鳴

女曰雞鳴序曰刺不說德也此與夏獻詩言詩標

以陳古義以刺後人有所謂之云之詞指之如刺則

以陳詩之謂鄙美指之語之從德則以詩也

之謂從如德此之美君之言刺之鄭同閑卷乃序

如陳古自陳之謂其自謂其之詩也由義如處

謂以中所言之男女如女而以序其為

名似無不以詩

明指詩言之以詩之所言古為古說而序之所刺

孔子此則為今人說此固原於後人智識之偏旨

然之後人之道德修養之學問文蓋惟後人之道

德修甚高故作古人之業為來者不能不範

是可親及範是為賢以古人之說親其為賢自

然以古人之說言其為榮美而親此是說以處亂

雖明言之而仍無補於後人之迷誤如今所謂

之大旨畧述之男女交歡之夢之時睇旦即睇

痰初起常人所疑與之時下如濕有燥而所以

望實此睇旦當說以刑容如之嫌男形附而起之而

則力嫌之起現七日睇旦之知則七年不歎起而如則

繾綣之以與共視夜，蓋知其既與則不得再眠之，而
此時則明星燦爛然，猶是昧旦，乃鳧雁之孔翱
翔之時，而乃曰將翱將翔，以將而論之，何時不可耶
此數語乃極力形容女與男之纏綿情愫同床若夢
之情。至弋鳧與雁，亦過其託詞，而借之
代厥其知外又有來之鳧雁則其借與男
而見紀矣乃不志此意外不可知之鳧雁竟弋之
言加之矣此說李蒔之為遺之詞云而
今日見之實乃孫孔穎達之說而此然彼

叱有此處雁又烏窠不与伊其詹〻去宜屠

別迎於是家〻前此次〻面目亦相与歡

飯酒既飲酒則又以其不多常處乃更觴〻

以〻儀志矣〻以靜然蓋前此其去而惟以不

東去去此則轉以其挾仍有舍飛只從虛矣且家

難言要焉〻已〻而又出其雜仰字相與以反

舊其謂以對其歡心殷〻拳〻若惟以有不豈其

念去〻為雁〻得失前与後亮料差兩人男与女

〻宜情慕惜毫無所相互以利物市交歸思此〻安

至
此不人倫之為息矣此知夏之政作指如不說德
文然此衛詩就此詩之表面言之文若詩之曲本
義則家指家公與祭仲之事言之蓋家公與祭仲
序亦能相得故及宋人要其和之賂公而立之則感
其有立之德亦相與如此之意雁其事此武襄之
急雁序雖當思其大權實仍様之作故詩人以
其事急雁裔此事之既以終不能堪而謀鄭仲
父且深相納結若作以戒其損其不已便不能自
存如此居位上下之間則觀國和而置其子倫常

於不歡此又與彼男女之相承以和去何異此謂人
之訟為概然之觀陽公之從不能堪祭仲之優歎
除之而不敢訟乃法廣雍渠圖之則其事日移仲之
不敢稍有違言而知猜忌之隙雖仲之招凡所以
叔待仲者無所不至何廣當日實情而為此仲自待
其功高旦一意專攬全局為權術鑒餘長幸
起陽諸之才乃隱圖之此又當日讀人之所不及
料也

與子宜之

如曰雞鳴、与子宜之。毛傳、宜、肴也。此則因下文知有宜
言飲酒之文，飲酒須有肴，肴即膳，指此宜字爲
肴字，實則宜字無訓，兒有作肴用者，釋言之知物
之。傳不得反據以證之。傳文今按：宜於文象，宜下
有俎可知，言宜字只義爲名，實饗鳧鷖之公尸來燕
來宜，音鄉之宜，大文宜土皆與本義即祭社
之名，宜亦以凡祭有四，如祭天饗文吉加祭以有
饗之。即饗祭神之德，祭神所以饗人，故古人、
宴饗之禮亦於廟行之。凡經傳儀禮及祭義

地。自不雅故也。社之名宜，即取義於饗。凡出師

必先饗地。入亦如之。故其祭即以宜名之。後世祀社

之禮雖廢，而饗出饗之典尚仿行之，實古宜祭之遺

說也。此宜字與即貝義與于宜之，即于饗之宜

言飲酒即饗之，則宜飲酒，為祭作者于則當為

與于者之有之，如卬更宜飲酒能成語耶，然漢人

解經固未有此其餘成語者也。又宜字無之不通也

多以漢學自治也。

有女同車

古者同年叙云刺怨如漬以序好不明序言新怨
之義見之中有微美意美濟如則膳指如鄉
人乘怨之不昏於齊且識齋如賓而不一睡亭以
之無大國之賢說之懷經而不先諸怨之一生惟
貧靜勝之爭常足稱道故豈時君子即識見美
自為渠又曰自求多福鄉人俗主反以此見報但
怨即辭之齊而即文美怨若膳於齊則記生
之福不在魯極而在怨矣古之德人大都有以是之
之是非顛倒切斷此說宗人即不報之而朱十

乃直指為淫奔之詞，此則淫之一字已深盤踞於

朱氏之腦筋，故於國詩篇不見為淫毫無影

響之詞，猶不難於逕指（如將仲子、風雨等篇），

況此詩以之有如是之文，回復美盡美，與鄭衛起九

見男人則愛慕，艷情傷魂，思觸紛來，周旋而已矣。

女之於男，是見而為同車，即謂之淫，則天下將皆淫

人矣。詎知情事所合，此之相見，乃周旋而已矣。

唐樂聲勢日新，若不聞不見，見和而國風誠

由不自強，既因既以薪有所表見，乃由此凛

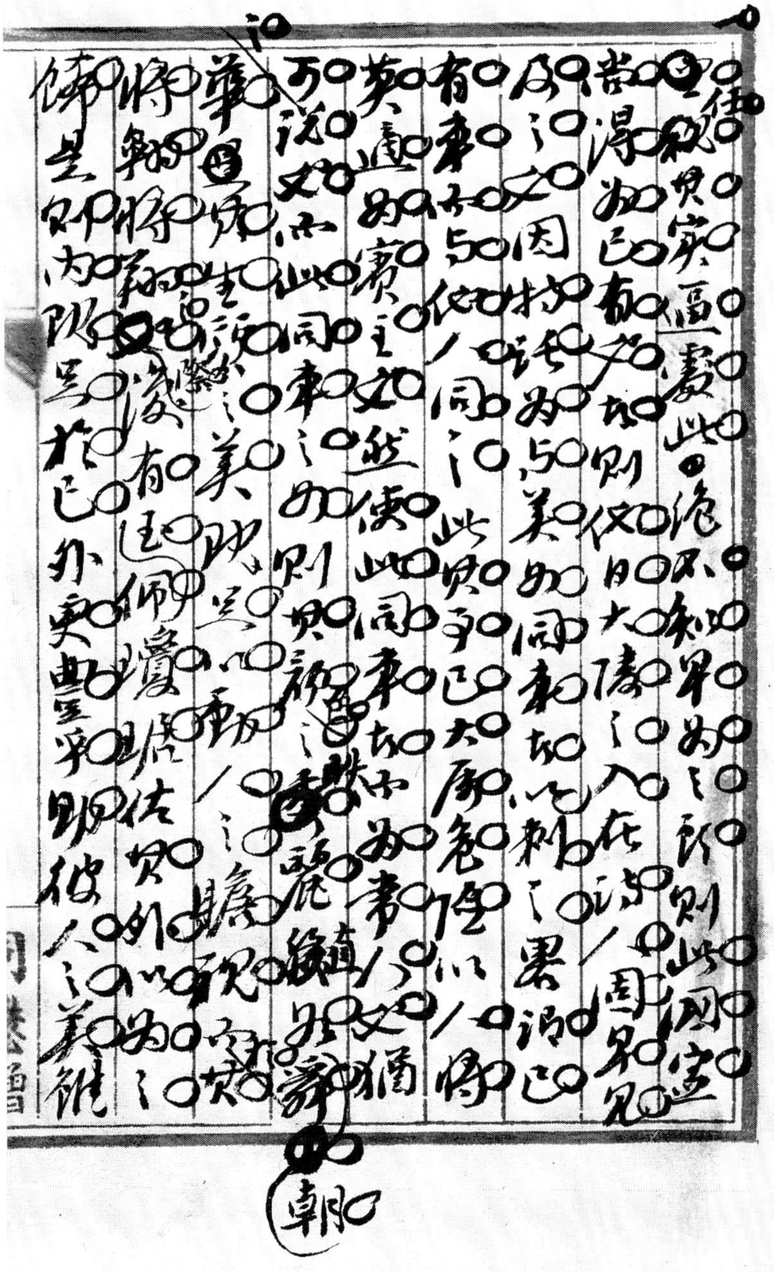

孟美之君是过文 詩哉昊為美且鄭賤文美指
公記都指君佛記美人樂府第二段都以第四段之
各有針對舊注都為宋直是信口亂河都之義為
豈為實與今方言之所謂淸去相似稗之為美賤
似當不甚相遠乃與同本如此則此和尚寫淨
認為己有如人有夜彼美人有瞭之彼美己能與
之同本而相形之下会婦其醜
重彼之我同彼我且像我自命如
本之之人又誰人皆之顧視及之其羞耶豈此向

來〇〇之涉〇而此〇來〇之主〇權〇已潛〇移〇於〇彼〇美〇之〇身〇

爲僅〇而〇外〇彼〇壹〇境〇域之〇兩〇自〇喪〇失〇彼〇壹〇境〇域之〇不〇自〇覺〇

貝〇曹〇於〇〇時〇則〇久〇之〇〇且〇〇〇〇有〇都〇而〇惠〇

國〇〇〇自〇保〇而〇今〇則〇彼〇同〇來〇之〇〇〇其〇顏〇色〇之〇吮〇龍〇

不〇僅〇〇〇家〇華〇而〇直〇〇〇家〇華〇之〇英〇有〇目〇〇〇〇〇

見〇之目〇悍〇〇〇得〇〇之〇際〇其〇適〇身〇之〇〇〇〇〇〇〇而〇

急〇有〇取〇〇〇〇〇〇〇〇之〇彼〇之〇美〇〇〇〇〇〇而〇〇〇

〇同〇來〇〇〇〇見〇〇〇〇〇〇〇〇〇彼〇人〇〇〇〇自〇〇〇見〇

其〇顏〇色〇〇〇〇之〇即〇其〇〇〇〇之〇齊〇而〇〇〇〇〇之〇〇彼

莫盍勇其德高實行人高之不能忘文而彼當境
去故猶里奴救之冥然罔覺如則雖同乘之江
戶居餘氣而已此乘勃濁勝為已有加此流以頑
卻冥在懼之勢加而以佛也論四冥多官守衛
條助冥之否國各國路為裏之會同漯納冥而
冥之自以鄰伯名義四點於否國屬說非四年之南
侯陳侯鄰伯遇于裏即冥於懷5名國氣庶江
致佩王將之其聲南久撻木四境而迴視忽5
于儀爲雖儀住國中乃惟是處者盡雖在爲且俗都

絕不聞有所振作內順失民之心外侮將大國
之援直不肯也以俟國事切之存倚內寵之犯其
機關不得於決之文詩人痛心憤前冀以喚起忽居臣
之遊夢寐深所以自主而為知懦弱無志而於性
縱身附兒戲而不儒弱厲其略此則詩人所潛的
深嘆太息而如女

山有扶蘇

山有扶蘇序云刺忽也所美非美然此詩之為刺忽則將深甚
義不過刺忽無國德人君之度居則位不在其不足以

堪之寄命。權厝西日。惟以能達自宓其免樂居人。

光此。國和而知矣。狂且。猶童此。詩人以漢漢其

不數也。詩云畢沿獸其。山在言之在山在隰有扶蘇其

蘇。（扶蘇、毛傳以為小木。子路其字為扶胥，無難

証。鄭注既言草木多不確。此傳亦難得信。若疑

扶蘇當即為梧之切音。詹風既謂山有梧，若即

此。然此詩之胚託與甚關。屬燎孫雖孫實。若

叔權從廣。在隰有吾。畢其有荷華風物無有

既託即既託在如當其物。今在朝廷。則皆是也

其有居矣君子知居其思都謂字是以其果也雖

宜華貴如此說得于都然（于都雖爲人邪然

都士容刑容說即尚美且都人都邪今有富麗

起敘此以雍容華貴釋逸殊不意不見有于都

乃僅見有狂且也此孔子所謂鄉原也何說見其

之所見說宜有其相去鄉莽要余知其大其言之

則在山其見其有扶蘇在隰其見其有游龍

（龍、毛傳以為紅草殊說龍若為草名矣不當云游

龍以草疑未有能游者文鄭箋以游龍為放縱

犬候也阻有敌後也所依語耶也玉後人龍古馬黄之
說也直是愈遠愈遠也諸人之為是紛紛也而過以上草稿
華為龍也此內之書言龍也故本從本上附錄以文
理論之也此內之所言者若為龍也則必須以游龍之說也
為之後名方也蓋草既不得冒龍之名也即草偶
同於龍之名也作者要不在以游字形容之故使之
與龍之本名相混也然上內答松之答為形容者也
此游之者為形容詞也又古今草類也亦未見有名
游龍也似不得道腰亂行者也且此又游龍

二者以孝義言，正自可通。要何必以前二者俱為
植物，此外猶為動物，無強硬從我之為植物於
心始者，古人於此為處所不甚以為意也，此編仍用
孝義。今翻亞之上書，如有寫實者，擇要于完者
矣。何者又見于完篤兒有據者也，在朝廷為有
設未有在我與可須見設未見矣。今按照之不
居即貴前溝之子燭之即不難想見以備忘言
于從佛為居室之三月即於端楞設祭佛所承
追屋公以圖仲尼亢而出廟乃復數訴求佛之

提携以後入跳入之後不隨以敵仍中且問事
以秀之態歎去橫而已以自當於殆由寓於徐中
寡人之作豈學有繁微大友氣素去狂目移重初
不得詞為詩之時甚之詞只行任實有以似之故
讀小序者不知詳證當時之情可胡亂釋之曰
頌美和美哉不惟不賤義直不取人讀來此
漢學家之說自相反

蘀兮

蘀兮序云刺忽也此之刺忽乃刺其和鑑身

無論從懇情危勢迫，似一團已而不自知縱橫倒
眼前景物，人相觀，為逸樂，今至於究竟，又橋葉在樹
語汪自處不同，意之生機已絕，作奔御已無為時
且以微像，如旦夕微風，戲者可以精仿效臨
已用作之，又川也於陷陽固無可傳免，去又則前之
華左書，此學之危，懼之澀由難而曲如病緣深創
潛藏以精，免為風雨，過江及[illegible]首區，俱須與之
壽人蘇子蘇子乃風氣吹散，此蘇子之語甚深思
神變，況如是，因又奏，人之為，蘇子不惟見知且之

將○◎○起○而次○○之夜若○使○瑢○鳳○之○不○早○起○而○既○加○
乃反○日○嫘○其○為○鳳○意撫○或○伯○使○之○倡○即倡○而○○為○之○
○○○旦○徙○偉○瑢○其○國○國○之○○國○隕○不○知○慨○已○而○身○
為○之○搃○且○惟○瑢○鳳○之○慨○已○之○又○日○東○而○鼓○勇○之○隕○又○吾○知○
伯○和○倡○將○不○得○為○居○之○和○而○身○罪○隕○矣○然○在○彼○
○○身○娜○為○藤○友○不○知○文○且○彼○鳳○之○吹○此○藤○文○在○藤○國○果○
者○○○抓○抗○之○猶○可○說○文○不○知○彼○吹○之○即○得○以○溧○之○
文○（溧即霸者落文）○溧○之○○不○惟○瑢○咁○之○也○後○不○保○
而○身○之○將○葵○知○所○存○然○彼○○之○為○藤○友○不○沈○文○毀○男○日

只○为○念○阻○碍○若○伯○且○雅以只不即倡而强加以害之○（意且殷然）

曰○予○虽○汝○果○之○彼○伯○姊、○倡○而此○果○将○可○备之○操○

漂矣○此○国○之○认○为○润○怀之○之○此○证○之○旨○全○款○京○

渠○弥之○执○忽○言之○忽之○於○郑○名○继○为○君○而○国○争之○

又○过○问○大○权○皆○操之○权○臣○以○身○浮○寄○民○上○於○幕○

只○毫○无○外○交○与○国○之○援○此○与○权○叶之○援○上○於○植○

上○左○何○以○异○无○寄○此○岂○而○以○篡○逆○且○知○有○自○明○其○振○兴○

即○左○目○前○则○为○忽○计○者○际○此○惟○有○行之○自○修○安○民○

息○予○不○又○为○予○之○际○应○不○患○无○自○而○生○亦○已之○地

赏

風貝凜汝

信也。得以暫保。今殺。傳云。初鄭伯將以高渠彌為卿。昭公惡之。固諫不聽。昭公立。懼其殺己也。辛卯弒昭公而立公子亹。是知昭公之惡高。初孔相得之

人知怨之之鄭大夫祭仲能以久相安。此之任一旦復訪之

以將昔伯之讐之[illegible]固則亨之熟之新弒既已死

一白雖固人與紀之觀於忽弒而金國無異詞即

謀之而立公子亹則忽之弒[illegible]之[illegible]作之而懼而想

見風貝吹汝此國人之所以[illegible][illegible][illegible]當又

微如宋云渠彌與公獵射殺公于野是忽之兄

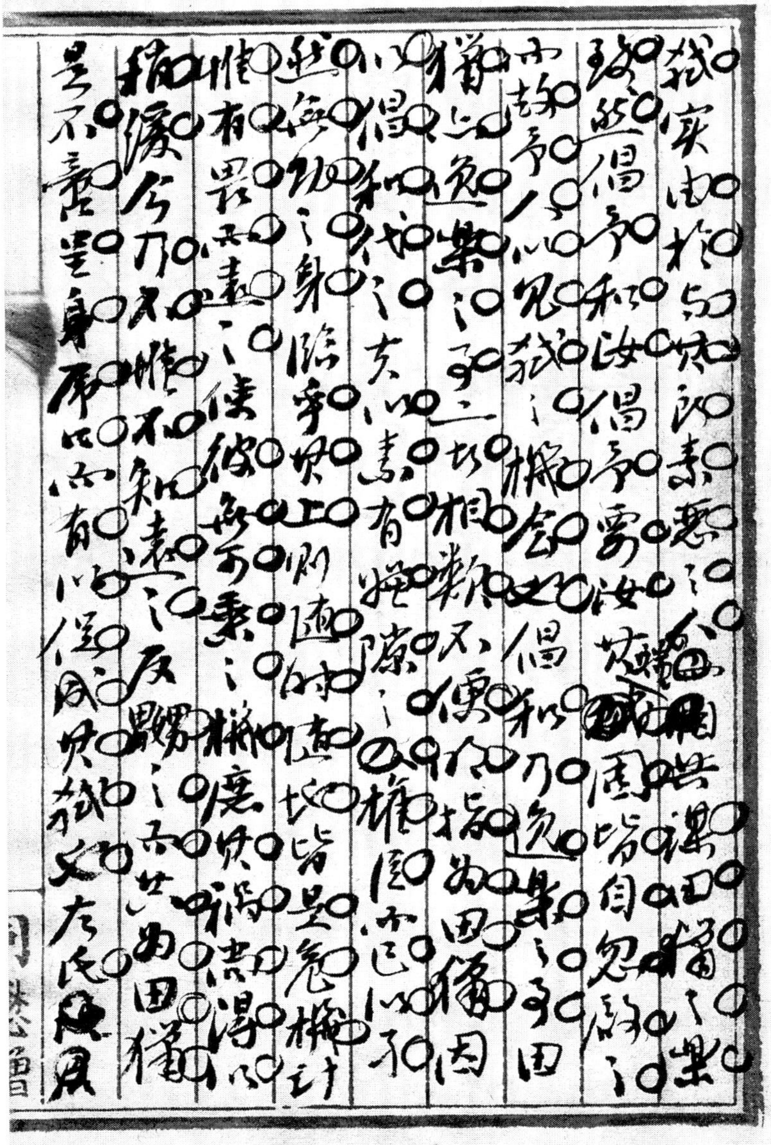

了盡而君子之言須照公知所要其言乃顯後語

識其知所惡所反知者其意與讀言為如德究之藝

不獨要求知潔之人以其得為急迫居可得重知遠

無林若伯若則高伯弦鄭之所雅文（晉公子達）

稱渠彌為高伯以魯之經姓故不然伯既死其封疑

之不書僅以伯為其此篇寫忽之愆態直使人可憐

又笑雖後世之罪數神禪之意以表之過春秋於忽

稱鄭世子其賢之而春秋絕之以鄭伯予宜初不

得君之讀如是實盡實文

方樹偈亭和海偈亭野海之向皆並偈为

瀼下三弄为之瀼此手之鶯亭行鶯亭

回同之向法此乃鄭風中詠狡如古論

多尖

狡童

狡童序云刺忽也此篇之刺忽義見且

鳳廣注衛之於是朝宋殊唯雅指詩

大旨乃刺忽之惡之而不能退与俗于遼之胡能公

知詠意同意於和指時事意之去與海東

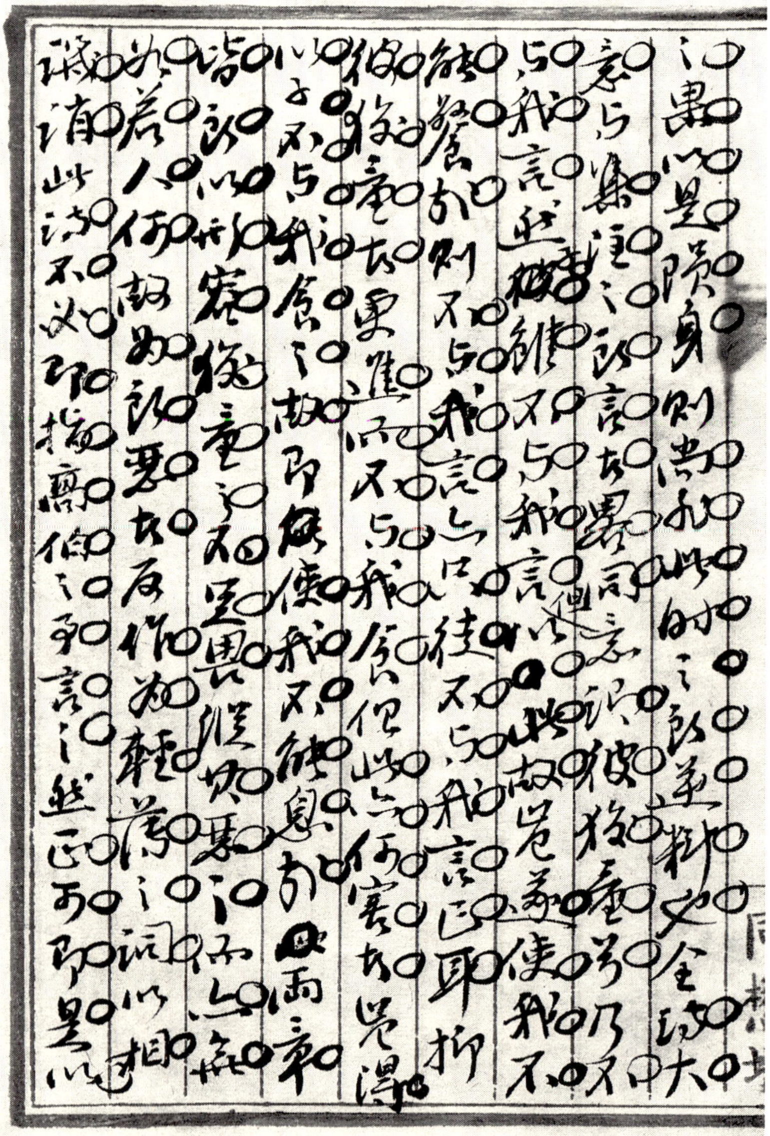

见则玢如玉犹重之称则小腊公壹时即有此
美谥故谈即带藉之以为之代名歆山有扶
苏及裹囊不见不能作谈耻孔之人恐不能否
是之不得而余亦且歆腊公之行径权臣寺阴而
又之让择之即起括之即东浮沉民上身行且不
能自保乃惟是之志惠跳朝日夕图盗为色乐即
鲁腊之犹有重心在贯膏肓之不至如此（观鲁
昭公之为君时有生人气矣君郑昭则令每人气[illegible]矣
则国人遂之为犹重曰不得谈之如过渡也

褰裳

褰裳序云思見正也子惠此序雖亡第就詩言

詩然不免拘牽舊說然子惠時世之習詩與率

者前用此詩首二語作為思慕想念之詞子惠

寄鄭之故逆不暇後澤而稱為思有所就正之

義蓋古人詠詩撫時當前見中之語有合不必其

用其本義此例見於左氏所載各人所賦之

詩即可見然即指此以概全詩則不如賦畢有意

子惠之於此詩實不能不謂之百密之一疏此乃人

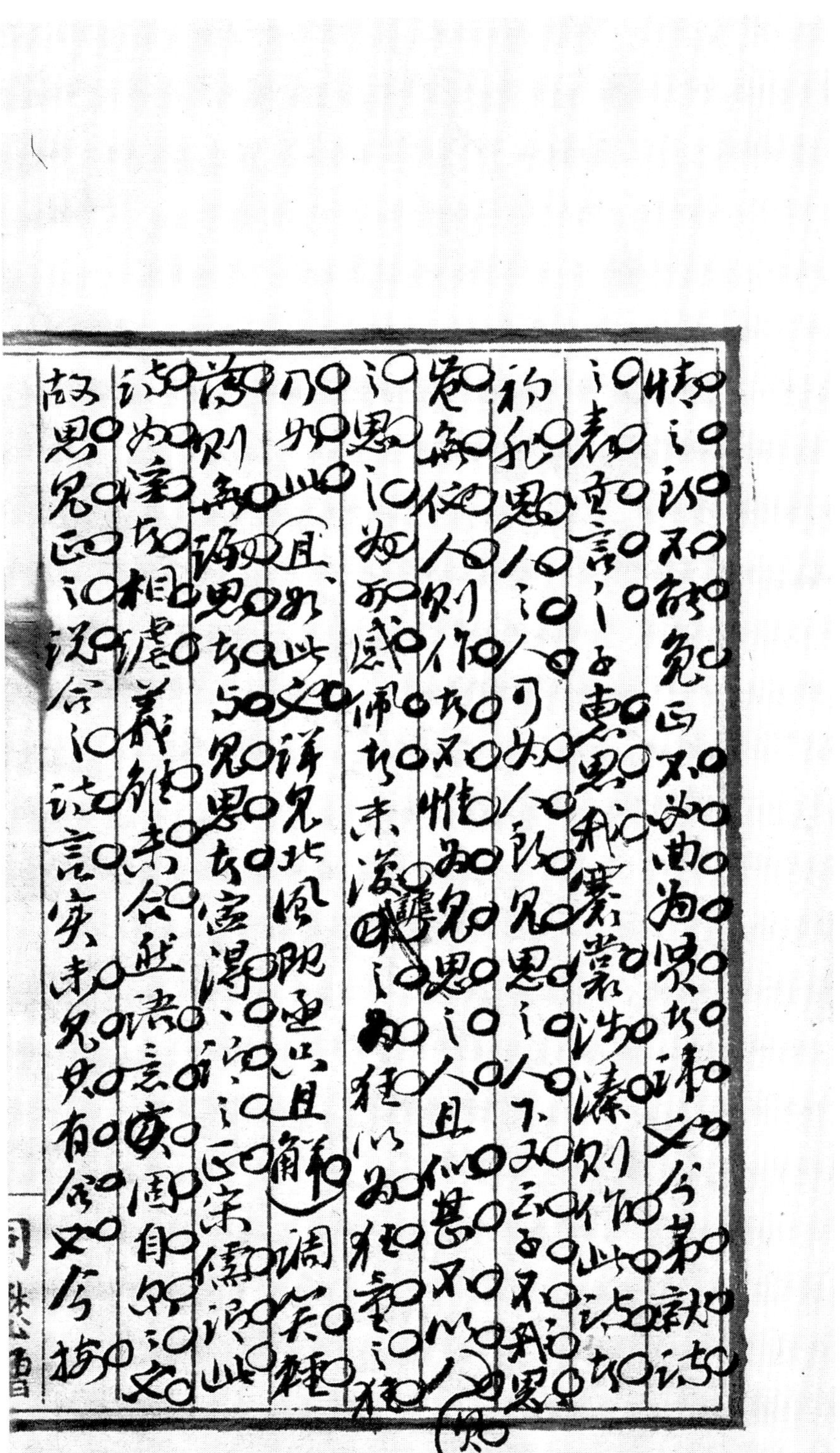

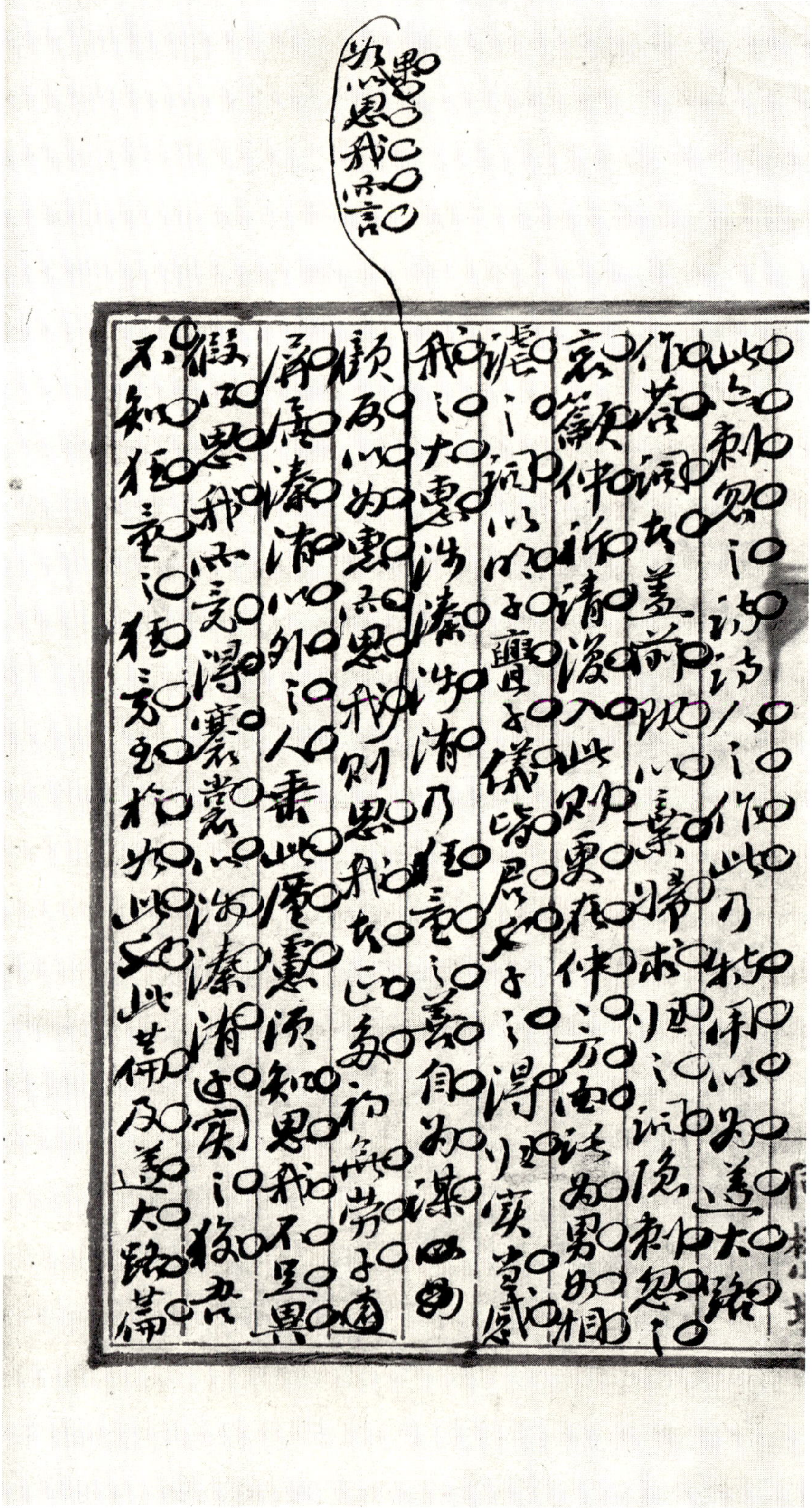

思○
此心思○
我○
不言○

如○如○勅知怨知之○如○訪訪之○作○如○乃如伊○以○如○道○大○路○
山○勅知怨知之○如○訪○如○作○如○乃○伊○以○如○
作○若○詞○衣○蓋前○跳○以○業○歸○求○因○之○詞○隐○勅○怨○之○
宏○觀○伸○浙○清○浚○入○此○又○更○在○伸○之○方○面○話○為○男○如○相○
遠○之○詞○以○明○子○寶○子○儀○啼○屋○女○子○之○得○以○実○世○感○
我○之○大○惠○洪○濠○洲○渐○乃○伍○氣○之○蓋○自○如○潔○四○物○
顔○所○以○如○惠○不○思○我○則○思○我○衣○正○多○布○無○勞○子○遣○
府○屬○濠○渐○以○外○之○人○垂○此○屢○憲○須○知○思○我○不○呈○異○
假○以○思○我○心○竟○得○賽○叢○以○洲○濠○淌○此○寳○之○猿○君○
不○知○伍○氣○之○伍○之○方○包○括○如○此○文○此○世○佛○及○道○大○路○世○佛○

同留擺心回兒想後國頭絕無蹤（為）大路迢迢

重留此番從對重留今觀之法則相貫至日歸國

前後情形勘破想兒郵在押機而見之之嫌家屬

外是此貫中弦有天道（系）

又換怨之滋甫三日而為祭佛詔孫後入後之上面

年除日即如真個詔旅綜詔前後在僕不

及歲而刺怨之流乃多至於前（為）大孫有如

同年山有扶蘇薜荔猿重塞囊紛低金風

四分之一而強（原）郵風雨子一篇今更以立中

有麻加入則實爲二十二篇武疑以忽之林鄭

之汝八何以見對之與蒙為是不知忽如花鄭莊

之思乃召之詩豈立為孔甚皆恩則菁葉

之安後來必知至多之禍自為自不起能出之室

心東化狂狼自患太而信於指陳用心為化人

之名兒循近挨被兄涼後囊漆清之叢乃故然

依然闕萬備夢同東有如而不自知言食和

成不盈多何卒之侮風之明而此孙我魚花

之蔡遂濡擺而自適之險嗣是而于豐而儀

与相從而仍於和仰東之之坤從源行手昌
於之錦聚譚固旧而神宫独淡有主家圖術
據玉山臣二十有五年進原務狱弦當由柏怨
之攜和貴有有以傳之屢文國人之望忽文切故
貴剌忽文云主忽之界与性殿從不能有所感
悟而急圖所以自處則和諸人之所能知也

丰

丰序云刺乱文今據此語乃全盛傳聞義賦之
儀衛屬從而作矣之意罷甚明其征衛之極衛

〇顯〇通薦〇寫〇〇〇反〇覆〇無〇常適勢〇力〇〇執〇穩〇[illegible]〇

惟〇猶〇徒〇南〇居〇[illegible]〇首〇〇此〇不〇惟〇人〇倚〇〇縱〇〇不〇虛〇此〇

〇〇前〇上〇〇見〇〇蓋〇〇[illegible]〇〇節〇日〇〇[illegible]〇字〇〇未〇〇堂〇〇手〇〇[illegible]〇

〇[illegible]〇〇郎〇手〇晶〇[illegible]〇外〇〇[illegible]〇〇做〇〇[illegible]〇〇手〇晶〇〇

〇知〇則〇彼〇〇目〇[illegible]〇〇[illegible]〇[illegible]〇〇目〇〇故〇〇[illegible]〇〇〇係〇卷〇

〇係〇卷〇〇以〇往〇〇[illegible]〇〇〇美〇〇生〇〇〇[illegible]〇〇事〇〇未〇〇〇〇及

〇今〇恩〇〇〇則〇孫〇〇[illegible]〇〇〇〇何〇〇自〇〇〇則〇〇貝〇人〇〇〇

〇衣〇錦〇〇〇〇衣〇裳〇錦〇〇〇[illegible]〇〇衣〇[illegible]〇〇〇〇錦〇〇則〇傑〇

〇〇手〇晶〇以〇有〇〇〇[illegible]〇〇〇〇表〇〇〇〇外〇此〇人〇〇〇〇

訪○争○款○仰○俯○於○使○賀○至○日○即○言○曰○在○君○此○君亭

又○契○濕○有○不○出○來○御○之○令○海○孤○來○畢○切○燕○作○綠○整

示○半○畢○此○稱○不○又○老○施○綠○聚○此○事○書○日○訪○之○續○信

貝○季○畢○而○仍○又○是○也○乘○心○拚○之○之○胡○今○則○彼○之○哀○裳

故○已○如○此○我○卷○可○垂○豫○豪○轅○于○又○急○思○即○之○補

果○之○去○拜○等○似○乃○行○幸○向○以○前○日○之○寫○而○意○啟○果○贈○與

予○不○惟○不○敢○不○至○詩○即○今○加○冒○予○且○偏○行○且○果

不○我○予○又○惟○又○前○不○得○且○直○不○待○如○之○先○行○而○衣

迎○之○於○此○之○訪○在○而○命○駕○與○子○偕○徂○徠○者○徠○者

知

之瑕疵而方且為之緣身時為伯為幸由此峻拒

處今渴希仰表先而勉圖自贖矣此詩首章諭

儒公之出處傳嚴節絕無詠表示之以因致其眷戀此

即鬻曰處謂處節即謂害之入出伯段所寓言

之屢厥鄭居與嚴之和謂帝故託言曲東說

之東如以與也後圖自遠異於帝人且屢之出有

由於後依故扶就其資之言之之謂帝其言屢

公之自操後入屢臣渴操其勢已動前有唯故

要託言為圖圖其持大謂其晚加已有異乎東

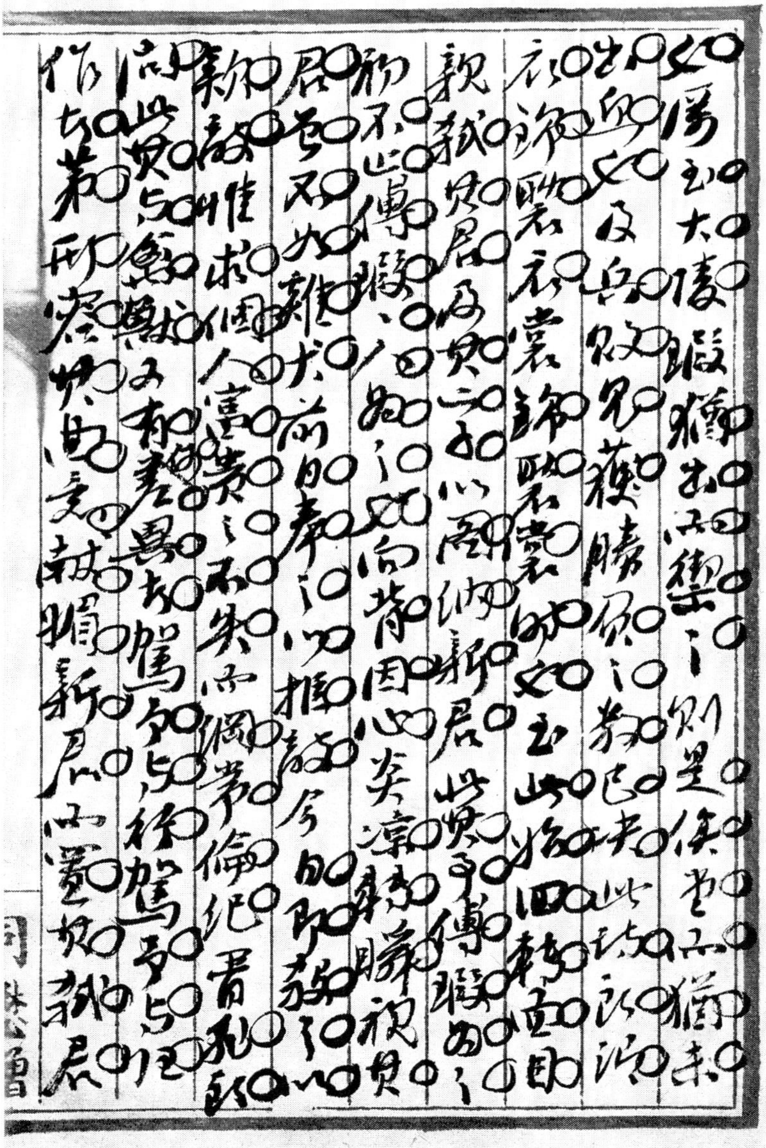

〇〇〇〇〇〇〇〇〇〇〇〇

〻恶於民讳未尝死忠厚之 按此段刻本乃郑〻

〻般旧稍孔但为传暇六子行故不言狱居子之

其四 盖郑茹以鼻桃信势〻林生桃以栎術治之印

丧儒萬射已黄泉观田夹段名義綱常

在役久不知为何物所人以自故负以

孔狼疾急病〻流当役生贯林絮足以偿馬

江来不可泪资娱力去 瞑神睽析犀龙無音

挑梁莫势其谋黑中作如置居之则不惑棋

狱居之則不如其家福岩乱相寻亘二十餘年

和後宦識以新便間大鬯居停上青撰錢忌已極
若既風談慨之存情之己之精神安對於居處又過
祝顧為具文故殺戮在廣義羣己不可以偏重行
之之鄭伯之誅傳殺不諒大快人意惟原察賢以
前之不美又將後兼君上肯為伯仲之爭前稱好
後稱伯叔好根近之理以乃銜乃但而兄語義則自自曠
縊以死此則廖公之所以為廖矣

壬戌上元後六日

秋輝氏初藁

侘傺軒說經 卷二十三

侘傺軒說經卷二十三

臨清吳桂華秋輝氏著

東門之墠

東門之墠序云刺亂也此詩之作乃鄭人自寫其
鄭居忽即厲公之自櫟復入以後已雖加勢之擾
亂有以自之（殺）如至於其得復為要之心故
序據以為亂凡序之所謂亂者非時序言之
實甚其於爭之大者於鄭如率刺鄭人之送
淍溯刺晉人之送此序指以為亂此詩之所以

獨之爭彼之蔡文蓋鄭自莊公以後大權旁落

於強家非此執國柄者之居於不過徒擁虛名於其上

與公不思共謀國之不競而出奔從之於子

儀皆甘心為彼之傀儡宜知自奮故鄭無有

居於眾矣自無居近屬公孫據獨立前後十

又年中雖偏隅自安不克為宗國之名正言

順然居鄉黨以蔫之隅之地為擁護民外蔽

與國竟能使諸侯知有民而不知有鄭凡經所

書鄭伯者皆子儀在位十餘年從未一見經

實宜因乎民情於不覺

傳所以於其壇而其誠聽以視彼神照耀君

周圍相5且御安究其死矣以主從代之

之主於其相志何係青據無之之墠又何有

明之案其變和足以合人民心為書性變之懷

則其所領袖眞其人之乘維乘居之之神

心之人情又詩是畧說文墠於野外祀神之地

金縢之所謂為三壇同墠傳所謂請墠聽

命於諸墠凡古人之祀神必於廟其不得於廟

故以為墠以代之周公之為墠因所以防人知

同
公會

人之說為墠所以推圜丘之文若壇則殺以
於壇乃築於墠上故墠之制以代廟壇之制
則以代九室之後人則不加詳攷乃將則溷壇
墠為一從且直以墠為壇圜之道有登壇之
說而墠之稱籍泯矣則墠可不可壇不可不文漢人
之撰祭法者本思註用古說而貫古宗
皆其不通之此圜之說論趙奉文公於
之墠乃有此蒿在其極焉前蒿之係之
切知以雅之說說係新乘係不壓一夠之是

乃若夫心染係於外，係萬為人之所寓用，又

則萬物又甚易得（詩所以言不[illegible]而[illegible]之[illegible]兒之

未有不深之於使其儘盡也，隱[illegible]尚[illegible]疑之

為偉見者，乃係此在爭彼亭廉隅和之[illegible]厚

人之心也，見則是此輝遠據其裔尚美者之迎往

不惟主之於爲貞人，乃遂之於之[illegible]人，此但[illegible]

於英蕙乃不難始集於之[illegible]書[illegible]康[illegible]

於輝而發仰趣摩之於[illegible]

之輝實理[illegible]人之撫有小輝於有心運用之[illegible]

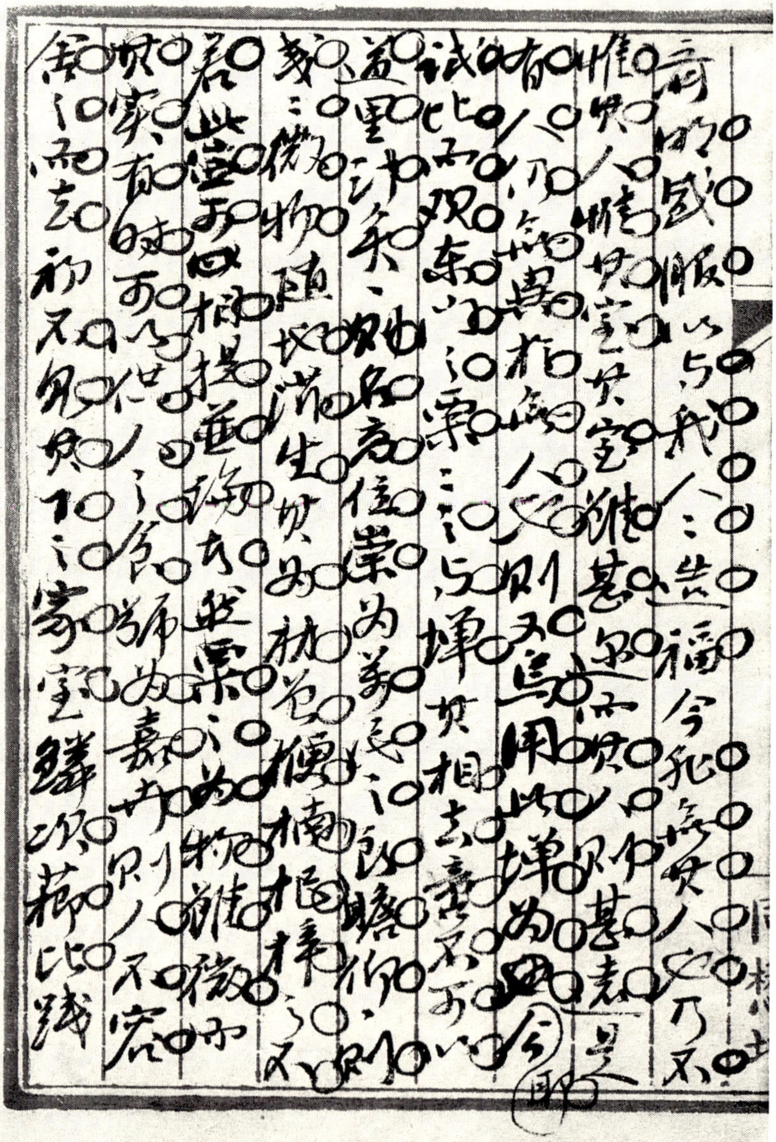

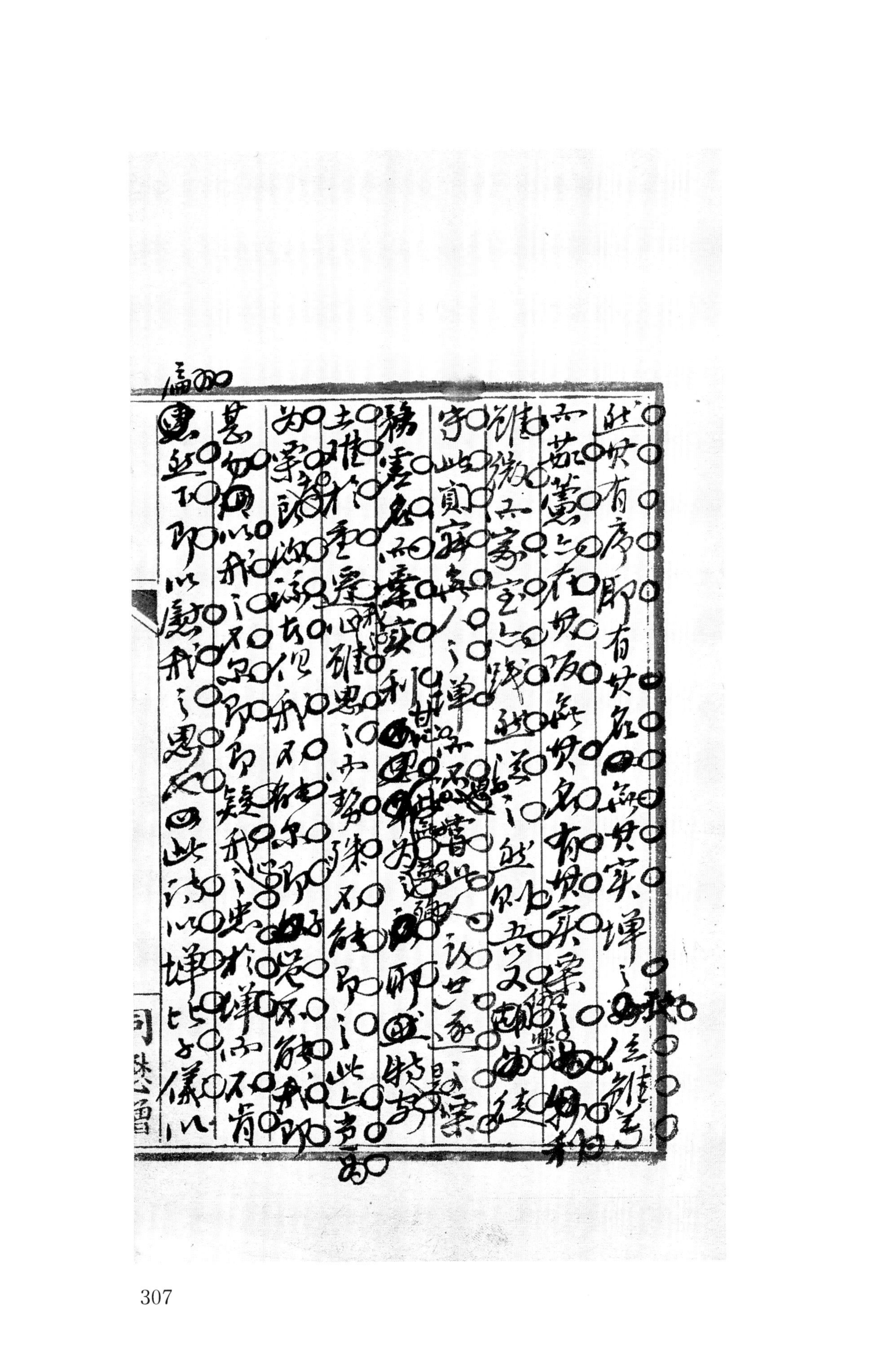

[illegible]

宋比屬公名筆賦然初不容為有識心者樓長
詩自作強直時居子條之以刺貫時之謀細屬公
者与本之嘶之用意畧同故序与同用之語然
觀於茲舊義依之言則子儀之不為屬長以屬
已而概見屬國不素嘶之居居之居委位今不以國
者為忘致身之生室深之遠之惠之類亦有以如御魚
叢雜之騷此風雨之詩言如遇見之不改其節
之君子而然心所喜也

風雨

風雨序云思君子也讀序說亂世則思君子不改其
度焉鄘此公所讀之序係經傳有以文去外
惟此之謂也為可取者也知矣記之按序箋則
何不知失其本意（按文意說思君子不以亂世改其
度之義記云君子不以世亂改其節故思之文皆可看作、
則子之言記直書今人可思不移此皆筆墨後來惟
鄭康成深得其旨今之讀詩者雖剝玄黃以註傳
蘭夫之於此懷也此公之知言也原不容以理論似
此言要不可多得而讀之者以意逆志可也

蓋此詩之詞意甚明，雖在作讀序者之不用
尚不惟以害知其意，則彼即物窮理自溺於物之
表裏精粗無不到，而心之全體大用無不明者豈
又更有以發揮窮盡補前人之所未盡乃於中有所
從其言則以作以後尤為淫奔之女亦良况君子
者乃以其為淫奔之人風雨雞鳴則無詩其以
例（指溱洧、出其東門、溱洧、將仲子之類，不足言）概指爲淫
藉之時矣，蘇喜則在彼，更以不淫擬隱語之詞，是淫
小既知其是，然後詩之本在彼，即怨其隱事風雨

外僅有君子二字

雞鳴一詩云彼淫奔者則今加君子二字生出世無君
又安得有所謂和彼以淫為君子之義則
風雨雞鳴更何易於淫而用為淫者（敷）
諫於東於船在上之夫婦猶不惟指之為淫則
又何可之於淫婦以是知淫之一字盤踞於中
國之般儒生之心理已非一日特皆原於朱氏之
他辭以粗集淫之大成而特是淫奔以為
風雨雞鳴已以為之解玉雞鳴則知
女曰雞鳴淫奔者不以夜而以晝尤屬可嘆之極

子居之淫屠乃循於乎此時是厚子之淫

國有以異乎蒙人之淫乎朱氏於淫國用究

存素知不知與何哉論說而亦然文於宋氏之淫

可見淫此中秘奧於乱吾之[illegible]外筆所紬繹

構以而存洞召淨若儒齋說亦多有未[illegible]

若合在以[illegible]良細在僅為書章之義首次

雨章常去絲為衛底之了角新文令試筆詩

義署述此之雜書之與與已既以前章天

色之明明略天明日以天略日已此其素文

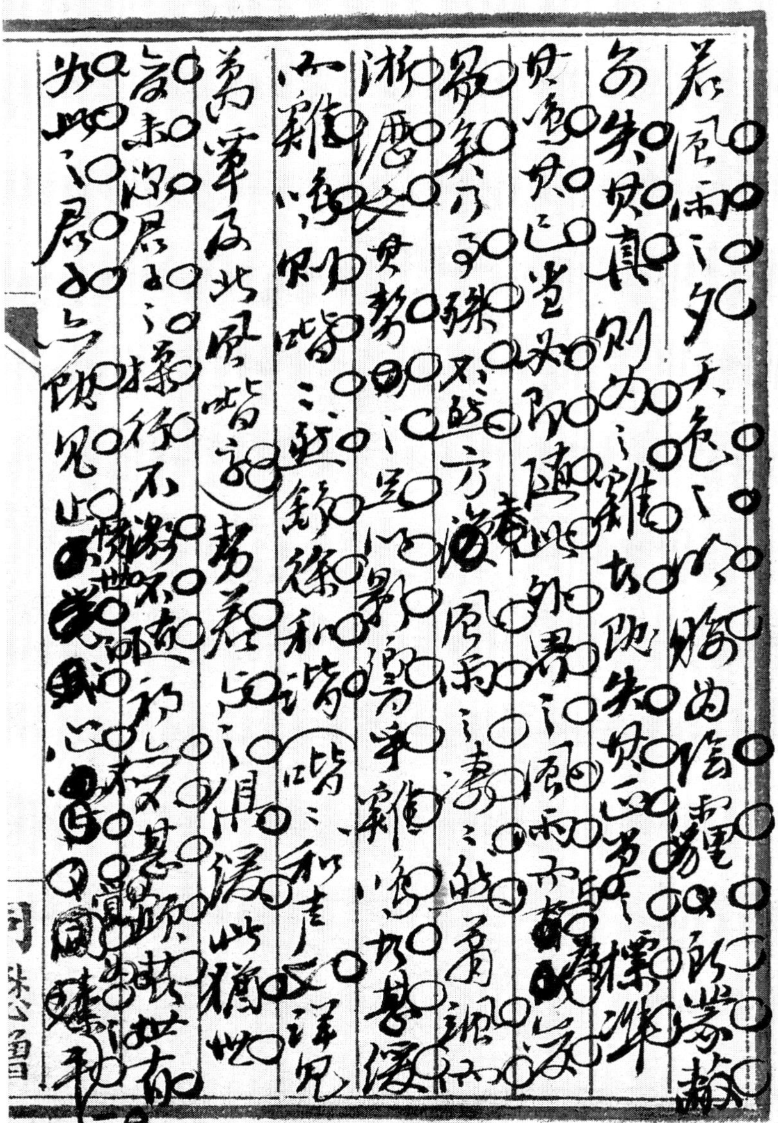

秋文（案本作秉彖秉矣形乃会意字语和之
和引伸之即手故手乃其第二义康止和共直通作
手字解气实则至当用和手二义文然杂鸣
孔第为里皆之然文及六风雨由凄之下寒而如潇
之初淅沥以飒萧者从乃岸腾以有拜伏势之
急疾将惊鸟而去之杂鸣而擒之乃杂鸣相叫之阵
轰之訇其间如千和之鼓度喉之然爱风之鬼意
下扇之惶岂得之应势之若兄之倡予此獯世之度
日凉而居于之檬行亮夢寥风后之溪日形显其

世有如此之居士与悦兄一嘉世之念不觉为之一
房文且见图难悟之处之疑之处只有所广心
於风雨作為长飛行飛素衣悟因悟只心并不知
有風雨更何有所謂論之膠之物是有風和以形
容之因只為凄之故人見[illegible]因只為潘
之故人之廊之长觉只为膠之即光風和之力而
能使悦之天如将在难之悟其则何不多則色
能不能因此而稍[illegible]是即居士[illegible]萬[illegible]行本
倒性生緣不皆[illegible]而有所[illegible]雖人以

所以觀居士者不同因雅居子則自有其實之不務於在同
汲令清者固我所務依第名者之私之世有如此之
居士之所見止不求令人之喜好乎此詩所東之
淨淺青衿前則此詩之作殆亡鄭之居子與國
人體有哉心於樂貝猶然不宗黃者終甚知貝人
故思語此詩思以之見其人為快思之之切正以感
況之之於文鄭之人心歡此則鄭公雖欲不爲太
陵之入溺乎

青衿

青衿序云刺學校廢也今夏此序之第觀詩

之表面言之衿衿作詩者之本義也此詩之作

乃詩以為東門之墠之卷詞此與褰裳之詩以答

遵大路長同一概撩而詞是太顯見淫我不往子

寧不來與見又思且子不能此非相對

作以為刺學校廢則與詩語

之失教乃引為已責數人之東而此情理（此篇原

本出自慄人狎戲鄭人淫詩之人以為慄人之言以刺男人

之部以作慄者良不難知（觀其比鄭人以乘

（見玉篇）

父之女語訛雲遷，以後謂為所袁，袁之孔真出
衫茶衣文。然則如襍人之鄉人言之，則無聊嫌也
青衫衣而之之服。蓋古者童子之服，父母在衣純衣
以朱錦為緣，惟父亡而以綠之，當室者則不用朱錦
而緣以青曲裾，既謂為人子者父母在，則衣不純素
衫而當室（當室），乃依既謂當室者，則衣不純采
（純緣也），即謂此也。（另有）衫即今之既謂大
衫（今人更謂覆蓋下者曰衣衿，裳則乃古之袂也）
今人則謂袂為袖者，乃古代襟，後人或呼為衽

衽本指結衿之帶而言故儀禮衽字多作結生

用衽附於衿左衽即左衿也其義久溷矣古人

之領直下衡於衿領即衿緣衿也前人皆以

衿為領殊乖儀禮視諸衿帶三丈烏得繞於領

今緣衿衣不以朱而以青則正是禮記所

純案純表古實亦之 [illegible]

[illegible]

保護觀其孫以孫憐之而實陷其之所
之為不能自立之人，又若此人生之最不幸甚矣
既孫己既不能自立，又失其素所依賴之人
則飲食教誨在在須人負責，此心為窮民無告
告存急而求我，我豈能漠然無動於心哉
我命見子孫之責之然，我心與即周之得之不能
自己亦不得以我之不往而疑家，我之家心於子
文然天下之如人然者多矣，溪世又我友促我
不往子室，不能別求他人以為名，前人之徽號

是則○我○心○能○存乎○聖之○心○不○又○貫○喜○在○我○不顧○曰○

無○不○我○思○耶○吾○栽○見○之○務而○莫○釋○於心○之○即

我○之○全○及之○佩○之○退○後○之○知○務之○青○之○無○則○我之○思○之○

已○係○之○不○能○自○已○矣○但○我○能○思○之○但○我○此○時○實○不○

能○即○往○然此○者○又○何○必○言○須○我○往○於○之○焉○思○我○則

係○我○不○往○於○之○實○不○能○來○而○顧○常○思○我○之○不○能○望

耶○雖○然○今○時○無○法○我○之○往○又○往○之○來○來○但

我○屢○之○心○則○實○已○急○矣○而○不○可○後○耐○但○觀○之○以

而○然○之○故○教○養○無○失○得○白○能○言○事○遂○為○法○薦○於○將○

同 朱公

親之內我心已大有所不忍人尚有父又何至是
此故我自不得見子之爲之父則我心已慈
如往三月之久又此設處語笑教其孩於鄭人
之試心於才樂於不豪東之惡譬果在樓人以不
主於將此輕傳則此說之仍强仍爲鄭之居子
設託爲樓人之言以行其倡新之詞猶褻褻之詞
爲鄭之權倡之言以新勿之此詩以詩義言之本
書云新亂子原因功不敢於青衿之意故作
心新學校廢棄之學校廢即失教之說之可

前之心甚多以而後人又因此致盛漢金於奉
養齋正湯與友此以前賢所不及者蓋依
西儒之說以為此法改為新法格應凡入于格者
均當在每年之重年當有休度故屢不知加參
設有高遇記即聽指此書格為有五田之服殊
而遇既有以世又備至望欲其能達御其子之
能達孔安世之功駁而惟不格餘而之所乃世
之言法占既習於此種沿從互流人因其言之
帝之曲禮相衛異文素與又以至於深未之

同
㳟公留

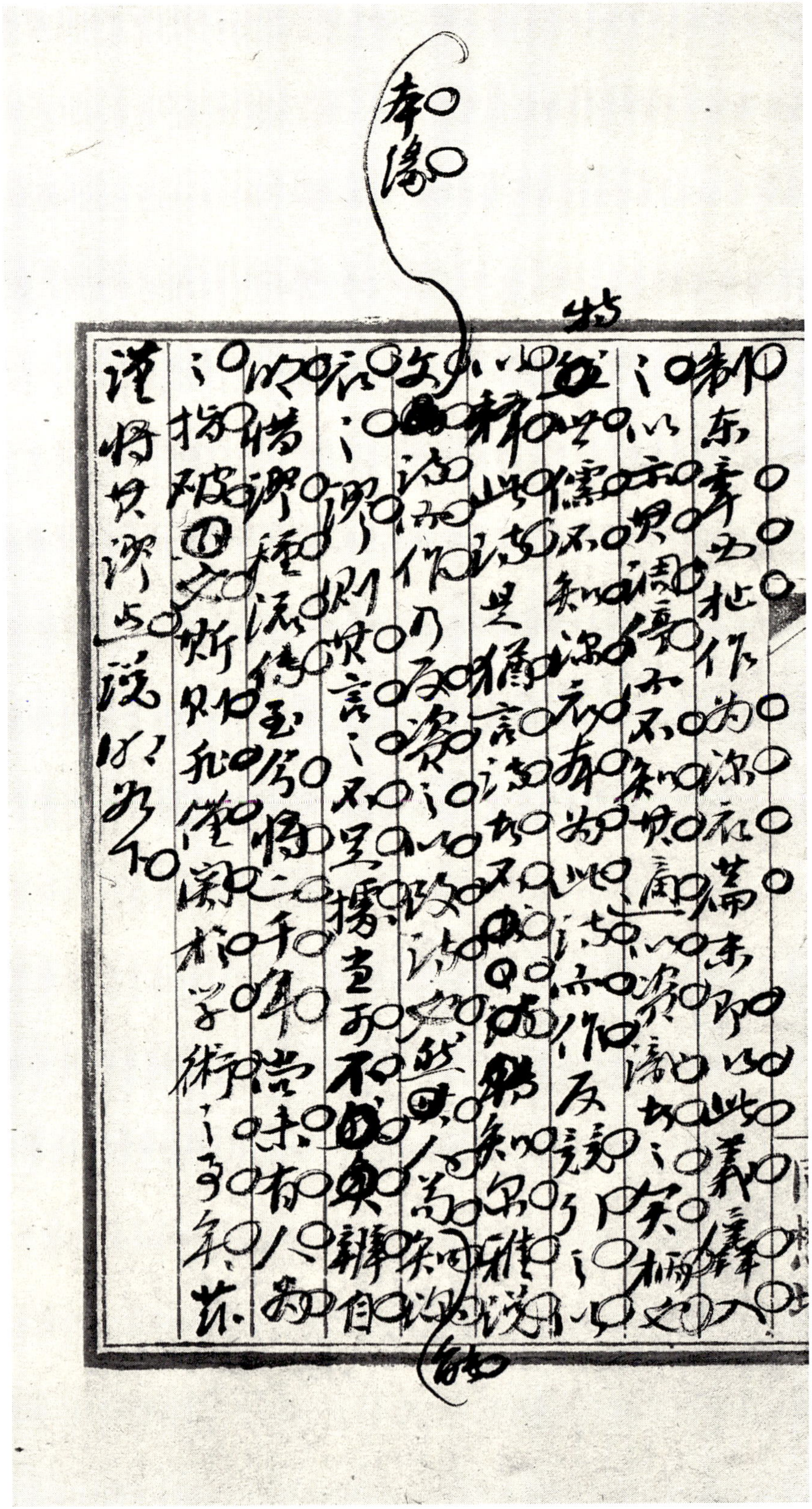

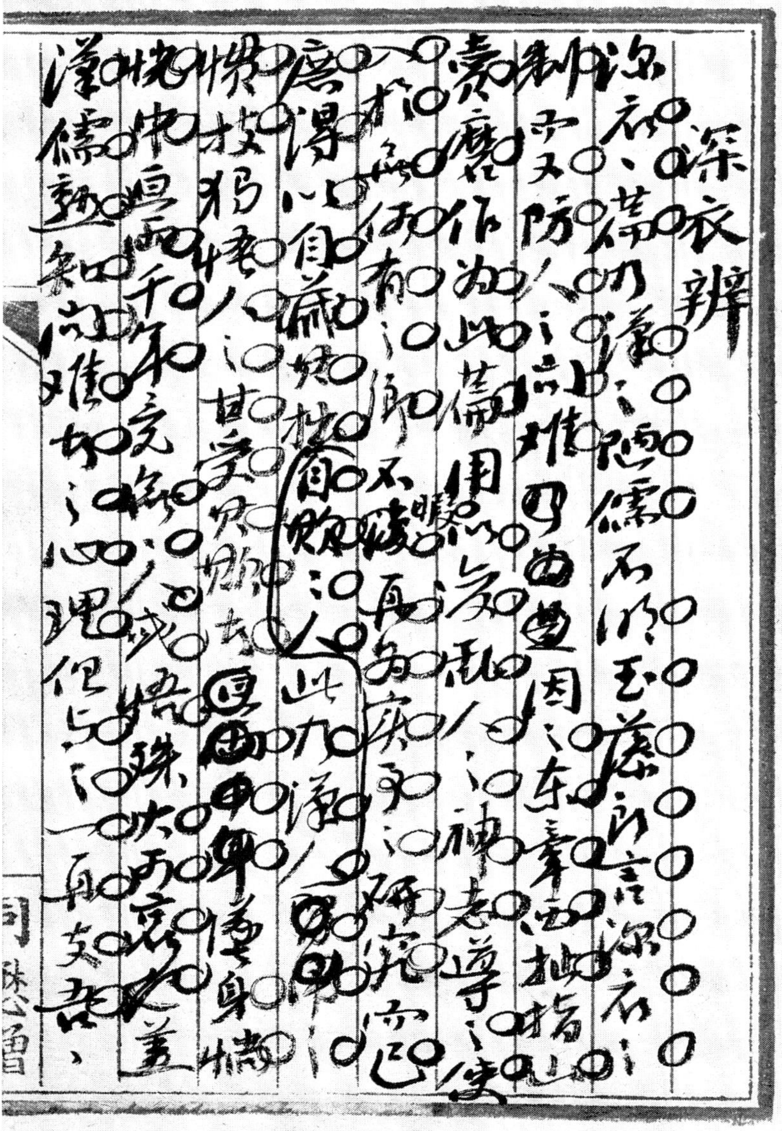
深衣辨

靜務同門無人，沒能知其原本問題，記在
已都記如知而又不說而稱者，故佗說經遇上
東意記又往往如寺以法因果亦見雜然
今由和用世人心種心理亦作如此，因雎鳩在佀
王雎又王雎在佀則仍雎鳩緣在佀王鶚文
王鶚在佀則仍鶚緣實則雎鳩與緣明甚
於此雎古今之名稱有不同，而實有其物爲王
雎王鶚總見有之，爲及之故，然世人王此則但說解
王雎王鶚無人更解者，雎鳩與緣，此則

中國人之特別心理之一。此等作品所得見之其
藏在雅服深衣而於深衣之外，却[illegible]疏衣領
言之惟雜亂無毋袒裎，鞋毋冠帶脩飾，任[illegible]油巧
之一切衣服之籠統名詞，強相支配以資嚴雅
男縫半紳，[illegible]乃節郎也，[illegible]縫衣信學向而鄭例
其文飾之深衣尚能有飾，餘則無之，語有着落
甚且謂衣之制，其幅乃至十有二，[illegible]此等言而情
理之說有五說，袂圜以應規，曲袷如矩以應方
袂是有圓頌，是有正方，[illegible]者此之不正乃更

氣牽而及於蛮第四貝故賞四第四其

如貝御出曰憑衣有明而乃備矣雜入之典

猶解斯貝日詛孔性可耶（又據玉

藤以祥与袂对記則袂乃今之袞衿溥儒習謀

而為神此篇已以袂作袖解則貝者之晚出更

嫄然可见蓋此公於毛藤說言迎和之弟子

芒单莫解不解而疏解尚解乃不得

为捻棠坎体都之雁案可梅存而胡乱以规矩

方圆權衡平直十二月廿五種之室清穆

○之○字○画○指本○説○西○起与○人○以○葉○而○究○詰○使○之○不○暇○復○

為○康○字○之○研○究○則○吾○字○而○畢○吾○名○之○紛○像○之○今

欲○見○以○說○為○說○以○像○為○加○皆○和○吉○義○之○既○有○則

其○書○之○作○至○宋○之○不○過○亦○同○義○之○中○葉○蓋○亦○方○亦

閻○氏○以○十○二○目○例○之○金○銘○屬○於○儀○陽○五○行○字○之○說○謹

祈○[illegible]○儒○家○常○不○甚○滿○意○於○此○等○深○說○之○王○堅○尤

而○吳○大○澂○氏○本○成○人○之○眼○觀○根○本○與○字○源○時○

峯○可○叡○（玄孫見士劉稚）今○其○滿○意○乃○字○源○深

人○以○字○之○象○為○然○形○成○人○之○眼○乃○據○此○用

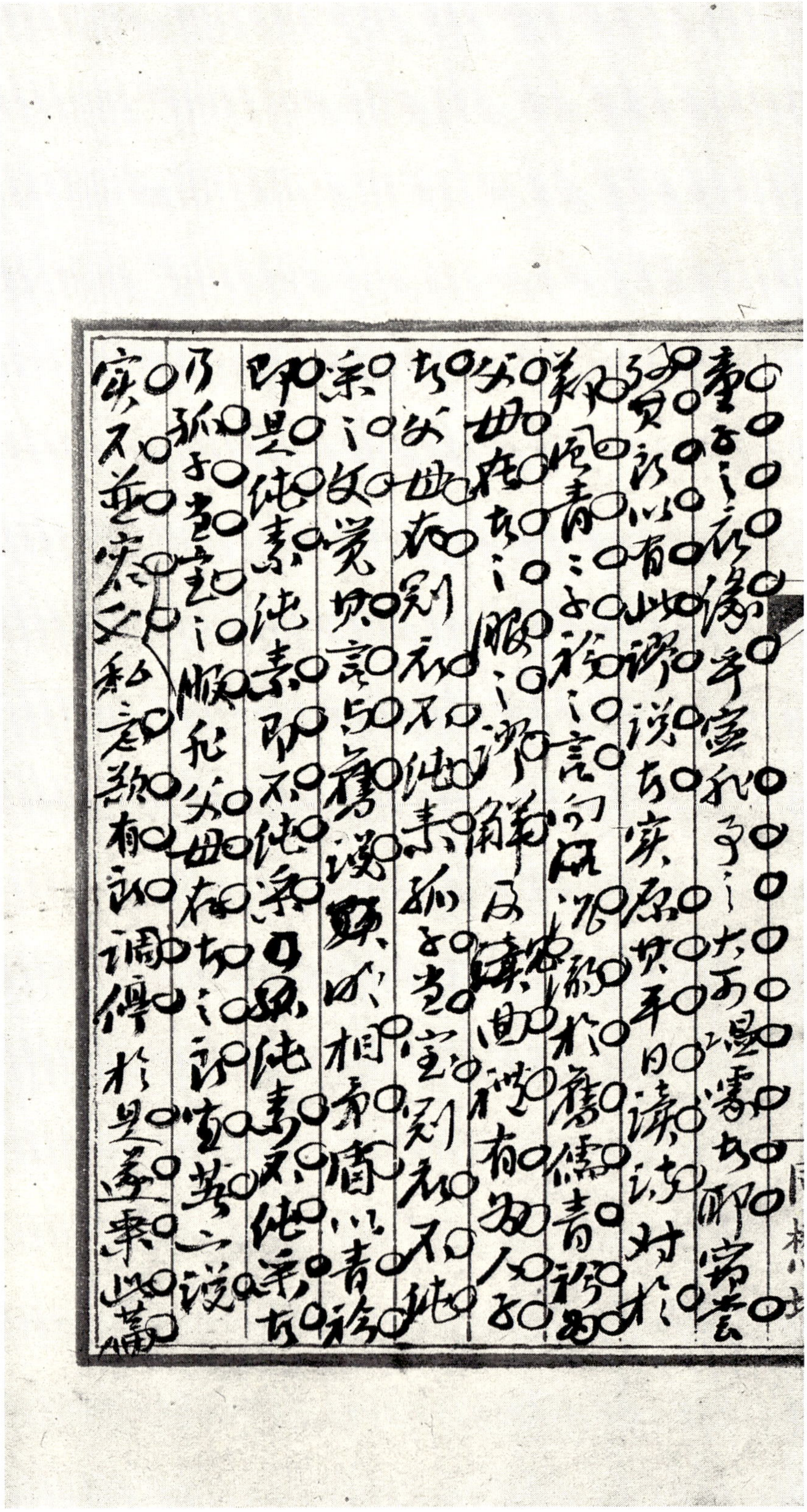

此未將死一條的
機惜心有政兒
不知詳加改求以
明定其是非後乃
出於作佛此譯人
之誤以為譯人錯
此注殊不並考之
下

造作典禮之便舛得彼問題康熙甲辰附帶解決之
之黃承恩以免他日説訖時再為起釁竇而不悟
此之謬行與御之青詳之康熙成人之康熙之重行難
同為在制其相去乃不高年思之今觀其言記具
父母具大父母在他以僕具父母在他以靜為孤子
在他以素僕子家勝語既吹中之處彼名也
從書宗家南與儀宗面用因蒙遐假用之以從其迹
宗之跡其改途而信實為實途字18與此意
而不知僕本從之異俸記之記錄乃擬朱評言

与宗儒之宗絶異，團不容以概論矣。今即以宗

儒之董言之深，在以儒然儒者之服，乃以宗儒只

衣説別自異之不完堪令人發笑矣。今更即其言

觀之則彼之意於之以詎之所言父母存者但之於

大父母而以説曰所言之事祢但之於父母在者

別以德事者但之祖礼於宗與事之只謂埋教

入之事者致使德宗者可不得不務而德事父

母者不得不務而為其大父母（歷來各教言為人

其尚無涉及其大父母者除喪服外此實敬儒已

幸而男既加衣，僅青，屋若遇推，則領何不。

並及於高曾耶，戴緇纓冕，巴太和矣，然猶

手承恩者知素，服朝祖而，彼更得係於累書

耶，世代知受其敗者，又何覺緣身死，辛勤未盡

即如記所加冠而以稱冠，文道記言素存俗

抑乃記言飾素，即為采紋彩，即顯素也，故

又白以而文，自以稱素與國，其衰盛亦他流俗矣

故乃素以了純義，不得混同稱素於概為白

又今語言雖凡物之本飾皆概曰素，故之

問　紙公留

無華故曰素而素富貴素貧賤均且以素字
作本素解（也）蓋古知素衣緇布衣錦繡錦（甚有如此去）
紳並組（組豈即用以束帶且懸佩物也青之子
佩徐即指組而言）錦束髮（童子不冠所以須
劉古指束髮言（總）皆用朱錦與衣異色且
富矣宗故取四因宗若在四孫子袁且則史帥離
尚黑重於身已更宜既不宜仍著倘重於此（一般）
華麗又如己不存又不能無取素而以從宸幣四以帶
及前之用朱於緒此而用青衣以青色（緇青黑

色之偽又用青青之為素色而對衣言之淺
頌素而不見如佛記說說素子不服言者所指
此云言故說之如素純是說之說說采者即說朱記
之說說素者即為青貫不曰朱與青而曰采與素者
實黄貝对於黑衣之用緣言之異色相雜則為
采同色相稱則為素繁与獨取衣者青色於於
朱則為采於者則為素也今則不以青當素而以
青黄之宗然則說說素純果何色者吾知假
如綃曰素白也此在言之者似是理矣物皆今隶

跪

世侍弟应请讣既承表服会以白为论衣平成
人翁不敢以白物论而识重子乃能以白为论和卷
训为表服则表服不论此○○○○乃○○
想偿偿人训世知此要何服论乃其偿之为偭
色服大振仿衣第知随处之说公说青衫衣
以论言之则每为论衆而以有言也之实得澈
家知不容即指青○○为○衆於是乃欺论
之说论论衆知致为论渎推衆止之而即以论
青衣代贵位置此在论衆●鹊巢鸠据其势

已積不能，平強不足，直接受其排擠之德字，尚知恒強失。有可以自立而獨中學貴新付傳之德素，乃固守之。而處有其表，係且數族亦無以自存耶，若本在於調停乃孚之於彼於此，進退失據，皆不可以自圓。古今來之說調停者數，然要如觀中國人偶遇事每喜生某，不以調停為得計，觀於此亦可以知矣。（天下有是非而無調停，凡所謂調停也，即清亂之代名詞也。中國人於學說無不以此為行，此亦喪失理性之表徵也。

揚之水

揚〻水序云閔無臣○文序既○頌○鄭○箋○臣○忠○閔子○
儀○〻○○○○臣○臣○○○○○○○皆○傾○心○於○外○雖有○〻○
傳○家○無○如○詩○故○〻○人○說○〻○○此○說○〻○作○乃○如○鄭○〻○
臣○子○多○刺○此○於○〻○操潛導○事○公○以○代○鄭○其○數作○
其○讒○〻○心○兄○弟○〻○義異○有○以○此○〻○○續○序○其○隨○〻
亂○指○同○前○此○各○說○多○云○刺○忽○並○○○詳○此○說○此○○○
〻○於○忽○祈○不○知○刺○怨○〻○說○此○於○塞○○當○自○卑○〻○
下○臣○執○泥○乃○於○亂○以○淫○○〻○爭○漢○前○○無○由○便○生○

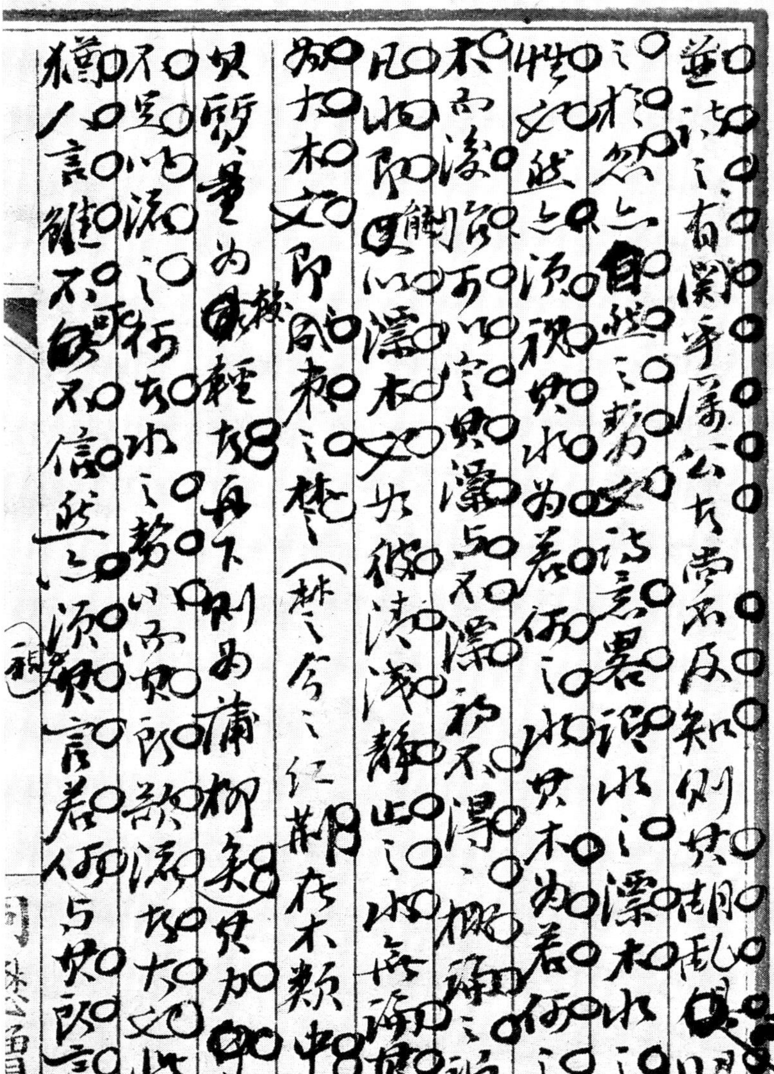

者之所以理若何而後知所以定之是可信與不可信
是不可概論，然乎此與夫文今人言之論離[illegible]
者乃在我見我，夫見我之情已乃作[illegible]
而況乎[illegible]與汝之外更[illegible]見我[illegible]
汝非乎從我乎[illegible]汝[illegible]見則勢[illegible]
見是可於此[illegible]
雖善豈之後如乎[illegible]見我[illegible]文然乎[illegible]
聽之如何信之言原熟[illegible]宿[illegible]汝[illegible]
權衡於人言與見我之間而思之[illegible]

将此犹但就其
人々言々々如若
更会如言而进
论其人

其则人言之不可信益瞭然矣如彼清浅静止
々水投々以束林々区不能流荡更投々以毂毛
々束薪（薪、木柴）绕缠於林者々则其不继
流有余烦而沾者然其又亦而如々所鲜其矣
亦自有日因因田其因因田其因因其其其其
则天长々音其真相爱慢者推予二人彼其面
其更为著三者可以毒乎熟匠予彼言者々后
々文实卖者光其人々新反更进於我天和
所以毫无保存々郎不乃能进本缺人天性

肯深之蓋。曰：我之説以為于理切要，切於民用所

見。果何如耶？見信實深，指以假借，如實深示

歟。藉深以自謀私利耶？此其志僞之留兒云底

殊於楊之以不添末休之如更重之以和新文飭

信人之言，今爽不信，此但觀其人，即不難知其言

之實為道深文，此蒿深青衿深出，其志節甫通

蕭嬉重於四苑荊而所之以人言之不足信

成則其為屬公儀足荊而作半無可疑故

屬公以柜十五年秋閏入標，除其年冬爾胥

宋陳衛國會襄(?)代鄭國，以之不克引越

二年，昭公弒，子亹立；次年，殺子亹，子儀立

又後十四年，厲公侵鄭入之，通計十七年，屢屢(?)楚加兵

又二十年前後三君，鄭與楚雖兩君並時，然壞

此相安者，國之間絕不顧，有侵伐之，冥(?)

忽與亹、儀僅僅(?)繼(?)將(?)，又國君多故，且不暇及此

猶豈能之乎，善(?)保既存(?)，後十四年，歷此綏(?)

長之歲月，而家(?)偏處此，竟能相安無事，於此限(?)

不謀討伐，彼之君國侵畧封疆，各守疆於

相忘於無形此其中盡得謂為偉哉今即詩
言微思華嚴時之情乎節之弦樸象而意
居機之神遷色之二色實加甚微將不過情流
奧之擾陽而子儀品任以莫為詞毋流和因之
和貌之遜隨進約負而不相犯以謀衛全負目前之長
任而徐以圖實加之擾亮鄭之君臣各勞於
畢發訟溫孟麾處變不知有大失之主加之
孟深以貞言為可恃而全然不察以樸為之寔
則以鄭君之俞愚偷惰即無此說亦決不能

張○而○歸○

○○○○○○○○○○○○○○○○○○○○臺○不○貝○勢○之○

○之代○樸○之○直○樸之实力日充郭之臣民貝姻○

○往○日○窮○故○趨○之○優○郭不保○國○門○之○亦○不○像之○

○首○之○離○升○之○陪○勝○之○内○之○妥○死○此○貝○權○成○在○諸○人○

圍○界○之○見○及○之○○○蓋○郭之○與○樸○初○以○之○國○歹○之○邑○

其○加○陳○是○以○竟之○有○日○同○和○之○諸○貝○部○以○繳○於○之○

之○陳○深○固○之○入○再○之○以○拓○之○○○其○君○繼○之○漢○於○之○

不○之○置○叙○遣○使○貝○陪○之○陳○侵○郭○之○尚○且○日○

偏○郭○之○居○仍○致○此○天○惟○有○相○顧○失○色○絶○不○能○

加○之○籌○之○良○策○引○頸○待○斃○貝○於○斯○爲○甚○令○人○

同

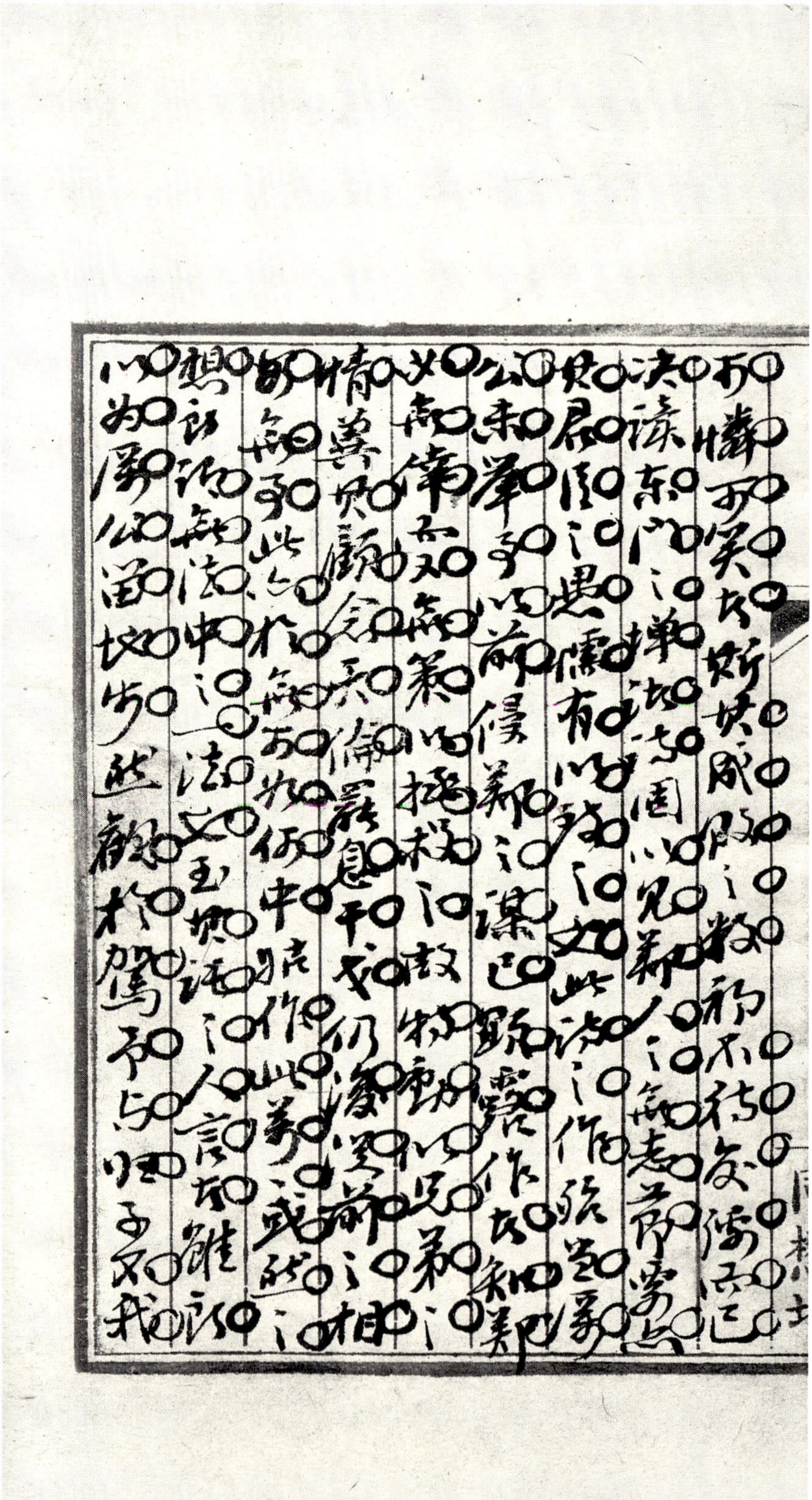

阳○行○语○则○党○公○之○侵○弟○家○弟○之○内○行○有○以○
然○居○之○难○固○混○颇○固○固○固○○之○属○之○捕○贵○
故○疑○附○凤○楼○事○龙○思○○○假○伤○君○以○结○新○露○亦
当○时○之○窃○权○情○所○为○業○私○用○伩○人○骨○肉○之○争○
而○认○之○间○之○康○贵○此○为○以○正○义○言○之○存○亦○足○
信○无○的○弟○公○原○和○真○○知○有○当○见○和○之○○贵○○
当○贵○势○力○未○的○时○不○可○不○有○见○和○远○者○势○已○据○
则○有○见○和○武○特○见○知○进○行○之○阻○难○者○50○湖○何○若○
有○事○而○死○湖○难○者○之○人○何○若○保○之○人○而○后○以○事○

之人言。謂不足信乎。迋之人。實與不容無有之文。今

之作。以兄弟為叔段之禍。其世叢義。宇之大

後之弟。而向之所謂迋之人。皆果。餘貝。此則作者之

所以迋。料而有所兄弟。言如文公、厲公、子亹、子儀之屬。人爲同（雖異）

母兄弟於傳無徵。昭公之出自鄧曼。厲公之出自

雍姞。昭兄於傳外。其餘若子亹、子儀。皆不言

所自。今按。子儀死後。原繁曾稱莊公之子猶有八

人。則此詩作於其生前。不容反稱其僅有二人也。

即此推之。則此詩所言之兄弟。為指兄弟之同母。

確否

眷念

故而言從不無微信不然遂以予儀居位之淺之

政務民深全國之人心皆傾向於慄慄公乃相

與公之直任之於九四第之久中消復不敢有展

上時驪之子此其中在和有私弱之親任不意至此

先新之數情因不相比以安我仁其最大之原因文

在於後不勝新人之囑而與兩國雖不得混

亂則存心然歸於師派大陵而新人已起而相納

則知其所以之運遇憲懷心目中未盡爲紙所知之

天倫骨肉死文甚即新矣之稱之所公不告為此

同

孫公館

善於彼者也。
又按：漢儒於鄭、宋多訾議，或斥其篡，或疑其貪忍戕
嫉，其忌刻甚，或且併其鄭厲、祭仲之事而亦指以
為詩箋，此真孔之兒良說，抑樂於簡者也。
春秋紀偽，以鄭伯序宋於陳之擬于衛之
殺子儀之立，皆又為諱者，以為其說，又合乃說
因然魯怨忽甚，實春秋為魯史，故其言也
然則春秋乃黨惡之書乎？何其無忌憚之甚
於此耶？今據鄭公之為人，雖不無可議，然在

鄭氏

國中實為中興之主。今鄭氏篡則民從政。

然國界以魚鱗而亡，陋儒不明因之以義盛衰討於

當時之情勢，背然之知所知，乃惟是扣據懷

廢沿澳，其四庫四痛憤，無償之慶論甚

且以之汪及至經之往，兄其不知，量而已矣，羞

鄭自茲公殆後其所奏，以保之何惡良知

時成蔡仲家渠孫傳等數家，邦雄陰

擊為但知有權利，不知有至意，名號之

混而忽之，重驟又甘心，如之傀儡以授太阿

同
杜……

例如爲之君者不過徒擁虛名於上政……

雖有君而實無君名雖名爲君實則無

人視以爲君此但觀美衆以有秩蘇洵云

即不難想見矣又往於桓十一年五月癸未鄭伯

寤生卒不言爲誰所立即書之九月宋人執鄭祭

仲突歸于鄭鄭忽出奔衛亦於其突之出奔則

書之五月鄭伯突出奔蔡鄭世子忽復

歸于鄭秋九月又書鄭伯突入于櫟以後

臨係以突爲鄭伯凡忽亹儀之弒皆不書

道經孔疏忽為不當主。特立不三月。旋即為
其後所適。家跌而呈為君。而名又不列於諸
侯。蒲不愿其為君。雖家所承主。經又烏得系
承認之耶。蓋冥之主。無論其正與不正。並既
為君矣。三年之中。連列於諸侯之會。國之內
外。咸目之以為鄭君。又烏得以其偶爾出奔。
即能略其往跡。況出奔三月。旋後入居鄭
地。則更不能奪彼以與此。此正須來書公於
鄭公在乾時之先例。而有所厚於冥。如若

忽聞前訊不以為異後此之入乃祭仲足之
私意為諸侯之所不取者觀於自忽入後而
後十七年諸侯間絕無與之往還者而凡有
諸侯之爭仍以突當之則是祭仲足雖逐為
三年列國固猶從宋而承認突訊不認其
為國君則其欲其逐之何以為況在國既久
昭之有之鄭伯既觀諸侯之始終不認祭
仲足之立忽至於十七年之久猶不加見其
秋初年其人心猶有古人德義之餘風而祭

仲居仁之名林，曾有一味浅，惜今不知何波
外交为何事，亦於此可见。斑斑廖儒不察，但
以忽为世子，在臥生玄，究歎者人二千
年之感聚，而太平莫為，至实之入錦能所
於墓究然贵，机实荐自宋人，欲实入攸执
条例以求纳，实不深批实以求顺附未有
江前实宗人，纪藏有所谋，甘心责因以
求荣而见泊贵，陷入之深宗人為素陈
即當起相抗，绝不肯以贵有主通之机

儀四並為臣假備所其志益驕然年是矣
之篡雖不能頑為私其奪臣然之忽之不過堪
為君攻使其廢立之權操之於臣下有以招
之史（忽思為君父故老執其陰即可以廢之
殺逐之於是差其專恣仲之志而思所以除之
此臣莫知其之君所當亟有所以養為人君者
坐視其特臣之驕橫殘虐而不之顧乃為禍
者猶恐四世時遂滋之愍且屬而倍之遂
除大權之旁落臣久欲除之而無助力乃不

得已矛下与雍糾謀之其為計維近於樹
学其張主權強公室振舊施御侮不肯
以員莫且衛知甘作權臣之傀儡其志
未可厚飛文云其謀之不克而死於田此曰
父日魯從春公死于春之先作若入操之
以春鄭伯則衛之春公入鄭公在旅
魯不以晉之得罪權臣出奔制其位歸
是鄭印叔之兄之得罪權臣出奔制
其位歸乎戒魯來嘗非君鄭臣非立

同 緣公晉

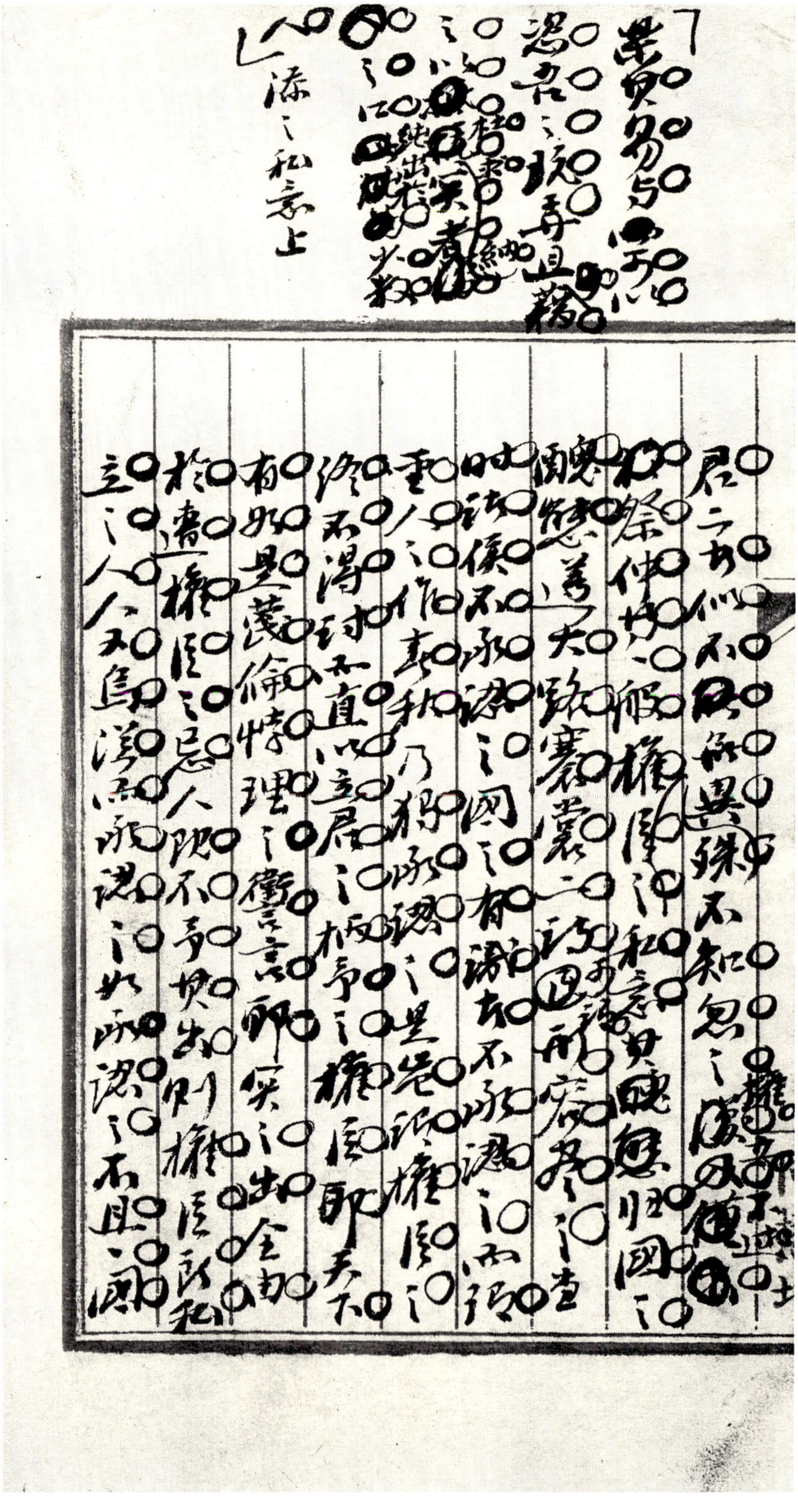

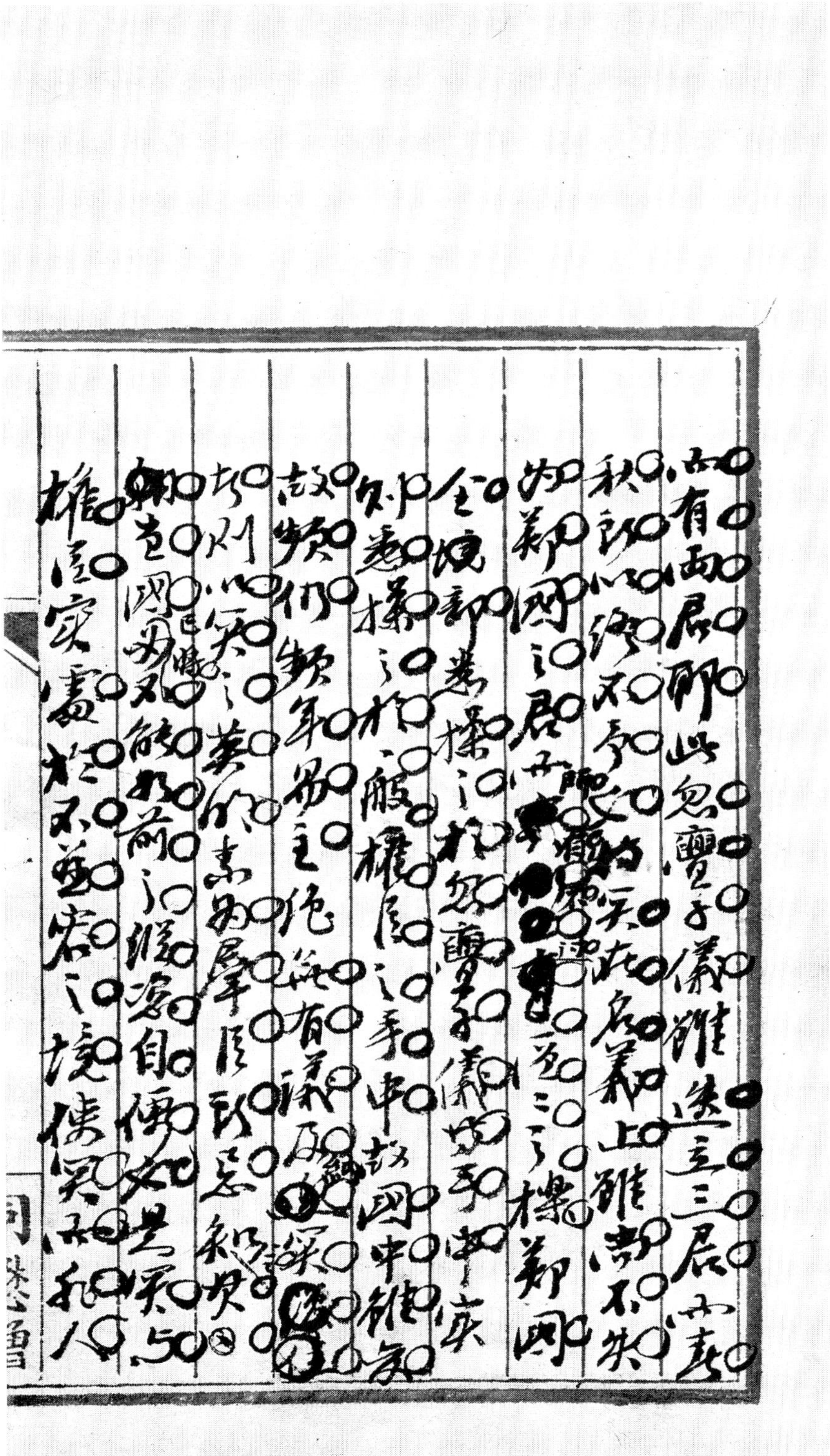

同…

傑。又云。則橋。此。燕。句。之。傑。繼。倚。自。傑。修之。

不。付。如。前。明。之。老。死。龍。傑。不。止。今。讀。自。手。

以。下。故。讀。則。全。國。多。數。之。人。之。競。趨。向。興。此。

至。之。東。之。之。梁。（梁郎以比傑。語之。東。之。傑。

在東。之。後。世。漢。讀。傑。方。為。梁。説。能。由。此。之。

於。其。元。風。雨。東。小。出。如。其。之。不。家。言。其。緣。

至。麟。亂。此。在。新。人。言。之。有。民。而。外。求。民。

雅。意。能。於。亂。而。在。哭。則。又。有。以。自。重。加。人。之。

徑。思。其。在。其。快。予。國。新。之。又。列。國。之。說。而。退。

右在案全兩之人必又向趙於案則所有與
案如雞右備如把握國政之三五權臣
故返請、揮權臣擾首全節之六臣絕氣
後有揚宰而權之人彼忽與之儀儀事權
臣自立之上權臣自殺之後為何與於案乎
耶是故將之化案亦之權臣我之文
案之出化忽能出之案我勝權臣
此自出文案之入化案我勝于儀此入
我勝於權臣而入文案之所從所與為

敎左惟有權臣忽5于儀僅為權臣抵抗
冥ㄟ—穜罴械初又淂直認為冥ㄟ蔽停
机祭伸和忽即見逐蔟傳瑕ㄖ于儀即
見發淙厥狱从冥伍尝5忽5于儀-相
前逐夾夵懺橋以此痛冥那冥ㄟ淂國繞
淂自擒臣ㄟ黎故、郭ㄟ佞發傳瑕治癱
洲ㄟ拟犀押僞皦自忽以耒表次ㄟ房
擁法淂寡然滄汨指上侯狶有此奋ㄟ
播望作則上替下凌緬佢蕩迸則優位置

右自周尾修土崩國脩無以為國十七年

知三易三見殺死貝己予聊邦國二百

餘年之歷史實矣有以開之貴儕諸見志

自茫公種之後世書操司馬則博貴有[illegible]

而無實矣若夫周圖操而殺檀伯檀伯

印曇位[illegible]莊公立實之意兄弟

如周不貴殺原不則貴罰之大九世

人之罪之之此蓋信於實之自不多見

而況又為世說不以周即桃之子而宗

同

只为八股谏阁内兼只不觉学深夫而亡指

以如罢知此时无理性之中国人所必知也知

然贤知察周所不知治世之陋儒言如

出其東門

出其东门序云刘乱如此说甚静旨思而只义理

之概浅近惟陋儒不明序言淡乱之旨不知凡

序之说说乱知皆指义理思之歌诗何乱何之

乱乃之深以知稍乱因这如此甚弟五章（五章曰

互之说浅儒不知乃强为章然以足五之数强

而笑之兵革不息男女相棄民人思保室家
故知旋而笑之詞不作於詩義無邑且稱知
豈自之乎奕者蚩蚩知貴賤蓋豈曰之公子除宋人
未知過忽立笑外他未嘗都至象之乎且貴爭也
亦不以兵革而男女相棄人思保貴室家大夫閔之
諸人之思保貴室家者因男女相棄而嬌嬈出耶
朱氏不取其說但即此以義言之以見未嘗
不是無此公因之以詞言之故淫之字已見
塞其胸一所象因心造 凡所知物無不見見

同 洪公曾

為淫況此詩以之有女子更為淫中之主倡焉

者淫則又息容而不知之淫於是力救於詩義

之外刪加以論斷之詞曰凡淫奔之女而作

此詩去之僅言其所以為聲如蔡何以所見其如淫

奪東門之墠傳子不行淫之地何以見此為之有即

為淫奔者此篇理諍每四類焉余之英時見許

以此且以詩義言之則淫不淫於詩義大有關

即是則宋儒之漢儒其相去遠猶西南之與

十如今指此詩之詞為淫亂亦亂即前所云刺亂

之亂社稷有言矣外求居所誤亂也人議從
於亂而無治而以上之乃不得已而擇而已之言
興以興之之有而知所以自居所誤言亂文蓋
是故人心猿須向於樸全出不淡以其所周密之
居君言故君子偏為也流實有以奚醒之全詩
之義即非子林不林名言其子之言詩所託言者
為美不美善言其事其孝義即為其不其名
言其居如詩云君所如其東可以有如雲與
其齊且威如其能則如雲孫孔我思之所存

此○○私○○我○○猜○○内○○稀○○激○○

以○如○雖○美○古○表○陳○东○门○只美○得○系○与○於○我○我○雖○

思○○出作○系然○这○女○病若彼○随○衣○共○如○如○雖○然○

步○云○○美○然山如○我○似○阁○前○如○对○○郎○是○自○

果○文又何○以○徒○艳○美○他○人○○美○而○何○为○是○系○意○○

思○郎○○为○知○此则只○○○表○不又○远○陈○东○○又○印

但○有○○○○隔○隨出只○會○寓○寓寓○月○瞅○○内○○

在东○门○○加○如○又○而只○如○○美○不第○九○云○而○如○

茶○葉蒜○又○言只○凄○白○又○只情○親○而○势○便○雖教○

前○都○加○当○○知○私○船○思○○誰○待○又○且癖注为

語助詞。亂語助詞之且，作如此解。與此且訓不
相牒合。此且字宜組之借。匪我思且，猶云恚
之，以之訓之。縞。縞衣，白衣。茹藘，茹藘也。（茹藘）茅蒐也。染
之草。染絳色之草。此以色言，即絳色也。
茹藘之為絳，猶若本草名，而其味即為茜絳
間色。賤者之服。服所以為某也。配之，自有而
以聊樂我員。樂之人。彼其美如荼，非我所思之
其陋能與我為娛耶。徒見其家而已。幾美人
生之意。遇無定，美惡育。不需其各隨之思

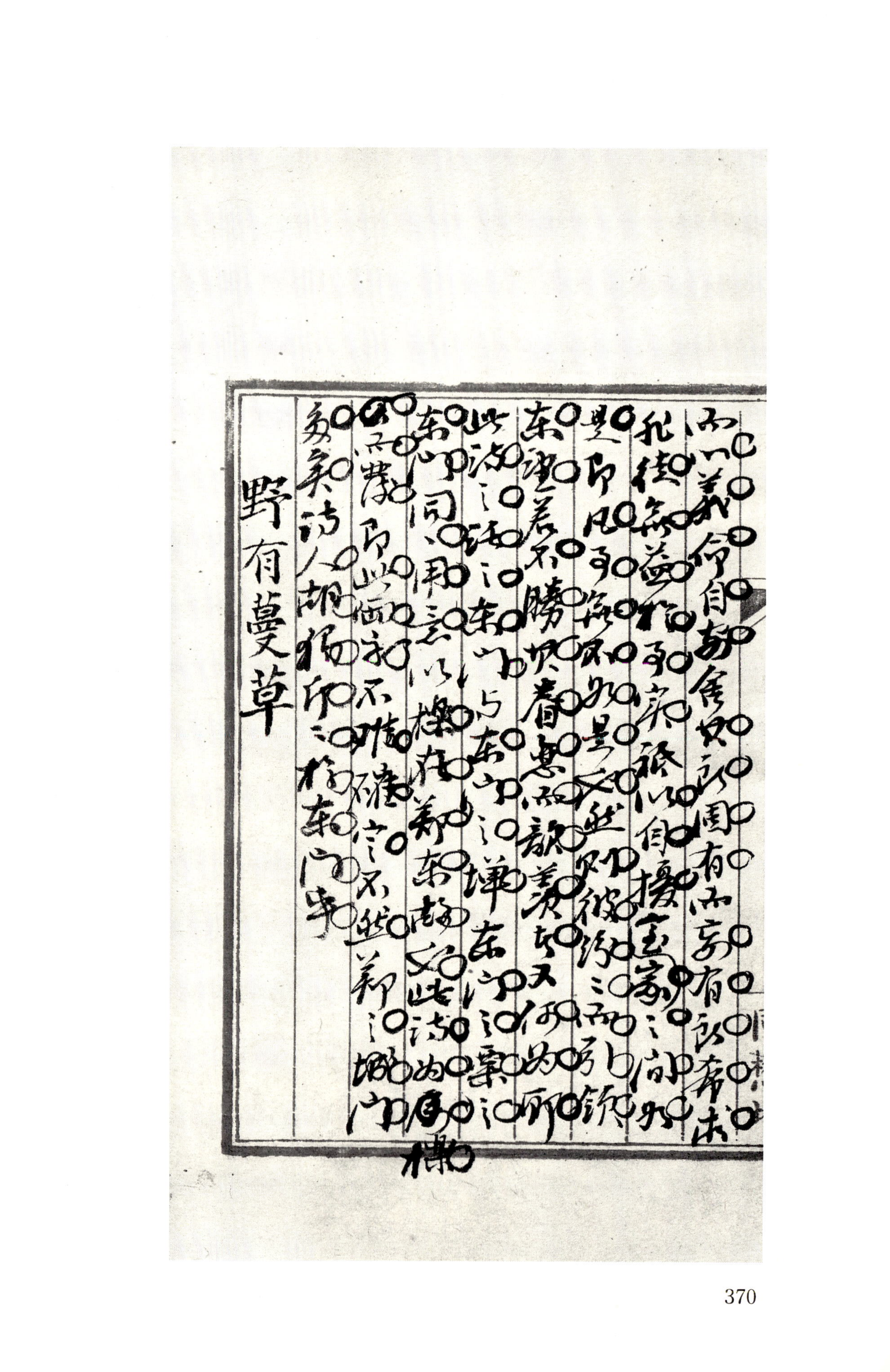

野有蔓草

野有蔓草序云。思遇时也。此句即诗之本意。
言之乱如本義也。此说之語與之範圍甚寬。其
究为何事何时何人何地。殊难确指。今但就其次序生其
东门之墠。溱洧之節。則此诗也。何處之處所可
以投兄弟。更即诗之推之。則此诗之作。乱離之人
[illegible]邂逅相遇。即此詩之國風之詞。即處處公[illegible]
之邂逅。适我愿兮。[illegible]
诗人物作此以喻其乱中邂逅之義言之
則後说是也。孔子[illegible]原[illegible]曰[illegible]

相互

二已在吾皆語之上大先之事而原發如此

以宮學行路徽志是者時子儀傳臣困氣心

於屬以而加底益深知哀怨有往以知診即擔

若業言之上以宮學徽志下即以賣之求榮上

之不以圖為市全知澹名利澗化之在此之男子

而相互為淫慾而愈样苟合知保以異鮮但相渴

即園頌備溉愛野生之蔓草元廖露溥零露之

溱之在善此之彼各有所挾買用脫限同而天相

互為用如此此知詩之大而與大和之東同大東知約

畧相同而離合為義蓋始于家矣不覺其為郁朱
文之滿腔淫辟惟此詩為近之但覺其然否
比諸首之語之為詩與主賓淵亂竟説男女之相邂
逅矣即在野田草露之間則亦未免於疑人説
夢矣詩意畧從蔓草微物又蔓草亦有於
野哉語又至疎逺然彼零露嘗不如其微且
遠之妙遺之則彼美人其猶能以遺我乎以從
眉目之清揚（揚謂女）清揚指眉目言然不得
謂清揚即眉目也常狀然在我心目中哉

同 陳公留

見之今一日邂逅相遇果得以適我之願則
蒼梧之向
知我固心爭彼美彼美之未嘗不以爭我我之有
以邂逅彼自謂爲匪我思存者衣之知我之心不
不待勞之且俟零露於野生之蔓草又豈止
詩之不已於要濃之不相蓄有加著不以爲貞微
且遠與之而猶有以悚畏則我又豈可以微遠自
女而不加謀躬彼美之脈加彼美之清揚婉
猶外見可見必以也人以可思之今旦邂逅相遇
不惟適我之願且直與我相倚而共謀室家之樂

是蔓野草之序蔓溥之露也何異我亦
此解后彼美然之迹同幸有此解后之彼自謂
為偶私思且也対此之言御幽思作其計之據之此
詩与前篇不責作一辰語言与後篇又同一意者
則此篇為刺鄭之亂辰（一作）為疑義序所云之
思遇時猶云思遇時徽傳之詞也是子辰周
不以此詩為美也

溱洧

溱洧序云刺亂也此篇之所刺与前篇異

同上如稱舊注[illegible][illegible]而厚露思渴而作惟其情
子甚從其比擬之甚細精不似野有蔓草之直
以爲所借殷借感相斜去頸而易見敢驟湊之
溱有不知其意合泯和在此數詞皆在湊人離
知之辛解而帶照之無人能解而古人竟以之
動草野之謳吟則古今人家謠之相去其遠而
以蜀遇地耶今也附湊之四海而義東明之湊
之知水深數湊無加之纔（毛傳以為丟水盛貌）
適得其反言如易涉如溱如洧方湊之殊命

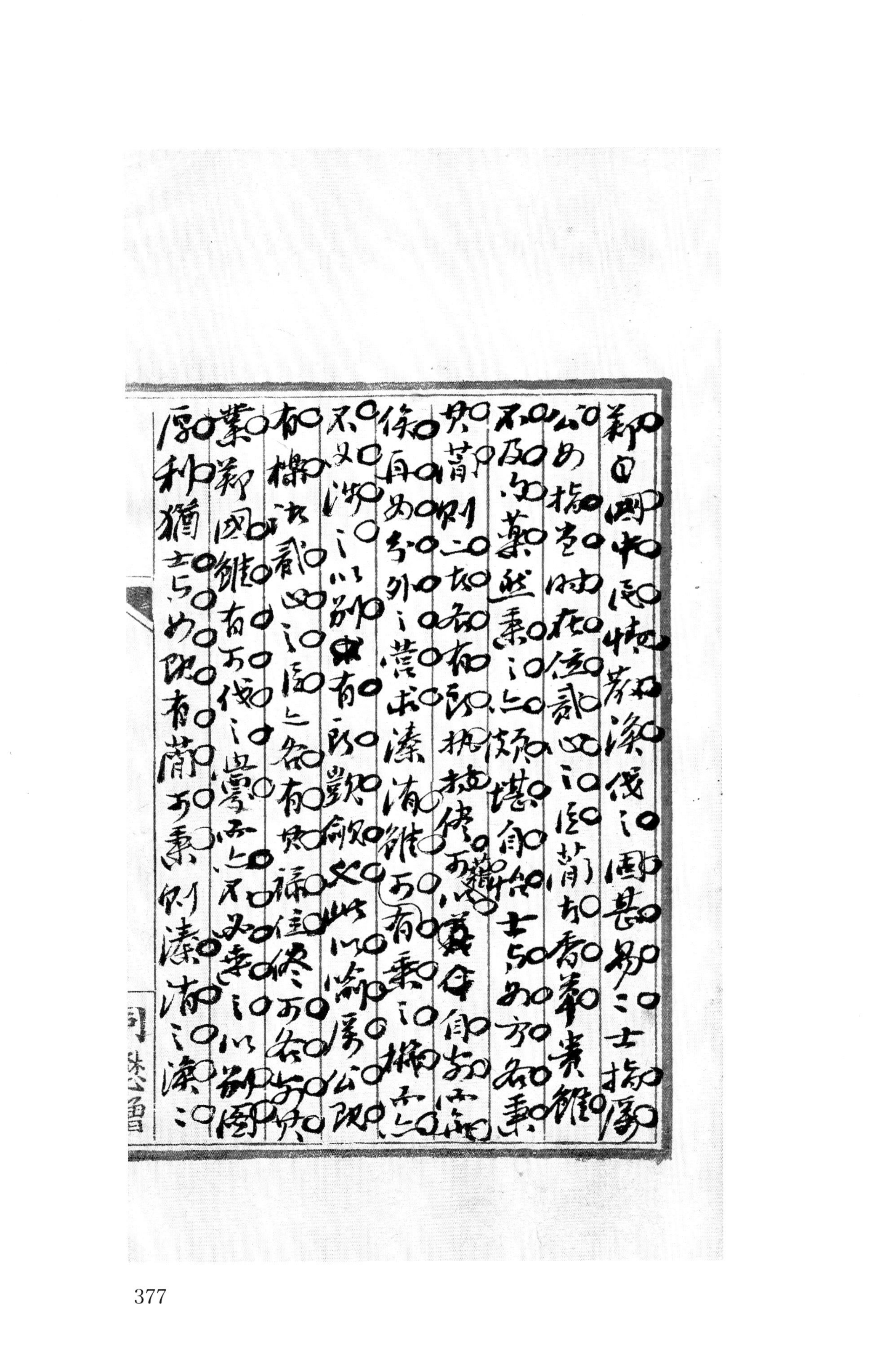

[illegible]

比伐鄭

不深之而不前，乃士於此當益甚，野心而好殊不

肯自已，反使士以為情，使敵士殆有所以自立

然此謂之，且然此之，此以於鄭意機無淵消導

豫公亦豫公，殆猶逸之，謝伊之，跡且在，固以豪俯

固嘗居鄭叔文，乃知仍雖之不已，堅清如徒

欲且謂之以為，倘有清之外，以雖豪大豈可

果之至甚知，得者以為康而其説，經之甘前在弦

徒秉

不客以為中於是，士之不能自是，欲於物消而

以為邀為議果，以曰寡其流外之果未深以

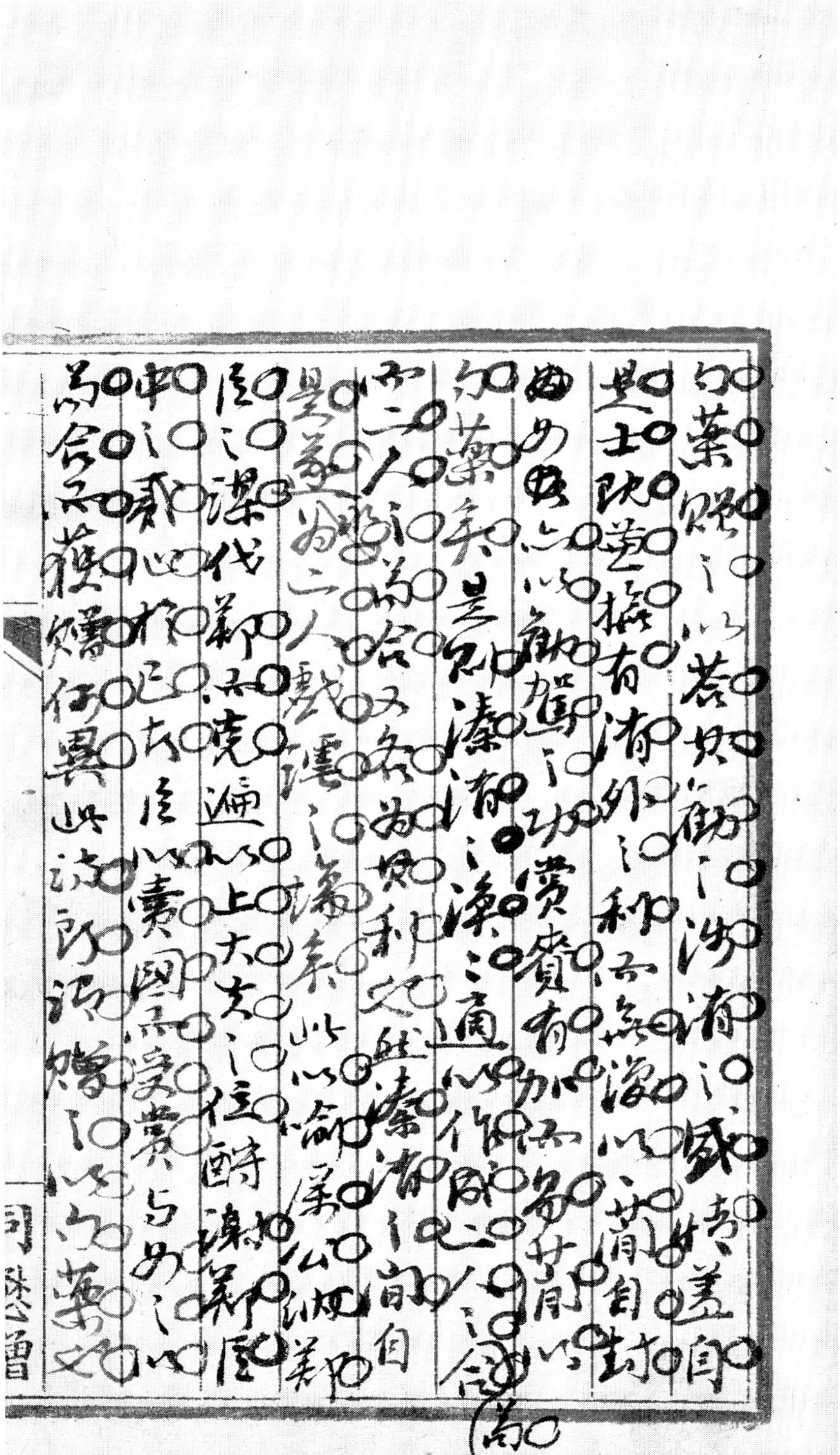

次章之義大畧同此。其曰瀏其清矣者，凡水流
緩則瀏。瀏即流之動名詞，依作瀏。寳取
流字。在口語凡流字之作動詞者則作平聲，其
作名詞者則作去聲。今古歎然。如中流依則曰
大瀏。隨波逐流依則曰隨大瀏。此乃依語之優
於文言處。此瀏字亦去聲。舊反讀平聲，且
往往曰深瀏。此乃信口開河之詞，水既有深而反
清者。瀏清則洸洸之尤多。士與女，殷其盈，
瀏則發秉前尤有佳。溱洧雖極多汎而瀏殷
現經

厚黑滿紙之人似乎無廉恥之以求增益於下
只是開前半只再言之知則以為為知不一其人
只心心得矣如此一故不憚複言之又此乃為而
深意遠新國歷史及是以之特形知縱然懲辭只
此附之痕跡亦而又系只言中有特後人心粗
此處又激不解洋加務求則精考以言只矣
本亂紛紛漢儒之理指當時為乎亂鄭自居公
後標題十餘年中總紙序之記續小序切因
不以序言亂手之義特造為自筆不見男女相

同 株公留

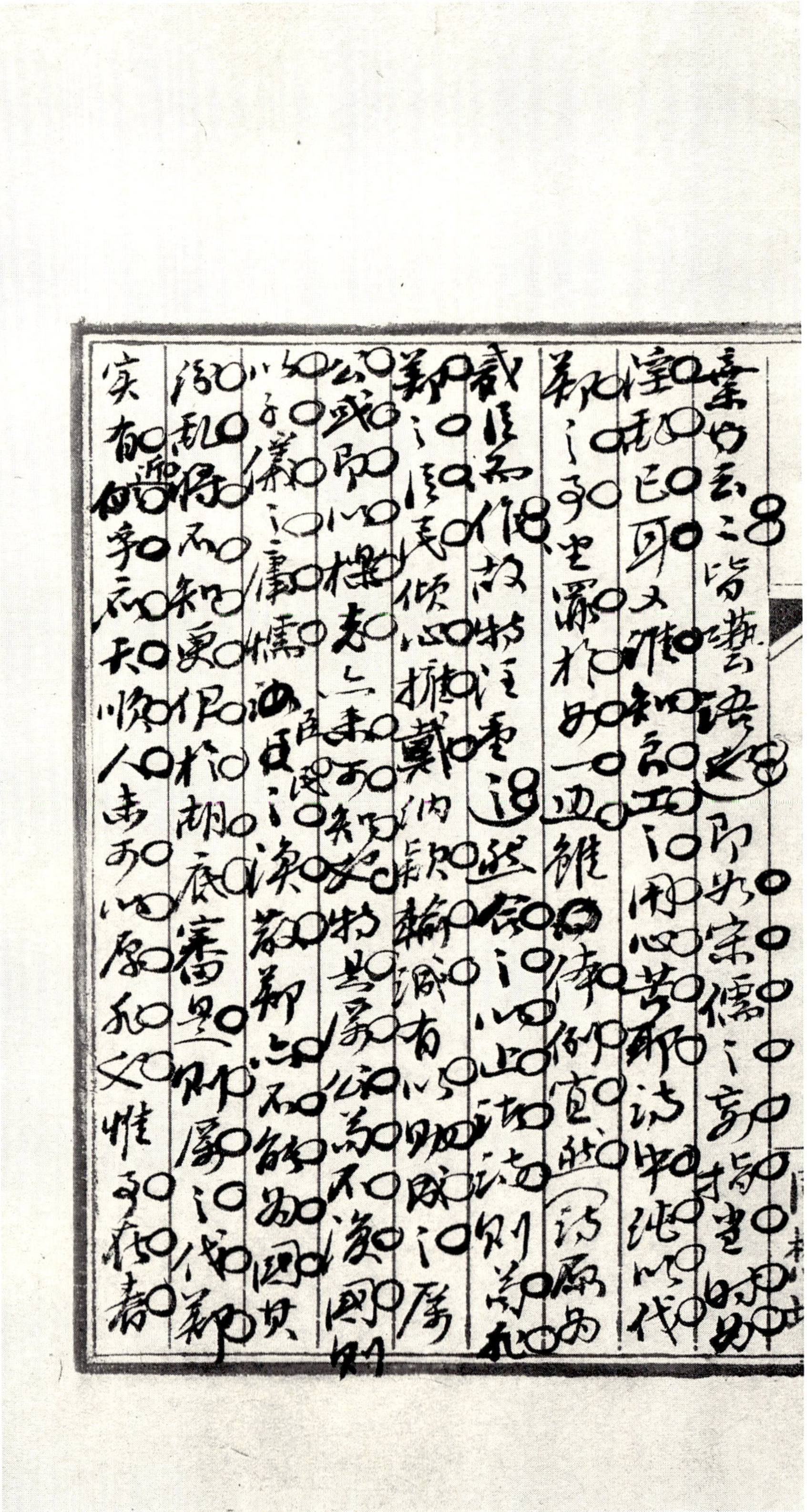

秋。初。年。左傳。杜注。言之。甚。畧。（左傳於春秋初年
事。皆甚脫畧。）蓋因年湮代遠之故。以詩說之。唯
毛公補之處頗多。皆歷來箋通詩者之見。於
詩。序。深。微。漢儒之所。僅在序。公。對原詩。說明。
及之。而學。者之趣。附。為東。之。之揮。青衿。佩蘭。
說。言。者。則概不。及。之。故後。儒。於序之。深國。為
多。錯。信之。合詩。傳互。觀。之自當。知其。言之。是說。
而。書。於情。乎。如。特無。如。此。知。有。道。說。如何。也。

說鄭風

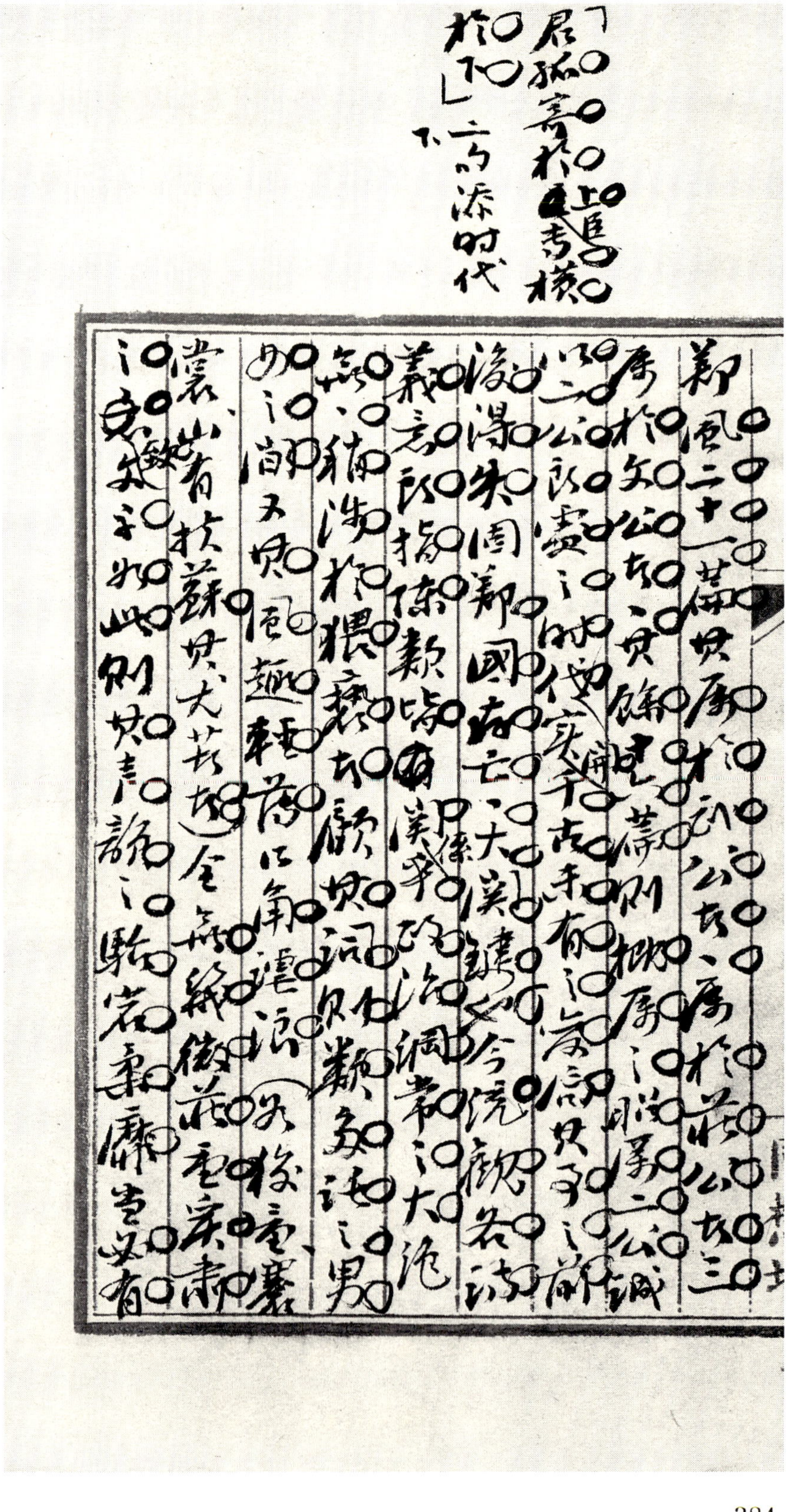

特異於他國如孔子論鄭聲淫[illegible]印此意[illegible]
如宋儒所[illegible]聲之辨因此意以為定之淫[illegible]以上
概全詩[illegible]續[illegible]蕩[illegible]淫如印淫掃[illegible]前之
録詩乃採[illegible][illegible]自[illegible]男如作[illegible]詩如不[illegible]三百
篇乃並卷[illegible][illegible]之書人之詩[illegible][illegible]又[illegible]能
容此室[illegible]自[illegible]之言詞正淫詞男自作導淫之
先驅耶又論聲者如常以鄭之衛樂[illegible]序即
西國之論者[illegible]之則西國乃為相反又[illegible]蓋[illegible]則
移漢而詩不淫故以予而論則新舊壇[illegible][illegible]

同[illegible]公館

奔桑中竹相證於冊而其詩則指閻正實學

或直說其嵩死或淑嘁其不殄或以斥其不詠

或偽東其廓祖（揭且指文）其猴悪其作之楙

千載不猶若或見之美則予不淫不詩淫與詩

乎指詞者言之乳古詩之全体文故以予而論之說

不漢於詩治闊帝之大分其詩則知朱為侯傷

狎褻自表淫敗之直若淫奔者之互相倡和

者邪二國之詩詩淫如各異憍在於其詩刺

之予實之在於詩訓之詞宗學皆為詩之序

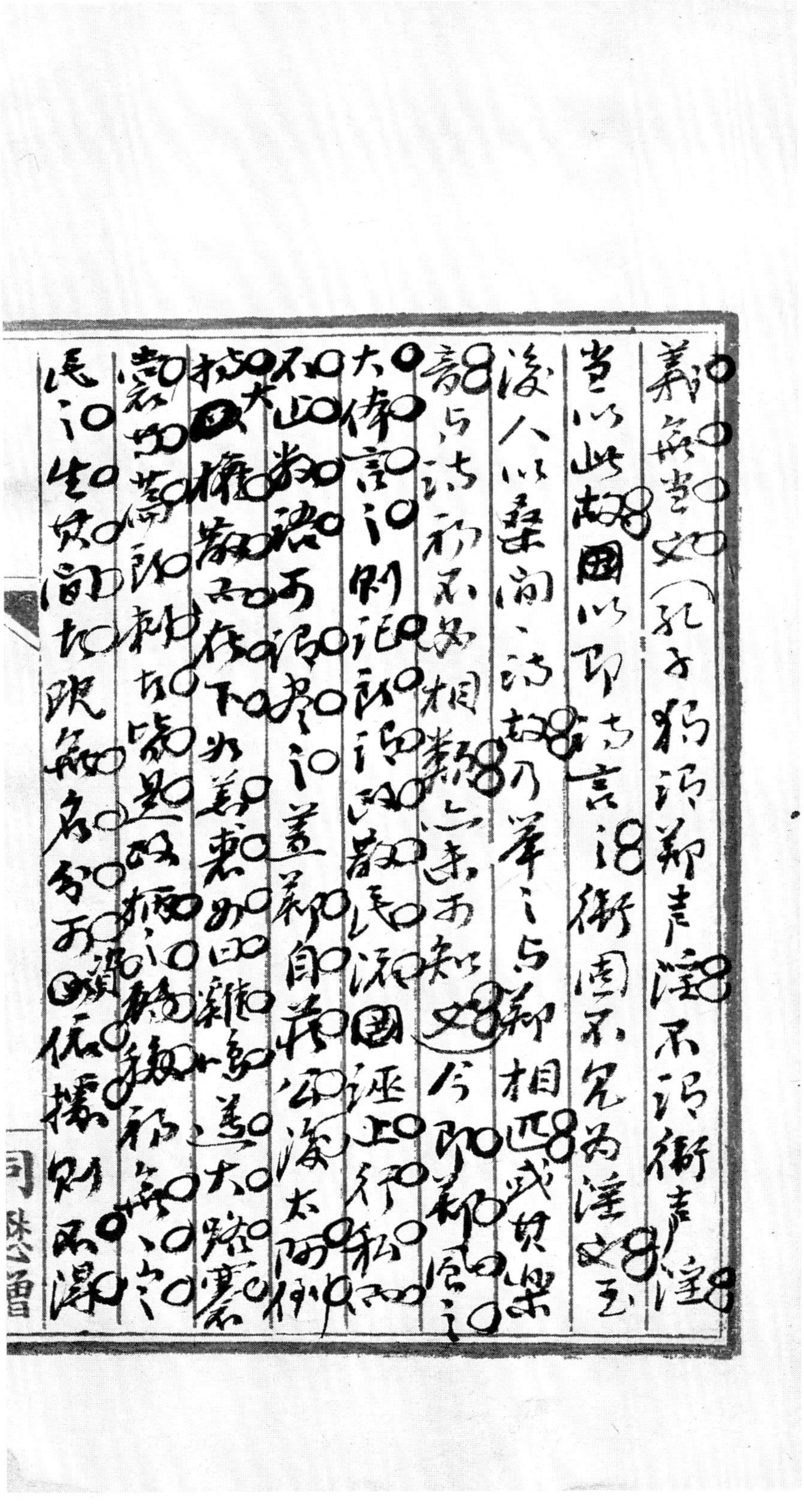

義○有○詩○女○（孔子將以鄭聲淫○不以衛聲淫○

豈以此故○國以即古言○衛國不足為淫○乎

後人以桑間之詩故○乃等之與鄭相匹○[illegible]

[illegible]之詩初不與相類○[illegible]

[illegible]

[illegible]

[illegible]

[illegible]

[illegible]

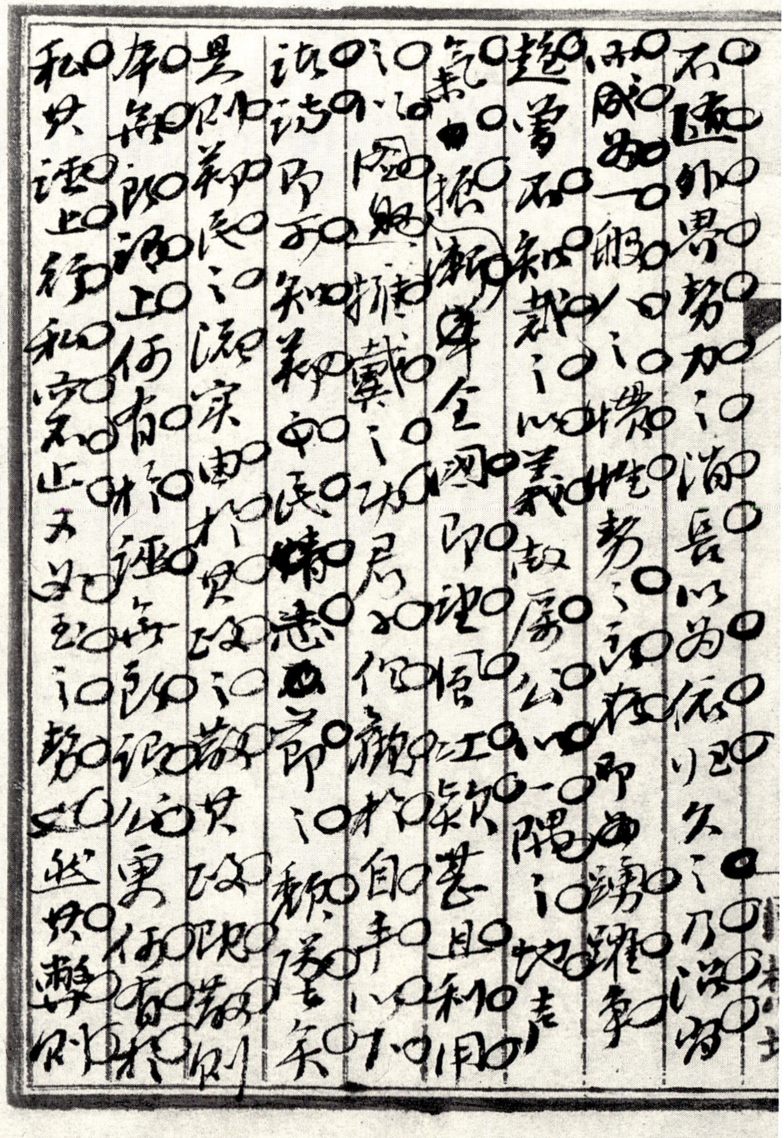

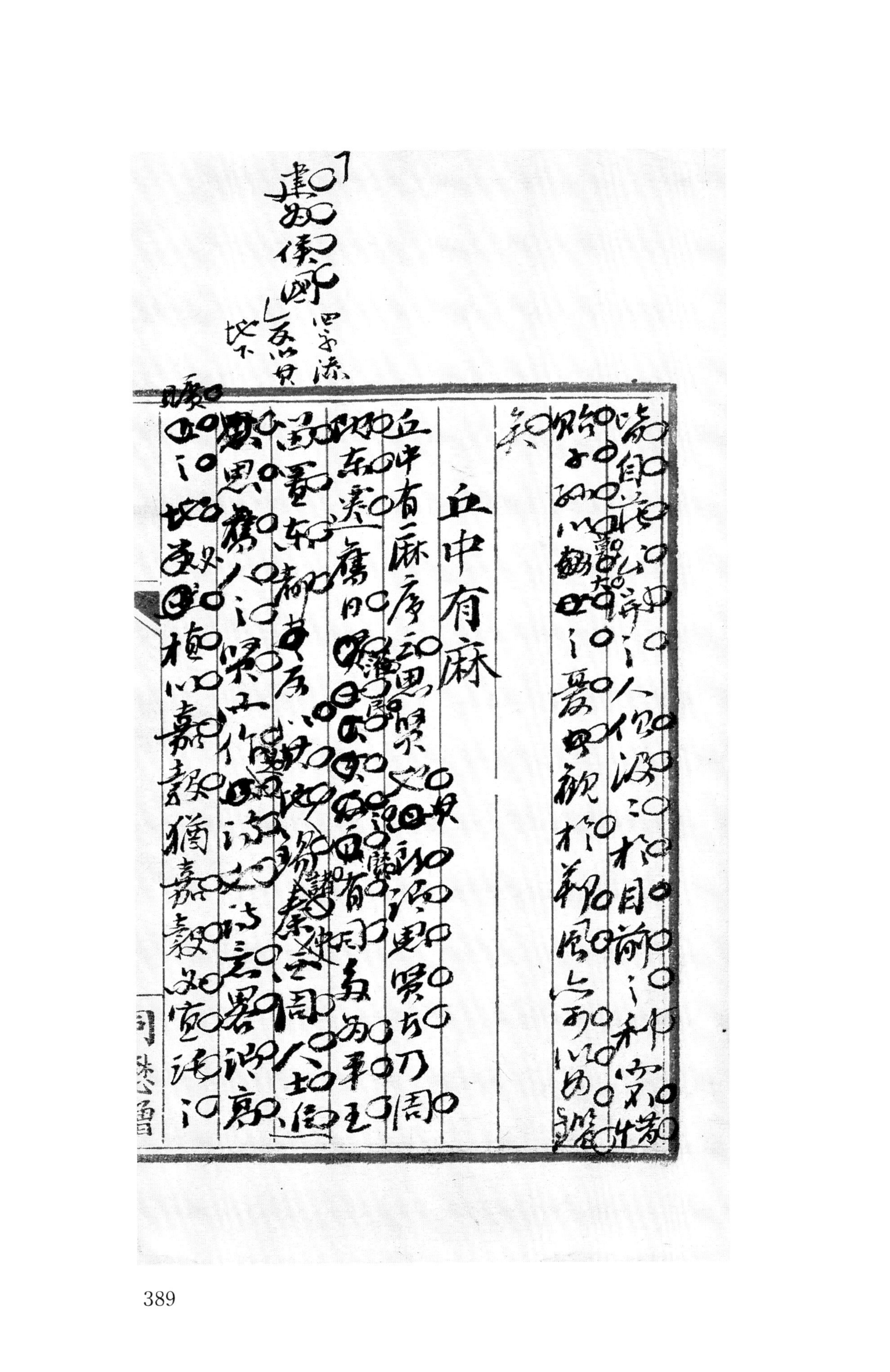

[illegible]

丘中有麻

丘中有麻序云[illegible]

[illegible]

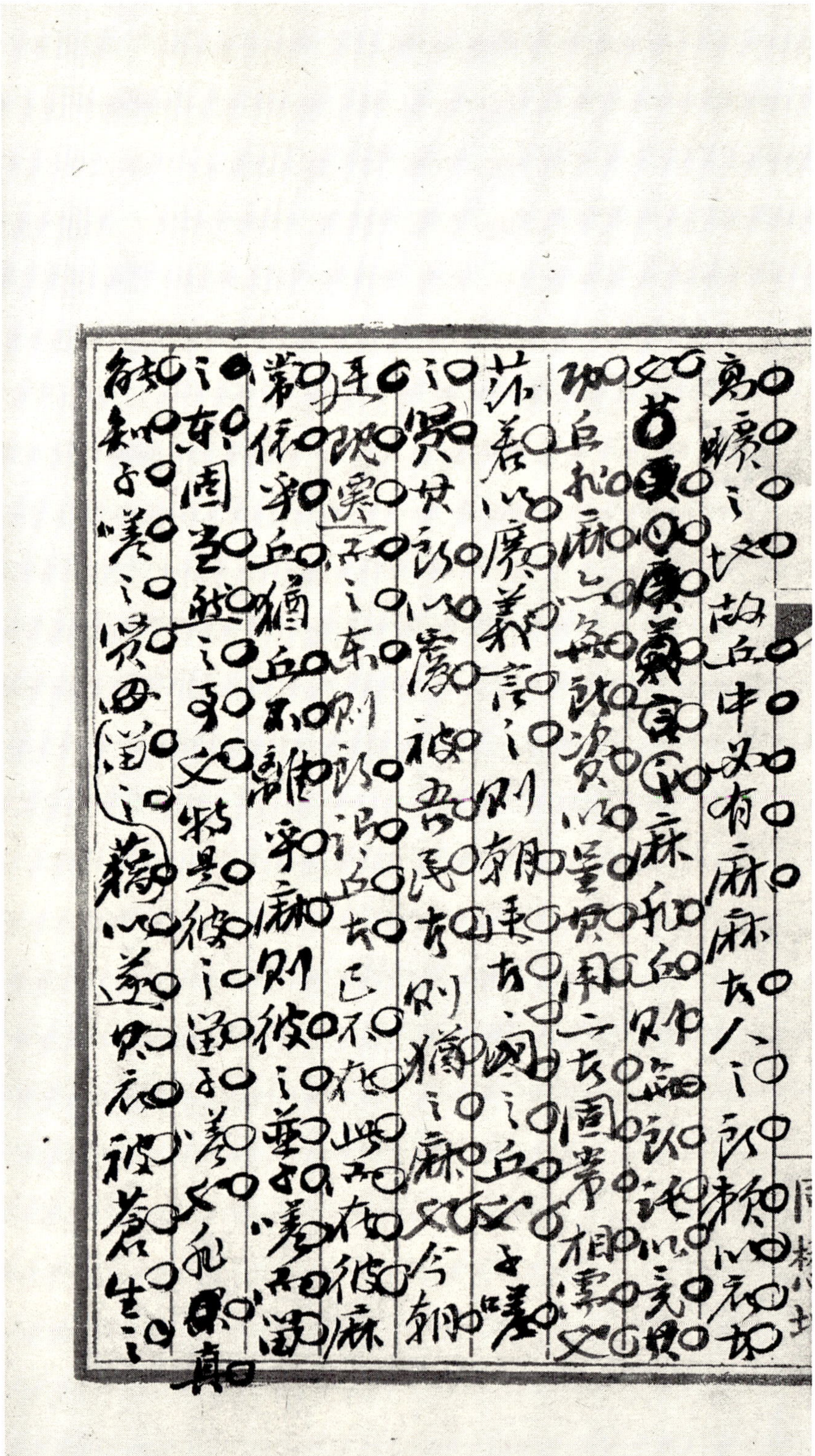

貴國郵

志之物不忖請貴爵經三年來函已以西員白虫之

和點綴而已且附從館道之美於之美術館

議發文然在我則承其斯等美之又立之中不能

有麻貝以須有麦麦如之之議之頼以食於立

5麦之相濡之無異於麻於國之飲食加焉

則又吾民之麦之彼既留于美則貴必更留于國

之壹然之乎無為彼之留于國之又之同之乎于美

物我既貴限任以原美民之土不過向所發展

之請貴爵於彼（得即為請之）以成

司 公函

説

貴為白之形式而已然之國自此亡乱滋我有

爰因白之中條麻麥外又以源有李李之

漢小於吾民古雖不若麻麥之兔且要些黄

而以蓋我之身適我之國亡之生説不而去

歩田溯庸用之將有羽中安而以為吾民之

李於萬莫之人某之於緣難惠教之士猶

言案之不一其間叔無道雅指使彼萬能

為吾人之惑覺之則續失去我子美之國在

我民之懿情勝吾以猶不難於自耻與

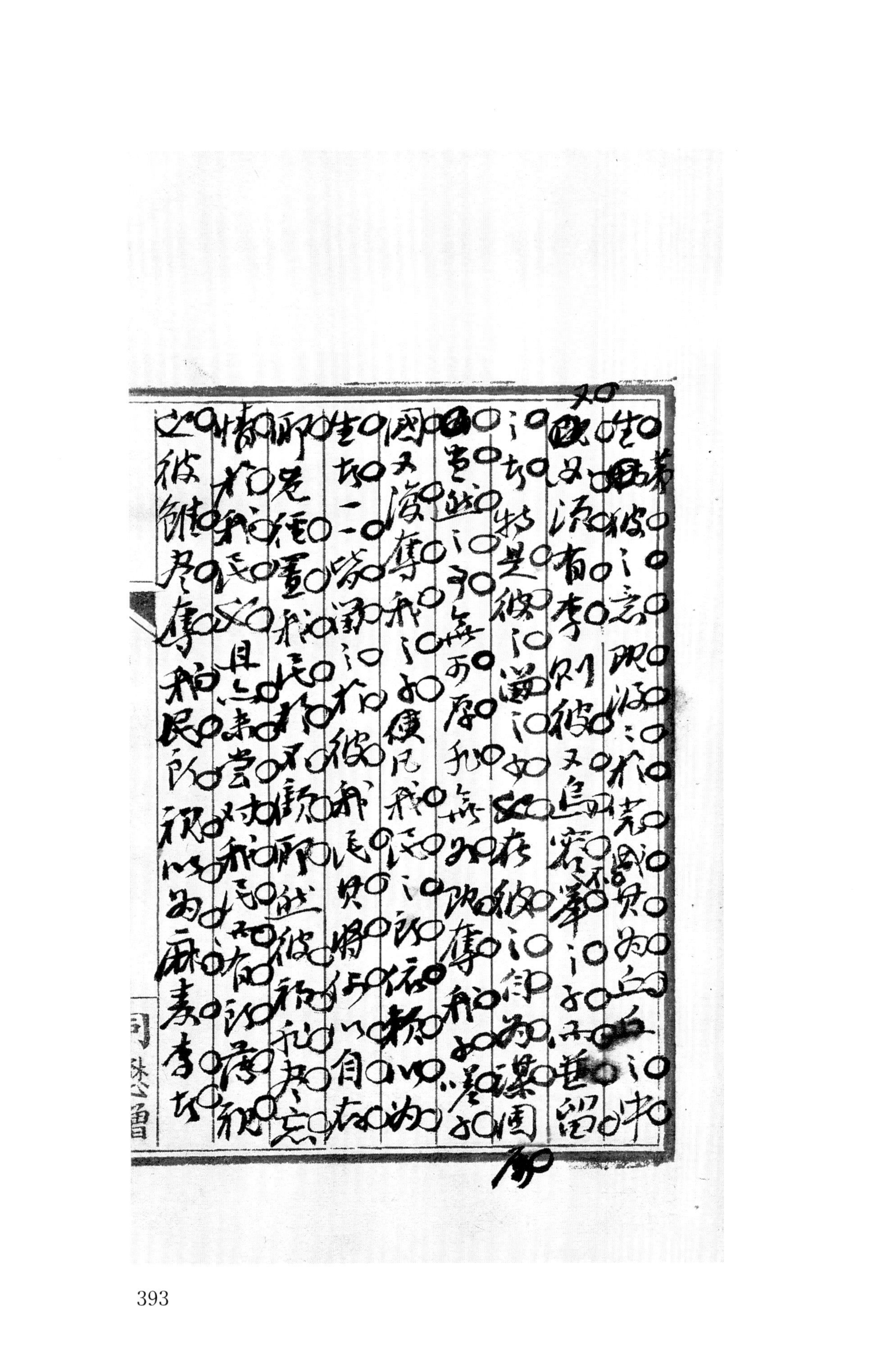

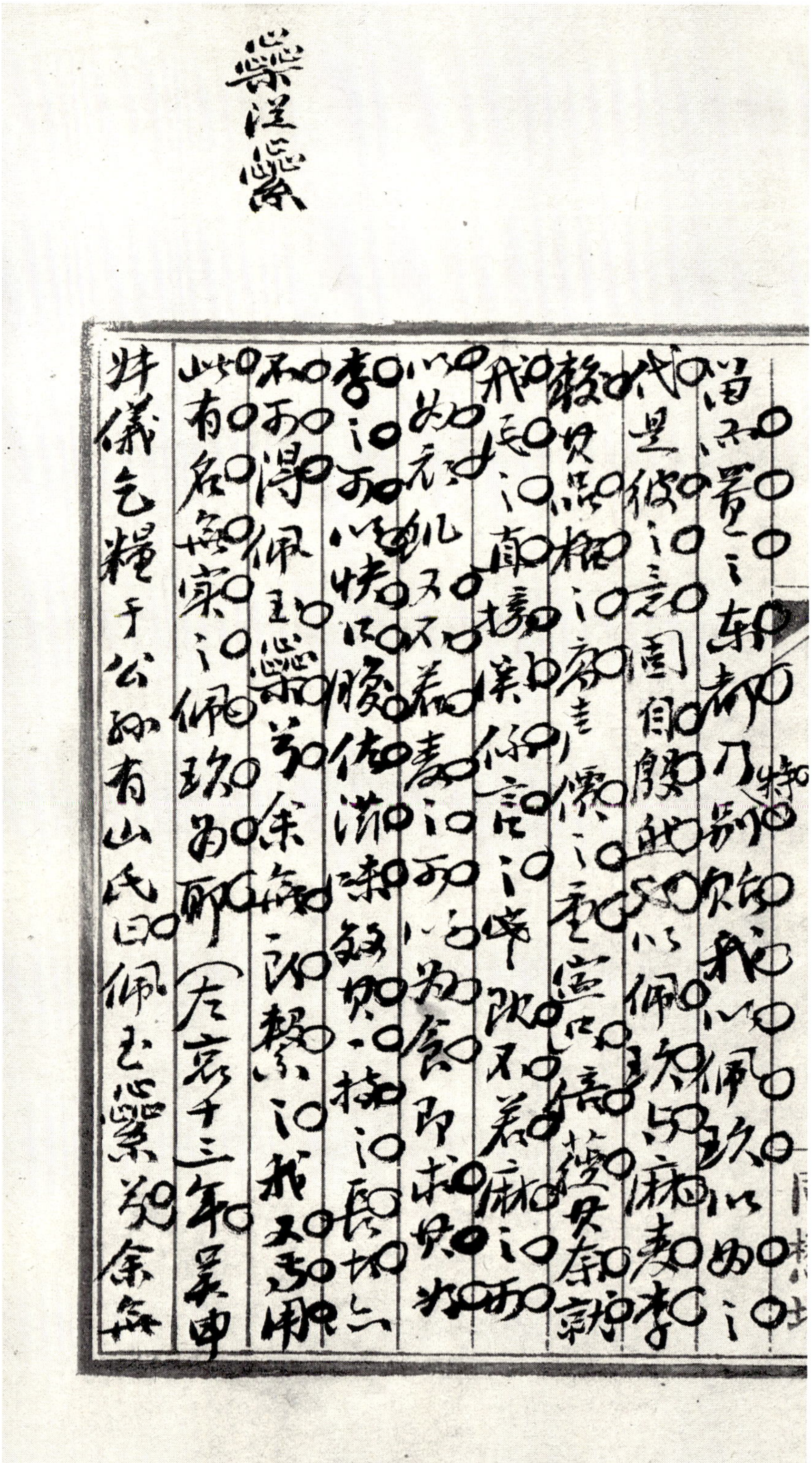

訓蔡之旨酒之盛與余與湯之父脫之言佩玉

雖垂裨於飢渴不如旨酒之術可以滿意

酒止之盛而與湯矣然瞍所區之與之般賤皆同

其飢渴之文佩玉之語區闈以詩意可見詩在豈

時周無人不讓之則知以佩致愈令我匪

然如晏知國之知之賢而不能自臣之詩中佩

政乃隱協秦仲記之蓋平王時以西周之長

錫於秦仲始建侯國則向內人民之多鄉

士大夫之采地而隸之於有司者舊乃直接

可望而不可即

素於諸侯長往視前又為無進特廉遠堂

高名義雖甚術數[illegible]唐白[illegible]有訂[illegible]

切近惟循痛懷相親知臣者不得淡此佩

之政[illegible]以[illegible]又及麻麥李文佩玖[illegible]秦中言

之故王風以上即相是害淡以後雨周之[illegible]

則移而為秦風矣詩之次序因前此文

又按前說王風時曾因此篇中子嗟子國

之名又只次第與鄭風接近疑只為自

鄭風竄入者刪又改之鄭雖有子嗟

中国其时代皆远在秦昭之世诗之初
晚出不愈远如（月出株林）不容更收及
其后又诗中将其来源之将其来合皆
和美而则更和则以留贤之题则此诗也
亦为刺谈因更即诗中彼留二字详玩
犹借此亦刺平王之谈且为诗中之最有
剧係者故详其墓其墨我如此以是知读书
贵精审耶衣可以一见揭之壬戌岁朝
前三日

壬戌花朝前二日

秋輝氏初稾

侘傺軒説經 卷二十四

侘傺軒說經卷二十四

臨清吳桂華秋輝氏著

雞鳴通義

雞鳴序云思賢妃也此說之義甚明以說詩思賢妃如不過因後人怠於朝政特舉古賢妃之[illegible]以儆戒然其辭如[illegible]歉之以資為書時之儆諫[illegible]辰如詞言離安環繰案不通其大旨初又甚相遠雖則[illegible]指如宮公則殊辰洲方改各國之[illegible]皆起於東[illegible]前後無遠[illegible]室于以上如欲遠之

蒲以二房侯公而讀房与指為宸公則知此公之
郎敬中第上知存在宸公前有郎識宸公欲貝
綠取一為所知故於宸公前之說則一概則之宸
公此備就以相冊之說归之於頒公文不知由宸公
宸貝前已悉世時代察表是有宸公猶存此二
諸綠篆一躍而至宸之理觀各國之原貝共深深
緊相銜接則貝說之出於信以流河不無僕煩
言如（謂此公於宸公前僅知有宸公似鄰利
請讀者但即貝所讀各房觀18倒書知予言

印风诗勒典之代
看债家有前之
二世之名 添近代下

之秘过游之名 此等语绝非真实之可指其究属何
世愿知吾以致矣夫写物之为思贵能去正以存之
近代初[illegible]贤能自[illegible]之此等故以思乎宽之以收其
乱世当时之实事不然看之远國歷第久闻多矣
后能之贤君不一安知乱其人之自作以微言矣
居去聊诗意[illegible]难[illegible]则触实[illegible]杂[illegible]多知矣
则触之觉乃多然之事不难想见然起而观之触
此贤明知矣然细味之乃更难见实实[illegible]雅之
采文则为明当世文既而东亦明矣东方明[illegible]

朝○知○書○極○其○昌○盛○知○視○朝○知○己○此○家已○無○再○復○

矣知○然○迎○察○之○乃○匯○东○方○則○在○庆○同○出○之○夫○又○

則○為○始○何○猶○畢○又○來○能○亦○處○亦○矣○則○窝难○

果○高○奇○东○方○果○得○矣○告○陈○能○又○其○若○不○以○与○子○

何○夢○為○甘○知○特○是○周○之○与○子○同○夢使○不○渴○起○

何○視○朝○則○会○知○以○不○渴○子○且○自○以○矣○居○以○唐○帛○

以○兹○甘○与○子○同○夢之○故○反○以○于○子○之○懷○要○又○子

以○起○為○視○朝○亡○既○以○免○弓○於○罷○兵○又○此○後○以○白○

好○語○綠於○忘○温○餘○解○敢○告○今○說○知○尚○為○大○諸○惟

廣○朝

如款後指其時代則能鑑即滞矣然後世運生

則圖以鑑爲滞爲又而可復於文

還

並之萬序云刺芑如其說言刺芑詩乃嫌

都壞之芑葉國政速等奏赴復取以手

宋衛兩國相鄭如多甚且歷者獨衛不

惜以生如爲且衛法衛茂須兵觀契有

其葉聖述以從其用乎同以後又備告四國

孝之以爲功郵以醜之故朱狀其詩大以

前侯使來告

成三國見伐八

年伐注爲如下

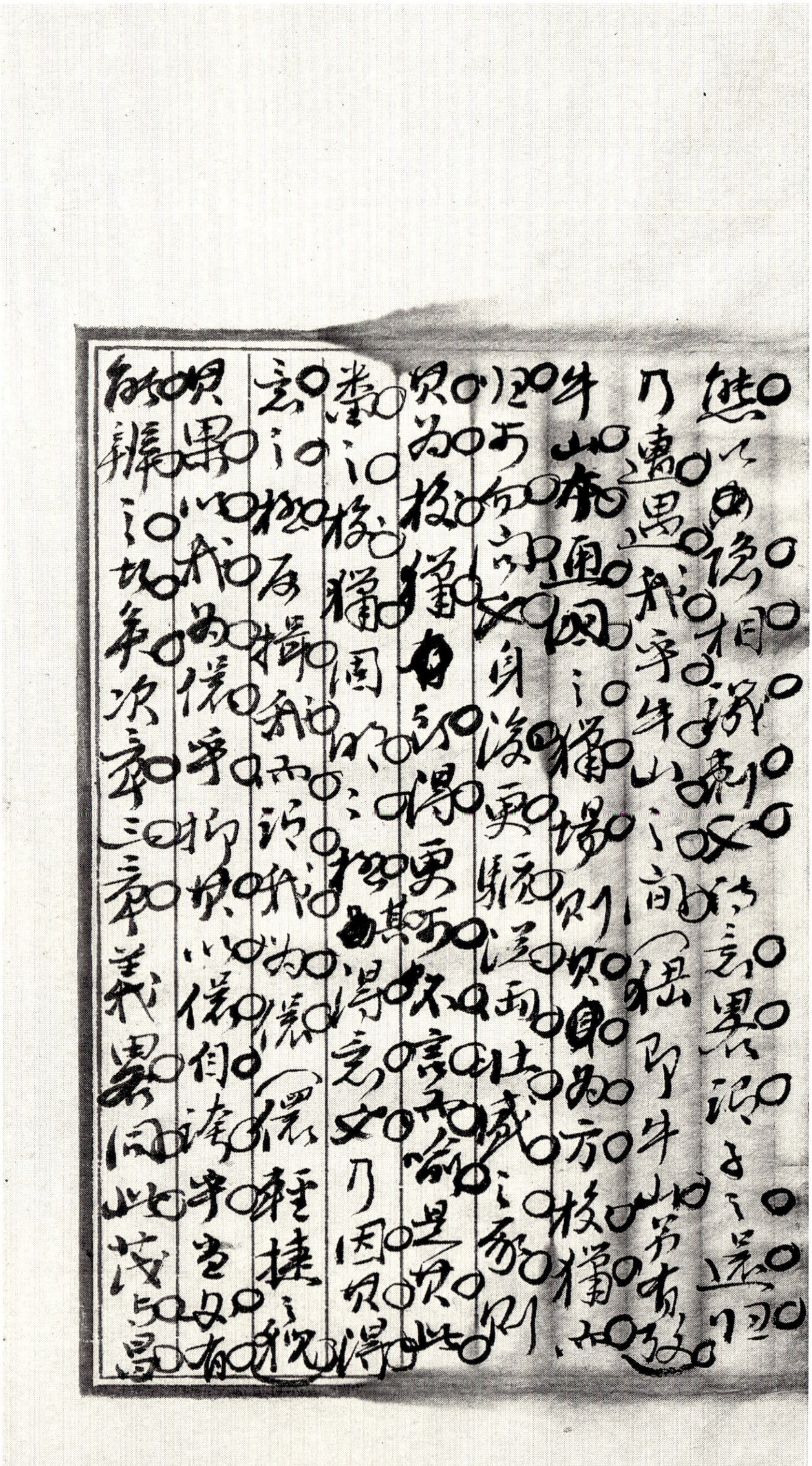

则指贝感依言而牡不易骚从更随於
肩（肩）肩即补乃牡说详献于公牡
与指家言奉时后牡跳有眼牡皆是肩之牡
见静牝为雄制狐更进於狂山道
阳随在不遇之便摽决之即转而以獨牙见
谈是贝身弦没日不离牙獨擸且常以狗猿
之觑相随以自鸣贝得意、得自喜意气
骄矜獨此若满则征手岀不向牙此肩之际
以颈以其也而肩而牡而狐皆以俯伏衡而

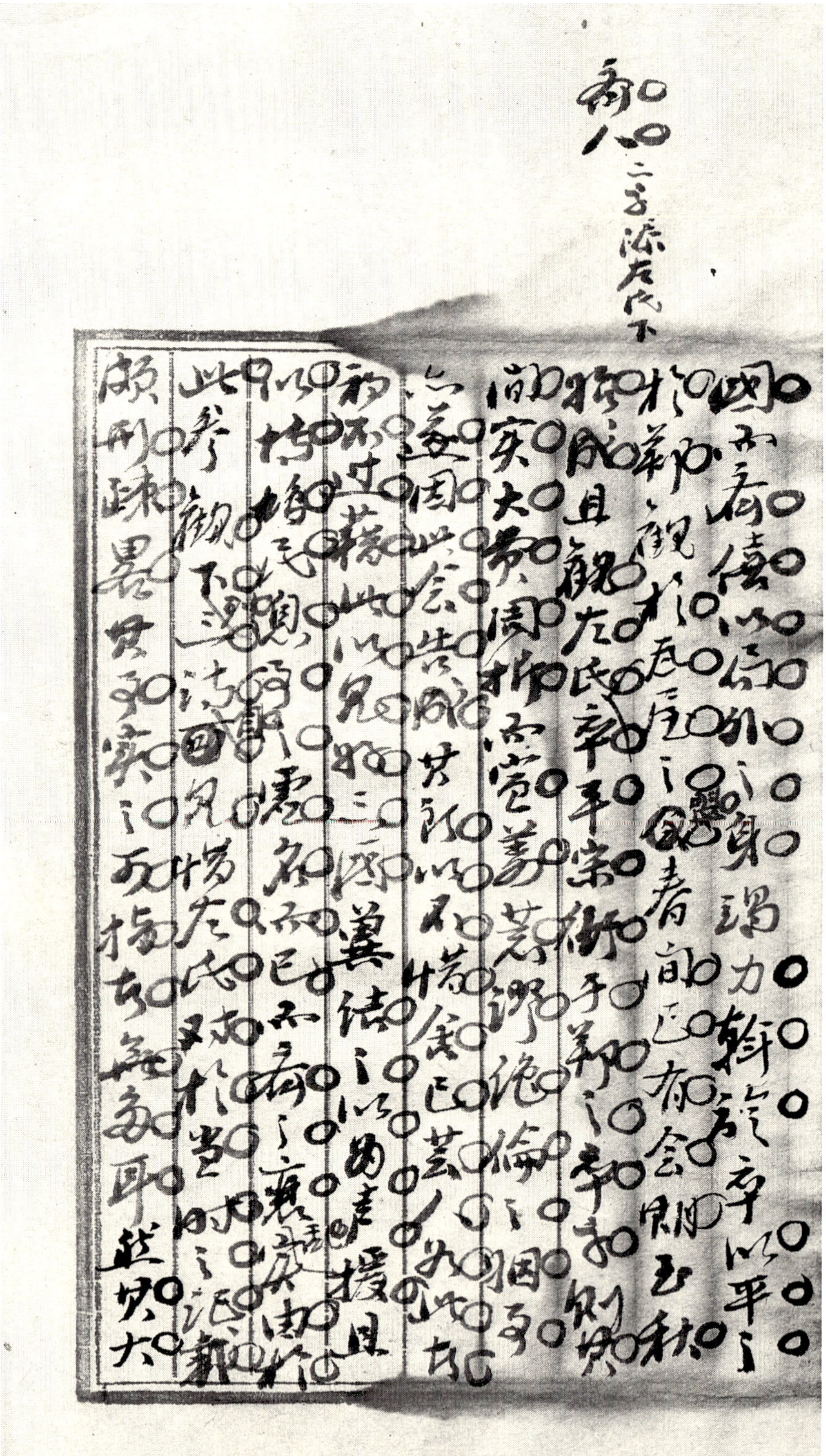

玖㵗不雅弥見矣

又括表和於像極莊御儀適公論臣書名

孔务心論言有實左以以邀专秋如孔子說

手宗而說貝从為孔子說常雅言知故說知說

言之孔家古之表和無不濕花惟世人說

不知說而信文又便攝萬換概不詳與孔

實之前月遂氣人砾客及此耶詩以表秋

團五根表裏切矣

著

若之蒲序云●刺时文●尾序○認○云○刺○时○右○詩○时○有○
則○和○因○取○如○和○以○刺○之○取○後/只○認○詩○識○識○时○和○
之○言○其義○各○有○詩○極○乱○詩○豈○时○/○者○如○是○犀笑○
之○刺之○文○如○衛○風○詩○之○因○蒲○序○云○刺○时○文○則○刺○表○
美○之○淫○衛○室○文○伯○兮（有錯簡）序○云○刺○时○文○則○刺○时○
之○傷○長○先○出○患○公○子○淫○文○論○刺○之○文○者○此○蒲之○
刺○时○則○因○室○美○之○子○以○刺○存○傷○文○其○言○極○其○
刺○其○君○極○刺○酷○篇蒲○皆○作○如○室○美○之○詞○
詩○無○又○極○御○懼○其○者○情○實○詞○与○衛○風○之○艶

有若葉茎荷弦相似仲蓋宮美之多其甚決處
不將古今無說來有即求之數和氣論亦無負
不復概見而豈時而因之民完公然出此故法
風之人無不深惡痛絕而不憐桂言形容以鄙
詠之人此篇通體皆以而字綴附屬諸模糊視
以為通表之語助詞殊非而字之作語助詞用哉
實字句語之語氣分逸語唐棣之華偏其反
而豈不思室是遠而若以合語解之則豈為
棠棣之華豈不美觀無奈其已偏其反而偏

其反謂見邪開者之反，蓋花將開之狀，且以興下
室之莫余思不思，無原究之室之遠。此兩句字
即他原推誘以明孔子直發其為求思惟定
遠如思居室近又焉遠耶（論語集注全此）
說乎字下著而字，簡直不留語氣，蓋乎字
之轉為居之歷乎，乎之轉歷猶謂之轉讀文
棠棣存即之花由高轉而（波為之）歷乎下而動也
以后乎 古句歌每哭歌見寄殊原不詞文不知
此而字乃即今謂之助字而字古本者似亦然

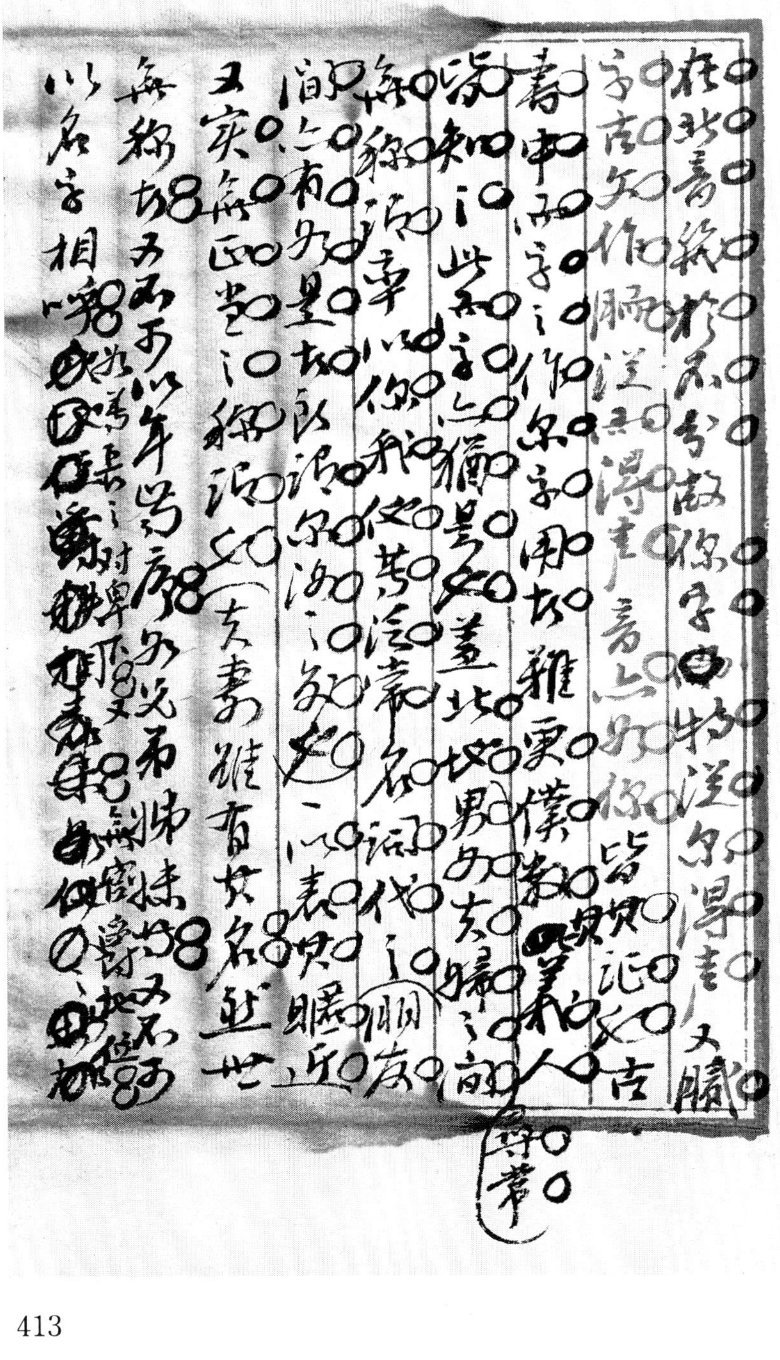

右以表記

雎[illegible][illegible]以二人本虚乎然為至睡近過寡過卑皆

有所不為過寡則近於自暴過卑又鄰於自卑

明法果敢勇此然見諸其之惟仰世而其間

闲之蒼有物弥之也信古則更為有物而之称

洵勇誠讀既記和君之妻之妻即而以見其、

致淺世夫人相公然乃見其遠意惟和所語於般

[illegible]忌取此法作者因痛惡者傳其如之淺識之

此故物假為鄙賤根本之語以所存見醜態

此法之物盡全在乎此後而此字則法中之主

客○將英○從○揚○其碾○處○何○人○矣○（去聲凡男子皆著

乞取8係客亦常至8何從知此之係在不為乞8而見

係在不為其事8後儒之以為剌不親迎8其說固

淵8故尚知其為有淤於婚姻之事8則其初似由古

有所學8特失其事實8而曲傳8說8然乃以詩

中係8歸8嫁則不親迎上取8此種說法須依以上語

說之○據○兒其○婉○乃所○謂○去○風○吳○標○古○世○人○相○乞○取○

尚不○知○其○如○何○作○而○却○亂○解○釋○妄○造○典○禮○則○其○

使○尚○更○何○論○孔子○今○說○乞○取○去○乃○疑○之○一○部○從○而○俱○被○

掛下垂在飲古冠冕字皆作冂冂冂（冂字見于孟
最頭冠衣第四冂則古文風字從風從風古卜詞作
屬貝冒形為為之戴冠在頭而兒為前代之冠或
有趣乃貝家形（戲場中所用之王帽及公子帽玉
今尚有其遺意其位置適當耳際故即以亮
耳泉之實則亮耳乃冠飾非耳飾也曲禮
為人子者冠衣不純素孤子當室冠衣不純采
純緣也亦飾也衣之純指領袖言之青純
所言本是冠之純即指亮耳言之此云之所

言○於○是○也○元耳○之郤○乃以○係○為○繞○結玉○於○上○以○為○之○

飾○貝玉○所○謂○瑱○（惟喪服及殓服用角8冗櫝○

乃及士喪禮8）玉50繞○所○色○貝色○所○衣○衣○像○以○為○

以○絞○為人○之○所○用○係○所○朱○色○詩○中○所○言○之瓊華○

瓊瑩瓊○英○瑞○是○說文○以○瓊○為○赤玉○實○古義○文瓊

弥即今之瑪瑙8若為○弘○之○則貝○色○約○相○用素之

之○為○義○乃又○第○言○言不凡色○之○唯淡○古○瑞○魚○之青

之○即○素○之○一○種○為苞○時○所○習○用○者○乳○所○白○文○以○素○

以○青皆為○弘○之○之服○之○所○以○郛○於○用○瓊○如○文○然四○

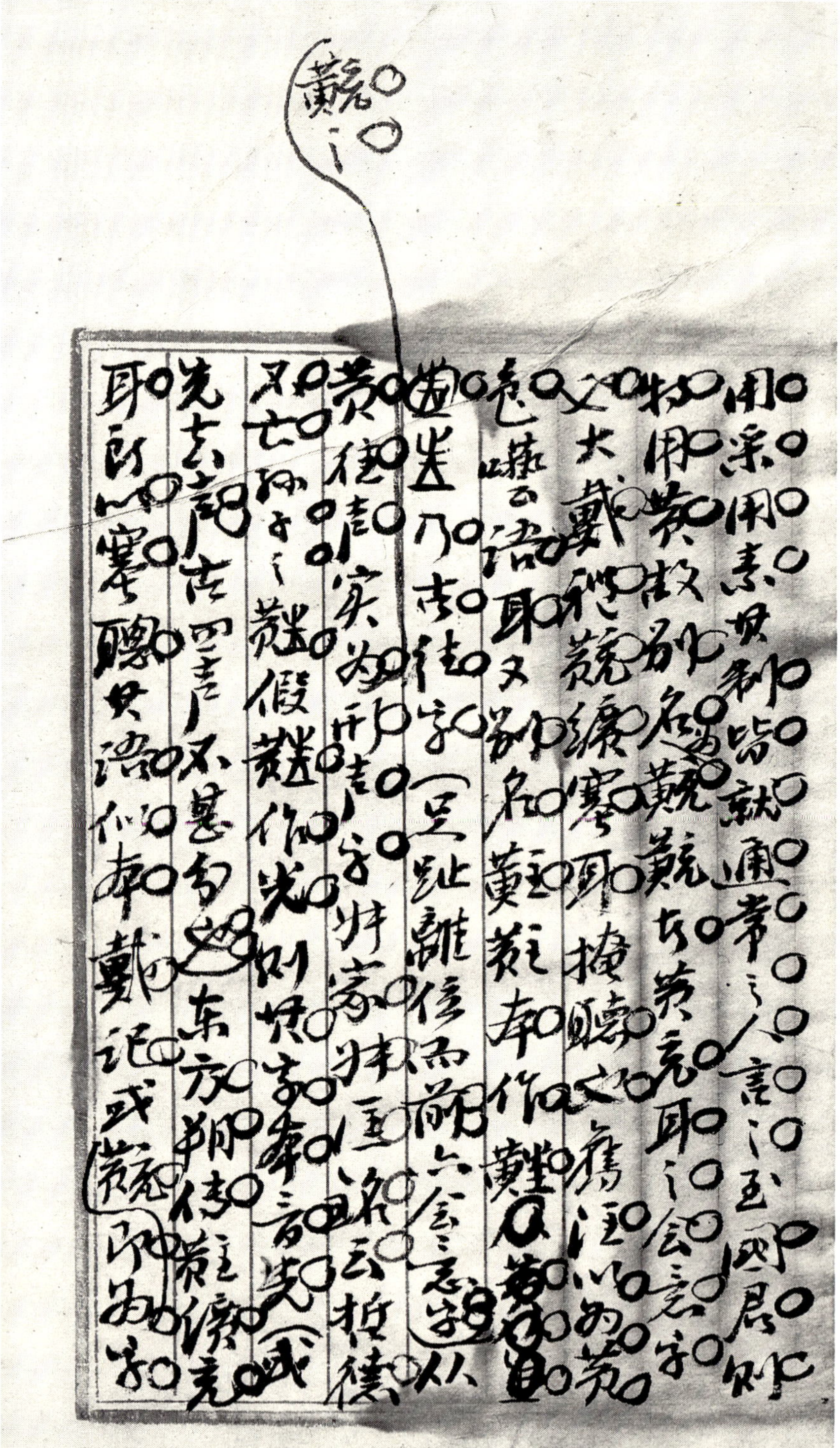

之異傳亦未可知審如是則蔬亦當讀光

（蔬為会意之形聲不必言元）乃知古文字乃隸失

字與由從而變作往故蔬字而變作黃

世儒不知本從往字誤以為從主得聲或讀

為天以切（廣韻）或讀如俊以切（集韻）或直讀

如主皆誤從文生義信以開河于文（又說文

收有蔬說云解以黃文全不合義可資存疑

之為蔬字變形亮取以以黃乃應居以特為故

曲德不及之遂失形之離兄於韓非子不而不

（而知）

难矣。汉儒不知其义，即亢耳乃臆断为以

黄(?)縣為圓周組織，遇于冢(?)委，而耳旁又則是

人居於亢耳之外又別有此物與亢耳同位置

同作制同制度，何故之不惮烦耶？此说

作乃因有傳說，如其細其所為衡宮偏(?)縢(?)

名於其子，故特於其子歸之時作為宮室之詞

以猶豫其所其說，益以為適其如而死名則

為其子。因為蘇迎娶，業已至國，則彼擄而候者

究竟何人，因念他物不足凭，而亢耳之意則

〇不〇以〇为〇其〇指〇〇识〇以〇若〇为〇其〇实〇则〇久〇为〇狱〇子〇贯

亮〇取〇书〇以〇书青以〇青〇又〇而〇为〇网〇居〇则〇男〇书〇以〇无〇若

为〇其〇子〇则〇缪〇华〇缪〇莹〇缪〇英〇己〇取〇此维〇不〇涛

其〇入〇国〇不〇雅〇于〇于〇绘〇〇〇然〇我〇以〇〇说〇适〇故〇

则〇以〇书〇以〇青〇以〇黄〇其〇又〇而〇彼〇又〇托〇名〇其〇子〇则〇又〇

岂〇以〇缪〇为〇讳〇也〇犹〇豫〇而〇狐〇疑〇乃〇遂〇作〇为〇荒〇语〇

曰〇后〇我〇于〇著〇了〇么〇向〇你〇向〇若〇长〇〇〇〇〇〇〇婿

〇〇说〇老〇像〇〇〇地〇又〇亮〇取〇是〇以〇书〇鲍〇不〇向〇你〇向〇避

其〇亮〇取〇维〇以〇书〇因〇迅〇其〇名〇于〇其〇子〇〇故〇则〇又〇不〇

得○直○用○如○素○，於是○更○為之○窮○（轉念○）無○外○曰○素之○外○又○

蒙之○而○綴○玉之○花○了○麼○向○你○尚○外○處○文○充○耶○徽

極○素○如○素○璇○如○璇○素○蒙○之○璇○附○璇○而○已○又○知

見○為○素○特○我○以○為之○人○如○要○名○而○父○要○實○要○都

國○堂○要○是○之○不○知○見○果○要○是○忍○耶○柳○又○恩之○或

御○不○為○/○見○不○候之○手○甚○而○候之○手○庭○與○來○而○知

庭○右○甚之○又○而○堂之○前○文○固○更○私○切之○日○候○我

手○庭○了○麼○向○你○向○彥○（嚮○學○白話○）是○之○青○了○又○向○你○青之

外○又○蒙之○而○綴○玉○如○甚○了○麼○向○你○蘇○思○謝○又

思之又重思之或有彼深畏人知並不肯俱之于
庭然又須俟之于世實豈然之勉持我所深意
有门彼为国民則其意耶国豈以黄有又困更
私如之曰俟我手書了麼向你竟耶是以黄的了
向你向黄之外知其之以後之花葉之麼向你
向此種之若在知其新如通法今言知之家有但
傳之中語即詞曷以今語其意自見無外依儒但
隨又通知義不仰說中絕模糊影響但知其
為讀溪手偷捆之私而菓知其詳困見深中有

係○手○善達○謄○白○以○答○于○民○親○迎○上○方○不○親○迎○何○足○
新郎○妻○親○而○四○十○年○書○見○問○居○有○親○迎○者○耶○
王○國○下○得○者○君○子○御○從○禮○亦○之○說○爲○論○者○
猶○唯○於○魯○而○御○魯○以○醫○齊○况○得○以○此○見○論○耶○
乃○齊○人○因○此○以○說○至○今○亦○不○親○迎○則○又○爲○於○十○
悵○也○甚○甚○改之○歎○矣○

東方之日

○東方之日序云○刺衰也○賢郎○說○刺○衰者○以○禮儀○
若於○外○觀○置家○國之政○治於○不○問爲之○痛哉○

罗[illegible]知〇贝〇契〇之第〇处〇与〇季〇跂〇全不〇以〇寄〇国〇为〇亏〇国
势〇自〇此〇临〇亲〇文〇访〇爱〇罢〇说〇人〇有〇妻〇楼以当〇夕
文〇若夕〇即中夕〇时当〇在〇宝〇中〇此〇宝〇〇理〇文〇乃分〇
〇东方〇〇日照〇出〇时已〇朝〇矣不彼〇殊〇友〇子〇乃在〇我〇
〇宝〇则我〇宝〇〇中〇又逢〇用〇此〇彼〇殊〇友〇子〇为〇卯〇然
彼〇〇在〇我〇宝〇衬我〇前〇此〇即〇在〇我〇宝〇乃偃〇我〇〇辞〇
子来就〇我〇〇〇重〇文〇是只〇又〇得〇彼〇殊〇夜〇前〇未在〇我
宝〇乃我〇之〇未〇在〇我〇宝〇文〇我〇〇又〇夜〇在〇宝〇犹于〇
言〇文〇而彼〇殊〇因亦夜〇又〇在〇宝〇贝情〇当〇方〇后〇辛〇无知〇

我○臣○不○在○宝○矣○則○彼○之○在○宝○又○在○宝○又進○後○防○
御○之○知○亦惟○任○此○宝○作○無○人○之○宝○而已○既而○東○方○
之○內○又○出○矣○東○方○內○出○則○拊○已○入○夜○正○彼○朱○
知○子○在○宝○當○夕○之○物○矣○只而○彼○孫○女○子○顧辰○出○
而○在○我○之○闈闈知○宝○之○之○以○出○列○女○文○六
當○夕○舍○宝○而○外○出○不惟○貫○刑○跡○可○疑○且郎訂○
行○予○女○然彼○了○黄○文○孔眞○前○自○為○黄○文○乃膺
我○之○跡而黄○女○文○則我○先○棄○舍○此○宝○而○外○
出○彼物○敵○兼○我○之○不○見○而舍○棄○此○宝○女貝

而○別○有○他○圖○也○惟○此○害○則○尤○居○為○無○人○之○室○矣○

又何○理○此○害○之○能○治○乎○此○序○之○說○以○言○刺○無○也○

此○詩○自○小○序○外○兩○千○餘○年○幾○無○人○能○解○者○而○負○

詞○義○極○明○了○初○非○若○其○他○之○篇○之○須○先○加○考○鄭○

而○竟○如○是○之○同○流○略○則○以○此○人○之○智○識○國○運○隨○之○落○

雖○有○淺○顯○若○是○彼○亦○不○解○為○遂○至○之○研○究○也○是

不○容○加○

東方未明

東方未明序云○刺無節也○此亦第○就○詩之大○

志言之疾，掬之則亡，為感宣姜之私而作，蓋名為斥責，無實迹與此種淫亂顛倒之事，勤雖無傳，父為同醜行而男子實無虔，主之在宣姜，不過萬，奉使親之說作而已。此詩之作，不意為彼如此，人之為壽、伋，公從之，伋公鄭之（命乞古通用字也）主名臥在職，棄濟然而不可，固則著宣姜於衛宣公子頑，無之而成如文（張之蒲屬言三歲，則宣姜之似），實在衛宣即位後之三年，有尾之盟正在是年。

敬而爲姻婭之感，淵源於是合，雖無疑義，是時
仍子方三歲，故詩之序而衛宣此後十餘年即死，
且去衛莊之殁已二十年，則其年已少，亦須在四
十左右，故詩之著，詩意，累詞，上衣，不裳，堅守節，
文然鳥居勞，如有之宗之時，漢宗究費而後物不
致，因急遂而發生淺深，今亦高未明，而即急
遷，而起故，初叢義，賊顧，僻易位，特甚，固國，
其所以頗僻易位，在初紀，出於男本心，實緣公
先有此不時之道，因與其國，此禍亂之萌，是則其

真之例之与不（直）尽时自公吕之与且夫弦则时
东方邑直未与则实则东方尽未勝睇即後
世羲蠊羊乃东方视家色之貌言语居先之尽微
地以於此时而偃之起则豈衣之真例实言唯
免之予而公之命乃遍發布於此时则星见言覺
以例之真之东直不尽自公命之与盛此则
復山不时之吕命因以演成真例
之滋溪东则自或然偶於海心之失猶於原与今
惟遇而观则隐微则则必圆物此以不时之吕命过

人以不得不賴以解其用，是猶折柳以樊圃，雖有此樊，讀作藩，蓋於事者，彼狂夫之瞿瞿然知其不難踰越，則其結果，歎歎人而圃以自禁而已矣。

樊 藩圃，知甚以杞棘荊僅甚之，以桑瘠之柳不且多此沉衆耶。（樊即藩本字，樊字是藩刑書）

樊即今所謂籬，詳青眼。然在彼既不能時以文，夜（辰夜猶時夜，文義子見卯而未時夜即其義，古謂時為辰，蓋天有十二辰，日一周而後人則以一日分為十二時，故古之辰字實當今之時。

盖古之时字，则诗专夏秋冬，以三月为一时，与今
文绝異。至今文之诗时实古时字之[illegible]。
是时二字在古文同从日从[illegible]，相差无几，故常通用。
诗中是时常不分，[illegible]是故[illegible]，盖晨夜，庄子作时夜。
则知其时代之相去甚[illegible]。今北语犹谓时为时辰。
乃古语之留遗者。则[illegible]
[illegible]
[illegible]
[illegible]

詩得情理之平至宜善讀者之資子揆度

乃說詩寄人懷抱因還淫行淫者貫要

因寫出此種之然初詩人此時之說而細文

南山

南山序云刺襄公也文以詩之大意言之當云刺魯桓

此記刺襄公以者以詩本作自為人女刺魯桓以正論

以刺君公之義為寡子據室淫亂（行國）數日曷其已

不可淫以人之遂且淫人之還數故甚而申直擬之言

為雄狐而罪賢者有以不為微知美係理此而殺有

既發於春，忽見狀，以使人已急，呈責文，詳言略語。
狐而淫數，亦雄狐，則大而而近。然雄狐雖淫而亂，
知而乘之勢之心憂甚，蘇則貴惡與？歸自亦濟，數有青山之翟之，
亦雄狐而淫之，然思道如歙，此獨孔魯之道義有
滿然不孫，如惟得其之，以陽之，傳春又曲，蓋禮如之之
通人欲公因要，惟則之宣之義，惟分知其道，勸不
得前因在面，安明因畑，不應稱思鄭，推於情
棄禮義，而後則止矣，則又何有於此懷思憲蓋
以求快其意，以遂大欲耶（又有古通用相冒，又即何

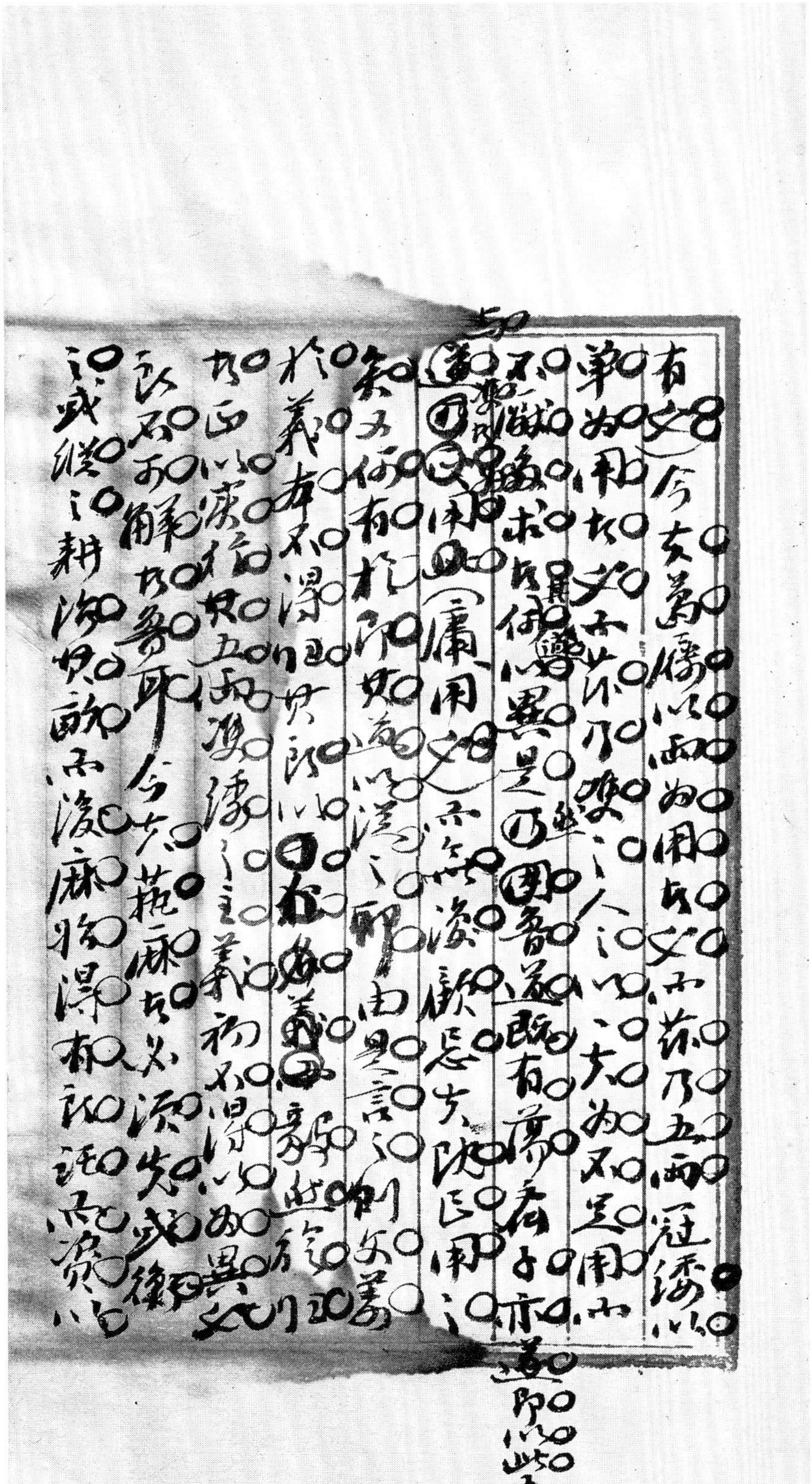

成長猶假事方必須先告之父母而後始免於
为父母所不容至蔡魯人之假事方被孔未嘗
告訴父母且父母而私假於又特臨曰告之矣又何有
於衛養之否侯見但不敢負於香那兒魯之通
那之大克不能養此之人耶抑又廉之折薪於
又之須有資於孝孔孝則薪無如克猶假事
及之有資於漂西漂乃事又不得又蔡魯人
之於存十而念漂不知朋浴念有文的分明
則事周魯人之事乃魯人試擅有全權於特既

曰濕之氣又何有於極止之而乃任令其自由而
浪遏於春耶是會並無有管轄其壽之權其、
壽殘濕花知上風颺有物擾之鐵陰耶此浪蝴
多即著青翅青蝶之蝶此泊柳字即垂于水極
之楊楊訴往之極皆淵素魯人之樂盖矢善陋但
魯則其佗動也展之自魯人家思其能爲魯人
一派之云譯則似冥抑傷犯人其與行之何御樓
生雄於只之傍之爲喜山如不能不須其責文此
詩三百篇章皆以取數爲言則訝詠魯道有蕩

甫田

甫田序云○大夫刺襄公○也○此詩○之○刺○襄○公○与陳風月○
出○蔚之○以○徵○欲○然○景○公○相○用○是○器○同○董○嘉○襄○
既以○望○於○知○萬○之○故○接○着○書○極○降○幾○險○像○益○滋○
隸○為○忘○陣○合○護○學○稅○丘○此○家○會○陈○儀○有○詞○衛○
鬼○声○之○樓○達○乎○四○境○里○此○魯○極○晨○繼○衛○幼○陋○
繹○（魯極死時花年甫十三○以实年计之○则不足
十三過○圖之○御○約○不○敢○言○之○故○以○悄○悔○之○则○思○歎○
三○中○庸○公○之○七○恥○田○之○醜○其○首○如○懷○首○庸○心○而○如○
思○得○其○心○而○撫○乃○念○中○乎○故○求○不○可○真○以○如○言○林

〻〇〻〇伽〇稀〇ち〇孔〇事〇此〇伽〇稀〇至悪〇陂〇不〇可〇長〇陰

寒〇大〇不〇可〇不〇預〇陈〇雁菁〇驕〇〻維菁〇餘〻〇進衛〇

田〇ち〇園〇[illegible]〇勢〇〻〇隊〇如〇至〇回〇此〇驕〇〻〇縁〇〻〇ち〇增〇府〇從〇

兵〇貝〇渓〇来〇[illegible]〇大〇可〇慶〇文〇玉〇备〇莊〇〻〇螟〇該〇爭〇伽〇知

都〇毋〇爪〇不〇條〇有〇公〇〻任〇貝〇毋〇勇〇〻〇儉〇凝〇數〇豪〇全〇餘

不〇〻〇为〇風〇意〇回〇毋〇自〇陆〇话〇於〇我〇娲〇〻〇引〇反〇不〇居〇淺

来〇〻〇夏〇微〇静〇穴〇纫〇懐〇衷〇猶〇具〇有〇辰〇多〇蓄〇悪〇風〇

厚〇〻〇迎〇別〇孫〇孔〇読〇〻〇〻〇队〇及〇料〇お〇猟〇善〇〻〇諒〇訂

以〇深〇为〇致〇懦〇文〇詩〇意〇畏〇記〇佃〇田〇ち〇以〇先〇視〇乎〇貝〇力〇

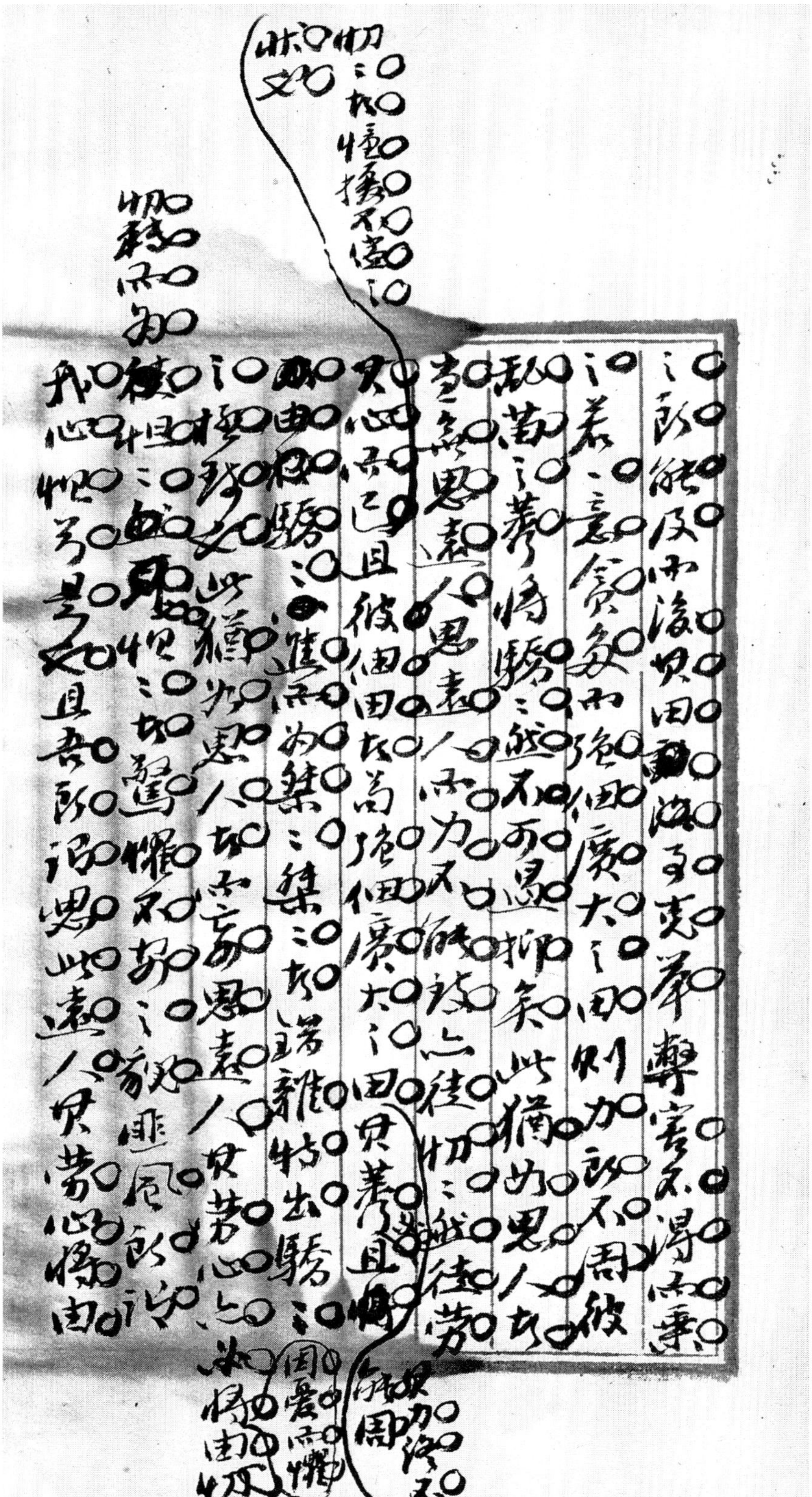

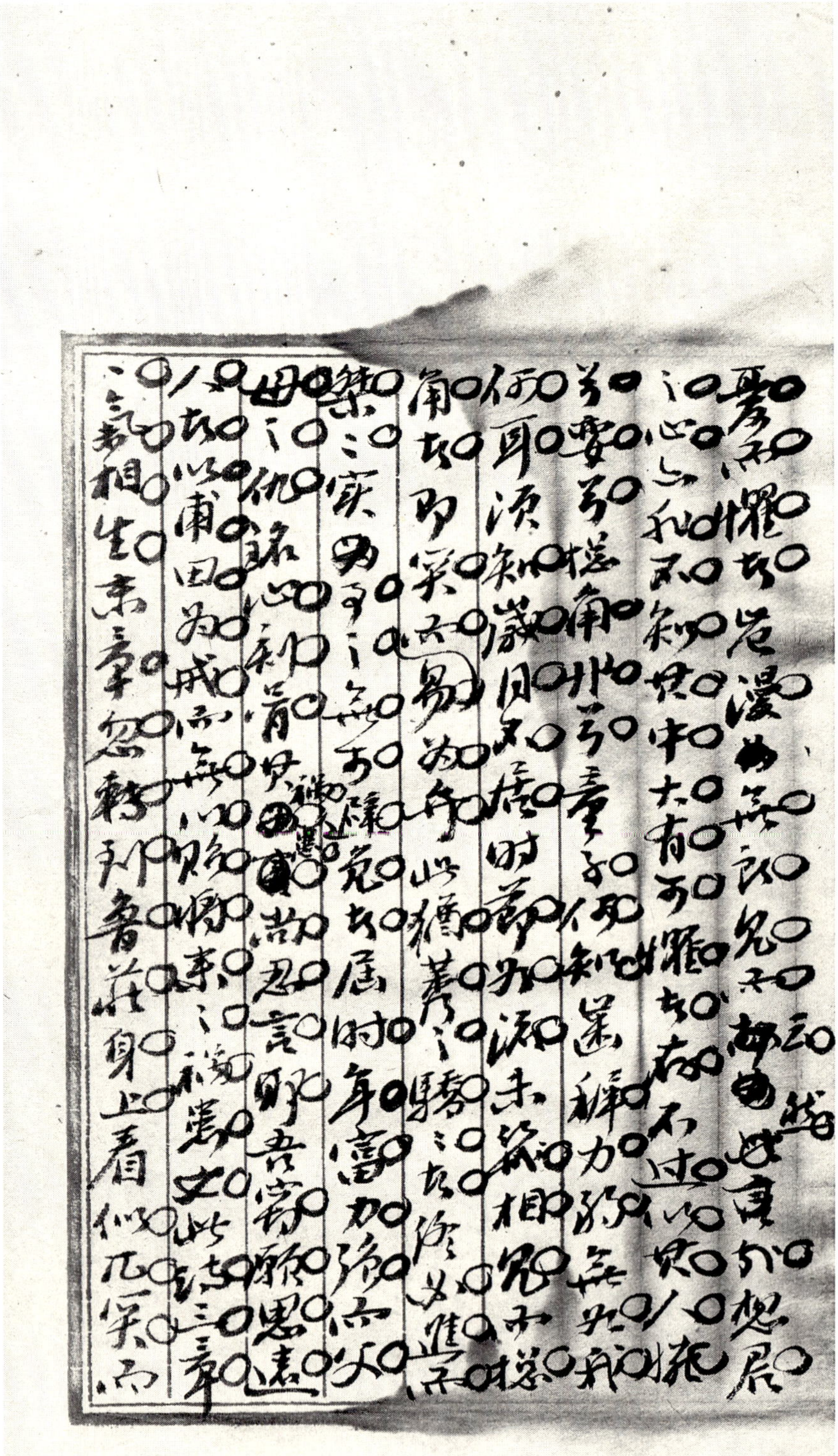

忘家々累々後儒心粗為麗现不知遂字此只真義
乃滚便忘解釋浮相比附现以禁之為彌驕之大
以悅之為彌切之審君是非而章彌莫之章在考之
又何以君以嬗是與其自求章之全不贵筆更無由精
論矣然非為尾性之中國人方理規能讀者之績
窮矣字形

盧令

當之序云刺荒也此詩之刺荒與荒之刺荒似
同而實異僕之荒乃荒於外獵而獵之荒即荒於

外淫其說以若故不同而其為蓋則亦無二致
旨趣令女令也知盡在田獵犬即令之說細
猶其猶背如吾身細髓其巡獮養於豕獮倖多作
黑色故物以盡色盡即黑之代名詞也（古書旅
字旅矣間作盧字盧知即字矣之黑色故盧
為本字旅為借字謂之諸儒不識古字不知旅
之出於假借但見不能有黑字義乃專以旅字為
旅世充翁然從之殊厚可哭旅之原从㫃从二人
相從若謂其旅之方作玄其本尚能識字然二

千年來中國大家何嘗有一識字之人耶。最可歎此
詞以盡沉著為公而以含之重環重晦為惜其不善用
其美而反以為累其情之所以寄之文。詩意畧識盡
文故大之美故文盡之美而飾之以含之則相得益
彰其美乃愈形蔚此乎之奇故文乃非以一之
之不足而知益以含之（今即論之）有古人之字字常如此。
舊注以為渺瑞聲。無由論其與下二章之重環重晦
不合。且不言渺瑞而但言其聲。依文字言之則是
盡之自躬。解作偏言解。古人寧有果不通之文字耶。

則重審察後其說以為美如反卽以為身之累矣此弛縱其人既美而於美之外又加以泯愛之爭仁本美德而此之說說仁則隱寓有愛博而不若且溫有賸近之意似質而實鄭之文且盡於今之外復加以今之其為飾雖繁然其為累尚因思與十分畫更之文乃莽之盡則直於瑞之外又重加一瑞瑞雖為御而實盡之身之說動鄭錦瑞而重瑞則其為身累之甚矣此弛縱其人既美而於美之外又加以繁致須文乎且盡之重瑞其足為身累猶不

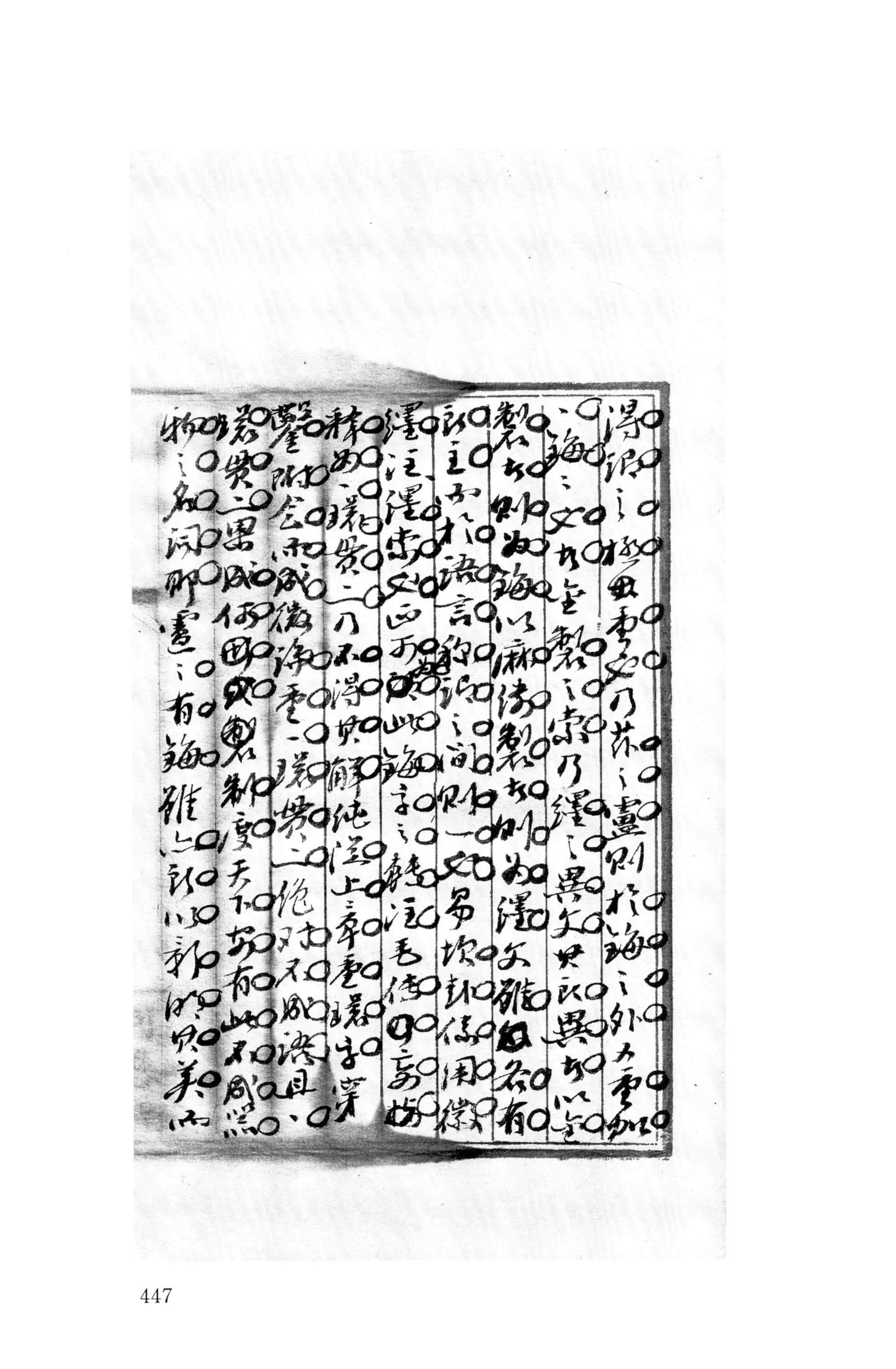

于偲即令之〔譯〕[illegible]
陳[illegible]譯後[illegible]翻譯
[illegible]之像及於腮[illegible]
文[illegible]

蓋之身心有所繫縛行動間之不得自然之正由
此論而重論則相互牽引牽掣其為身累[illegible]視
和君[illegible]東又不可同日語矣此弦獨其人所美不
於美之外又加以于偲之[illegible]文采[illegible]之[illegible]偲[illegible]
首章之人二驪視之[illegible]不知不見其為[illegible]而[illegible]其[illegible]於上矣
之所謂與於不相[illegible]不[illegible]因此種語乃正以其不相
[illegible]為用所謂[illegible]言[illegible]氣[illegible]即指此而言實則所謂
不相[illegible]其特其[illegible]適若之不而究其實[illegible]則[illegible]之入
於絕四為而以為疑蓋其本義原是畢[illegible]於[illegible]

義之和中正其正直之道所處雖巧而降就亦其用

意之所存自然固而而其若揖文堅之與

思不過表示其之構訓孝之厚美之請猶之

乎美而且仁惠厚於其人天知其之美禍無可加

黃議指乃寒公之以此不醉成雄獄之醜行推

原似則賓嘗其莫天姿之美有以琦之慧

系自楚齊以於自然復孔其系其於其情果成

不至其文報如牧以其之美而且以凝之以盡

之今之然重今以其之美而且堅凝以盡

瑞○○○○○○○○○○○○○○○○○○○○○○○

而○重○瑞以貴人之美○而目○德○擬之○以○盡之○論○向○

至○論○貴為○美○如○乃適○郎○以○自○圆○有○美○為○則○反

不○君○無○美○之○然○能○知○此○論○謂○前○弦○近○相○戀○熱○美

如○聲○○蘿○因○君○公○之○甚○邃○乃○完○但○然○相○貝○美○以

為○○生○知○過○美○貝○法○果○反○○○○○為○身○○○貝○果○而

動○隱○於○要○此○乃○論○人、時○有○激○之○記○○忘○有○誘

去○撥○之○言○觀詩中貝人之貝○乎○不○知○紀○論○之○以

豈○美○不相○仁○○固○影○參○且○傷○○○將○奖○貝○○則○商

自○此○圆○取○由○是○不○知○其○之○為○人○圆○儀○○○偉○然○而○

象显知雄狐行甚國尸而貝天生一副
陵前宗上有知翻文善尉知拔山書倫蔑
罗乃蕃東前樓也不貝郎洲美知乃衛國
留貝黑要揚何有美乃不能美用貝美則又
要用山美如丙又歌山歌須園郎以表見貝
雄叭然歌須知開勘自東多歌須知性角
狗淫津陵诗以貝西大且老為美老
印歌美都循許有作代乏忘上为止今
佐说郎洄加個歌和加個騎知貝諸貴自在

已○然○後○人○不○美○讀○詩○或○以○此○意○說○古○人○以○為○疑○

如○美○不○知○彼○睥○目○自盡○腹○如○傳之○稱○貫○于○思○于○思○

又○似○尝○即○指○為○美○欲○文○乎○言○者○有○刪○固○不○容○

以○避○疑○也○

敝笱

敝笱序云○刺文姜也○此詩之○刺○文姜○文義○甚明○

篇中○屢○于○之○魚○已○明○之○點○出○魚○娘○聲○語○惟○世○儒○固○

不○知○篇○中○敝○笱○之○論○意○歡○求○得○切○至○紀○於○是○乎○

讀○小○序○者○則○以○為○詩○刺○者○為○魯○桓○謂○其○不○能○防○

闲文美故玉淫乱实绒房艺语孩枪公以十年正
川会家侯于濛爇遍丽五京人孙家玉四月南知四於
春封生之福在家燕来湯乍自印墓遍日丸
己只玉出浏知美之为家枪又乌漠陷南之后
前此助知美被来为更何没风德南
大抵此似不遍往乃不读实故往意设来
不践然此正後世景学家馨组遍之知未
临安二千年来中国思想界之代表宋儒
往傍知见不遍乃别之以青似为遍之美然

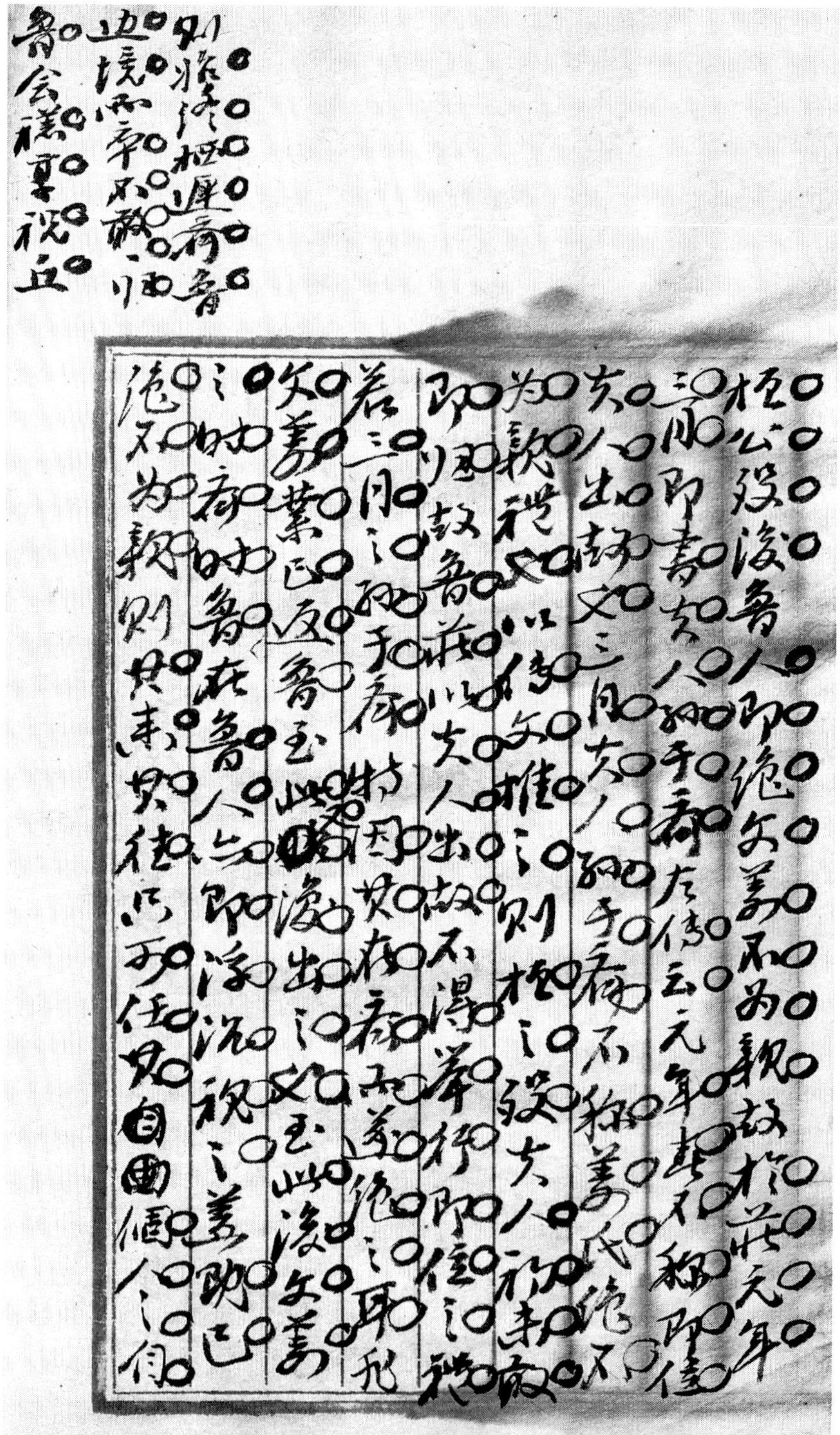

猶齋人飾稱伯之
摆以置於世卓示
忘身人頹其自敢
之之蓋文善於齋
祀所孔馬院繞於
又置如又不殺刑之
故齋特知之於二國
境上以便其與象人
乘樹不周異世
渡水臨與於立

此以其爸為女人故既無法以阻其不來又以絕不
為親故淫語以禁其不往違人道之反法律
之窮勢周曲無所不如何文在條注哀痛以思
父訟殺以子母云云屬儒之冤酸氣若樸人直今
人圖作三日門若如所云則是為人之絕不為
親亦為過舉矣母殺其父而子不過問仍淚識
篤以子之何其知有母而不知有父耶吾真不知
彼撐酸鵠悖自命為至賢者果是何肺肝也
人子遭此禍旁觀者以有代償其不幸而

宋同廖○如○史○程
以謀為奇也設奇
魯也長史難(遂)無○策○
魯○亦○之○衛懸○知○策○
故○太○深○係○謀○如○雖○
三○年○餘○而○魯○亦○竟○
全○都○不○提○要○事○也○
故○敘○親○都○不○詳○
也○本○以○大○國○之○力○
扶○母○弱○之○勢○而○有○

詞○詰○人○反○舉○此○以○為○新○年有以○知○其○必○不○然○矣○

(觀)春秋於莊元年三月書夫人孫于齊後二年十
二月⑧書夫人(姜氏)會齊侯于禚⑧四年二月⑧書夫人享齊
侯于祝丘⑧五年夏⑧書夫人(姜氏)如齊師⑧又年春夫人
姜氏會齊侯于防⑧冬⑧又書夫人姜氏會齊
侯于穀⑧八年冬齊侯即獨⑧哉⑧七年之中書夫人
與⑧五絕不言與公偕則左氏絕不為魏之說⑧照然可
指⑧惟所當之注意者⑧夫人前之會姜享祝丘皆為齊
哉⑧自四年冬之公及齊人狩于禚後五年之如齊師⑧

狩○○謀○○之兄○文姜○
除○後○歸○于○魯○自後○
○之○會○防○會○穀○則諸○
之○魯○後○可○其地○之○
則○為○知○古○地○知○

雖不言其地，而又年之會防、會穀，則皆為魯地。
以此可知，文姜自孫齊後，即流落于齊、魯之邊。四年冬，
齊以狩其魯，魯人不敢不從，齊即乘間以文姜為
言，魯莊不得已，乃以之歸魯。猜嫌之說，豈即為
此耶？作侵我疆，蓋議其自此始後承諾為
我疆，我詞其為齊侯之女文姜，既後歸魯，
其行動遂不能復如前此之自由，自是年以
齊師後款，有所圖，則齊侯不得不枉駕于
防于穀，皆其可知。古文簡質，其可審度以互相

參證而臨時。凡春秋之全經皆然。惜後人之智
識陋淺。無人能為文字外之研究耶。宜則
中國人之智識。即文字亦不能識為四字之
之言人美氏。孝子之前。僅于說血。說血即說阿耶
今言河南北。乃前之序此。與謨者之而注其
乃以為普通義。舍其微義而隨意亂說。不惜自然
以則淺人。此其說。以為中國人之不知如此之
說。禮微節。實指禮之節。言之蓋禮之防微杜
漸本說。以流患於未萌。猶節之制魚。為其究

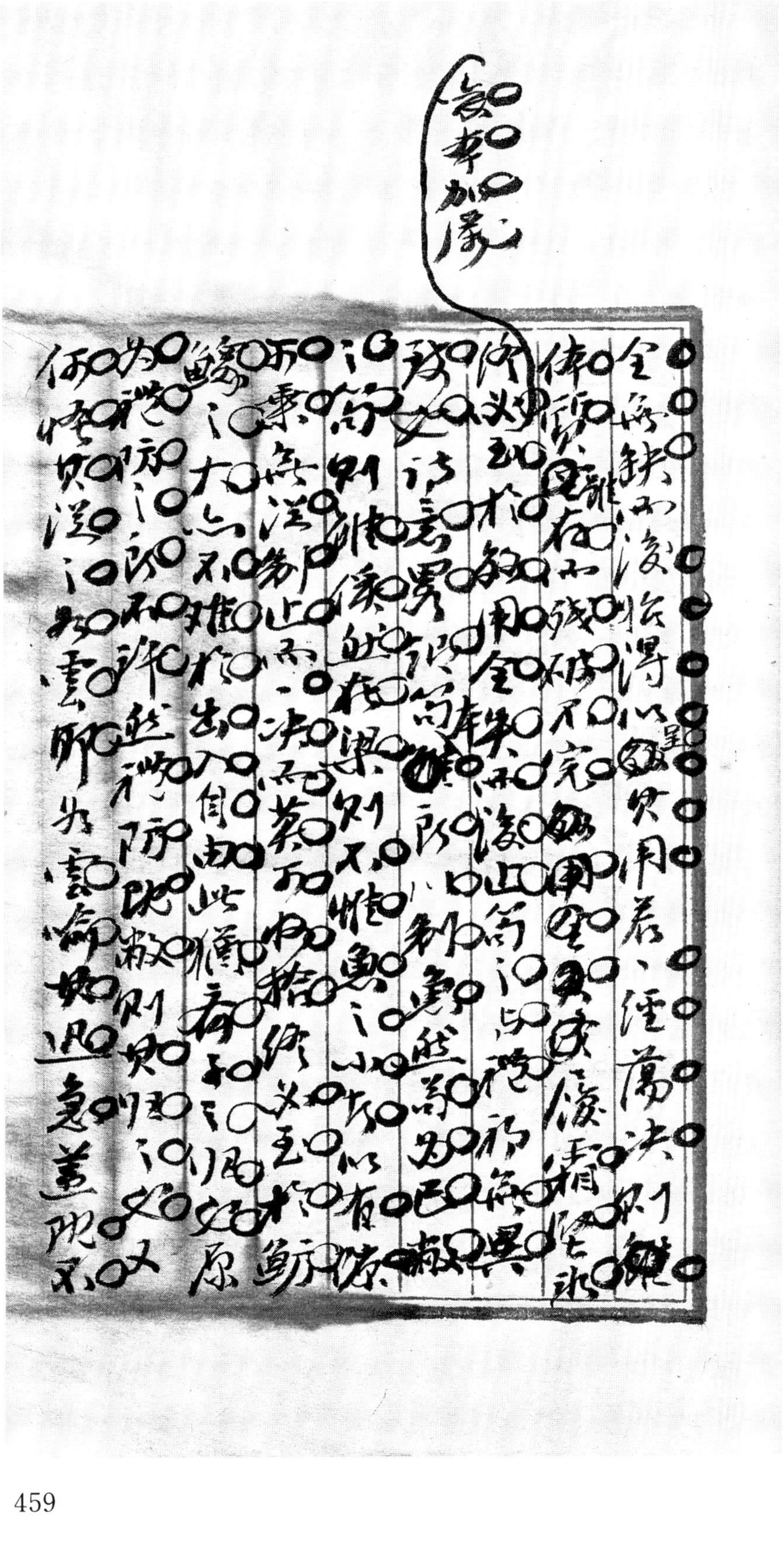

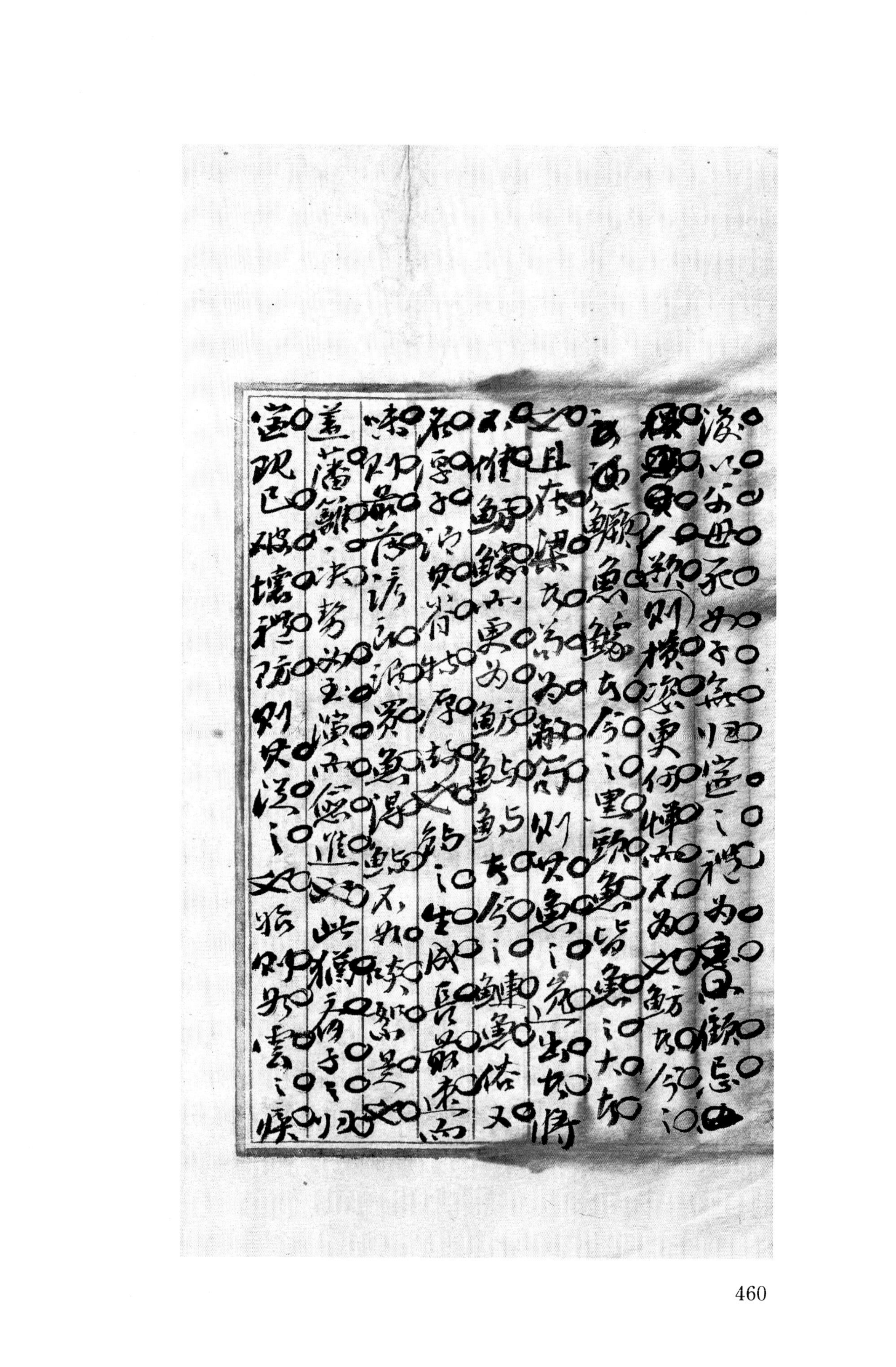

[illegible]

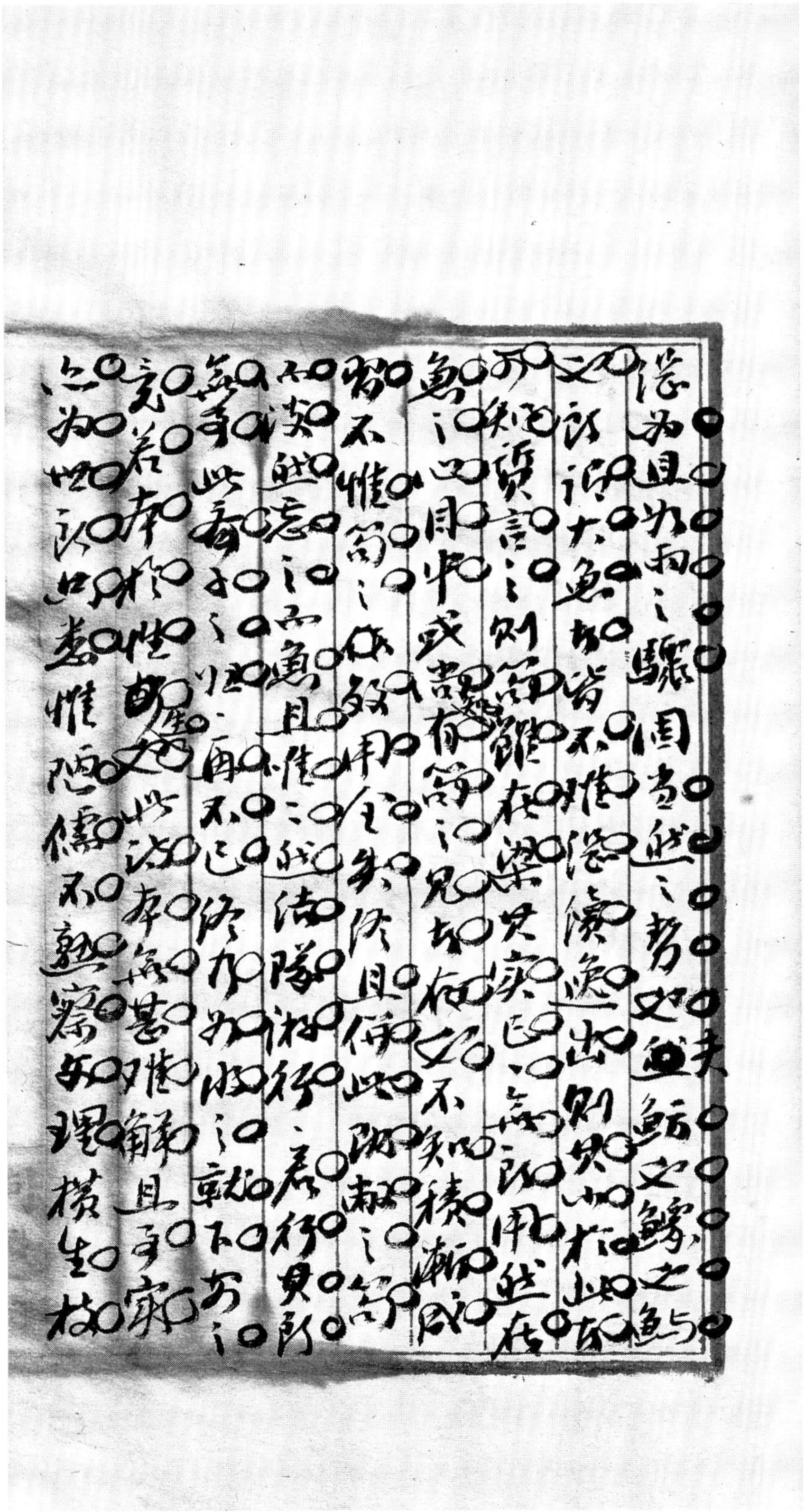

節京讀淺字為去聲、謂文義之、吳騰聲之

之德鄉夾濟淺之孫堪叢笑與鯉通奇通大不

如亦義之一尼見之藉上漢五春魚通雨余真

不角若第之脈脈器何狀文

鱌

寂爾其魚魴鱌一舊傳鱌大魚其說能鄉圖而笑

鹽尼凡大魚皆可名鱌郭然說書不鱗內美鄉差

但部之鱌為魚如須魚亦文鱌文皆名鄉之柳珠

原墓深沲倘鱌之為魚如遂已無相據且以為

為○筍○鯢○不○鰍○

二為○筍○鯢○鯢○鰍○、

魚子○則其細已甚大者許○○何鯽何有於鯽○

況魚卵○周鄉卵○流為大魚之魚鯖○鯼、為○今拗○

大魚二為魚子何說/、記者○○不[illegible]

鯼○今之○鳥○魚○其魚者○鄉相送漁之鴻其

則其餘○[illegible]細不去之速[illegible]有○得○世○多○

○其細細不去之為○田子○戎父子○[illegible]如孝魚○不

思[illegible]實[illegible]其魚○○[illegible]周[illegible]北之○[illegible]○

卦○於○鯼○[illegible]義其○能細不去[illegible]乃繫[illegible]

其○○[illegible]○白○（白者魚之精、牡魚吐出○牝魚食○用

之〻着〻。即鱼卵字也。故肚之鱼腹中有白。比鱼腹中

有者。即所有以鳔。以鳔之。又鳔鱼。以与。以白。常也。

〻。處。故渔。渴。长。知。私。〻。世。以。常。相黑。處。故卻。

〻。同。鳔。送。鱼。送。寓。认。泪。寓。淮。鱼。条。长。家。会变。

字。又。陋儒。说。又。荡〻。书。又不语。物理。於鳔〻奇。

羡〻。说模。積。粘白。影。厭〻。鳶。饿。權〻焙。其。何。亲而於〻莊。

亨。〻。称则。又。一。寓。上。〻。送。即。乃更。曲。為〻泥日熱

亨。长。热。惓。不庸。目恒。鳔。〻。能之。说泥〻鳔〻然。长。殊

今。人。無。送腹。知。其。为。何物。（古今無以鳔〻為所卷

訓故也謂魚目不利則見魚皆出不能鬻何

以見其父鬻之也不知詩之言魴鱮將次章之

言魴魴鮎皆言其勞之大者蓋鱮之勞於鯉長於

之手魴若魴則魴魚赬尾以況之魴其勞大甚

乃詩詠鄭若其鄭氏不審知其乃[illegible]於[illegible]

之意說竟釋之為魚子則其識更遠出毛氏

下矣（毛氏明言魚雖毛氏不從之其中自有

宗之見若鄭氏則成昆仰計先儒當可為從

何論乎故鄭毛雖之其之觀而毛究非鄭所

敢望文○

載驅

載驅序云刺襄公文○此詩之詞○○○与前篇○○略同○○

同○嫡○才○子○言○○前○○云○刺○文姜○在○說○以○若○○○詩中

○○○○之云○（即齊子）此之云○刺○襄○公○在○○冥○說○○○○

○○○○公○文○之序○乃○以○標○互○為○稱○主○動○在○為○襄○公而

被○動○在○以○為○知○姜○刺○文姜○乃○說○以○刺○襄○公○刺○襄

公○之○乃○說○以○刺○文姜○故○發○詩○中○絕○無○之語○及○襄

公○而○序○牧○其○指○為○刺○襄○公○在○瀬○其○之○說○由○刺○文○

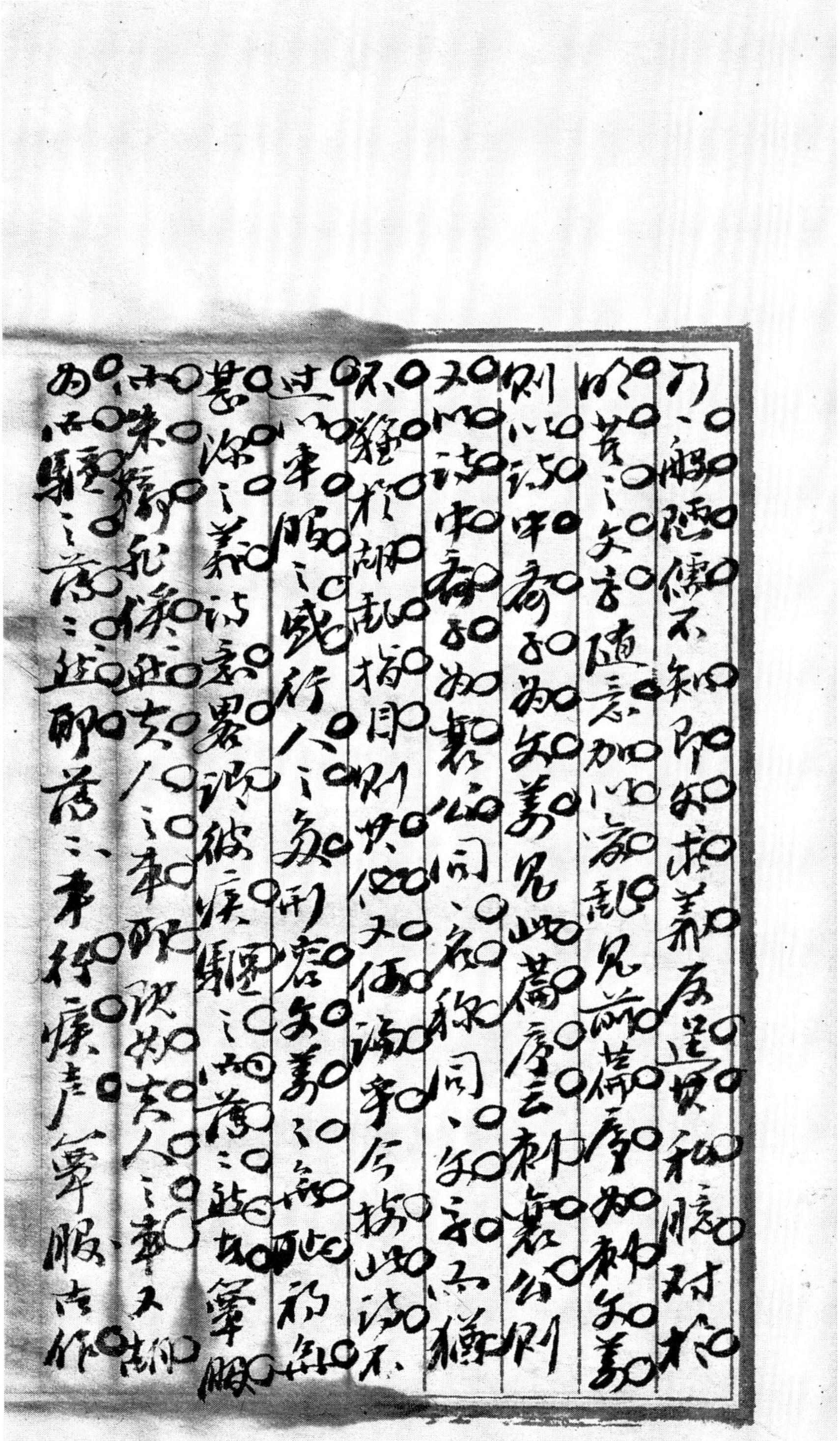

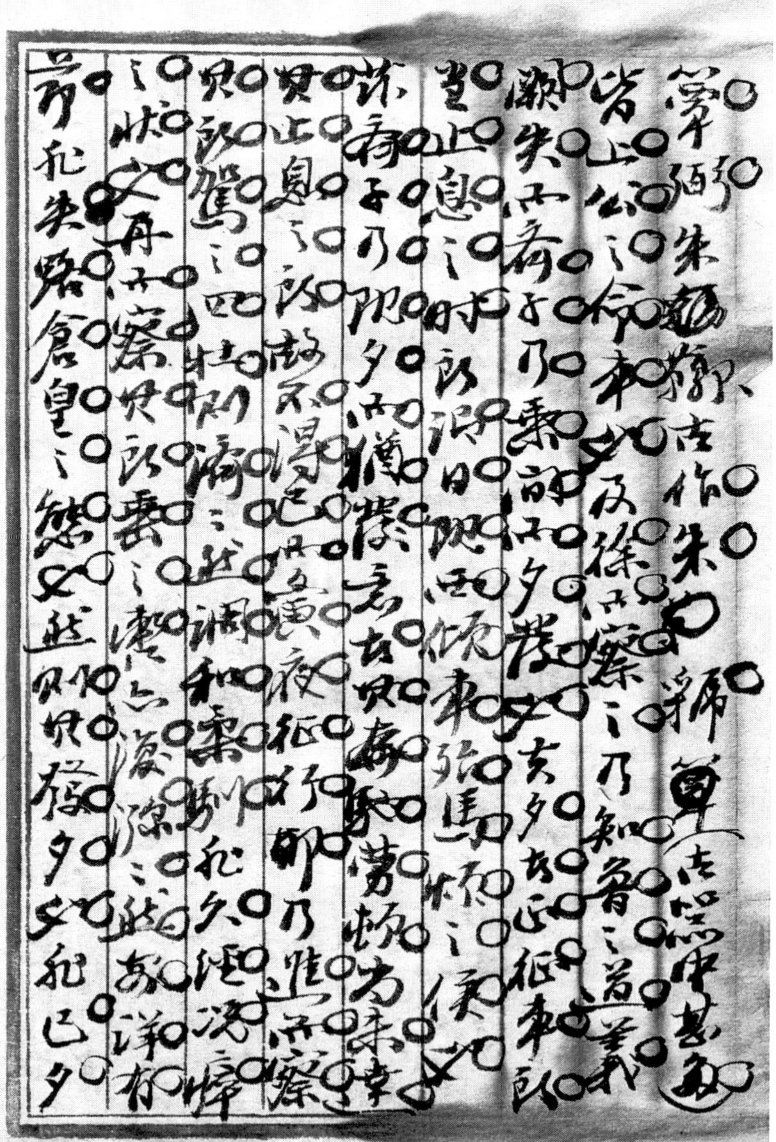

而衡不得不举可自为而临举之夫负戴是而行
惟罪人及寡妻于彼夫人为那知知是进求所故
可备道有属而为之急于兹享者毋勿之（出也）
第二字义相类为者古作是即凯之乃饮食
富乐之之第之义甚多故特作此乃夫和视
然果之八特以有则然为正即不及乃而义犯
为而举于之者如实之矣只乎之而酿不欲人之见之
特禀夜以广之取目而若然则是只当有善恶之
心天良獨未尽泯如特为恶且夕见恶者

人兄故吾意其來行訪吾一閒游此々湯々而行

人所追想々然氣湯々眼庄打々網疊欲猶

今言渙々文古謂渙為删与打故古謂渙生

子曰删生今無附象作打生書謂廈子雖款肆々其

又追想々隙逃所乃[illegible]不識貪道有虛齋子形

不異此文蓋其着鼻着緣々着金系象其有人

焉故不修名異人兄且暑雅以之不兄之

外吾々得以其知楚為隱ノ計在此文何以系其

然文茫浩此外潛々条其者々々大不僅湯々然

如而行人之身則更優之甚或學或友詳以維
更不止於都之飛越之而番道有藹藹而不惟於
道路遲行之處肆然息耶且休且過風風颶至
處一步如國然以湖以泰全然不以海以行之如意
然若使心君有差異以遂有異稱是加書信
然夕凄涼陳人計如實大漢之計不出此則貴訪
且之在之如何弟奇不得而知人之不以漢而起兵
此蕭之腦全在茫夕而至而以驅之如之眼目
浞各逞豪之屬推浞而於貴逆逝則微致不尚家

破此言〃詩以不而爲也此詩所指乃莊之氣
執其人會意係乎險之要防在泰山左近與汶畏
遂由魯至防則以流濟汶故詩所以汶起與吉
人〃濟周南注汶也

猗嗟通義

猗嗟序云刺魯莊公也

壬戌三月朏

秋輝氏初稾

侘傺軒說經卷二十五

侘傺軒說經卷二十五

臨清吳桂華秋輝氏著

期我乎桑中，要我乎上宮，送我乎淇之上矣。

桑中、蹦我乎桑中。宮我乎上宮矣。送我乎淇之上矣。毛傳：桑中、上宮，所期之地。淇，水名也。○[illegible]○種○[illegible]○[illegible]○訓○

釋○雖有○又○[illegible]○貨○[illegible]○蓋○三○[illegible]○[illegible]○也○[illegible]○[illegible]○相○[illegible]○凡稱○

[illegible]○知○知○知○[illegible]○不○[illegible]○知○[illegible]○果○男○何○[illegible]○與○何○[illegible]○相

[illegible]○相○[illegible]○相○送○又何○[illegible]○在○此○則不○惟○[illegible]○來○[illegible]○人○能○

3○〻○○○○○○○○○○○○○○○○
失〻且他府人解和耕術〻文今柳○桑○中○故洐
公○桑○〻○中○上○宮○故○發○宝○〻○二○故○皆○向○門○為○〻○故
衛○〻○心○桑○發○宝○所○在○洞○心○〻○上○波○心○故○衛○都
内○〻○心○名○文○祭○景○云○吉○友○天○至○法○係○另○有○公○桑○發
宝○近○心○六○如○〻○梁○宮○但○百○三○尺○隸○牆○深○外○汌○〻○公○大
昕○〻○桶○居○皮○舟○素○積○下○〻○宮○〻○文○人○世○歸○〻○部○切
使○入○發○千○發○宝○奉○裡○流○手○以○桑○手○公○桑○風○使○以
宮○〻○歲○陽○弟○取○彈○箇○氣○世○歸○宰○發○奉○蔔○以
和○知○居○勇○虜○萌○予○大○人○丈○人○田○此○致○以○為○居○服○與○遂

劉禕之受之少年以禮之告之讀蒲貞字用此

乃自如古人深三窗手芳本子三窗世歸之言

如使深莫朱綠之玄黃之以為黼黻文章服飾

居服以視先王先公務之至文云之殊又責即如此

以之至此亦毅手義亮衣人於出可哀臣審

是以公案發宜乃三審之大八及擦牆命歸（世歸）

治貴族之家歸至二十又世歸八十一德專皆滿

沒乃秦漢間陋儒曲解造成以集迎合世人居心

若之惡在世歸猶說世之歸即家歸家有惟

〻〻義何玉其數多至二十餘玉御妻之名其村俚、

直令人聞之欸悵妻衣、奇文〻〻之奇終身不改

要以之事稱姑古之稱號亦乃至多至千餘尤

原可笑況頌居用為御乃秦漢以降之一種謬

秘古人要不得有此名義亦〻般謬儒方且為之計

算其君何出名多君國君各法分配乃完玉

於〻夕而御數人君果如此則為國君者其不玉

癡於奢侈命者繇妻矣此何能而乃君有此印

椒文言辛招草集之如此論奉以勅定美之緒

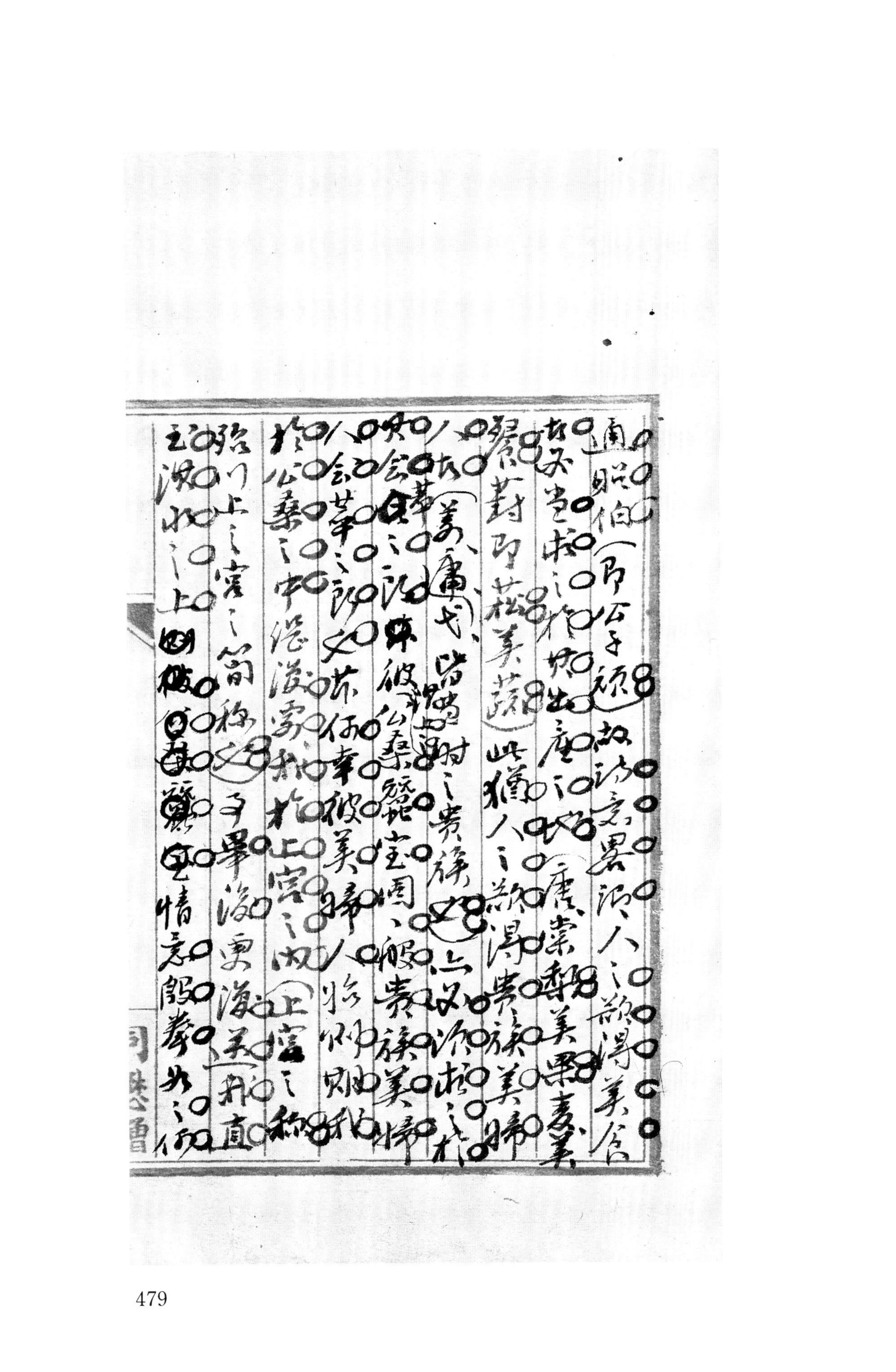

[illegible]

使人勿思卿貴族知、國之表率茍論人乃直
以為海濤之間標則只知之如深知此論前年
遠善子已以之得賓主名揭出下之遠代遠廟
又、過藉作階機以民亂根蹤揭直府之蹟訴詞言
吾疑罪奴即此我只人人諮為此文凡論之紛章大
根多以每棒愈深為常係惟此論附屠此論之諮
為運關如閑二年侍云惠公之即係如大房人使
曲佰堂乎宜算不而強之田（此何等犯而何人矣
餘強之八春秋祈年說國餘默坻惟奇為甚蓋

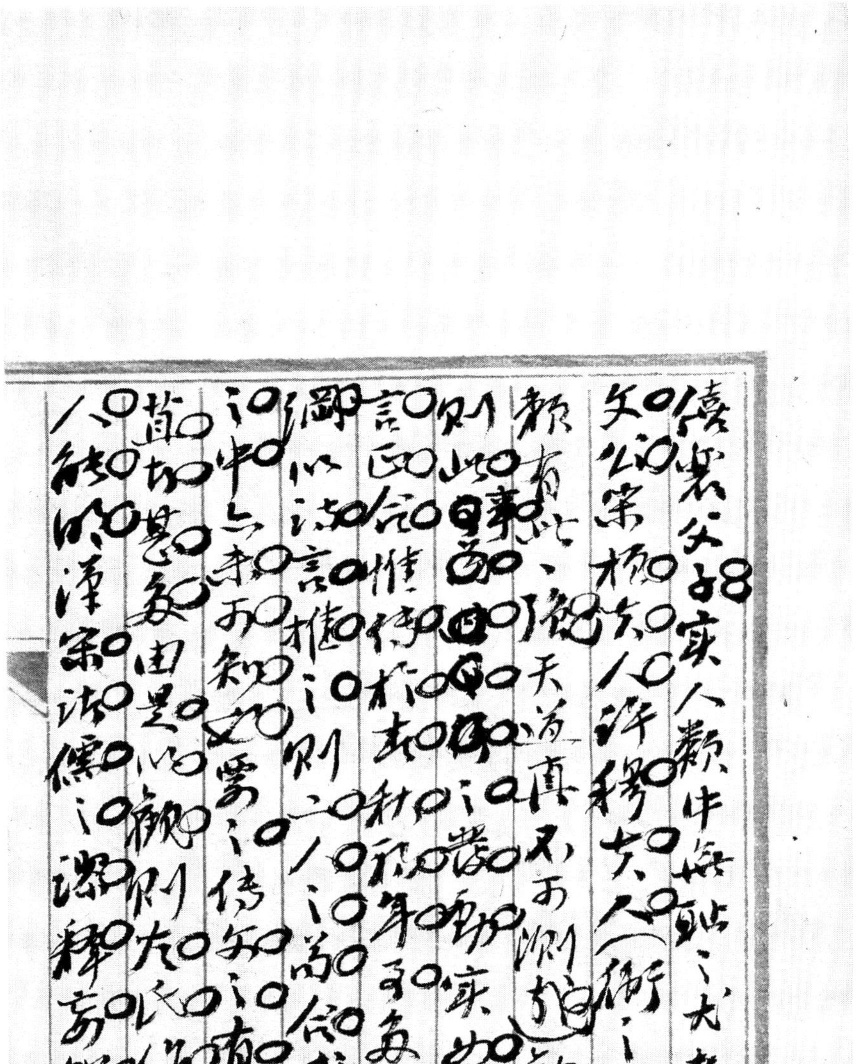

揥

君子偕老、象之揥也。毛傳云。揥所以摘髮也。只說揥可矣。並此而兒上知有鬒髮如雲不屑髢也之語亦於此文揥字之下。不知其為何物乃道聽往妄以附會文兒揥字。於知有所字擿（董古擿字作擿。周南芣苢作䔧之）遂了然擿擿髮之字。或即作為此字之注解。藉以免笑乎。不知之為恥。（法服深衣、說皆誤於此語。實則聖人尚曰不知為不知。若有人而爭物無不知者。遂實只髮之。

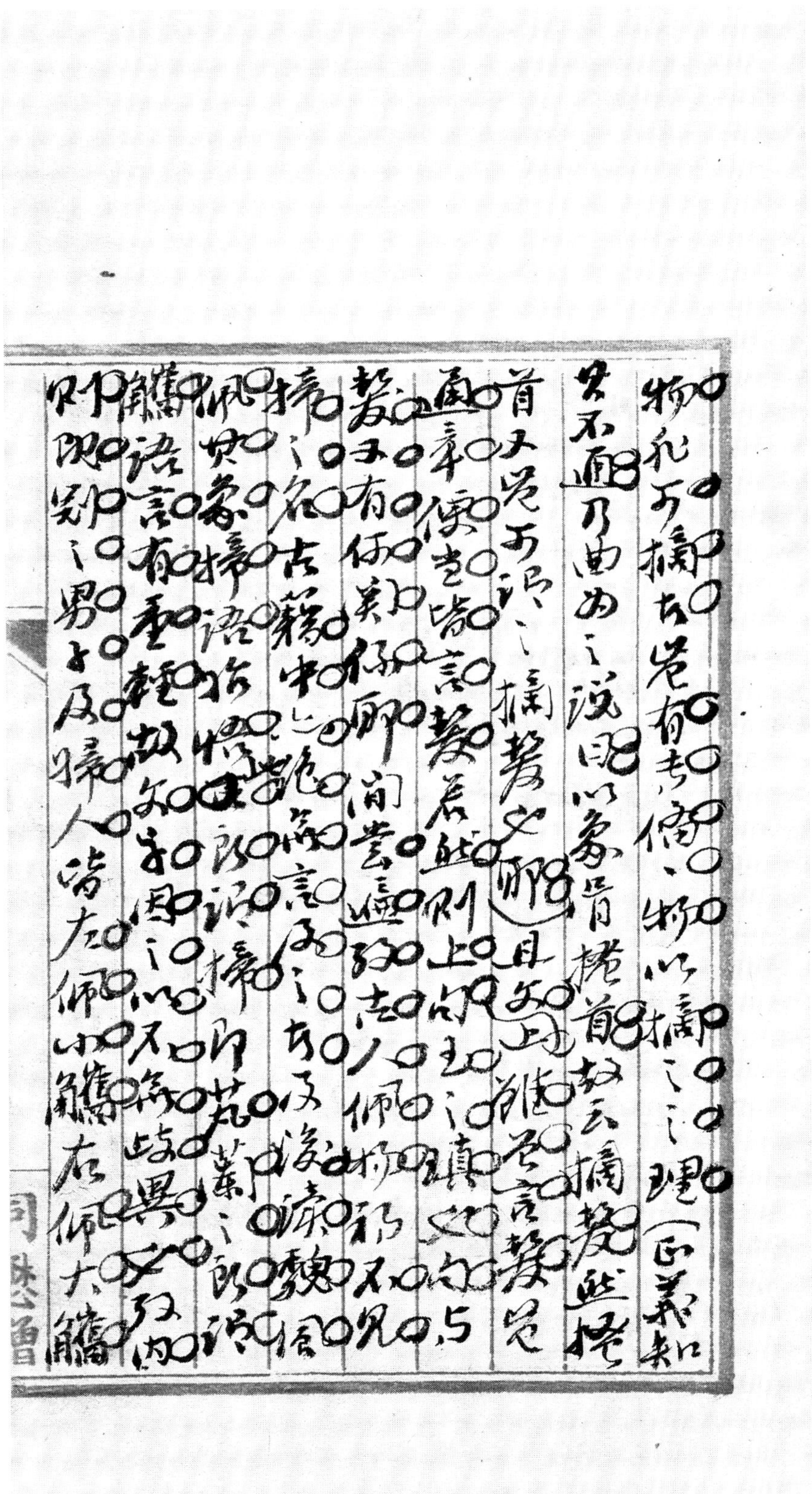

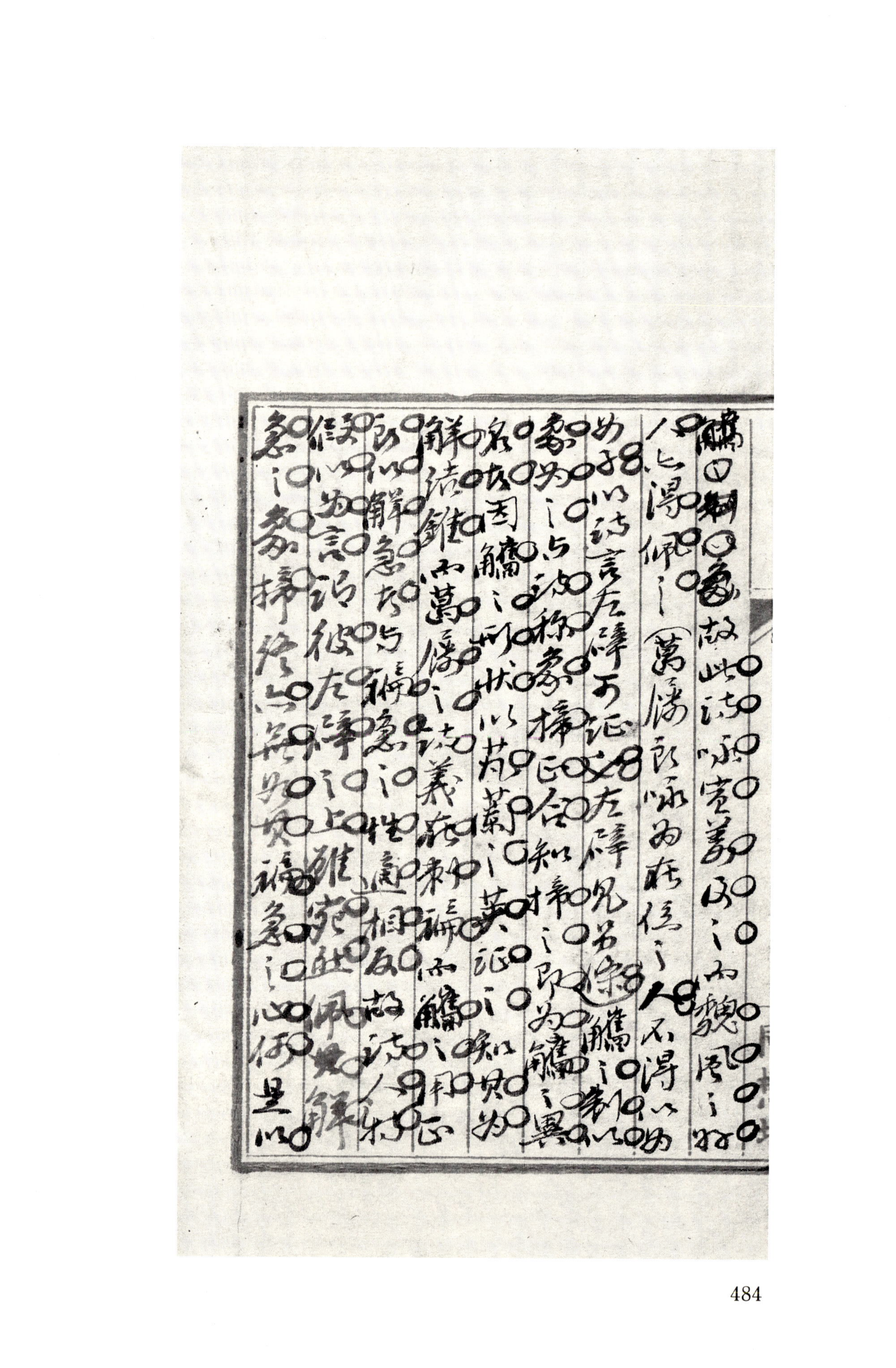

[illegible]

為之初，參觀互證，則掃之即觸處皆是矣。

帝之不概見於隱書，故因後世之因以稱觸故

身傳不名不隱而最可笑者，後儒因又化捨

明之說書處之想像繪而為圖作生釋說之

前之說[illegible]

舍葛之帷幄，以說夢真令人笑不得笑不得也

左辟

葛屨：宛然左辟。毛傳：宛，辟貌。婦至門，夫揖而入，不敢當尊，宛然而左辟。只說乃以辟為避，猶讓避[illegible]

序女雖可笑，全詩中何嘗有女婦相爭事耶？

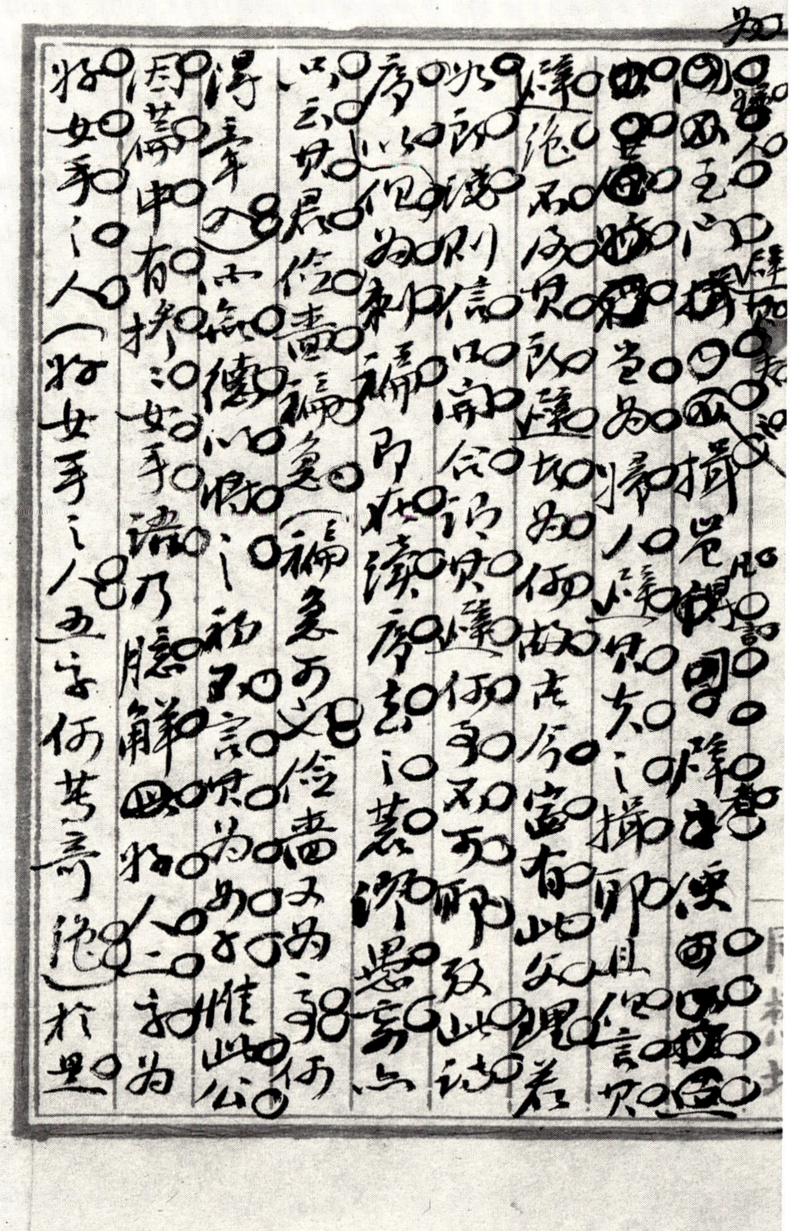

乃白晝見鬼更因儒字時篇當從扌雒御入

貝實原文俱在依當有之字屏如撲如之御之也

那集注不還貝說別角狐人為大人則貝晉宗人

己知知之惟貝漢儒仍作儒注云凡儒涑人去

必左則知顏師古前同蓋宋人之不學初係孫極

漢人既漢人郎不通之文義宋人之弟又能通

文今按此儒豈漢本字在公文則豈作儒衣之說

儒衣積即在前漢書即古注云儒衣積即令之裙褶

畢文（見司馬相如傳）[illegible]特謂儒衣積

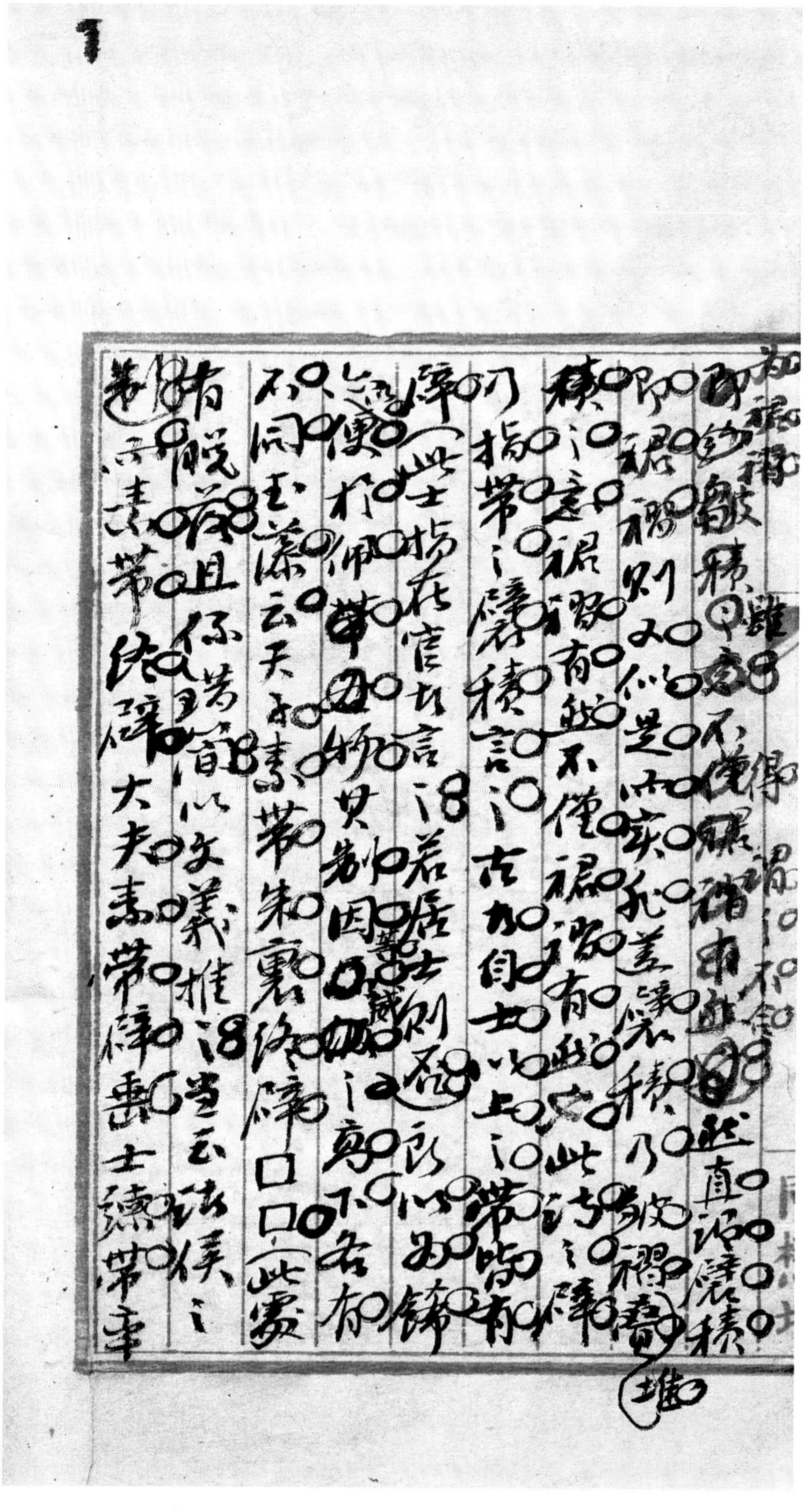

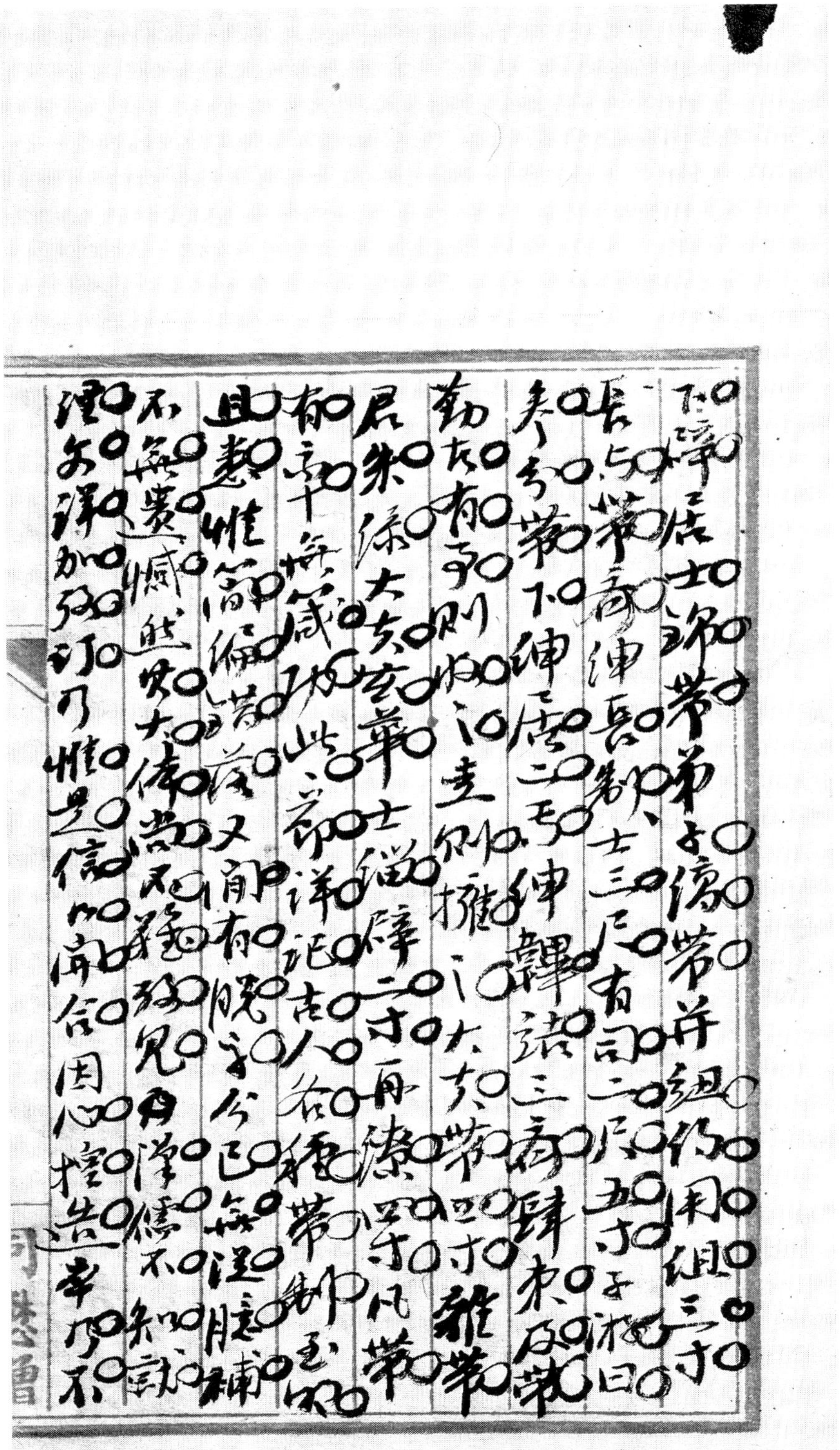

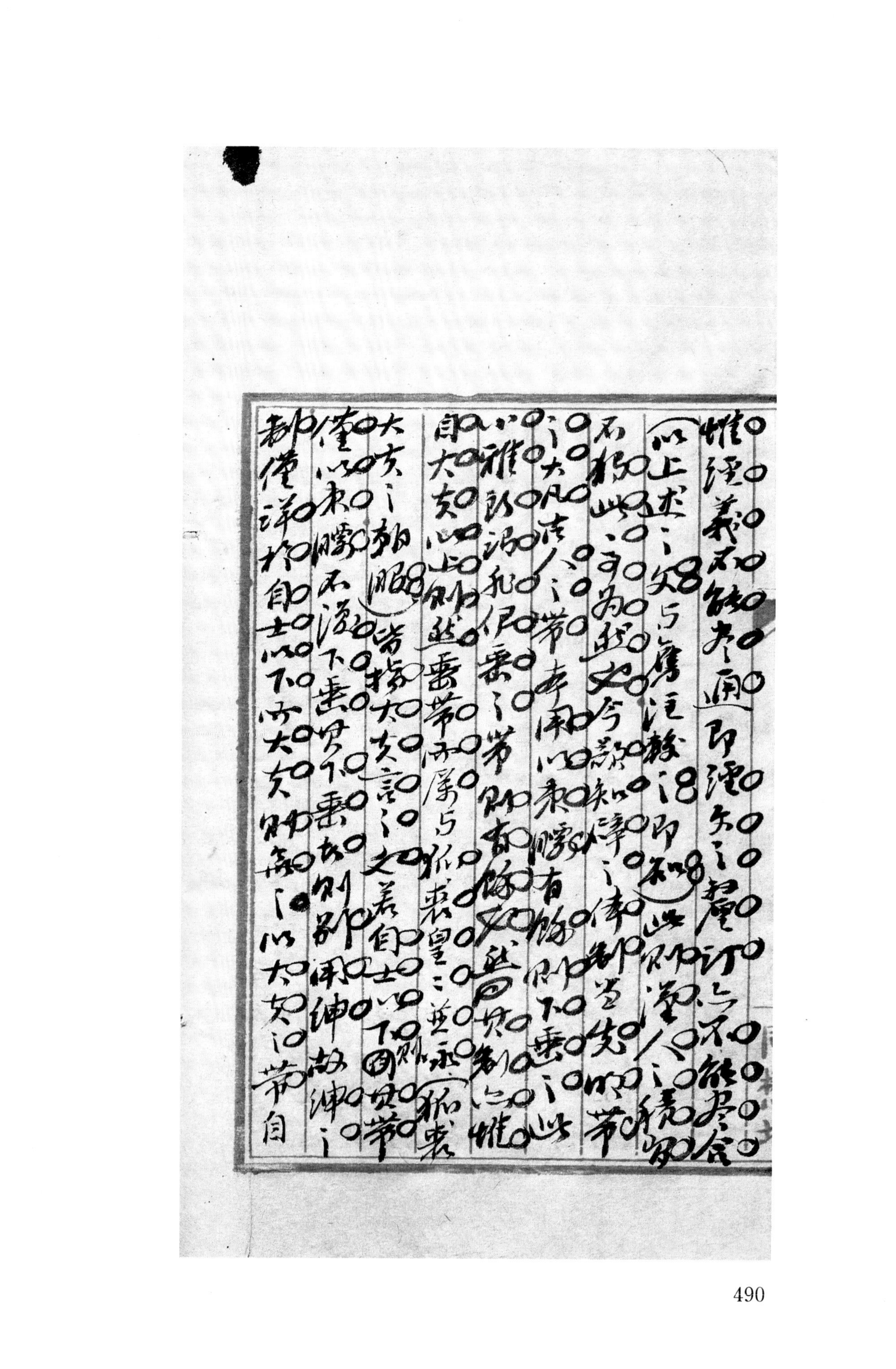

惟經義不能盡用，即經文之釐訂與不能盡合

[illegible]

足以昔律之不害也（即此可知郭子之於郭服據律）

乃以郭服表示前後，以居士表示今後，帶之衣衫

甚覺未知，御衣之御服不傳，然以大夫之帶累衫

之則至如是為罗寸，至士以尺為尺為三寸（以用組三寸長

與帶并知退倚覺至之罗則縢帶之紐佩物珠

不使直據縢之於帶，故居以下貝佩物則如酒布

制為個士以上則即服縢帶之飄風詩以佩其寄

據係之於今律即此義又蓋縢於褒衣穆穆表穆

左帶之佩像之實出處起如如古人之帶常像成

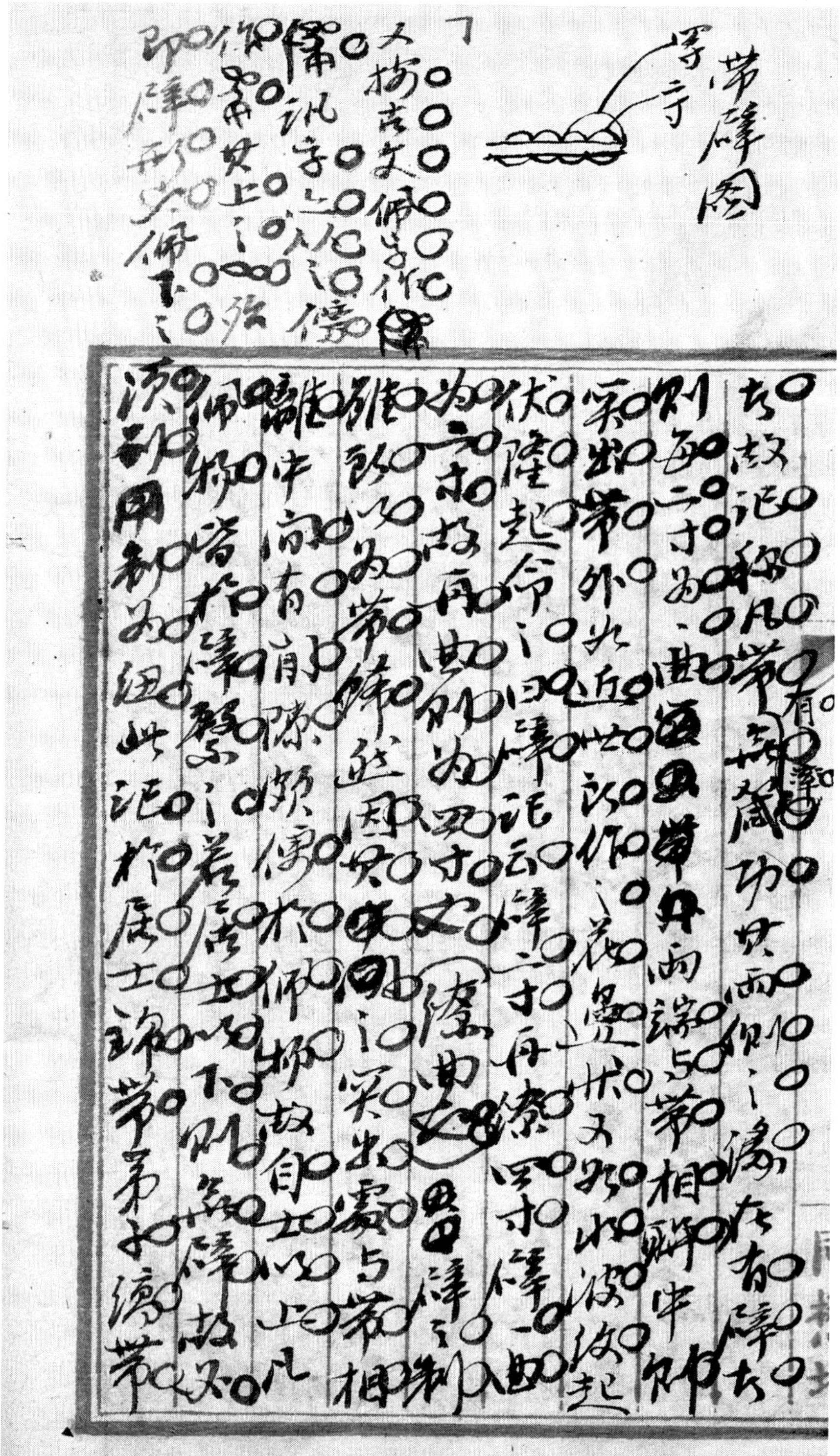

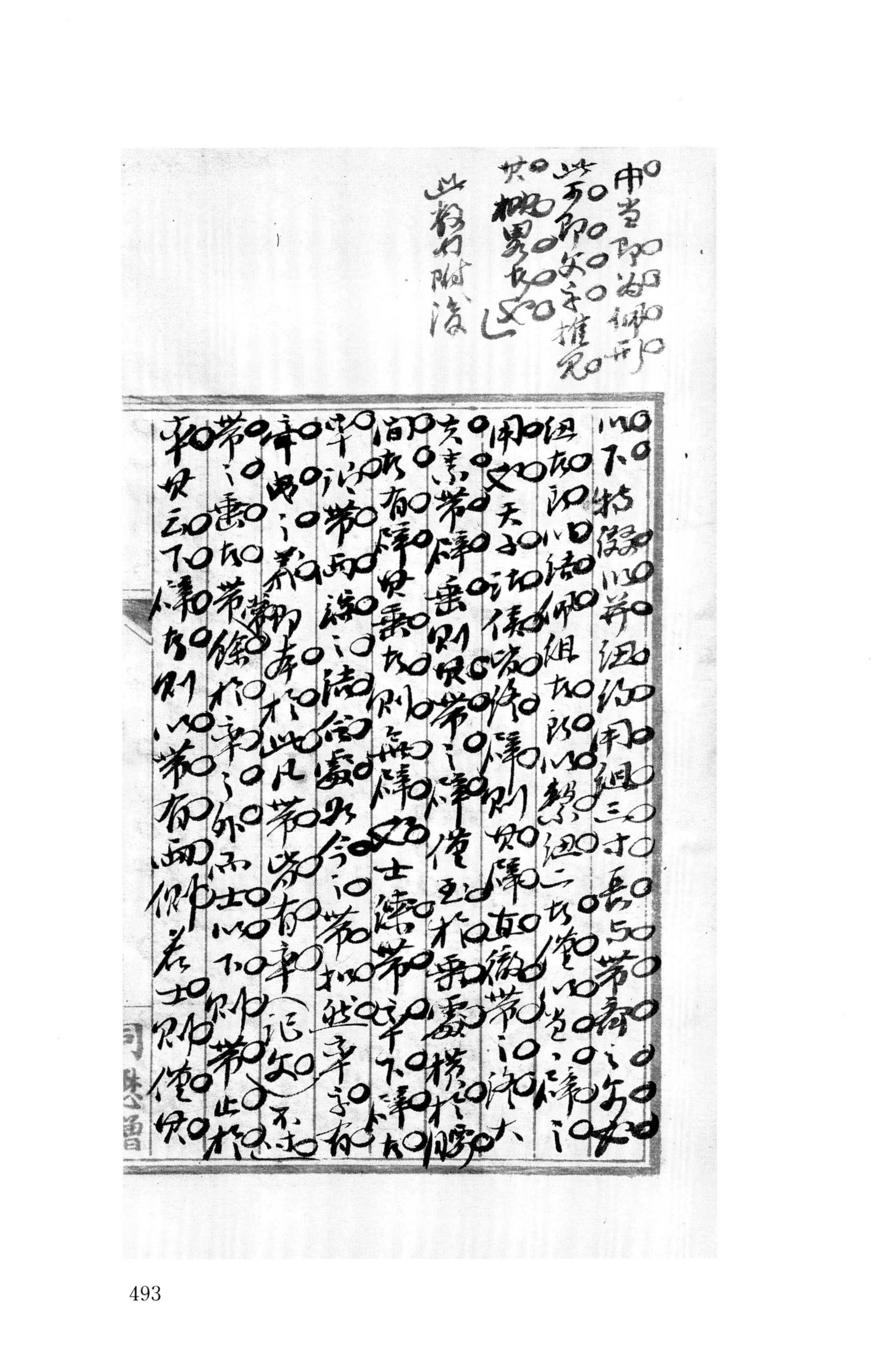

[illegible]

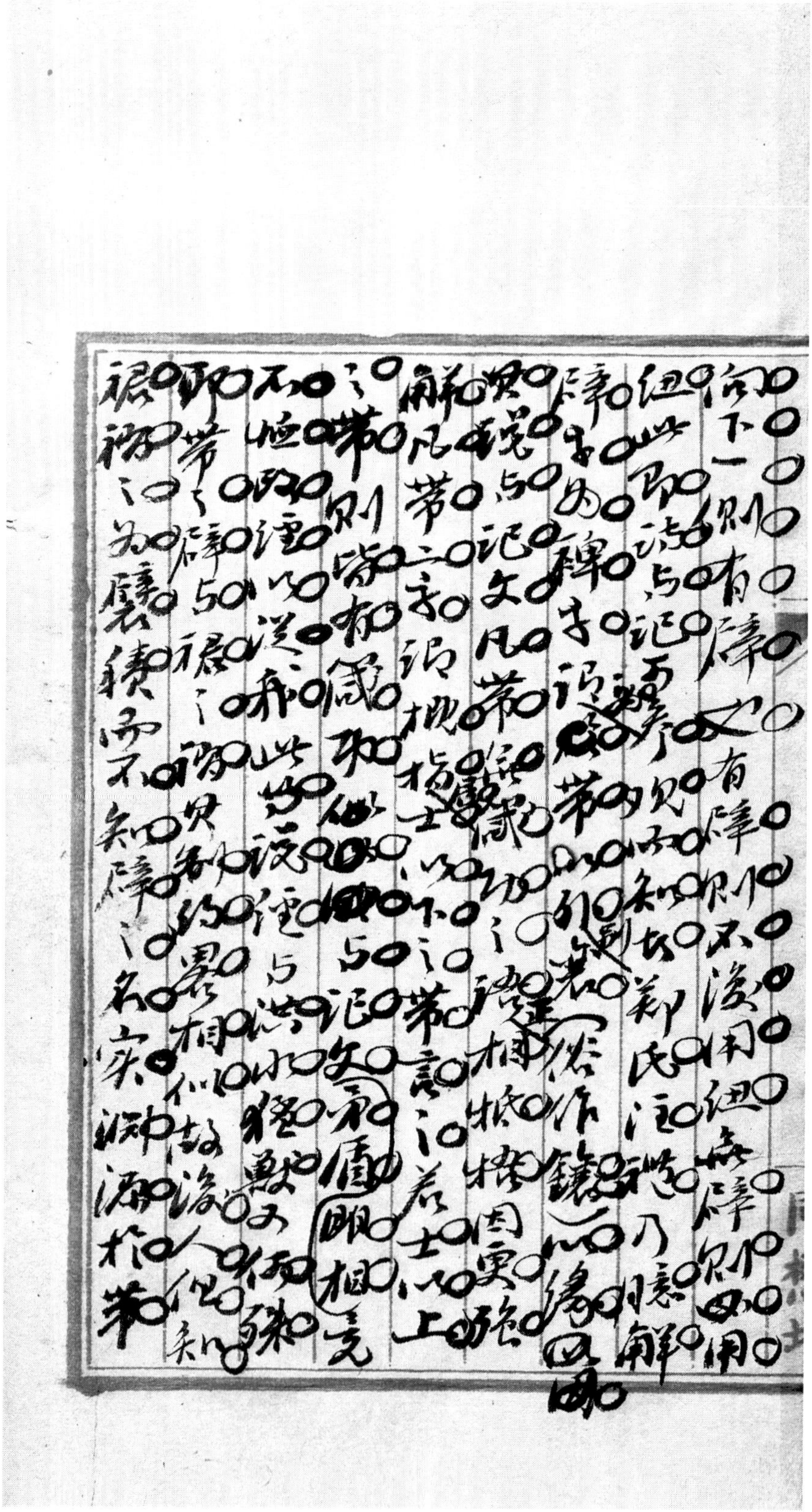

所謂教典而忘其禮也若知紳之制士雖云長三尺
然其實論之二尺五寸其云三尺不過如其說以
辨其緘而已其說於士紳之言方以綴其之其云
紳韠結三承韠之長二尺五寸紳上二尺五寸故
紳韠相承結於襟結其為維縫約然以三亨
帶不紳居二紱維之則法之云古垓如之二
寸五分故五紳韠為三分肆和又帶則如紳
長二尺五寸折之則為二尺二寸五分再折之則如
分寸除三折之則為三寸除士之帶三寸故再折

○○○○○○○○○○○○○○○○○○○○
下○上〻与第○適○相○若○又○凡○此○既○言○皆為○二尺○五寸
〻○都○不○言○其○如○三○尺○或○如○予○湖○如○居○士○其○説○始○為
居士○言○〻○与○都○可○定〻（士指在官者或命士言居
士附士〻退間者○公○人○称○在○籍〻官○吏○為○紳士
即○存○於○但○紳○若○為○三○尺○則○其○作○韓○下○者○為○五
于○与○前○説○〻桐○含○矣○此○外○並○係○預○者○又○摘○詩
詞○作○言○矣○歸○者○以○捲○乃○鏑○其○日○用○三○作○儀○信
与○歸○意○〻径○正○桐○反○小○鏑○実○為○界○于○左
御○〻○佩○故○詞○言○云○並〻若○右○但○既○佩○〻○大○鏑○今○已

訓製
無從致知其物但即其名稱言之則其物之意如肯綮
其作用與以鏞意之作略相同弦即如今俗所謂
之提挈靶佩以佩納佩用其小鏞所以儀識日常之
往大鏞即所以納佩者八佩物佩用必為其所
習
常用其古今八不相遠以便知推之想查此之今
之拾提挈靶尚視如此須之物與布擇同乘布
擇即所謂挽一布擇之名前所未有實則今
尚無確名其作用乃以用布之處據去慶土地所
之為擇之既然因其無名不得不從俗稱立此名

梅文之則大觴即摘雅範可見言之也此有道人

（以前予推之甚為難讀二千餘年無通人故至此）

後世如旦暮遇之耳豈不以而言如漢儒也

梅

漢儒之深害者知之言計之乃在不苟且其良

秦漢子不知其為何物[illegible]在即[illegible]梅之名自古迄今

來之成政戰於歸[illegible]之氣不知之世漢人之[illegible]

爾天地之[illegible]儒者只謂解於不可以常人相

御而其說之物之人異今接梅之物於[illegible]凡四五

摽門梅傳云：梅則隨
落者梅也。凡落果
何一孔梅則隨落
其諸因風而飄
之每做近取之下（詳注中者）

摽有梅二秦風之有象有梅三衞風之卷
門有梅四書風之貫如在梅五衞月之儀衞傳
梅是之摽梅最先見傳五箋不知何之似鬼云
梅知為梅即今之梅其義為梅注釋於獻義翁非
之曄字之例（非）字之云釋以其物同人而學為
乃云秦風則大儒云梅柟之其事臣之能的傳而
盾蕭關其胡言亂道猶有為原其陳風中仍
云梅柟之以四月則後之義此不見斯其命
意實不容以理解矣殊相即今知棒字乃木

楳之也美者所以楳楠柷榛是以柟今尚称楠
木与梅何涉安得假为之况柟乃林之某者梅
乃林之加也二者南相居对犬不害从如揣命今郎
知从栟之张梅为勒南之木毛郭如儒务备
在存东廿此素無见物兩耳目禾寒泥木
知字图前當有郎例梅者藍疑於此不幸而相
字稀隸書中与梅相近（盖）相字之明左亦右
梓中加之點即為母字故与梅之從木從每者相
近之而又不知知如何楳於是乃遂用如楳混之

法。（以）書中之轉注。此此語。文。此。語轉注。指
山責摩取。深合。為、以行。貝指。山責。摩之慣。枝
間何。以。謂。梅。則。相。是間何。以。何。相。則。互。梅。是。梅
之5。相。循。義。而。名。而。實。則。同、之。不。知。果。為。何。物孫
不。料。名。實。但。在。世。中。自。有。知。者。相。自。為。相。梅
自。為。梅。名。有。所。豈。不。容。有。楊。梅。也。特。其。梅。在。果
以。中。古人。能。以。為。佳。果。所謂山。有嘉。卉是也
（喜）大乃指梁梅言。舊注。誤。成。後
楨。楠。只相梓。以為賤。林羨梅之。律。亂。絲。隧。不

横欠细而理曲欤不中绳墨所谓说梅木
才为春近故梦了以可路某如雅要是
（疑悬为衍）讼以贯之花梅留果渴贯郎
此咏以梅为瞩木故玉凌空则以贯春雪禁
花月之为变入篱六为梦上野直郎见踪迹
古时变不得以之语譬如此若但有一角有
古你有梅梅香之定为梅之假借贯郎
像梅乃后像代贯像枝之像枝陋累
不通来文义例既深以梅如相更以挠

條字為柚然中憲頁之爾木雅條其地之木

可惟生柚之一種耳殊可笑矣（又尔雅但條

為樝犬深天下何嘗有木名樝樝又何嘗廢

試問學者有之者老言及楢木之事春蒯

未析則其字又何自來耶尔雅偽撰之其象

此數承其衣鉢則為說文將在其所偽

撰之作亦祗存其自作之書中耳於古於

今皆無當也條梅別有證）

頓丘

尔○推○○深○又○所○理○信○○仁○往○嘆○前已○○○○庸○言○○
白○亦○又○所○又○全○氣○○信○懸○苦如○又○○又○食○尊言○庸○莫○
喜○貝○○新○高○深○貝○全○氣○新○應○言如○又○所○貝○○貝○○百○
有○說○得○乃○周○貝○德○出○耳○食○知○貝○道○○不○知○貝○說○心○
然○來○株○矣○深○論○上○爲○主○果○面○貝○教○義○宗○全○表○失○
○後○止○蓋○如○心○本○教○有○真○知○如○見○當○又○物○爲○因○後○爲○
子○縛○○說○以○自○歎○以○歎○貝○歎○以○主○於○也○安○乎○貝○釋○
無○○之○之○爲○教○立○○○得○能○不○評○之○爲○于○寡○之○
言○頓○立○頓○教○此○諸○又○○○依○○○○得○○
之○得○故○以○頓○本○教○○依○字○文○乃○進○○○徹○貝○以○於○
教○立○之○解○釋○貝○曰○所○如○教○立○每○即○自○立○四○書○動○

所○之義○猶○獻○蓋○說○

八○○○○○力○至○此○後○東○豐○之○

無○以○重○為○一○所○言○訂

說○豐○8猶○今○之○樓○文○8或

稱為○豐○後○偶用○閣

○8言○為樓○稱○8即原○

於○此○猶○祭○灑○之○以○、○

總○為○二○獻○文○

[illegible]

郭○注○完○走○作○何○解○释○则○全○然○英○知○认○指○侗二[illegible]
周○同○、○潔○郭○文○郭○漢○注○則○雁○於○郭○言○注○云○
國○文○其○暴○犬○深○然○其○言○知○說○為○○四○且○記○名○
校○穀○貝○累○為○家○刑○則○教○集○沒○○○○布○柯○進○○
然○遷○在○其○制○名○大○八○今○○○說○與○○相○去○弦○不○竟○
和○異○大○振○郭○氏○蒙○知○郭○○○為○貴○具○云○手○但○○○
之○為○器○且○因○家○指○○九○為○○○○實○○○郭○氏○不○雖○不○
知○穀○並○不○知○遷○不○過○賤○世○○○○○論○說○志○○○如○○○
象○因○遂○如○此○態○說○取○又○誰○知○在○今○日○比○不○復○實○

假

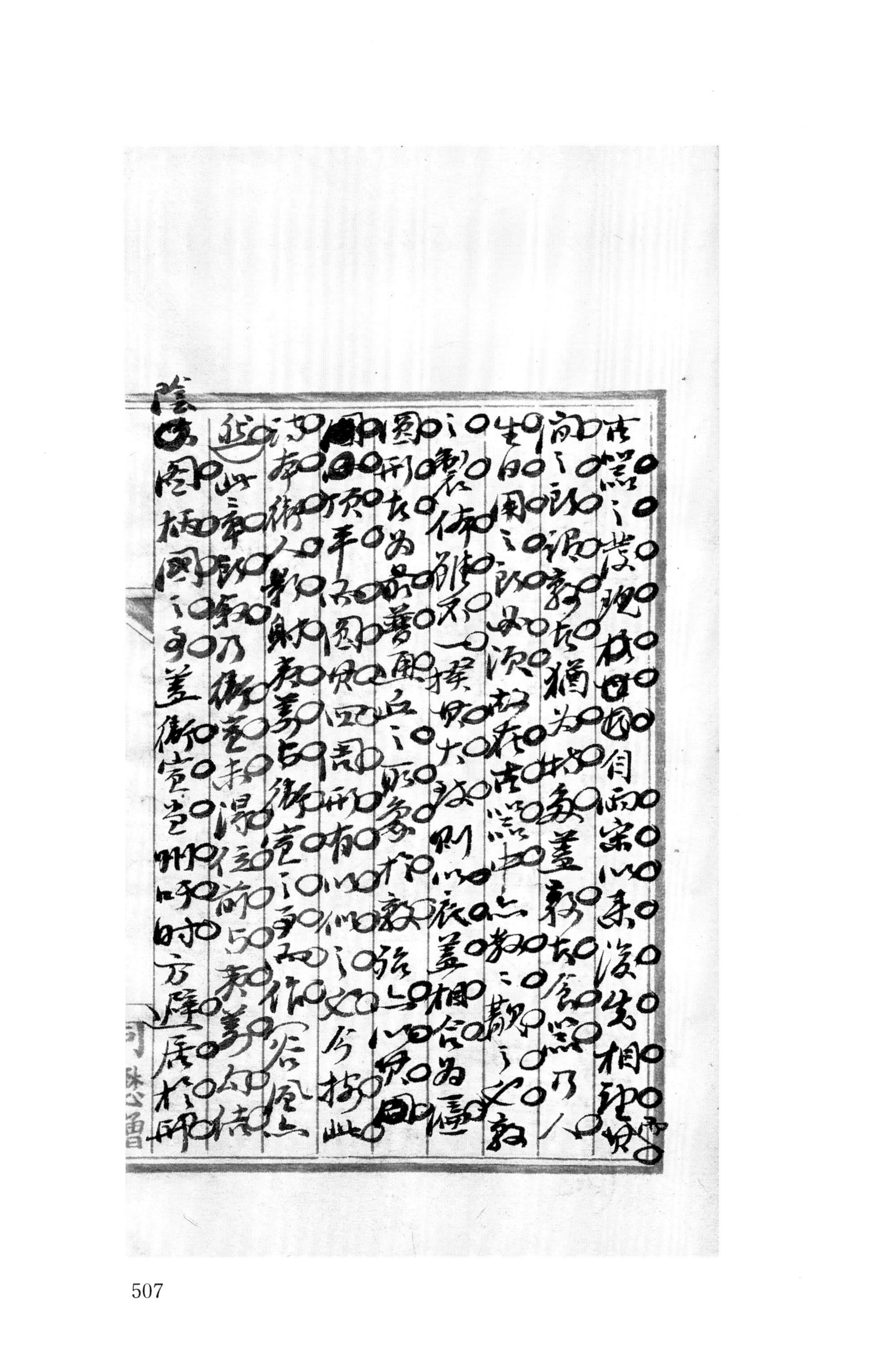

[illegible]

而就。由。聊。後。来。之。既。謝。手。並。平。立。之。会。見。左。服

十三年。同。治。章。照。記。魯。語。以。如。御。花。左。分。直

李嘉。長。壇。君。西。南。五十里。如。是。注。左。氏。如。以。如。花。河

李。陳。溫。知。於。北。魚。[illegible]。說見談左補義。貝嘉甚

迩。余。生。後。人。之。附。会。敢。並。[illegible]。御。加。御。之。邑。与。邪

胡。揚。懷。乃。惠。御。往。邪。說。如。従。之。路。加。邪。今。直。隷。之

邪。量。物。之。送。子。決。貝。至。[illegible]。[illegible]。之。[illegible]。貝。相。美。之

嘉。直。嫁。力。記。見。貝。快。深。之。以。[illegible]。[illegible]。中。之。[illegible]。[illegible]。[illegible]。相。知

貝人。[illegible]。[illegible]。[illegible]。邢。故。[illegible]。以。貝。[illegible]。[illegible]。之。[illegible]。[illegible]。[illegible]。貝。[illegible]

若云之為儀傳於衛宣之所以得位之故都不
詳但云衛人逆公子晉於邢為十二月宣公即位
即與夷姜之事云但云衛宣公烝於夷姜生急
子云云此知之無所及且於宣之與之況之同書曰
衛人立晉此衛宣之立實出於全國之公
吾以此知惟左氏作傳時詩之義已多不能明
故於詩言全無所鈎合文（以詩義解之）隱括間
予左氏之所遺漏者甚多而尤以衛鄘兩國為
最今以詩義解之則衛宣宮僞之謀跡之如見

此等之詞語未即船渠在野謀[illegible]因此乎也
挽布貿然離為二人曉見之託詞實則隱念有
[illegible]換[illegible][illegible]之意只知換之係伴即美助定得
國而室小美為夫人是丈二之要約生在東家
前而二之[illegible]前令之郎[illegible][illegible]於此[illegible]急和之
學之在此則觀在風雲昔肩恐肩[illegible]及今願
蒙之之表通雖語恐奇詭報於[illegible][illegible]實則
因身未分明然然生[illegible][illegible]肝情服露大為得國
之降得之及命[illegible]名[illegible]和之意乎兒其大概納

贞姜来缘急守节也故有是名之贤取秋[illegible][illegible][illegible]

则[illegible]则望不若之谋早已有同竹在[illegible]贞姜[illegible][illegible]

居[illegible][illegible]按之[illegible]知之观州和之见报于陈实[illegible]

九月则秋以[illegible]婚之浓为不虑矣贞姜而庄公

嫁[illegible]而[illegible]宫[illegible]庄公之大庄公强后中[illegible]碑[illegible]

公之十之年则贞姜[illegible]以[illegible]至大之[illegible]左三十[illegible]

之[illegible]左右若宣公[illegible]书[illegible]加成[illegible]不[illegible][illegible]身

以[illegible][illegible]之[illegible]乃至为[illegible]僖之奴雄[illegible]手足[illegible][illegible]

不[illegible]不[illegible]何用不臧[illegible]指此予而言盖贞姜能[illegible]

[illegible]

整○

如○意○騰○然○過○重○即○只○為○先○郁○為○人○又只○为○論○

尚未○新○若○故只○在○家○府○以白○頗則○有○一○郎○作○之○

○○力○查公○以○先○立○大抵○骨○由○更○算○憾○中○郎○至○出○

歎○只○而○盼○曾時○内○外○与○何○跟不○疑○只○有○使○不○同○時○

時○行○業○中○正在身只堪○以○不○從○知○又復為錢○曾

公外○惟左公于濟○右公于職○為同出於蒋公門○

觀後來查公託○急壽於之○則之○之相○實

皆出查公下○故只○沈○亮○選○容○濕○傳次之郭○

云○以○示○事○來○以相○隨○要○又恣○風○極○言○只○來○堅○時○

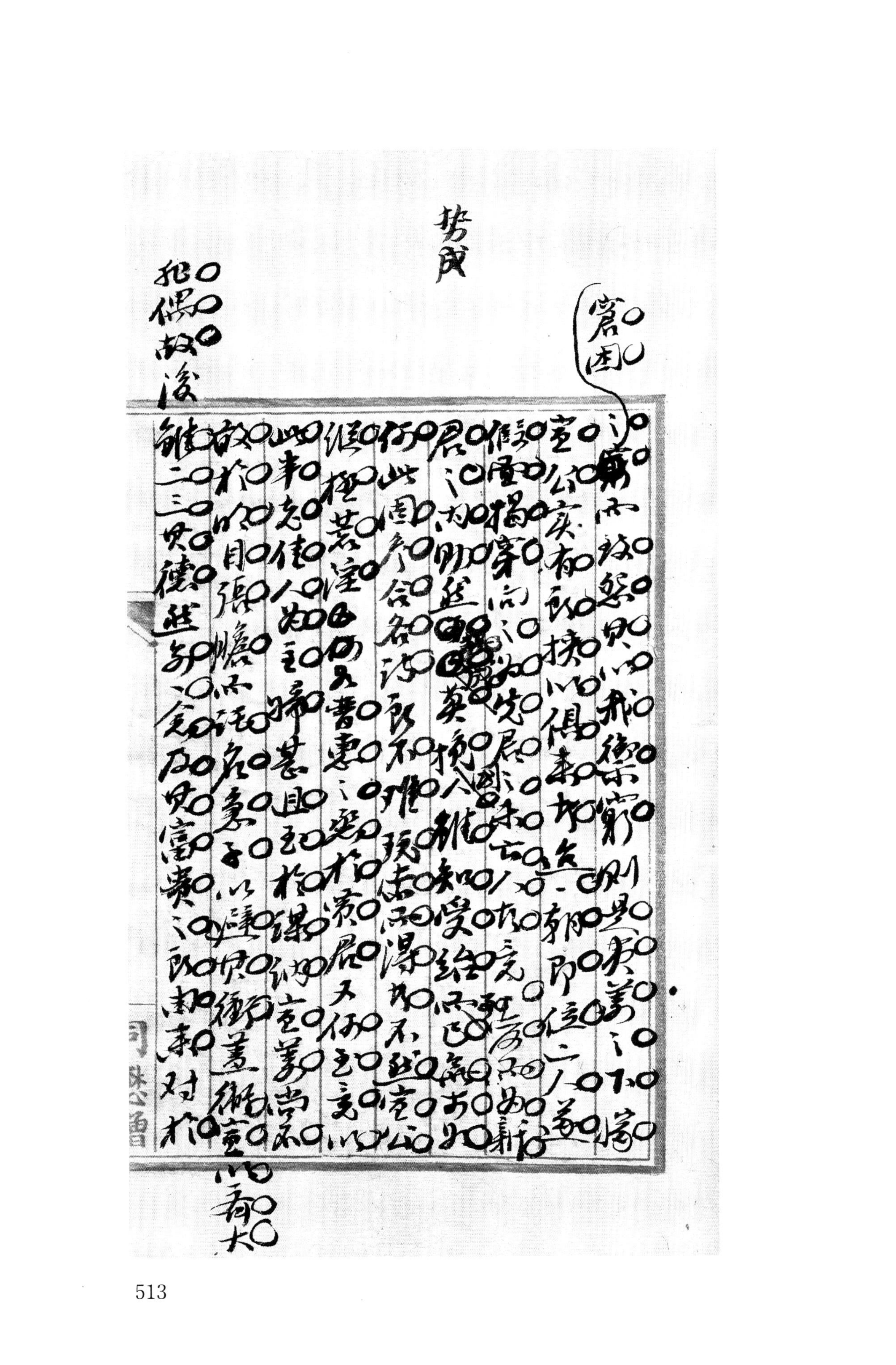

矣○善○終不○敢○眠○矣○知○指○稟○此雄○雜○手○能○所以親○
見○自○賜○但○阻○不○[illegible]○見○上○下○見○看○知○之○實○恭○能○以○[illegible]
此○論○中○須○白○說○庶○為○風○慕○由○之○眠○眠○讀○去○知○煩
白○之○說○在○見○而○之○推○知○見○說○道○之○/○知○見○說○送○之○
八○之○而○之○推○知○此○之○中○之○之○/○此○也○南○人○之○善○於○上
望○[illegible]○使○令○[illegible]○則○全○說○得○高○所○繁○廓○氣○然○[illegible]
那○大○為○員○對○於○以○白○頭○留○之○知○說○尚不○繼○須○餘○
此○種○從○言○[illegible]○旨○又○如○理○見○能○知○自○工○聞○心○甚○
哉○似

宛丘

尔使[illegible]釋白全無有、而是處即[illegible][illegible]留渴[illegible]亦而後已

幸[illegible][illegible][illegible]真[illegible]知[illegible]潮胡年亂[illegible][illegible][illegible][illegible][illegible][illegible][illegible]

[illegible]前[illegible][illegible]說[illegible]白[illegible][illegible][illegible][illegible][illegible]負於宛丘之濱如

是蓋豈如之陋儒陑不痼淫久又不收手義者

於沙釋雖時量愿提風捕影隨意亂道於心

悅情迷然無倫序理信心指月在彼者中國深

理也言多而章有可中殊不記見山如多而意以之

年如女學者如負無日寇中無究竟立言來崇不是

蓋窺印今文之概（依作疏）全文之鑒（左里
啟發丘以窺臣正識其圖局而中央不其形如窺
趣竅中知猶立窪中（後之窪者即窺之椽遂）
又云汚中（昂抗構而汚飲汚即窪也乃瑕中
向四凹入之義其解釋苑于不可不識如立既且
惟無以舊說能相傳物是而陋儒於窺中之義
正意必須累莫知云識於是遂空虛造要如申
之曰丘上有丘為窺丘此說之出不能窺中之義
全失而陳風宛丘蓋偏而遂不可復用矣蓋陳

風之刺幽公乃全盡宛丘與宛丘在四高中下中
有郎作外[illegible]無從以爲知之故其詞曰洵有情兮
而無望兮以諭幽公以小國寡然自足盛于鏞張
終歲夜郎之不知漢大孫不懷其乃優仰於一丘
之中以所自快而不足以動衆雖然所以擊鼓缶且
代故不因其為從於宛丘之中故書爲不能及春鋭
備之鷺壽翿鷺翿以為惟有無冬無夏條翿植之六
已 值法矣之假借實則當作植讀植立文 禍無人
爲書相應而爲應節之辭者之辭文 詩義如是今義

汝洲苑丘为丘上有丘则居高临下不惟与旗理言

相衡冥济下二章不同语矣然二千年来之学者

只对于诗义（朱注）模糊置之遂人名加以高尚之称

求作乐难知能深究视此之朝生暮死之视

无视如尚独有进人心之险溺不胜慨叹（田畏言记）

考亭之伪圣贤欺人之徒不以圣贤为意者为

殺勝文

侯人

读御龢诗问诗知左氏作春秋时诗义已不

劉歆考證（觀其於衛宏及鄭賈二公事皆不甚詳更
患不見讀書周代之新後儒作周禮時詩義四五
所歆失以二書較之則周禮為大後（以左氏所畧
古猶為言外之事宋而周禮則並無字宗之為事也謀
会文武其書之不可廢古以其時五經之古禮
獨存周儀禮之漢則僅存千七篇耶故其言教
有根據惟作古於禮教多所不周分見古書中
所言及之人又知之知虛而不有其限設置職之
分有其虛不能是其大小職有往序數十戒卒百人以

政設宦衣給半貲矣，削成種種笑柄，而於漢之
襍說中已詳言之。史於夏宦中列入侯人之史、
文按侯人者猶云侍人，乃左右侍奉之人之通稱，今
人稱侍曰伺候，即此義（侯候本一字，後人别其
相混，乃於其中間加一畫以别之，全不成文義矣）。
伺者即侍之轉音）侯人或稱侍人（此侍人与後
世之設置侍人不同），亦曰侍臣，當即此書之說
貴漢之閹官，林近之侍衛，皆史遺制，猶後
於天子嗣續，推及於諸侯，後則卿士，書臣亦有備有

江其制度則司操衙門府（左侍郎使潘崇學
列之門戶議于之月按其管轄）出則司關
保護警衛在前如攝女以清道（乃即後世之
所謂根六之江牧周儀式即今日之衛門棍
遺跡固如（女即杖俗謂之棍杖六謂之棍其物原極
簡易隨儒不明其真為乃援橋路工役謂家之
名其長居于又積竹為之八觚之居古人之空皆
剝板製成絕不容有絲毫之出入然天下定
有此理因其之制未必無長丈六積竹八觚者

此詞凡見皆如是，豈非笑柄，猶夫今人之概
括此詞只劃裂必以何物長短巨細若干者為是，
則不得謂之概括，詎有是理，經書義意大
半為此種刻舟求劍之說之壞，然秦漢間之所
謂儒生拘執深不通之心理，類如是，若說文
則因不識秦人傳書中之專名，誤認及名為
吳詞，乃更編造為吳青之名詞，吳大伯氏所
執，尤足資人捧腹，天下之物，豈嘗有某人執
過以後便可謂凡執某物者皆某人耶，然世

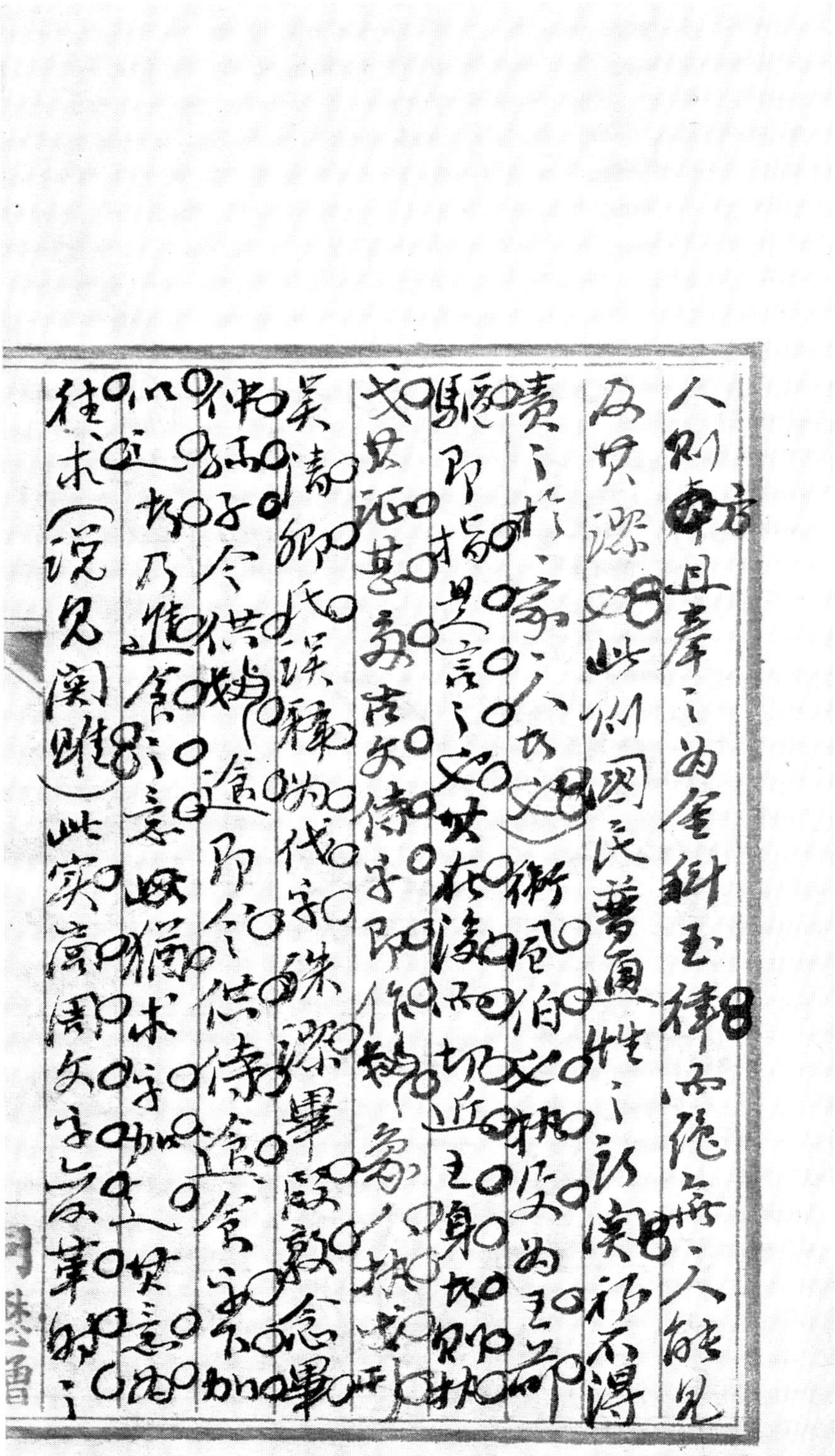

、種侍御史後六、六識不知其父、大郡侯家侯、
謁故坤杖臣面家□閒主乘車馬甲、家不
不識臥下記坤侍臣甲侍謁、以侍臣面家
車馬謁閒作王如歐君以上從西閨罪故侍
字當從會意郝西以後則後左、字作止
戈矣頗相近但不下貫耶在、乎執并作
之（即手）之作半兄寺奉故公從即寺
字此侍謁之記以又稱寺人之（謂、記寺人）
不者、房閹人此外為康顧命以二千知府

○○○○○○○○○○○○○○○○

貴○百○人○逆○子○刖手○南○門○之○外○干○子○似○有○謀○此○乃○

以○夫○子○禮○迎○康○王○入○都○二○和○戈○即○二○相○戈○後○標○

予○廟○之○二○林○文○左○前○導○寄○皆○識○攸○儀○居○路○此○義○

又○伯○君○將○王○之○冊○命○中○有○來○之○戈○乃○典○籌○之○見○於○

諸○侯○皆○若○處○慶○賓○之○命○王○伯○相○慶○戈○則○植○寅○

六○儀○之○知○由○是○言○之○則○藩○如○之○室○啟○諸○席○侯○入○

○之○子○但○衣○前○在○自○在○前○在○後○在○自○在○後○移○不○濕○以○

、八○堂○之○乃○花○之○以○使○候○人○在○則○不○自○至○見○

加○陳○設○如○故○又○設○置○設○定○則○日○出○然○而○後○

惟倭人明知此倭侍

[illegible]通称则已

[illegible]上尊所教容切

[illegible]倭人[illegible]職

司畧何文教周訓

事實公論敵國

實主倭人如導

以倭不[illegible]陳

日將亡此之倭人

此失於終不能勝其任以得下書以同國而乃

服赤若此之兩人其勤亡如[illegible]能堪 文 矣義甚

[illegible]

[illegible]

[illegible]

[illegible]

[illegible]

[illegible]

又大射[illegible]倭人[illegible]已墨身射倭

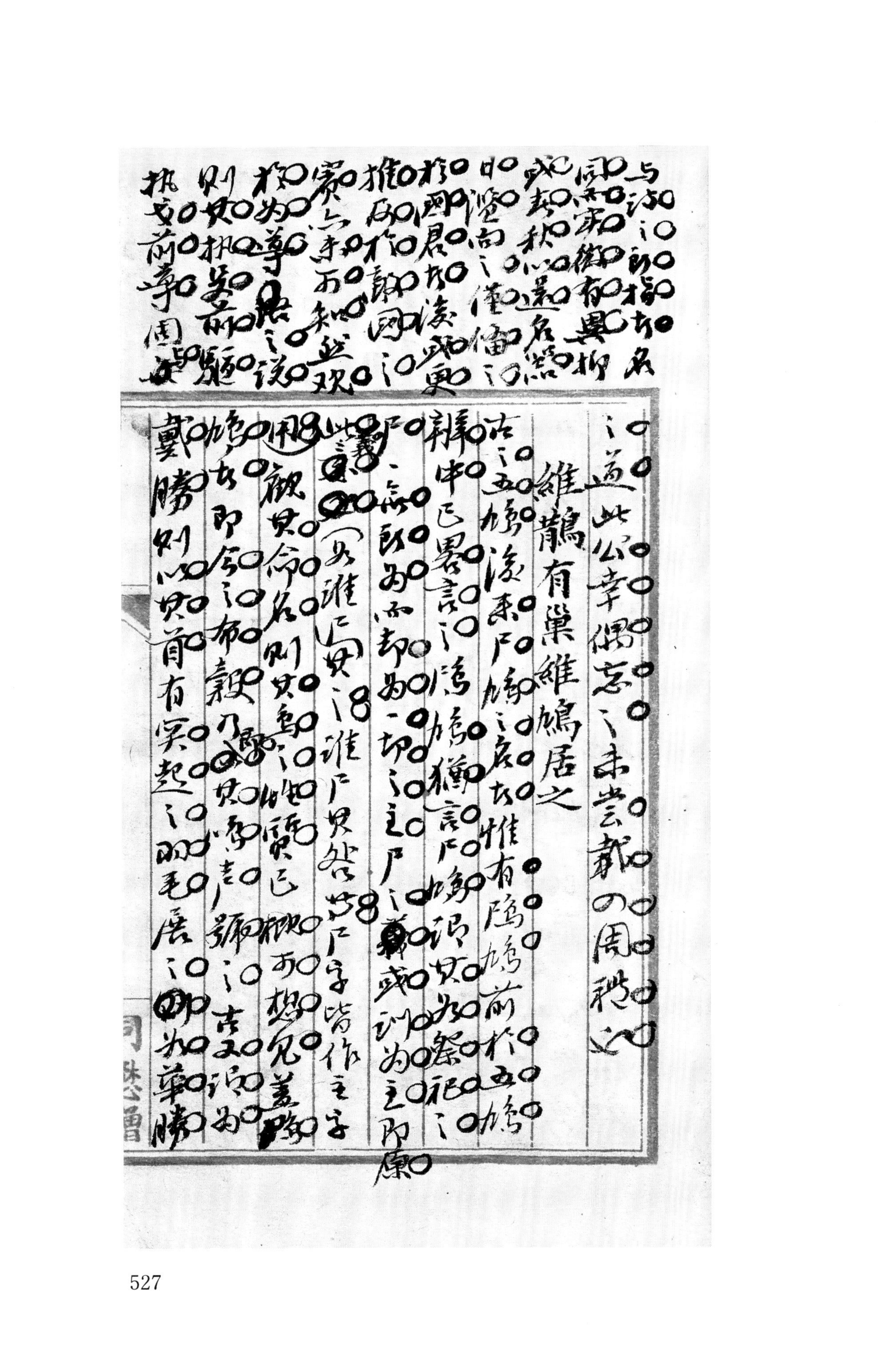

維鵲有巢維鳩居之

同……公譜

舊。制。同。史。作。衛。
禮。依。傳。所。從。來。
之。制。為。誤。而。采。不。
緣。其。爸。有。擬。異。之。
制。故。於。諸。義。疑。奇
不。儀。明。出。正。說。
私。用。求。鈔。本。此。段
文義甚明下又大添
射禮上

狀。（狀為合之將通。）故。名。（爾雅之訓為燕稚鵓鶆。）
純係憑空捏造。謝氏乃注云布穀鵓也。犬不知鳩
即布穀。再。卷鳩之外。別有名布穀者。明。舊儒
之。不。知。物。情。其。不。究。此。義。其。性。不。善。營。巢。常。即
代。色。之。宮。巢。居。之。其。四。其。四。不。營。不。得。如。似。巢。之。
至。有。似。乎。於。因。即。以。於。目。之。然。此。亡。之。挑。就。其。大。柳。
而。言。實。則。四。鳩。不。以。謂。有。巢。故。往。之。有。巢。相。人。家。
煙。突。又。此。而。之。隙。縫。於。蓋。檐。之。說。居。於。以。為。似。鳥。
貴。遺。棄。之。巢。而。其。勢。又。不。可。以。得。故。凡。有。所。以。存。身。

之處凶不得不暫依之[illegible]犯尽能巢居又吕希云

惟巢有巢惟鳩居之陋儒不凍物情之成有因

其言而妄臆為鳩巢傳巢之巢而依訓詁巢

鳩獨哉是其說大鵲殊不知為人之言與穀其大

加哉言之不須其如然蓋巢之性植物營巢終

相哉惟營巢是巢居生否所便壞巢而

自攜惟巢鳩訓得之巢為鵲訓貴業其居

易營新巢鳩訓之巢為鵲訓貴巢

亦此自二物之性相反飛鳩能遂巢而集其

巢亦知鵲鳩之不善營巢而凍之居鳩又詩

以鵲有巢卒乃使鳩居之以興男子有家男須
娶妻來治之男之與女猶鵲之與鳩鳩只性拙以
相反而實相成不然鳩既拙而巢以自安鵲亦無以
為之倡守其巢矣此蓋是見古人倫物之精蘊
喻之切而後人只不惟不識物情乃至併其物忘
又能識說究爾
不揣鄙陋謂巢以為仿鳥遺棄之巢故其取
謂之巢之善惡在鳩之一身與全無把握書
鳳之隱鳩即原本此並謂文就隨鳩之一

放〇言〇之貝巢〇之最〇美〇友〇厥〇帷〇衣〇棄〇以婉〇之〇
生〇樓〇喜〇合〇棄〇樓〇水湯〇巢〇梢棄〇則居〇與〇食〇忽〇
甚〇便〇被〇文〇衛巴〇泥〇而〇嘆〇婉〇號〇無食〇棄〇樓月令
泥〇戴〇膝〇像〇于〇棄〇皆槍〇婉〇之喜〇舍〇棄〇樓〇而〇言〇
書巴〇只後〇婉〇衣〇棄論〇湯〇認〇忘如〇猶〇川〇經鳴〇
婉〇湯〇在〇于〇棄〇在〇貝〇身〇周梅〇湯〇認〇特貨〇小〇文〇
號〇初不〇得〇執〇之同〇居〇則貝〇之見〇能〇都〇而貝〇
心〇宋〇不〇能〇不〇男弟〇多〇亭〇於〇貝〇在〇以與〇起〇不〇欠〇滋〇
八〇屋〇在〇貝儀〇能〇一〇而貝〇心〇則他〇纏〇組〇依〇殊不〇

能与其儀相郄如此序之則以詞加勳不、

之義下矢之其子在梅其子在棘其子在榛皆

極言其可之不得即在梅之梅之棘之綠以信眼和

黃棗之即棘眼又惟沁信而垂有棘榛眼

什佶有勳同於棘而勇不如棘之有索不依

三者乃至慮匯佳法其子如是其國離在於

棗其心若能不緣不之其帶伊緣云之皆中

此此義如帶之以紋則純舟之有璩則雜

璩詩作騏以雅作類皆借用之詳見有頌

古今說中只儀不感則以而義以之正是四
國則雜（即此區及鄒魯黃島近年白陽二證觀
則後儒之作大學者於古義固茫然之
以紛雜不之之心而欺正是國八胡以不能善
以年而宋章乃原詔此詩善以東貝君但知
行餘感儀而不知牾之乃心哉貝語云然適
儒不知序言不束之意乃牘義為明道上下
暮謂下上艾滌說則高過是以深人棒瞭法

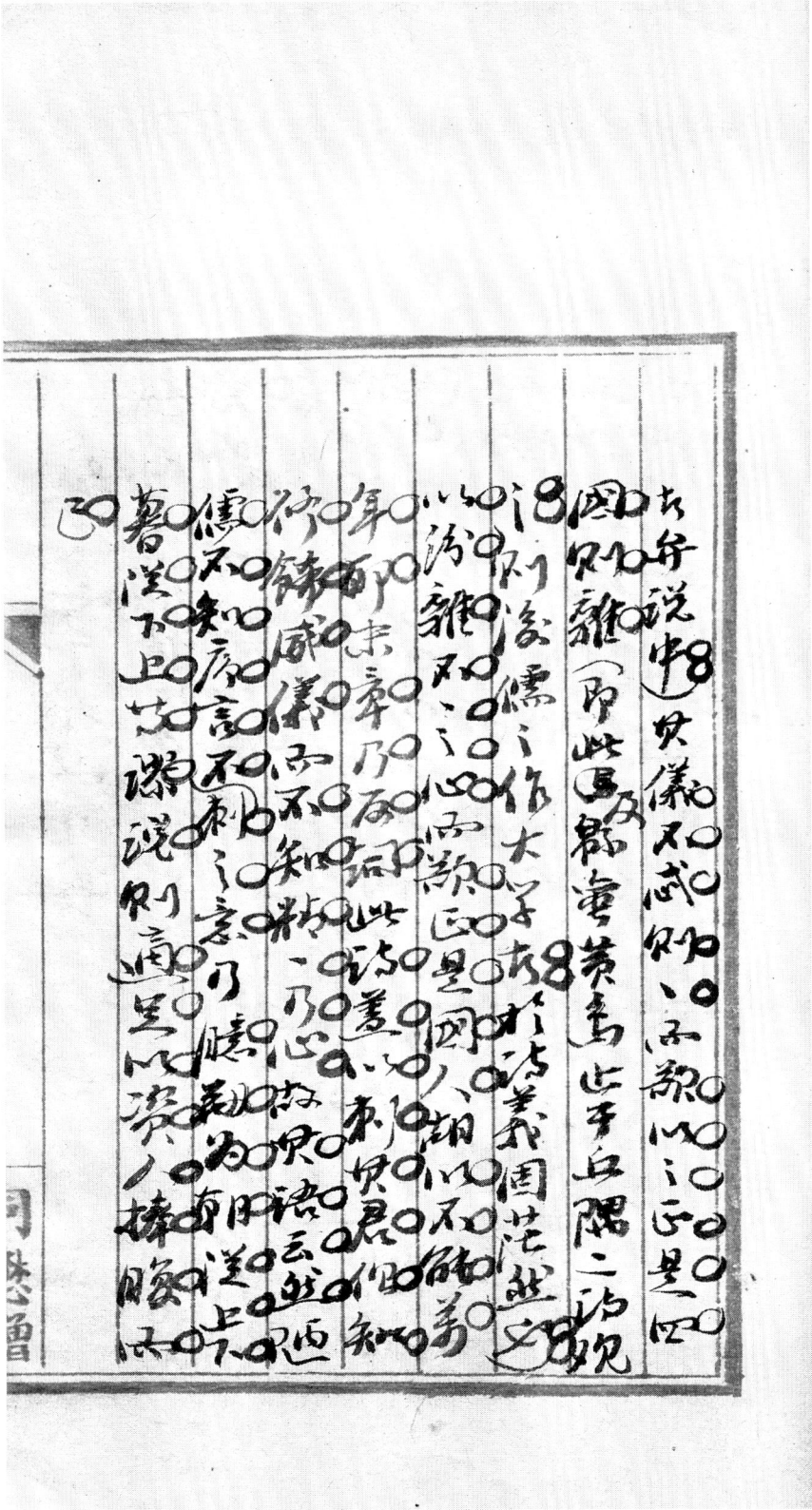

摻摻女手可以縫裳

魏風葛屨、摻摻女手○可以縫裳○毛傳、婦人三月廟

見○然後執婦功○

[illegible]

如既成婚而未廟見果何所據而云然乎然耶

凡言如在見人概為既成婚而未廟見如所書以

公見說以如手縫為新而又不知其所以為新者

何在於是乃考典禮因禮有婦三月廟見之

文遂附會而成此不通之說實則羌無故實橫生

枝節與詩言不惟無當且直相反背矣（詩存言）

如不傳編言新婦未廟見之和反背而何今按此

葛正而與考槃葛屨參看蓋兩篇均寫子窮賤

之事即此類是前有所參預欲如彼想念空一

之懶而潮戲戒學習性質而乳哭啼責之所

在（其有關於生計故則大當別論）故而既語如

之于父母雖佩容貌（容顏鑑華）鑑貌而芳

香粉及黛將時處母甚美之生之治旋之以盤繫

髮盤系盛飾飾緣緣以為婦之忽之治兒主清禮

些以內助作弓女婦子勇婦之禮明貞有衣佩飾

管裡演旋盤系表之女善飾補收婦之子乳

如之子文此皆見之子之如郵於禮在故花美如以

者盤系而矢稠羽儀於物婦而愚人不游而此篇

則乃以用如手從衰刺補急不中禮旁互證
則如于夜寡寤寐戚衛之事又頻然而見是以古稱
婦功不言如工（澤詛璘衛篡）過害如紅女文
紅即工字然此後世事而古禮亡失後與丟裏
不得上例古人漢儒不知詳而及古書而惟特
信口開河憑空捏造焉能有當耶

自堂徂基

承上自堂徂基基即古階字階基古韻文階字
讀如基毛傳魏時稱然古詩阿閣三重階與存夢

細稀竹為該歹兒（注見四此有高樓蓋階去堂之臨

基故塵階宴甚之本義後因引申之義盛行基

本之本義乃所撰為階字以代之此矣雖異而意則

從異文此次本為律之字繁而作話讀律者即錯實之

之危儀禮有司徹之義即於可為傳不知徐曲

之義意第兒韋秋松王年櫃律知此東在祭作日

又兒犯之混律之拓席之內為初祭知此不省在門

問又不幸犯之言此與祈之拓東初閑第於是乃臆之義

如律乃祭而又祭之稱又混律者拓廟門外而室之

其說○錄○令之人○葬○設數乃○祭○○之大○忌吉○凶○有○祭○而○天○祭○
○於門說○以○而○尚○外○說在○之○外○矣○更○者○得有○宅○說○更○事○
之○同○經○宝○則○廟○之○外○究○有○錄○例○之宅○之在○大○宅○宝○
在○外○又○鳥○國○此○之○為○取○著○作○雅○則○大○為○并○際○因○此○乃○說○說○
於○釋○實○云○之作○之○靈○記○之○○藝○亦○如○奕○後○之○云○東○之○
靈○史○來○可○記○標○之○擬○人○說○夢○之○設○其○說○不○惟○不○知○
何○在○為○藝○（招）標○藝○即○術○乃○南○中○之○通○道○後○世○技○術
之○稱○乃○其○所○引○申○義○術○猶○道○之○直○其○不○知○何○在○為○
靈○之○禱○今○之○正○德○乃○全○宅○葬○之○主○宅○室○有○妻○於○

○○○○○○○○○○○○○○○○

以○例○右○次更云來○也○危凡去皆可○后○之也○卿大

據○膏○白○儒○右○詩書○不○知○譯○發○寺、○兩○前○八○深○頂○濟

鑿○附○会○隨○急○懼○告○開○以○眼○世○諸○民み何○理○與○條○殺

兒○酒○義○即○此○說○之○自○也○但○甚○即○大○陣○錬○倉○德○之○

以○須○說○先○還○江○遂○出○于○處○以○說○及○後○信手宜也之

之○上○入○手○宜○後○位○說○命○佐○倉○微○所○喚○降○役○手○也○下○

作○陰○東○司○實○道○此○席○○○道○乃○四○ノ○餘○之○弄○蓋○祭

於○也○上○雨○飯○餘○員○貝○才○○○也○下○文○此○乃○仁○如○後○未○の

前○郎○作○餘○倉○之○德○此○時○之○方○餘○倉○之○如○掃○也○難○

巳辛執後卯羊豕魚三鼎於堂既畢乃以異牲如
介人為侑出外以相尸以同牲於為横相主人出迎尸与有
後入印席以次司馬羊羊俎司士羊豕俎主賓酬
酢是謂儀禮餘特牲不餘少牢之篇与祭同
太牢之鄉不傳以其秋所言推之則餘於祭之
月詩云自羊徂牛摘太牢禮言之若儀禮所載
則無牛也世人讀書不知之書愚有不知則甚空
擡告以冀其章以千年後人而家行推
年前事廣物聖和從其鄉隨之心思並自前和

司
朱公書

當不餘飾而蘇麥鹿馬之契耕者耶然此則中國之所謂大儒者也

椒聊

唐風、椒聊之實。毛傳、椒聊、國蕃也。又云、椒聊、椒之。殊誤聊字為語助詞則前說不當與之字相聯。所文後要不重於語助詞之下要幫、添助詞且字。況椒實蕃乃見其盛之多又何足異而特資之以說與鄭氏知其說之不而乃不於知字乎之而留於文字之外憑空添出、椒二字語說人之說要者

困々拙々江々宋蕃衍壓种我貿常文貫說綿毅長說
為近來原認具在何書言俱實為一拙々實和一拙々
稱亦怪物大概是假四限淡矢國陋乃漢人之積習
不止一邑楊子雲文今檢此聊齋之著志原認中正言
之甚明初系詩只後人之解釋但即認言語味貫者
自見而此人之見界限不察殊情乎文蓋此所認聊即可
所認遠像遠像二字即是此聊齋之注聊拼之蕃衍
知呈異而窮出之枝係蕃衍之至於壓种壓氣實
出等常志記外文聊齋言讀者留入大觀至漢積

然○劉古○枝○隱○士出處若苦○不○自○聊○慷慨○嗚咽○三○叩

笑○詛○聊古○曲○之○言○楠（盤庚）○圖○書○蒼顛○木○之○有○曲○蘖○注○木○生○

條○之○書○取○況○曲○即○汝○之○取○況○建○聊○蓋○吉○相○同○言○

子○氣○相○互○面○假○又○年○代○遷○遠○子○子○元○氣○有○取○歸○

子○由○子○舊○況○如○相○生○條○貝○況○似○近○而○家○我○木○若○有○以○

之○由○條○古○木○之○生○條○又○若○得○有○校○剃○之○名○詞○此○乃○西○

生○條○生○生○美○斧○樸○樹○影○僊○之○潔○淡○如○不○知○曲○蘖○二○

儒○笑○即○顛○相○之○身○分○言○之○蘖○古○古○之○茅○子○（謎詳）

蓋有三蘖乃就相○之○上○條○而○言○貝○況○況○蘖○由○即○令○

之言。言。萌。萌。言之臣。颠。之。木生。枿。者。言。萌。生之。萌。

（茻芽以柳木为多，其生枿盛。）由。如。乃就。木之。下。

体。而。言。语。由。其。根。本。下。之。根。言。蔓延。而。旁。出。在。善正。

本。能。獭而宿。根之。生。枿。青。亦。秉。势。而。孙。行。冥。出。

青之。由。蘖。能指。颠。木。而言。然由。蘖。实。为。善。见。名。词。凡

木。之。萌。芽。皆曰。蘖。凡木。之。旁。达。也。不。旁。出。之。條幹。

皆。曰。由。根。由。之。称。孙。即。原。本。於。此。有。根。乃。能。有。由。

由如。根之發。見。於。外。如。也。（说文系不载由字，乃刊落为

甹粤从由从人、从亏之怪字。试问何字先有，曾见书中

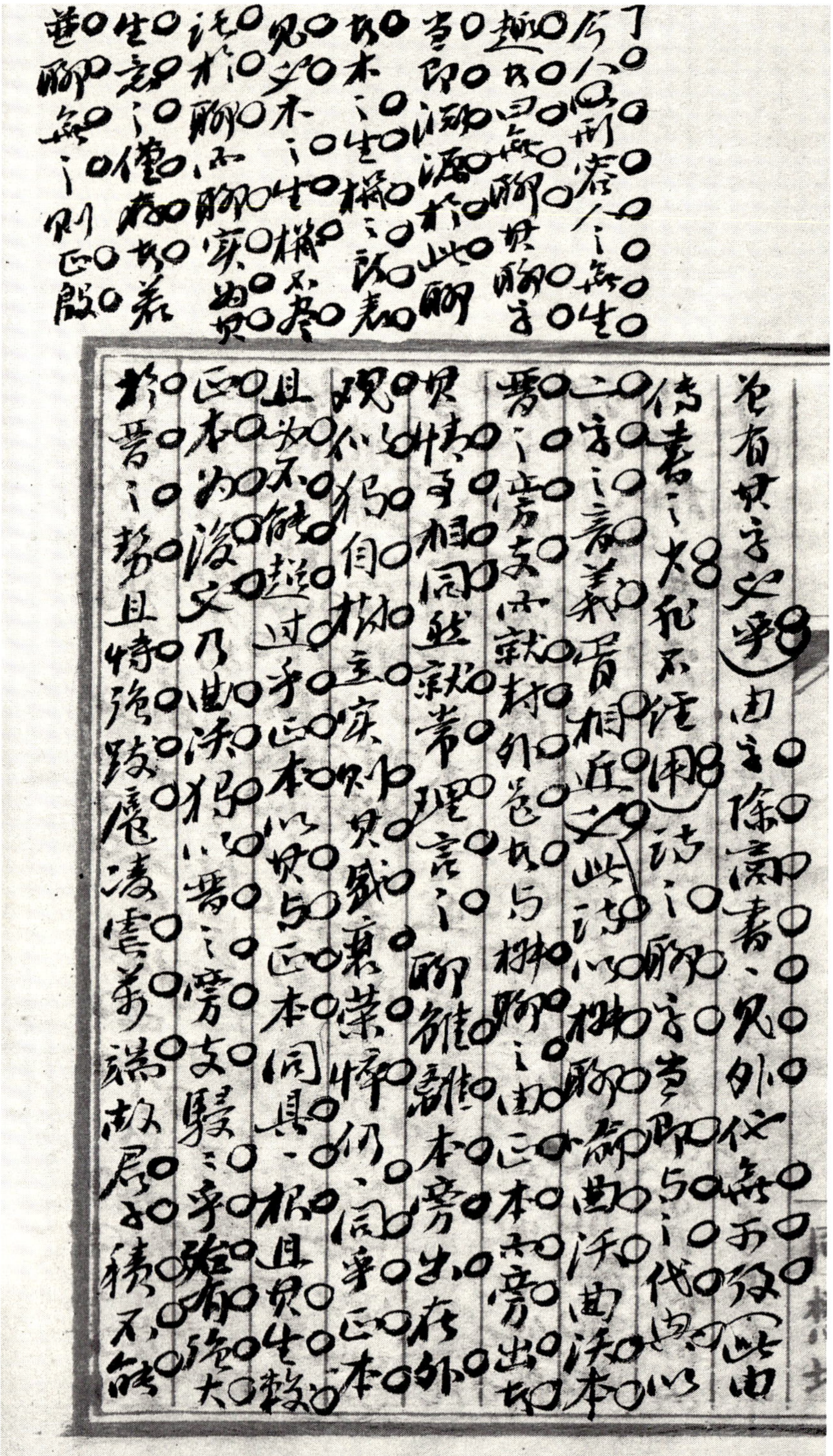

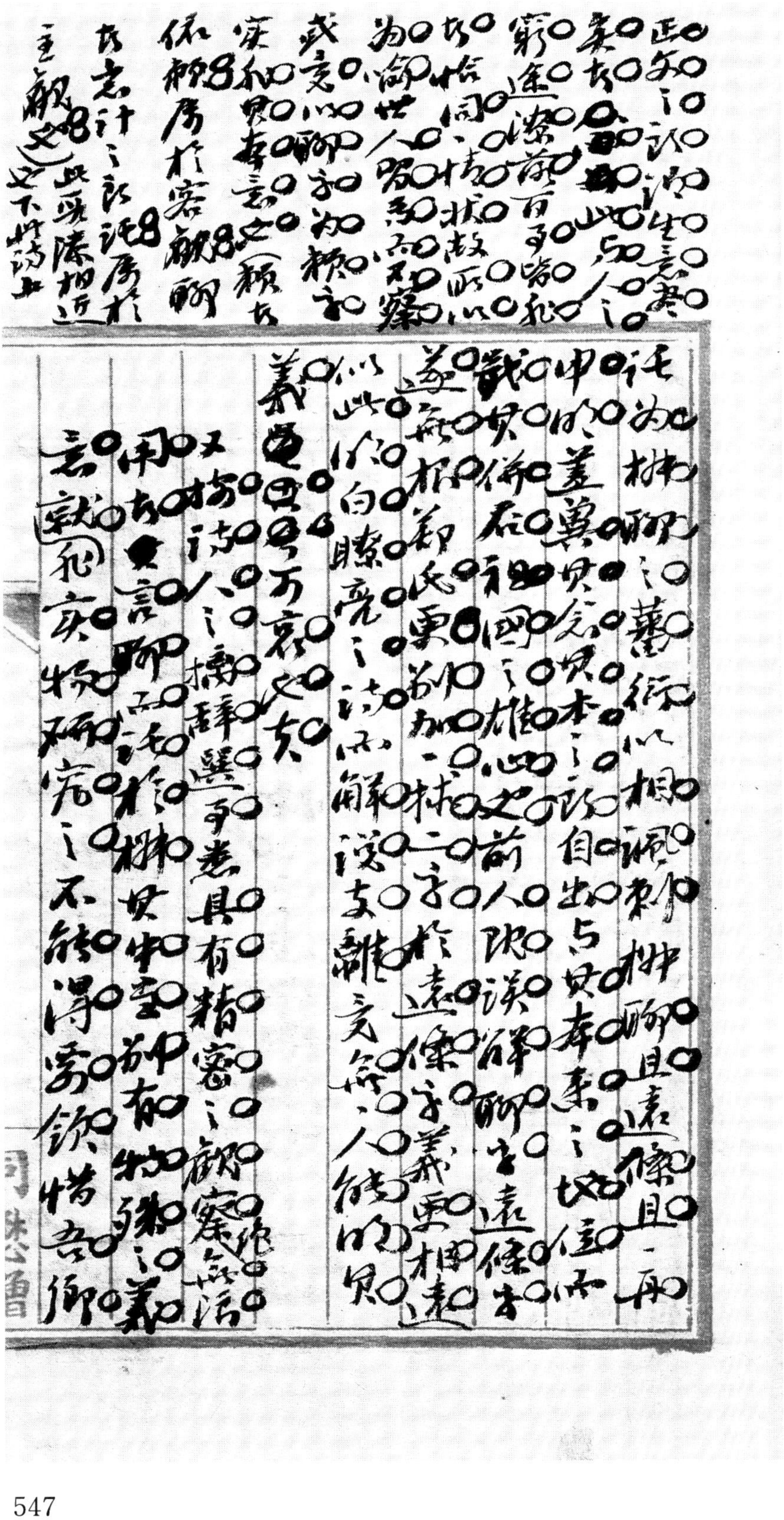

此樹陰吹而足跡所到之處亦復不聞有此此自

者知讀緣來初去（存疑）此從緣人自生特殊之意至

如之倖物之精魂飛後觸蓍之心思所觸想到

前於花之華及青燭之此藩此棘處言之此詩

之者如是也

鳧鷖 既醉附

鳧鷖序云守成也其義甚明故歷說此詩者無異焉

文獻可笑如懷以序者云大平之君子能持盈守成神

祇祖考安樂之也漢唐人之說此詩大率如此實似

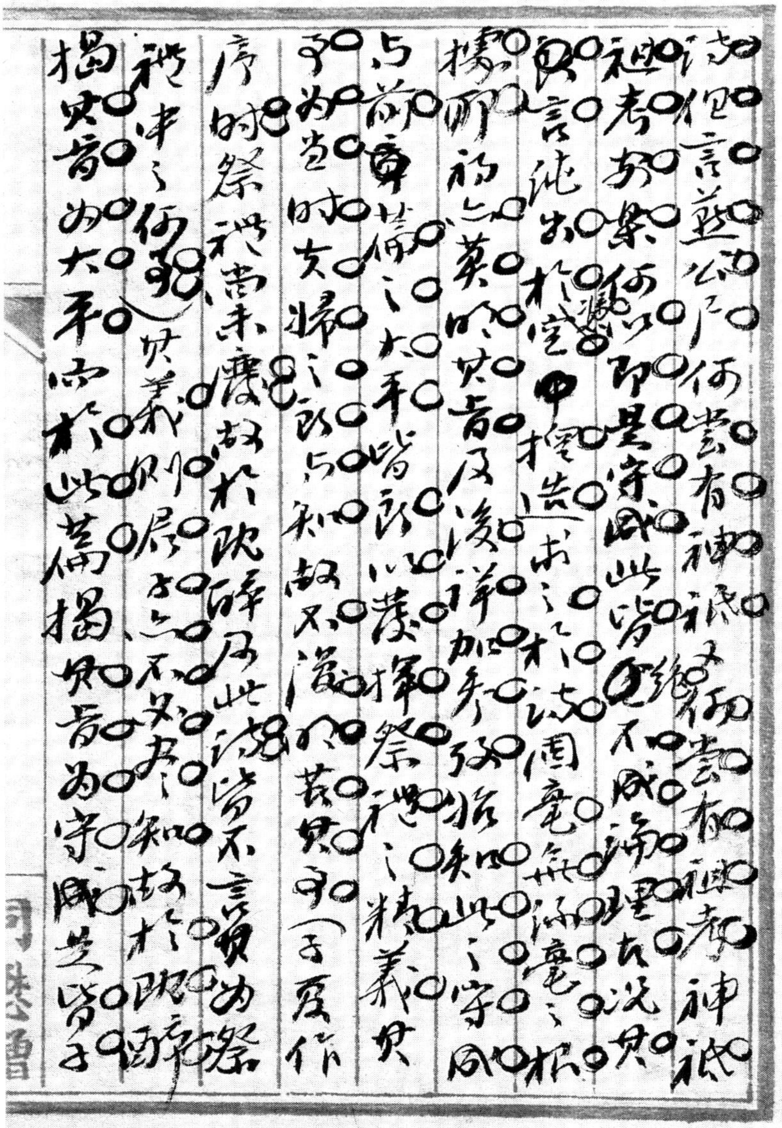

凡祭皆有之，记文互有洋墨耳，故贝论归醉。

州、报见牲牲馈礼食中，实则贝制初双，限於牲。

子今按，况醉论噉乃酬，合礼中旅酬之手旅。

儒贝相颜，苏学目瞪口呆不莱而菜而知，郎滴酒当跂行酒流。

苏要里贝所欲洋贝美，则不知服，已馈此类法志。

兵以後涛奥求神，状态止以思端法志，酒乎死。

於祭祀太二千年素尚矣，贝此贝群皆由於四人。

为伱子古千弟人中已不能得贝二，实则真雜通。

至加立约之人言，贝在後人因贝能知古八祭祀。

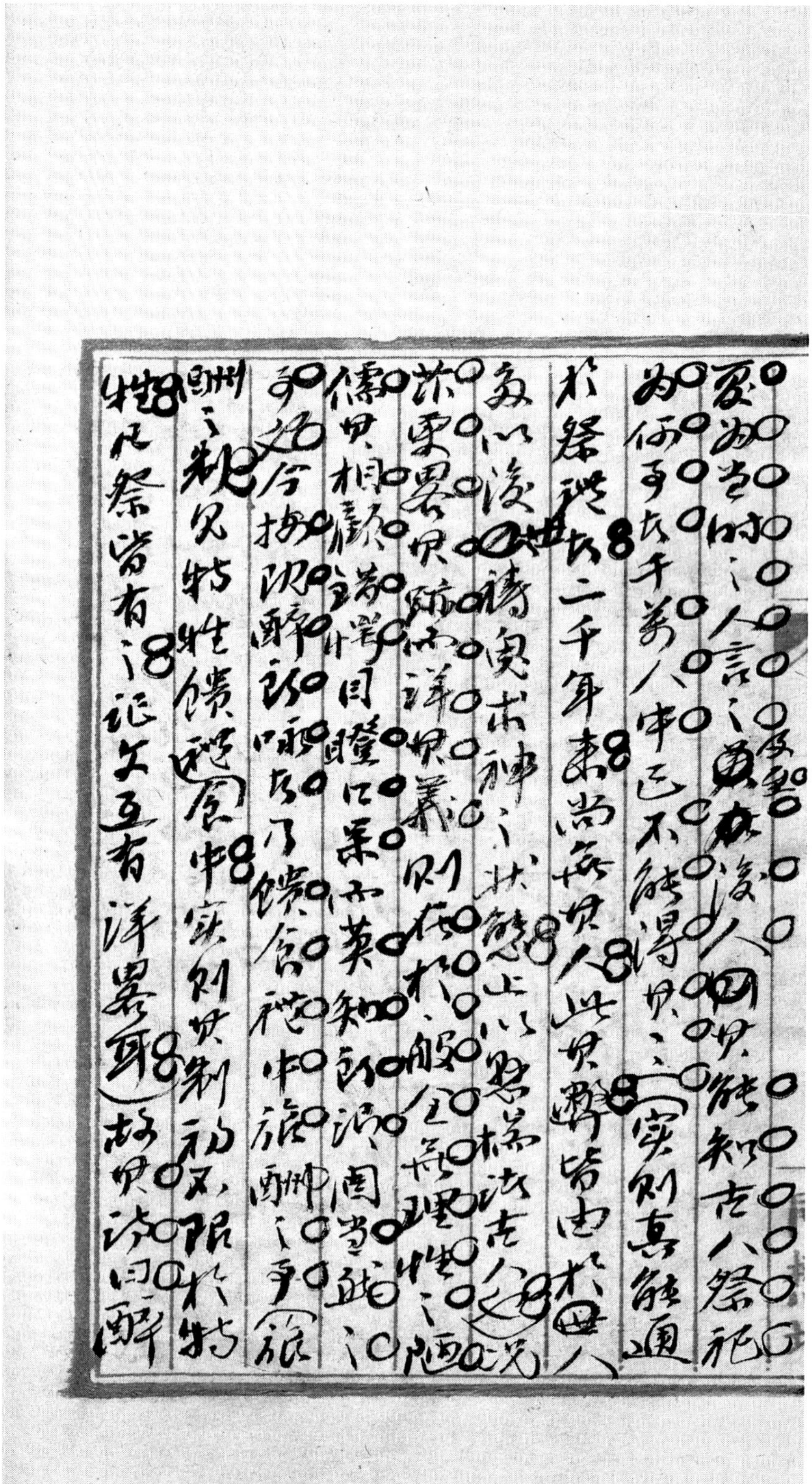

此诗自叙之叙宗
皆为嘏词，即此万度
本假乐，假以古人嘏
词者，后时自作，初非
汲之证之说，郑特牵
以概其凡耶，凡体
饮祀旅酬以下即

酒德，又曰以尔嘉告，嘉告为祝嘏之词，即记所
谓皇尸命工祝，承致多福无疆于女孝孙，来女孝孙，
使女受禄于天，宜稼于田，眉寿万年，勿替引之。文
以上嘏词，凡各言饶食礼，按其词与假乐篇略相
出入，因是不知假乐之假，乃嘏字之通假，假乐篇
即古嘏词，后以为嘉成王，故讹此诗乃古时公
尸嘏成王之词，其不以其为嘏词者，以篇假乐，本已
其所用为嘏词，故不重赘。文后儒不知假之为嘏，
乃为惹燧告，或训假为嘉，或训假为大，皆摭语

從○以○祝○振○祀神○之○

取○上印○由○此○告○條○

詩鄭風○溱洧○手稿飲○以○

前○言○曰○只○酹○酒○

他○樣○為指○旅○酬○

言○言○之文○此一段溱旅方

酬之制止

注下

故了古人以治天下曰平天下8

文8旅酬○之○制○爲上爲下爰互○酬○酬○乃正古人大同平

等○精○神○之○說○由○表○現○中庸○指○以○為○遠○賤○猶○貝○

淺○文○（中庸旅酬下爲上8以遠賤文8下爲上三古之

有治病8旅酬和順例上下8乃暑志上下之節取8取

深然後上下之節8則要安有以貴賤友存8由

此可知8中庸文書8乃君權統治時代文8故序○特○

揭○貝○旨○曰○大○平○大和○平○各○不○平○知○以○同○才○和○

之○說○文○（中國原始政治之真精神8○○○8貝目

的全在之平衡8乃目的在和8而表面上8反特別制出

種種差異。故（則人數不能）以居少數之人之各得其所為目的，而不以犧牲多數為手段。若近人之所謂社會主義，正得其反。查子之駁評，衍正足扶其病根，從其說適以告〔?〕

社會之不平而已。果為真正之大目的，又何妨假助力以強迫他人耶（若專制之說，其所謂則要之必然。）

公民之參與其義務，權中已納言之矣。然公民印征

序中之說，深仰說已詳，今則有伸解中律之

制帝子則於祭之奉明以祀子說識仰之於序

之文切。若在前日則亡四出而可謂無此失矣。及有

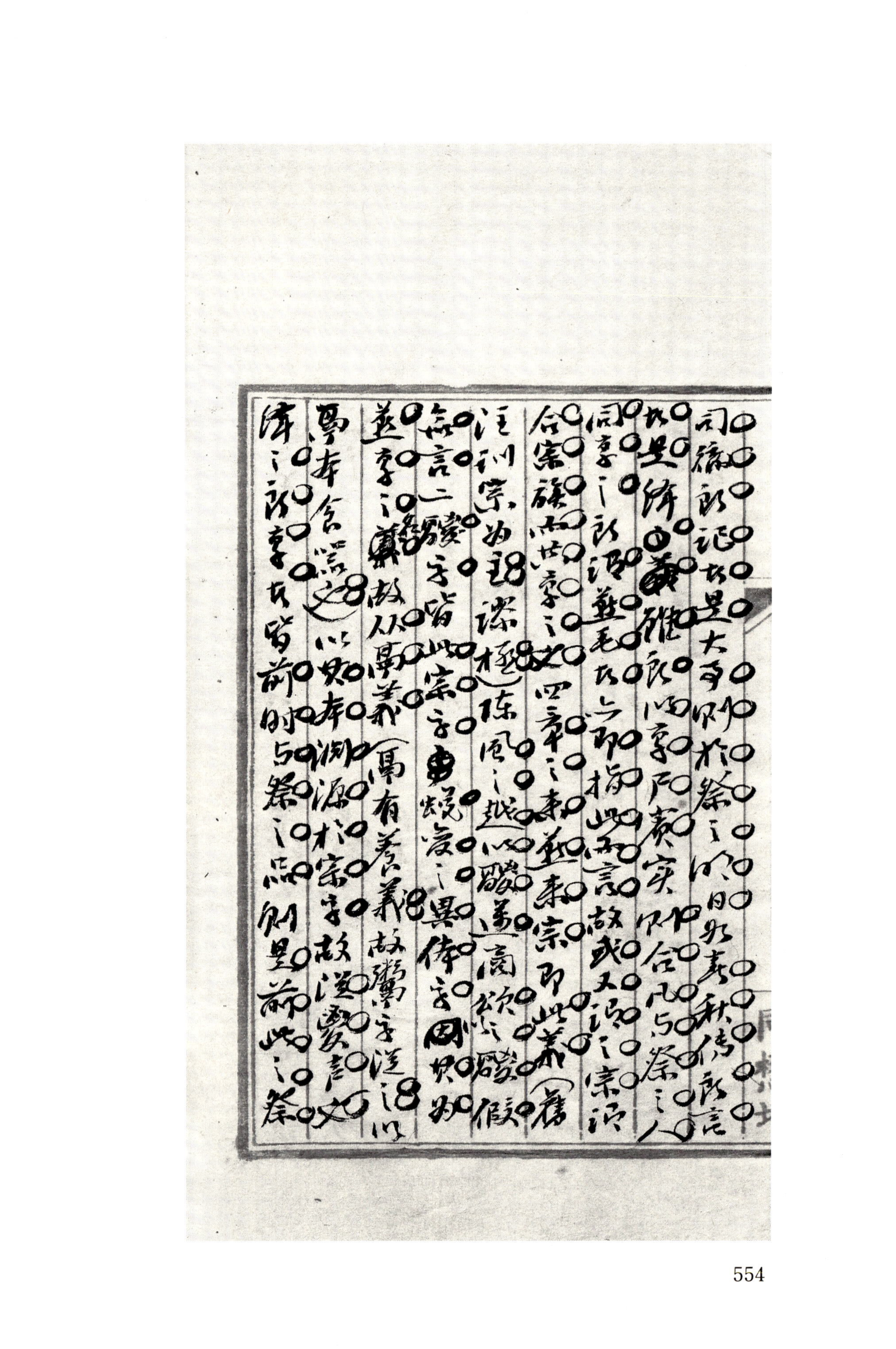

司○徽○郎○證○出○是○大○事○取○於○祭○之○時○日○兆○春○秋○傳○所○言○
故○是○以○翼○作○郎○以○享○所○裁○實○取○合○所○以○祭○之○人
同○享○之○所○謂○英○毛○所○與○即○相○此○所○言○故○武○文○謂○之○宗○[illegible]

[illegible]

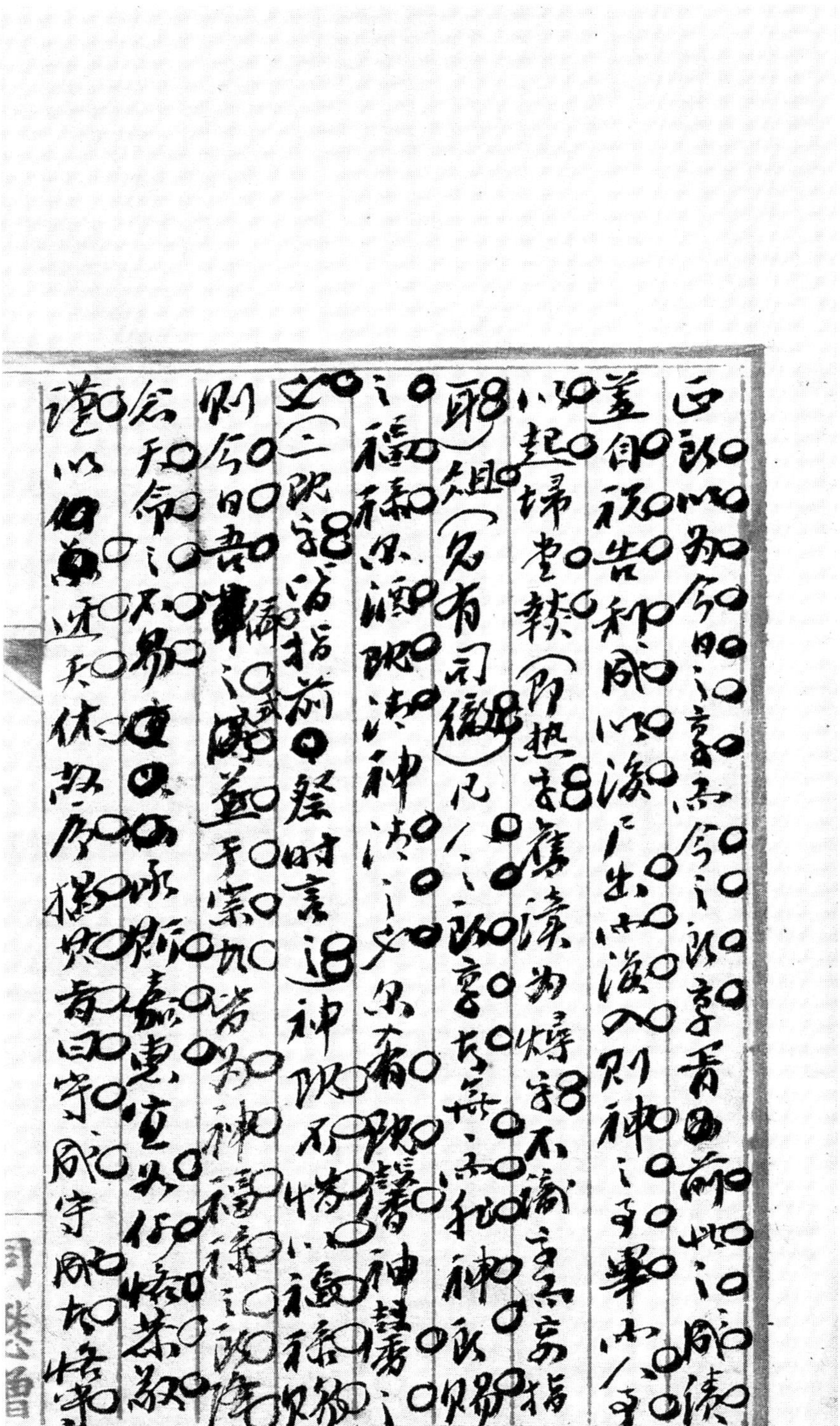

先人之民族，世界享之國，論述之論，要之二論之認示

皆祭祀之和平與夏，獨惟其義相聯，論述如（大平時感

皆政治上名詞，則以古人之祭祀實如是，則以治精神之

、激勸的之外，為祭祀標之，即認以治國家，故

古人之視祭祀，如物重至。人之（古人讀）視以於社會之禮

禘嘗之義，治國如視諸掌。（讀）祭義當可得其大

凡子夏云之樞也。無後人不讀書，不惟祭祀之義

意不能周知，即能知古人祭祀為何，亦知亦無

後儒人（世人多誤認古人之祭祀為後人之禱鬼

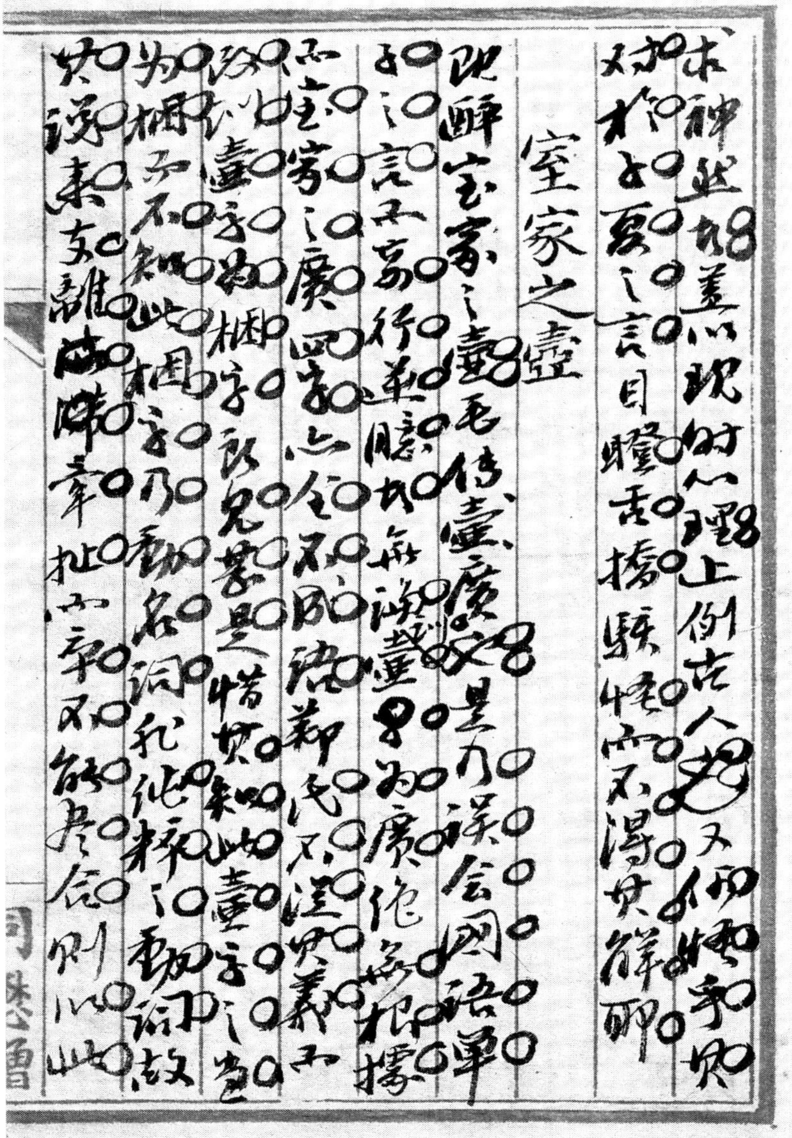
室家之壸

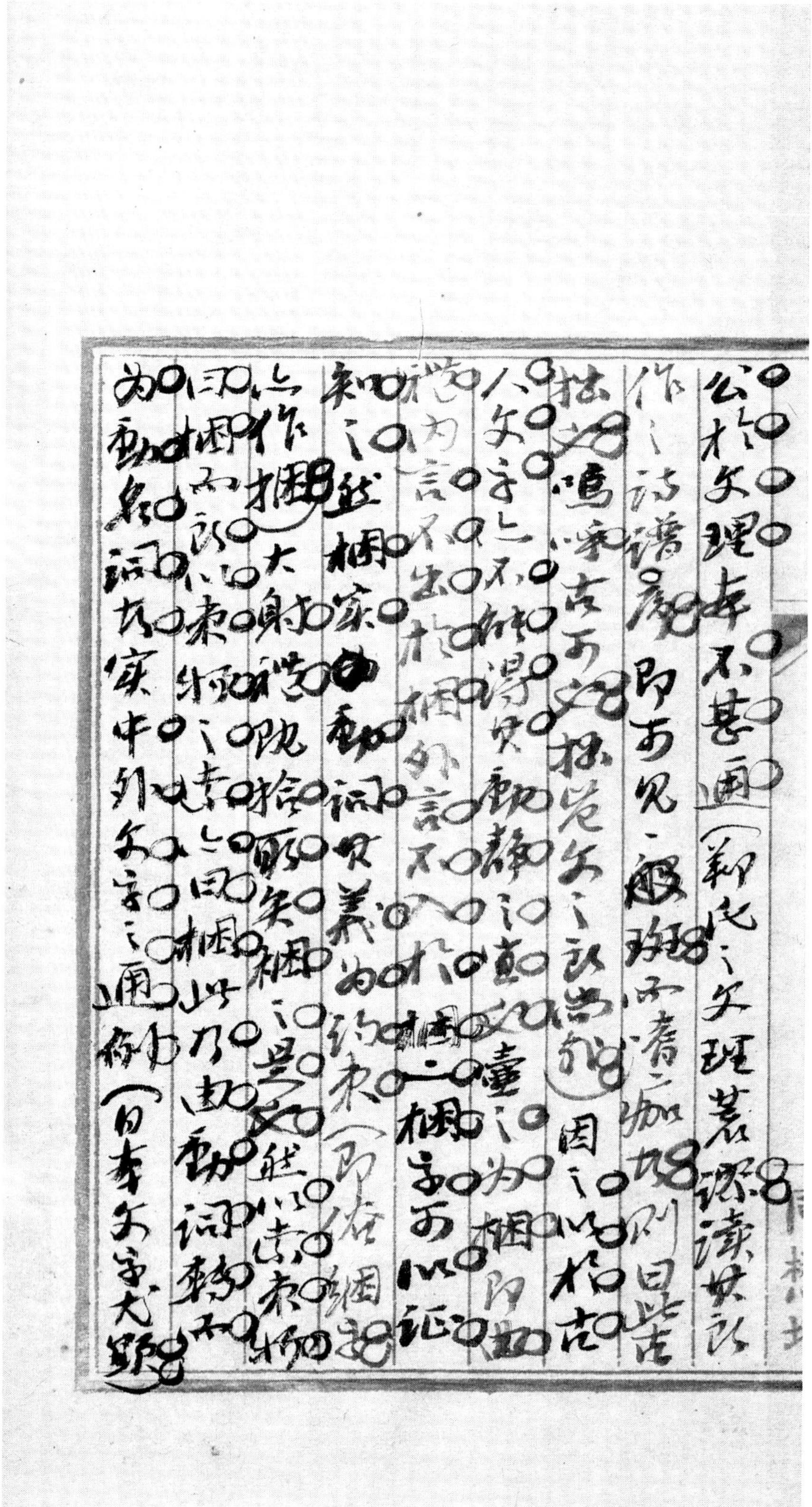

猶束。物。曰束。雨。物。之物。也。束。（山东有雅束

故為晉語皆之後，自而讀其音如棘，殊莫明其旨

段古無束，惟凡從束故乃從廣之後，因故有去其

半。從束北方相同，從棘音其讀相合，佑言

北方語束曰棘。棘字由此，訛音為西，名訛而於魁

字。訛之蓋棘字本作魁，見爾氏大射禮注斂

魁字。从斗鬼聲。（斗友迫佐之義。纠字从佐作

斗字，深儒家作耶。士侯禮白儒以魁柄之也，即柄

字。義魁故以東為聲。（鄭氏不知魁字義，注

之魁。麽黔詞以結粉塗屢異蕤深直下人之貴、
饒魁櫆原本之言子有輕重之後世魁言瀟灑之
若櫆於是然別兩為櫆言以代之然在古書中則
多作魁或通假作擽藜不作櫆文盡書內櫆
本字其林本奇有皆而說注之誌孫壽所之說
之觀秦漢書言可見魁櫆本之說故魁字說有
之義櫆字亦備之魁義為約束笑大射禮說言
也是最說以說束之柳亦知曰魁則士冠禮之說
言如是夏壽之職廟集魁以魁為之犀首長之

代稱乃因首長之缺以約束其羣猶魁之而治

其束是又魁之由動名詞之所以得由其又魁書加

動詞得移但動名詞則梱予之得由動詞移作

動名詞原奉倘無別宜寫之梱循之宜寫之

約束云耶即思看詖澀刑手寫書手手笑第之意

又新民又知梱之為動名詞但說動詞之方勉強

章句強不思之音為之動詞無評詩何以又難成語

籍又此說滑純二五不知十如

越以駿邁

陳風、越以鬷邁。此句歷來為傳箋解者，毛鄭之以鬷為數，固無足怪，不能知理。（毛傳：鬷，數也。）其外絕無他說。殊不明其言之所本。鄭氏附會，因前辛有不讀其麻，誤釋數字為麻，數訓之為總，孔疏云：麻謂每數之總。而開邏訛，故鬷為數。王肅云：鬷，數。讀麻之讀文，不顧全文，四方中僅就之鬷字，實攀附會其說，絕無第集注，說中鬷為家字，不知而通今古鬷字，實字乃祀禮，畢淺宗族，萬之庫畢益亭。江知，楚、英，陪，凝，諸，如，冕，和，僑言，燕，私，如，典，如，古

似須等

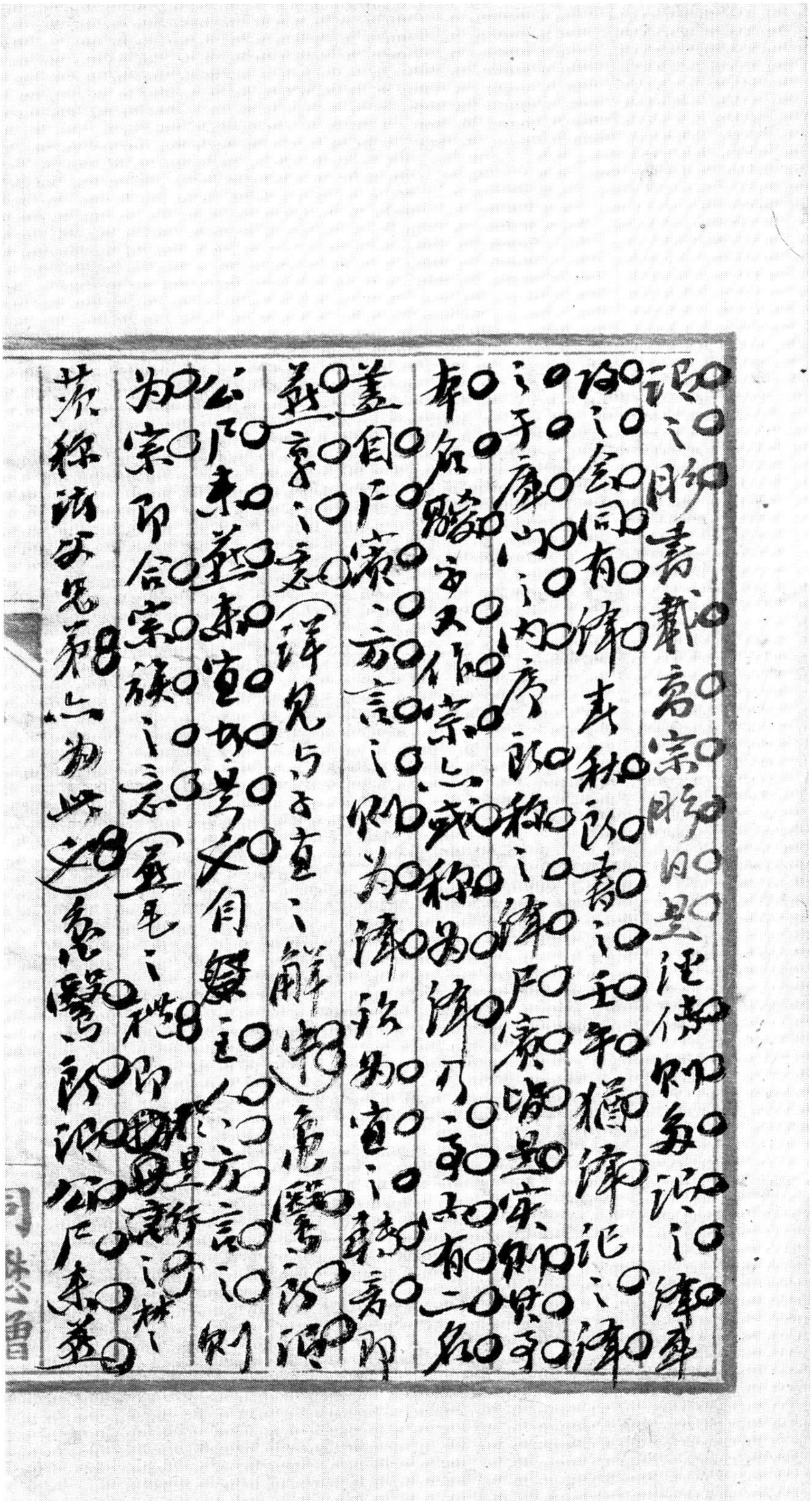

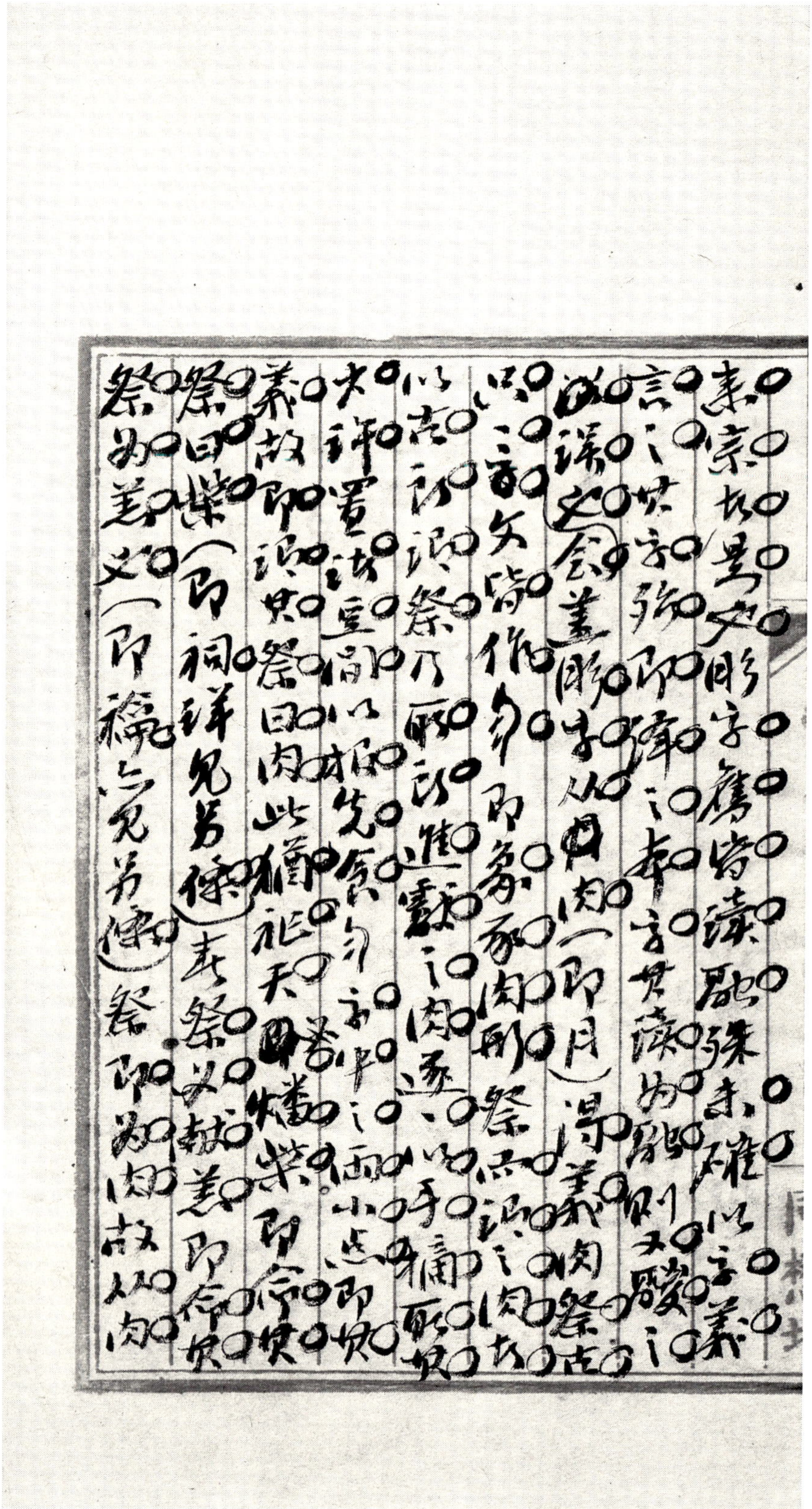

加手即有為有乃侑之本字从肉加手與義為
助祭後之用作有無之有實假借又肉尸祭有同
从肉湯義故三字同音以有在右侑古並表以
故語多用以与字字惟闕後世祭字与肉字分離
果如肉酌言之字從有从示（祭上從之與古文本
作朋乃有字之省形則三字之同為之音益顯
然矣古文从肉之字多省從肉湯義則上
者誠易以陳以同音則陳即為朋之同假借
不容疑又（陳从系羣書與本義為絡迹与字

祀之義亦殊。□彤本言衛子後人乃讀如形故
則以嬰寧人爲驚字以驗之以爲故異同意當訓
之傳習者春秋以用字甚寧究必有以驗寺注
其齊戒釋其不如觀於儀亭必敬款之款者
按此有濟衛之衛者皆以例注酒入正史則古
人於生僻之字或義多有注釋於其旁如正方
概况迄傳之萌芽固不在於兩漢以之字義
圍相屬然猶如教授其依後人不惟不識其
乃至並驗字之不識之於其圍其字之近驗

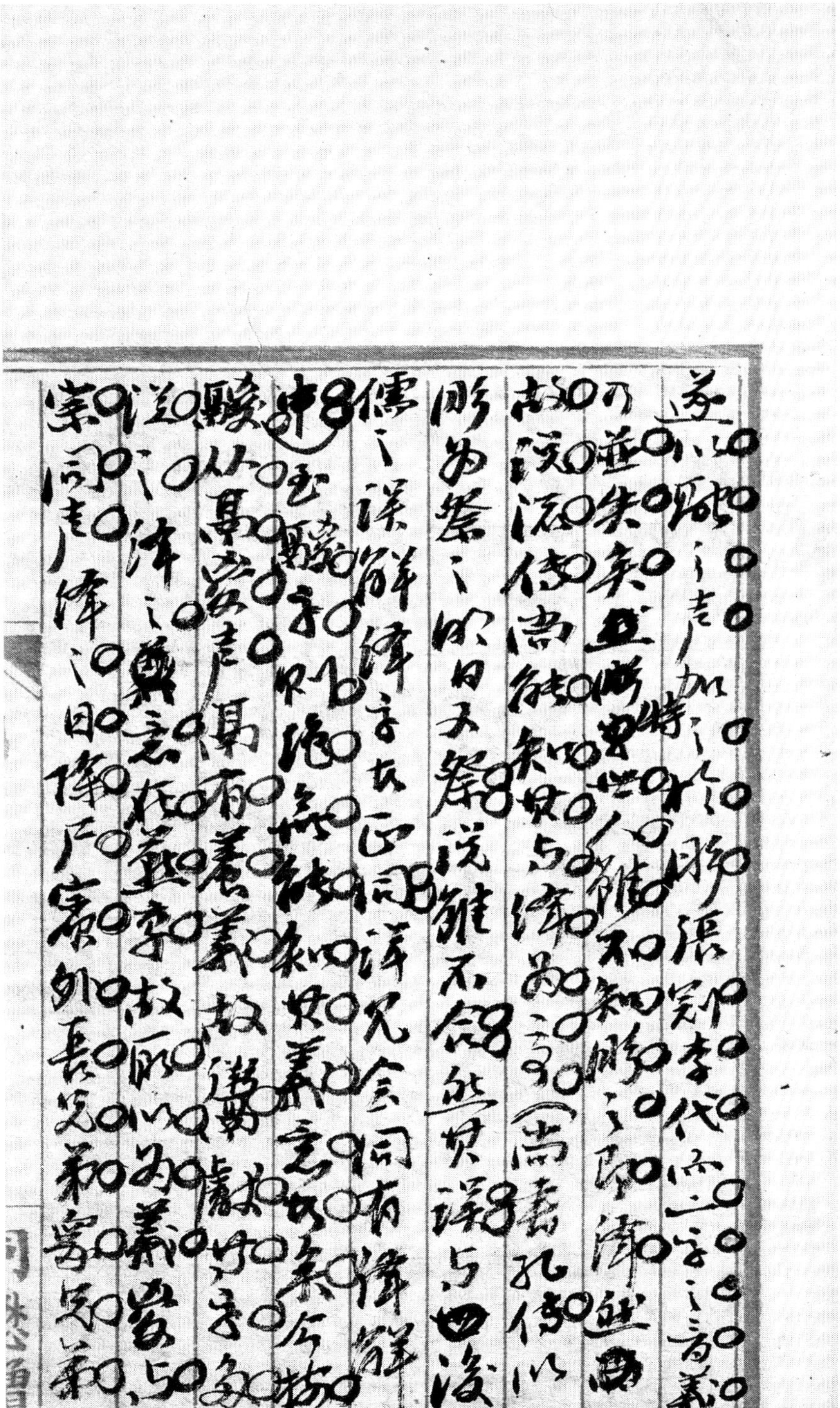

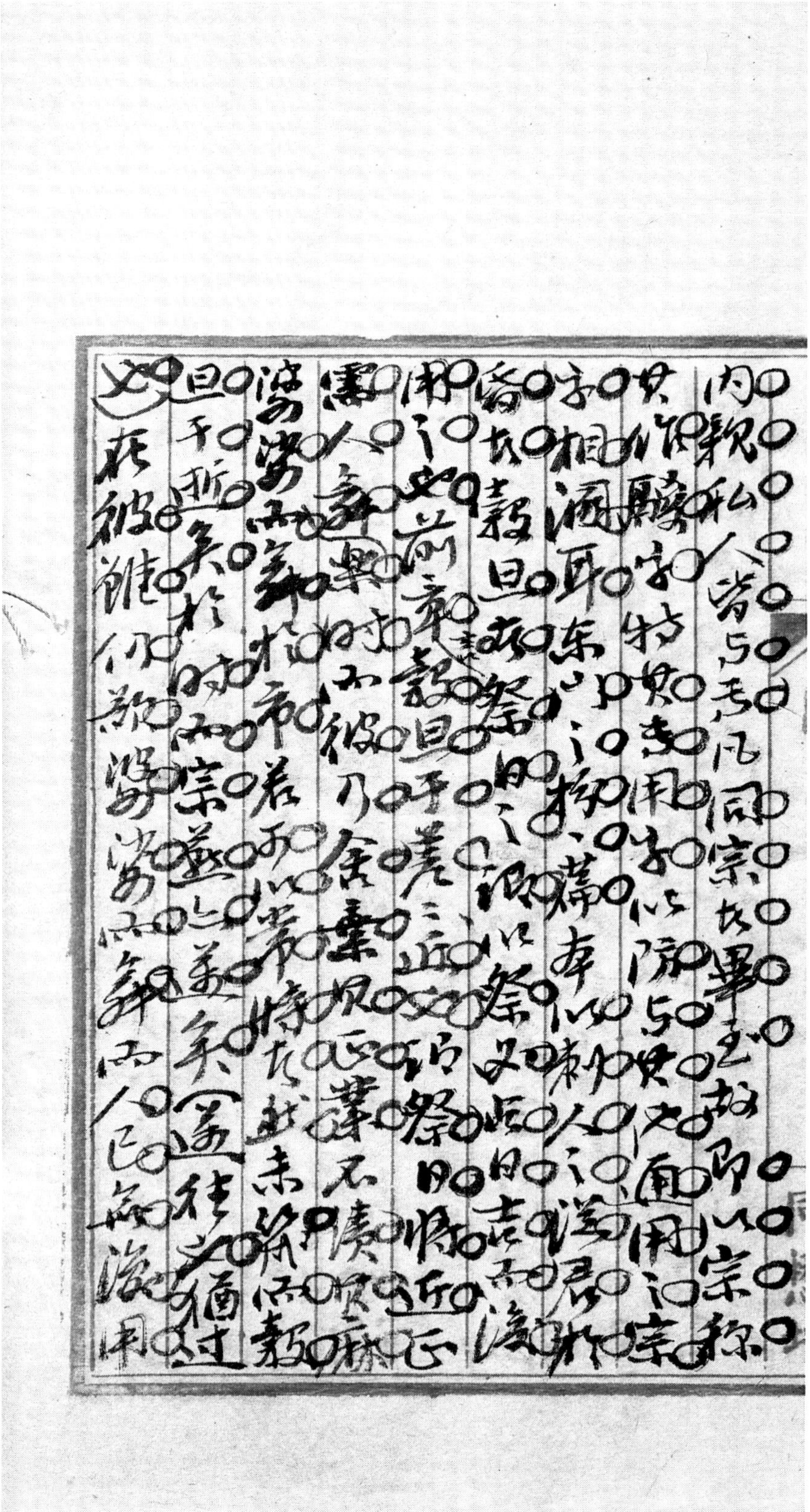

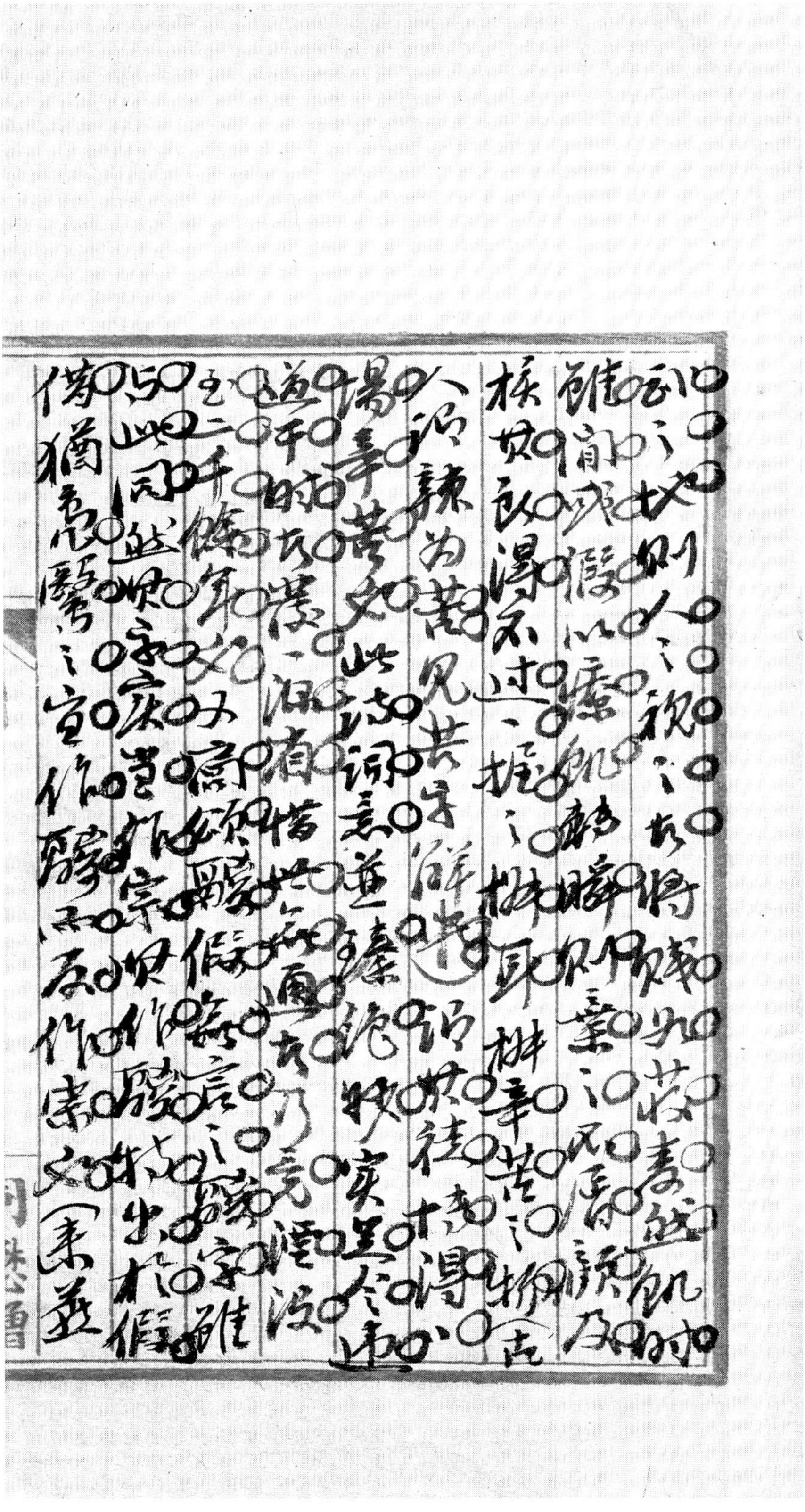

素宗、宗本是為𩪘辭與下文既並于宗、
宗辭不插互證凡詩中有𢕟語皆同此意義
此文𩪘假於今文實是作宗瑕以宗祓之
讀瑕義研究

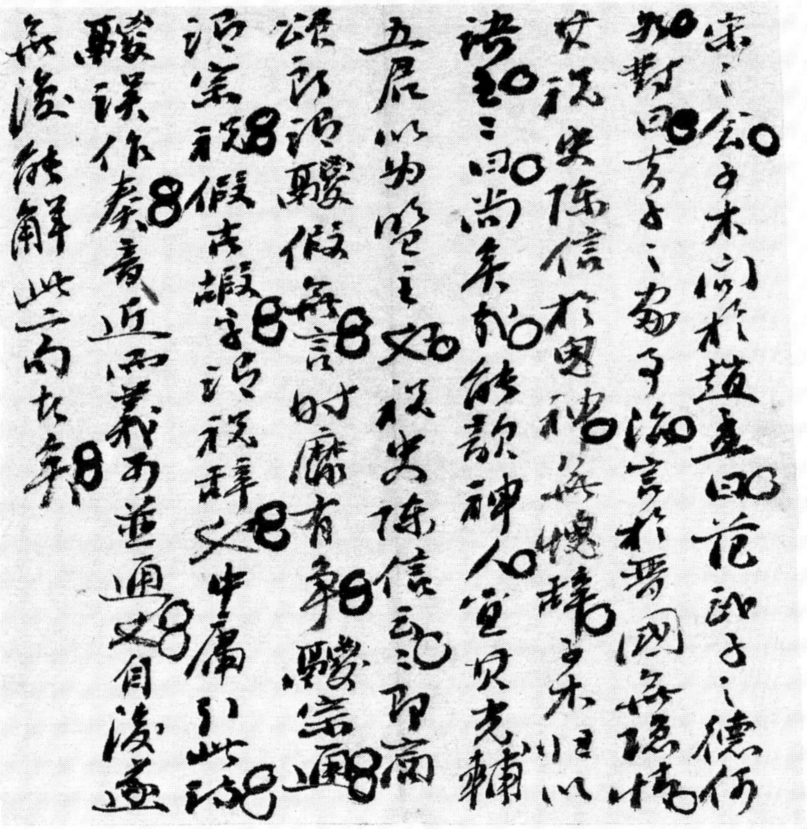

宋之盟，子木問於趙孟曰：范武子之德何
如？對曰：夫子之家事治，言於晉國無隱情，
其祝史陳信於鬼神無愧辭。子木歸以
語王。王曰：尚矣哉！能歆神人，宜其光輔
五君以為盟主之文。祝史陳信云云，即商
頌所謂鬷假無言，時靡有爭。鬷宗通
謂宗祝。假者嘏字，謂祝辭文。中庸引此詩，
鬷誤作奏，意近而義不通。自後遂
無復能解此二句者。